Buch

Roseanna, Lieblingskind von König Edward IV., hat alles, worum jede Frau sie beneiden würde – schwarzes, seidiges Haar; eine Haut, die an Elfenbein erinnert; große, graue Augen, die glänzen wie Kristalle. Doch Roseanna ist nicht glücklich: Schon als kleines Mädchen wurde sie einem Ritter versprochen, den man, hinter vorgehaltener Hand, wegen seiner düsteren Ausstrahlung und seiner geheimnisvollen Vergangenheit den »Raben« nennt. Roseanne fürchtet und begehrt diesen Mann, der so gar keinen Respekt vor ihr und ihrer Schönheit zu haben scheint. Sie schmiedet ein Komplott nach dem anderen gegen ihn, doch der »Rabe« läßt sich nicht so schnell in die Flucht schlagen. Als dann eines Tages ein Anschlag auf König Edward verübt wird, ist es an Roseanna, über des »Raben« Leben und Tod zu bestimmen – und somit auch über ihre eigene Zukunft ...

Autorin

Virginia Henley ist die höchst erfolgreiche Autorin mehrerer feurig-historischer Liebesromane. Für ihre schriftstellerische Arbeit wurde sie bereits mit zahlreichen Preisen ausgezeichnet. Sie lebt in Kanada und Florida.

Bei Goldmann liegen von Virginia Henley bereits vor:

Namenlose Versuchung. Roman (42937)
Trügerische Herzen. Roman (42938)

Virginia Henley

DER RABE UND DIE ROSE

Roman

Aus dem Amerikanischen
von Gertrud Wittich

GOLDMANN VERLAG

Originaltitel: The Raven And The Rose
Originalverlag:
Dell Publishing, a division of Bantam Doubleday
Dell Publishing Group, Inc., New York

Umwelthinweis:
Alle bedruckten Materialien dieses Taschenbuches
sind chlorfrei und umweltschonend.
Das Papier enthält Recycling-Anteile.

Der Goldmann Verlag
ist ein Unternehmen der Verlagsgruppe Bertelsmann

Deutsche Erstveröffentlichung Januar 1996

Umschlaggestaltung: Design Team München
Umschlagillustration: Pellegrino/Schlück, Garbsen
Satz: deutsch-türkischer Fotosatz, Berlin
Druck: Elsnerdruck, Berlin
Verlagsnummer: 42996
Lektorat: Silvia Kuttny
Redaktion: Antje Hohenstein
Herstellung: Heidrun Nawrot
Made in Germany
ISBN 3-442-42996-X

1 3 5 7 9 10 8 6 4 2

Für Kathryn Falk … der wir alle
großen Dank schulden

und

meinen besonderen Dank an St. Jude,
der meine Gebete erhört hat

1. Kapitel

»Der König kommt!« rief Roseanna atemlos, als sie in die große Empfangshalle von Castlemaine Manor stürmte. In ihrer Aufregung übersah sie allerdings, daß nur ihre Mutter bei dieser Nachricht freudig nach Luft schnappte, wohingegen ihrem Vater ein Seufzer der Ergebenheit entwich. Die Erwartungsfreude hatte ihre Wangen gerötet, und als ihr Vater sie so betrachtete, wurde ihm schlagartig klar, daß ihre Schönheit die ihrer Mutter noch um ein Hundertfaches übertraf.

»Seine Majestät hat einen Boten vorausgeschickt; er wird bis zum Abend hier sein.« Sie raffte ihr Kleid zusammen, so daß ihre zierlichen Fesseln sichtbar wurden und eilte schon wieder die Treppe hinauf.

»Roseanna, wohin gehst du?« fragte ihre Mutter scharf.

Das Mädchen blieb stehen. »Mich umziehen, damit ich ihm entgegenreiten kann.«

»Das wirst du nicht! Ich weiß, wir haben ihn seit mehr als einem Jahr nicht mehr gesehen, aber Roseanna, du bist jetzt sechzehn, ja fast siebzehn und kein Kind mehr! Ich kann nicht dulden, daß du wie eine Wilde durch die Landschaft galoppierst – noch dazu auf diesem verrückten Tier, auf das du so versessen bist!«

Roseanna hob trotzig das Kinn: »Du kannst ja versuchen, mich aufzuhalten!«

»Roseanna, vergiß nicht, daß Edward der König von England ist. Und du bist, das hoffe ich wenigstens, eine Lady. Ich verbiete es dir!«

Roseanna war bei diesen Worten gefährlich ruhig geworden und entgegnete jetzt kühl: »Verbieten? Ich glaube kaum.«

»Ach, wenn du doch nur etwas von dieser kühlen Distanziertheit in Gegenwart des Königs zeigen würdest! Wenn du dich ihm weiter so an den Hals wirfst, dann wird er dich bald als lästig empfinden.«

Roseanna warf ihrer Mutter einen haßerfüllten Blick zu, rannte die Stufen hinab und aus der Halle hinaus, wobei sie die Tür derart heftig zuschlug, daß die gepanzerten Schilde an den Wänden erzitterten.

Sir Neville Castlemaine sagte nichts zum Betragen seiner Tochter, sondern murmelte nur: »Ich werde mal sehen, ob ich in Erfahrung bringen kann, wie groß der Begleittroß ist, den wir mit dem König zu erwarten haben.«

Joanna sah ihrem Gatten nach, während er die Halle verließ. Sie fragte sich kurz, was wohl in ihm vorging, schob diesen Gedanken jedoch rasch beiseite, als ihr einfiel, daß bis zur Ankunft des Königs ja noch tausenderlei zu erledigen war.

Statt den Boten direkt aufzusuchen, schlüpfte Sir Neville in den von Mauern umgebenen Garten, wo er prompt auf Roseanna stieß, die wütend Kiesel in den Lilienteich warf. Ihr dunkles Haar umfloß sie wie eine Rauchwolke und reichte in ungebändigter Fülle noch über ihre Hüfte. Nicht einmal das simple, blaßgelbe Leinenkleid konnte die sanfte Wölbung ihrer Brüste verbergen. »Der König würde dich ganz bestimmt nicht als lästig empfinden, meine Kleine.«

»Ach, Vater, warum müssen Mutter und ich nur immer streiten, sobald wir miteinander reden?«

Er lächelte. Neville Castlemaine war ein ruhiger Mann von wenig Worten, aber weise. »Als du noch ein Kind warst und die Autorität deiner Mutter nie in Frage stelltest, war eure Beziehung doch sehr liebevoll. Doch jetzt, wo auch du zur Frau geworden bist, muß es wohl zu ständigen Reibereien zwischen euch kommen. Du verabscheust ihre Autorität; sie fürchtet, die Kontrolle zu verlieren. Ihr seid von Natur aus Rivalinnen.«

Als Roseanna merkte, welch tiefen Einblick ihr Vater in diese Dinge hatte, verriet ihr Blick ihre Verwunderung. Ihre Augen von blassem Grau, deren Iris von einem Purpurring umgeben war, waren wie Teiche, in denen ein Mann versinken konnte.

Einen Moment lang fragte er sich, ob es nicht doch falsch gewesen war, ihr so viele Freiheiten zu gestatten, während sie heranwuchs. Tatsächlich war sie aufgewachsen wie ein Junge. Sie ritt, schwamm, jagte, ja fluchte sogar und ließ es sich nicht nehmen, hin und wieder bei den diversen Glücksspielchen seiner bewaffneten Garde mitzumischen. Nein, er war auf keinen Fall der Meinung, daß ihr dies auch nur im mindesten geschadet hatte, doch nun war es an der Zeit, sie in den sanften Künsten der Weiblichkeit zu unterweisen. Nach Joannas Meinung war dies längst überfällig. »Warum reitest du nicht einfach hinaus in den Wind, bis du dich wieder besser fühlst?« schlug er vor. »Aber komm nicht zu spät zurück, Roseanna. Deine arme Zofe wird ganz aus dem Häuschen sein, wenn sie nicht genug Zeit hat, dich auf den königlichen Besuch vorzubereiten.«

Da drückte sie ihm nur rasch einen Kuß auf, raffte die Röcke hoch und rannte schon zu den Ställen.

Castlemaine Manor war bekannt und berühmt für seine Pferde. Sie waren Sir Nevilles einzige Leidenschaft. Roseanna hatte alles über ihre Aufzucht gelernt, was ihr Vater ihr beibringen konnte. Sie schien ein angeborenes Gefühl für Pferde zu haben; und es war eine Abwechslung vom monotonen, aber ernsthaften Geschäft, als künftige Lady des Hauses erzogen zu werden.

Sir Neville war ein leidenschaftlicher Pferdezüchter. Seit er begonnen hatte, Roseannas Ansichten Gehör zu schenken – und er nahm ihre Vorschläge mittlerweise sehr ernst – verfügten sie über einen der prächtigsten Zuchtbestände Englands. Inzwischen wurde der Ruhm der Pferde von Castlemaine nur noch von deren stolzem Preis übertroffen.

Joanna war mit all dem überhaupt nicht einverstanden. Dies war ein Quell ständigen Streits zwischen den Ehegatten und zwischen Mutter und Tochter. Joanna war entsetzt, daß Roseanna – deren zarte Schönheit der einer zerbrechlichen Blume glich – Worte wie »hitzige Stuten«, »brünstige Hengste« oder »kastrierte Fohlen« in den Mund nahm oder über den Abort spekulierte, den eines der tragenden Tiere möglicherweise erleiden könnte.

Ein älterer grauhaariger Mann in schäbiger Kleidung lächelte sein Willkommen, als Roseanna sich mit dem Sattel zu Zeus hochreckte. Er langte unter dem mächtigen Bauch des Hengstes hindurch, um den Sattelgurt zu befestigen und rieb dann sein Schultergelenk, wo ihn der Rheumatismus plagte.

»Dobbin, warum fragst du Mutter nicht einfach nach ihrer Kräutersalbe für deine schmerzenden Gelenke?« fragte Roseanna.

Dobbin, was soviel wie »Zugpferd« bedeutete, einen Spitznamen, den er sich aufgrund seiner lebenslangen hingebungsvollen Arbeit mit

Pferden eingehandelt hatte, schüttelte den Kopf und erwiderte: »Nein, Mylady, die Pferdesalbe, die ich immer zusammenmische, ist besser als all die Tränke und Salben Eurer Mutter.« Er half ihr in den Sattel und murmelte: »'n bißchen Vorsicht wär' nicht schlecht.« Das war das äußerste, was er ihr an Rat zu geben wagte. Doch das Tier war gefährlich und würde sich sicherlich eines Tages als zu schwer zu bändigen erweisen, vor allem für ein zierliches Mädchen wie sie.

Nachdem sie fort war, nickte Dobbin einem jungen Pferdeburschen zu, der der Lady in diskreter Entfernung folgen sollte, um sicherzugehen, daß ihr nichts zustieß. Roseanna, die davon wußte, grub die Absätze in die Flanken des Pferdes und ließ Zeus seinen Willen, bis Castlemaine Manor außer Sicht war.

Wie ein Zobelfell flatterte ihr Haar im Wind, als sie auf den Waldrand von Ettrick Forest zupreschte. Mit jeder Meile, die die Hufe des Pferdes hinter sich ließen, hob sich ihre Stimmung.

Der König kam! Edward war ihr Pate. Er hatte nie ein Geheimnis daraus gemacht, daß sie eine Sonderstellung bei ihm genoß. Sie bekamen ihn jedoch immer nur dann zu Gesicht, wenn er zu seiner Jagdhütte unterwegs war, die tief in den riesigen Wäldern von Ettrick und Sherwood, im Bezirk Nottingham, lag. Heute abend würde das Haus von Lachen und Fröhlichkeit erklingen, auch wenn ihre Eltern sich dabei angestrengt um Formalität und Schicklichkeit mühten, denn der König gehörte nicht zu jenen, die viel auf Zeremonien gaben, wenn sie sich in Gesellschaft von alten Freunden befanden.

Als Roseanna schließlich zurückkehrte, war ihre gute Stimmung wiederhergestellt. Die Nachmittagssonne näherte sich bereits dem goldenen Horizont und strahlte noch einmal mit ihrer ganzen Kraft über den wolkenlosen Himmel. Sie blickte hinauf und lachte, denn es schien, als ob der Himmel ein Freudenkonzert zur Ankunft des Königs veranstaltete: Nicht umsonst war das Symbol Edwards IV. das strahlende Rund der Sonne.

Roseanna summte eine fröhliche Melodie, während sie ein Bad nahm. Ihre Kammerzofe Alice, ein junges Mädchen, das etwas müde wirkte, kämmte derweil Roseannas windzerzauste Strähnen glatt, die in ganzer Fülle über den Wannenrand bis zum Boden flossen. Alice war ein sanftmütiges Mädchen mit kastanienbraunem Haar und blauen

Augen, das die forsche und unerschrockene Art ihrer Herrin bewunderte.

Roseanna war jetzt bereit, sich den Wünschen ihrer Mutter zu fügen. Sie würde die sanfte Lady spielen heute abend, jawohl. Ihre Mutter würde nichts an ihr auszusetzen haben. Als sie und Alice gerade dabei waren, zu diesem Zweck all die hübschen Gewänder durchzusehen, die ihre Garderobe füllten, kam Kate Kendall, geschäftig und befehlsgewohnt wie immer, hereingeplatzt. Kate, die ein schlichtes Gesicht hatte und aus dem Norden des Landes stammte, war Joannas rechte Hand; ihr vertraute sie am meisten. Heute hatte Kate eins der Kleider auf dem Arm, die vor kurzem erst für Roseanna geschneidert worden waren. »Eure Mutter meint, das müßt Ihr heute tragen.«

Roseanna zwang sich zu einem schwachen Lächeln und schluckte die scharfe Bemerkung, die ihr angesichts der mit durchbohrendem Blick und in autoritärem Ton vorgebrachten Forderung bereits auf der Zunge lag, hinunter. Alice nahm das exquisite Kleid und den zarten Haarschleier von Kate entgegen, die noch eine kleine Salve abfeuerte, bevor sie wieder verschwand: »Ich wurde angewiesen, Euch daran zu erinnern, das Thema Pferdezucht tunlichst zu vermeiden, da Euch der König und seine Begleitung sonst mit einem Stallburschen verwechseln könnten.«

»Zum Teufel mit euch allen beiden!« Roseannas Augen funkelten kampflustig, und Alice schrak zurück, weil ihr eines der üblichen hitzigen Gefechte zwischen den zwei Frauen nun unvermeidlich schien. »Wie kommt es, daß sich nie jemand am Hobby meiner Mutter stört? Sie sitzt ja auch nicht müßig herum und frönt der Kunst der Nadel, wie es einer Lady geziemt. Nein, endlose Stunden verbringt sie mit dem Entwerfen und Herstellen von Schmuck, den sie dann zu exorbitanten Preisen verkauft – ganz wie eine tüchtige Geschäftsfrau. Nur weil ich dasselbe mit meinen Pferden tue, soll auf einmal alles falsch sein!«

»Eure Mutter ist eine Künstlerin«, sagte Kate Kendall in fast andächtigem Ton – in dem sie auch beispielsweise die Heilige Mutter Gottes hätte beschreiben können.

Roseanna senkte den Blick und holte tief Luft, um ihre Beherrschung wiederzuerlangen. Etwas ruhiger erwiderte sie: »Du hast natürlich recht. Danke, daß du das Kleid gebracht hast, Kate.«

Die ältere Frau warf ihr einen prüfenden Blick zu, als wolle sie herausfinden, welche Finte das Mädchen nun schon wieder im Sinn hatte. Dann verließ sie ohne sichtbare Reaktion und ohne ein weiteres Wort den Raum. Im stillen sagte sie sich, daß Roseanna schon von Geburt an mit einer kräftigen Portion Widerspruchsgeist ausgestattet worden war und daß das kleine Teufelchen, das ihr im Nacken saß, sich gelegentlich deutlich zeigte und sie dann eine starke Hand brauchte.

Nachdem die dicke Eichentür fest ins Schloß gefallen war, schrie Roseanna empört auf: »Diese Biester!« Sie ging zum Bett und blickte mißmutig auf ihre neuen Gewänder. Vergangene Woche erst, als die letzte Anprobe stattgefunden hatte, hatte sie das zarte, weiße Unterkleid mit seinen lang herunterhängenden Ärmeln noch himmlisch gefunden. Auch jetzt strich Alice wieder einmal zärtlich über die rote Samtrobe und murmelte: »Sie ist so hübsch. Das Rot und Weiß ergibt einen wunderschönen Kontrast.«

Roseanna warf den Kopf zurück. »Ich werde es nicht tragen!«

Alice protestierte sanft: »Aber das müßt Ihr, Mylady.«

»Aha, ein Auftritt auf Befehl also. Nun, dann soll es eben so sein!« sagte Roseanna und preßte stur die zarten roten Lippen zusammen. In trügerisch süßem Ton bat sie Alice, das weiße Unterkleid in die Garderobe zu hängen. Sie schlüpfte mit dem Kopf in das purpurrote Samtüberkleid und strich das enganliegende Gewand sanft über ihre schlanken Hüften, bis es ihr bis zu den Fußgelenken fiel. Das Überkleid ließ ihren Hals und die Arme vollkommen unbedeckt.

»So könnt Ihr auf keinen Fall hinuntergehen!« sagte Alice erschrocken.

»Und warum nicht?« wollte Roseanna wissen.

»Es ... es ist so tief ausgeschnitten!«

»Meine Mutter möchte, daß ich aufhöre, mich wie ein Kind zu benehmen, also werde ich mich heute abend auch wie eine Frau kleiden. Komm, gib mir meine Schmuckschatulle, Alice.« Sie wählte acht goldene Reifen – zwei für jedes Handgelenk und zwei für jeden Oberarm. Um die Hüften schlang sie einen goldenen Gürtel und betrachtete sich sodann prüfend in ihrem polierten Silberspiegel.

Als Alice hinter sie trat, um ihr Haar mit einem Schleier zu bedecken, schüttelte Roseanna entschlossen den Kopf. »Mein Haar trage ich heute offen. Gib mir die Bürste, damit ich es ein wenig in Ordnung bringen kann.« Ihr Blick fiel auf ein aus Granaten zusammengesetztes Halsband, das ihre Mutter für sie entworfen hatte. Jeder einzelne Stein war nach der Intensität seiner Farbe ausgesucht worden, und als sie das Collier um ihren schlanken Hals legte, sah es wie eine Kette aus Rubinen aus.

»Mm, Mutter ist wirklich eine Künstlerin, weißt du. Manchmal hat sie's wirklich nicht leicht mit mir.«

Alice sagte leise: »Ach, du liebe Güte, mir ist gar nicht gut.«

Roseanna schlang den Arm um das Mädchen und drückte sie warm. »Hör auf, dich zu sorgen, Alice. Ich bin's schließlich, die dafür bestraft wird, nicht du.«

»Aber Ihr seht richtig heidnisch aus, Mylady!« wisperte das Mädchen.

Roseanna lächelte strahlend. »Vielleicht bin ich das sogar, Alice!«

Roseanna konnte das heitere Gelächter des Königs schon hören, bevor sie die Empfangshalle betrat, und als sie durch den Torbogen schritt, erspähte sie auch sogleich Edwards rotgoldenen Haarschopf. Immerhin überragte er die ganze Versammlung um Haupteslänge – man munkelte, er bringe es mit seiner Krone auf eine Größe von fast zwei Metern. Die Ritter ihres Vaters sowie die Gefolgsleute des Königs traten beiseite, um ihr so den Weg zu ihm freizumachen. Keiner der Männer machte einen Hehl aus seiner Bewunderung für ihre unvergleichliche Schönheit.

Als Edward ihrer ansichtig wurde, packte er sie und schwenkte sie hinauf, fast bis zur Decke, so wie er's immer getan hatte – ein Beweis seiner Körperkraft. Doch als sie nun zurückhaltend vor ihm in die Knie ging und »Eure Hohheit« murmelte, zog er sie sogleich wieder hoch und küßte ihre Hände. »Meine Rosenknospe. Wie ich sehe, hast du zu blühen begonnen!«

Sie lächelte geschmeichelt und ergriff dankbar den Becher mit Wein, den der Vater ihr anbot. Als sie sich Neville zuwandte, weiteten sich ihre Augen vor Überraschung. »Jeffrey! Ich wußte gar nicht, daß du wieder da bist.«

»*Sir* Jeffrey«, betonte der König. »Dein Bruder wurde von meinem Bruder während seines Dienstes in Irland zum Ritter geschlagen.«

Sir Jeffrey verbeugte sich vor dem König. »Mir wurde die gütige Erlaubnis zuteil, von London aus als Begleitung Seiner Majestät zu reisen.«

Roseanna schenkte Edward ein strahlendes Lächeln. »Ihr habt meiner Mutter gerade das Geschenk gemacht, das ihr auf der ganzen Welt am meisten bedeutet.«

Jeffrey war ein Jahr jünger als Roseanna, doch nun, da er seinen Dienst bei dem Herzog von Clarence beendet und in Irland gekämpft hatte, sah er älter aus als sie. Jeffrey besaß das blauschwarze Haar seiner Mutter und das gutgeschnittene Gesicht seines Vaters. Für Roseanna bestand nicht die Spur eines Zweifels, daß ausnahmslos alle Herzen der Ladies ihrer Mutter bei seinem Anblick höher schlagen würden.

Edward zwinkerte Roseanna zu. »Ich habe ein Geschenk für dich, du appetitliches kleines Bündel.«

Sie blickte erstaunt vom König zu ihrem Vater, der wegen der Neuigkeit förmlich zu platzen schien. »Ein Pferd?« fragte sie hoffnungsvoll.

Ein gutmütiges Grinsen erhellte Edwards gutgeschnittene Plantagenet-Züge. »Ein reinrassiger Araber. Ich kann's gar nicht abwarten, zu sehen, was für eine Zucht du mit ihm aufbauen wirst.«

Die Musikanten trafen im selben Augenblick mit ihren Fiedeln, Flöten, Harfen und Zimbeln ein. Und ihnen auf den Fersen erschien Joanna. Sie war gertenschlank, die Brüste straff und voll. Daß sie bereits in den Dreißigern war, sah man ihr wahrhaftig nicht an. Joanna trug kein bescheidenes Käppchen, o nein, eine juwelenverzierte Haarspange, die sie selbst entworfen hatte, verzierte ihr blauschwarzes Haar, das, von der Spange hochgesteckt, einem schimmernden Wasserfall gleich auf ihre Schultern hinabfiel. Zu Ehren des Königs trug sie die Farben von York: rotbraun und blau. Ihr blaßblaues Untergewand wurde ergänzt durch eine Samttunika aus leuchtendem, kräftigem Rotbraun und war an den Seiten mit Goldfäden verbrämt.

Joanna würdigte Roseanna keines Blickes, da sie nur Augen für ihre Männer hatte, aber ihre Tochter mußte insgeheim lächeln, wußte sie doch, daß die Mutter sehr wohl jede, auch die kleinste Einzelheit ihrer heidnischen Erscheinung bemerkt hatte. Die Quittung dafür würde sie schon noch erhalten, doch nicht jetzt, nicht heute abend. Roseanna schwor sich, den königlichen Besuch bis zum letzten auszukosten!

An diesem Abend war die Empfangshalle überfüllt. Sämtliche Ritter und sonstigen Gefolgsleute, die Castlemaine aufzubieten hatte, waren erschienen, um einen Blick auf ihren König zu erhaschen; sie standen in Reihen an den Wänden, und die junge Pagen und Schildknappen saßen hoch oben auf den Simsen der riesigen Fenster. Als das Essen hereingebracht wurde, bahnte sich Roseanna ihren Weg zum Kopfende der Tafel. Ihr Bruder Jeffrey legte ihr die Hand auf die Schulter. Als sie sich ihm freudig zuwandte, blickte sie in ein Antlitz, das sie sofort seltsam berührte. Jeffreys Stimme klang wie aus weiter Entfernung an ihr Ohr: »Roseanna, ich möchte dir meinen guten Freund, Sir Bryan Fitzhugh, vorstellen. Wir sind am selben Tag zu Rittern geschlagen worden.«

Der Ritter, der nun vor ihr stand, war etwa in ihrem Alter, ein Jahr älter vielleicht. *Mein Gott, ist er schön,* dachte sie, während sie die Augen scheu niederschlug; die Röte schoß ihr in die Wangen angesichts seiner Nähe. Durch die Wimpern konnte sie sehen, daß er die Hand auf sein Herz legte und sich anmutig verbeugte. Sie sah, wie seine Lippen eine Begrüßung formten: »Es ist mir eine Ehre, Mylady!« Dennoch war in ihren Ohren ein derart starkes Rauschen, daß sie nichts weiter hörte als das heftige Klopfen ihres Herzens. Er hatte einen goldenen Bart und ein Lächeln auf den Lippen, und durch das Lichtspiel einer Fackel hinter seinem Haupt, die seine Gestalt in ein goldenes Licht hüllte, sah er wahrhaftig aus wie der glänzende Ritter ihrer Träume.

Ihr Kopf war auf einmal vollkommen leer. Sie konnte keinen klaren Gedanken fassen, geschweige denn irgend etwas Schlagfertiges oder Witziges von sich geben, und ihre Stimme hatte sie ebenso im Stich gelassen wie ihr Denkvermögen. »Sir Bryan«, brachte sie schließlich flüsternd heraus und floh sodann in die Sicherheit bietende Gegenwart des Königs und ihres Vaters.

Was sie aß, merkte sie überhaupt nicht; Schwan oder Wildschwein – ihr war es einerlei. Wenn ihre Tischnachbarn sich an sie wandten, dann hörte sie sie nicht, und sie mußten jeden Satz wiederholen. Ihre Antworten bestanden nur aus Seufzern. Wieder und wieder wurde ihr Blick wie magisch in eine bestimmte Richtung gezogen, an den Tafelgästen entlang hinüber zu dem jungen Mann, der an der Seite ihres Bruders saß. Sie mußte schließlich den Kopf abwenden, denn ihre Augen wollten sich einfach nicht von ihm lösen. Plötzlich zürnte sie mit sich selbst, daß sie nicht das zarte, weiße Untergewand mit den hübschen, lang fließenden Ärmeln und dem dazu passenden Schleier angezogen hatte. Sir Bryan mußte ja annehmen, sie sei nichts weiter als eine vorwitzige Göre, so wie sie angezogen war, das Haar unbedeckt und bis weit über die Hüfte fallend.

Sie geriet in Panik, als sie bemerkte, wie die Diener die Tische beiseite schoben, um Platz zum Tanzen zu schaffen. Und wenn er sie nun um einen Tanz bat? Oder noch schlimmer, wenn nicht? Stocksteif saß sie da, unfähig, auch nur ein Glied zu bewegen; dann sah sie jedoch zu ihrer großen Erleichterung, daß sich Sir Bryan von ihrer Mutter verabschiedete, um sich etwas früher zurückzuziehen. Da merkte sie plötzlich, wie eine große Spannung von ihr abfiel, und auch ihre berühmte Schlagfertigkeit war auf einmal wieder da. Sie erhob sich und gewährte den ersten Tanz an diesem Abend dem bestaussehenden Gentleman im Gefolge des Königs.

Die Fackeln waren schon sehr weit niedergebrannt, als zu ziemlich vorgerückter Stunde der letzte Diener auf Castlemaine Manor sein müdes Haupt endlich zur Ruhe bettete. Roseanna schickte Alice an diesem Abend sehr rasch zu Bett, da sie allein sein wollte, um sich noch einmal in aller Ruhe Sir Bryans Bild ins Gedächtnis rufen zu können. Sie erschauerte, während ihr Körper sich in die kühlen Laken schmiegte; dann ließ sie ihre Gedanken träumerisch zu dem Mann mit dem goldenen Bart und dem lächelnden Mund gleiten.

Doch immer wieder mußte sie auch an ihre Mutter denken. Sie gab sich alle Mühe, diese lästigen Gedanken zu verscheuchen, um sich ausschließlich auf die Erinnerung an den jungen Ritter konzentrieren zu können, doch so sehr sie es auch versuchte, Joannas Bild wurde immer stärker. Roseanna seufzte. Das Problem war, daß sich ihr schlechtes Gewissen langsam zu Wort meldete. Ihre Worte hatten jeglichen Respekt vermissen lassen, und sie hatte sich zu allem Überfluß auch noch reichlich unverfroren verhalten. Sie wußte, daß ihre Mutter sie liebte und nur das Beste für sie wollte. Trotz ihrer Stellung hatte sie in den vergangenen Jahren immer sämtliche Diener weggeschickt, nur um sich höchstpersönlich um ihre Tochter zu kümmern, wann immer sie krank im Bett lag. Ruhelos warf sich Roseanna von einer Seite auf die andere und wünschte, der Schlaf möge endlich kommen.

Zufällig weilte Joanna in Gedanken in diesem Moment genauso bei ihrer Tochter, wie diese an sie dachte. In ihrem gemütlichen kleinen Schlafgemach im Westflügel des Herrensitzes lag sie in den Schoß des Königs gekuschelt und genoß die Wärme des vor ihnen prasselnden Kaminfeuers. Sie hob schließlich den Kopf von seinem enormen Brustkorb, als er murmelte: »Sie ist einfach unglaublich schön, Joanna.«

»Eine Göre ist sie, weiter nichts, und dazu noch maßlos eitel. Sie weiß ganz genau, wie schön sie ist«, murmelte die Mutter.

»Wie sollte sie auch nicht? Jeder Mann, der ihrer zum ersten Mal ansichtig wird, steht doch da, wie vom Blitz getroffen.«

»Sie ist eigenwillig und verwöhnt«, erklärte Joanna mit Nachdruck, »und ihr hitziges Temperament kann einen auf die Palme bringen.«

Edwards Lippen kräuselten sich, als er sie sanft neckte: »Charakterzüge, die auch ihren Eltern im Blut liegen.«

»In deinem Plantagenet-Blut vielleicht, aber nicht in meinem«, stichelte sie. »Ned, versprich mir, daß du wegen des wilden, ungezähmten Pferdes, das sie zu reiten pflegt, mit ihr redest.«

Er streichelte ihr blauschwarzes Haar, das die Flammen des Kaminfeuers widerspiegelte, und seine Finger machten sich an den Knöpfen ihres Nachtgewands zu schaffen.

Joanna ergriff seine Hände. »Ned, mein Liebster, ich weiß, daß die wenigen Zeiten, in denen wir zusammensein können, sehr kostbar sind, aber ich muß einfach mit dir über diese Angelegenheit sprechen. Roseannas Verlobung mit Ravenspur besteht nun schon seit sechs Jahren, und er ist nie gekommen, um sie für sich zu fordern. Ich habe nichts gegen diese Verbindung; etwas Besseres als dein bester Freund Roger Montford kann ihr gar nicht passieren. Aber wenn er nun einmal nicht an den Altar zu bringen ist, dann sollten wir uns vielleicht woanders umsehen.«

Edward rutschte unbehaglich hin und her, und Joanna glitt von seinem Schoß, um ihm zu zeigen, wie ernst es ihr war. »Joanna, es tut mir leid, aber wir waren nicht ganz ehrlich mit dir, als die Verlobung geschlossen wurde.« Er zuckte hilflos mit den Schultern, denn die Wahrheit ließ sich nun nicht länger verheimlichen. »Zu jener Zeit habe ich nur daran gedacht, was für Roger vorteilhaft sein könnte. Du weißt, daß er zwei schlimme Ehen hinter sich hat. Er hat geschworen, nie wieder zu heiraten. Um ihm den Druck und das Drängen von seiten seiner Familie und der Heiratsvermittler zu ersparen, habe ich eine Verlobung mit Roseanna vorgeschlagen, die zu jener Zeit erst elf Jahre alt war.«

»Ihr verdammten Männer! Wir Frauen sind für euch doch nur ein Pfand für die Wahrnehmung eurer eigenen Interessen!« sagte sie mit geballten Fäusten.

Als Friedensangebot und um sie zu besänftigen und ihre liebevolle Stimmung wiederherzustellen, schenkte Edward für sie beide einen Kelch Malvasier, den besonderen heimischen Süßwein ein, und reichte ihn ihr mit den Worten: »Mein Schatz, ich verspreche dir, die Angelegenheit mit ihm zu bereden. Er ist gerade von einem höllischen Kriegszug aus Wales zurückgekehrt. Du weißt, was es heißt, diese wilden Waliser zu unterwerfen. Ich habe ihm für den nächsten Monat meinen Jagdsitz zur Verfügung gestellt. Er hat weiß Gott ein bißchen Sport und Entspannung verdient. Ich werde ihn dazu bringen, sie entweder für sich zu fordern oder sie freizugeben.«

»Aber es handelt sich doch um einen gültigen Vertrag«, bohrte sie nach, denn es widerstrebte ihr aufs äußerste, eine derart gute Partie sausen zu lassen.

Er rückte näher und ergriff mit seinen starken Händen ihre zarten Schultern. »Ich entschädige dich, wenn nichts aus der Sache wird, und ich finde eine mindestens ebenso gute Partie unter den höchsten Kreisen dieses Landes.« Er nahm den Kelch aus ihrer Hand und leerte ihn. »Doch genug von meiner Tochter, du bist es, die ich brauche.«

Lachend sah sie zu ihm auf. »Du verträgst mehr Wein als jeder Mann in England.«

»Das stimmt nicht. Ravenspur hat mich einmal unter den Tisch getrunken! Was meine Liebeskunst und -ausdauer betrifft, das ist jedoch eine ganz andere Sache.«

2. Kapitel

Nachdem sie sich eine Stunde lang schlaflos hin- und hergewälzt hatte, erhob sich Roseanna und schlüpfte in ihr Nachtgewand. Sie würde nicht schlafen können, bevor sie sich nicht bei ihrer Mutter entschuldigt hatte. Die Gänge, die zum Westflügel führten, waren kalt und zu dieser Stunde nur schwach beleuchtet. Sie beeilte sich daher, weil sie hoffte, Füße und Hände schon bald am Kaminfeuer ihrer Mutter wärmen zu können.

Leise schlich sie an Kates Kammer vorbei, da sie der wachsamen Dienerin auf keinen Fall über den Weg laufen wollte. Geräuschlos drehte sie den eisernen Ring, der den Balken an der Tür zum Zimmer ihrer Mutter entriegelte. Die dunklen Flügel der Eichentür schwangen zurück und enthüllten ein Liebespaar. Der massige Oberkörper des Königs war entblößt. Der Schein des Feuers ließ seine mächtigen Muskeln erglänzen, als er die nackte Joanna hoch über seinen Kopf hob. Sie lachte auf ihn herab wie ein junges Mädchen, das seine erste große Liebe erlebt.

Roseannas Augen weiteten sich vor Entsetzen. Ungläubig schnappte sie nach Luft und griff sich hilfesuchend an die Kehle. Auf Beinen, die unter ihr wegzuknicken drohten, rannte sie aus der Schlafkammer.

»Roseanna!« rief ihre Mutter ihr noch nach. Vergebens.

Edward stellte Joanna wieder auf den dicken, flauschigen Orientteppich. Sie griff nach ihrem Nachtgewand und flüsterte: »Ich muß zu ihr.«

»Nein, Joanna. In diesem Moment empfindet sie nur Haß für dich. Ich werde zu ihr gehen.« Er streifte sich Hose und Stiefel über und griff nach seinem purpurfarbenen Morgenmantel. Es war nicht schwer, Roseannas Kammer zu finden, denn die Tür stand sperrangelweit offen, und das Geräusch erstickter Schluchzer drang an sein Ohr, und gleichzeitig hörte er die sanfte Stimme ihrer Dienerin, die sie anflehte, ihr zu sagen, was denn um Himmels willen geschehen sei.

Der König sagte ruhig zu Alice: »Laß uns allein.«

Roseanna hockte wie ein Häufchen Elend auf dem Bett. Beim Klang von Edwards Stimme schrak sie hoch und fauchte ihn an wie eine wütende Tigerin. »Dazu habt Ihr kein Recht!« zischte sie. »Ihr mögt wohl König von England sein, doch Ihr habt nicht das Recht, hier zu sein.«

Man sah ihm an, wie schwer ihm fiel, was er nun mit gelassener Autorität zu sagen hatte: »Doch, das Recht habe ich sehr wohl. Nicht nur, weil ich der König von England bin, sondern auch, weil ich dein Vater bin.«

Ihre Augen weiteten sich in ungläubigem Erstaunen. Noch begriff sie nicht, was er ihr da eigentlich gesagt hatte. Heftig warf sie ihm vor: »Ihr seid ihr Liebhaber!«

Er zuckte zusammen angesichts der häßlichen Anspielung, die ihre Worte enthielten. »Wir sind Liebende, Roseanna. Schon seit wir vierzehn Jahre alt waren.«

Sie starrte ihn an, während ein folgenschwerer Gedanke langsam Form annahm: *Ich bin ein königlicher Bastard!* Diese Erkenntnis traf sie wie ein Schock, und dennoch erklärte sie so manche Dinge, die ihr schon seit ihrer Kindheit seltsam vorgekommen waren. Nun ergab auf einmal alles einen Sinn. »Es ist eine Schande, mit vierzehn schon über fleischliche Dinge Bescheid zu wissen und dem zu frönen, bis eine Schwangerschaft eintritt«, flüsterte sie vorwurfsvoll.

»Wir waren verliebt, Roseanna«, erklärte er.

»Warum habt ihr dann nicht geheiratet?« fragte sie in ungehaltenem Ton.

»Roseanna, nun denk doch mal nach«, sagte er geduldig. »Ich war vierzehn. Ich war doch erst Herzog von March. Mein Vater war gerade erst zum zeitweiligen Regenten des Königreichs ernannt worden, nachdem Henry von Lancaster den Verstand verloren hatte. Plötzlich hegten mein Vater und sein Bruder, der Herzog von Warwick, Ambitionen auf den Thron. Ich stand in Warwicks Diensten. Er gab die Befehle, und ich folgte ihm aufs Wort. Warwick meinte, eine Heirat mit Joanna käme nicht in Frage, und Warwicks Wort war Gesetz!«

»Warwick«, meinte sie nachdenklich, »der, den sie den Königsmacher nennen?«

»Den Titel hat er sich wahrlich verdient. Mit achtzehn war ich bereits König!«

Ihre Gedanken verweilten einen Moment lang bei den Ereignissen der letzten Jahre, den Gerüchten und dem Tratsch, der ihr zu Ohren gekommen war. »Wenn ich mich recht erinnere, dann verbot Warwick auch Eure Heirat mit Elizabeth Woodville, aber Ihr habt sie dennoch zu Eurer Königin gemacht!«

Bei der Erinnerung daran lachte er verächtlich. »Allerdings – ich war zweiundzwanzig Jahre alt und seit vier Jahren Herrscher über England. Dennoch fürchtete ich Warwick so sehr, daß ich die Heirat geheimhalten mußte.«

Als sie ihn so ansah, konnte sie sich beim besten Willen nicht vorstellen, daß er überhaupt vor irgend etwas Angst haben konnte. Hier, in diesem Zimmer, in dem sie beide zusammen waren, spürte sie förmlich seine Stärke.

Mit dem Finger hob er ihr zartes Kinn, und sie ließ ihn gewähren. »Meine Rosenknospe, du warst mein erstes Kind, und schon immer hat der zarteste Teil meines Herzens dir gehört. Kannst du mir je verzeihen, daß ich dich nicht zu einer Prinzessin gemacht habe?«

»Das ist mir vollkommen egal!« fauchte sie in verletztem Stolz. »Wer weiß überhaupt davon?« wollte sie schließlich wissen.

»Keiner, außer deiner Mutter und natürlich Sir Neville. Roseanna, es darf niemand erfahren. Um deiner eigenen Sicherheit willen muß es ein Geheimnis bleiben. Es gibt böse Menschen, die jeden beseitigen würden, den Blutsbande mit dem Thron verbinden.«

»Die Woodvilles?« fragte sie geradeheraus.

Seine Augen glitten forschend über ihr Gesicht, und er fragte sich, wieviel er einem so jungen Mädchen eigentlich anvertrauen konnte. »Die Familie der Königin ist ziemlich groß – sechs Schwestern und fünf Brüder, ganz zu schweigen von ihrer Mutter und ihrem Stiefvater, dem Lord Rivers. Die ehrgeizigste Familie, die mir je über den Weg gelaufen ist – abgesehen von uns Plantagenets natürlich.« Er lachte. »Meine eigenen Brüder und Warwick, der mich nun weit weniger liebt als früher, jetzt, wo ich nicht mehr seine Marionette bin, würden vor nichts haltmachen, um an Einfluß und Macht zu gewinnen.«

»Ich verstehe, Euer Hoheit«, sagte sie ruhig. Sie wollte nicht, daß er jenen, die er liebte, um ihres Schutzes willen Übles unterstellte, denn er war der bei weitem gutmütigste Mann, den man sich nur vorstellen konnte.

Er zog sie an sich und küßte ihre Stirn. Dann hielt er die Bettdecke auf, und sie schlüpfte hinein. »Wird es denn jetzt gehen?« fragte er.

Sie nickte stumm, denn sie hatte Angst, ihre Stimme könnte versagen.

Während sie sich schlaflos im Bett wälzte, jagte ein ruheloser Gedanke den anderen, bis sie schließlich vollkommen erschöpft war. Wie sie sich fühlte? Wie vorher, aber doch auch anders. Obwohl sie traurig war, war sie gleichzeitig froh, nun endlich die Wahrheit erfahren zu haben. Nun wußte sie mehr, aber dennoch nichts über die Welt und deren Schachzüge. Am Ende mußte sie sich eingestehen, daß sie ihn verstand und sich durchaus in seine Lage versetzen konnte. Es war ihre Mutter und die Rolle, die sie in diesem Verrat spielte, die sie einfach unerträglich fand!

Normalerweise wäre Roseanna schon vor Morgengrauen auf den Beinen gewesen, um den neuen Hengst zu begutachten, der in den Ställen auf sie wartete, aber heute war sie voller Lethargie. Essensduft drang ihr in die Nase, und sie fragte sich, was Alice wohl in den Kopf gekommen war, ihr das Frühstück ans Bett zu bringen. Als sie sich langsam aufsetzte, sah sie, daß es ihre Mutter war, die ihr das Tablett brachte. Sie wünschte, Joanna wäre meilenweit weg aus ihrem Zimmer. Roseanna senkte die langen, seidigen Wimpern; sie konnte es kaum ertragen, ihre Mutter anblicken zu müssen. Joanna war zweiunddreißig Jahre alt, und heute morgen sah man ihr das auch an. Sie stellte das Tablett auf einem mit Leder gepolsterten Beistelltischchen ab und setzte sich langsam aufs Bett. Sie äußerte weder eine Erklärung noch eine Entschuldigung, und als Roseanna langsam den Blick hob und ihrer Mutter in die Augen sah, da verschwand das Bild fröhlicher Wollust der vorhergehenden Nacht, und Roseanna sah auf einmal ein vierzehnjähriges Mädchen mit hochschwangerem Leib vor sich. Wie sie gelitten haben mußte! Verfolgt und gestraft durch Vorwürfe und Anschuldigungen, durch Drohungen und Tuscheleien. Und all das hatte sie auch noch alleine durchstehen müssen. Da streckte sie plötzlich ihre Hand aus und legte sie auf die ihrer Mutter. »Es tut mir leid. Liebst du ihn sehr?«

Joanna lächelte. »Nein, ich bin nicht in Ned verliebt. Aber, Roseanna, ich war es einmal, oh, und wie sehr!«

»Ich weiß, wie du gelitten haben mußt, als sie dir nicht erlaubten, ihn zu heiraten«, sagte sie ruhig.

»Nein, das weißt du nicht. Das kannst du nicht wissen, bis man dich zwingt, deine erste Liebe aufzugeben.«

Eine Träne floß Roseannas Wange hinab, und ihre Mutter erhob sich energisch. »Ich habe jedoch schon bald herausgefunden, daß Frauen sehr widerstandsfähig sind und alles ertragen können, was sie ertragen müssen. Iß dein Frühstück. Ich muß noch hunderterlei Dinge erledigen. Wir sprechen später noch einmal, Roseanna.«

Als Alice hereinkam, um ihr beim Flechten und Binden ihres Haares behilflich zu sein, sah Roseanna ihr gleich an, daß sie vor Neugier über die Tränen der vergangenen Nacht und des Königs Besuch zu so später Stunde platzte. Also improvisierte sie spontan und meinte: »Du hattest recht, Alice, ich hätte das Untergewand doch tragen sollen. Mutter hat schrecklich mit mir geschimpft, und wenn der König sich nicht eingeschaltet hätte, dann wäre der Bruch zwischen uns beiden möglicherweise irreparabel gewesen.«

Alice meinte in ehrfürchtiger Bewunderung: »Man sagt, der König sei der freundlichste und gutmütigste Mann in ganz England, und dennoch erfüllt mich schon seine bloße Gegenwart mit Furcht.«

Roseanna knöpfte ihre Hose zu und zog die Reitstiefel über. »Sein Amt ist es, Ehrfurcht einzuflößen. Aber sei versichert, unter dieser Königswürde atmet ein Mann, ein Mann aus Fleisch und Blut.«

Als Roseanna zu den Ställen ging, fürchtete sie sich bloß noch vor einer Begegnung, nämlich der mit Neville Castlemaine, ihrem Vater, der doch nicht ihr Vater war. Sie wußte nicht, wie sie ihm je wieder würde gegenübertreten können. Schon beim bloßen Gedanken daran schoß ihr die Röte in ihre zarten Wangen.

Die Ställe waren voll von den Gefolgsleuten des Königs und deren Diener, die die Pferde für die Abreise nach Belvoir, dem Jagdsitz des Königs, sattelten. Edward wies Dobbin gerade auf die unübersehbaren Vorzüge des arabischen Hengstes hin.

»Oh, Euer Hoheit«, sagte Roseanna begeistert, »er ist ja weiß!« Rasch spuckte sie auf den Boden, und der König warf den Kopf zurück und brach in brüllendes Gelächter aus. »Du bist doch wohl nicht abergläubisch.« Er lachte. »Mein Gott, es ist Jahre her, seit ich beim Anblick eines weißen Pferdes ausgespuckt habe.«

Roseanna mußte ebenfalls lachen. »Ich verbeuge mich immer noch dreimal vor einem Raben und nie, niemals betrachte ich den Vollmond durch ein Glas.«

»Und man muß sich etwas wünschen, wenn man eine Sternschnuppe sieht, und immer eine Hasenpfote bei sich tragen«, meinte Edward in schwärmerischer Erinnerung an längst vergangene Jugendjahre. Er sah Dobbin zu, wie er den arabischen Hengst zu einer der hinteren Boxen führte. »Sieh zu, daß du mir ein paar Schlachtrösser von dem hier züchtest.«

Traurig meinte sie: »Das Leben eines Schlachtrosses ist kurz, und die Nachfrage folglich sehr hoch.« Zusammen gingen sie hinüber zu Zeus' Box, und das Pferd wieherte Roseanna freudig entgegen.

Edward erklärte nach kurzem Zögern: »Ich habe deiner Mutter versprochen, mit dir wegen dieses ungezähmten Pferdes zu sprechen. Warum suchst du dir nicht einfach einen Wallach, Roseanna? Dann wäre sie beruhigt.«

Ihre Augen schossen dunkle Blitze, als sie erwiderte: »Beantwortet mir vorher eine Frage. Warum reitet Ihr mit einem ungezähmten Pferd in die Schlacht? Das ergibt doch keinen Sinn. Ein Wallach wäre viel leichter unter Kontrolle zu halten und würde Eure Position dem Feind nicht durch lautes Wiehern verraten.«

Edward grinste. »Dieser verdammte Stolz! Dieser sture Plantagenet-Stolz!«

»Habt Ihr etwa gedacht, ich besäße keinen?«

Der König blickte sie bewundernd an. »Dann kann ich dich lediglich um Vorsicht bitten. Komm vorbei und begleite uns auf unserer Jagd. Wir sind bis Ende dieses Monats dort, danach habe ich die Hütte Ravenspur versprochen.« Er ging. Einen Moment lang sah es so aus, als ob die Welt ein wenig an Glanz verloren hätte, nachdem er weg war. Tief in Gedanken versunken, lehnte sich Roseanna an Zeus' Box. Eine wundervolle Stimme riß sie aus ihren Tagträumen.

»Ihr solltet nicht zu dicht hier stehen, Mistress Castlemaine. Das Tier könnte Euch verletzen.«

Sie hob ihren Blick dem seinen entgegen, senkte jedoch rasch wieder die langen, dunklen Wimpern. »Ich danke Euch, Sir Bryan«, flüsterte sie scheu und erlaubte ihm, sich schützend zwischen sie und den schwarzen Hengst zu stellen. Jeden anderen hätte sie wegen dieser Unverschämtheit zurechtgewiesen! Bei all dem inneren Aufruhr, der in ihr tobte, hatte sie Sir Bryan vollkommen vergessen. Und jetzt wünschte sie fieberhaft, sie hätte ihr Haar nicht derart streng geflochten und diesen einfachen blauen Reitanzug angezogen. Sie zwang sich, die Wimpern zu heben und mit ihm zu sprechen, damit er nicht auch noch denken mußte, sein Freund hätte eine Schwachsinnige als Schwester. »Ich wünschte, Ihr würdet mich Roseanna nennen, Sir.«

Er verbeugte sich; seine Manieren waren tadellos. »Es ist mir eine Ehre, Lady Roseanna.«

Sie seufzte erleichtert, als sie ihren Bruder Jeffrey rufen hörte, denn in dem Gespräch mit dem jungen Ritter ging ihr der Stoff aus.

»Da bist du ja, Göre! Vater hat nach dir gefragt. Ich glaube, er sucht dich im Garten.«

Sie bekam einen roten Kopf, als ihr einfiel, daß Jeffrey ja nur ihr Halbbruder war – was sie auf einen weiteren Gedanken brachte, nämlich, daß sie drei kleine Halbschwestern in Westminster besaß, alles Prinzessinnen. Widerstrebend knickste sie vor Sir Bryan, entschuldigte sich und ging, wobei sie unterdrückt murmelte: »Dummes Ding, er hat deine Gehirnwindungen ja völlig lahmgelegt!«

Nur zögernd – ihre Füße fühlten sich wie Blei an – schritt sie zu dem von einer Mauer umgebenen Garten und öffnete das kleine, verzierte Gatter. Sir Neville stand bei einem Rosenstrauch, und sie suchte verzweifelt nach Worten. Aber er sprach als erster.

»Joanna hat mir gesagt, daß du alles weißt.«

»Joanna?« echote sie. »Wie kannst du es ertragen, ihren Namen zu nennen?« fragte sie mit zerrissener Stimme.

»Liebling, Joanna hat mir nie etwas verheimlicht. Ich wußte, daß sie mit dir schwanger war, als wir heirateten. Sie ist mir in all den Jahren eine gute Ehefrau gewesen, und ein Jahr nach deiner Geburt hat sie mir meinen Sohn geschenkt. Kein Mann könnte mehr verlangen.« Das meinte er ganz ehrlich, und sie wußte, daß seine Worte aufrichtig waren. Da wagte sie endlich, ihn anzublicken, und sie sah Liebe in seinen Augen, ganz deutlich stand sie dort geschrieben. »Du bist mir immer ein guter Vater gewesen. Ich könnte mir nie einen anderen vorstellen.«

»Und du bist und bleibst meine Tochter«, sagte er schlicht. Er breitete die Arme aus, und sie warf sich hinein. Es war ihr egal, daß Tränen ihre Wangen hinabströmten. Sie flüsterte: »Ich hatte Angst, dir gegenüberzutreten, aber du bist so ein herzensguter Mann. Du hast es mir leichtgemacht. Wie immer.«

Etwas verlegen wechselte er rasch das Thema. »Komm, ich muß Edward eine gute Reise wünschen. Dann werden wir uns den Araber mal näher ansehen. Hast du schon einen Namen für ihn?«

»Wie wär's mit Mekka?« lächelte sie.

»Nun, das ist auf jeden Fall ein Name, den man sich verdienen kann.«

3. Kapitel

Alice übergab Roseanna eine kleine Pergamentrolle.

»Mylady, ein gewisser Ritter hat mich gebeten, Euch dies zu geben.«

Roseanna nahm die Rolle voller Neugier: »Welcher Ritter?« Aber als ihr Blick darauf fiel, wußte sie, daß sie von Sir Bryan stammten.

Mond, Mond, dein heller Schein!
Weiß und silbrig und rein
hat dein Licht die ganze Nacht
den Schlaf der Liebsten bewacht.

Oh, laß meine Lady träumen von mir,
nichts mehr als dies wünsch' ich von dir!
Doch ich weiß, es kann nicht sein
– und dennoch: Mein Herz brennt nach ihr allein.

Ihr Puls raste. »Sehr hübsch«, meinte sie zu Alice. Sie wollte auf keinen Fall, daß man ihr die Erregung anmerkte. *Aha*, dachte sie insgeheim, *er fühlt genauso wie ich*. Dieser Gedanke gefiel ihr außerordentlich. Was für ein herrlicher Tag! Erst gestern noch hatte alles grau ausgesehen, und jetzt erstrahlte der Tag in hellem Licht; es kam ihr vor wie ein Neuanfang. Und vielleicht war es das auch.

Jedem in ihrer Umgebung fiel bald auf, daß Roseanna mit ihren Gedanken woanders war, an einem geheimen Ort, den nur sie kannte; denn sie antwortete mit Seufzern, wenn man sie ansprach.

Als sie sich zur Abendtafel an ihren Platz in der Empfangshalle, die heute zu den Menschenmengen vom Tag zuvor leer wirkte, niedersetzte, fand sie eine weiße Rose neben ihrem Teller. Sie ergriff sie vorsichtig; ihre zarte Knospe sanft mit den Händen umschließend, atmete sie tief ihren schwindelerregenden Wohlgeruch ein. Sie lächelte, und der Kopf schwirrte ihr förmlich vom Duft der Blüte.

Sie hob die Augen und durchforschte die Halle, und wie ein Magnet fand sie das Antlitz, das sie suchte. Ein strahlendes Lächeln erhellte ihre Miene; dann, in plötzlicher Schüchternheit, was bei ihr völlig ungewöhnlich war, senkte sie den Blick auf ihren Teller. Als das Mahl vorbei war, sah sie aus den Augenwinkeln, daß Sir Bryan die Halle verließ. Sie spürte einen Stich der Enttäuschung, daß er nicht gewartet hatte, bis sie aufstand, so daß sie einen Vorwand hatten, die Halle zusammen zu verlassen. Als sie jedoch vom Eßsaal durch den Torbogen schritt, der in den Hof führte, sah sie, daß er auf sie gewartet hatte, und ihr Herz klopfte stürmisch. Sie verlangsamte den Schritt, und er ging an ihrer Seite. Sie schlenderten über den Innenhof, wobei die Tauben und Möwen aufgeregt zu den Dachfirsten hinaufflatterten.

»Nehmt Ihr mir mein kleines Gedicht übel?« fragte er vorsichtig.

»Ich fand es sehr hübsch«, begann sie und schloß mit der Frage: »Habt Ihr mehr davon?«

Er lachte glücklich. »Jeden Tag werde ich Euch eins schicken, jetzt wo ich weiß, daß Ihr mir deswegen nicht gram seid.« Er zögerte: »Lady Roseanna, Ihr seid so schön. Ich bin sicher, daß Legionen von Rittern zu Euren Füßen liegen.« Es klang wie eine Frage.

»Nein, keiner«, antwortete sie schlicht und wußte, daß das die Antwort war, die er erhoffte. Sie war plötzlich froh, daß es die Wahrheit war.

»Glaubt Ihr, daß Ihr irgendwann einmal mit mir ausreiten könntet, um mir die Schönheiten der Umgebung zu zeigen?«

Sie lächelte zu ihm auf. »Habt Ihr morgen schon etwas vor?« fragte sie kühn und hielt den Atem an, bis seine Antwort kam.

»Das hätte ich kaum zu hoffen gewagt.«

»Ich denke, ich werde morgen bei Anbruch des Tages zur Falkenjagd gehen. Ich würde mich freuen, wenn Ihr mich begleiten könntet, Sir Bryan.« Das war der längste Satz, den sie in seiner Gegenwart je geäußert hatte, und die Atemlosigkeit, die er verursachte, stand ihr ausgezeichnet. Seine Augen, die an ihren Lippen gehangen hatten, senkten sich nun auf die Rose in ihren Händen. Sanft nahm er sie aus ihren Fingern und steckte sie unter die Weste, dorthin, wo sein Herz schlug.

Castlemaine Manor besaß nur ein Turmzimmer, und Roseanna hatte es schon vor langer Zeit als ihr Schlafgemach mit Beschlag belegt. Etwas abseits den Räumen der übrigen Burgbewohner, schenkte es den Grad an Privatsphäre, den sie brauchte, um glücklich zu sein.

Der Himmel war noch dunkel, als sie am nächsten Morgen erwachte und das Turmzimmer mit einem Dutzend Kerzen erhellte. Alice, die daran gewöhnt war, daß Roseanna früh aufstand, allerdings bisher nie zu einer derart unchristlichen Zeit, erschauderte. »Ich werde nach einem Pagen rufen, damit Feuer gemacht wird.«

»Dafür ist keine Zeit, Alice. Hilf mir mit meinem Haar. Wir werden es flechten, zusammenrollen und mit Bändern feststecken. Ich will, daß es ganz fest hält und sich auf keinen Fall löst, denn ich gehe heute morgen auf die Falkenjagd.«

Beim bloßen Gedanken an einen Ritt im Morgengrauen – noch dazu im Wind – lief Alice erneut ein Schauer über den Rücken. Später würde der Sommertag sicherlich schön und warm sein, aber zu dieser Stunde war es draußen schlicht und einfach eisig.

Roseanna wählte ein leinenes Untergewand und einen langen Überrock in passendem Fichtengrün. Ihre Reitstiefel aus Spanien bestanden aus weichem, rotem Leder, und ihr Umhang war scharlachrot. Sie wußte sehr gut, daß Scharlachrot eine der Farben war, die ihr dunkles Haar perfekt zur Geltung brachten. Sie zog die Lederhandschuhe über, nahm dann einen leuchtend grünen Apfel aus einer Fruchtschale und biß lustvoll hinein.

Alice schauderte. »Iii, ist der nicht sauer?«

Roseanna leckte sich die Lippen, um die überfließenden Säfte zu ergattern, und lachte. »Er ist so sauer, daß es mir alles zusammenzieht, aber köstlich!«

Die beiden Mädchen boten einen seltsamen Kontrast: die eine äußerst lebendig mit roten, frischen Wangen angesichts der Abenteuer, die der heutige Tag bringen mochte, die andere blaß, dünn und zitternd.

»Geh wieder ins Bett, Alice. Hier, zieh mein samtenes Nachtgewand über. Wenn man zur Falkenjagd gehen will, dann heißt es noch vor den Hühnern aufstehen, aber für dich gilt das natürlich nicht. Wenn ich wieder zurück bin, werde ich dich in alle saftigen Einzelheiten einweihen.« Sie zwinkerte vielsagend und wirbelte aus dem Turmzimmer, stürmte die lange Steintreppe hinunter, die zum zweiten Stock des Haupthauses führte, ging dann leise die Hintertreppe zum Erdgeschoß hinab und hinaus in den Innenhof.

Noch nicht mal der alte Dobbin war auf, als sie die Ställe betrat, doch zu Roseannas großer Freude war Sir Bryan bereits da – so, als ob er es nicht hatte abwarten können, sie zu sehen!

Er hielt den Atem an, als er ihrer lieblichen Gestalt im scharlachroten Umhang ansichtig wurde. Als sie zu ihm auflächelte, versuchte sie gar nicht erst, die Freude in ihren Augen zu verbergen. »Kommt und wählt Euch einen Falken aus«, forderte sie ihn auf, während sie durch die Ställe in den angrenzenden Bau voranging und von dort hinauf auf den Dachboden, wo die Vögel ihren Schlag hatten.

Die aufgestörten Tiere machten einen ohrenbetäubenden Lärm. Licht drang nur sehr spärlich in den Schlag, und als der abgestandene Geruch von Stroh und Vogeldreck Roseanna entgegenschlug, mußte sie die Nase rümpfen. Hastig entriegelte sie die Fensterläden und ließ das erste Licht des Tages hereinströmen.

Die Vögel saßen auf langen Reihen hölzerner Stangen. Einige hatten individuelle Besitzer, wobei die Namen der Eigentümer in die Sitzstangen eingeritzt waren. Einige wenige trugen sogar reich verzierte Hauben, aber es gab auch eine ganze Reihe unterschiedlichster Jagdvögel, die von jedem Bewohner Castlemaines frei genutzt werden durften.

Sir Bryan wählte einen herrlichen Falken mit riesiger Spannweite und Klauen, die einen ausgewachsenen Mann verletzen konnten, ganz zu schweigen von einem Vogel. Roseanna hätte beinahe einen kleinen Sperlingsfalken ausgesucht, damit ihr Begleiter auf der Jagd vorteilhaft erscheinen mochte, doch dann überlegte sie es sich doch anders. Es durfte nicht zu offensichtlich sein, sonst würde er ihre Absichten noch durchschauen. An den Milanen ging sie vorbei, denn mit ihnen war sie bereits draußen gewesen und wußte daher, daß sie nicht immer beim ersten Versuch Erfolg hatten. Sie wählte ein Falkenweibchen wegen seines geschmeidigen Fluges, seiner gespreizten Schwanzfedern und der langen, schmalen Flügel. Außerdem war Sichten und Töten für dieses Tier eins.

Sir Bryan befestigte den Fußriemen seines Falken an einem Lederband, und Roseanna machte es ebenso. »Vielleicht sollten wir lieber einen Köder mitnehmen. Ich weiß nicht, wie gut trainiert Euer Tier ist«, gestand sie. Unten angekommen, befestigte sie die Leinen an einer der Boxen, während Sir Bryan sein Pferd sattelte. Sie bewunderte seinen kräftigen Hengst, sah jedoch sofort, daß er, obwohl ein schönes Tier, lange nicht so groß war wie Zeus. Sie ging an den Ställen entlang und suchte sich eine junge Stute aus. Ihre innere Stimme meldete sich zwar mit leisem Spott wegen der hinterlistigen, weiblichen Tricks, durch die sie den Mann überlegen aussehen lassen wollte, aber sie beachtete sie nicht. Als sie aus den Ställen herausritten, kratzte sich Dobbin, der nun ebenfalls auf den Beinen war, ratlos am Kopf und fragte sich, warum denn die junge Mistress heute nicht auf ihrem Liebling, dem wilden Hengst, ausritt.

Die Sonne war inzwischen über den Horizont getreten, und der Tau glänzte zu ihren Füßen wie ein Teppich aus Grün und Silber. Roseanna hatte jedes Detail von Sir Bryans Erscheinung in sich aufgesogen – natürlich ohne es sich anmerken zu lassen. Er trug eine tiefblaue Reithose, eine Weste in derselben Farbe und weiche Lederstiefel, die ihm bis an die Oberschenkel reichten. Vielleicht lag es an dieser kräftigen Farbe, daß seine Augen in einem so intensiven Blau leuchteten. Sie ertappte sich bei dem Gedanken, ob seine Augen wohl in einem ebenso intensiven Grün strahlen würden, wenn er Gewänder in dieser Farbe trug. Die Sonne verwandelte sein Haar und seinen Bart in gesponnenes Gold. Roseanna fand seinen Anblick atemberaubend. Auf seiner Schulter prangte das Wappen des Herzogs von Clarence, ein schwarzer Stier.

»Ist der Herzog von Clarence genauso wie sein Bruder, der König? Ich habe ihn noch nie gesehen. Richard habe ich gesehen, als er noch ein Junge war, aber George nie.«

»George, der Bruder des Königs, ähnelt ihm äußerlich sehr. Groß, rot-goldenes Plantagenet-Haar, gutaussehend – er ist vielleicht sogar noch attraktiver als der König. Er besitzt natürliche Anmut und tadellose Manieren. Seine Haltung ist geradezu königlich. Tatsache ist, wenn man Edward und George Seite an Seite sieht, dann könnte man George leicht für den König halten.« Er zögerte. »König Edward – oder Ned, wie er genannt wird – ist dagegen so ungezwungen, so herzlich.«

Sie blickte ihn an und fragte sich, ob er den König möglicherweise kritisierte. Dann fiel ihr jedoch ein, wie unheimlich loyal Ritter ihren Lords gegenüber sein konnten.

Sie galoppierten über die Wiesen, und als ein Schwarm Vögel in den Morgenhimmel aufflog, ließen sie ihre Falken von der Leine und zügelten ihre Pferde, bis sie nunmehr trabten, da sie sehen wollten, wie die Falken sich hielten.

»Wo seid Ihr zu Hause, Sir Bryan?«

»Auf Marston Moor, nahe York. Mein Vater stand in den Diensten des Herzogs von York, Georges Vater.«

Roseanna lachte. »Für mich ist der Herzog von York immer des Königs Vater, aber für Euch, der Ihr dem Herzog von Clarence dient, ist er natürlich Georges Vater.«

»Welchen Unterschied macht das schon? Mein Vater hat in Yorks Diensten sein Leben gelassen.«

Roseanna wußte nicht, ob er mit York den Mann meinte oder die Fraktion, die in Opposition zu Lancaster stand, in einem Zwist, der schließlich im dreißigjährigen »Rosenkrieg« geendet hatte – so genannt wegen der roten Rose der Lancasterianer und der weißen Rose der Yorkisten. »Es tut mir leid, Sir Bryan«, meinte sie sanft.

»Das ist schon lange her. Ich war damals erst vier oder fünf Jahre alt. Richard, der Herzog von York, gab den Versuch auf, durch einen verrückten Marionettenkönig regieren zu wollen, und beanspruchte den Thron als sein legales Geburtsrecht. Es war Weihnachten und gerade Waffenstillstand, und der Herzog von York, sein Sohn Edmund und eine kleine Streitmacht von Yorkisten, einschließlich meines Vaters, befanden sich auf Streifzug. Sie gerieten in einen Hinterhalt und wurden von einer Truppe Lancasterianer unter der Führung von Lord Clifford ausgelöscht. Sie fertigten eine Papierkrone für Richards zerschlagenen Schädel und verspotteten ihn als König ohne Königreich.«

Roseanna fühlte, wie Mitleid in ihr hochstieg. Er sprach von ihrem Großvater!

»Es war der Knappe meines Vaters, der meiner Mutter die gräßlichen Einzelheiten berichtete. Man sagt, mein Vater habe Clifford angefleht, Edmunds Leben zu schonen, dieser habe jedoch kalt geantwortet: ›Zum Teufel, sein Vater hat den meinen abgeschlachtet, und genau das werde ich auch mit ihm und seiner gesamten Sippe tun!‹ Nach dreißig Jahren Krieg stand Rache auf der Tagesordnung.« Seine

Augen hefteten sich auf Roseanna, so als ob ihm gerade erst klargeworden war, welche Themen er da abhandelte. »Vergebt mir, Mylady. Über solche Dinge sollte ich wahrhaftig nicht vor jemandem von so edlem Geblüt wie Euch sprechen.«

»Ich hoffe, Ihr habt das Gefühl, mir alles erzählen zu können. Ich bin Eure Freundin, Sir Bryan.«

»Ich erhoffte mir mehr als nur Freundschaft«, sagte er kühn.

Roseannas Herz flatterte, als ihr klar wurde, wie er für sie empfand. Sie fühlte sich von dem jungen Ritter angezogen und war mehr als bereit für ihre erste Romanze.

Er streichelte seinen Falken, als dieser mit einer Taube zurückkehrte und lobte ihn ausgiebig. Dann holte er ein Stück Fleisch aus der Tasche seines Wamses und fütterte den Vogel damit.

»Also – Ihr bestecht ihn ja!« lachte Roseanna.

»Ich glaube nun mal an das System der Belohnung. Was tut man schon, ohne sich einen Vorteil dabei zu erhoffen?« fragte er.

Sie hob die Brauen und wollte ihm gerade widersprechen, als sie es sich anders überlegte. Ihre gemeinsame Zeit konnten sie besser verbringen als mit Meinungsverschiedenheiten. Das Falkenweibchen brachte seine Beute und zeigte sie Roseanna. Sie mußten beide herzlich lachen, als sie sahen, daß es eine Maus war. »Tauben können in den Topf wandern, aber was um Himmels willen soll ich damit anfangen?«

»Versucht's einmal mit dem Belohnungssystem. Gebt sie ihr, dann wird sie Euch etwas Größeres bringen.«

Als ihre Satteltaschen mit Wildhühnern und Tauben gefüllt waren, kehrten sie zurück. »Werdet Ihr morgen auch wieder kommen?« fragte er heftig.

»Ja, ich werde morgen mit Euch ausreiten. Aber ich glaube nicht, daß wir den Vorwand mit den Falken noch einmal benötigen, oder?«

Nachdem ihr Bruder Jeffrey ihr die zweite Liebesbotschaft übergeben hatte, verbrachte er den Rest des Tages damit, sie gnadenlos wegen Sir Bryan zu hänseln. Roseanna kümmerte sich nicht darum. Das einzige, was für sie eine Rolle spielte, war, daß er ihr ein weiteres Gedicht geschrieben hatte.

Um eins nur bitt' ich Dich,
oh, Sonne meines Herzens,
nur, was die reine Lieb' allein zu hoffen wagt:
Ob denn der Liebsten Augen reinster Glanz
mich trösten in des Lebens Schmerzen.
Dies wissen muß ich – oder sterben!

Ihr Herz war erfüllt von der unschuldigen Melodie der ersten Liebe. Aber die Veränderung, die mit ihr vorgegangen war, bereitete ihrer Mutter Sorgen. Plötzlich war Roseanna aufgeschlossen und umgänglich, und Joanna fragte sich, ob es vielleicht daran lag, daß sie nun wußte, daß königliches Blut in ihren Adern floß. Roseanna wirkte überhaupt nicht nachdenklich, sie lächelte vielmehr häufig und schien mit ihren geheimsten Gedanken meilenweit weg zu sein. All die Tage ritt sie meist eine Stute anstelle ihres Hengstes, und nach dem abendlichen Dinner war sie von den Balladen der Minnesänger geradezu entrückt. Joanna führte das alles auf Neds Gespräch mit seiner Tochter zurück. Tatsächlich mußte sie sich selbst wie so oft nach einem der seltenen Besuche des Königs ein wenig beherrschen, um nicht in Tagträumen und Seufzern zu versinken.

Joanna lud ihre Tochter in die Werkstatt ein, wo sie ihren Schmuck herstellte. Es war ein kleiner Raum, der an den Westflügel angebaut worden war, um die Nachmittagssonne einzufangen. Roseanna bewunderte die Zeichnungen, an denen ihre Mutter gerade arbeitete. Sie stellten eine Spange dar, die dazu dienen sollte, einen Umhang am Hals zu schließen. Die Spange hatte die Form eines großen »E« und war mit purpurnen Amethysten auf einem Hintergrund von glänzenden Diamanten besetzt. Die Farben repräsentierten die aufgehende Sonne, das Wappen Edwards.

»Oh, das ist wirklich wunderschön, Mutter«, sagte Roseanna bewundernd.

»Ich bin nicht sicher, ob ich's überhaupt machen werde«, erwiderte Joanna.

»Warum um Himmels willen denn nicht?«

»Weil es zwar für den König gedacht ist, aber trotzdem von *ihr* getragen werden könnte.«

Roseanna fragte: »Meinst du vielleicht Elizabeth, die Königin?«

»Ja, dieses Woodville-Weib!«

Joannas Stimme war so voller Wut, daß Roseanna fragte: »Du haßt sie?«

»Ich bin nicht die einzige, die sie haßt. Ganz England haßt sie! Die Woodville-Sippe wird Edwards Großzügigkeit so lange ausnützen, bis nichts mehr davon übrig ist. Sie sind gewinnsüchtig und gierig!«

Roseanna wußte, daß ihre Mutter eine willensstarke Frau war, die mit ihren Ansichten nie hinterm Berg hielt, aber sie hatte sie noch nie zuvor mit solch unverhülltem Haß sprechen hören. »Eine kleine Witwe mit zwei Söhnen war sie, nicht mehr, als der König ein Auge auf sie warf. Sie hatte nichts. Außer einer endlosen Sippe von Brüdern und Schwestern. Sie ist fünf Jahre älter als Edward, weißt du«, sagte Joanna zufrieden.

»Warum hat er sie dann geheiratet?« fragte Roseanna ratlos.

»Weil sie eine Hexe ist, die ihn am Schwanz hatte! Oh, es tut mir leid, Roseanna. Jetzt habe ich dir einen Schock versetzt.«

Roseannas Mund verzog sich zu einem Lächeln. »Nicht mehr als neulich nachts!«

Die zwei Frauen sahen einander an und brachen in Gelächter aus.

»Es ist nicht bloß Eifersucht. Ihr Vater ist Lord Rivers. Welch ein Name ist das! ›Fluß‹! In ganz England macht man sich darüber lustig, daß ›Flüsse über die Ufer treten und das Land überschwemmen‹, daß ›Flüsse stinken‹ und so weiter! Keiner spricht gut über sie. Es gibt einfach zu viele von ihnen, und sie haben zuviel Reichtum und Macht. Ich fürchte, Edward wird es noch einmal sehr leid tun, daß er ihnen erlaubt hat, so hoch zu steigen.«

Roseanna erkannte plötzlich, wie behütet ihr Leben auf Castlemaine Manor doch immer gewesen war, weit weg von den Intrigen am königlichen Hof. Und sie war froh darüber.

Später suchte sie Jeffrey in seiner Kammer auf. Sie war nicht im mindesten überrascht, ein etwas zerknittertes Stubenmädchen an sich vorbeischlüpfen zu sehen, als sie nach mehrmaligem Klopfen eintrat. »Ich bin gekommen, dich um einen Gefallen zu bitten«, sagte sie feierlich, aber in ihren Augen blitzte der Schalk.

Er antwortete amüsiert: »Bist du sicher, daß du die richtige Kammer erwischt hast? Sir Bryans befindet sich am anderen Ende des Korridors.«

Sie achtete nicht auf seine Worte. »Ich möchte den neuen Araberhengst einmal ausreiten, aber Zeus braucht ebenfalls Bewegung. Wenn du mit mir ausreiten würdest, dann könnten wir beides tun.«

Jeffrey grinste: »Ah, jetzt weiß ich, warum du mich Sir Bryan vorgezogen hast. Du willst ihm nicht zeigen, daß du ihn in Grund und Boden reiten könntest, während es dir nicht eine Sekunde lang etwas ausmacht, mich zu demütigen. Göre!«

»Meinst du, der Araber ist schneller als Zeus?« fragte sie.

»Mit einem Fliegengewicht wie dir im Sattel! Mich würde es jedenfalls nicht wundern.«

»Sie sind berühmt für ihre Schnelligkeit und Grazie. Ich würde ihn gerne mit einem ganz gewöhnlichen schottischen Klepper kreuzen – die haben breite Hufe und sind kräftig, aber nicht schnell.«

»Laß dir von deinem Bruder einen Rat geben: Sprich nicht übers Pferdezüchten beim Rendezvous heut' abend.«

»Welches Rendezvous?« fragte sie atemlos.

»Das Rendezvous, das ich zwischen dir und Sir Bryan arrangieren werde. Jedenfalls habe ich es versprochen. Und Roseanna, um Himmels willen, sei weniger offen, was dies alles betrifft, oder du wirst Mutter noch dazu bringen, jeden Kontakt zwischen euch zu unterbinden.«

»Warum sollte sie das tun?« fragte Roseanna.

»Guter Gott, Mädchen, du bist wirklich nicht die Hellste. Mir fallen da tausend Gründe ein, abgesehen davon, daß du bereits versprochen bist.«

»Ach, das«, meinte Roseanna mit der Verachtung, die solch eine langjährige Verlobung verdiente.

»Also, hier ist unser Plan: Du und Alice, ihr nehmt Kissen und deine Laute und schlendert durch den Obstgarten zum Fluß. Die Ufer des Trent können sehr romantisch sein, darauf gebe ich dir mein Wort.« Er zwinkerte ihr zu. »Bryan und ich bringen Essen und Wein. Dann werden Alice und ich verschwinden.«

Ihre Augen weiteten sich, und sie sagte in gespielter Überraschung: »Ich wußte gar nicht, daß du hinter Alice her bist.«

»Göre!« sagte er und zog sie an einem ihrer langen, schwarzen Zöpfe. Sie schubste ihn heftig, so daß er rücklings zu Boden stürzte, dann rannte sie zu den Ställen, Jeffrey dicht auf den Fersen.

Roseanna hatte ihr Gewand mit größter Sorgfalt gewählt. Es war in zartem Muschelrosa gehalten, was sie zerbrechlich erscheinen, ihre Lippen jedoch wie rosa Samt wirken ließ. Die vier jungen Leute lachten und scherzten unter den großen Weidenbäumen, die ihre Zweige ins Wasser des Trent hängen ließen, während der Nachmittag langsam verging. Sie hatten sich die ersten Pflaumen aus dem Obstgarten schmecken lassen und Wein und Cider genossen. Schließlich war Roseanna mit Sir Bryan allein.

Sie saß auf einem Kissen und strich ihre Laute, während er romantische Verse eines deutschen Dichters übersetzte. Plötzlich sahen sich beide in die Augen, und einen Moment später lag das Buch vergessen im Grase; Bryan rückte näher. Er nahm ihr die Laute aus der Hand und legte sie beiseite. Dann schlang er seine Arme um ihren Leib. »Roseanna«, formten seine Lippen, während sie atemlos ihren ersten Kuß empfing. Es war so aufregend, daß sie in seinen Armen erzitterte. »Ich wollte Euch nicht ängstigen«, sagte er mit heiserem Flüstern.

»Das ... das habt Ihr nicht«, erwiderte sie scheu – was ihn zu einem zweiten Kuß ermutigte. Sie lag an seinen Arm gelehnt, verzückt von seinen geflüsterten Liebkosungen.

»Ihr seid die schönste Maid, die ich je gesehen habe. Schon als ich Euch das erste Mal erblickte, habe ich mein Herz an Euch verloren.«

»Mir ging es genauso«, gab sie zu.

»Spielt nicht mit mir, Roseanna. Es wird mir das Herz brechen!« sagte er leidenschaftlich.

Ihre Augen weiteten sich erstaunt: »Aber ich spiele nicht mit Euch«, sagte sie ernsthaft. »Ich ... liebe Euch.« Sie errötete heftig und rang nach Atem; die Liebe strahlte unübersehbar für ihn aus ihren Augen.

Da warf er sich neben ihr aufs Gras und rief verzweifelt: »Es kann nicht sein, niemals!«

»Warum denn nicht?« fragte sie, und eine reizende Falte furchte ihre sanfte Stirn.

»Eure Eltern würden einem landlosen Ritter doch niemals einen solchen Schatz anvertrauen«, meinte er.

»Aber in meiner Mitgift ist doch Land enthalten«, bemerkte sie.

»Die Attraktivität einer Frau wächst mit ihrer Mitgift. Ihr seid sicher bereits versprochen«, murmelte er.

Sie streckte die Hand aus, um ihn zu beruhigen. »Als ich elf Jahre alt war, wurde ich verlobt. Aber er will mich gar nicht. Er ist bis jetzt noch nicht aufgetaucht, um mich für sich zu beanspruchen. Das hätte er tun müssen, als ich fünfzehn war. Jetzt bin ich siebzehn – mindestens ein Jahr älter, als die meisten Mädchen, wenn sie verheiratet werden. Ihr seht also, die Verlobung ist lediglich eine Formsache, und sie kann sicherlich jederzeit gelöst werden.«

Sir Bryan sah jetzt schon etwas fröhlicher aus. »Vielleicht gibt es ja wirklich noch Hoffnung, wenn er Euch in all den Jahren nie für sich beansprucht hat. Wer ist es?«

»Montford, Baron von Ravenspur«, sagte Roseanna.

»Ravenspur!« Sir Bryan zuckte bei der Erwähnung dieses Namens zusammen. »Er steht sehr hoch in der Gunst des Königs.«

Roseanna betrachtete forschend sein Gesicht, als sie fragte: »Warum seht Ihr so entsetzt aus?«

Sir Bryan zögerte, sprudelte dann jedoch heraus: »Sein Ruf in bezug auf Frauen ist entsetzlich schlecht. Er war schon zweimal verheiratet; beide Frauen sind bereits tot!«

»Seine Frau starb im Kindbett«, sagte Roseanna gedankenvoll.

»Die erste vielleicht, das kann sein. Aber die zweite starb unter äußerst mysteriösen Umständen. Man munkelt, sie sei ermordet worden – oder schlimmer!«

»Bryan, bitte, macht Euch deswegen keine Sorgen. Meine Eltern würden mich niemals zwingen, einen Mann zu heiraten, den ich nicht liebe.« Sie lächelte ihn an. »Bisher haben sie mir immer meinen Willen gelassen.«

Er nahm sie erneut in die Arme und hielt sie leidenschaftlich umschlungen. »Ich werde Euch nicht zu ihm gehen lassen«, schwor er.

Sie streckte den Finger aus, um die Falte auf seiner Stirn zu glätten; er nahm ihn und küßte ihn. »Schwört mir Eure Liebe, und ich bin es zufrieden. Für heute«, fügte er hinzu.

»Von ganzem Herzen schwöre ich Euch meine Liebe«, flüsterte Roseanna.

Jeffrey und Alice stießen jetzt wieder zu ihnen, und es war vorbei mit der trauten Zweisamkeit. Aber bevor sie sich trennten, schworen sie sich erneut ihre Liebe, stillschweigend diesmal, nur mit den Augen.

4. Kapitel

Roseanna verbrachte die Tage jetzt mehr im Haus als in den Ställen, was ihre Mutter mit großer Befriedigung bemerkte. Ihre Tochter hatte sogar Kate Kendall um Rat gebeten, was häusliche Pflichten betraf. Man sah sie sogar des öfteren in der Küche, wo sie sich Speisenfolgen notierte. Als Joanna wegen Roseannas neuerwachtem Interesse an hausfraulichen Aufgaben eine Bemerkung machte, sagte diese in unschuldigem Ton: »Ich muß über diese Dinge doch Bescheid wissen, wenn ich heirate.«

Joanna schnappte nach Luft. »Liebling, du wirst hoffentlich nicht verzweifelt sein, wenn deine Verlobung mit Ravenspur zu nichts führt und aufgelöst wird, nicht wahr?«

»Oh, Mutter, natürlich nicht. Ich weiß, daß nichts daraus werden kann. Ich bin nicht so naiv zu glauben, er würde mich je für sich beanspruchen.«

»Dann macht es dir sicher nichts aus, wenn wir uns nach einem anderen Ehemann für dich umsehen, nicht wahr, mein Liebling?«

Roseanna lächelte. »Nichts anderes wünsche ich mir.« Fast hätte sie mehr gesagt, sie hielt ihre Worte jedoch im letzten Moment zurück und lächelte statt dessen nur ihr geheimnisvolles Lächeln. Im stillen fügte sie hinzu: »Du mußt gar nicht weit suchen, Mutter.«

In den Ställen half sie ihrem Vater, eine Stute ruhigzustellen, die gerade problemlos ein Fohlen auf die Welt gebracht hatte, deren Nachgeburt sich jedoch nicht lösen wollte. Er vertraute dankbar Roseannas sanften Händen. Während er den Kopf der Stute hochhielt, goß Roseanna ihr Haferbrei, vermischt mit schwarzem Sirup, ins Maul. Sie war dabei sehr vorsichtig, damit dem armen Tier nichts in die Luftröhre geriet.

»Ach, Roseanna. Was würde ich bloß ohne dich tun?« meinte er bewundernd.

Sie neckte ihn: »Du wirst jemanden anlernen müssen, bevor ich heirate – außer natürlich, ich vermähle mich mit einem deiner Ritter und lebe auf Castlemaine.«

»Das wäre schön.« Er lächelte liebevoll. »Aber was ist mit deiner Mutter?«

Sie ignorierte seine Frage und stellte statt dessen selbst eine. »Vater, wenn ich mich wirklich in jemanden verlieben würde und ihn heiraten wollte, gäbe es dann irgendwelche Schwierigkeiten mit Ravenspur?«

Er schüttelte den Kopf. »Kaum. Du bist zwar mit deiner Ehre an das Gelöbnis gebunden, aber ich glaube nicht, daß jetzt noch irgend jemand daran denkt.«

Wann immer sich beide in der großen Empfangshalle aufhielten, folgten Roseannas und Bryans Augen einander auf Schritt und Tritt. Roseanna glühte förmlich. Sie wollte ihre Liebe hinausschreien, sie von den Dächern rufen! Sie mußten alle blind sein. Sahen sie denn nicht, daß sie in einer Art Liebestrance umherwandelte? Wann immer die beiden jungen Leute es schafften, sich ein paar ungestörte Momente zu stehlen, verlief ihr Treffen immer gleich: Es war ihr höchstes Glück, wenn sie ein paar atemlose Küsse tauschen konnten, und dann stellte Bryan niedergeschlagen fest, daß sie einem anderen versprochen war. Sie konnte ihn einfach nicht davon überzeugen, daß alles gut werden würde, wenn er nur Geduld hatte.

Roseanna hatte einen Plan. Er war simpel, und er würde alles lösen! Ravenspur hielt sich gerade in Belvoir auf, dem Jagdsitz des Königs, keine sechs Meilen entfernt. Sie würde einfach hinreiten und ihn bitten, sie aus dem alten Gelöbnis zu entlassen, da sie einen anderen liebe. Schon morgen würde sie sich auf den Weg machen. Sie blies die Kerzen aus und war nun, nachdem sie diese Entscheidung gefällt hatte, eingeschlafen, noch fast bevor ihr Kopf die Kissen berührte.

Der Morgen war schon zu so früher Stunde heiß und fast unerträglich drückend. Roseanna beschloß, niemandem von ihrem Plan zu erzählen, damit ihn ihr auch keiner ausreden konnte. Sie war ein Mädchen, das gewohnt war, eigene Entscheidungen zu fällen und diese dann auch in die Tat umzusetzen. Nur selten brauchte sie jemanden zur Unterstützung und Ermutigung. Tatsächlich verachtete sie Frauen, die nichts allein machen konnten und dauernd wie Glucken zusammenklebten, um sich gegenseitig zu stützen.

Aus einer Laune heraus, und weil sie durch den Wald reiten würde, wählte sie ein blaßgrünes Gewand aus leichtem Stoff und einen dazu passenden Schal, um ihre lange Haarpracht zu verhüllen. Sie wollte einen bescheidenen Eindruck machen, wenn sie sich an den Baron wandte. Sie trug ihre neuen grünen Reitstiefel mit den geflügelten Pferden darauf. Welch geschickte Handarbeit! Ihr Vater hatte gewußt, daß sie ihr sofort gefallen würden.

Sie frühstückte spät, so daß ihr Vater und die meisten seiner Gefolgsleute die Halle längst verlassen hatten. An diesem speziellen Morgen wollte sie auch Sir Bryan nicht über den Weg laufen.

Sie gab Zeus einen Begrüßungsapfel und rieb sein samtenes Maul; dann überlegte sie es sich jedoch anders. Vielleicht wäre es doch passender, einen Zelter zu reiten. Sie suchte sich ein junges Tier aus und sattelte es rasch. Als der alte Dobbin herangeschlendert kam, lächelte sie ihn an und sagte: »Wie du siehst, habe ich mir diesmal eine sanfte Stute ausgesucht, es ist deshalb nicht nötig, mir einen Knecht nachzusenden, um die Trümmer zusammenzusammeln.«

Er grinste zu ihr hoch, wobei er seine Zahnlücken entblößte. »Wozu auch? Ihr führt sie ja sowieso nur hinters Licht.«

Während sie dahinritt, brannte die Sonne gnadenlos heiß auf sie nieder, und sie fühlte, wie ihr der Schweiß den Nacken hinunterlief und wie ihr volles Haar, das unter dem Schal verborgen war, an ihrer Haut klebte. Und plötzlich bemerkte sie, daß sich vor ihr ein paar kleine giftig-graue Wolken am Himmel zusammenballten; doch sie hoffte, der Sturm würde nicht vor dem Abend hereinbrechen.

Ein fettes Rebhuhn flatterte urplötzlich aus einem Stechginstergebüsch auf, so daß sich die junge Stute erschreckt aufbäumte. Auch nachdem sie sie wieder unter Kontrolle gebracht hatte, war das Tier nervös und unruhig; es tänzelte erschreckt um jeden Schatten herum. Sie zügelte es, ritt jetzt Schritt und klopfte ihm beruhigend auf den Hals. Dabei versuchte sie, das Tier mit sanften Worten zu beruhigen, doch die Stute wurde immer nervöser. Auf einmal hörte Roseanna das entfernte Grollen des Donners, und ihr wurde klar, daß die Stute es mit ihren feinen Ohren schon lange vor ihr wahrgenommen hatte.

»Verdammt«, fluchte sie und trieb das Pferd ungeduldig voran, da sie hoffte, den Schutz des Waldes noch vor dem großen Guß erreichen zu können. Fast hätte sie es geschafft. Sie war nurmehr zweihundert

Meter vom Waldrand entfernt, als der Himmel seine Schleusen öffnete. Pferd und Reiterin stürmten in vollem Galopp zwischen die Bäume, um Baumstümpfe und -stämme kurvend, über abgestorbene Äste springend. Und dann durchdrang der Regen, der nun wie eine Wand herniederprasselte, auch schon das schützende Laubdach, und der Waldboden verwandelte sich in eine gefährliche Rutschbahn aus Schlamm und Blättern.

Roseanna stieg ab, packte das nervöse junge Tier am Zügel und führte es tiefer in den Wald hinein, wo die Eichen so dick waren, daß ihre Stämme zwei Meter im Durchmesser umfaßten. Sie befestigte die Zügel am Ast eines Baumes, unter dem es noch relativ geschützt und trocken war, und hockte sich dicht daneben auf einen umgestürzten Baumstamm, um das Ende des Sturmes abzuwarten. Ihr war klar, daß der Regen ihre Erscheinung vollkommen ruiniert hatte; zögernd nahm sie den hübschen Schleier ab, der am Morgen noch so entzückend ausgesehen hatte und jetzt nur noch einem nassen Fetzen glich. Sie fuhr mit den Fingern durch ihr nasses Haar und versuchte es gleichmäßig über Schultern und Rücken auszubreiten, damit es trocknen konnte.

Nach ungefähr einer Stunde ließ das Blitzen und Donnern etwas nach, und da wußte sie, daß der Sturm allmählich weiterzog. Mit einem Seufzer der Erleichterung erhob sie sich, um ihr Pferd loszubinden. Genau in diesem Moment schallte der schrille Ton eines Jagdhorns durch den Wald. Das junge Tier geriet sofort in Panik. Es wieherte laut, verdrehte die Augen und stob davon.

Sie verfluchte die Ängstlichkeit des Pferdes und dachte, *mit Zeus ist es tausendmal sicherer als mit diesem untrainierten Füllen.* Roseanna rannte in die Richtung, in der das Tier verschwunden war und begann eine ihrer Ansicht nach ohnehin fruchtlose Suche. Sie hatte schon beinahe aufgegeben, als sie einen unmißverständlichen Schreckenslaut vernahm. Sie folgte dem mitleiderregenden Gewieher des Pferdes, bis sie an einen großen Fluß stieß. Die Stute saß mit dem Hinterteil im Wasser, und obwohl der Fluß nicht so aussah, als ob er sehr tief und wirklich gefährlich sein könnte, erkannte sie doch, daß die Angst des Tieres allein es schon notwendig machte, hineinzuwaten und ihm herauszuhelfen.

Sie setzte sich auf einen Baumstamm und zog vorsichtig die neuen grünen Stiefel aus. Sie rief der Stute dabei beruhigende Worte zu, nach denen ihr im Moment jedoch wahrhaftig nicht zumute war. Dann hob sie den Saum ihres Kleides hoch über die Knie, obwohl es ohnehin schon ziemlich naß vom Regen war. »Halt durch, mein Mädchen, ich werde dir helfen«, rief sie dem Tier beruhigend zu und watete zur Mitte des Flusses.

Als sie gerade nach den Zügeln griff, machte das Tier jedoch einen Sprung nach vorne, der es mit einem Mal aus dem Schlamm des Flußbettes befreite, und stob davon, als ob der Leibhaftige selbst hinter ihm her wäre. Roseanna wurde von Kopf bis Fuß pitschnaß gespritzt, was sie in Wut brachte. Zornig stapfte sie zurück ans Ufer, und einen Moment lang verlor sie die Orientierung. Sie konnte nicht sehen, wohin das Pferd gelaufen war; sie wußte nicht mal, von welchem Ufer aus sie den Fluß betreten hatte. Es war einfach unglaublich, wie dieser Tag sich nach einem so vielversprechenden Beginn entwickelt hatte. Sogar ihr hübsches, zartgrünes Kleid war inzwischen ein farbloser, tropfnasser Fetzen. Sie besaß nun weder Pferd noch Stiefel, und ihr schwante, daß sie sich wahrscheinlich auch noch verirrt hatte.

Nach fast zwei Stunden fruchtlosen Herumirrens war ihre Wut langsam dahingeschmolzen und hatte einem Gefühl der Sorge Platz gemacht, das sich allmählich in Angst verwandelte. In den riesigen Wäldern von Sherwood wimmelte es schließlich nur so von wilden Tieren, und obwohl sie während des Tages auf einem guten Pferd ziemlich sicher war, sah das doch ganz anders aus, wenn man zu Fuß und bei hereinbrechender Dunkelheit unterwegs war. Entschlossen verscheuchte sie sämtliche Vorstellungen von Wölfen, Wildschweinen und Bären aus ihren Gedanken und rief, die Hände an beide Seiten des Mundes gelegt: »Hallo? Hallo?«

Zu ihrem Erstaunen hörte sie, wie sich ein Pferd durch Bäume und Buschwerk näherte. Eine männliche Stimme meinte vergnügt: »Na, auf welchen Schatz bin ich denn da gestoßen?«

Sie sah einen gutaussehenden Lord mit strahlend weißen Zähnen und mutwillig blitzenden Augen in einem tiefgebräunten Antlitz. Hinter sich führte er ein zweites Pferd am Zügel, das ein blutiges Wildschwein über den Sattel geschnallt hatte.

»Ich hab' mich verirrt«, sprudelte sie heraus.

»Nun, dem werden wir gleich abhelfen, meine Süße.« Er grinste breit.

In Roseanna stieg leise Angst hoch, und sie erklärte beherrscht und würdevoll: »Ich bin Lady Roseanna Castlemaine, ich –«

Er warf den Kopf zurück und brach in ein meckerndes Gelächter aus: »Du lügst, Kleine!«

Sie erwiderte steif: »Das verbitte ich mir!«

»Verbitten? Oha, die junge Lady leidet unter Größenwahn, wie mir scheint.« Er grinste.

Herr des Himmels, der grinsende, glotzende Ochse glaubte ihr nicht! Fast hätte sie ihm ins Gesicht geschleudert, daß sie die Tochter des Königs sei, so sehr ärgerte sie sich über sein Gelächter. In diesem Moment erblickte sie das Jagdhorn, das er an einer Schlinge über Schulter und Hüfte trug, und heiße Wut stieg in ihr hoch. »Ihr wart es also, der mit seinem blöden Jagdhorn mein Pferd in Panik versetzt hat! Wer seid Ihr überhaupt?« wollte sie wissen.

Er verbeugte sich würdevoll vom Sattel aus. »Tristan Montford, und wer seid Ihr? Ach ja, ich vergaß, Ihr seid doch die Königin von Saba.«

Sie war so wütend, daß sie zitterte. Er dachte, sie friere. Für ein Bauernmädchen sah sie wirklich exquisit aus unter all dem Schmutz. Seine Augen maßen sie von den bloßen Füßen, den Körper hinauf bis zu ihrem Gesicht, wo sie an ihren trotzig zusammengepreßten, verführerischen Lippen hängenblieben.

»Wo soll's denn hingehen, meine Schöne?«

Sie antwortete nicht. Dann fiel ihr jedoch ein, daß er der einzige war, der sie an ihr Ziel bringen konnte. »Ich bin auf dem Weg nach Belvoir.«

Seine Augen begannen schon wieder zu funkeln. »Zweifellos auf besondere Einladung von Baron Ravenspur.«

»Ja. Nein – ich meine, ja, er ist es, den ich zu sehen wünsche.«

Er stieg ab. »Kommt, ich nehme Euch vor mir in den Sattel. Er wird entzückt von Euch sein.«

Die Röte schoß in ihre Wangen, als er nun so dicht vor ihr stand, denn der dünne Stoff ihres Gewandes klebte naß an ihren Brüsten. Obwohl sie versuchte, so zusammengesunken wie möglich dazustehen, reckten sich ihre Brüste energisch zwischen sie beide, und sein Grinsen wurde prompt breiter.

»Ich werde nicht mit Euch reiten«, sagte sie und hob stolz den Kopf. Wie zum Spaß deutete er auf das Packpferd mit seiner blutigen Last. »Ihr habt die Wahl.«

»Ich ziehe *dieses* Wildschwein vor«, sagte sie eisig.

Eine seiner buschigen Brauen hob sich anerkennend über ihre Schlagfertigkeit.

Sie schwang sich hinter dem toten Tier in den Sattel, und ihre Augen schossen Blitze, als Tristan ihre wohlgeformten Beine ausgiebig bewunderte. Bald darauf mußte sie zu ihrem Leidwesen feststellen, daß sie schon sehr nahe an Belvoir gewesen war. Sie hätte auch ohne diesen Wolf im Schafspelz ihr Ziel erreicht, wenn sie's nur gewußt hätte.

Tristan übergab die Pferde einem Knecht und führte sie durch einen Torbogen in den weiträumigen Jagdsitz. Energisch übersah sie die neugierigen Blicke zweier junger Knappen und folgte Tristan eine gewundene Stiege hinauf zu einer Kammer im oberen Stock. Glücklicherweise brannte dort ein Kaminfeuer, und Roseanna schritt dankbar darauf zu.

»Ich werde etwas Trockenes zum Anziehen für Euch suchen«, sagte er, ging zu einer anderen Kammertür und rief: »Cassandra, komm und schau, was ich gefunden habe.«

Da ihr klar war, daß der unverschämte Kerl sie damit meinte, wirbelte sie zu ihm herum und wollte ihm gerade gehörig Bescheid sagen, als ihr die Worte im Mund steckenblieben angesichts der außergewöhnlichsten und farbenfrohsten Erscheinung, die sie je gesehen hatte. Die Frau trug ein tief ausgeschnittenes Kleid aus glänzendem Goldstoff, das ihre Brüste eher auf- als bedeckte. Auch ihr Haar war von einem höchst unnatürlichen Blond; es sah aus, als ob es mit Goldstaub überpudert wäre. Und als Krönung des Ganzen trug sie ein ebenso farbenfrohes Make-up – ihre Lippen waren knallrot, die Augenlider goldfarben.

Die Frau nahm Roseanna sorgfältig und offensichtlich beeindruckt in Augenschein, als Tristan sich den beiden Frauen näherte. »Ich dachte mir, sie wäre ein einmaliges Geschenk für Roger.«

Roseanna hatte genug gehört. Sie stürzte sich auf ihn. »Bastard!« schrie sie und bearbeitete ihn mit ihren kleinen Fäusten, bis er sie bei den Armen festhielt.

»Bevor du sie Roger übergibst, solltest du ihr besser den Stachel ziehen, Süßer«, flüsterte Cassandra. Sie schob Tristan ein winziges Röhrchen mit Schlaftropfen zu, die aus Mohnkapseln gewonnen waren, und ging.

»Um Himmels willen, beruhigt Euch«, sagte Tristan. »Es wird Euch nichts geschehen.« Er zog einen riesigen Sessel vor das Feuer und schenkte ihr einen Kelch mit Wein ein. Dann zog er die große, samtene Tagesdecke vom Bett und reichte sie ihr. »Zieht den nassen Fetzen aus. Ich gehe und suche ein Gewand für Euch. Dann bringe ich Euch zu Ravenspur, wenn es das ist, was Ihr wollt.«

»Genau das, du grinsender Ochse!« fauchte Roseanna.

Er schloß die Tür hinter sich, und sie stand bewegungslos da, entschlossen, nicht einen Faden auszuziehen. Dann erblickte sie sich jedoch im Spiegel und schnappte entsetzt nach Luft. Ihre Erscheinung war tausendmal schlimmer, als sie es sich vorgestellt hatte. Sie war in Fetzen gehüllt, sie war dreckig, und ihr Haar war derart zerzaust, daß es ihr in einer wilden Masse von Locken den Rücken hinabfloß und aussah, als ob Bürste und Kamm etwas vollkommen Unbekanntes für sie wären.

Rasch wusch sie sich Hände und Gesicht, dann Füße und Beine. Sie streifte ab, was wohl einmal ihr Kleid gewesen war, und hüllte sich in die samtene Tagesdecke. Es gab keine Bürste in diesem Raum, doch wenn er in der Lage war, ein Kleid für sie zu finden, dann durfte es wohl auch nicht so schwer sein, irgendwo eine Bürste aufzutreiben, überlegte sie. Sie setzte sich vors Kaminfeuer und leerte den Kelch mit Wein.

Als Tristan mit ein paar eindeutig weiblichen Kleidungsstücken über dem Arm zurückkehrte, fand er sie schlafend vor dem Feuer. Der leere Kelch lag auf dem Teppich, wo er liegengeblieben war, nachdem er ihr aus der Hand gerollt war. Himmel! Der Schlaftrunk hatte schneller gewirkt, als er vermutet hatte. Er hoffte, er hatte ihr nicht zuviel davon gegeben. Er nahm Roseannas Kinn und betrachtete ihr Gesicht. Mein Gott, war sie schön! Es war so lange her, daß er eine Frau ohne Make-up gesehen hatte, daß es ihn förmlich überwältigte. Ihre Haut in ihrer natürlichen Zartheit schien so durchsichtig wie eine Perle, und ihre Lippen waren so weich wie rosa Samt. Die Tagesdecke fiel zur Seite und enthüllte eine köstliche, rosagekrönte Brust. Sie war ein Schatz, wahrhaftig, und er wußte genau, wie er sie Roger präsentieren würde.

Das Fest drunten im Salon des königlichen Jagdsitzes war prächtig und verschwenderisch. All das gestern erlegte Wild war für das heutige Bankett gebraten worden. Roger Montford, Baron von Ravenspur, saß, Cassandra an seiner Seite, auf dem kleinen, etwas erhöhten Thronsitz. Er war genauso dunkel, wie sein Name, der Rabe, es beschrieb, eine ältere, breitere Version von Tristan. Doch anstelle von gutmütigem Humor glühte in seinen Augen Zynismus. Dort, wo Tristans Mund sich vor Lachen weitete, war Rogers hart und maskulin. Tatsächlich war alles an Roger lebendiger, schärfer umrissen, herber als bei seinem jüngeren Bruder.

Vierzig seiner hervorragendsten Ritter, die ihm in Wales gute Dienste geleistet hatten, saßen sich in zwei Reihen an der langen Tafel gegenüber. Die Tische bogen sich förmlich unter der Last der Platten mit verschiedenem Wildbret und den Wein- und Bierkrügen.

Zwischen jeweils zwei Männern saß eine junge Frau; insgesamt waren es zwanzig, die zum Vergnügen der Männer zur Verfügung standen. Als der Abend so voranschritt und den Anwesenden der Alkohol immer mehr in die Köpfe stieg, wurde die Stimmung mit jedem geleerten Kelch natürlich immer lauter und ausgelassener. Auch die Frauen waren bereits recht angetrunken; eine stand auf dem Tisch und tanzte eine erotische Version des Sieben-Schleier-Tanzes, während sie durch die begeisterten Schreie der Männer angefeuert wurde.

Als diese Vorstellung zu Ende war, entstand eine natürliche Pause in den Festlichkeiten des Abends. Tristan wählte diesen Moment sehr geschickt. Er schritt stolz in die Halle, die samtene Tagesdecke zusammengerollt über den Armen. Vor Roger blieb er stehen und verbeugte sich. »Hier ist ein ganz besonderer Preis für den Mann, der die größte Ausbeute der Jagd sein eigen nennen kann.« Aller Augen richteten sich auf Ravenspur, denn jeder der Anwesenden wußte, daß ihr Lord immer den größten Jagderfolg hatte. Roger sagte nichts und wartete amüsiert und neugierig ab, was der junge Halunke denn nun wieder im Schilde führte.

Tristan beugte ein Knie und rollte die Tagesdecke sanft aus. Pfiffe und Rufe wurden laut, als die Männer der nackten Maid ansichtig wurden. Nur ihre dunkle Haarmähne bot ihr Schutz vor den durchdringenden Blicken der Männer.

Rogers Lächeln verschwand sofort. »Wer ist sie?« fragte er barsch.

»Ein Bauernmädchen«, sagte Tristan, dem es im Nacken kribbelte, da das offensichtliche Mißfallen seines Bruders nicht zu übersehen war.

Roger erhob sich und fluchte: »Verdammt noch mal, du wirst uns noch alle an den Galgen bringen, bevor du fertig bist! Diese Bauern sind nicht unser Eigentum, Tristan. Sie gehören dem König. Du kindischer Dummkopf – manchmal glaube ich fast, du hast dein Hirn im Arsch! Genügt's dir denn nicht, daß ich Madame Cassandra und ihre Ladies von der Reitakademie mitgebracht habe?« fragte er mit schneidendem Sarkasmus.

Roger war immer erbost darüber, daß Tristan, obwohl er eine hübsche junge Frau und ein Kind zu Hause hatte, nicht mit dem Herumhuren aufhören konnte. Er nahm seinen Umhang und erhob sich von seinem Sessel. Er bückte sich, hüllte das Mädchen in den Mantel, hob ihren leblosen Körper hoch und gab sie an Tristan zurück. Seine schwarzen Augen bohrten sich in die seines Bruders, und er befahl streng: »Lege sie in meine Kammer, bis sie sich wieder erholt hat. Und verschließe die Tür!« Tristan verschwand wortlos, aber er fragte sich, was zum Teufel mit Roger los war, daß er den ganzen Spaß verderben mußte. Er wird wohl langsam alt, dachte er.

Cassandra brachte Roger jedoch schon bald wieder in bessere Stimmung, indem sie ihn mit den Details einer abendlichen Festivität zu Ehren des Erzbischofs von York, an der sie und ihre Mädchen teilgenommen hatten, amüsierte. Sie hatte ihre Mädchen angewiesen, sich wie Nonnen zu kleiden, und die folgende Orgie hätte fast einen Skandal verursacht, als der Bruder des Erzbischofs, der große Warwick, davon Wind bekam.

Roger lachte. »Kein Wunder, daß der König den Bischof seines Amtes als Lord Chancellor enthoben und es dem jungen Richard übertragen hat.«

Bei der Erwähnung des jüngsten Bruders des Königs, Richard, rümpfte Cassandra die Nase. Sie wollte gerade eine höchst pikante Geschichte über ihn berichten, als Roger ihr warnend mit dem Finger auf die Nase tippte. »Kein Klatsch über den jungen Richard in meiner Gegenwart. Ich weiß, daß er nicht gerade beliebt ist, aber Ned gibt ihm ja auch die ganze Drecksarbeit zu tun. Immerhin ist er loyal, und das ist mehr, als man vom anderen Bruder des Königs, George, behaupten kann.«

»Brüder können eine rechte Plage sein, nicht wahr, mein Liebling?« schnurrte sie und strich mit der Hand seinen Schenkel entlang, der hart wie Stahl war. »Kommt, Eure Männer kommen auch ohne Euch aus, aber ich nicht.«

Sie nahmen einen Krug Malvasier und gingen hinauf in ihre Kammer. Als Beweis seiner Gunst hatte er ihr gestattet, sich das luxuriöseste Zimmer auszusuchen, und nun mußte er zu seinem Leidwesen erkennen, daß sich der Raum bereits in wilder Unordnung befand. Als sie sich das Kleid auszog, bemerkte er, daß ihre Brustwarzen ebenso wie Augenlider und Schambehaarung mit Goldpuder bestäubt waren. Er hob spöttisch die Braue. »Ist das jetzt die neueste Mode?«

»Nicht wirklich«, sagte sie gedehnt und strich mit ihren langen, schlanken Fingern betörend an ihrem Körper entlang. »Der letzte Schrei ist es, sich die Haare vollständig abzurasieren, aber irgendwie habe ich angenommen, das würde Euch nicht gefallen.«

»Da hast du verdammt recht«, grinste Ravenspur. Er hob sie hoch und legte sie aufs Bett, um das zu tun, was sie sich beide wünschten. Zwischen den einzelnen Runden lag er, für den Moment gesättigt, auf dem Rücken und lauschte Cassandras Geplapper mit halbem Ohr. Mit einem Finger zog sie die Linie seiner Lippen nach, dann versuchte sie, ihn in seinen Mund hineinzuschieben, damit er daran saugen konnte, doch er biß sie statt dessen, so daß sie ihn rasch wieder zurückzog und über sein tiefes Kinngrübchen strich. Dann strich sie mit demselben, purpurlackierten Fingernagel über die schwarze Matte von Haaren auf seiner Brust, den Nabel und bis zum dichten, schwarzen Gekräusel, das seine Lenden bedeckte.

Bis sie ihr Ziel erreicht hatte, war er bereits wieder hart, und sie leckte sich erwartungsvoll über die Lippen. Cassandra wünschte, sie hätte mehr Macht über ihn. An diesem Punkt hätte der König bereits den Verstand verloren, und der junge Tristan würde buchstäblich vor ihr kriechen, aber nicht Ravenspur. Sie hing atemlos an den Geschichten, die über ihn erzählt wurden, über die Dinge, die er mit seiner untreuen Frau gemacht haben sollte. Cassandra wußte, wenn ein Mann gefährlich war, dann war er unwiderstehlich – und bei Gott, dieser Mann war gefährlich!

Unfähig, noch einen Moment länger zu warten, schloß sie die Augen, als sich ihr heißer Mund um ihn preßte. Er lehnte sich zurück und erlaubte ihr, sich zu sättigen. Zumindest war sie auf diese Weise für eine Weile still, dachte er zynisch. Er hielt sich lange zurück, um sowohl sein Vergnügen als auch die Stille auszudehnen. Sie verdoppelte ihre Bemühungen, wirbelte und leckte mit der Zunge, wollte ihn stöhnen hören, sehen, wie er den Kopf zurückwarf und seine starken Halsmuskeln hervortraten. Schließlich kam er mit solcher Gewalt, daß er Cassandra nur noch wie aus weiter Entfernung wahrnahm.

Kaum hatte sie Atem geschöpft, fing sie auch schon wieder an zu reden: »Wie wär's, wenn ich nächste Woche zwei Mädchen für Euch organisieren würde, Mylord?«

Amüsiert zog er den Mundwinkel hoch. »Und beide sollen mich gleichzeitig lieben?«

»Nein. Ihr sollt sie beide gleichzeitig lieben. Es heißt, wenn man zwei Frauen gleichzeitig zum Höhepunkt bringt, die eine mit dem Schwanz, die andere mit der Zunge, dann erfährt man ein so überwältigendes Machtgefühl wie noch nie zuvor in seinem Leben.«

Er wich ein wenig zurück. »Cassandra, Exzesse machen mich krank«, meinte er einfach.

»Unsinn«, wisperte sie.

»Es mag ja erregend sein, darüber zu sprechen, aber in Wirklichkeit ist's widerlich.«

Sie lachte. »Wie altmodisch Ihr seid!«

»Ich habe gar nichts gegen mehr als eine Frau«, sagte er glatt. »Die Sache ist die: Es ist mir einfach lieber, wenn die erste verschwunden ist, bevor die nächste kommt.« Er warf die Decke zurück und schwang die langen Beine über den Bettrand.

»Wohin geht Ihr?« fragte sie alarmiert.

»Ich denke, ich schlafe besser in meiner eigenen Kammer.« Er sagte dies in einem Ton, der keinen Protest aufkommen ließ.

Erbost fluchte er angesichts seiner verschlossenen Kammertür, wühlte dann in dem Kleiderbündel, das er unter dem Arm trug, bis er die Schlüssel fand. Er warf die Kleidungsstücke über eine lederüberzogene Truhe und entzündete die im Raum verteilten Kerzen. Auf einmal fiel sein Blick auf das im Bett schlafende Mädchen. »Zum Teufel, dich habe ich ganz vergessen«, murmelte er. Er ergriff den Leuchter und schritt nackt zum Bett hinüber. Als der Kerzenschein auf ihre zarten Formen fiel, weiteten sich seine Augen begehrlich. Vorsichtig zog er die Decke zurück und ließ den Blick langsam ihren exquisiten Körper hinauf- und hinunterwandern. Er hielt den Atem an angesichts der

Schönheit, die sich ihm bot. Ihre Brüste schwollen verführerisch – weiche, weiße, runde Halbkugeln, die wie Satin schimmerten, mit rosaroten Knospen gekrönt. Sie schienen ihn anzulocken, sie doch zu berühren, sie doch zu küssen, wie sie sich hoben und senkten in ihrem sanften Atem. Er zögerte einen Moment lang, wollte es auskosten, sie mit den Augen zu erforschen, bevor sie erwachte. Ihr üppiges, schwarzschimmerndes Haar floß wie ein Zobelfell bis zu ihren Knien hinab, und seine dunkle Fülle kontrastierte mit ihrer blassen Samthaut.

Er wußte, daß er noch nie zuvor ein solches Juwel in den Händen gehabt hatte. Ungefragt ergriffen seine Finger eine der samtenen Strähnen, dort wo sie über einen Oberschenkel fielen. Seine physische Reaktion auf diese Berührung war unmittelbar und heftig.

»Herr des Himmels«, murmelte er undeutlich und leckte sich die plötzlich trocken gewordenen Lippen. Er bemerkte Dinge an ihr, die ihm noch nie zuvor an einer Frau aufgefallen waren. Ihre Hände waren klein und blaß wie frischgeschnitztes Elfenbein und die Nägel ein zartes Rosa. Seine Augen glitten erneut über ihre Brüste, über den zartgeschwungenen Nacken und blieben an ihrem vollen, weichen Mund hängen. Er sehnte sich danach, diesen Mund zu kosten – und in einer Sekunde würde er es auch tun! Ihre langen Wimpern warfen zarte, halbmondförmige Schatten auf ihre Wangen; die Augenlider waren so zart und durchschimmernd, daß er kleine blaue Venen darin erkennen konnte.

Roger Montford hatte nur eine Verwendung für Frauen; seiner Ansicht nach waren nur Huren und Prostituierte schön. Offensichtlich war das falsch; Bauernmädchen konnten also auch schön sein. In diesem Moment verließen ihn Vorsicht und gesunder Menschenverstand – zwei Eigenschaften, die er normalerweise im Überfluß besaß. Noch nie zuvor hatte er sich so gefühlt. Wie betäubt waren seine Sinne nur mehr auf das eine gerichtet: Sie zu besitzen. Der Duft ihres Körpers stieg ihm in die Nase und ließ seine Nasenflügel begehrlich erzittern.

Er schlüpfte ins Bett und tastete nach ihr. In dem Augenblick, in dem seine Hände mit ihrer Samthaut in Kontakt kamen, wurde sein Schaft noch um ein gutes Stück länger, so intensiv war seine Reaktion. Er umschloß ihre zarten Wangen und hob ihren Mund an den seinen, aber sie schlief weiter, scheinbar ohne seine Berührung bemerkt zu haben. Ihre schlaffe Hilflosigkeit erregte ihn noch mehr. Gott im Himmel, er konnte alles mit ihr machen, ohne daß sie protestieren würde!

Er beugte den Kopf über ihre köstlichen Brüste und berührte mit der Zungenspitze ihre Brustwarzen. Sie härteten sich jedoch nicht; er runzelte die Stirn. In einem fordernden Kuß ergriff er Besitz von ihren Lippen und war zutiefst enttäuscht, als sie sich ihm nicht öffneten, um seiner Zunge Einlaß zu gewähren. Kein Druck ihrer Lippen hieß ihn willkommen; kein Arm wand sich liebevoll um seinen Nacken; kein lustvolles Keuchen oder Stöhnen drang an sein Ohr. Sie wurde rasch zu einer herben Enttäuschung.

Er ergriff sie sanft und dennoch fest bei den Schultern und schüttelte sie.

»Wach auf, meine Schöne.«

Sie blieb jedoch völlig leblos, ungerührt von seiner drängenden Stimme und den fordernden Händen. Aber er war hartnäckig und ließ nicht nach. Er mußte sie besitzen oder wahnsinnig werden. Als sein harter Schwanz sich an ihrem weichen, geschmeidigen Oberschenkel rieb, vergrößerte das nur seine Lust, während das völlige Ausbleiben jeglicher Reaktion ihrerseits ihn fast verrückt machte vor Frustration.

Er verdoppelte seine Bemühungen und legte sich auf sie, denn er war entschlossen, dieses irdene Dornröschen wachzuküssen. Kuß um Kuß bedeckte ihr Antlitz, ihre Brauen; er küßte eine Wange und dann die andere, dann ihre Nasenspitze und die Augenlider, bis ihr Gesicht bedeckt war mit seinen Gaben, aber nichts, was er tat, konnte sie erwecken. Sie schien eine wunderschöne Elfenbeinfigur mit geschlossenen Augen und geschnitztem Ebenholzhaar zu sein.

»Hol sie die Pest!« fluchte er wütend über sich selbst und seine bewegungslose Bettgenossin. Er warf sich auf seine Seite des Bettes und lag dort, mit seiner Lust kämpfend. Langsam, langsam lüftete sich der rote Nebel der Leidenschaft, und er begann zu erkennen, wie lächerlich sein Verhalten gewesen war. Es war nichts Befriedigendes daran, sich einer bewußtlosen Frau zu bedienen. Dem Liebesspiel mußte man sich miteinander hingeben, um Genuß daraus zu gewinnen. Ob er wollte oder nicht, er mußte bis zum Morgen warten, wenn sie beide es genießen konnten. Er grinste in die Dunkelheit. Lust für beide oder keinen – das war nur fair!

5. Kapitel

Roger wurde von Rosenduft geweckt. Mit einem Mal stand ihm die gestrige Nacht mit ihren Geschehnissen wieder vor Augen; er wandte den Kopf und blickte auf das exquisite Wesen neben sich. Seine physische Reaktion war unmittelbar und machtvoll. Er war aufs heftigste erregt, und seine Lenden schmerzten, denn sie hatte ihn bis in seine Träume verfolgt. Sie war in Scharlachrot gekleidet gewesen, einer Farbe, die ihr, wie er glaubte, ausgezeichnet stand. Und nun lag sie neben ihm, nur unzureichend bedeckt durch ihr rabenschwarzes Haar; die schweren, runden Brüste reckten sich ihm entgegen, ihn gleichsam versuchend, sie doch zu berühren, sie zu küssen. Langsam richtete er sich auf den Ellbogen auf und beugte sich zu ihr hinüber. Er merkte plötzlich, daß er sich danach sehnte, die Farbe ihrer Augen zu sehen und sie mit einem Kuß zu wecken, so wie im Märchen. Als er den Kopf zu ihr niederbeugte, riß sie die Augen auf und starrte ihn entsetzt an. Er bemerkte zu seinem Entzücken, daß sie wie klare, graue Teiche aussahen, die von einem lavendelfarbenen Kranz umgeben waren. Er sah die Wut, die in ihnen glitzerte, und plötzlich, mit der Klarheit des Morgenlichts, erkannte er, daß dies kein Bauernmädchen war.

Wütend und erschrocken, als sie feststellen mußte, daß sie das Bett mit einem Mann geteilt hatte, kreischte Roseanna und raffte die Decke ans Kinn. Dadurch wurde jedoch die Nacktheit des Mannes offenbar, und ihr Blick flog seinen langen, harten, in seiner maskulinen Schönheit fast unverschämten Körper hinab. Schamvoll hob sie die Augen seinem Blick entgegen und sah in ein Gesicht, das so brütend stark, so machtvoll und primitiv war, daß sie dachte, sie blicke auf einen alles überschattenden Gott. Seine hochaufgerichtete Lust empfand sie wie eine Bedrohung. Sie hatte das Gefühl, in Gefahr zu sein, schwach und ihm vollkommen ausgeliefert.

»Bastard! Was hast du mir angetan?« schrie sie. Seine Augen sahen so dunkel aus, als ob die Finsternis auf ewig darin eingeschlossen wäre, und blitzten dennoch vor Vergnügen.

»Nichts habe ich getan – noch nicht«, sagte er lächelnd. »Aber ich muß zugeben, ich finde Euch äußerst verlockend.« Er streckte die Hand aus, um sie zu berühren, doch sie schrak zurück, als ob sie aus glühendem Eisen wäre.

Sie versuchte, sich aus dem Bett zu kämpfen, doch unglücklicherweise war ihr langes Haar unter seinem Körper gefangen, und sie konnte sich nicht befreien, ohne seine nackte Haut zu berühren.

»Laßt mich sofort los!« schrie sie.

Er lachte, und der satte dunkle Ton seiner Stimme ließ einen Schauder über ihren Rücken laufen. »Nicht bevor ich Euch geliebt habe, meine Schöne.«

Sie schnappte nach Luft und stürzte sich mit Krallenhänden auf sein Gesicht. Wie der Blitz packte er sie bei den Handgelenken und begrub ihren Mund unter dem seinen. Sie strampelte wie wild, aber eine Befreiung aus seinem Griff war aussichtslos. Ohne daß sie sich noch bewegen konnte, hielt er sie in seiner stählernen Umarmung gefangen; sie fühlte sich klein und zerbrechlich an seiner machtvollen Brust und den eisenharten Muskeln. Der Duft seines Körpers und der Druck seiner harten Lippen auf den ihren wirkten wie Aphrodisiaka, die ihre Sinne betörten, und sie mußte kämpfen, um nicht in dieser Umarmung zu schmelzen. Was sie buchstäblich im letzten Moment davon abhielt, war seine stählerne Härte, die sich zwischen ihre Oberschenkel zu bohren drohte. Mit einem uralten Instinkt, der ihr sagte, was zwischen Männern und Frauen vorging, wußte sie, daß er sie im nächsten Moment auf den Rücken werfen und diese stählerne Härte tief in sie hineinstoßen würde. Ihre scharfen, weißen Zähne bohrten sich in seine Unterlippe, bis Blut floß. Scharf zuckte er zurück und gab so ihren Mund frei. Atemlos stieß sie hervor: »Ich verlange, Baron Ravenspur zu sprechen!«

»Wer seid Ihr?« fragte er und wischte sich das Blut von den Lippen.

Sie reckte ihr Kinn hoch und sagte kühl: »Ich bin Lady Roseanna Castlemaine.«

»Wer?« donnerte er.

»Rose – Roseanna Castlemaine«, wiederholte sie erschrocken.

Mit einem Sprung war er aus dem Bett, zog Hose, Stiefel und Wams über und schritt rasch zur Kammertür. Er riß sie auf und bellte: »Tristan!«

Der junge Knappe, der draußen vor der Tür geschlafen hatte, preßte schützend die Hände auf die Ohren. Roger stieß ihn an und fauchte: »Hol meinen Bruder, aber sofort!«

Er mußte Rogers Stimmung lebhaft geschildert haben, denn Tristan erschien umgehend. Roger schleifte ihn fast durch die Tür. »Das habt ihr beide euch ausgeheckt, mir meine Verlobte ins Bett zu setzen, damit ich sie heiraten muß!« brüllte er.

»Deine Verlobte?« fragte Tristan fassungslos.

»Mich heiraten?« schrie Roseanna, die fuchsteufelswild war, nun, da sie merkte, daß sie die Nacht mit Ravenspur verbracht hatte. »Ich würde Euch nicht heiraten, und wenn Ihr der letzte Mann auf der Welt wärt! Ich bin gestern hergekommen, um diese ekelhafte Verlobung zu lösen, die mir wie ein Mühlstein am Hals hängt!«

Rogers Augen verengten sich gefährlich.

»Ganz ehrlich, Roger, ich hielt sie für ein Bauernmädchen«, sagte Tristan.

Roseannas Blick verschleierte sich vor Wut. »Seltsam«, sagte sie in drohendem Ton, »wo ich Euch doch sofort gesagt habe, daß ich Lady Castlemaine bin!«

Roger wirbelte zu seinem Bruder herum, der zumindest die Anständigkeit hatte, beschämt auszusehen. »Sie sagt die Wahrheit.«

Die rutschenden Laken zusammenraffend, erklärte Roseanna königlich: »Ich sage immer die Wahrheit. Ihr seid zwei hirnlose Lustmolche! Ist euch eigentlich klar, was ihr mit eurem kindischen Scherz angerichtet habt? Ich bin die ganze Nacht nicht nach Hause gekommen. Meine Familie wird außer sich sein. Wenn mein Vater erfährt, wie ich von euch Montfords behandelt wurde, wird er Genugtuung fordern!«

Roger, der ihre heftigen Worte nicht beachtete, meinte zu Tristan gewandt: »Laß die Huren ja nicht raus.«

Roseanna war sprachlos. Also deshalb hatte die Frau, die sie gestern gesehen hatte, so seltsam und faszinierend ausgesehen – sie war eine Prostituierte! Mein Gott, Männer waren die reinsten Tiere. War es das, was sie unter dem Vorwand des Jagens taten? Ein plötzlicher Haß auf sie alle überwältigte sie. Vor Wut hätte sie schreien können und ihnen die hübschen Gesichter zerkratzen, aber der ältere der beiden hätte sie wahrscheinlich mit einem Hieb seiner Hand unschädlich gemacht.

»Ich brauche mindestens zwei Dienerinnen«, sagte Roger.

Tristan zuckte die Schultern. »Da sind aber nur – die jungen Damen von der Reitakademie«, murmelte er lahm.

Roger warf ihm einen derart scharfen Blick zu, daß er erschrocken zurückwich.

»Ich gehe in die Küche«, verkündete Ravenspur, und dann warf er noch über die Schulter zurück: »Ihr bleibt!« Als ob sie zwei gehorsame Haushunde wären, die ihrem Herrchen aufs Wort zu folgen hatten.

Sobald Roger den Raum verlassen hatte, funkelten Tristans Augen vor Vergnügen. »Himmelherrgott, das ist echt köstlich! Wollt Ihr wirklich Eure Verlobung lösen?«

»Ich wünsche mir nichts mehr als das!« fauchte sie.

Er grinste frech. »Dann sagt Ihr Euren Eltern besser nicht, daß Ihr die Nacht in seinem Bett verbracht habt.«

Roseannas Kiefer klappte herunter, als ihr klar wurde, daß sie diese Waffe nicht gegen ihn benutzen konnte.

Roger kehrte mit zwei Frauen aus der Küche zurück. »Diese Lady benötigt eine Zofe und eine Anstandsdame«, erklärte er ihnen.

»Aber Euer Lordschaft, ich weiß doch über so was nich' Bescheid«, jammerte die erste protestierend.

Roger erklärte beruhigend: »Gute Frau, Ihr seid soeben befördert worden. Findet für diese Lady etwas anzuziehen, das sich ziemt. Wenn nichts aufzutreiben ist, dann müßt Ihr eben etwas zusammenschneidern.« Er wandte sich an die andere Frau, deren Augen groß wie Untertassen wurden angesichts solch hoher Herrschaften. »Ihr seid die Anstandsdame dieser Lady und bleibt rund um die Uhr bei ihr. Sie darf unter gar keinen Umständen auch nur eine Minute allein bleiben.«

Roseanna öffnete protestierend den Mund, doch Roger befahl: »Ruhe!« Er wandte sich an Tristan: »Ich brauche zehn Ritter zu ihrem Begleitschutz, und zwar nüchtern, zum Teufel! Kümmere dich darum!« und bevor er ging, befahl er noch: »Bis ich gefrühstückt habe, seid Ihr fertig.«

Roseanna schnappte nach Luft angesichts der unverschämten Arroganz dieses Mannes. Zu Tristan meinte sie: »Jede Nacht werde ich auf die Knie sinken und dem Herrn danken, daß er mich vor solch einer Verbindung bewahrt hat!«

Tristan dachte bei sich: »Roger tut, was er will, wie immer, aber wenn ich irgendwelche Ansprüche auf so ein Mädchen hätte, dann würde ich sie bestimmt nicht laufen lassen.«

Roseanna wandte sich an die Frauen und beschloß, das Kommando zu übernehmen. Zur ersten sagte sie: »Ich friere. Bitte holt einen Knappen, der Feuer im Kamin macht.« Sie wandte sich an die zweite Frau. »Während der Baron frühstückt, werde ich ebenfalls etwas zu mir nehmen.«

Die Dienerinnen waren hin- und hergerissen. Von Ravenspur hatten sie Order erhalten, ihr etwas zum Anziehen zu suchen und sie zu beaufsichtigen.

Tristan fand mehr und mehr Spaß an der Sache. »Es scheint, als ob zwei Dienerinnen nicht genug für Euch sind, Mylady.«

»Ganz offensichtlich«, sagte sie kühl.

»Dann erlaubt mir, Euch zu Diensten zu sein. Ich werde ein Gewand und Schuhe für Euch suchen gehen. Mein Bruder liebt es nicht, wenn man ihn warten läßt.«

»Wenn das so ist, dann solltet Ihr lieber seinem Befehl entsprechend eine Eskorte zusammenstellen. Ich versichere Euch, Sir, daß Ihr mir in keiner Weise zu Diensten sein könnt.«

Er verbeugte sich spöttisch: »Na, dann weiß ich ja, woran ich bin. Aber ich glaube kaum, daß Ihr mit Roger so leicht fertigwerdet.«

Als Ravenspur zurückkehrte, fand er Roseanna, wie sie vor dem Kamin hockte und frühstückte. Überrascht hob er die buschigen Augenbrauen. »Warum seid Ihr nicht angekleidet?« wollte er wissen.

Die Dienerin eilte herein, ein paar elegante Stiefel in der Hand und ein Seidenkleid über dem Arm. »Eine der Ladies war so freundlich, mir das hier zu überlassen, Euer Lordschaft«, sagte sie atemlos.

Geringschätzig hob er das tief ausgeschnittene Kleid hoch. »Ich sagte *schicklich*!« Er warf das Gewand ins Feuer. Die alte Frau schnappte entsetzt nach Luft. »Besorgt etwas Leinenstoff von einer Tischdecke oder ähnlichem und näht ihr ein Kleid. Ich möchte, daß sie vom Hals bis zu den Zehen verhüllt ist. Habe ich mich klar genug ausgedrückt, Madame?«

Roseanna schäumte vor Wut, und es kostete sie ihre ganze Willenskraft, um sich nicht auf ihn zu stürzen. Sie hatte das überwältigende Bedürfnis, ihn zu ohrfeigen, und zitterte am Rande ihrer Selbstbeherrschung, als ihr eine innere Stimme sagte, daß ihre beste Waffe gegen ihn vorgetäuschte Gleichgültigkeit war. Trotzdem war sie entschlossen, ihn in beleidigendem Ton anzusprechen. »Seid Ihr fertig mit dem Befehlen?«

Seine dunklen, durchdringenden Augen maßen sie von oben bis unten. »Ich habe noch gar nicht angefangen. Soll ich Euch nun Eure Befehle geben?« fragte er in trügerisch freundlichem Ton.

»Keiner gibt mir Befehle, Mylord«, erklärte sie ihm.

»Das ist wohl offensichtlich. Ihr seid ein ungezogenes Kind, dem man erlaubt hat, zu tun, was es will. Falls Eure Familie glaubt, Euch nun an mich loszuwerden, dann ist sie leider im Irrtum.« Wieder musterten sie seine schwarzen Augen vom Kopf bis zu den Zehen. »Ich habe festgestellt, daß die meisten Damen von hoher Geburt gerissene Schlangen sind.«

»Ist das der Grund, warum Ihr Euch ausschließlich mit Prostituierten abgebt?« rief sie.

Die Dienerinnen schnappten nach Luft. Seine dunklen Augen bohrten sich einen Moment lang in die ihren. »Genau«, sagte er gelassen. Erst, nachdem er ihr den Rücken zugekehrt hatte, erlaubte er sich, zu lächeln. Er nahm einen seiner Mäntel aus dem Schrank und wandte sich an die gaffende Dienerschaft. »Ich habe euch beiden eine Aufgabe gegeben; ich will, daß sie angezogen ist.« Dann blickte er erneut auf Roseanna. »Dies hier werdet Ihr brauchen. Mit dem gestrigen Sturm endete auch das sommerliche Wetter. Draußen weht ein ziemlich kühler Herbstwind.« Er verbeugte sich. »Ich erwarte Euch unten im Hof.«

Roseanna begutachtete sich verzweifelt. Noch nie in ihrem Leben war sie in ein solch einfaches, schlichtes und unattraktives Gewand gekleidet gewesen! Sie zog den Kopfschleier herunter, während die Dienerinnen sie mit geschürzten Lippen betrachteten. Rasch entschlossen flocht sie ihr langes, dunkles Haar auf und steckte es fest. Nun war es ebenso schlicht wie das Kleid. Sie war eisern entschlossen gewesen, den Umhang, den er ihr gegeben hatte, nicht zu tragen, doch der Gedanke, zehn Rittern in diesem Aufzug gegenübertreten zu müssen, ließ sie ihre Meinung ändern. Sie legte sich den Umhang um und mußte ihn ein ganzes Stück hochheben, um nicht darüber zu stolpern. Aus dem Jagdsitz auftauchend, schritt sie hocherhobenen Hauptes an den zehn Rittern vorbei, die ihre Eskorte bilden sollten. Ravenspur führte zwei Pferde am Zügel, und seine Augen glitzerten vor Vergnügen. »Falls Ihr Euch vor Pferden fürchtet, Mylady, werde ich Euch vor mir in den Sattel nehmen.«

»Fürchten?« fragte sie erstickt, denn ihr fehlten die Worte. Das war doch wohl das letzte! Mit den geschmeidigen, eleganten Bewegungen einer Pantherin schwang sie sich aufs Pferd, warf das Tier herum und galoppierte in derart halsbrecherischem Tempo davon, daß die Garde Mühe hatte, ihr auf den Fersen zu bleiben. Roger machte das Ganze einen Riesenspaß. Alles an ihr entzückte ihn.

Schon bald fiel Roseanna ein, daß sie den Weg nach Hause ja gar nicht kannte; sie mußte ihren Stolz also herunterschlucken und Ravenspur erlauben, die Führung zu übernehmen. Nicht ein einziger Blick oder ein einziges Wort wurde zwischen beiden gewechselt, und dennoch war sich jeder der Gegenwart des anderen keine Sekunde lang unbewußt. Ihre Gedanken wirbelten wild und ungeordnet durcheinander. Ein Barbar war er, ein Teufel! Vom ersten Moment an war er ihr widerwärtig gewesen. Er war einfach zu arrogant, zu männlich, zu – potent!

Sie schauderte bei dem Gedanken, wie knapp sie doch entkommen war, nicht nur an diesem Morgen, sondern auch vor einer lebenslänglichen Bindung an diesen Menschen. Die unterschiedlichsten Emotionen wirbelten durch ihren Körper – Empörung, heiße Wut und Erleichterung, ebenso wie seltsam knospende Gefühle, die ihren Körper auf die außergewöhnlichste Art und Weise durchpulsten. Man stelle sich vor! Eine Heirat mit Ravenspur würde die Seele einer Frau buchstäblich vernichten, so dominant war er. Ihr Widerspruchsgeist würde ausgelöscht werden. Wann immer es ihm gefiele, wäre sie in den Fesseln seiner Arme gefangen! Offensichtlich hatte er jede Menge Erfahrung mit Frauen, war es gewohnt, seinen Willen zu bekommen. Nun, sie war die Ausnahme in dieser Regel. Sie war die eine Frau, die ihm nie die Gelegenheit geben würde, seinen Willen zu bekommen. Auch wenn ihn einige Frauen vielleicht attraktiv finden mochten, sie nicht!

Roger ging es nicht viel anders – ein Gedanke jagte den anderen und machte es ihm unmöglich, logisch zu denken. Er war zynisch genug, um eine Falle zu befürchten, und wütend darüber, daß sie und sein Bruder versucht hatten, ihn zu benutzen, aber er war gleichzeitig zutiefst erleichtert, daß er sie nicht mißbraucht hatte. Obwohl er außer sich war, daß sie vollkommen ohne Begleitung und Aufsicht in der Weltgeschichte herumgondelte, so verwirrte ihn gleichzeitig ihre frisch-freche Art. Alles in allem war sie schon ein herrliches, wenn auch ungewöhnliches und ziemlich unverfrorenes Mädchen!

Als sie sich in Sichtweite von Castlemaine befanden, kam ihnen ein Trupp entgegen, der aus ihrem Vater und seinen bewaffneten Männern bestand. Neville sah abgehärmt aus.

»Gott sei Dank, du bist unverletzt. Meine Männer waren die ganze Nacht lang unterwegs.«

»Es tut mir leid, Vater«, sagte Roseanna. »Ich bin nach Belvoir geritten, um Baron Ravenspur zu sprechen. Ich hätte dir sagen sollen, wohin ich gehe.« Sie schäumte innerlich, als Neville sich bei Roger dafür bedankte, daß er ihm seine Tochter wohlbehalten zurückgebracht hatte. Sie wollte laut herausschreien, daß der Bastard versucht hatte, sie zu vergewaltigen, damit ihr Vater das Schwert ziehen und es ihm in den Leib rammen konnte. Doch sie biß fest die Zähne zusammen, um nicht doch noch eine Heirat zu riskieren.

Neville mußte an Joanna denken. Über den unangekündigten Besuch von Ravenspur würde sie ganz schön wütend sein. Neville wußte, welch große Hoffnungen sie in diese Verbindung setzte, und er wußte ebenfalls, wie dünn doch der Faden war, der den Baron mit Roseanna verband. »Erlaubt mir, Euch und Euren Männern die Gastfreundschaft von Castlemaine anzubieten, Mylord.«

Roger hob die Hand. »Ich werde nicht bleiben. Heute bin ich nur als Eskorte hier. Aber ich werde Eure Gastfreundschaft gerne am Ende dieser Woche in Anspruch nehmen, um dann auch über die Verlobung sprechen zu können.«

Neville nickte. Wie üblich hatte Roseanna die Dinge selbst in die Hand genommen. Heute abend würde es für ihn keine Ruhe geben. Joanna würde außer sich sein, wenn sie erfuhr, was Roseanna getan hatte.

In der Empfangshalle wurde Joanna davon überrascht, daß Roseanna an ihr vorbei die Stufen zum Turmzimmer hochflitzte, und plötzlich stand Roger Montford vor ihr und nahm ihre tiefe Verbeugung freundlich entgegen. Sie kannten sich schon seit Jahren; Roger und der König waren seit ihrem zwölften Lebensjahr Freunde und hatten zusammen unter Warwick gedient. Joannas Gedanken eilten zurück zu diesen Tagen. Wie hatten sie doch geprotzt in ihren scharlachroten Uniformen mit dem goldenen Bären darauf! Warwick machte aus seinen Leuten eine ganz besondere Truppe. Sie kannten mindestens ein halbes Dutzend mehr Methoden, jemanden im Nahkampf zu töten, als alle anderen Krieger. Warwick pflanzte in sie das Selbstbewußtsein, das aus der Entwicklung und Perfektion ihrer kämpferischen Fähigkeiten erwuchs. Mit seinem Motto *»Seulement Un«* lehrte er die Männer, vollkommen auf die eigenen Kräfte zu vertrauen.

Und nun stand Roger etwas vorsichtig, aber trotzdem in königlicher Haltung vor ihr. Er sah aus wie ein Eroberer – dunkel, primitiv und wild –, und er war stolz wie Luzifer selbst. *Kein Wunder, daß die Frauen hinter ihm her sind,* dachte sie ehrfurchtsvoll. Sie unterdrückte jedoch sofort ihre eigene physische Reaktion auf ihn, denn sie wußte, daß sie um einen hohen Einsatz spielte. Sie wollte ihn für ihre Tochter. »Willkommen, Mylord. Euer Besuch ist uns eine hohe Ehre.«

»Ihr werdet mich vielleicht nicht mehr willkommen heißen, wenn ich gesagt habe, was zu sagen ist.« Er blickte sie durchdringend an. »Ich bin schockiert über das Maß an Freiheit, das Lady

Roseanna gewährt wird. Während unsere Verlobung noch besteht, wünsche ich, daß man sie besser unter Aufsicht nimmt. Ende dieser Woche komme ich wieder, um die Lösung der Verbindung zu besprechen.«

Joanna machte ein beleidigtes Gesicht. »Aus welchen Gründen glaubt Ihr, sie lösen zu können, Mylord?«

»Aus vielen! Zum Beispiel: Ist sie überhaupt noch Jungfrau? Mit siebzehn sind das die meisten Mädchen nämlich nicht mehr.« Er sah ihr direkt in die Augen, und sie wußte, daß er auf die Tatsache anspielte, daß sie es mit siebzehn nicht mehr gewesen war. Unter diesem wissenden Blick schluckte sie die ätzende Bemerkung, die ihr auf der Zunge lag, hinunter. Er fuhr fort: »Und ganz abgesehen von meinen Gefühlen, wünscht auch Lady Roseanna selbst eine Lösung der Verbindung. Das ist auch der Grund, warum sie mich aufgesucht hat.«

Joanna sah ihn mit offenem Mund an.

Ravenspur machte eine tiefe Verbeugung, wandte sich auf dem Absatz um und ging. Die goldenen Sporen an seinen Stiefeln klirrten laut in der nun folgenden Stille. Kaum hatte er den Raum verlassen, ließ Joanna ihrer Wut freien Lauf.

Neville meinte vorsichtig: »Geh nicht gleich zu ihr. Beruhige dich erst einmal, ich bitte dich, Joanna.« Sie fegte an ihm vorbei, ging jedoch zu seiner Erleichterung in ihre Werkstatt. Er seufzte tief auf. Er mußte Jeffrey, der mit einem weiteren Suchtrupp unterwegs war, von Roseannas Rückkehr Bescheid geben.

6. Kapitel

Roseanna saß in einem weichen, elfenbeinfarbenen Unterrock am Frisiertisch, während Alice ihr die langen Locken auskämmte. Joanna platzte, ohne anzuklopfen, herein, Kate Kendall im Schlepptau.

»Mutter, bevor du etwas sagst, laß mich dir bitte ein paar Dinge erklären«, begann Roseanna.

»Nein. Ich werde dir ein paar Dinge erklären. Kate Kendall wird Alice ersetzen. Da du ohnehin einen Aufpasser brauchst, habe ich jemanden ausgesucht, den du nicht um den Finger wickeln kannst. Du wirst das hier tragen, und den Schlüssel bekommt Kate.«

Roseanna starrte ungläubig auf das Ding, das ihr ihre Mutter hinstreckte. »Ein Keuschheitsgürtel? Das meinst du doch nicht im Ernst, Mutter!«

»Mir war's noch nie ernster. Ravenspur hat deine Jungfräulichkeit in Frage gestellt!«

»Er hat was?« zischte Roseanna. Sie schäumte vor Wut. »Dieser Hurenbock wagt es, meine Jungfräulichkeit in Zweifel zu ziehen? Herr im Himmel, was hat das denn mit ihm zu tun?«

»Auf die Art und Weise will er sich aus der Verlobung drücken. Und diese Entschuldigung hast du ihm selbst auf dem Silbertablett überreicht, indem du herumgestreunt bist wie irgendeine Zigeunerin!«

»Er braucht doch gar keine Entschuldigungen. *Ich* bin es, die verlangt, daß die Verlobung gelöst wird!«

»Du, kleine Dame, wirst aufhören, Dinge zu verlangen und statt dessen anfangen zu gehorchen. Du wirst diesen Keuschheitsgürtel als Garant deiner Jungfräulichkeit und Reinheit tragen. Du kannst schließlich nicht bestreiten, daß du Sir Bryan Kuhaugen gemacht hast.«

»Warum sollte ich auch?« schrie sie. »Ich liebe ihn. Ich will ihn heiraten!«

»Mein Gott, du leidest wohl unter zeitweiliger Unzurechnungsfähigkeit. Wir wollen hoffen, daß sich das wieder gelegt hat, wenn Ravenspur zurückkehrt. Und dann, das laß dir versichert sein, werde ich alles Erdenkliche tun, um den Bruch zu kitten.«

»Das ist vollkommen unmöglich!« schrie Roseanna leidenschaftlich. »Wir verabscheuen uns ja bereits!«

»Zwischen Liebe und Haß besteht nur eine dünne Trennlinie. Solange du ihm nicht gleichgültig bist, besteht durchaus Hoffnung. Zieh das an.«

»Das werde ich nicht tun!« zischte Roseanna.

»Kendall, nimm ihre Beine«, befahl Joanna. Obwohl Roseanna strampelte und kratzte, fluchte und weinte, wurde sie am Ende dennoch in den Keuschheitsgürtel gezwängt.

»Heul so viel, wie du willst, Roseanna. Als deine Mutter muß ich so handeln, um dich vor deiner eigenen Dummheit zu schützen. Verdammt noch mal, glaubst du, du hast das Verliebtsein erfunden? Das gab's doch schon immer. Wenn sich ein Junge und ein Mädchen ineinander verlieben, dann halten sie Händchen und seufzen. Dann küssen sie sich, und eh' man sich's versieht, sind sie mitten in der schönsten Knutscherei. Erwiderst du den Kuß, dann sagst du: ›Ich mag es – mach weiter.‹ Und plötzlich hat er zwölf Paar Hände, die er, ohne zu zögern, dazu benutzen wird, dich zu entkleiden und von dir Besitz zu ergreifen.«

Roseannas Lippen waren blutleer, so schockiert war sie. »Du bist diesen Weg gegangen, Mutter, nicht ich! Hinaus aus meiner Kammer! Das werde ich dir nie verzeihen«, flüsterte sie.

»Ich glaube, du nimmst dein Abendessen heute am besten hier oben ein. Für die Empfangshalle ist deine Gesellschaft reichlich unpassend«, erklärte Joanna.

»Ich verlasse diese Kammer nicht eher, als bis dieses *Ding* hier wieder entfernt worden ist. Ich nehme keinen einzigen Bissen zu mir, bevor dieses *Ding* nicht wieder entfernt worden ist. Ich spreche kein einziges Wort mehr, bevor nicht dieses *Ding* wieder entfernt worden ist!«

Ihre Mutter beachtete sie nicht und stieß die zwei Dienerinnen vor sich her aus der Kammer. Kaum war die Tür zugefallen, drehte Roseanna entschlossen den Schlüssel im Schloß herum, und eine lastende Stille umfing sie.

Dann lag sie auf dem Bett und starrte an die Decke, doch ihre Gedanken waren mit hunderterlei Dingen beschäftigt. Ihre Mutter hatte diesen lächerlichen Keuschheitsgürtel in ihrer Werkstatt entworfen. Er bestand aus zwei schweren Silberketten, die um die Hüfte geschlungen wurden, und einem flachen Stück Silberdraht, fast wie ein Gitter, das zwischen ihren Beinen hindurchgezogen war. Daran befestigt, etwa in Hüfthöhe, war ein kleines Schloß. Ihr fiel plötzlich ein, daß ihr ihre Mutter einmal ein kleines Schloß samt Schlüssel gegeben hatte, damit sie damit ihre Schmuckschatulle verschloß. Als sie den Schlüssel am Keuschheitsgürtel ausprobierte und das Schloß sogleich aufschnappte, seufzte sie erleichtert auf.

Als nächstes sammelte sie sich einen kleinen Vorrat an Dingen zum Essen zusammen. Da war eine Schale Äpfel; in einer ihrer Truhen fand sie einen Beutel mit Walnüssen und Haselnüssen; und auf dem Nachttischchen stand eine große Schachtel mit Marzipanfrüchten. Sie verfügte außerdem über einen Krug Wasser und eine Flasche Wein; damit konnte sie mindestens zwei bis drei Tage auskommen. Sie würde es ihnen heimzahlen, o ja, ihnen allen!

Ihr Blick fiel auf den Mantel, den ihr Ravenspur gegeben hatte. Sie ergriff ihn mit einer raschen Handbewegung, um ihn in Stücke zu reißen. Doch mit dem ersten Riß stieg ihr ein zarter Duft in die Nase. Sie rieb den Stoff gedankenverloren zwischen den Fingern und fragte sich, wonach er wohl roch. Sie nahm ein kleines Büchlein zur Hand, worin sie immer mit viel Freude nachschlug, wenn sie etwas über die Pflanzen und ihre verschiedenen Düfte zu erfahren suchte. Balsam zum Beispiel verwendete man bei Nervosität und Ungeduld. Während sie das las, konnte sie den Balsam förmlich riechen. Sie lächelte, als sie las, daß Besenginster für Ordnung und Sauberkeit verwandt wurde. Wie treffend. Die weiße Lilie stand für die Reinheit. Ihre Gedanken flogen kurz zu dem Keuschheitsgürtel. Abgestorbene Blätter repräsentierten Traurigkeit, was logisch war, wenn man darüber nachdachte. Jasmin ... Jasmin! Das war's, das war der Duft, den der Mantel verströmte. Schnell strich sie mit dem Finger die Seite entlang, um zu sehen, was es bedeutete. Sinnlichkeit! Rasch klappte sie das Buch zu. Sie stellte sich seine schwarzen Augen vor und die dichten schwarzen Wimpern, die seinen Blick noch intensivierten. Sie schloß die Augen, um dieses Bild zu verscheuchen, erreichte dadurch aber das Gegenteil. Seine Backenknochen waren so aggressiv, sein Mund so unverhüllt sinnlich, daß ihr bei dem Gedanken daran die Röte in die Wangen stieg. Sein nackter Körper stand ihr auf einmal überdeutlich vor Augen, so real, daß sie die Hand hätte ausstrecken und ihn berühren können. Herr des Himmels, warum mußte sie solch verrücktes Zeug denken? Sie konnte ihn sehen, ihn riechen – ja, sie konnte sogar seinen Kuß auf ihren Lippen schmecken. Sein sattes, dunkles Lachen kam ihr in den Sinn und ließ ihr ein Kribbeln über den Rücken laufen; der Raum vibrierte förmlich von der unterschwelligen Gefährlichkeit des Mannes, so deutlich war ihre Erinnerung an ihn. Erneut schmeckte sie das Blut auf ihren Lippen, nachdem sie ihn gebissen hatte, und sie zitterte vor Erregung. *Zur Hölle mit Ravenspur,* dachte sie wild. Er war die Wurzel all ihres Kummers!

Als Kate Kendall an die Tür klopfte, beachtete sie sie nicht. Schließlich rief die Frau von draußen: »Ich habe Euch Euer Abendessen gebracht.« Roseanna antwortete nicht. »Seid nicht töricht, Mädchen. Ihr müßt etwas essen.« Da sie immer noch keine Antwort erhielt, entschied sich die kluge Frau, das Tablett vor der Tür stehenzulassen. Zweifellos würde Roseanna essen, sobald sie gegangen war.

Ihre Miene war grimmig, als sie zwei Stunden später das Tablett immer noch unberührt fand. Dicht an der Tür rief sie: »Roseanna!« Keine Antwort. Sie legte das Ohr an die Tür und lauschte minutenlang, aber sie vernahm nichts als Stille. Lady Joanna berichtete sie nichts davon. Zweifellos würde Roseanna einen Bärenhunger haben, wenn sie am nächsten Tag mit dem Frühstück kam.

Sehr früh am nächsten Morgen wurde Roseanna durch einen scharfen Pfiff von draußen geweckt. Sie eilte ans Fenster und erblickte ihren Bruder, der zusammen mit Sir Bryan dort unten stand. Rasch nahm sie ein Blatt Papier zur Hand und schrieb:

> Bitte macht Euch keine Sorgen um mich. Ravenspur wird uns keine Schwierigkeiten machen. Wir haben uns vom ersten Moment an gehaßt! Ich habe mich wegen einer Meinungsverschiedenheit mit meiner Mutter eingeschlossen. Bitte sorgt Euch nicht um mich.
> Roseanna.

Sie faltete das Blatt fest zusammen, schrieb »Sir Bryan« darauf und warf es von ihrem hohen Turmzimmer zu den zwei wartenden Männern hinab. Jeffrey beugte sich nieder, um es aufzuheben und reichte es Sir Bryan. Dann blinzelte er ihr zu und winkte anerkennend.

Als Kate Kendall Roseannas Frühstückstablett unberührt dort vor der Tür fand, wo sie es zuvor hingestellt hatte, wußte sie, daß sie Lady Joanna informieren mußte. Aber Joanna war immer noch ärgerlich wegen Roseannas Verhalten am Tag zuvor und ihre Wut durch diesen neuerlichen Vorfall nur noch mehr angestachelt. Sie ging zum Turmzimmer, rüttelte am Türknauf und befahl: »Öffne sofort die Tür!« Keine Antwort. »Roseanna, ich habe genug von deinem Theater! Öffne die Tür!« Wieder antwortete Roseanna nicht. »Also gut, Madame, was du kannst, kann ich schon längst! Kate, du bringst heute kein Essen mehr herauf. Bis morgen wird sich ihr Appetit merklich gesteigert haben.«

Mit ihrem Mann sprach Joanna nicht über das Verhalten ihrer Tochter. Er verstand es, die Dinge so hinzudrehen, daß sie sich am Ende immer als die Schuldige fühlen mußte, und in diesem Fall wußte sie genau, daß sie im Recht war. Überhaupt hatte sie jede Menge zu tun. Ravenspur würde übermorgen eintreffen, und alles mußte perfekt sein für seinen Besuch. Sie ließ die Zofen die beste Kammer für ihn säubern und herrichten, wobei sie streng auf jedes Detail achtete. Sogar die Kerzen wurden mit Pinienduft versetzt, und die Bettwäsche mit dem Buchstaben »R« bestickt.

Als Joanna am nächsten Tag zum Turmzimmer hinaufschritt, war sie bereit, Zugeständnisse zu machen, wenn Roseanna ebenfalls willens dazu war. »Roseanna, öffne die Tür, und wir besprechen unsere Differenzen wie zivilisierte Menschen.« Roseanna rührte sich nicht. »Kate Kendall ist hier mit dem Schlüssel zum Keuschheitsgürtel«, lockte sie. Stille. Da kam die Wut erneut in ihr hoch. Wenn Mutter und Tochter eins gemeinsam hatten, dann war es ihr sturer Stolz. »Wenn du wirklich gewillt bist zu verhungern, nur um mich zu bestrafen, nun wohl – so sei es!« sagte sie mit unterdrückter Wut. Als Joanna davonschritt, preßte Roseanna das Ohr an die Tür und hörte, wie ihre Mutter zu Kendall meinte: »Was soll ich bloß tun? Ravenspur kommt morgen!«

Roseanna lächelte. Sie war wirklich versucht gewesen, die Tür zu öffnen, denn sie sehnte sich wahrhaftig nach einer anständigen Mahlzeit. Aber nun erkannte sie, daß, wenn sie nur bis zum nächsten Tag durchhielt, der Höhepunkt des Schauspiels bis zu Ravenspurs Ankunft verschoben werden konnte.

Roger wählte seine Gewänder für den Besuch in Castlemaine sehr sorgfältig aus. Er verabscheute die Kleidung, die er bei Hofe tragen mußte; sie war für seinen Geschmack viel zu farbenprächtig. Die enganliegende Seidenhose war mit schwerem Samt besetzt, was seine Männlichkeit betonte, daß es fast unsittlich schien, und die Westen wurden nach der neuesten Mode kürzer und kürzer, um auf diese Weise die körperlichen Vorzüge eines Mannes am vorteilhaftesten zur Geltung zu bringen. Er schob die geckenhaft prächtigen Gewänder, die er besaß, beiseite und wählte eine nüchterne schwarze Hose und Stiefel und eine breitschultrige, weinrote Samtweste. Sein feines Hemd protzte vor Spitzen an Hals und Handgelenken, aber es wäre ihm ohnehin schwergefallen, in seiner Garderobe auch nur ein einziges einfaches Hemd zu finden. An der einen Hand trug er einen großen Rubin und an der anderen einen schweren Siegelring aus massivem Gold, auf dem ein scharfblickender Rabe abgebildet war.

Seit er sie nach Castlemaine zurückgebracht hatte, war ihm Roseanna nicht mehr aus dem Sinn gegangen. Es war fast so, als würde sie ihn verfolgen, dachte er grimmig. Die Bilder, die sein Geist von ihr heraufbeschwor, waren so lebendig, als müsse er nur die Hand ausstrecken, um ihre samtige Cremehaut zu berühren, und wenn er im Bett lag, hätte er schwören können, ihre langen Locken zu fühlen, wie sie über seinen Körper flossen und seine Sinne entflammten. Er hätte sie in Besitz nehmen sollen, solange er sie im Bett hatte, um sie so aus seinem Hirn und aus seinen Sinnen zu verjagen! Dann jedoch erbleichte er bei dem Gedanken, daß er der Vergewaltigung hätte beschuldigt werden können. Noch einmal.

Er hatte sich gezwungen, den Alptraum seiner beiden ersten Ehen wieder und wieder zu durchleben, damit er beim ersten Anzeichen einer dritten Frau auch wirklich davonrannte wie ein gehetzter Hase.

Und nun ritt er mit zehn Rittern in seiner Begleitung nach Castlemaine und wußte, daß er sie morgen um diese Zeit bereits los sein würde.

Sir Neville begrüßte seine Besucher in den Ställen, wo Ravenspur und seine Männer sich höchstpersönlich um ihre Pferde kümmerten.

Ein Ritter, der dieses Namens würdig war, tat das gewöhnlich selbst, denn nicht selten hing sein Leben von seinem Reittier ab. Neville, der bemerkte, daß Ravenspurs schwarzer Hengst Roseannas Zeus fast aufs Haar glich, zeigte ihn stolz seinem Gast. Roger war so beeindruckt von dem anmutigen, wilden Tier, daß er ihm ein Kaufangebot machte.

Neville schüttelte den Kopf und lachte. »Nein, Mylord, er ist der Liebling meiner Tochter. Ich bin jedoch sicher, daß wir noch andere Tiere haben, die Euren hohen Anforderungen entsprechen. Meine Tochter ist, was die Pferdezucht betrifft, eine Expertin.«

Obwohl ihn Roseannas Pferdeverstand äußerst interessierte, war Ravenspur dennoch alarmiert. »Ihr erlaubt ihr doch wohl nicht, dieses wilde Tier zu reiten?«

»Mylord, ich kann sie nicht davon abhalten«, sagte Neville mild.

Ravenspurs schwarze Augen forschten im Gesicht seines Gegenübers. Dann sagte er ruhig: »Ich verstehe.«

»Lady Joanna harrt Eurer ungeduldig in der Empfangshalle. Ich bin sicher, sie ist heute besser auf Euren Besuch vorbereitet. Ich werde inzwischen Euren Männern die Quartiere zuweisen.«

»Habt Dank, Castlemaine. Ich werde mir Eure Ställe vor meiner Abreise nochmals ansehen.«

Joanna begrüßte Roger überschwenglich. Sie war in ein geradezu königliches Gewand gekleidet, eine tiefblaue Tunika und ein Unterkleid derselben Farbe, das ihr blauschwarzes Haar äußerst vorteilhaft zur Geltung brachte. Sie trug ein juwelenbesetztes Käppchen, jedoch keinen Schleier. Wie Roseanna war auch sie über die Maßen stolz auf ihr Haar und versteckte so wenig wie möglich davon.

Ravenspur verbeugte sich formell und sagte ohne Zögern: »Lady Joanna, bevor wir über die Verlobung sprechen, möchte ich Lady Roseanna kurz allein sehen.«

»Aber sicher, Mylord.« Sie lächelte strahlend und fragte sich gleichzeitig voller Panik, was im Himmel er wohl vorhatte. »Kate«, rief sie, »teile Roseanna mit, daß Baron Ravenspur eingetroffen ist. Kommt, Mylord. Ich werde Euch Eure Kammer zeigen. Ihr wißt, wie lange junge Mädchen heutzutage brauchen, um ihre Toilette zu beenden.«

Ihm war sofort klar, daß etwas nicht stimmte. Diese Nervosität paßte so gar nicht zu Joanna. Und der Blick, den sie mit ihrer Dienerin gewechselt hatte, sprach Bände.

Er war sehr zufrieden mit der reich ausgestatteten Kammer, die für ihn hergerichtet worden war. Joanna schenkte sofort zwei Becher ihres besten Chablis' ein. Während er am Wein nippte und sie angeregt plauderte, war er sich ihrer Nervosität und Aufgewühltheit sehr deutlich bewußt. Schließlich erschien Kate Kendall. Ihre schlichten Züge waren grimmig verkniffen. Sie sagte die Worte auf, die sie seit dem Schweigen, das durch die verschlossene Tür zum Turmzimmer zu ihr drang, geübt hatte. In Wahrheit war sie jedoch verrückt vor Sorge; und die Gesundheit des Mädchens bedeutete ihr auch mehr als Joannas Wunsch, vor dem Baron das Gesicht zu wahren. »Lady Roseanna bittet, man möge sie für heute entschuldigen. Vielleicht morgen«, meinte sie vage.

Joanna preßte die Lippen fest zusammen. »Geh zurück zu ihr und sage ihr, wir entschuldigen sie keineswegs, Kate. Bestehe darauf, daß sie herunterkommt.«

Ravenspur fügte hinzu: »Erkläre ihr, daß ich sie kurz allein zu sprechen wünsche und daß es nur einen Moment dauert.«

Die Dienerin knickste rasch und machte sich auf ihre hoffnungslose Mission. Sobald Roseanna erfuhr, daß Ravenspur zurückgekehrt war und sie zu sehen wünschte, streifte sie hastig den Keuschheitsgürtel über. Ihr gerissenes kleines Herz hüpfte vor Freude, und die Boshaftigkeit strahlte ihr förmlich aus sämtlichen Knopflöchern, als sie in ein exquisit besticktes, rehfarbenes Unterkleid schlüpfte, das sie extra deshalb ausgesucht hatte, weil es die Blässe ihrer Haut betonte. Zufrieden mit ihrer überirdisch zarten Erscheinung war Roseanna bereit, genau den Zirkus aufzuführen, dessen ihre Mutter sie beschuldigt hatte.

Als Kate zu ihrer Herrin zurückkehrte, sagte sie einfach: »Sie antwortet nicht.«

Joanna setzte ihren leeren Becher mit einem Knall ab. »Ich werde schon mit ihr fertig«, sagte sie entschlossen. Falls Roseanna sich auch diesmal weigerte, die Tür zu öffnen, würde sie einfach nach Neville senden, damit sie gewaltsam aufgebrochen wurde. Wie konnte ihre Tochter es wagen, sie vor dem Baron derart zu blamieren?

Sobald Joanna gegangen war, wandte sich Ravenspur an Kate Kendall. »Was beunruhigt Euch so, Madame?«

Geschmeichelt, von einem so hohen Herren derart respektvoll angeredet zu werden, stieß sie hörbar den Atem aus und bewies einmal mehr das alte Sprichwort, daß Frauen unter Streß schwatzhaft werden. »Oh, Mylord, Lady Roseanna ist schon die ganze Woche in ihrer Kammer eingeschlossen – ohne Essen!«

»Um Himmels willen!« rief er und schritt rasch aus dem Zimmer und die Treppe hinauf, die zum Turm führte. Er ergriff Joanna entschlossen bei den Schultern und schob sie von der Tür weg. »Ich hatte keine Ahnung, daß Ihr sie bestrafen würdet, Madame«, sagte er kalt.

Joannas Augen weiteten sich ungläubig. »Sie bestraft mich, Sir, daß Ihr's nur wißt!«

Er warf seine ganze Kraft in die Waagschale, als er mit dem Fuß heftig gegen das Türschloß trat. Beim ersten lauten Krachen sank Roseanna in anmutig gespielter Ohnmacht zu Boden. Beim dritten Tritt gab die Tür nach, schwang hart nach innen und enthüllte die kleine, leblose Gestalt. Roger war sofort auf den Knien und suchte mit den Händen nach Lebenszeichen in dem zarten Körper. Seine Finger trafen auf den kleinen Keuschheitsgürtel. Er warf einen vernichtenden Blick auf Joanna und sagte: »Ich hätte nie geglaubt, daß eine Mutter so grausam sein könnte!« Er hob das Mädchen hoch und schritt wütend aus dem Turmzimmer, hinunter in seine Kammer; Joanna folgte ihm.

Roseanna, die die Augen fest geschlossen hatte und deren Herz wild hämmerte, wußte, daß sie seinen Eid als Ritter herausgefordert hatte, den Eid, eine Maid in Not zu schützen. Du lieber Himmel, sie war zu weit gegangen, wie immer. Irgendwie mußte sie es schaffen, sich ihm zuwider zu machen.

Sanft legte er sie auf sein Bett und tätschelte ihre Hände. Er schenkte ein wenig Chablis ein und hielt ihn an ihre blassen Lippen.

Sie öffnete langsam die Augen und meinte schwach: »Wo ... wo bin ich?«

»Du unverschämte Göre! Hör sofort auf mit dem Theater!« verlangte Joanna.

Ravenspur fauchte sie an: »Hinaus! Ich möchte mit ihr allein sein.« Seine Augen schossen derart gefährliche Blitze, daß sie es nicht wagte, ihn noch mehr zu reizen. Sie rauschte an ihm vorbei und zog Kate mit sich. Auch gut, dachte Joanna wütend, die kleine Wildkatze sollte ihm ruhig allein gegenübertreten. Die beiden verdienten einander!

»Roseanna, fühlt Ihr Euch stark genug, um mit mir zu sprechen?« fragte er.

Der Instinkt sagte ihr, daß sie bei diesem Mann mehr erreichte, wenn sie an seine Ritterlichkeit appellierte, als wenn sie Forderungen an ihn stellte.

»Was um Himmels willen habt Ihr nur getan, um Eure Mutter zu solchen Handlungen zu verleiten?« fragte er sanft.

Sie ließ eine Träne die Wange hinunterrinnen. »Es ist, weil wir wünschen, die Verlobung zu lösen und ... weil ... ich ... einen anderen liebe.« Ihre Stimme klang sanft, aber leidenschaftlich.

Eine scharfe Falte entstand zwischen seinen Brauen. »Wen?« wollte er wissen; seine Stimme hatte jetzt einen Großteil ihrer Sanftheit verloren.

Sie schüttelte traurig den Kopf. »Ach, ich kann Euch seinen Namen nicht nennen. Er würde noch mehr leiden müssen als ich.«

»Hat sie Euch deshalb den Keuschheitsgürtel aufgezwungen?« fragte er und hielt gebannt ihren Blick.

Er hielt sie nicht länger, doch die Nähe seines Körpers gemahnte sie seiner großen Stärke. Sie senkte die Augen, denn sie wußte, daß ihm diese Frage nicht mehr aus dem Sinn gegangen war, so als ob er sie laut ausgesprochen hätte, und sie wußte außerdem, daß ihr Schicksal von der Antwort abhing, die sie ihm darauf gab. Ganz plötzlich schoß ihr ein Gedanke durch den Kopf, wie sie sich von diesem Mann würde befreien können, wie sie sich in seinen Augen herabsetzen konnte. »Der Keuschheitsgürtel war überflüssig. Ich bin keine Jungfrau mehr«, log sie, und diese intimen Worte ließen eine zarte Röte in ihre Wangen steigen.

Seine Augen verschleierten sich vor Wut. Er erhob sich und eilte mit langen Schritten im Zimmer umher wie ein Mann, der in einem zu engen Raum eingeschlossen war.

Mit angehaltenem Atem wartete sie darauf, daß er ihr Vorwürfe machte, und hoffte, seine Wut würde nicht in Gewalttätigkeit umschlagen. Langsam drehte er sich zu ihr herum. »Ich habe beschlossen, die Verlobung nicht zu lösen. Ich habe beschlossen, Euch zur Frau zu nehmen.«

»Nein!« schrie sie entsetzt und sprang vom Bett.

Seine schwarzen Augen verengten sich. »Für jemanden, der fast verhungert wäre, habt Ihr erstaunliche Kraftreserven! Warum zieht Ihr eine Verbindung mit dem anderen Mann vor? Hat er Euch etwa geschwängert? Benötigt Ihr etwa eine Abtreibung?« schrie er.

»Wie könnt Ihr es wagen!« Sie versetzte ihm eine schallende Ohrfeige.

Mit eisernem Griff umklammerte er ihr Handgelenk und drückte so fest, daß sie glaubte, ihre zarten Knochen würden brechen.

»Ich wage alles, Roseanna Castlemaine – zweifelt nie daran! Ich wage es sogar, Euch die Kleider vom Leib zu reißen, um Eure Jungfräulichkeit noch jetzt, in diesem Moment, zu überprüfen. Und nun werdet Ihr Euch dafür entschuldigen, mich geschlagen zu haben.« Seine schwarzen Augen bohrten sich in die ihren, so als ob er ihre Gedanken lesen könnte.

Sie schürzte die Lippen und schwieg stur.

»Wenn Ihr das mit Euren Lippen macht, weiß ich nie, ob Ihr mich küssen oder auf mich spucken wollt«, sagte er mit funkelnden Augen. Als er sah, daß ihr Blick sich vor Wut verdunkelte, beugte er den Kopf zu ihr hinab und nahm ihre Lippen in Besitz; Lippen, die für seine Küsse allein geschaffen zu sein schienen. Mit seinem Mund hielt er den ihren fest umschlossen, damit sie ihn nicht wieder beißen konnte.

Und wieder stand er in Flammen, genau wie an dem Abend, als er sie in seinem Bett vorgefunden hatte: stahlhart war er, hochaufgerichtet und bereit. Er preßte sich an ihren weichen Körper, damit ihr keine Zweifel bezüglich seiner Wünsche blieben. Er nahm und nahm, verschlang sie gierig mit seinen Lippen, mit seiner Zunge, plünderte ihren Mund, tiefer und tiefer, während er mit der Hand eine ihrer runden, festen Brüste umschloß und mit dem Daumen über ihre Brustwarze strich, bis sie hart wurde wie ein Diamant. Sein Jasmingeruch machte sie schwindelig, und dort, wo ihre Körper einander berührten, brannten ihre Nervenenden in einer nie gekannten Mischung aus Schmerz und Lust. Er ließ sie los, und sie wich zurück, wobei sie sich das schmerzende Handgelenk rieb.

»Warum tut Ihr das? Warum besteht Ihr darauf, mich zu besitzen?« Ihr zartes, dünnes Gewand schien zu zittern, als ihre Brüste sich unter ihrem heftigen Atem hoben und senkten.

Er löste den Blick von ihren Brüsten und bohrte seine Augen in die ihren. »Wir sind einander versprochen. So einfach ist das.«

Als sie ihn anblickte, wußte sie, daß er ein Mann war, der nach seinen eigenen Regeln lebte. Er würde sich nicht an ein Gelöbnis halten, es sei dann, es war seinen Zwecken dienlich. »Es muß andere Gründe dafür geben. Nennt sie mir!«

Als er sie anblickte, war er berückt von ihrer Schönheit. Er hätte ihr am liebsten das Kleid vom Körper gerissen, sie aufs Bett geworfen und sie die ganze Nacht lang geliebt. Ihre Augen schossen trotzige Blitze. Sie wollte nichts von ihm wissen und machte auch keinen Hehl daraus. Doch die Herausforderung, die sie darstellte, machte es Ravenspur unmöglich zu widerstehen!

Ein Lächeln, das von seinem sinnlichen Mund bis zu seinen nachtschwarzen Augen reichte, breitete sich auf seinem Gesicht aus. »Wir beide sind aus dem gleichen Holz geschnitzt, Roseanna. Ihr werdet mich glücklich machen.«

»Todunglücklich werde ich Euch machen!« schwor sie.

7. Kapitel

Der Abend verlief überraschend gut, wenn man bedachte, wie verheerend der Tag begonnen hatte. Kate Kendalls mütterliche Qualitäten kamen zum Vorschein, als sie es sich zur Aufgabe machte, Roseanna wieder aufzupäppeln. Sie gab ihr den Schlüssel zum Keuschheitsgürtel, half ihr beim Baden, steckte sie ins Bett und brachte ihr ein Tablett mit Fleischbrühe, Kalbssülze und einem kräftigenden Senfei. Als Roseanna die Nase rümpfte und nach gebratenem Wildschwein verlangte, war ihre gute Fee auch schon in der Küche, um das Gewünschte zu besorgen.

Roger Montford, der beim Dinner in der Halle zwischen seinem Gastgeber und seiner Gastgeberin saß, brachte das Thema Verlobung noch vor dem ersten Gang zur Sprache.

»Sir Neville, ich bitte ganz offiziell um die Hand Eurer Tochter.«

Sir Neville, der von den Ereignissen des Tages und der vergangenen Woche nicht die geringste Ahnung hatte, warf seiner Frau einen anerkennenden Blick zu und fragte sich, wie sie das wohl wieder geschafft hatte.

Vollkommen überrascht, aber trotzdem höchst entzückt über die Wendung der Geschehnisse, erhob Joanna ihren Kelch und wandte sich Ravenspur zu: »Mylord, laßt mich Euch als erste gratulieren. Ein Toast auf Roger und Roseanna.«

Falls es Ravenspur aufgefallen war, daß zwei junge Ritter, die etwas weiter unten an der Tafel saßen, sich dem Toast nicht angeschlossen hatten, ließ er sich's jedenfalls nicht anmerken. Joanna überlegte rasch, wann wohl die beste Zeit für eine Heirat sein könnte. Die Ernte stand kurz bevor; da Roseanna sich stur gegen diese Verbindung sträubte, würde es etwas Zeit brauchen, um sie umzustimmen. Weihnachten war die festlichste Zeit des Jahres; wenn die Hochzeit dann stattfände, wäre inzwischen genug Zeit, um Roseanna eine prächtige Aussteuer zu nähen.

»Ich denke, Weihnachten wäre ideal für die Hochzeit, Mylord.«

Ravenspur runzelte die Stirn. »Die Verlobungszeit währte schon lange genug.«

Joanna beeilte sich, den elften November vorzuschlagen. »Dann vielleicht an Sankt Martin?«

Sein Stirnrunzeln vertiefte sich. »Ich habe an nächste Woche gedacht, aber das mag wohl etwas übereilt sein. Einigen wir uns doch auf den ersten Tag im Herbst.«

»Aber der einundzwanzigste September ist ja schon in knapp einem Monat«, betonte sie. Als sie jedoch sah, daß sich seine Braue hob wie der Flügel eines Raben, beeilte sie sich hinzuzufügen: »Es wird sehr schwierig werden, aber wir wollen sehen, daß alles bereit ist.«

»Sir Neville, Lady Joanna, ich möchte versichern, daß ich keineswegs die Absicht habe, Probleme zu verursachen, aber die Hochzeit kann unmöglich hier stattfinden. Der König braucht mich im Norden, wo es Aufstände gibt«, erklärte er kurz.

Joannas Augen forschten besorgt in Ravenspurs Miene. »Es gibt Schwierigkeiten zwischen Edward und Warwick, nicht wahr? Männer und ihr verdammter Ehrgeiz! Ich habe Edward gleich gesagt, er würde sich Warwick zum Todfeind machen, wenn er dessen Töchtern Ehemänner aus der verhaßten Woodville-Sippe anbietet.«

Da Joanna über die Geschäfte des Königs Bescheid zu wissen schien, konnte Ravenspur ja frei darüber sprechen. »Ich nehme an, daß das die wahre Ursache der Probleme ist. Warwick will nicht weniger, als daß beide Brüder des Königs seine Töchter ehelichen.«

Sie erwiderte: »Mir ist ohnehin schleierhaft, warum Edward sich ihm plötzlich entgegenstellt; er ist einfach zu leichtfertig.«

»Leichtfertig mag er ja sein, aber ein Dummkopf ist er nicht. Wenn Warwick George als seinen Schwiegersohn gewinnen könnte, dann wäre der Königsmacher wieder in seinem Element.«

Sir Neville war schockiert. »Ihr meint, er würde Edward vom Thron stoßen und George als König einsetzen wollen?«

»An Hochverrat sollten wir nicht einmal denken«, warnte Ravenspur.

»Warwick hat den Norden in der Tasche«, meinte Joanna besorgt.

»Genau deshalb muß ich nach Norden gehen, Madame. Ich besitze dort drei Festungen. Ravenglass im Westen, Ravensworth in der Mitte und Ravenscar im Osten.«

»Ihr wollt, daß die Hochzeit so hoch im Norden stattfindet?« fragte Joanna.

»Nein. Der König wird schon bald nach York kommen. Ich denke, York wäre am besten«, entschied er.

Joanna lächelte zufrieden. York, Edward und der Hof des Königs. Wie passend!

Ravenspur wandte sich an Sir Neville: »Nehmt Euch mindestens drei Tage Zeit für die Reise nach York. Ich weiß, Ihr verfügt über genügend Ritter, aber ich werde Euch dennoch dreißig meiner eigenen Männer zur Verstärkung und als sicheren Geleitschutz schicken.«

Ravenspur verließ Castlemaine bei Sonnenaufgang, und als Roseanna schließlich zum Frühstück herunterkam, waren er und seine Männer längst verschwunden. Sie hörte sich scheinbar ungerührt das unaufhörliche Geplapper ihrer Mutter und der Dienerinnen, einschließlich Alices und Kates an, die nur noch von der bevorstehenden Hochzeit sprachen. Die Stimmung war von solcher Hektik und Dringlichkeit erfüllt, daß die Burgbewohner sogar schneller zu sprechen schienen; die Gedanken waren den Zungen weit voraus, während die Hochzeit geplant wurde.

Roseanna bekümmerte das alles überhaupt nicht, denn sie hatte keineswegs die Absicht, diese bestimmte Hochzeit mitzumachen. Sie warf Sir Bryan ein strahlendes Lächeln zu und wußte, daß er ihr in den Obsthain hinaus folgen würde.

»Liebling, ich bin fast verrückt geworden. Jeffrey hat mich, so gut er konnte, auf dem laufenden gehalten, aber als ich da so sitzen und Ravenspurs Heiratsplänen lauschen mußte, hätte ich ihn fast umgebracht.«

»Bryan, Ravenspurs Heiratspläne haben mit den meinen nicht das geringste zu tun«, versicherte sie ihm.

»Du träumst, Roseanna. Deine Eltern haben doch bereits zugestimmt«, meinte er niedergeschlagen.

»Bryan, willst du mich nun heiraten oder nicht?« wollte sie wissen.

»Du weißt, daß ich es will!« versicherte er heftig.

»Dann entfliehen wir!« sagte sie lachend.

»Weglaufen?« fragte er. »Wohin? Wie?«

»Wir werden einen Plan machen. Oder was hast du gedacht, daß wir tun sollten?« fragte sie etwas ungehalten.

»Ich – ich habe nicht darüber nachgedacht. Es schien alles so hoffnungslos.«

»Du meinst, du hättest mich zu ihm gehen lassen?« fragte sie ungläubig.

»Aber natürlich nicht«, beeilte er sich ihr zu versichern.

»Wir könnten zu deinem Besitz in Marston Moor reiten. Ah, genau! Wir flüchten über die Grenze. Es ist leichter, unter schottischem Gesetz zu heiraten.«

»Ja, ja. Und ich trete dann wieder in die Dienste des Bruders des Königs«, sagte er, als sei ihm diese Entscheidung in diesem Moment erst in den Sinn gekommen.

»Jeffrey wird uns helfen. Trau keinem anderen«, warnte sie, »nicht einmal Alice.«

»Roseanna – Ravenspur hat dich doch nicht angefaßt, oder?«

Sie fragte sich, was er wohl tun würde, wenn er wüßte, daß sie das Bett mit Ravenspur geteilt hatte. Sofort schoß ihr die Röte in Hals und Wangen. Sie schüttelte den Kopf, und er war es zufrieden. Später kam ihr der Gedanke, daß Ravenspur sie haben wollte, Jungfrau oder nicht; sie fragte sich, ob man das auch von Sir Bryan behaupten konnte. Sie verwarf diesen Gedanken jedoch sofort wieder – schließlich war er einer Lady nicht würdig – und schwor sich, Ravenspur für immer aus ihrem Kopf zu verbannen. Aber das schien schwieriger zu sein, als sie es sich vorgestellt hatte, denn jede Nacht, wenn der Schlaf sie in die Arme nahm, war Ravenspur da, lockend, schmeichlerisch, verführerisch, und in ihren Träumen widerstand sie ihm nicht. Nun, ihre Träume konnte sie ja nicht gut kontrollieren, tröstete sie sich.

Als Roseanna ihre geheimen Pläne schmiedete, war ihr klar, daß das Wichtigste dabei zunächst einmal Geld war. Sie wählte einige ihrer Schmuckstücke aus, um sie in Nottingham zu verkaufen. Sie durfte nicht zu früh dorthin gehen, denn sonst würde der Juwelier Joannas Arbeiten erkennen und Zeit haben, ihre Mutter davon in

Kenntnis zu setzen, daß er ihrer Tochter einige Stücke abgekauft hatte. Geduldig posierte sie Stunden über Stunden für neue Gewänder, Unterkleider und Tuniken. Sie versuchte, sich nicht über die zartrosa Seide mit den grauen Fuchspelzbesätzen an den Ärmeln zu freuen oder über den silberdurchwirkten, mauvefarbenen Samtstoff, denn sie wußte, daß sie auf ihrer heimlichen Reise in den Norden nur eine Garnitur Kleider mitnehmen konnte.

Sie suchte ihren Bruder in seiner Kammer auf, denn sie hatte eine besondere Bitte an ihn. »Jeffrey, ich möchte mir ein paar Kleidungsstücke von dir ausborgen.«

Er musterte sie von oben bis unten und grinste. »Du vergißt, daß ich größer geworden bin. Du würdest darin ertrinken.«

»Dummkopf! Ich meine doch Kleidung in meiner Größe, als du zwölf oder dreizehn warst.«

»Mal sehen, ob ich herausfinden kann, wo Kate sie weggepackt hat. Komm morgen nacht nochmal für eine Kostümprobe.«

Wie sich herausstellte, war der ganze Tag eine einzige Kostümprobe für Roseanna. Der Stoff für das Hochzeitskleid war eingetroffen, und sogar sie mußte zugeben, daß er atemberaubend war. Weißer Satin, über und über mit Rosen bestickt. Weiß auf Weiß. Ein Symbol für die Rose von York.

Joannas Entwurf sah ein Kleid im traditionellen Stil vor, mit Schleppe und lang ausgezogenen Ärmeln. Roseanna mußte stundenlang stehen, während der Stoff angepaßt, festgesteckt und geheftet wurde. Als sie ihn schließlich auszog und den Näherinnen ihrer Mutter überreichte, fühlte sie einen Stich des Bedauerns, daß sie dies Kleid nicht an ihrem Hochzeitstag würde tragen können, denn es war fraglos atemberaubend. Später, in Jeffreys Kammer, suchte sie sich ein Baumwollhemd aus, ein maulbeerfarbenes Wams, und eine enganliegende schwarze Hose. Sie freute sich darauf, einmal in Gewändern zu reiten, die nicht beengend waren. Jeffreys freches Grinsen war nicht zu übersehen, als er meinte: »Aber was machst du denn jetzt mit deinem Haar und deinen – äh, anderen weiblichen Attributen, du Göre?«

Sie fischte eine Samtkappe aus der Truhe. »Ich versuche ja gar nicht, als Mann durchzugehen; es ist bloß einfacher, auf diese Weise zu reisen.«

Ein leises Klopfen ertönte, und Jeffrey öffnete die Tür für Sir Bryan. Roseanne wandte sich an ihren Bruder. »Gott segne dich, Jeffrey. Ich werde deine Hilfe und liebevolle Unterstützung nie vergessen. Bryan, was denkst du? Sollten wir nachts reiten und tagsüber rasten?«

»Nein, nachts zu reisen ist gut, wenn man nur kurz unterwegs ist, aber mein Besitz ist fast siebzig Meilen weit weg von hier. Wir werden uns dort ausruhen, bevor wir nach Schottland gehen.«

»Ich denke, wir sollten in Klöstern übernachten, in denen Reisende Aufnahme finden.«

»Nun, die sind auch billiger als Gasthäuser. Ich habe leider nicht viel Geld«, entschuldigte er sich.

»Ich habe genug für die Reise, Bryan. Das geht schon in Ordnung.«

Er ergriff ihre Hände und sah sie liebevoll an. »Du bist das reinste Wunder, Roseanna. Du riskierst alles für mich.«

»Und du tust dasselbe für mich, Bryan.«

Er nahm sie in die Arme. »Wie soll ich's bloß erwarten, bis wir verheiratet sind?« flüsterte er.

Sie hob ihm ihre halb geöffneten Lippen entgegen und wünschte, er würde nicht warten. Sie wünschte, er wäre etwas kühner; dann jedoch erkannte sie, daß sie für ihn an erster Stelle stand und dafür dankbar sein sollte.

Jeffrey zog eine zerknitterte alte Landkarte hervor und alle drei brüteten eine ganze Zeit darüber. Schließlich, nachdem Roseanna lange vergeblich auf eine Entscheidung von Bryan gewartet hatte, meinte sie: »Wir werden die erste Nacht im Kloster Welbeck verbringen. Das ist nur zwanzig Meilen von hier entfernt. Auf diese Weise müssen wir nicht schon beim ersten Licht des Tages aufbrechen. Wenn wir sehr früh aufbrechen, dann würde man meine Abwesenheit schon sehr bald entdecken und hätte einen ganzen Tag Zeit, nach mir zu suchen. Wenn wir nach dem Mittagessen gehen, dann wird man glauben, ich sei ausgeritten. Bis die merken, daß ich noch nicht zurückgekehrt bin, wird es schon fast dunkel sein. Und eine Suche ist dann sinnlos.«

Die zwei jungen Männer tauschten einen kurzen Blick. »Du bist herrlich raffiniert, Roseanna«, sagte Jeffrey.

»Vielen Dank«, meinte sie und strahlte über das Kompliment.

»Wenn wir in der nächsten Nacht dann bis zum Kloster Selby kommen könnten, ist das nur noch siebzehn Meilen von meinem Zuhause entfernt«, sagte Sir Bryan.

Jeffrey trug das schwarze Wams mit dem schwarzen Stier am Ärmel, dem Wappen des Herzogs von Clarence. »Wenn du in die Dienste von George trittst, dann werde ich mich dir anschließen«, versicherte er Bryan.

»Warum kommst du nicht mit uns?« fragte Roseanna.

»Ach nein – wer hat denn schon von drei Leuten gehört, die heimlich durchgebrannt sind?« neckte er sie. »Ich werde versuchen, den Verdacht von Bryan abzulenken. Ich sage einfach, daß er nach London gegangen ist; dann werden sie im Süden statt im Norden suchen.«

Sie blickte zu Sir Bryan hoch und dachte zum hundertsten Mal, wie gutaussehend, ja fast schön er doch war. Er sah so offen und aufrichtig aus, so sanft und süß. »Ich denke, wir sollten's übermorgen machen, wenn ihr damit einverstanden seid.« Die zwei Ritter wechselten erneut bedeutsame Blicke, als ob sie sich zu etwas beglückwünschten; dann reichten sich alle drei in stummem Schwur die Hände.

Roseanna, in Jeffreys Wams und enger Hose, ritt auf Zeus nach Norden und traf Sir Bryan wie vereinbart in Newark. Sie hatte sich nicht allzuviel Gedanken darüber gemacht, daß sie sich von niemandem verabschieden konnte, denn sie wußte, daß ihre Familie ihr, sobald sie erst einmal mit Sir Bryan verheiratet war und damit alle vor vollendete Tatsachen gestellt hatte, sicherlich vergeben und schon bald wieder in ihrem Schoße willkommen heißen würde. Dann würde sie Mekka abholen, den Araberhengst, den ihr der König geschenkt hatte, und noch ein paar andere Tiere aus ihrer eigenen Zucht. Das wäre dann eine lukrative zusätzliche Einkommensquelle.

Die Herzen übervoll von dem Abenteuer, das vor ihnen lag, strahlten sie sich jedesmal an, wenn sich ihre Blicke trafen. Das Reiterpaar, das aus der Entfernung auf zwei Jugendliche schließen ließ, erregte keinerlei Aufsehen. Die zwanzig Meilen waren schon bald zurückgelegt, und sie hatten Welbeck erreicht, lange bevor die Tore des Klosters für die Nacht geschlossen wurden. Für ihre Tiere erhielten sie Futter und Wasser und für sich selbst Brot und Käse; dann wies man ihnen zwei winzige, zellenähnliche Räume für die Nacht zu. Jeder besaß weißgekalkte Wände und eine eiserne Schlafpritsche, mehr nicht.

Roseanna wußte, Sir Bryan würde nicht zu ihr kommen. Ein Kloster voller Mönche war der Romantik nicht gerade zuträglich. In Erwartung der morgigen Abenteuer fiel sie auch bald in einen ungeduldigen Schlaf. Sie konnte es kaum erwarten!

Als das bleigraue Licht des Tages heraufdämmerte, sank ihr der Mut, denn es regnete. Als sie hinausschaute, erkannte sie, daß Regen nicht der richtige Ausdruck dafür war, was dort niederging. Es goß vielmehr in Strömen, und die Luft war eisig; sie schauderte vor Kälte und kuschelte sich in ihren Mantel.

Sir Bryan war unschlüssig. »Vielleicht sollten wir uns besser nicht in dieses verfluchte Wetter hinauswagen.«

»Fluch nicht darüber. Sieh uns lieber als vom Glück Begünstigte an. Sorge dich nicht um mich«, sagte sie in fröhlichem Ton, »ich komme schon zurecht.« Der Tag erwies sich bald darauf als so scheußlich, wie er begonnen hatte, und die ganze Landschaft besaß die Farbe einer aus dem Wasser gezogenen Ratte. Und immer weiter prasselte der Regen aus einem bleigrauen Himmel. Sir Bryans Pferd begann gegen Nachmittag merklich zu ermüden. Roseanna wußte, daß Zeus eine schnellere Gangart hätte einschlagen können, doch Bryans Reittier besaß nicht seine Ausdauer, so daß sie ihren Hengst immer wieder zügeln mußte.

Schon vor Stunden hatte der Regen ihre Kleidung vollkommen durchweicht und tat nun sein Bestes, den beiden verlorenen Gestalten bis auf die Knochen zu dringen. Pferde und Reiter waren hundemüde, hungrig und ziemlich niedergeschlagen, als sie schließlich in den Hof des Klosters Selby ritten. Dort befand sich jedoch bereits eine derart große Ansammlung von Männern und Pferden, daß sie sofort alarmiert waren. Sie stiegen ab und stellten ihre Tiere erst einmal kurz unter. Sie sahen, daß die Reisenden hauptsächlich Gefolgsleute des Königs waren, die auf dem Weg nach York zu sein schienen.

Roseanna zog sich ihre Samtkappe tief in die Stirn und hielt den Kopf gesenkt. Trotzdem erkannte sie plötzlich das Bild eines Raben auf einigen der Gewänder und wußte, daß diese Leute Ravenspurs Männer sein mußten. »Hier können wir nicht bleiben«, flüsterte sie verzweifelt Bryan zu.

»Es ist ohnehin überfüllt. Ich bezweifle, daß wir's heute noch bis York schaffen. Die Stadttore wären verschlossen, selbst wenn mein Pferd das durchhalten würde.«

»Hier ist Geld. Du mußt ihm etwas Futter besorgen und es ein wenig rasten lassen. Dann werden wir weiterreiten, bis wir an einen Gasthof kommen. Zeus muß eben einfach warten. Ich will nicht, daß mich einige dieser Männer vielleicht erkennen.«

Sie lehnte sich an eines der Nebengebäude des Klosters. Noch nie im Leben war sie so durchfroren und verzweifelt gewesen. War es wirklich erst gestern gewesen, daß ihr das Durchbrennen als köstliches Abenteuer erschienen war? In weniger als vierundzwanzig Stunden hatte es sich in einen Alptraum verwandelt. Der Himmel selbst schien gegen sie zu sein. Sie raffte sich zusammen. Solche Gedanken brachten nichts als Kummer und Niederlagen. Nun, nur was hart gewonnen war, ließ sich erst richtig schätzen, nicht wahr?

Als sie ihre Pferde aus dem Klosterhof führten, senkte sich bereits der Abend hernieder. Roseanna fragte sich, ob Sir Bryan wohl ebenso niedergeschlagen war wie sie selbst. Sie galoppierten schweigend die breite Straße nach Norden entlang und wurden gelegentlich von anderen, schnelleren Reitern überholt. Kurz vor York erreichten sie eine große Herberge, »Zum kämpfenden Hahn« hieß sie. Die beiden brachten ihre Tiere in den Ställen unter, bezahlten das Futter und rieben sie kräftig trocken, bevor sie auch nur einen Gedanken an sich selbst verschwendeten. Die Ställe waren bis zum letzten Platz besetzt, und so wußten sie, daß die Herberge überfüllt sein mußte. Der Wirt schüttelte den Kopf, als sie um Zimmer baten, erbarmte sich jedoch, als er der durchweichten, traurigen Gestalten ansichtig wurde, und meinte, daß sie sich im Gemeinschaftsraum aufwärmen und vielleicht einen Happen zu essen bekommen könnten. Der Gastraum war voll von lärmenden, lachenden Männern, die aßen und Würfel spielten. Die

Luft war erfüllt von Rauch und Essensdünsten, aber es war immerhin trocken und warm.

»Alles in Ordnung, Liebste?« fragte Bryan, dessen blasses Gesicht unter den Augen tiefe Schatten aufwies.

Sie nickte, zu müde, um zu antworten.

»Ich gehe und besorge uns etwas zu essen. Ich werde versuchen, mich an die Spitze der Schlange zu drängeln.«

»Ich warte hier in der Ecke auf dich«, murmelte sie erschöpft und hoffte, niemand würde erkennen, daß sie eine Frau war. Langsam fielen ihr in der rauchgeschwängerten Wärme die Augen zu. Plötzlich aber schwang eine der Außentüren geräuschvoll auf und ein halbes Dutzend vor Waffen strotzender Männer marschierte in die Gaststube. Der größte der Männer zog den Mantel aus. Er tropfte und bildete eine Pfütze auf dem Boden. Roseanna schrak entsetzt zurück. Es war Ravenspur!

Sechs bewaffnete Männer umringten Sir Bryan, der sich Roseanna soeben mit einem dampfenden Tablett Lammragout näherte.

»Sir Bryan«, dröhnte Ravenspur, »ich danke Euch, daß Ihr Lady Roseanna zu mir geleitet habt. Wie ich sehe, habt Ihr gut auf sie geachtet.«

Sir Bryan öffnete den Mund, sah, wie die Fäuste der Männer sich um ihre Schwertgriffe ballten und stammelte: »J-ja, Mylord.«

Roseanna, die wahrhaftig aussah wie ein kleines, ertränktes Kätzchen, tat einen trotzigen Schritt nach vorn. »Er hat mich nicht zu Euch gebracht, Ravenspur!«

»Wirklich?« fragte er in trügerisch mildem Ton, die buschigen Brauen hochgezogen. »Welch andere Erklärung könnte es sonst dafür geben, frage ich Euch? Denkt gut nach, bevor Ihr antwortet, denn sein Leben könnte davon abhängen.«

Sie zermarterte ihr Hirn nach einer Antwort, die Bryan vor Ravenspurs Rache schützen könnte. »Er gab mir Geleitschutz nach York, zum König. Ich werde Edward darum bitten, unsere Verlobung zu lösen«, sagte sie triumphierend und freute sich über ihre Einfallsgabe.

Er machte eine tiefe, spöttische Verbeugung. »Ich werde Euch selbst zu Edward bringen.« Er sah, wie erschöpft sie war. »Morgen ist auch noch früh genug. Wir werden hier Zimmer nehmen.«

»Es sind keine mehr frei, Mylord«, wagte Sir Bryan einzuwerfen und schluckte.

»Unsinn«, sagte Roger fröhlich. »Nochmals besten Dank, daß Ihr meine Braut eskortiert habt. Ich werde mich jetzt selbst um sie kümmern. Wirt, ich benötige drei Eurer besten Zimmer.« Er wandte sich an Sir Bryan: »Es macht Euch doch nichts aus, das Quartier mit meinen Männern zu teilen?«

Der junge Ritter schluckte erneut und murmelte: »Ich danke Euch, Mylord.«

Die Frau des Wirts geleitete sie nach oben. Die Gefolgsleute Ravenspurs bekamen ein Zimmer, und Roger begleitete Roseanna in das ihre. Er musterte den Raum kritisch, fischte dann eine Goldmünze aus dem Gürtel und gab sie der Wirtsfrau.

»Meine Lady benötigt ein heißes Bad. Schürt das Feuer, und ich wäre Euch sehr verbunden, wenn Ihr ein warmes Nachtgewand für sie hättet und ein Mädchen, das ihr beim Trocknen ihrer Haare behilflich ist. Bringt uns bitte auch zwei Flaschen Eures besten Weins zusammen mit dem Abendbrot.«

»Ja, Mylord.« Sie verbeugte sich wie aufgezogen. Als wäre es ein großes Privileg, ihm zu Diensten zu sein.

Roseanna haßte seine hohe Stellung, die die Wirtsleute dazu trieb, vor ihm in die Knie zu gehen. Tatsächlich war sie jedoch dankbar für die Wärme. Ein stämmiger Diener kam herein und zog eine hölzerne Wanne ins Zimmer; danach brachte eine Dienstmagd ein Flanellnachthemd und einen Stoß Handtücher. Roseanna stand schweigend da, während die Wanne eimerweise mit heißem Wasser gefüllt wurde. Sie sehnte sich danach, vor dem flackernden Feuer niederzusinken, aber ihr Stolz ließ es nicht zu, vor Ravenspur irgendwelche Schwächen zu zeigen.

Er betrachtete ihre steife Gestalt und mahnte: »Zieht Euch die nassen Sachen aus!«

Ihre Augen schossen Blitze. »Ich bin nicht völlig verblödet, Lord Ravenspur. Wenn Ihr mich von Eurer unerwünschten Gegenwart befreit habt, werde ich genau das tun.«

Er ließ sich von ihrem Ton nicht aus der Ruhe bringen und sagte freundlich: »Denkt daran, ich bin gleich im Zimmer neben Euch, falls ich Euch irgendwie zu Diensten sein kann, Mylady.«

»Ja. Ihr könnt mir zu Diensten sein, indem Ihr nachseht, warum mein Abendbrot so lange auf sich warten läßt.« Sie machte eine bedeutungsvolle Pause und meinte dann: »Vergeßt nicht, Bescheid zu sagen, daß geklopft werden soll, wenn das Essen da ist, denn ich werde die Tür verriegeln, sobald Ihr das Zimmer verlassen habt!«

Er verbeugte sich spöttisch, und seine Augen blitzten schelmisch, so als ob er von einem Geheimnis wüßte, das ihr verborgen geblieben war. Er bewunderte ihren trotzigen, aufrechten, kleinen Kopf, war jedoch gleichzeitig entschlossen, ihr heute nacht eine Lektion zu erteilen, die sie nicht so schnell vergessen würde. Sie mißachtete sämtliche Regeln und nahm sich verdammt viel heraus bei ihm. Obwohl ihn das amüsierte, beschloß er, ihr zu zeigen, wer hier der Herr war.

Ein tiefer Seufzer entfuhr ihr, als sie den Riegel zuschob. Einen schwachen Moment lang lehnte sie sich mit zitternden Knien an die schwere Tür, dann nahm sie schließlich all ihre Kraft zusammen und schleppte sich zum Feuer, wo sie aus den nassen Kleidern schlüpfte. Zur Hölle mit dem Mann, daß er ihre und Bryans Pläne zerstört hatte! Ravenspur war schuld an all ihrem Kummer, stellte sie fest, während sie die feuchten Socken auszog und in die Holzwanne stieg.

Das Wasser, das sich über ihrem zitternden, schmerzenden Körper schloß, fühlte sich himmlisch an. Roseanna flocht ihr Haar auf, schüttelte es aus und ließ es an der zum Feuer gewandten Seite der Wanne herabhängen. Sie lehnte sich zurück und ließ genüßlich die Wärme in ihre müden Glieder strömen. Ihre Augen schlossen sich, und sie schwamm in köstlicher Schwere dahin, als sich der Schlaf langsam auf sie senkte. Ein plötzliches, lautes Geräusch ließ sie hochschrecken.

Ravenspur betrat ihr Zimmer durch eine angrenzende Tür, in der einen Hand ein Tablett mit dampfenden Köstlichkeiten, in der anderen einen Becher Wein.

»Mm, Ihr müßt einen Löffel davon probieren. Ist gar nicht schlecht«, meinte er mit vollem Mund.

Sie schnappte nach Luft. »Ich dachte, hinter diesem schweren Vorhang wäre ein Fenster und nicht eine Tür«, sagte sie verzweifelt, als er sich der Wanne näherte und ihr das Tablett unter die Nase hielt. Er ragte über ihr empor, und nur ein samtener Bademantel bedeckte seinen großen, starken Körper.

Ich bin nackt, und das ist er auch unter dem Bademantel! dachte sie voller Panik. Er war der einzige Mann, dem sie je begegnet war, der ihr Angst einjagte.

»Ihr seid ein abscheulicher Mann. Hinaus!« schrie sie.

Er beachtete sie nicht. Auf dem Wannenrand platznehmend, wählte er ein besonders saftiges Stück Kalbfleisch und hielt es ihr an die Lippen. »Weit aufmachen«, lockte er.

Seine Nähe verwirrte sie. Ihr Puls raste, und ihr Herz klopfte stürmisch vor Zorn und, ja, Angst vor seinen Absichten. Als sie die Lippen fest zusammenpreßte, befahl er: »Eßt!« Sein Befehl ließ keinen Ungehorsam zu, so daß ihr nichts anderes übrigblieb, als den angebotenen Bissen zu nehmen. Sie schmolz fast dahin, als sie das herrlich zarte Fleisch kostete. Er stellte Tablett und Becher auf eine in Reichweite der Wanne stehende Truhe. »Ich möchte mit Euch baden.«

Sie schnappte nach Luft. Seine Worte ließen heiße Schauer durch ihren Körper laufen. Schockiert sah sie auf seinem dunklen, wilden Gesicht klar seine bösen Absichten geschrieben.

»Nie im Leben!« sagte sie mit kalter Endgültigkeit.

»Selbstsüchtige, kleine Göre. Ihr verwehrt mir das Bad, wenn Ihr mir nicht erlaubt, die Wanne mit Euch zu teilen.«

»Pferdepisse!« sagte sie wütend. »Alles, was Ihr tun müßt, ist, Euch selbst eins zu ordern, und die Dienerschaft wird Euch freudig die Füße küssen.«

In seinen schwarzen Augen spiegelte sich der Feuerschein. »Eine Lady nimmt solche Worte nicht in den Mund. Ich glaube, Ihr braucht den Arsch voll.«

»Und Ihr, Sir, seid kein Gentleman, wenn Ihr solche Dinge vorschlagt!«

Er sah sie bewundernd an. Nur einen Schritt vor der völligen Erschöpfung, wich sie dennoch keinen Zentimeter zurück und parierte jeden seiner Angriffe. Er ließ eine Hand ins Wasser klatschen. Sie schrie erschreckt auf, preßte jedoch sofort die Hand auf den Mund, um den Schrei zu dämpfen, denn sie wollte nicht, daß

Sir Bryan sie hörte und ihr zur Hilfe eilte. Denn dann würde es Mord und Totschlag geben.

Rogers gebräunte Hand tauchte wieder auf und umklammerte einen großen Schwamm. Sie atmete heftig, und ihre Brüste hoben und senkten sich; rasch bedeckte sie sie mit den Händen und versuchte verzweifelt, sich vor seinen nachtschwarzen Augen zu schützen.

Er lachte spöttisch. »Versucht gar nicht erst, Eure Reize vor mir zu verbergen, Roseanna. Ich werde schon bald Euer Ehemann sein, und vergeßt nicht, ich hatte Euch bereits in meinem Bett.«

Sie war vollkommen hilflos und wußte, ihre einzige Waffe gegen ihn war ihre scharfe Zunge. »Warum starrt Ihr dann auf meine Brüste?« wollte sie wissen.

Er grinste lüstern. »Ich versuche gerade, mich zu entscheiden, welche der beiden ich zuerst waschen soll.« Seine Hand senkte sich ins Wasser, und der Schwamm umkreiste zuerst die eine Brust, dann die andere. Feuerblitze schossen von ihren Brustwarzen bis hinunter zwischen ihre Beine. Er war ein Teufel! Sie wagte nicht, um Hilfe zu rufen. Er hatte sie genau da, wo er sie haben wollte, und beide wußten es. Er warf den Schwamm zur Seite, ergriff das große Badetuch und streckte die Hände nach ihr aus. Einen Moment lang glaubte sie, er wollte ihr das Handtuch reichen, damit sie ihren Körper vor seinen Blicken versteckten konnte, aber er schlang energisch das Handtuch um sie und hob sie aus der Wanne.

»Laßt mich sofort runter!« zischte sie wütend. Ihrem Befehl gehorchend, legte er sie aufs Bett und begann sie mit dem weichen Handtuch abzureiben. Ihre Glieder schmolzen dahin, als er Gefühle in ihr weckte, die köstlich waren wie die Sünde. Nun erst wurde ihr klar, daß sie seine künftige Braut war und er mit ihr machen würde, was er wollte.

»Warum kompromittiert Ihr mich so? Wie könnt Ihr meine Lage nur so ausnutzen?« flehte sie, während das letzte bißchen Widerstand dahinschmolz.

»Um Euch eine Lehre zu erteilen, Mylady. Wärt Ihr mit Euren Eltern gereist, in gebührlicher Begleitung und Aufsicht, dann wärt Ihr nie in diese Lage gekommen. Statt dessen habt Ihr es vorgezogen, wieder mal wie ein Wildfang in der Weltgeschichte umherzugeistern. Eine junge Frau kann in alle möglichen Schwierigkeiten geraten, wenn sie es zuläßt, daß sie allein mit einem Mann ist. Was für Schwierigkeiten, mögt Ihr nun vielleicht fragen?« neckte er. »Nun, er könnte zum Beispiel das hier mit Euch machen.« Seine Hand umschloß ihre Brust und liebkoste ihre samtene Rundung. Als sie den Mund öffnete, um zu protestieren, beugte er sich über sie und holte sich den Kuß, nach dem er lechzte. Die starke körperliche Anziehung, die er auf sie ausübte, erweckte ihre schlafende Lust. Als er seine Zunge in ihre feuchte Süße zwang, ertappte sie sich tatsächlich bei dem Wunsch, er würde verbotene Dinge mit ihr tun. Und er fuhr in seinem Tun fort, als ob er ihre Gedanken lesen könnte.

»Natürlich könnte er dann auch das mit Euch tun.« Er strich mit seinen langen, schlanken Fingern über ihren Bauch und streichelte sie zwischen den Schenkeln, folterte sie mit überwältigenden, alles auslöschenden Emotionen. Ein Stöhnen entrang sich ihr: »Bitte, bitte.«

»Bittet Ihr mich aufzuhören oder fortzufahren, Roseanna?« fragte er. Als er sah, wie sich ihr wunderschöner Körper auf dem Bett hin- und herwand, wurden seine Zärtlichkeiten kühner.

Sie wußte plötzlich, daß er alles mit ihr machen konnte, was er wollte. Später würde sie sich dann dafür hassen; später würde sie ihn hassen; später ... später.

Als er sich erhob und mit ernstem Gesicht auf sie niederblickte, seufzte sie und hätte ihn am liebsten angefleht, wieder zu ihr zurückzukommen.

»Gestern habe ich ein paar Männer ausgeschickt, um Eure Familie sicher nach York zu geleiten. Eure Mutter wird schon bald bei Euch sein. Süße Träume, Mylady.«

Erschrocken riß sie die Augen auf. Mein Gott, wußte er etwa, daß sie von ihm träumte? Nein, sie war erschöpft und konnte nicht mehr klar denken. Müde und erleichtert lag sie da, nachdem er gegangen war. In ihrem Körper kribbelte es immer noch an den Stellen, an denen er sie berührt hatte; ihr Haß auf ihn vertiefte sich. »Zu viel«, flüsterte sie. »Zu groß. Zu stark. Zu dunkel. Zu viele Frauen.«

Ihre Gedanken wanderten zu Bryan, und sie machte sich Sorgen um ihn. Wenn Ravenspur ihm auch nur ein Haar krümmte, würde sie ihn umbringen. Dann mußte sie lachen. Sir Bryan brauchte doch keine Maid, die ihn verteidigte. Er war doch ein Ritter, nicht wahr? Was hätte er unter den gegebenen Umständen auch anderes machen können? Er konnte ja nicht gut den Fehdehandschuh werfen und Ravenspur herausfordern. Der Ehrenkodex erlaubte es nicht, daß ein Mann von edlem Blut von einem unter ihm stehenden gefordert wurde. Und dennoch ... und dennoch. Roseanna war eingeschlafen, bevor sie den Gedanken zu Ende gedacht hatte.

8. Kapitel

York war vor Jahrhunderten auf den Ruinen einer alten römischen Stadt errichtet worden. Es lag im Yorktal, und die dunklen Hügel des Nord Yorker Moors erhoben sich dahinter.

Der Regenschleier lüftete sich und gab eine Landschaft preis, die, von ein paar bleichen Sonnenstrahlen erhellt, die blanken Lehmhäuser Yorkshires erglänzen und die Wetterfahnen in der kristallklaren Luft blitzen ließ. Yorks Stadtmauern konnten auch dem ärgsten Feind trotzen, und die Türme der herrlichen Kathedrale erhoben sich hoch über alle anderen Gebäude und waren schon von Ferne als Wahrzeichen der Stadt zu erkennen.

Die Hufe der acht Reiter klapperten unter den Stadttoren und auf den gepflasterten Straßen, die zum Königspalast führten. Roseanna trug das einzige Kleid, das sie mitgenommen hatte. Es bestand aus rosafarbener Wolle, besaß einen viereckigen Halsausschnitt und lange, mit weichem, grauem Eichhörnchenfell besetzte Ärmel. Ihr Mantel war aus tiefem Weinrot, mit einem hohen Kragen aus demselben grauen Pelz. Ravenspur war ebenfalls in Weinrot gekleidet, was Roseanna beträchtlich irritierte, denn auf seinem schwarzen Hengst, der Zeus so sehr glich, sahen sie aus wie ein ideales Paar.

König Edward befand sich in der großen Halle beim Mittagsmahl. Der Raum war voll von Beistelltischen, an denen der gesamte Hof und seine persönliche Garde, mit der er reiste, ebenfalls gerade speisten. Edward kannte jeden beim Namen, jeden einzelnen, bis hinunter zum einfachsten Küchenjungen, was ihn bei den Leuten sehr beliebt machte. Nie steif oder förmlich, war er jedermann zugänglich. Selbst Hunde und Kinder durften sich ihm nähern, wann und wie immer sie wollten; nie regte er sich wegen so etwas wie schmutzige Hände oder Pfoten auf.

Roseanna stand kühl am Eingang und bemühte sich, sich von der riesigen Ansammlung von Männern und Hunden nicht einschüchtern zu lassen. Ravenspur trat ohne Zögern ein. Als der König ihn erblickte, leuchtete sein Gesicht auf, und er rief »Roger!« und breitete die Arme aus. Roseanna sah erstaunt zu, wie Edward, der grinste wie ein Schwachsinniger, Roger um die Hüften packte und ihn fast bis zur Decke hob. Roger, der dem König nichts schuldig bleiben wollte, ergriff ihn ebenfalls und hievte ihn hoch, mit Armen, die so muskulös waren, daß Roseanna ihren Augen kaum traute. Selbst aus einiger Entfernung konnte man erkennen, daß ihre rechten Handgelenke aufgrund des häufigen Gebrauchs ihrer Schwerter fast zweimal so dick waren wie ihre linken.

»Verdammt noch mal, wo warst du?« wollte Edward wissen. »Ich habe beschlossen, anläßlich eurer Heirat nächste Woche ein Turnier zu veranstalten. Wann wird die Braut eintreffen?«

»Sie ist mit mir gekommen, Sire.« Roger beugte sich hinüber zu Edwards Ohr. »Sie ist gekommen, um von dem Heiratsversprechen entbunden zu werden. Ich möchte unter vier Augen mit dir reden, bevor du sie empfängst.«

Der König gluckste vor Vergnügen: »Die süße Kleine ist verdammt gerissen. Die wird dich noch auf Trab halten. Geh hinauf in meine Zimmer – ich werde jetzt gleich mit dir sprechen.« Edward schritt aus der Halle und ergriff seine Tochter bei den Händen, bevor sie sich vor ihm verbeugen konnte. »Willkommen, meine Rosenknospe«, sagte er leise.

»Habt ihr zwei euch schon gegen mich verschworen?« fragte sie heftig.

»Nein, du süße Maid, aber das wäre gar keine schlechte Idee.« Wieder lachte er leise. »Ich möchte, daß du dir von meinem Kämmerer erst einmal die prächtigen Zimmer zeigen läßt, die er für euch vorbereitet hat. In ein paar Stunden, wenn du dich ausgeruht hast, komm zu mir in meine Räume, und wir werden besprechen, was immer dich Hals über Kopf, noch vor deiner Familie, hierhergeführt haben mag.«

»Ja, Euer Hoheit«, antwortete sie mit einer Gefügigkeit, die sie, wie er wußte, nicht ernst meinte.

»Verdammt noch mal, kannst du mich nicht wenigstens ab und zu Edward nennen?«

»Wenn wir allein sind, dann werde ich Euch noch ganz anders nennen, Sire«, versprach sie.

Er grinste über ihre Frechheit, und sie folgte bescheiden dem Kämmerer. Es gab für sie einiges zu tun, bevor sie den König unter vier Augen sprach. Eins davon war, Sir Bryan ausfindig zu machen und neue Pläne zu schmieden.

Es dauerte mehrere Minuten, bis der König endlich alle Diener und Knappen, deren Pflicht es war, sich Tag und Nacht um sein Wohlergehen zu kümmern, aus seinen Räumen gewiesen hatte.

Roger goß Ale in zwei Lederbecher und reichte einen davon seinem Freund, dem König. Er wartete, bis Edward sich in einen bequemen Sessel geworfen hatte, setzte sich dann rittlings auf einen hölzernen Stuhl und verschränkte die Arme auf der hohen Rückenlehne.

»So«, sagte Edward. »Du hast also zweifellos schon lange vermutet, daß Roseanna ein Kind meiner Liebe ist.«

Roger nickte stumm.

»Der Himmel weiß, wer's sonst noch erfahren haben mag. Niemand, hoffe ich! Zu ihrer eigenen Sicherheit möchte ich, daß es ein Geheimnis bleibt.«

»Ich stimme Euch zu, Hoheit«, sagte Roger feierlich.

»Verdammt nochmal, nenn mich Ned! Du hast also deine Meinung über die Heirat geändert. Bist du auch sicher, Roger?«

Roger war sicher. Sie war sein gewesen von dem Moment an, in dem er sie erblickt hatte. »Nie im Leben hat mir etwas soviel Vergnügen bereitet wie das hier.«

Das Verhältnis zwischen den beiden Männern war eng und ungezwungen. Im ganzen Hofstaat erzählte man sich Geschichten über ihre gemeinsamen Zechgelage; immer schon hatten sie mehr Lachen als Flüche miteinander geteilt. Seit ihrer Kindheit hatten sie miteinander gekämpft und gerungen, hatten zusammen gesoffen und herumgehurt, und wenn sie allein waren, hatten sie ihre intimsten Gedanken über Leben und Tod miteinander geteilt, Gedanken, die sie sonst niemandem anvertraut hätten.

»Ich vertraue sie dir ohne Zögern an«, sagte Edward.

»Ich werde sie immer ehren und lieben«, schwor Roger. »Aber wie ich schon sagte, sie ist gekommen, um dich auf Knien zu bitten, sie aus dem Heiratsversprechen zu lösen.«

»Hat das Kätzchen etwa ein Auge auf einen Grafen geworfen? Ehrgeiz, das ist die Geißel aller Plantagenets.«

»Nein, sie ist verliebt in ihren Haß auf mich. Ihr Wille gegen den meinen, und sie ist entschlossen, die Schlacht um jeden Preis zu gewinnen.«

Edward schnitt eine Grimasse. »Armer Roger. Überlaß sie ruhig mir. Frauen können die reinste Pest sein!«

Roger zögerte. Seine Gesichtszüge wurden weich, als er an Roseanna dachte. »Sie bildet sich ein, in einen jungen Ritter verliebt zu sein. Sei nicht zu hart mit ihr, Ned.«

Der König wechselte das Thema. »Ich habe beschlossen, als Demonstration meiner Stärke hier im Norden ein Turnier abzuhalten. Du weißt, daß ich Warwick abgewiesen habe, als er mich für seine Tochter um die Hand meines Bruders bat, und ich habe George ausdrücklich verboten, das Mädchen zu heiraten. Aber ich habe Informationen erhalten, nach denen sie geheime Pläne schmieden und die Hochzeit unmittelbar bevorsteht. Warwick wird sicherlich nicht mehr sehr lange seine Fäden hinter meinem Rücken ziehen. Ich muß befürchten, daß er in dem Moment, in dem er George als Schwiegersohn gewinnt, mich beseitigen und George als König einsetzen läßt.«

»Du hättest sie schon längst in den Tower werfen und sie wegen Hochverrats hängen lassen sollen«, sagte Roger offen. Doch Edward war nun mal nicht der Mann, der einen Kampf herausforderte, und das wußte Roger.

»Warwick hält sich immer noch für den Königsmacher. Sein Bruder Northumberland hat den Norden unter Kontrolle, und sein jüngster Bruder, der Erzbischof von York, herrscht über Hertfordshire. Das liegt an der Grenze zu Warwicks Territorium in Warwickshire und Buckinghamshire.«

»Was bequemerweise an die Ländereien deines Bruders George angrenzt«, meinte Roger trocken. »Wenn man dann noch bedenkt, daß Warwick nach wie vor Lord Warden der Cinque Ports ist und das Kriegsschiff Trinity unter seinem Kommando steht, dann laß dir versichert sein, er hat zuviel Macht!«

»Er war mein Mentor in den ersten zwanzig Jahren meines Lebens – deiner ja auch, Roger. Es ist nicht so einfach, ihn zu verraten. Noch schwerer ist es, einen Bruder zu verraten.«

»Und dennoch: Sie werden dich verraten!« sagte Roger ohne Umschweife.

»Zwei böse Taten haben noch nie eine gute ergeben. Sie müssen zuerst handeln; nur dann bin ich wirklich überzeugt.«

Unter dem Vorwand, nach ihrem Pferd sehen zu wollen, machte sich Roseanna zu den Ställen auf, doch in Wirklichkeit hatte sie vor, Sir Bryan zu suchen. Es dauerte nicht lange, und er war an ihrer Seite. Sie schlüpften an einer langen Reihe von Pferden entlang und verbargen sich schließlich in einer leeren Pferdebox. Der Geruch von Pferden, Leder und Holz stach ihr in die Nase, und sie mußte ein Niesen unterdrücken.

»Bryan, bist du in Ordnung? Ravenspurs Männer haben dich doch nicht bedroht oder mißhandelt?«

»Nein, nein, wir sind gute Kameraden geworden. Ich glaube nicht, daß Ravenspur überhaupt auf den Gedanken gekommen ist, daß wir durchgebrannt sind, um zu heiraten.«

»Nun, vielleicht ist es so, wie die Dinge jetzt liegen, ohnehin am besten. Ich werden den König aufsuchen und ihm sagen, daß ich dich heiraten will und nicht Ravenspur.«

»Um Himmels willen, tu das bloß nicht, Roseanna. Man wird mich ausradieren, ohne mit der Wimper zu zucken!« stieß er hervor und war offensichtlich aufs höchste erschrocken.

»Sei nicht dumm. Meine Familie wird in ein paar Tagen eintreffen, und wir können mit dem Segen des Königs heiraten, statt nach Schottland fliehen zu müssen. Bryan, der König wird mir meinen Herzenswunsch nicht verwehren.«

»Du mußt großes Vertrauen zu ihm haben, wenn du meine Sicherheit aufs Spiel setzt«, sagte er ruhig.

Sie reckte sich hoch und küßte ihn auf den Mund. »Natürlich habe ich das«, versprach sie. »Es ist ein ganzer Gebäudeflügel für meine Familie vorbereitet worden; du kannst also inzwischen dort bleiben.«

»Ich glaube, ich werde lieber nach Hause reiten, auf einen raschen Besuch in Marston Moor. Morgen oder übermorgen bin ich wieder zurück«, versprach er.

»Dann paß gut auf dich auf, mein Liebster, und sorge dich nicht um mich. Alles wird so kommen, wie wir es uns wünschen«, versicherte sie ihm.

Bevor sie sich zu dem Treffen mit dem König aufmachte, zog sie den

Mantel aus und kämmte ihr langes, schwarzes Haar. Sie hatte weder Schleier noch Haarkäppchen eingepackt, also zog sie eines ihrer rosa Strumpfbänder heraus und band ihr Haar damit bescheiden zurück. Als man sie eilig vor den König führte, machte sie einen tiefen Hofknicks, bis der letzte seiner Diener den Raum verlassen hatte. Es war ein wunderschönes Zimmer mit unbezahlbaren Wand- und Bodenteppichen, aber Roseannas Gedanken waren nur mit dem Grund ihres Herkommens beschäftigt. Sie setzte sich auf eine Erkerbank, die mit zahlreichen Samtkissen weich gepolstert war, und Edward machte es sich ebenfalls dort bequem.

»Vater, ich bitte dich, mich von dem Eheversprechen mit Ravenspur zu entbinden. Ich möchte statt dessen den Ritter heiraten, der mich sicher hierhergeleitet hat, Sir Bryan Fitzhugh.«

Jeder, einschließlich Roseanna, hielt Edward für unverbesserlich gutmütig. Doch sie irrten sich alle.

»Du bist mein Mündel, Roseanna. In ganz England gibt es keinen besseren Ehemann für dich als Roger Montford.«

Sie fauchte: »Als Ehemann hat er ja Übung, aber seine Frauen sind alle schon im Grab und können ihn nicht mehr empfehlen!«

Edward war es gewohnt, mit hochmütigen, arroganten und verzogenen Frauen umzugehen. Er war mit einer Frau verheiratet, die sich benahm, als ob sie die Himmelskönigin höchstpersönlich wäre, nicht nur die Königin von England. »Roger hat in seinen beiden Ehen sehr viel Pech gehabt. Zweifellos wird er dir das alles selbst erzählen, wenn die Zeit dafür gekommen ist, und das wird all dem Klatsch und Geschwätz, das du gehört hast, jegliche Basis nehmen.«

»Ich dachte, gerade du würdest verstehen, daß ich einen Schatz habe und ihn heiraten will!« rief sie verzweifelt.

»Ein junger Ritter ist nicht gerade das, was ich mir für dich vorgestellt habe«, meinte er geduldig. »Eines Tages wirst du den Schutz vielleicht brauchen, den dir der Reichtum und die Macht Ravenspurs bieten können.« Er versuchte es mit einem leichteren Ton. »Wenn ich ihn abweise, dann kommt der verdammte Kerl noch auf die Idee, mich in Grund und Boden zu rammen!«

»Sir Bryans Vater starb, um deinen Vater zu beschützen«, meinte sie heftig. Die Tränen schossen ihr in die Augen und flossen an ihren Wangen hinab.

Er wußte, Sir Bryans Vater war der Bruder von Henry Fitzhugh, einem Schwiegersohn von Warwick. »Sir Bryans Vater war ein loyaler Mann«, sagte der König vieldeutig.

»Was soll das heißen?« wollte sie wissen.

»Nichts, gar nichts. Nur, daß Sir Bryan in den Diensten meines Bruders stand und seine Loyalität noch unter Beweis zu stellen hat.«

»Muß er denn erst sterben, um dir seine Loyalität zu beweisen, so wie sein Vater?« schrie sie.

»Roseanna, zwanzigtausend Männer sind in Towton gefallen, um mich auf den Thron zu bringen. Glaubst du wirklich, ich wollte noch mehr Tote auf dem Gewissen haben?« fragte er ruhig.

»Es tut mir leid, Vater«, sagte sie, entsetzt über sich selbst.

»Meine Rosenknospe, es ist schwer, dir zu widerstehen, wenn Tränen der Bitternis deine Schönheit beeinträchtigen. Aber ich widerstehe ihnen. Du wirst Ravenspur mir zuliebe heiraten, und eines Tages wirst du mir dankbar dafür sein, daß ich deiner Bitte nicht entsprochen habe.«

Sie konnte nicht glauben, daß er ihr nicht nachgab! Am liebsten hätte sie sich auf ihn gestürzt und ihm die Augen ausgekratzt. Statt dessen würde sie ihm ihre Liebe entziehen und ihm von diesem Tage an eisig gegenübertreten. Mit zitternden Nasenflügeln, fest zusammengepreßten Lippen und Augen wie Schlitzen warf sie den Kopf zurück und schritt von dannen. An der Tür machte sie ihrer Wut Luft, indem sie sie mit aller Kraft hinter sich zuschlug. Sie würde diesen Ort auf der Stelle verlassen! Dann fiel ihr jedoch ein, daß Sir Bryan nach Haus geritten war, und das Herz wurde ihr schwer.

Sir Bryan war jedoch gar nicht nach Haus geritten. Tatsächlich traf er sich in der »Weißen Rose«, Yorks größter Gastwirtschaft, mit seinem Freund, Sir Jeffrey Castlemaine. Einem oberflächlichen Beobachter mußte es vorkommen, als ob die beiden sich zufällig getroffen hätten, aber das war keineswegs der Fall. Jeffrey war Roseanna und Bryan gefolgt, seit sie Castlemaine verlassen hatten. Er war es gewesen, der einen von Ravenspurs Männern anonym davon in Kenntnis gesetzt hatte, wo seine Schwester zu finden war. Oder vielmehr Halbschwester, dachte er bitter.

Die beiden jungen Männer verließen die »Weiße Rose« und ritten wie der Teufel davon. Ihr Ziel war Middleham Castle, zirka dreißig Meilen von York entfernt. Middleham gehörte Warwick, und sein runder Turm war von derart hohen Mauern umgeben, daß es eine prächtige Festung abgab. Während der König in York Hof hielt, fand ein geheimes Treffen in Middleham statt. George, der Herzog von Clarence, residierte bei Warwick, seinem frischgebackenen Schwiegervater.

Als die beiden Ritter in Middleham eintrafen, trugen sie die Uniform des Herzogs von Clarence, und das Wappen des schwarzen Stiers prangte an ihren Ärmeln. Die beiden Ritter standen schon länger in Georges Diensten, was eigentlich hieß, daß sie in Diensten von Warwick standen.

Warwick, der es sich zur Aufgabe gemacht hatte, alles zu wissen, war schon seit Jahren darüber informiert, daß Jeffreys Schwester ein Bastard des Königs war. Aber erst nachdem er sah, daß zwischen Jeffrey und dem blonden, schönen Bryan, der durch eine Heirat mit ihm verwandt war, eine enge Freundschaft entstanden war, ließ er schlauerweise durchblicken, daß Roseanna lediglich Jeffreys Halbschwester war und königliches Blut in den Adern hatte. Dann nährte er den Neid des Jungen, bis der sich in Eifersucht und schließlich in Haß verwandelte.

Die Ritter waren nur aus dem einzigen Grund nach Castlemaine geschickt worden, eine Heirat zwischen Sir Bryan und Roseanna sicherzustellen. Ein Bastard des Königs war eine wertvolle Waffe, wenn es nötig sein sollte, Erpressung anzuwenden. Nachdem Ravenspur nun doch noch aufgetaucht war und einer Heirat mit Roseanna zugestimmt hatte, mußten die Pläne geändert werden. War sie vielleicht noch wertvoller, wenn sie mit Ravenspur statt mit Sir Bryan verheiratet war? Auf diese Weise konnten sie nicht nur den König erpressen, sondern auch noch seinen stärksten Verbündeten ausschalten.

Als sie über die Zugbrücke ritten, stellten sie fest, daß Middleham eine riesige Ansammlung von Menschen beherbergte. Warwicks Bruder Northumberland war da, außerdem noch Lord Stanley, der größte Lord in Lancashire und Cheshire. Er hatte allen Grund, den König zu hassen, denn die Hälfte seiner Ländereien war an die Yorkisten zurückgegeben worden, als der Adel von Lancaster fiel. Die beiden waren jedoch erst wirklich überrascht, als sie hörten, daß der Rebell Robin Mendell sich ebenfalls in Middleham aufhielt.

Obwohl die jungen Ritter über das Ränkespiel hinter den Kulissen nicht Bescheid wußten, sagte ihnen ihr gesunder Menschenverstand, daß eine Wendung der Ereignisse unmittelbar bevorstand. Sie berichteten Warwick, daß Bryans Pläne, Roseanna für sich zu gewinnen, durch das Auftauchen von Ravenspur torpediert worden waren, doch sie erklärten auch, warum sie glaubten, daß sie ihnen nützlicher sein würde, wenn sie mit dem Baron verheiratet wäre. Warwick stimmte ihnen in allem zu und befahl Jeffrey, so schnell wie möglich zur Hochzeit seiner Schwester zurückzukehren. Er wies Sir Bryan an, in die Dienste Ravenspurs zu treten, damit er ihnen als Spion dienen und gleichzeitig die Tochter des Königs unter enger Aufsicht halten konnte, falls sie sie brauchten.

Neville Castlemaines Geduld wurde auf jeder einzelnen Meile, die nach York führte, erneut auf die Probe gestellt. Das Gepäck, das sie mitführten, war beträchtlich. Nachdem Ravenspur sie brieflich informiert hatte, daß Roseanna sicher beim König in York eingetroffen war und die Hochzeitsvorbereitungen voranschritten, hatte Joanna alles eingepackt, was Roseanna besaß. Es gab also drei Wagenladungen voller Möbel, Wand- und Bodenteppiche und Bettwäsche, die Roseanna in ihr neues Heim mitnehmen sollte. Weiterhin führten sie das Gepäck mit, das die Familie für die Reise nach York und zurück benötigte. Joanna hatte in einem großzügigen Augenblick beschlossen, daß Roseanna sowohl von Alice als auch von Kate Kendall begleitet werden sollte. Neville selbst vergrößerte die Prozession noch, indem er Mekka und drei andere Pferde, die Roseanna gezüchtet hatte, mitführte.

Es hatte einen Riesenkrach gegeben, als man feststellte, daß Roseanna schon wieder vermißt wurde, aber Jeffrey beruhigte seine Eltern mit der Versicherung, daß er wisse, wohin das junge Paar geritten sei und sie in wenigen Stunden eingeholt haben werde. Sie waren von Herzen erleichtert, als Ravenspurs Ritter eintrafen, um sie nach York zu eskortieren und ihnen Rogers Brief aushändigten.

Neville selbst führte ein Dutzend seiner eigenen Männer mit, ebenso wie ein Dutzend Diener, und er hatte für jeden einzelnen Verwendung. Die Wagen versanken im Schlamm, steckten im Dickicht fest und verloren zu den unmöglichsten Zeiten die Räder. Die Große

Nördliche Straße selbst war herrlich, von den Römern erbaut, so daß der Regen gut ablief, aber die Straßen, die dorthin oder davon weg führten, waren der reinste Alptraum.

Die Frauen klagten unentwegt über das Wetter, die Verzögerungen, das Essen und die Unterkünfte in den Gasthäusern, bei denen sie anhielten. Nur ihr Sinn für Humor hielt Joanna und Neville davon ab, sich gegenseitig umzubringen. Nach vier langen Tagen erreichten sie York, und es dauerte einen weiteren Tag, bis sie alles abgeladen hatten und in die ihnen zugewiesenen Räumlichkeiten eingezogen waren.

Roseanna war auf einen Kampf mit ihrer Mutter vorbereitet, aber kein Wort des Vorwurfs war zu hören. Joanna warf ihr lediglich einen durchdringenden Blick zu, der Bände sprach, fuhr dann jedoch fort, die Dienerinnen zu unterweisen, die Roseannas Hochzeitskleid und ihre Mitgift auspackten.

Joanna war froh, daß die Königin – oder vielmehr das Woodville-Weib, wie sie sie nannte – nicht in York war, sondern mit dem Rest ihrer Sippe in London geblieben war. Aber sie hatte nicht die Absicht, sich auf irgendwelche Tändeleien mit dem König einzulassen. Ein solches Verhalten wäre bei der Hochzeit ihrer Tochter und vor den Augen so vieler Gäste sehr unangebracht gewesen.

Roseanna durchstreifte immer wieder die Ställe und suchte nach Hinweisen auf Sir Bryans Rückkehr. Sie wußte, daß ihr Kate Kendall auf Schritt und Tritt folgte, daß ihre Mutter ihr wieder einmal ihren Wachhund auf die Fersen gehetzt hatte. Aber schließlich war Bryan da, und nichts anderes zählte. Sie stürzte sich in seine Arme, als er aus den königlichen Ställen auftauchte. »Ach, Liebster, nie im Leben sind mir zwei Tage so lang geworden.«

Sanft löste er ihre Arme von seinem Nacken und zog sie in die Ställe, wo sie, wie er hoffte, weniger auffielen. »Mein Schatz, wir müssen etwas vorsichtiger sein«, mahnte er sie.

Tränen schossen ihr in die Augen. »Liebe ist nicht vorsichtig – Liebe ist überwältigend!« rief sie.

Er nahm ihre Hände in die seinen und sagte leise: »Wir wissen beide, daß deine Heirat mit Ravenspur unvermeidlich ist.«

»Woher weißt du, daß mich der König abgewiesen hat?« schrie sie.

»Mein Schatz, das war doch nur ein Traum, als wir dachten, wir könnten heiraten. Aber hör zu! Das muß nicht das Ende sein. Irgendwie werde ich's schaffen, in die Dienste Ravenspurs zu treten, und wir werden zusammensein. Das schwöre ich dir!« versprach er leidenschaftlich.

»Können wir denn nicht fliehen?« bettelte sie.

»Sei vernünftig. Genau in diesem Moment beobachtet uns deine Dienerin. Glaubst du etwa, sie ist die einzige? Der König hat seine Spione überall. Selbst Ravenspur läßt dich möglicherweise überwachen. Unser weiteres Zusammensein hängt davon ab, wie weit wir sein Mißtrauen zerstreuen können. Versuch nicht, mich weiterhin zu treffen. Ich werde dir ein paar schöne Verse schreiben, und wenn er dich schließlich mit auf seine Burg nimmt, werde ich in seinen Diensten stehen. Bitte sag, daß du mich verstehst.«

Einen Moment lang glaubte sie, sie müsse sterben. Dann nickte sie langsam. Sie wußte, daß ihm nicht klar war, wie sie sich jetzt fühlte. *Bryan, Bryan!* hätte sie am liebsten geschrien. Aber sie konnte nicht sprechen, weil sie von Weinkrämpfen geschüttelt wurde. Ihr war, als ob ihr das Herz brechen müßte.

9. Kapitel

Für das große Turnier, das am Tag vor der Hochzeit stattfinden sollte, waren Pavillons und Zelte errichtet worden. Aus Samt und Seide waren die Zelte, in denen Adel und Fürstlichkeiten die Rüstungen anlegen würden, und sie sahen herrlich aus. Vor jedem flatterten Standarten und Banner und standen farbenfrohe Schilde.

Die Herausforderer durchstreiften die Pavillons. Jeder besaß seine eigenen Knappen, Waffen- und Gepäckträger; der wichtigste Mann im Gefolge war jeweils der oberste Waffenträger. Wenn die Waffen nicht perfekt angepaßt waren, so daß das Schwert im Kampf oder die Lanze im Turnier leicht und ungehindert geführt werden konnten, waren sie wertlos. Ein guter Stahl und ein gutes Reittier waren die Trümpfe des Kämpfers. Wenn das Pferd sich aufrecht und mutig hielt und dem Reiter half, das Gleichgewicht zu halten, dann rettete es diesem Ritter nicht selten das Leben.

Das heutige Turnier fand nur zum Zeitvertreib statt, doch waren auch hier Risiken nie ganz zu vermeiden. Die erlauchtesten Köpfe des englischen Adels waren nahezu vollzählig versammelt – Pembrokes, Hastings, Devonshires, Norfolks und Percies –, die Zelte waren voll von Herzögen, Fürsten, Baronen und Lords, und die Zuschauertribünen, die den Kampfplatz umsäumten, waren von ihren Ladies bis auf den letzten Platz besetzt.

Lord Hastings, der königliche Hofkämmerer, war zum Feldmarschall des Turniers ernannt worden. Er hatte die farbigen Standarten an der östlichen Flanke des Platzes postiert, um dessen Länge zu markieren. Die Herolde des Königs stießen in ihre Trompeten, und die Kämpfer trabten hinaus auf den Platz, den sie abritten, um sich mit seiner Beschaffenheit vertraut zu machen. Die Pferde trugen ebenfalls Rüstungen, die mit seidenen Bändern verziert waren. Die Reiter selbst trugen reich verzierte Tuniken, und jeder besaß einen Schild und einen mit Federn geschmückten Helm.

Die Ladies waren ebenfalls in ihre besten Gewänder gehüllt und versuchten sich gegenseitig mit dem einfallsreichsten und originellsten Kopfschmuck auszustechen. Einige trugen hohe, zuckerhutförmige Hüte mit langen Schleiern; andere wiederum hörnerähnliche Kreationen, mit denen sie ein Spötter leicht mit Kühen hätte vergleichen können. Roseanna, die neben Joanna auf dem Ehrenplatz saß, trug ein juwelenbesetztes Käppchen, dessen fließender Silberschleier wie ein geheimnisvolles Spinnennetz schimmerte. Diese Schleier besaßen abnehmbare Teile, die als Belohnung oder Ermutigung für den Favoriten vergeben werden konnten. Als die Männer an den Rand des Turnierplatzes ritten, um sich diese Gunstbeweise abzuholen, konnte man leicht erkennen, wer jeweils unter der prächtigen Rüstung steckte.

Der König war in Purpur gekleidet, und auf seine Tunika war die aufgehende Sonne über der weißen Rose von York gestickt. Roger Montford trug einen schwarzen Umhang, mit einem schwarzen Raben mit gespreizten Krallen auf scharlachrotem Grund. Seine Helmfedern waren ebenfalls scharlachrot. Man erwartete, daß die Braut ihrem Verlobten die Gunst erwies; doch als er zu ihr heranritt, ignorierte sie ihn. Also legte Joanna, bemüht, den Schnitzer ihrer Tochter zu überspielen, ihren eigenen Schal über die Lanzenspitze Ravenspurs. Er befestigte ihn an seiner Schwertscheide, riß sein Pferd herum und galoppierte davon.

Ein unterdrücktes Murmeln lief durch die Reihen der Frauen. Vielleicht hatte die Braut ihren Gunstbeweis ja für den König aufgehoben, wie das viele Ladies taten. Als Edward jedoch sein Pferd vor ihr anhielt, wandte sie den Kopf zur Seite, um ihm ihre Mißbilligung zu zeigen. Das Murmeln in der Zuschauermenge wurde vernehmlicher. Das Gerücht, daß dies keine Liebesheirat sei, machte die Runde. Wem würde die Braut also ihre Gunst erweisen? Doch sicher nicht einem früheren Liebhaber – nicht so offen, vor allen Leuten?

Als Jeffrey vor den Ladies haltmachte, lächelte Roseanna ihren Bruder liebevoll an und nahm den silbernen Schleier vom Kopf. Er salutierte ihr, indem er die rechte Hand aufs Herz legte. Die Zuschauer waren so erleichtert, daß einige sogar applaudierten.

Als Roger und Edward gemeinsam vom Turnierfeld ritten, sagte Roger zu ihm: »Ned, ich möchte die Gegner mit dir tauschen.« Er grinste hilflos. »Ich bin von Roseannas Beau herausgefordert worden, und sie würde mir nie verzeihen, wenn ich dem jungen Teufel etwas antäte.«

Der König grinste zurück. »Da kommst du vom Regen in die Traufe, denn mein Herausforderer ist ihr Bruder.«

»Laß uns kurzen Prozeß mit ihnen machen, Ned. Es gibt noch ein Dutzend mehr Herausforderer, denen wir uns stellen müssen«, drängte Roger.

»Du vergißt doch hoffentlich nicht, daß wir fast doppelt so alt sind wie sie?« erwiderte der König. Dann kam, wie fast immer, sein schmutziger Humor zum Vorschein. »Vielleicht sind ihre Lanzen ja steifer als unsere.«

Roger zwinkerte. »Ich hoffe, die größere Erfahrung wird die Oberhand über den Tag behalten – und die Nacht.«

Der König eröffnete die Feierlichkeiten, indem er sich der ersten Runde anschloß. Der Marschall blickte nach rechts und links und musterte jeden Mann gründlich. Als er erkannte, daß alle bereit waren, senkte er den hölzernen Signalstab. Sir Bryan Fitzhugh schloß das Visier seines Helms und begann zu schwitzen. Dies war ein Kampf, der nicht zu gewinnen war. Auf Kosten des Königs glänzen zu wollen war unmöglich; es gehörte sich einfach nicht. Außerdem war es gar nicht so leicht, einen Riesen wie den König, der eine so große Reichweite besaß, vom Pferd zu stoßen. Er kannte ein paar clevere Tricks, die er gegen Ravenspur sicherlich angewendet hätte, aber da der König ausdrücklich nach ihm verlangt hatte, fürchtete er eher einen Test seiner Loyalität als seiner kämpferischen Qualitäten.

Das Trommeln der Hufe war das einzige Geräusch, das zu hören war, bis die beiden Männer zusammenstießen und die Menge wie aus einem Munde den Namen ihres Favoriten brüllte: »Edward, Edward!«

Der König, der nur selten wütend wurde, war in diesem Moment fast soweit. Denn als sie beide einander schon sehr nah waren, hatte der junge Ritter die Lanze ganz bewußt gesenkt und daher nur die seidenen Verzierungen an der Flanke des königlichen Pferdes zerrissen. Edwards Lanze dagegen traf ihr Ziel mit voller Wucht und warf Bryan Fitzhugh rücklings in den Staub.

Roseannas Atem stockte, und sie sprang auf, bevor sie sich dessen bewußt war. Das Blut wich ihr aus den Wangen, sie war leichenblaß und zitterte wie Espenlaub. Doch glücklicherweise bemerkte niemand ihre Aufregung, denn alle anderen Zuschauer waren ebenfalls auf den Beinen – und jubelten. Sie wäre am liebsten an Sir Bryans Seite gestürzt, wußte jedoch, daß sie das nicht tun durfte. Nein, sie mußte sitzen bleiben und einem Kampf nach dem anderen beiwohnen, denn diese richteten sich nach dem Rang der Turniergegner, und die Herzöge waren noch vor den Baronen dran.

Als dann schließlich ihr Bruder und Ravenspur an der Reihe waren, hatte sie sich wieder einigermaßen erholt, und die Blässe war aus ihrem Gesicht gewichen. Sie war zu der Erkenntnis gelangt, daß sie diese dummen, grausamen und gefährlichen Spiele, die die Männer so ernst zunehmen schienen, nicht mochte. Als sie jedoch Ravenspur erblickte, wie er das Helmvisier schloß und sein Pferd fest zwischen die Schenkel nahm, wäre sie gern an der Stelle ihres Bruders gewesen. Oh, welcher Genuß, ihm entgegenzutreten und ihn vielleicht sogar zu besiegen! Doch dann erkannte sie, daß sie nur einen Tag später genau diese Chance erhalten würde, und alle anderen Morgen, die noch kamen. Die Waffen waren zwar andere, aber die Herausforderung war fast dieselbe.

Die Hengste galoppierten, und die Entfernung zwischen den beiden Kämpfern verringerte sich. Als Roger Jeffrey Castlemaine prüfend musterte, kam es ihm so vor, als ob ihm blanker Haß zwischen den Sehschlitzen seines Gegners entgegenschlug. Er wußte, daß er ihn mit dem ersten Streich aus dem Sattel heben mußte. Castlemaine tat, als ob er sich nach links wenden und Montfords Schild aufs Korn nehmen würde, doch Ravenspur war ein viel zu erfahrener Kämpfer, um darauf hereinzufallen. Er fegte so dicht an ihn heran und traf Jeffrey mit einem derart harten Schlag, daß dieser am Boden lag, bevor er noch wußte, was mit ihm geschah.

Roger warf sein Pferd mit trügerischer Leichtigkeit herum und beugte sich hinab, um den silbernen Schleier von seinem Gegner zu nehmen. Dann ritt er hinüber an den Rand des Platzes, wo Roseanna mit gesenktem Kopf die Niederlage ihres Bruders erlebte. Ravenspur klappte das Visier hoch. Seine nachtschwarzen Augen bohrten sich sengend in die ihren. Langsam hob er ihren Schleier an die Lippen und befestigte ihn sodann an der Spitze seiner Lanze, wo er triumphierend flatterte.

Mein Gott, dachte sie alarmiert, *er hat die erste Runde gewonnen!*

Sie zog sich aus der Menge zurück und preßte die Lippen zusammen, als sie sah, wie sich Kate Kendall aus der Gruppe der Dienerinnen löste, um ihr zu folgen. Es würde ein Freudenfest geben heute abend, doch Roseanna wollte nichts damit zu tun haben. Morgen galt es, sich der größten Herausforderung ihres Lebens zu stellen. Nein, sie wollte sich nur in ihre Kammer zurückziehen, um Kräfte zu sammeln.

Es war schon nach Mitternacht, als die Tränen kamen und ihr Kissen durchnäßten. Die stille Nachtluft bebte unter ihren verzweifelten Schluchzern. Plötzlich fühlte sie, wie tröstende Arme sie umschlangen.

»Ganz ruhig, mein Lämmchen. Alles wird wieder gut. Ich werde mich um Euch kümmern, meine Kleine.«

Einen atemlosen Augenblick lang glaubte sie, ihre Mutter wäre gekommen, um sie zu trösten, aber als sie sich an den weichen Busen schmiegte, erkannte sie, daß es Kate war. Hatte sie unrecht? Hatte sie die Frau aus dem Norden vielleicht zu hart beurteilt? Roseanna wußte nicht, was sie davon halten sollte; das einzige, was sie wußte, war, daß sie sich in Kates liebevoller Umarmung sicher und geborgen fühlte.

Roseanna erwachte mit einem Ruck. Einen Moment lang wußte sie nicht, wo sie war; doch dann, als die Erinnerung wiederkam, sank ihr der Mut. Heute war ihr Hochzeitstag. Endlose Minuten lag sie da und starrte zur Decke; dann jedoch riß sie sich zusammen. Was für ein Schwächling sie doch war, so gottserbärmlich herumzuliegen! Der heutige Tag war eine Herausforderung, und sie würde aufstehen und sich ihm stellen. Denen würde sie schon zeigen, daß sie das alles einen Dreck scherte. Mit hocherhobenem Kopf würde sie dem Schicksal gegenübertreten und ihm ins Gesicht spucken! Sie hob die Stimme und sang. Und plötzlich waren die schwarzen Gedanken verschwunden.

Der Empfangsraum, der zu den Räumlichkeiten gehörte, die den Castlemaines zugewiesen worden waren, war voller Frauen. Es schien, als ob Hochzeiten auf Frauen eine unwiderstehliche Anziehung ausübten, denn jede Lady, die sich derzeit bei Hofe aufhielt, hatte aus dem einen oder anderen Grund ihren Weg zur Braut gefunden. Die Kammerzofen, die Näherinnen und die Ladies der Brautkammer waren da, um zu helfen, aber andere, wie zum Beispiel die Gräfin von Pembroke und die Herzogin von Norfolk, waren aus reiner Neugier gekommen.

Roseanna kannte die meisten nur flüchtig, aber ihre Mutter schien jede einzelne zu kennen.

In all das Durcheinander platzte die Gräfin von Devonshire mit einer jungen Dame im Schlepptau herein. Das Mädchen, das sah Roseanna sehr schnell, war sehr, sehr hübsch. Ihr Haar konnte man erdbeerblond nennen; man konnte die bezaubernde Farbe deutlich unter dem Kopfschleier hervorschimmern sehen. Sie trug ein gelbes Gewand, das über und über mit Goldfäden bestickt war. Obwohl das Kleid wunderbar war, wurde es ihr kaum gerecht. Sie schien sehr schüchtern zu sein, denn die Gräfin mußte sie zu jedem Wort ermuntern.

»Joanna, hier ist sie. Ich habe es doch noch geschafft, sie ausfindig zu machen.«

Joanna schien einen Moment lang verwirrt zu sein, doch dann glätteten sich ihre wunderschönen Brauen. Sie packte Roseanna beim Arm, bevor sie im Gedränge verschwand.

»Roseanna, hier ist deine neue Schwägerin. Es tut mir leid, meine Liebe. Wie war doch noch Euer Vorname?«

»Rebecca«, sagte das Mädchen. Sie sprach so leise, daß man sie kaum verstehen konnte. Roseanna sah ihre Mutter fragend an, die daraufhin zu einer Erklärung ansetzte: »Ravenspur hat seinen Bruder Tristan gebeten, sein Trauzeuge zu sein, und dies hier ist seine Frau, die deine Trauzeugin und Ehrendame sein wird.«

Roseanna ergriff beide Hände des Mädchens. Sie waren eiskalt und feucht, so als ob sie selbst das alles durchmachen müßte und nicht Roseanna. Ganz plötzlich empfand diese das überwältigende Bedürfnis, diese hübsche zarte junge Frau, die mit diesem Teufelsbraten, Tristan Montford, verheiratet war, unter ihren Schutz zu nehmen. »Alles in Ordnung?« fragte Roseanna.

»J-ja. Es ist nur, ich habe mich in letzter Zeit nicht sehr wohl gefühlt – und ich mag keine Menschenansammlungen.«

Roseanna schob ihren kleinen Hintern entschlossen durch die herumstehenden Frauen, hinüber ins Schlafzimmer, wo Alice und Kate soeben Roseannas Hochzeitskleid zurechtlegten. »Hier ist es nicht so voll, seht Ihr. Na also. Setzt Euch doch und trinkt ein wenig von dem Wein, Rebecca.«

»Oh, ach, nein«, protestierte Rebecca schwach. »Ich – ich trinke keinen Wein.«

»Aber warum denn nicht?« fragte Roseanna.

»Er – er macht ziemlich dick«, flüsterte Rebecca.

»Nun, darüber braucht Ihr Euch ja nun wirklich keine Sorgen zu machen«, meinte Roseanna in ihrer forschen, offenen Art.

»Oh, aber das muß ich doch.« Sie errötete. »Mein Gatte findet dicke Frauen absolut abstoßend«, meinte sie, so als ob dies alles erklären würde.

»Habt Ihr nicht gesagt, daß Ihr krank gewesen seid?« fragte Roseanna.

»Meine Gesundheit ist nicht die beste. Ich wollte deswegen an der Hochzeit eigentlich nicht teilnehmen, aber natürlich erwartet man das von mir. Tristan bestand zumindest darauf«, stotterte sie unglücklich.

Roseanna starrte sie fasziniert an. Das Mädchen war das klassische Beispiel dafür, wie sie nie im Leben werden wollte. Die Ehe mit Montford hatte ihren Willen vollkommen gebrochen. Herr des Himmels, sie war ja so eingeschüchtert wie eine Maus! Sie fragte sich, was Tristan überhaupt an ihr gefunden haben mochte. Rebecca war wunderhübsch, natürlich, aber sie war der Typ Frau, der lieber nachgab und die Wogen glättete, als das Mißfallen ihres Gatten zu erregen.

Joanna streckte den Kopf ins Zimmer und sagte: »Roseanna, ich glaube, du solltest dich jetzt besser anziehen. Ich muß hinuntergehen in den Ausstellungsraum, um zu sehen, ob die Hochzeitsgeschenke auch richtig aufgestellt sind. Du wirst große Freude daran haben. Es sind ein paar besonders schöne Stücke aus Silber darunter und auch einige Teppiche, die wohl von den Kreuzzügen ins Heilige Land stammen müssen. An deiner Stelle würde ich die besten Sachen mit nach Ravenspur Castle nehmen. Laß bloß nichts davon in seinen Festungen im Norden; ich habe gehört, sie sollen kaum mehr als nackte Steinhaufen sein.«

Rebecca schauderte. »Ich mag den Norden nicht. Ich fühle mich dort immer unwohl.«

Roseanna lächelte sie an. »Lebt Ihr auf Ravenspur Castle?«

»Nein, nicht in der Burg selbst. Wir wohnen in einem Herrenhaus in Ravenspur Park. Es ist nur ungefähr zwei Meilen von der Burg entfernt.«

»Gut. Dann können wir ja hin- und herreiten und uns gegenseitig besuchen.« Roseanna fragte sich, warum das Mädchen daraufhin so zweifelnd dreinsah. *Du lieber Himmel, Tristan wird ihr doch nicht etwa verbieten, Freunde und Besucher zu haben,* dachte Roseanna verächtlich. Aber sie wußte nicht, ob sie diese Verachtung Tristan oder Rebecca gegenüber empfand.

Alice lief nervös umher und hielt in der Hand ein Unterhemd bereit, das so fein war, daß es aussah, wie aus Zauberfäden gesponnen.

Mit dem Umziehen konnte jedoch erst begonnen werden, als Kate Kendall Roseanna entschlossen und mit starker Hand bei der Schulter ergriff und auf der Stelle festgenagelt hielt. Seidene Strümpfe und zwei Paar Strumpfbänder schmückten ihre Beine; eines davon konnte von jedem Gentleman geraubt werden, der kühn genug war, es zu wagen. Nach dem Unterkleid wurde ihr das Hochzeitskleid vorsichtig über den Kopf gezogen. Alice kniete nieder, um die Liebesknoten am Rock zu befestigen, aber so, daß man sie – um Gunstbeweise zu erhalten – leicht wieder herunterziehen konnte. Waren sie zu gut befestigt, dann riskierte die Braut, daß man ihr das Hochzeitskleid vom Leib riß.

Kate Kendall tat alles, um auch das kleinste Büschel verfilzter Haare aus Roseannas herrlichem Haar herauszukämmen. Wie ein schimmernder, dunkler Wasserfall fiel es ihr den Rücken hinab, gleichsam triumphierend seine Freiheit an diesem, dem Hochzeitstag, genießend. »Stillhalten, oder es knallt«, drohte Kate. Roseanna kicherte, denn sie wußte nicht, ob Kate sie oder Alice meinte.

Roseanna sah das Hochzeitskleid erst jetzt in seiner vollen Schönheit: weiße Rosen und Rosenknospen auf schimmerndem, weißem Satin. Bis zu diesem Moment war sie blind gewesen für die Schönheit des Stoffes, hatte sich nicht gestattet, auch nur einmal an die Zeremonie mit Ravenspur zu denken. Doch nun genoß sie den Anblick dieses Schmuckstückes in vollen Zügen. Mit den Fingern streichelte sie über den weichen Stoff und fuhr an den Stickereien auf den Rosenblüten entlang. Die langen und weiten Ärmel fielen ihr in Kaskaden fast bis zu den Knien. Ihre Mutter hatte ein winziges Perlenkrönchen entworfen, das Alice nun auf Roseannas Kopf feststeckte. Dann zog sie den knisternden, weißen Schleier über ihr Gesicht.

Roseanna wiederholte die Anweisungen, die ihr ihre Mutter zuvor gegeben hatte. »Ich werde mit Vater an meiner Seite zum Priester schreiten.«

»Genau«, meinte Kate und schürzte die Lippen, wie sie es immer tat, bevor sie eine ihrer Familienweisheiten von sich gab. »Nehmt Euch vorher ein paar Minuten für den armen Mann Zeit, Roseanna. Er verliert heute seinen verhätschelten Liebling. Natürlich ist er sehr stolz auf Euch – aber sicher auch ziemlich traurig, was er nicht zugibt.«

Roseanna drückte der älteren Frau die Hand; sie fing gerade erst an, Kate kennenzulernen. Als sie endlich fertig war, blickte sie sich noch einmal im Zimmer um, um festzustellen, ob sie nichts vergessen hatte. Bis jetzt hatte sie das Schlafgemach, das für die Hochzeitsnacht von Braut und Bräutigam vorbereitet worden war, noch nicht gesehen, doch sie wußte, daß es irgendwo dort lag, wo sich die Gemächer des Königs befanden, also weit weg von diesen Räumen hier. Plötzlich wurde sie nervös und wandte sich an Kate. »Achte bitte darauf, daß meine Bürsten und Kämme bestimmt ins Hochzeitsgemach gebracht werden. Du weißt, wie leicht sich mein Haar verwirrt.«

Kate nickte. Die Frauen aus dem Nebenzimmer standen nun dichtgedrängt an der Tür, um noch einen letzten Blick auf die Braut zu erhaschen. Die Blicke, die sie ihr zuwarfen, vermittelten deutlich die Botschaft: *Wir wissen, was dich heute nacht erwartet, Süße.*

Nicht, wenn ich's irgend verhindern kann, schwor sie sich. »Kate, vergiß das warme Nachthemd nicht«, fügte sie hinzu, um noch ein wenig Zeit zu gewinnen.

»Mädchen, Mädchen, ich werd' mich um alles kümmern, von Eurem Lieblingsduft bis zu Euren Samtpantoffeln. Nun aber los, und geht mit Gott, Roseanna.«

Sie umarmte spontan die ältere Frau und gab Alice einen Kuß; dann sah sie sich nach Rebecca um. Ihre Schwägerin saß wie ein Häufchen Elend in einer Ecke, ihr Gesicht war jetzt kalkweiß. »Kommt schon, Rebecca. Ihr müßt mir mit der Schleppe helfen, damit ich in diesem Kleid überhaupt gehen kann.«

Das Mädchen schien völlig verwirrt zu sein, also warf sich Roseanna die Stoffülle über den Arm und streckte den anderen Rebecca entgegen.

Das Mädchen erhob sich zwar bereitwillig, doch bevor sie durch die Tür waren, hatte sie bereits Probleme mit ihrem eigenen Kleid. Roseanna lächelte angestrengt, während sie sich bückte, um den Saum von Rebeccas Kleid von einem Stuhlbein zu lösen.

»Tut mir leid«, flüsterte Rebecca mitleiderregend.

»Nun kommt schon, Mädchen. Kopf hoch. Ich gehe zu meiner Hochzeit, nicht zur Hinrichtung«, meinte Roseanna lachend.

»Habt Ihr denn gar keine Angst?« fragte Rebecca verwundert.

Roseanna dachte einen Moment lang nach. Natürlich hatte sie Angst, aber sie wäre lieber gestorben, als es jemanden merken zu lassen. Tatsache war, daß sie's nur schaffen würde, wenn sie es als Herausforderung betrachtete. »Angst?« fragte sie Rebecca erstaunt. »Ravenspur ist derjenige, der sich in die Hosen machen sollte!«

Ihr Vater stand unten wartend vor einer königlichen Kutsche. »Vater, du solltest Rebecca zuerst hineinhelfen. Sie sieht nicht sehr stark aus.«

Neville hob die junge Frau in Gelb in die Kutsche und schob ihre goldbestickten Röcke zusammen, damit er die Tür schließen konnte. Dann gingen sie um die Kutsche herum und stiegen beide bei der gegenüberliegenden Tür ein. Er sah seine Tochter besorgt an. »Alles in Ordnung, mein Schatz?«

»Ich bin in Kampfstimmung«, antwortete sie und versuchte zu lächeln. »Dies ist Rebecca Montford. Sie ist mit Ravenspurs Bruder verheiratet, der Himmel möge ihr gnädig sein.«

Neville warf seiner Tochter einen warnenden Blick zu, der ihr deutlich sagte, sie solle ihre Zunge hüten. »Die Kathedrale besitzt einen ziemlich langen Gang; Ihr werdet doch nicht etwa ohnmächtig werden, oder?« fragte sie Rebecca besorgt.

»Kann sein«, gab ihre Schwägerin flüsternd zu.

Roseanna verdrehte die Augen. Die Kutsche mußte nicht weit fahren, denn die Kirche gehörte zu den von den Normannen errichteten Gebäuden des Königshofs von York.

Es war Brauch, daß sich Braut und Bräutigam nicht sahen, bis sie sich vor dem Altar gegenüberstanden, doch Roger und Tristan Montford waren gerade angekommen, als Roseannas Kutsche vorfuhr. Neville griff an Roseanna vorbei, um die kleine Tür zu öffnen. Es war nicht leicht für sie, sich aus dem reich verzierten Gefährt zu befreien. Tristan trat vor, den älteren Bruder dicht auf den Fersen, und half seiner Frau beim Aussteigen.

Roseanna blickte direkt hinunter in Ravenspurs schwarze Augen und sagte unmißverständlich: »Ich brauche keine Hilfe – egal von welchem Mann!«

Roger machte eine tiefe Verbeugung. »Ich verstehe. Und ich nehme Eure Herausforderung an.« Seine Augen maßen sie vom Kopf bis zu den Füßen. Er wußte, er hätte keine bessere Wahl treffen können. Etwas Schöneres hatte er noch nie im Leben gesehen, und er konnte es kaum erwarten, sie zu besitzen. Sie rauschte am Arm ihres Vaters an ihm vorbei; Rebecca mußte laufen, um sie einzuholen.

Tristans Mundwinkel zuckten, als das Paar auf die Kathedralentür zuschritt. Er sprach das Gebet, das sie gewöhnlich auf dem Weg in eine Schlacht begleitete: »Möge Gott Euch diesen Tag schenken, Mylord.«

Und Roger antwortete mit der entsprechenden Erwiderung: »Dieser Tag ist mein, denn der Herr ist auf meiner Seite.« Die beiden Brüder unterdrückten ihr Grinsen, bevor sie auf den Altar zuschritten.

Das Yorker Münster war die größte gotische Kathedrale Englands. Bewundernd hielt Roseanna inne und blickte hinauf zu der atemberaubenden Schönheit des hohen, reich mit Gold verzierten Deckengewölbes.

Die Stimmen des Knabenchors erhoben sich so süß und unschuldig, daß sie plötzlich einen Kloß im Hals spürte. Obwohl die Kathedrale riesig war, waren die Sitzreihen bis zum letzten Platz gefüllt. Roseanna fiel es schwer, in der riesigen Menge ein paar vertraute Gesichter auszumachen.

König Edward und sein Gefolge saßen in ihren Privatbänken in der Nähe des Altars. Er zog jedes Auge auf sich. Da sie immer noch wütend auf ihn war und noch nicht vorhatte, ihm zu vergeben, war Roseanna entschlossen, während der Zeremonie nicht einen einzigen Blick in seine Richtung zu werfen.

Die Singstimmen verklangen, und die klaren Töne der Virginale erhoben sich und schwebten durch den hohen Kirchenraum. Neville drückte die Hand seiner Tochter, und sie begannen, langsam den Kirchengang hinaufzuschreiten.

Roseannas Augen flogen zu der Gestalt, die sie am Altar erwartete. Da er ihr den Rücken zukehrte, brauchte sie dabei nicht auf Anstand und Höflichkeit zu achten. Sie starrte ihn an, so lange sie konnte. Er war in schwarzen Samt gekleidet. Die Schultern des gepolsterten Wamses waren so breit, daß sie ihren Augen kaum traute, und doch wußte sie, daß das Gewand die Breite seiner Schultern kaum übertrieb. Er war so groß, daß er sowohl seinen Bruder als auch den Prälaten überragte, und der stand sogar auf den Altarstufen. Sein rabenschwarzes Haar war frisch gekämmt und lockte sich dennoch auf seinem weißen Kragen.

Die lateinischen Gebete schienen nicht enden zu wollen, aber schließlich trat der Bischof vor und intonierte die Eheformel in drohend erhobenem Ton. Roseannas Finger krallten sich in den Arm ihres Vaters, als der Bischof verkündete: »In dieser heiligen und ernsten Stunde, da Sie das heilige Sakrament der Ehe empfangen und somit den unauflöslichen Bund fürs Leben schließen wollen, an diesem heiligen Ort, geweiht durch die besondere Gegenwart Gottes, rufe ich Ihnen nochmals ins Gedächtnis, was die heilige Religion lehrt über die Würde und Erhabenheit, über die Absichten, die nach dem Willen Gottes damit erreicht werden sollen, sowie über die Verpflichtungen, welche in demselben erfüllt werden müssen.« Er blickte Roseanna streng an und hob die Stimme, als ob er ein Urteil über sie verkünden wolle. Sie lauschte angespannt.

»Die Ehe ist von Gott so sehr ausgezeichnet und geheiligt worden, da damit durch die eheliche Verbindung die Kinder rechtmäßig erworben,« – Roseanna schauderte – »und mit vereinter Hilfe beider Eheleute in der Furcht Gottes christlich erzogen, das menschliche Geschlecht auf Erden erhalten und die Zahl der Auserwählten im Himmel vermehrt werde. Den ehelichen Bund, den Ihr im Angesicht der heiligen Kirche eingeht, bekräftige Gott der Herr; wer einen gerechten Grund kennt, daß diese Ehe nicht vor dem Angesicht des geheiligten Gottes geschlossen werden darf, der trete nun vor oder schweige immerdar.«

Roseanna schloß die Augen und stellte sich vor, daß ein Ritter in schimmernder Rüstung vorträte. Sein Antlitz war in ihrer Vorstellung wunderschön, denn das Licht des Herrn schien darauf nieder. »*Sie ist mein*«, sagte er einfach. Ein anderer Mann trat vor; er war in einen schwarzen Umhang gehüllt, und sein Gesicht war unter einer Kapuze verborgen. Er sah aus wie ein Richter, der dabei war, ein Urteil zu verkünden: »*Ravenspur ist kein guter Ehemann. Er hat seine letzte Frau ermordet.*«

Roseanna riß die Augen wieder auf, als jäh des Bischofs Frage ertönte: »Wer übergibt diese Frau an diesen Mann?«

»Ich«, sagte Neville feierlich. Bevor er einen Schritt vortrat, stellte sich Roseanna auf die Zehenspitzen und gab ihrem Vater einen Kuß auf die Wange. Das war zwar ungewöhnlich, aber sehr bewegend. Zustimmendes Gemurmel lief durch die Menge. Roseanna sah, daß Neville Tränen in den Augen hatte, als er vortrat und Ravenspur sich ihr zuwandte, um sie zu empfangen.

Sie senkte den Blick nicht, denn sie wußte, daß der Schleier ihre Gesichtszüge sehr gut verbarg. Er war ihr so nahe, daß sie sogar den leichten, dunklen Schatten auf seinem Kinn erkennen konnte, der immer vorhanden war, egal, wie gut er sich rasierte. Sie sah den Diamantohrring, den er trug, doch der glitzerte auch nicht heller als seine Augen, in deren Schwärze sich die flackernden Lichter des Altars widerspiegelten.

Alle ihre Sinne waren aufs höchste geschärft. Der ätzende Geruch von Kerzenwachs, vermischt mit dem durchdringenden, alles überdeckenden Geruch von Weihrauch, stieg ihr in die Nase. Hinter sich schnappte sie eine neidische Bemerkung auf, ebenso Rebeccas gedämpftes Weinen. Sie fühlte, wie eins der Strumpfbänder in ihren Schenkel schnitt und wie das bestickte Untergewand über ihre Brustwarzen rieb.

Sie wollte laut schreien, doch als sie den Mund öffnete, war das »Ich will« schon heraus, bevor sie es verhindern konnte. Ihr Blick wurde auf ihre linke Hand gezogen, die Ravenspur so fest ergriffen hatte, daß sie dachte, er habe ihr das Blut abgedrückt. Mit Händen, die mindestens zweimal so groß waren, wie die ihren, steckte er ihr einen dicken Goldring an den dritten Finger. Der Reif glänzte matt, und sie konnte sein beträchtliches Gewicht fühlen. Der Bischof sagte etwas über einen Kuß, und Ravenspur lüftete ihren Schleier. Sie hatte gerade noch Zeit, nach Luft zu schnappen, bevor sich sein Mund auch schon fest auf den ihren preßte; und dann explodierten ihre Gedanken. *Du wagst es, anzunehmen, du könntest diese Heirat mit einem Kuß besiegeln! Ich werd's dir noch zeigen, und wenn es mich umbringt! Du magst vielleicht mein Mann sein, aber nie wirst du auch nur den kleinsten Teil von mir besitzen!*

Nach dem Kuß schien ihr Kopf völlig leer zu sein. Sie wußte, daß sie danach die Heiratsurkunde unterschrieben hatte, daß sie mit Ravenspur, der sie eng an seiner Seite hielt, den langen Gang entlanggeschritten war; sie wußte, sie war durch Wolken von Reis und Rosenblüten gelaufen, begleitet von ohrenbetäubenden Hochrufen; und sie wußte, daß sie, mit Ravenspur fest an der Seite, zum Bankett zurückgeritten war. Sie erwachte jedoch erst aus ihrem tranceartigen Zustand, nachdem man sie auf den prächtigen Stuhl am Kopfende der Tafel gesetzt hatte, ihren Ehemann zur Linken, den König zur Rechten.

Edwards Augen neckten sie. »So wunderschön, und doch so grausam«, flüsterte er. »Nicht einen Blick hast du mir geschenkt.«

»Und was war Eure Antwort, als ich Euch bat, mich zu verschonen?« erwiderte sie.

»Verschonen?« wiederholte Roger, der jedes Wort gehört hatte.

»Von einem Schicksal, das schlimmer ist als der Tod!« fügte sie heftig hinzu.

Ned und Roger grinsten sich an.

Die Gerichte, die nun serviert wurden, waren Meisterwerke der Kochkunst: gebackene Schwäne und Kraniche neben kleinen Spanferkeln und Bergen von Kalbfleisch. Das Küchenpersonal war schon seit dem Morgengrauen damit beschäftigt gewesen, ganze Lämmer und Ochsen zu braten; Küchenjungen schwankten heran, gebeugt unter der Last von gebratenen Wildschweinen.

Ravenspur, der sich der Anwesenheit Roseannas mit jeder Faser seines Körpers bewußt war, beugte sich zu ihr und murmelte: »Ihr eßt besser etwas, bevor man mit den Toasts beginnt.«

Sie bebte vor Zorn. »Habt Ihr etwa Angst, ich könnte mich betrinken und Euch Schande machen, Mylord?«

»Ihr könnt niemandem Schande machen. Außer Euch selbst«, sagte er mit einem Augenzwinkern.

Der erste Toast wurde zu Ehren des Königs ausgebracht; den zweiten brachte der Monarch auf die Braut aus; der dritte ging vom Trauzeugen an den Bräutigam; und der vierte von der Braut an ihre Eltern. Den fünften brachte der Bräutigam auf seine Braut aus.

Wenn Eure ganze Schönheit ich müßt preisen,
jeden Vorzug ganz für sich – mir dünkt,
bevor noch dieses Loblied ich beendet,
der Tod mich hätt' ereilt vom Suff!

Die Zuhörer klopften anerkennend mit den Bierkrügen und Weinbechern auf den Tisch. Doch Roseanna gedachte keineswegs, sich geschlagen zu geben. In Erwiderung auf den Toast ihres Gatten rezitierte sie:

Dies auf Euch, so gut wie Ihr seid,
und dies auf mich, so schlecht, wie ich bin.
So schlecht, wie ich bin, so gut, wie Ihr seid,
ich bin so gut, wie Ihr seid, schlecht, wie ich bin.

Ned zwinkerte Roger zu und hob den Kelch: »Sie hat recht, weiß du!«

Roger und Roseanna teilten sich, wie es der Brauch war, einen Teller. Er suchte die besten Stücke heraus und schob sie auf ihre Seite. Der Gedanke, sie zurückzuweisen, war verlockend, aber das nächste Mal, als ein neues Gericht aufgetragen wurde, nahm sie das beste Stück und legte es auf seine Seite des Tellers. Nichts konnte ihm deutlicher zeigen, daß sie sich als vollkommen ebenbürtig betrachtete. Es verärgerte ihn jedoch nicht, sondern amüsierte ihn im Gegenteil. Er nahm das Essen, das sie für ihn ausgewählt hatte und aß es mit großem Genuß.

Starkbier, Met und Malvasier flossen in Strömen; die Gästeschar verlor mit der Zeit jeglichen Anstrich von höfischem Anstand und Sitte, und jeder zechte, wie es ihm gefiel. Roseanna sah, wie Rebecca, blasser als der Tod, sich von der Tafel erhob. Da sie sich irgendwie für sie verantwortlich fühlte, stand sie ebenfalls auf und schloß sich ihr an. »Ich begleite Euch hinaus, bevor der Tanz beginnt.«

Roseanna wurde sehr besorgt, als sie hörte, wie Rebecca das Essen wieder erbrach. »Oh, Rebecca, meine Liebe, Ihr seid krank. Ich fürchte, das alles war zuviel für Euch. Ihr wärt doch besser zu Hause und im Bett geblieben. Das werde ich Eurem sturen Ehemann auch sagen.«

»Oh, nein, bitte«, bettelte Rebecca. »Verderbt ihm nicht den Spaß, und sagt ihm bitte auch nicht, daß mir übel geworden ist.«

Roseanna antwortete nicht und führte das Mädchen zurück zur Tafel. Sie hatte gerade den Mund geöffnet, um mit Tristan zu sprechen, als sie Rebeccas flehentlichen Gesichtsausdruck bemerkte, der sie deutlich zu bitten schien, ihn nicht zu verärgern, sonst müsse sie darunter leiden. Also sagte sie lediglich zu Tristan: »Ich möchte, daß Rebecca nach oben geht, um zu sehen, ob im Hochzeitsgemach auch alles bereit ist. Ihr habt doch nichts dagegen, wenn sie jetzt hinaufgeht, nicht wahr?«

»Nur, wenn ich den ersten Tanz mit Euch bekomme«, meinte er hinterhältig.

Roseanna wandte sich zu Rebecca und flüsterte: »Geht jetzt zu Bett, meine Liebe. Um Tristan kümmere ich mich schon.«

Der Saal war erfüllt von den unterschiedlichsten Tönen, als die Musiker ihre Flöten und Fiedeln einstimmten und die Eßtische zur Seite geräumt wurden, um Platz für die Tanzenden zu schaffen. Als Tristan Roseanna im ersten Tanz herumschwenkte, beugte er sich zu ihr und flüsterte: »Ich kenne Euer Geheimnis!«

Sie zog fragend die Augenbraue hoch.

»Ihr habt ein weiches Herz.«

»Und woher wollt Ihr das wissen?« fragte sie herausfordernd.

»Ihr wart sehr nett zu Rebecca. Was Euch jedoch nicht klar zu sein scheint, ist, daß ihr ganz absichtlich übel wird.«

»Wie könnt Ihr so etwas nur sagen! Offensichtlich kennt Ihr Eure Frau nicht sehr gut.«

»Ganz im Gegenteil, ich habe ihr Verhalten genau studiert. Als ihr draußen wart, hat sie sich übergeben, stimmt's?«

Roseanna nickte zögernd.

»Was sie Euch jedoch verschwiegen hat, ist, daß sie sich den Finger in den Hals gesteckt hat, um das Essen wieder loszuwerden.«

»Warum um Himmels willen sollte sie so etwas tun?«

Tristan zuckte die Schultern. »Sie ist besessen von dem Gedanken, dick zu werden!«

Roseanna wußte, daß er möglicherweise die Wahrheit sagte, verteidigte Rebecca jedoch trotzdem aufs heftigste. »Nur weil Ihr dicke Frauen abstoßend findet. Nur wegen Eurer lüsternen Gedanken!«

»Seid nicht ungerecht, meine süße Schwägerin. War ich je lüstern auf Euch, appetitlich wie Ihr seid?« Als ihre Gedanken zurückflogen zu jenem Tag im Wald, als er sie zum Jagdschloß gebracht hatte, grinste er. »Vom ersten Moment, als ich Euch sah, habe ich Euch für Roger im Auge gehabt. Ja, ich gebe freimütig zu, daß Ihr die hübscheste Frau seid, die ich je gesehen habe.«

Wie konnte sie den jungen Teufelsbraten hassen, wenn er so nette Dinge sagte? »Ach, Roseanna, ich wußte nicht, was wahres Glück ist, bevor ich heiratete.« Sie sah ihn erstaunt an. »Und dann war's zu spät«, flüsterte er. Gegen ihren Willen mußte sie lachen.

Kaum hatte Tristan sie zurückgebracht, forderte der König sie auch schon zum Tanz auf, dann ihr Vater, dann ihr Bruder und jeder der anwesenden adeligen Herren. Roger hatte sich im Sessel zurückgelehnt und spielte den großzügigen Bräutigam. Er war erleichtert, hauptsächlich Roseannas wegen, daß ihr junger Kavalier durch Abwesenheit glänzte.

Nach und nach wurde sich Roseanna bewußt, daß die Augen ihres Gatten jeder ihrer Bewegungen folgten. Warum mußte er sie beobachten wie ein Hund seinen Knochen? Plötzlich kam der kleine Teufel in ihr zum Vorschein, wie Kate Kendall es nannte, und sie beschloß, etwas zu tun, das ihn ärgern und den Ausruck satter Zufriedenheit von seinem Gesicht wischen würde. Sie tanzte gerade mit dem jungen John Stafford, einem Grafen. Er konnte sein Glück kaum fassen, als sie ihm auch noch einen zweiten Tanz schenkte.

Plötzlich lehnte sie sich an ihn und flüsterte ihm ins Ohr: »Ihr tanzt geradezu göttlich; mein letzter Tanzpartner hatte die Grazie eines gichtigen Ackergauls.« Er warf den Kopf zurück und lachte lauthals. Dann sagte sie: »Ravenspur beobachtet uns mit großem Interesse.« Sofort flogen die Augen des jungen Stafford zum Baron, der am anderen Ende des Saals saß. Sie war sicher, daß es so aussehen mußte, als ob sie beide sich auf Kosten ihres Gatten amüsierten. Ihr kleines Ränkespiel ging jedoch nach hinten los, als Stafford murmelte: »Ich habe soeben ein Zeichen erhalten, Euch zu Eurem Bräutigam zurückzubringen. Er sieht nicht sehr erfreut aus.«

»Oh, gut«, sagte sie zuckersüß.

»Tatsächlich sieht er ziemlich verärgert aus.«

»Um so besser«, meinte Roseanna lachend.

Stafford brachte sie zu Roger zurück und entfernte sich mit einer Verbeugung. Ravenspurs dunkle Augen hafteten fest auf ihr, als er sah, wie lieblich sie mit geröteten Wangen aussah. »Ihr scheint das Tanzen sehr zu genießen, Roseanna.«

»Ihr habt doch nichts dagegen, nicht wahr?« fragte sie unschuldig. »Ich weiß, daß ältere Männer nicht so gerne tanzen.« Sie sah, wie seine Kiefermuskeln hervortraten, und der kleine Teufel in ihr amüsierte sich köstlich. Er stand auf, um sie zum Tanz zu führen und mußte plötzlich grinsen. »Versucht Ihr etwa, mich zu provozieren, um zu sehen, ob der Wilde in mir zum Vorschein kommt?« fragte er in gedämpftem Ton. Dann fuhr er mit den Händen in ihre weiten Ärmel und strich an ihren nackten Armen hinauf. Diese Geste war so intim, daß sie nach Luft schnappte und erschauderte. Als er sie dann im Takt herumschwang, lachte er in ihr Gesicht hinunter: »Ihr mögt es also, andere zu necken. Es ist eine Kunst, denke ich, und ein Spiel, das auch zwei spielen können. Ich glaube, ich werde sehr zufrieden mit Euch sein, Roseanna.« Als der Tanz endlich zu Ende war, war sie völlig außer Atem. Sie sank in einen leichten Knicks und ließ sich von ihrem nächsten Tanzpartner entführen, wobei sie sich diesmal jedoch genau nach Etikette benahm.

Es war unvermeidlich, daß die Witze kühner wurden und schließlich ausgesprochen rüde. Man begann, schmutzige Lieder zu singen; Roseanna versuchte, nicht auf den Refrain zu hören: »Er kam und roch an ihrem tiefen Loch.« Sie wandte sich angewidert von dem Sänger ab und ging auf den König zu. Ned hatte gerade seinen starken Arm um Rogers Schultern geschlungen und sang mit: »Er arbeitete hart die ganze Nacht und fickte sie bis zur Morgenandacht.«

Ravenspur sah den Ausdruck von Panik auf dem Gesicht seiner Braut und löste sich aus der Umarmung des Königs. »Ich glaube, wir gehen jetzt hinauf, Ned, und erspart uns um Himmels willen eine königliche Bettung.«

Edward zwinkerte Roseanna zu. »Muß dem verdammten Kerl wohl gehorchen. Der würde mich ohne weiteres über den Haufen rennen.«

Ravenspur schlang den Arm um ihre Taille und geleitete sie sicher durch die lärmende, betrunkene Menge. Sie preßte die Hände über die Ohren, als sie sangen: »Ihre Muschel zu lecken stand mir der Sinn, bis ihre Säfte mir rannen übers Kinn.«

10. Kapitel

In der Hoffnung, daß ihnen niemand folgte, eilten sie rasch die Korridore entlang und die Treppen hinauf. Sie war erleichtert, daß Ravenspur sich offenbar gut auskannte, denn sie hätte sich hoffnungslos verirrt, wenn sie allein gewesen wäre. Er öffnete die Tür zu einer großen, luxuriös ausgestatteten Schlafkammer, wo sie Alice und Kate bereits erwarteten. Sie sanken in einen tiefen Knicks und murmelten: »Guten Abend, Baron Ravenspur. Guten Abend, Baronin.«

»Nennt mich nicht so! Ich hasse es!« sagte Roseanna.

Der Raum war oval, und die Decke war reich bemalt mit Schafhirten, Lämmern, Engeln und Wolken. Blaßblaue Vorhänge fielen von der Wolkendecke herab, sie waren an vier reich geschnitzten, vergoldeten Bettpfosten befestigt. Ein Feuer knisterte in dem golden und weiß bemalten Kamin, und zwei Polsterbänke mit blauen Brokatbezügen standen seitlich vor ihm. Jeder der beiden Tische trug hohe, goldverzierte Kerzenleuchter mit je zwanzig Kerzen darin sowie jede Menge Wein und Süßigkeiten. Eine Wand war vollständig verhängt mit einem riesigen Wandteppich, auf dem sich die Szene mit den Schafhirten und den Lämmern wiederholte; an einer der anderen Wände hingen Gemälde in schweren, vergoldeten Holzrahmen, und an der dritten Wand waren zwei hohe Fenster hinter dicken Brokatvorhängen verborgen. Der Boden war bedeckt mit einem dicken, flauschigen Teppich, der sich wie blauer Samt anfühlte.

Roseanna hatte nie zuvor ein so herrliches Zimmer gesehen. Ihre Mutter liebte schöne Dinge, doch etwas so Luxuriöses konnte sie sich nicht leisten.

Ravenspur sagte hinter ihr: »Der König ehrt Euch. Diese Räume stehen normalerweise nur der Königin zur Verfügung.«

Plötzlich sprang die Kammertür auf, und zwei Dutzend Leute brachen herein. Sie lachten und scherzten, allen voran Tristan und der König; sie waren ganz offensichtlich auf eine Bettung aus. Die Männer packten Roger, warfen ihn in die Luft und rissen ihm mit obszönen Bemerkungen die Kleider vom Leib. Glücklicherweise bewahrte ihr lautes Gelächter Roseannas empfindliche Ohren vor den meisten ihrer wüsten Kommentare.

Die Frauen umringten Roseanna und drängten Joanna und ihre Zofen, sie vom Hochzeitskleid zu befreien. Roseanna sah ihre Mutter anklagend an. »Wie kannst du nur?« schrie sie.

»Mein Schatz, eine Hochzeit ist nun mal der Ort für Lachen und Streiche. Das läßt sich nicht verhindern. Sie wollen den Beweis, daß du deinem Bräutigam unbefleckt gegenübertrittst, und ich bin stolz darauf, ihnen zeigen zu können, daß dies auch so ist.«

Roseanna wurde kreidebleich und stand stocksteif da, als Alice, Kate und Joanna begannen, sie zu entkleiden. Alice errötete heftig, während Kates Augen einen Moment lang mitleidig auf Roseanna ruhten. Dann jedoch zuckte sie mit den Schultern und zog ihrer Mistreß das Kleid mit tauben Fingern vom Leib. Sie sagte sich, daß es besser für Roseanna war, wenn sie es schnell hinter sich brachten.

Sie machten auch nicht halt vor ihrem Unterhemd – Strümpfe, Strumpfhalter, alles mußte runter. Das lärmende Gelächter verstummte, als sie nackt vor der Versammlung stand. Rasch drehte sie ihnen den Rücken zu. Ihr dunkles Haar fiel ihr weit über die Hüfte und schützte sie so vor den neugierigen Blicken, aber Joanna streckte die Hand aus und hob die samtene schwarze Fülle, so daß jeder ihr wunderschönes, festgeformtes kleines Hinterteil und die langen, schlanken Beine sehen konnte. Einen Moment später hüllte Kate ihren nackten Körper in einen weißen, samtenen Morgenmantel. Roseanna stand stocksteif da, die Augen niedergeschlagen, die Brüste, die sich deutlich unter dem feinen Stoff abzeichneten, stolz nach vorn gereckt. Offensichtlich waren die Gaffer der Meinung, daß die Jungfrau bereit war, von ihrem Gatten, dem Raben, in Besitz genommen zu werden.

Am anderen Ende des Zimmers gab es einen kleinen Aufruhr. Roger verlangte nach seinem schwarzen, samtenen Morgenmantel und mußte erfahren, daß dieser nirgends aufzufinden war. Man tat, als suche man eifrig danach, doch Roger wußte, daß sicherlich Tristans hinterlistige Hand mit im Spiel war und der Mantel nicht auftauchen würde. Man drängte ihn, seine Braut doch »zu nehmen«, und die Männer begannen, ihn auf Roseanna zuzuschubsen.

Die Frauen versuchten, sie zum Bett zu führen, doch sie weigerte sich hartnäckig. »Nein, nein!« schrie sie entschlossen. Auf einmal trafen sich ihre Blicke, und ein Stich fuhr ihm ins Herz, als er das stumme Flehen darin sah.

Rufe wie: »Drauf auf sie! Drauf auf sie!« beleidigten ihre Ohren. Roger wußte, sie würden nicht gehen, wenn er nicht zumindest ein wenig mitspielte.

»Zeit, daß Ihr Euer mächtiges Schwert in ihre Scheide steckt!« rief einer. »Gebt's Ihr in voller Länge!« bellte ein anderer.

Roger wandte sich an den König. »Schaff sie raus, wenn ich soweit bin!« Dann schritt er in glorreicher Nacktheit auf Roseanna zu. Ihre Augen wanderten an seinem Körper hinab, verweilten einen Augenblick lang auf seinem Geschlecht und hoben sich dann errötend zu seinem entschlossenen Gesicht. Er umschlag sie mit kräftigen Armen und beugte sich über sie, um von ihren weichen Lippen zu kosten. Sie schluchzte auf, und er flüsterte: »Mein Liebling, es ist gleich vorbei.«

Das Alptraumhafte der ganzen Szene ließ ihr die Knie weich werden, und sie wußte, sie konnte sich nicht mehr lange auf den Beinen halten. Als er fühlte, wie sie langsam umsank, bückte er sich sofort, schlang den Arm unter ihre Knie und hob sie an seine muskulöse Brust. Trotz der Zuschauer spürte er, wie er plötzlich hart wurde. Seine Lanze hatte sich in ganzer Länge aufgerichtet, bis die Spitze die samtene Last in seinen Armen berührte. Ein lautes Hurra ging durch die Menge, als er sie mit seinen Küssen wiederzubeleben versuchte; als er auf das Bett zuschritt, drängte der König die protestierenden Scherzbolde aus dem Zimmer.

Roger setzte sie sanft auf dem Bett ab und schritt dann rasch zur Garderobe. Er zog sich seinen Morgenmantel über und ging zurück zum Bett. »Es tut mir leid, mein Liebling. Sie waren schon ziemlich betrunken und ließen sich einfach nicht abhalten.«

Sie hielt die Arme hoch, wie um ihn davon abzuhalten, näherzukommen.

»Ravenspur, es gibt da ein paar Dinge, die wir klären müssen«, begann sie nervös.

Er hob herausfordernd eine Braue. »Wirklich?«

»Ja, wirklich. Ich wünsche ab morgen mein eigenes Schlafgemach und meine eigenen Räumlichkeiten. Für mich ist es unerträglich, das

Zimmer mit einem Mann zu teilen, den ich nicht liebe, ja, noch nicht einmal mag«, sagte sie. Als sie einen Blick auf sein hartes, hageres Gesicht riskierte, las sie eine Mischung aus Begehren und Amüsement darin. Er war wie ein Raubtier; so nah bei ihr, spürte sie die Bedrohung, die von seinem riesenhaften, kraftvollen Körper ausging. Rasch rutschte sie ans andere Ende des Bettes und fuhr hastig fort. »Ich möchte klarstellen, daß ich Euch nur geheiratet habe, weil ich keine andere Wahl hatte, aber ich hege nicht die Absicht, im wahren Sinn des Wortes Eure Frau zu werden.«

»Ihr meint, nicht freiwillig«, füge Ravenspur in samtenem Ton hinzu.

Sie riß entsetzt die Augen auf. »Ihr wollt mich doch nicht vergewaltigen?« rief sie.

Er hätte ihr fast versichert, daß er das nie tun würde, hielt sich jedoch im letzten Moment zurück. Was Roseanna betraf, so mußte er die Oberhand behalten, oder sie würde ihn verhexen und ihn um den kleinen Finger wickeln. Bevor er mit ihr fertig war, würde sie ihn ebenso heiß begehren, wie er sie.

»Vergewaltigen?« wiederholte er. »Das habe ich nicht nötig. Bevor wir miteinander fertig sind, werdet Ihr mich um mehr anflehen.«

»Oh, ja, das ist wohl alles, woran die Männer denken! Nun, Ihr solltet von Anfang an wissen, daß ich keine so verschüchterte und nachgiebige Kreatur bin wie Rebecca, die mit kriecherischer Ergebenheit auf dem Rücken liegt.«

Er warf den Kopf zurück und lachte. Sie sah seine weißen Zähne blitzen und die Muskeln an seinem mächtigen Hals hervortreten.

»Kriecherische Ergebenheit! Roseanna, Euer Wortschatz ist umwerfend.«

»Ich versuche nur, nicht vulgär zu sein!« fauchte sie.

»Seid vulgär, Roseanna, ich bitte Euch«, flüsterte er.

»Also gut. Ich werde nicht mit gespreizten Beinen auf dem Rücken liegen!«

Ihre Worte riefen in ihm ein mehr als lebhaftes Bild hervor, und er wußte, er mußte sie einfach berühren, sie schmecken oder verrückt werden. Er ergriff eine seidene Locke von ihrer Schulter und wand sie sich besitzergreifend um einen Finger. »Dann laßt mich jetzt vulgär sein. Oh, Ihr werdet sehr wohl mit gespreizten Beinen auf dem Rücken liegen, Ihr werdet mit gespreizten Beinen auf mir liegen, und Ihr werdet mit um meinen Nacken geschlungenen Beinen unter mir liegen, wenn ich Euch darum bitte – was ich auch tun werde.« Seine starke Hand schloß sich um eine ihrer Brüste und befreite sie von ihrem Nachtgewand. Seine schockierenden Worte hatten erneut das Feuer zwischen ihren Beinen entfacht und lodernde Flammen durch ihre Adern gesandt.

Wütend wich sie zurück. »Rührt mich nicht an!«

Seine Augen verengten sich. Er stand auf, öffnete langsam den Mantel und ragte nun in seiner ganzen bedrohlichen Nacktheit über ihr empor. »Seid Ihr fertig damit, mir Eure Regeln vorzubeten?« fragte er in seidigem Ton.

Sie leckte sich über die Lippen. Sie hatte Angst vor ihm – aber was noch schlimmer war, er wußte es und nützte es aus. Dennoch war genug Widerspruchsgeist in ihr, daß sie ihm trotzen wollte. Oder sollte sie versuchen, ihn an seine Grenzen zu treiben, um zu sehen, wie weit er ging, damit sie die Dinge am eigenen Leib erfahren konnte, die er mit ihr tun würde, nun da er ihr Ehemann, ihr Herr und Meister war?

»Faßt mich an«, befahl er sanft. Ihre Augen weiteten sich vor Schreck, denn sie verstand instinktiv, wo sie ihn anfassen sollte.

Sie saß da wie erstarrt, also ergriff er sanft ihre Hand und führte ihre Finger zu dem langen Schaft, der sich so schamlos zwischen ihnen erhob. Als sie ihn berührte, wurde er von einem Augenblick zum anderen noch länger und noch härter. Sie riß die Finger zurück, als ob sie sich verbrannt hätte. Die Mischung aus Begehren und Amüsement glitzerte wieder in seinen nachtschwarzen Augen. Er schüttelte den Kopf. »Roseanna, so ein Theater um nichts!«

»Nichts?« fauchte sie.

Langsam, wie ein Raubtier, das seine Beute im Auge behält, schlüpfte er aus dem Morgenmantel. Sie wandte sich ab, um vom Bett zu springen, doch er ergriff sie bei ihrem seidenen Nachthemd, öffnete die Knöpfe und streifte es von ihren Schultern hinunter. Als er sie losließ, wich sie rasch zurück. Das Nachthemd hing lose um ihre Hüften.

»Ich meine nur, Ihr habt doch Eure Jungfräulichkeit ohnehin bereits verloren«, sagte er glatt. »Das habt Ihr zumindest behauptet, nicht wahr?«

»Ihr seid kein Gentleman, mir das jetzt vorzuwerfen!« erwiderte sie, die Brüste mit einer der Bettdecken verhüllend.

»Und wenn es stimmt, dann seid Ihr keine Lady!« zahlte er es ihr mit gleicher Münze zurück.

Unsicher saß sie auf dem Bett, war jedoch entschlossen, sich nicht weiter entkleiden zu lassen. Das Feuer beschien eine Hälfte ihres Gesichts, als Rogers Blick auf ihr ruhte, und das feingesponnene Laken schien über ihren Brüsten zu erzittern. Er sehnte sich danach, sie in die Arme zu schließen, sehnte sich danach, ihre Überheblichkeit von ihrem kühnen Mund zu küssen. Als sie den Kopf abwandte, wurde sein Blick weich; sie war so jung. »Legt Euch hin, bevor Ihr Euch noch erkältet«, sagte er sanft.

Sie schlüpfte unter die Laken, wich aber so weit, wie sie konnte, an ihren Rand des Bettes zurück. Er löschte die Kerzen, ließ jedoch einige brennen, die direkt am Bett standen. Dann legte er sich, nackt wie er war, neben sie. Er lag auf seiner Seite des Bettes und stützte sich auf den Ellbogen, damit er sie sehen und sich mit ihr unterhalten konnte. Sie war stachelig wie ein Igel. Wie konnte er sie nur für sich gewinnen?

»Du brauchst keine Angst vor mir zu haben, mein Kind. Ich werde dir nicht weh tun«, murmelte er, streckte die muskulösen Arme aus und zog sie an sich.

»Ich bin kein Kind, ich bin eine Frau!« sagte sie heftig. Er küßte sie gierig. Sein Herz klopfte stürmisch, und sie konnte das Echo seines Herzschlags in ihrem Innern fühlen, als er sie mit starken Armen an seine breite Brust drückte.

»Wessen Herz schlägt so laut?« wisperte sie.

»Unsere«, murmelte er. »Roseanna«, flüsterte er an ihren Lippen, »ich werde Euch zeigen, was eine Frau einem Mann schenken kann und was er ihr dafür gibt.« Er griff ihr sanft zwischen die Schenkel und fand mit untrüglichen Fingern ihre Liebesknospe, das Juwel ihrer Fraulichkeit. Neckend flüsterte er: »Die Ehe ist ein Geben und Nehmen«.

Ihr Körper zuckte unter seiner Berührung zurück, und wieder suchte sie Zuflucht in der Wut. »Ach, ja, Ravenspur. Ich gebe, und Ihr nehmt!« schrie sie.

Zum ersten Mal an diesem Abend hob er die Stimme. »Seid fair, Roseanna! Ich gebe Euch meinen Namen, meinen Schutz, meinen gesamten Besitz, eine ehrenvolle Position in meinen Burgen und vieles mehr. Ich bin bereit, Euch Freiheit zu schenken – dieselbe Freiheit, die Ihr immer genossen habt, zu kommen und zu gehen, wie es Euch beliebt, Euch zu treffen, mit wem Ihr wollt, die Freiheit, Eure Pferde zu züchten oder was auch immer. Und was werdet Ihr mir dafür geben?«

Eine bleiernde Stille lag zwischen ihnen, als sie minutenlang angestrengt nachdachte. Schließlich sagte sie: »Nichts.« Und dann verfiel sie in atemloses Schweigen.

»Laßt mich Euch lieben, Roseanna«, bat er mit heiserer Stimme.

»Nein! Ich lasse mich nicht in ein verschrecktes kleines Kaninchen verwandeln, das tut, was immer Ihr wollt!«

»Ich würde Euch nicht um ein Haarbreit verändern wollen. Ich will Euch genau so, wie Ihr seid!« Er umschloß mit seinen großen, kräftigen Händen ihr kleines, rundes Hinterteil und zog sie fest an sein hartes Geschlecht. Sie erstarrte in seinen Armen und schrie: »Rührt mich nicht an!« Doch er schnitt ihr das Wort ab, als er sich über sie beugte und sie mit einem langen Kuß in Besitz nahm. Ihr Geschmack auf seiner Zunge und der Duft ihres Körpers feuerten seine kühnsten Phantasien an, bis er trunken war von den köstlichen Dingen, die er mit ihr zu tun beabsichtigte.

Roseannas Körper zerschmolz im Ansturm heftigster Gefühle. Es fehlte nicht viel, und sie würde sich schamlos an ihn pressen, wenn sie nicht dagegen ankämpfte. Seine Lippen lösten sich von den ihren, und sein Mund brannte einen feurigen Pfad ihre Kehle hinab bis zu ihren Brüsten. Sie zuckte zurück. »Ich liebe einen anderen. Rührt mich nicht an, oder ich übergebe mich!«

Fuchsteufelswild ließ er sie daraufhin los und schwang sich mit einem wüsten Fluch aus dem Bett.

»Laßt mich in Ruhe. Es gibt noch jede Menge anderer Zimmer.«

»Ich werde uns nicht zum Spott des ganzen verdammten Hofs machen«, sagte er und warf sich auf eine der Couchen. Eine bedrohliche Stille erfüllte den Raum, unterbrochen nur vom Knistern und Knacken des Feuers.

Roseannas Verstand und Körper waren erfüllt von widerstreitenden Emotionen. Ihr Verstand lehnte Ravenspur ab und schrie nach der süßen, sicheren Liebe von Sir Bryan. Aber ihr Körper verlangte nach den primitiven, wilden Erfahrungen, die jede Berührung von Ravenspur ihr versprach. Entschlossen wischte sie diese verrückten, schamlosen Impulse beiseite und schwor sich, nie den Sünden des Fleisches zu verfallen wie ihre Mutter. Dann irrten ihre Gedanken wieder in die entgegengesetzte Richtung, und sie fragte sich, wie es Sünde sein konnte, wenn sie doch vor den Augen des Herrn vermählt waren. Wie immer, wenn Roseanna etwas besonders Grausames gesagt hatte, plagte sie ihr schlechtes Gewissen. Eine halbe Stunde geladener Stille verstrich; sie hoffte, daß er vielleicht eingeschlafen war, doch tief im Herzen wußte sie, daß es nicht so war. »Ravenspur?« flüsterte sie. Keine Antwort. »Es – es tut mir leid, wenn ich gemein war. Es ist nur, wir sind uns vollkommen fremd.« Stille. »Ich würde Euch gerne besser kennenlernen, damit wir Freunde werden können.« Wieder Stille. »Erzählt mir von Euch. Redet mit mir.«

Sogar die Luft schien innezuhalten. Dann, nach geraumer Weile, hörte sie auf einmal ein unterdrücktes Auflachen. Es lag keine Fröhlichkeit darin, aber auch keine Bitterkeit, nur Selbstironie. »Vielleicht ist das ja die ausgleichende Gerechtigkeit«, murmelte er. Sie hörte zu. Nach einer Pause fuhr er fort: »Meine erste Ehe wurde von meinen Eltern arrangiert; man verheiratete mich mit einer Witwe, die zehn Jahre älter war als ich. Ich habe mich wie der Teufel gewehrt, aber ich hatte in dieser Angelegenheit nichts zu melden. Ich war fünfzehn Jahre alt.«

Roseanna schnappte nach Luft.

»Meine Mutter war ein ehrgeiziges Biest. Die Witwe brachte Land und eine Flotte von Handelsschiffen in die Ehe, und das war's, was zählte, sonst nichts.« Er hielt inne, als die Erinnerungen ihn überfluteten. »Sie hatte schlechte Zähne und einen faulen Atem und konnte mich gar nicht schnell genug ins Bett kriegen.« Wieder lachte er spöttisch. »In meiner Hochzeitsnacht habe ich mich mit Schande bedeckt. Ich konnte meinen ehelichen Pflichten nicht nachkommen.« Er fragte sich, warum er ihr das alles erzählte. Was war schon zu gewinnen, wenn man einer Frau Waffen in die Hand gab, die sie dann gegen einen verwenden konnte? Warum seine Schwächen zeigen?

Roseanna stellte sich ihn als fünfzehnjährigen Jungen vor, wie er mit der Frau im Bett lag, und ihr Herz war voller Mitleid. Ruhig fuhr er fort. »Sie starb im Kindbett. Arme Lady Agnes. Was immer auch an Differenzen zwischen uns bestand, das hatte ich ihr nie gewünscht.«

»Es tut mir aufrichtig leid, Mylord«, wisperte Roseanna.

»Es ist lange her.«

»Und was war mit Eurer zweiten Frau?« wagte sie zu fragen.

»Darüber spreche ich nicht.« Seine Worte waren kalt und endgültig. Er drehte ihr den Rücken zu und tat, als ob er schliefe, doch in seinem Hirn jagte ein Gedanke den anderen. Die Vergangenheit war wieder lebendig geworden. Nach seiner ersten Ehe war er der größte Dummkopf der ganzen Christenheit gewesen, so versessen auf eine Frau seiner eigenen Wahl, daß er dem Rat seiner Eltern zum Trotz das erste beste Mädchen von einfachem Stand ehelichte. Er sehnte sich nach einer schönen Frau, die ihn im Bett befriedigen konnte. Aber Janet – Pech für ihn – befriedigte nicht nur ihn, sondern auch andere Männer – jeden zweiten seiner Gefolgschaft, wenn die Gerüchte wahr waren. Das alles hatte mit Mord geendet.

Entschlossen verscheuchte er alle weiteren Gedanken an seine zweite Frau. Es war nicht gut, wenn er seinem Hirn erlaubte, wieder und wieder darauf herumzukauen. Wie zum Teufel war er nur auf die Idee gekommen, ein drittes Mal zu heiraten, wo er doch geschworen hatte, es nie wieder zu tun? Doch dann breitete sich langsam ein Lächeln auf seinem Gesicht aus, denn er wußte mit Sicherheit, daß Roseanna wie für ihn geschaffen war.

Die junge Frau lag lange Zeit wach. Sie hatte kein Mitleid mit sich selbst, aber ihr Herz sehnte sich nach Sir Bryan. Dies war sicher eine endlose Nacht für ihn, doch sie war stolz darauf, ihn nicht betrogen zu haben.

Roseanna versank in einen schönen Traum, in dem sie faul und zufrieden auf einer von der Sonne beschienenen, frisch gemähten Wiese lag. Dann öffnete sie langsam die Augen und richtete ihren verschlafenen Blick auf die blaue Polsterbank. Er war weg! Sie fuhr hoch, denn sie fürchtete, daß er wieder zu ihr ins Bett gekrochen war.

Er gluckste: »Habt Ihr befürchtet, eine Viper in Eurem Bett zu finden?« Und wieder baute er sich vor ihr auf. Sie mußte den Kopf zurückneigen, um zu ihm aufblicken zu können. Als sie es tat, traf sie seine dunkle, männliche Schönheit wie ein Schlag. Diese primitive, gottähnliche Kreatur war ihr Ehemann. Bei diesem Gedanken lief ein Schauder ihren Rücken hinunter. Er sah, wie sie erzitterte, und sein Verlangen quälte ihn so, daß er nicht anders konnte, er mußte sie auf die eine oder andere Weise berühren oder aber verrückt werden. »Wenn Ihr weiterhin darauf besteht, Euch wie ein ungezogenes Kind zu benehmen, habe ich keine andere Wahl, als Euch den Hintern zu versohlen.«

»Das wagt Ihr nicht!« schrie sie und sofort machte sich eine wildsüße Spannung zwischen ihnen breit. Er setzte sich aufs Bett und zerrte sie über seinen Schoß. Seine Lenden waren erfüllt von den verwirrendsten Gefühlen, als ihr Körper so über seinen Schenkeln lag, doch seine Wut schmolz dahin, als er ihr Nachthemd zurückschob und ihre köstlichen, runden Hinterbacken entblößte. Der Geruch frisch gemähten Heus stieg Roseanna erneut in die Nase, und sie erkannte Waldmeisterduft, den Ravenspur wohl nach Beendigung seiner Toilette benutzt haben mußte. Sie versuchte, sich aus dieser demütigenden und erniedrigenden Position zu befreien – vergebens.

Kate Kendall stand vor der Kammertür und lauschte. Sobald sie Stimmen hörte, nickte sie Alice zu. Mit einem neuen Reitgewand über dem Arm öffnete sie die Tür. Sprachlos standen sie da, als sie sahen, wie ihr neuer Herr sanft Roseannas Hintern küßte. Obwohl es ihr peinlich war, empfand Roseanna vor allem Mitleid mit Alice, denn sie wußte, was diese wohl fühlen mußte. Rasch kämpfte sie sich zu einer halbwegs schicklichen Position hoch, lächelte das Mädchen an und murmelte: »Ich bin so froh, daß du gerade dieses Gewand ausgesucht hast.« Die Tunika bestand aus goldener Wolle, eingefaßt in Scharlachrot. Dazu gehörten ein passender Mantel und scharlachrote Reitstiefel – die Farben der Plantagenets.

Undiplomatisch wie immer erwiderte Alice: »Oh, Mylady, Baron Ravenspur hat das für Euch ausgesucht.« Kate warf Alice einen mordlustigen Blick zu und wünschte nur, sie hätte nahe genug gestanden, um dem gedankenlosen Mädchen einen ordentlichen Schubs geben zu können.

Roseannas Gesichtsausdruck verwandelte sich sofort. »Wenn ich's recht überlege, habe ich doch ein sehr hübsches, lavendelfarbenes Reitgewand mit passenden Reithandschuhen. Ich hätte Lust, das heute einmal anzuziehen.«

»Miss Trotzkopf«, murmelte Kate.

Roseanna grinste Ravenspur hinterhältig an: »Es macht Euch doch nichts aus, wie ich mich kleide, nicht wahr?«

Unter dem Laken strich er mit der Hand ihren nackten Schenkel hinauf, und sie schnappte nach Luft, als er langsam die seidigen Innenseiten entlangfuhr. »Ihr kümmert Euch ums Ankleiden, ich kümmere mich ums Auskleiden«, neckte er.

Alice errötete bis unter die Haarwurzeln.

»Eins zu eins«, nickte Kate zufrieden.

Roger ergriff seinen Mantel und warf ihn lässig über den Arm. Dann betrachtete er seine Frau, die immer noch im Bett saß. »Wenn ich Euch darum bitte, Euch zu beeilen, damit wir Ravensworth noch vor Einbruch der Dunkelheit erreichen, werdet Ihr wahrscheinlich absichtlich trödeln. Nun denn, wenn Ihr nichts dagegen einzuwenden habt, in einer kleinen, überfüllten Herberge das Bett mit mir zu teilen, so laßt Euch Zeit. Mir macht es jedenfalls nichts aus.«

»Ich mag viele Fehler haben, aber Unpünktlichkeit ist keiner davon!« Roseanna warf die Decke beiseite und schwang die Beine über die Bettkante.

»Wundervoll«, sagte er mehr zu sich selbst als zu jemand bestimmtem, und sie spürte unbändige Lust, ihm den nächsten besten Kerzenleuchter an den Kopf zu werfen.

Kate sah, daß sie immer noch ihr Nachthemd trug, und mit heimlichen Blicken musterte sie die Bettlaken. Als sie weder Spuren von Blut noch von Samen erblicken konnte, preßte sie die Lippen zusammen. Das versprach nichts Gutes! Wenn Roseanna Spielchen spielte und ihn fortwährend an der Nase herumführte, dann war das ein Spiel mit dem Feuer. Wie es der Zufall wollte, war er nun mal in sie vernarrt und willens, sie ein wenig gewähren zu lassen, aber jeder Trottel konnte sehen, daß es gefährlich war, wenn man es mit ihm zu weit trieb. O ja, Roseanna hatte ihren Meister gefunden – und mehr als das! Sie hatte es nur noch nicht gemerkt.

»Ich werde ihn schon noch kleinkriegen«, schwor Roseanna einige Augenblicke später, als er gegangen war.

»Hochmut kommt vor dem Fall«, murmelte Kate geheimnisvoll.

»Oh, ich wünschte, wir würden nach London gehen statt weiter hinauf in den Norden. Ich habe schon so viel über den Hof in Westminster gehört. Ich wünschte, ich könnte einen Blick auf die Königin werfen.«

»Wenn Wünsche Pferde wären, dann könnten Bettler reiten«, sagte Kate.

»Kate, wenn du noch eins deiner verdammten Sprichwörter von dir gibst, dann schreie ich. Von morgens bis abends hör ich nichts weiter als ›Wer mehr weint, pißt weniger‹ – oder ›Lachen vorm Frühstück heißt Weinen vorm Schlafengehen‹. Ich habe von deinen Sprüchen die Nase gestrichen voll!«

Kate nickte. »Ihr habt von einer ganz bestimmten Person die Nase voll, und ich brauche nicht zweimal zu raten, wer das ist.«

»Frieden, Kate. Ich muß mich von meiner Familie verabschieden; dann komme ich zurück und helfe packen. Ich möchte fertig sein, wenn seine erlauchtigste Hoheit zurückkommt. Ich werde ihm nicht die Befriedigung verschaffen, über meine Unpünktlichkeit zu grinsen.«

Roseanna wußte, daß es ihre Pflicht war, sich von ihrer Mutter zu verabschieden. Sie glaubte jedoch nicht, daß sie es Joanna je würde vergeben können, daß sie ihr diese Ehe aufgezwungen hatte, aber es war nun mal geschehen und ließ sich nicht mehr ändern. Langsam wurde ihr klar, daß Liebe und Ehe nicht dasselbe waren und daß sie naiv und kindisch gewesen war, als sie angenommen hatte, man würde ihr eine Liebesheirat gestatten. Joanna hatte man's auch nicht erlaubt, und wenn sie an die Ehen dachte, die sie kannte, dann war ihr klar, daß die meisten Männer und Frauen die Liebe woanders suchten. Sie sah deutlich, warum ihre Eltern Ravenspur für sie gewählt hatten, denn die Vorteile, die sich aus dieser Verbindung für sie ergaben, waren unübersehbar. Was sie dabei jedoch erstaunte, war, daß Ravenspur darauf bestanden hatte, sie zu bekommen. Sie brachte ihm keinen Gewinn. Die einzige Erklärung, die sie sich vorstellen konnte, war, daß er um jeden Preis seinen Willen durchsetzen wollte. Er ließ sich nicht erweichen, und als sie ihn gebeten hatte, sie freizugeben, hatte er sie erst recht besitzen wollen. Sie zuckte die Achseln und eilte zum Zimmer ihrer Eltern, wo sie höflich anklopfte.

Neville war bereits angezogen, aber Joanna saß noch im Bett. »Du kommst gerade rechtzeitig, um mit uns zu frühstücken, mein Schatz. Komm, laß dich ansehen. Trotz all der herzzerreißenden Tränen und erbitterten Gegenwehr siehst du gar nicht so schlecht aus.«

Roseanna glaubte nicht, daß sie ihrer Mutter diese Heirat je würde vergeben können, doch sie wollte verdammt sein, wenn sie ihre Wunden jetzt zeigen würde. »Ach, ich bin in Ordnung, aber du solltest Ravenspur sehen. Armer Teufel!«

Ihre Mutter meinte gedehnt: »Erschöpft, nicht wahr?«

Roseanna blickte ihre Mutter scharf an und sagte: »Nein, er leidet immer noch unter nächtlichen Entzugserscheinungen!«

Joanna meinte: »Neville, deine Tochter kann manchmal richtig vulgär sein.«

»Ja, da kommt sie nach dir, mein Schatz.« Er lächelte und küßte Roseanna sanft auf die Stirn. »Ich vermisse dich schrecklich, weißt du.«

»Ich vermisse dich auch, Vater.«

»Unsinn. Du wirst so mit der Pferdezucht beschäftigt sein, sobald du Ravenspurs Ställe in deine Krallen bekommen hast, daß dir gar keine Zeit bleibt, uns zu vermissen.«

»Vielleicht ist sie ja nicht nur mit der Aufzucht von Pferden beschäftigt«, lachte Joanna und bot ihr eine Platte mit Essen an.

Roseanna sah sie erneut scharf an und meinte: »Halt dich bloß nicht zurück.«

Neville erhielt einen Wink von Joanna, daß sie mit ihrer Tochter allein sein wollte. Rasch küßte er sie ein zweites Mal und zog sich taktvoll zurück.

Joanna stellte die kleine Silberschüssel mit Pflaumen ab, aus der sie gerade aß, und nahm Roseannas Hand. »Ach, mein Liebling, wenn ich dir doch nur mein Wissen über Männer mitgeben könnte. Du bist viel schöner, als ich es je war. Wenn du klug bist, dann wird er dir bald aus der Hand fressen.« Roseanna hob trotzig das Kinn.

»Roseanna, dies ist eine Männerwelt, zweifle nie daran! Die Macht liegt in ihren Händen. Dennoch kann eine Frau, die sich den mächtigsten Mann aussucht, den sie kennt, und ihn zu ihrem Sklaven macht, all diese Macht für sich selbst gewinnen. Liebling, du kannst ihn nicht zu deinem Sklaven machen, wenn du ihm deinen Körper verweigerst.«

»Ich bin Lady Ravenspur«, meinte Roseanna schulterzuckend. »Das ist genug Macht für mich.«

»Nur verheiratet zu sein, das ist nicht genug. Er könnte sich jederzeit eine Mätresse nehmen, und sie hätte dann die wirkliche Macht«, sagte Joanna. »Du hast den Mann jetzt – aber kannst du ihn halten?« Sie zögerte, gab dann jedoch zu: »Ich konnte es nicht.«

Roseanna mußte an Edward denken und an die Macht, die die Königin über ihn besaß.

»Der Trick ist, eine richtige Frau zu werden. Ich kann dir nicht sagen, wie dir das gelingen kann; einige Dinge kann man nur von einem Mann lernen. Anderes wiederum kann einem nur das Leben beibringen. Aber ich bitte dich dringend, nimm den Becher des Lebens in beide Hände und trink in vollen Zügen. Ravenspur ist ein herrlicher Mann! Verweigere ihm nichts, und ich wette, du wirst es nie bereuen. Roseanna, ich beneide dich. Geh rasch – dein ganzes Leben liegt vor dir, und du bist die einzige, die es leben kann. Sei versichert, ich liebe dich. Wenn du es wirklich nicht mehr ertragen kannst, dann steht dein Zuhause immer für dich offen.«

Roseanna, die den Raum in der Absicht betreten hatte, kühl und abweisend zu bleiben, schlang die Arme um ihre Mutter und küßte sie.

Roseanna hatte nicht damit gerechnet, daß die Karawane, die sich auf den Weg nach Ravensworth machte, derart umfangreich sein würde. Sie waren frühzeitig fertig, denn sie hatte Alice angetrieben und über Kate sogar die Oberhand gewonnen – was geradezu sensationell war –, aber Roseanna war auch klar, daß sie, wenn sie nicht die Oberhand besaß oder Kate zumindest ebenbürtig war, für den Rest ihres Lebens überstimmt werden würde. Sie war der Autorität ihrer Mutter entkommen und freute sich darauf, von nun an selbst Befehle zu erteilen, statt sie immer nur entgegennehmen zu müssen.

Kate reiste in der Gepäckkutsche, während Alice neben Roseanna ritt, die ihr ihre sanfte Stute geliehen hatte. Die Wagen, die die gesamten Haushaltsutensilien enthielten, standen ebenfalls zur Abfahrt bereit, und um ihre Vollblutpferde kümmerte sich Dobbin.

Und dennoch war dies nur der kleinste Teil des Reisezuges. Ravenspur selbst hatte dreißig Ritter dabei, von denen die Hälfte ihre Frauen zur Hochzeit mitgebracht hatten. Er führte überdies achzig bewaffnete Männer mit, ohne die er nur selten auf Reisen ging. Dann war da noch Tristan Montford mit seinen eigenen Männern, ganz zu schweigen von Rebecca und ihrem Gepäck samt Dienerinnen. Tristan und seine Männer begleiteten sie bis Ravensworth und würden dann an die Ostküste, nach Ravenscar, weiterziehen.

Beim ersten Licht des Tages faßte dann auch Sir Bryan Fitzhugh den Mut, Roger anzusprechen. »Baron Ravenspur, ich wünsche in Eure Dienste zu treten, Sir.«

Roger hob erstaunt die Augenbrauen und sah ihn forschend an. Der Junge machte eigentlich einen recht offenen und ehrlichen Eindruck, und Roger konnte kaum glauben, daß er die Frechheit besaß, Roseanna folgen zu wollen.

»Ihr seid der junge Ritter aus Castlemaine, nicht wahr?« fragte Roger, obwohl er das genau wußte.

Sir Bryan sah beschämt aus. »Man hat mich aus Castlemaine geworfen, Mylord, weil ich Lady Roseanna sicheren Geleitschutz gab, als sie – als sie fortlief«, fügte er zögernd hinzu.

Ravenspur wollte gerade den Kopf schütteln, als Sir Bryan drängte: »Ich war's, der Euren Männern im Kloster Selby die Nachricht zugespielt hat.«

Ravenspurs Augen verengten sich zu Schlitzen. War das ein Spiel? Vielleicht war es am besten, den jungen Teufelsbraten in der Nähe und damit im Auge zu behalten.

»Ein zusätzliches Schwert kann ich immer gebrauchen. Inzwischen könnt Ihr ein wenig auf die Wagen und die Leute aus Castlemaine achten. Ich möchte nicht, daß sie uns auf der Reise nach Ravensworth aufhalten.« Bevor er noch ausgesprochen hatte, saß Fitzhugh bereits auf seinem Pferd und stob mit einem lauten Juchzer davon. Roger mußte lächeln. Herr im Himmel, wie stürmisch junge Ritter doch waren! Vielleicht hatte er den Jungen ja falsch eingeschätzt. Wahrscheinlich hatte Roseanna ihn nur dazu benutzt, um zu dem Mann zu gelangen, den sie wirklich liebte – und das konnte eigentlich nur einer der Gentleman des Königs sein.

Er gab sich einen Ruck und versuchte, die dunklen Gedanken zu verscheuchen, die seine Stimmung zu verderben drohten. Er hatte letzte Nacht kein Auge zugetan, dazu war er viel zu erregt, viel zu heiß gewesen – und er war die ganze Nacht im selben Raum mit dem Objekt seiner Begierde eingeschlossen gewesen; es war ihm unmöglich gewesen, sich abzukühlen und zu beruhigen. Von dem Moment an, als er entdeckt hatte, daß Roseanna seine Verlobte war, hatte ihn der Gedanke an die Freuden, die noch kommen würden, nicht mehr losgelassen und hatte ihn in jedem Augenblick durchflutet, in dem er an sie dachte. Dann jedoch hatte sie ihn auf kindische Art abgewiesen, und so wie er sie und ihre Tricks kannte, würde sie es heute nacht wieder tun. Obwohl er sich danach sehnte, wußte er, daß sie sich ihm nie freiwillig unterwerfen würde. Nun, das Spiel kann ich auch spielen, dachte er amüsiert. Er mußte sie eben verführen, sie reizen, ihren Widerstand langsam aufweichen, bis sie so weit war, daß sie ihn anflehte, sie zu lieben. Roger war entschlossen, sowohl ihren Körper als auch ihre Seele für sich zu gewinnen, und während er dahinritt, plante er bereits seinen nächsten Schachzug.

Als Roseanna Zeus zu Kates Kutsche und zu den Pferden von Castlemaine zurücklenkte, fiel ihr Blick plötzlich auf Sir Bryan. Ihr Herz hüpfte vor Freude. Er hatte es irgendwie geschafft, sich ihrem Haushalt anzuschließen! Ihre Blicke trafen sich und verschmolzen ineinander, aber sie waren beide vorsichtig genug, sich nicht durch einen Gruß zu verraten. Verstohlen legte er die Hand aufs Herz, und bevor sie Zeus wendete, tat sie dasselbe.

Tristan ritt zu ihr heran und warf ihr einen bewundernden Blick zu. »Ravenspur weiß gar nicht, wie glücklich er sich schätzen kann, Euch zu besitzen. Ich würde alles dafür geben, wenn meine Frau ein wenig von Eurem Feuer besäße.«

»Was wollt Ihr damit sagen?« lächelte sie.

»Ihr beabsichtigt, einen Teil des Wegs zu Pferd zurückzulegen«, erklärte er.

»Ich beabsichtige, den ganzen Weg zu Pferd zurückzulegen«, versicherte sie ihm.

Seine Augen strichen zärtlich über sie hinweg, und er versuchte gar nicht erst, seine Bewunderung zu verbergen.

»Tris, bitte verachtet Rebecca nicht, nur weil sie in der Kutsche mit ihren Ladies reist. Ich glaube nicht, daß sie besonders stark ist.«

»Ihre Zartheit und Schwäche ist Absicht«, begann er; schob dann jedoch den Gedanken an seine Frau mit einem Schulterzucken beiseite. »Da kommt Roger.«

Roger Montford ritt mit einem anderen dunklen Riesen an seiner Seite zu ihr heran und verbeugte sich vor Roseanna. »Das ist Kelly, Captain meiner Truppe. Ich habe ihn gebeten, auf Eure Sicherheit zu achten, Roseanna. Ihr könnt Euch jederzeit auf ihn verlassen.«

Sie nickte dem Mann höflich zu und blickte rasch beiseite. Es gefiel ihr nicht, wie er sie ansah. Seine Gestalt war der Rogers und Tristans so ähnlich, daß er leicht ihr Bruder hätte sein können; dennoch gab es an seinem dunklen Gesicht irgend etwas, was sie abstieß. Daß er ein harter Soldat war, dem die Manieren eines Gentlemans abgingen, war klar. Vielleicht war es das ja, was ihr so viel Unbehagen bereitete.

Ihr Blick fiel auf Roger. Nun, sie mußte jedenfalls zugeben, daß ihr Ehemann ein herrliches Exemplar Mann war. In geradezu königlicher, respekteinflößender Haltung saß er auf seinem Vollblutpferd. Die weichen Lederstiefel reichten ihm bis über die Knie, wo die muskelbepackten Oberschenkel die Flanken seines Reittiers fest im Griff hatten. Sein dunkelroter Mantel wurde von einer herrlichen Diamantbrosche in der Form eines R zusammengehalten. Sie wußte nicht, ob das für Ravenspur oder für Roger stand.

Vielleicht lag es ja an dem königlichen Blut in ihren Adern, aber auch Roseanna besaß einen angeborenen Sinn für Haltung und angemessenes Zeremoniell. Ihr war sofort klar, daß dies die ideale Gelegenheit für sie war, sich vor den Leuten ihres Mannes – die nun ja auch ihre Leute waren – vorteilhaft zu präsentieren. Da bereits zwei Frauen vor ihr diese Position innegehabt hatten, war sie fest entschlossen, *die* Baronin von Ravenspur zu werden: die schönste von allen, die mit der höchsten Grazie und die bei weitem beliebteste. Sie würde sich nicht herablassen, vor allen Leuten mit ihrem Mann zu zanken. Sie warf ihm ein strahlendes Lächeln zu; ihre Stacheln konnte sie noch zeigen, wenn sie allein waren.

Einen Moment lang war Roger wie geblendet. Seine Augen erwärmten sich angesichts ihrer Schönheit, und er sagte: »Erweist Ihr mir die Ehre, an Eurer Seite reiten zu dürfen, Lady Roseanna?«

Der leichte Wind trug ihre Stimme zu sämtlichen Umstehenden, als sie mit einem noch strahlenderen Lächeln antwortete: »Die Ehre ist ganz auf meiner Seite, Mylord.« Ihr lavendelfarbener Reitumhang und sein dunkelroter ergänzten sich in den Farbtönen. Ihr langes, schwarzes Haar wurde in einem lavendelfarbenen Seidennetz gehalten, das mit Amethysten besetzt war, und auch ihre Reithandschuhe waren mit Amethysten bestickt.

Roger fand sie geradezu strahlend, so als ob ein Licht in ihr leuchtete wie bei einem Diamanten. Sie war sein Juwel, und das machte ihn so stolz, wie er es nie zuvor in seinem Leben gewesen war. Mit seinen schwarzen Augen musterte er sie hungrig und besitzergreifend, und Roseanna hatte plötzlich ein seltsames Gefühl, ein Gefühl, das sie nie zuvor empfunden hatte. Es formte sich in ihrem Magen und stieg hinauf zu ihren Brüsten, die zu kribbeln begannen. Und was noch beunruhigender war, es wanderte auch hinab, zwischen ihre Beine. Es war ein höchst erregendes Gefühl, und es erschreckte und verwirrte sie gleichermaßen. Bryan ging ihr ans Herz, doch dieser Mann, der mit einem Blick, der vor heißer Lust brannte, neben ihr ritt, entflammte ihren Körper. Ihr Puls begann zu rasen, und ihre Brüste hoben und senkten sich mit ihrem raschen Atem. Sie warf ihm einen verstohlenen Blick zu, und er blinzelte vielsagend, als wüßte er, was sie jetzt, in diesem Moment, fühlte. Rasch wandte sie den Blick wieder ab und fiel zurück, um an Alices Seite zu gelangen.

»Oh, Mylady, Ihr scheint vor Energie ja förmlich zu zerspringen. Haben Euch die letzten Tage gar nicht erschöpft?«

»Um ehrlich zu sein, Alice, ich habe mich noch nie großartiger gefühlt. Hattest du nicht auch eine herrliche Zeit am Hof des Königs und während der Feierlichkeiten?« fragte Roseanna.

»Ich bin solche Menschenmengen nicht gewöhnt. Ich – ich finde das alles sehr beunruhigend.«

Roseanna lachte, denn nun hatte sie endlich begonnen, das Leben kennenzulernen. »Ich liebe neue Erfahrungen. Ich blühe geradezu auf davon! Alice, denk doch bloß mal an die Burgen, in denen wir von nun an leben werden. Heute abend Ravensworth, und bald schon ziehen wir um nach Ravenspur Castle, von wo man einen Ausblick aufs Meer hat. Ich kann's kaum erwarten!«

»Habt Ihr denn gar kein Heimweh, Mylady?« fragte Alice niedergeschlagen.

»Heimweh? Nein, daran habe ich nicht mal im Traum gedacht. Ich hoffe, daß ich viel zu beschäftigt bin für solchen Unsinn, Alice. Ist dir klar, daß ich Herrin von Ravenspur sein werde und keine Ahnung habe, wie man einen Haushalt führt?«

»Das werdet Ihr rasch lernen. Ihr habt ja vor nichts Angst.«

»Das will ich doch hoffen!« Roseanna sah Alice an und fragte sich, ob das Mädchen nicht bereits Heimweh hatte. »Wenn wir nach Ravenspur ziehen, dann sind wir nahe genug an Castlemaine, um dort öfters einen Besuch abstatten zu können.«

»Würdet Ihr gerne eine Weile mit Kate in der Kutsche fahren und Euch ein wenig ausruhen, Mylady?«

»Ausruhen?« fragte Roseanna verständnislos. »Alice, ich will nicht einen Augenblick dieser herrlichen Reise verpassen! Schau doch mal hier hinunter – das muß der Ure sein, ein ziemlich großer Fluß. Von dieser Höhe sieht er aus wie ein silbernes Band. Und schau, Alice, da drüben – die Wälder sind rot, gold und schwarz! Ach, und atme tief ein; die Yorkshire-Luft ist klar wie Kristall; es ist, als ob man französischen Wein einatmet – man wird ganz benebelt davon.«

Doch Alice sah weiterhin gequält und elend aus. »Aber warum gehst du nicht und setzt dich zu Kate in die Kutsche?« drängte Roseanna.

»Werdet Ihr denn ohne mich zurechtkommen?« zweifelte Alice.

Roseanna warf den Kopf zurück und lachte schallend. »Alice, wenn nicht, dann habe ich hundert Männer, die mir auf den leisesten Wink zur Verfügung stehen!«

Auch wenn es unloyal war, dachte Alice, aber manchmal benahm sich Roseanna wirklich wie eine gottlose Person, wie eine Heidin. Anders konnte man's einfach nicht bezeichnen!

Von Zeit zu Zeit begegnete die lange Karawane anderen Reisenden, die die Große Nördliche Straße in entgegengesetzter Richtung passierten. Sobald jemand in Schwierigkeiten war oder Hilfe benötigte, bot Ravenspur jedes Mal höflich die Hilfe seiner Männer an, ohne sich um die Verzögerung, die dadurch verursacht wurde, zu kümmern. Sie selbst hatten die üblichen Probleme wie lose Räder und störrische Tiere; ihr langsames Vorankommen hätte selbst die Geduld eines Heiligen auf die Probe gestellt.

Roseanna ritt neben Rebeccas Kutsche und unterhielt sich fast eine Stunde lang mit ihr, wobei sie alles über die Burg erfuhr, die ihr Reiseziel war. Rebecca war gar nicht glücklich bei dem Gedanken, noch weiter in den Norden gehen zu müssen, und wünschte, sie würden nach Ravenspur reiten, das ihrer Ansicht nach viel besser und bequemer ausgestattet war als die Festungen im Norden.

Als der späte Nachmittag hereinbrach und die langsame Gangart des Reisezuges sie zu quälen begann, suchte Roseanna unbewußt Ravenspurs Gesellschaft. Sie wollte sich in einem verbalen Duell mit ihm messen, ihren Verstand und ihre Schlagfertigkeit schärfen, denn eins war sicher – er langweilte sie nie. Die zwei Brüder ritten nebeneinander, offenbar in ein ernstes Gespräch vertieft. Der Gegenstand ihrer

Unterhaltung mußte bedeutungsvoll sein, denn die Mienen beider Männer hatten sich verdüstert. Als Roseanna jedoch zwischen sie ritt, verstummte das Gespräch sofort. Sie blickte von einem Gesicht zum anderen und sagte leichthin: »Muß denn die Ehe so eine Tragödie sein?«

Froh über die Ablenkung lachten beide herzlich auf, und Tristan fiel zurück, damit die Frischvermählten einen Moment für sich allein hatten. Ravenspur maß sie mit hungrigen Augen. »Bin ich verhext, oder werdet Ihr mit jeder Stunde schöner?« Er lenkte sein Pferd dicht an das ihre, löste das diamantene »R« von seinem Mantel und steckte es ihr an.

Ihre Augen schossen wütende Blitze. »Müßt Ihr mich mit Euren Initialen brandmarken?« fauchte sie.

»Sind es denn nicht auch die Euren, Roseanna?« Als er ihren Namen aussprach, verriet seine Stimme Zärtlichkeit.

Sie riß die Augen auf, als ihr klar wurde, wie rasch sie überall nach einer Beleidigung suchte; sie hatte sein wertvolles Geschenk einfach mißachtet.

»Mehr Juwelen als Euch brauche ich nicht«, sagte er warm, und ihr wurden bei seinen Worten tatsächlich die Knie weich. »Was haltet Ihr von einem Galopp?« meinte er und fragte sich, ob sie dazu überhaupt noch fähig war, nachdem sie schon den ganzen Tag lang reisten. Ihre Augen leuchteten auf, und als er ihren Eifer sah, erklärte er: »Wir sind nur noch ungefähr zehn Meilen von Ravensworth entfernt. Ich könnte Reiter vorausschicken, die unsere Ankunft melden, oder aber wir lassen den ganzen Haufen hier hinter uns und machen uns aus dem Staub.«

Statt einer Antwort gab sie Zeus die Sporen, und Pferd und Reiterin flogen davon. Der Wind trug ihm ihr herausforderndes Lachen zu, und wie der Blitz stob er ihr nach. Sie wollte ihn um jeden Preis schlagen und beugte sich tief über den Hals des Hengstes. Sie wußte, Zeus besaß die Kraft und das Feuer dazu, trotz ihrer langen Reise. Ihr Haar löste sich aus dem juwelenbesetzten Netz, und sie fühlte, wie die seidige Fülle unter den Kragen ihres Kleides floß. Als er sie einholte, warf sie ihm einen Blick zu und erhaschte das Blitzen weißer Zähne in einem tiefgebräunten Antlitz. Dann peitschte der Wind eine lange Strähne ihres Haars in sein Gesicht, und er genoß es sichtlich. Sein schwarzer Hengst, der ebenso wild war wie Zeus, überholte sie und warf dicke Brocken weicher Erde hinter sich, als seine mächtigen Hufe sich in den Boden gruben.

Als Zeus schließlich mit klappernden Hufen in den Burghof galoppierte, stand sein Reittier bereits mit heftig zitternden Flanken da. Roseanna war pikiert; da sie fast immer gewann, war sie eine schlechte Verliererin. Verstohlen griff sie nach unten und löste den Sattelgurt. »Mein Sattel hat sich gelockert«, sagte sie und sah ihn hochmütig an.

Ravenspur zog die Brauen hoch. Er hatte soeben eine wertvolle Lektion über Roseanna erhalten. Sie schummelte lieber, als eine Niederlage zuzugeben. Knechte kamen aus den Ställen gerannt, um sich um die Pferde zu kümmern, und mit offenen Mündern starrten sie die wilde, schöne Frau an, die ihr Herr nach Hause gebracht hatte.

Bevor sie sich mit dem Hauspersonal und den Räumlichkeiten vertraut machte, wollte sie ihr Haar in Ordnung bringen. Doch so sehr sie's auch versuchte, es gelang ihr nicht, das Netz aus ihrem Kleid zu fischen.

Rogers langer Schatten fiel über sie. »Benötigt Ihr Hilfe?« fragte er mit seiner tiefen Stimme.

Sie dachte, wenn er sie berührte, dann würde sie schreien. »Unglücklicherweise, ja«, erwiderte sie kühl. Wie ein Kind wandte sie ihm den Rücken zu und entblößte den Nacken. Er fuhr mit der Hand in ihr Mieder. Mit seinen langen Fingern streichelte er über ihren Rücken, fuhr dann rasch unter ihrem Arm hindurch und umschloß eine ihrer weichen Brüste. Er gluckste vergnügt, als sich die Brustwarze unter seinen spielenden Fingern erhob und hart wurde.

»Das ist ein unfaires Spiel, Ravenspur«, sagte sie schweratmend und versuchte, ein Stöhnen zu unterdrücken.

»Ich werde die ganze Nacht lang mit Euch spielen«, flüsterte er ihr ins Ohr, »sobald ich Euch im Bett habe.« Mit den Lippen knabberte er spielerisch an ihrem Ohrläppchen. Schließlich zog er das juwelenbesetzte Netz aus ihrem Kleid. Sie schnappte hörbar nach Luft.

»Haben Euch die Steine zerkratzt?« fragte er besorgt.

Sie schüttelte den Kopf. Die Berührung seiner Finger war es, die sie verbrannt hatte. Sie hob die Hände an den Kopf, doch er hüllte rasch den seidigen Wasserfall ihres Haars in das hübsche Netz. Die Berührung ihres Haars hatte die übliche Wirkung auf ihn – sie machte ihn hart und steif, bereit für sie. Mit seinen großen Händen packte er sie bei den Ellbogen, hob sie hoch und nahm ihren Mund in einem langen, harten und besitzergreifenden Kuß. O Gott, wie er sich nach dieser Frau sehnte! Von seiner großen Höhe blickte er auf sie hinab und streckte die Hand aus, um eine lose Locke festzustecken.

»Damit werde ich schon selbst fertig«, sagte sie und versuchte, ihre Fassung wiederzugewinnen, während sie sich von ihm löste. Rasch wechselte sie das Thema. »Nach dieser anstrengenden Reise möchte ich mich selbst um Zeus kümmern.« Sie sagte es so, als ob sie ihm das Recht, sich in den Ställen aufzuhalten, abtrotzen müßte.

»Es gefällt mir, daß Ihr Euch um Euer Pferd selbst kümmern wollt«, sagte er, »obwohl Ihr die erste Frau seid, die ich kenne, die so etwas tun will. Aber dieses eine Mal denke ich, daß Ihr Zeus ruhig meinen Stallknechten überlassen könnt, so wie auch ich das heute tue.«

Sie willigte ein, so würdevoll sie konnte, und wandte sich ab, um die Burg zu begutachten. Ravensworth war von den Normannen errichtet worden. In solider Rechteckform, war es aus dem hellen Kalkstein erbaut worden, der hier in dieser Gegend im Überfluß vorhanden war. Es gab nur einen Wachtturm über dem Eingangstor. Ein großer Wolfshund kam auf sie zu und sprang freudig an Roger hoch, der ihn freundlich begrüßte.

Im Erdgeschoß waren die Waffen- und Rüstungskammer und die Quartiere der Männer untergebracht; im ersten Stock befand sich der riesige Speisesaal, und dahinter lagen die Quartiere des Hauspersonals. Ravenspurs Gemächer befanden sich im zweiten und obersten Stock der Burg. Am wichtigsten für Roseanna war jedoch im Moment, daß sie unbedingt ihre eigenen Zimmer haben wollte, separiert und in einiger Entfernung von den seinen. Sie wußte, daß es nicht leicht sein würde, ihren Willen gegen den seinen durchzusetzen.

Sie begannen ihre Besichtungstour in den riesigen Küchenräumen, deren köstliche Düfte sie magisch angezogen hatten. In den zwei riesigen Essen, die so groß waren, daß ein Mann aufrecht darin stehen konnte, brannten mächtige Feuer. An dem einen Feuerplatz wurde gerade ein ganzer Ochse gebraten, und an dem anderen rösteten ein Schaf und zwei Stücke Wildbret. Große Schinken hingen zwischen Bündeln getrockneter Kräuter und Zwiebelketten von der Decke. Auf saubergeschrubbten Tischen standen die unterschiedlichsten Käsesorten, kleine Fässer voller Butter und frischgebackene Brote. Eine mollige Frau hatte gerade ein Dutzend Blaubeerkuchen gebacken. Roseanna beugte sich darüber und atmete ihren betörenden Duft mit einem Ausdruck der Verzückung auf dem Gesicht ein. Die Frau strahlte und fragte, ob sie etwas davon probieren wolle. »Oh ja, bitte«, sagte Roseanna und zog die juwelenbesetzten Handschuhe aus, damit sie mit den Fingern essen konnte. Die Küche war wie ein Bienenkorb, überall wimmelte es von fleißigen Arbeitern jeder Altersgruppe, von der ältlichen Kuchenbäckerin bis zu halbwüchsigen Jungen, die die Spieße drehten und die Hunde aus der Küche jagten.

Als Roger sie in den Speisesaal im ersten Stock führte, erwartete sie bereits der Kammerherr. Er war ein Mann mittleren Alters von breiter Statur, einem eigenwilligen Gesicht und einer Ausstrahlung von unübersehbarer Autorität.

»Mr. Burke, ich möchte Euch meine Frau vorstellen, Lady Roseanna. Wir sind fast zu lange ein Männerhaushalt gewesen, aber ich denke, wir werden die Umstellung problemlos über die Bühne bringen, wenn wir alle kompromißbereit sind.«

Mr. Burke verbeugte sich formell vor seiner neuen Herrin, aber sie mußte heimlich über den Versuch ihres Gatten lächeln, diplomatisch zu sein. Man sah auf den ersten Blick, daß Mr. Burke gewohnt war, den Hühnerstall mit fester Hand zu leiten, und daß »Kompromiß« höchstwahrscheinlich ein Fremdwort für ihn war. Sie lächelte, als sie sich vorstellte, wie die Fetzen fliegen würden, wenn Kate Kendall und Mr. Burke aufeinanderstießen. Sie blickte zu Roger hoch, und das belustigte Glitzern in seinen Augen sagte ihr, daß er ihre Gedanken vermutlich erraten hatte. Er führte sie hinauf in den Wachtturm, und sie wußte, daß das seine Art war, sie auf Umwegen in seine eigenen Räume zu führen. Als sie vom Turm aus in die Ferne blickten, sahen sie, daß die Karawane aus Pferden und Wagen sich langsam den Weg zur Burg hinaufwand.

Rasch wandte sie sich ihm zu. »Ich weiß, daß Ihr hinuntergehen und alles ordnen wollt, also werde ich mich einfach umsehen und mir ein Zimmer aussuchen, das mir gefällt.« Das war keine Frage. Es war eine Feststellung. Er stand dicht vor ihr und blickte wortlos auf sie hinab. Dann legte er ihr die Hand unters Kinn und hob ihren Kopf, so daß sie ihm direkt in die Augen sehen mußte. »Ihr verwehrt mir also immer noch die Rechte, die einem Ehemann zustehen?« wollte er wissen.

Ihre Augen weiteten sich. »Du lieber Himmel, Ravenspur, wollt Ihr wirklich an meinen Sinn für Fairplay appellieren, wo Ihr doch verdammt genau wißt, daß Ihr mich in diese Ehe gezwungen habt? Als ich an Euch appellierte, stieß ich auf taube Ohren. Ich möchte Euch daran erinnern, daß ich von Anfang an klargestellt habe, daß ich Euch nie nachgeben werde.«

Seine Augen leckten wie Kerzenflammen über ihren Körper; dann war sein Mund auf dem ihren, und der Kuß, mit dem er sie nun in Besitz nahm, zeigte ihr deutlich, wie wild er sein konnte. Er zog ihren Körper eng an sich und ließ auf diese Weise keinen Zweifel daran, daß er sie besitzen wollte. Erst als er es ihr erlaubte, konnte sie ihren Mund von dem seinen wegreißen. Langsam kroch Furcht in ihr hoch. »Ich werde die Frechheit von Eurem unverschämten Mund küssen, wann immer Ihr Euch auf diese Weise benehmt«, warnte er sie.

»Das soll also meine Strafe sein?« fragte sie mutiger, als sie sich im Moment fühlte.

Er zog sie noch fester an sich und preßte ihre Brüste an seinen harten, muskulösen Oberkörper. »Wenn ich es wollte, könnte ich Euch gleich hier auf dem Boden nehmen.«

Sie brach fast in Panik aus, hielt sich jedoch auf zitternden Beinen tapfer aufrecht. »Das würde beweisen, daß Ihr das Tier seid, für das ich Euch halte.«

»Das habt Ihr nur Euch selbst zuzuschreiben. Ihr provoziert mich, Ihr treibt mich bis an die Grenzen, Ihr macht mich zu einem Wilden.« Er ließ sie los, und sie standen einander mit wutblitzenden Augen gegenüber, beide schwer atmend und erregt.

Da Roseanna nicht freiwillig nachgeben würde, beschloß Roger, sie dazu zu zwingen. Mit einer langsamen, katzenhaften Bewegung ergriff er den Halsausschnitt ihres Kleides und riß ihr das Mieder bis zur Taille auf. Ihre nackten Brüste sprangen ihm förmlich ins Gesicht.

»Wie könnt Ihr es wagen!« schrie sie.

Aber er beachtete sie nicht. Er senkte den Kopf, nahm ihre rosafarbene Brustwarze in den Mund und saugte hart daran. Gleichzeitig fuhr er ihr mit der rechten Hand unter den Rock und die Schenkel hinauf. Seine Finger machten sich an ihr zu schaffen, wie es ihm gefiel, bis er fühlte, wie sie feucht und heiß wurde. Sie wand sich und versuchte nach Kräften, sich aus seinem Griff zu befreien, aber er war einfach zu stark für sie. Schließlich ließ er sie los und befahl: »Zeigt Euch von Eurer besten Seite, wenn wir heute abend mit unseren Leuten speisen.«

Obwohl sie durch sein unglaubliches Verhalten wie vom Donner gerührt war, wußte sie dennoch, daß sie ihn bis an seine Grenzen getrieben hatte und er in der Tat imstande war, sie hier und jetzt zu nehmen, wenn sie ihn noch mehr reizte. »Selbstverständlich werde ich mich von meiner besten Seite zeigen«, sagte sie, das zerrissene Mieder an sich drückend in dem fruchtlosen Versuch, ihre Brüste damit zu verhüllen. »Diese Leute sind jetzt ebenso die Meinen wie die Euren.«

Er ließ sie vorbeigehen. Als sie sicher die Tür erreicht hatte, sagte sie: »Ihr schuldet mir ein neues Kleid, Ravenspur.«

Seine schwarzen Augen waren auf ihre Brüste gerichtet. »Den Preis eines neuen Kleides seid Ihr allemal wert, Roseanna.«

11. Kapitel

Ravenspurs Kuß war ihr bis hinunter in die zitternden Beine gefahren. *Zur Hölle mit ihm,* dachte sie. *Und zur Hölle mit mir selbst, wenn ich schon dabei bin.* Jede seiner Berührungen machte sie so wild, daß sie am liebsten geschrien hätte. Trotzdem konnte sie nicht aufhören, ihn zu reizen, so als ob sie ihn geradezu herausfordern wollte, sie zu berühren.

Als Roger zum Hof hinunterging, dachte er: *Zur Hölle mit ihr! Erst lockt sie mich an, dann weist sie mich zurück, macht mich als Mann lächerlich.* Aber da würde er nicht länger mitspielen. Er würde sie zwingen – falls nötig, mit Gewalt!

Roseanna betrat seine Räume und versuchte, ihr Mieder wieder so gut wie möglich in Ordnung zu bringen. Dann streifte sie ihren Mantel über und sah sich um. Seine Kammer besaß jeden nur erdenklichen Luxus. Das wild flackernde Kaminfeuer spiegelte sich in den Wandpaneelen, und die auf Hochglanz polierten Möbel sahen einladend und gemütlich aus. Das riesige Bett war zum Schutz gegen Zugluft mit Vorhängen versehen. Weiche Tierfelle bedeckten die Böden, und ein gewaltiger Schrank erstreckte sich über die gesamte Länge einer Wand. Am Fenster stand ein Schreibtisch, der mit Bücherstapeln und Papieren überhäuft war, die Roseannas Neugier erregten. Sie wagte jedoch nicht, sie durchzublättern, denn sie fürchtete, er könnte zurückkommen.

Die Räume auf der Westseite des zweiten Stocks waren alle einfach, aber ausreichend möbliert, doch Roseanna suchte weiter. In der nordöstlichen Ecke stieß sie schließlich auf eine Außenkammer, die zu einem Innenraum führte. Für ihre Bedürfnisse waren die Räume ideal; doch sie standen leer und waren offensichtlich seit geraumer Zeit nicht mehr genutzt worden.

Rasch verließ sie die Zimmer, um Alice und Kate zu suchen. Es würde ein ganz schönes Stück Arbeit bedeuten, die Kammern bis zum

Abend zu säubern und zu möblieren, aber sie war entschlossen, es zu schaffen. »Kate, du weißt am besten, auf welchen Wagen sich unsere Möbel befinden. Sieh zu, daß du die Diener oder vielleicht sogar einige von Ravenspurs Männern dazukriegst, das ganze Zeug hier heraufzuschaffen. Ich schaue, daß ich jemanden finde, der Feuer macht. Alice, du darfst nichts Schweres heben. Du kannst versuchen, rauszufinden, in welcher Kammer Rebecca schläft, wenn sie hier ist.«

Roseanna fand rasch einen Knappen, der glühende Kohlen von einem anderen Kaminfeuer anschleppte; dann schickte sie ihn nach ein paar Krügen Wein. Als Kate nach zwanzig Minuten immer noch nicht aufgetaucht war, ging Roseanna nach unten, um zu sehen, wo sie blieb. Sie stand in der Eingangshalle, mitten zwischen Stapeln von Bettwäsche und Teppichen. Kate hatte die Hände in die Hüften gestemmt und war offensichtlich in eine heftige Meinungsverschiedenheit mit Mr. Burke vertieft. Noch nie zuvor hatte Roseanna Kate so wütend erlebt.

»Leckt mich doch am Arsch!« schrie Kate schließlich mit hochrotem Gesicht.

Roseanna schnappte nach Luft. Sie wußte, daß mit Kate Kendall nicht gut Kirschen essen war, doch sie hatte sie bisher nie derart ausfallend erlebt.

Mr. Burke ließ sich jedoch nicht so leicht einschüchtern. »Erbärmliches Weib. Geht es denn nicht in Euren sturen Schädel, daß ich hier das Sagen habe. Die Eier würde er mir abschneiden, wenn ich wirklich so dumm wäre, ihre Sachen nicht in seine Schlafkammer zu bringen!«

»Ha! Aus dem Weg, alter Pißpot, oder ich zerstampfe Eure Eier zu Mehl – das heißt, falls Ihr überhaupt welche besitzt«, schrie Kate.

Roseanna unterdrückte ein Lachen. Was um Himmels willen war nur in Kate gefahren? Wußte sie denn nicht, daß man einen Mann nicht so behandeln durfte? »Mr. Burke, gibt es ein Problem?« fragte sie unschuldig.

Er wandte sich ihr mit unbeweglicher Miene zu. »Überhaupt kein Problem, Madam. Laßt mich nur wissen, was Ihr wünscht, und ich setze Himmel und Hölle in Bewegung, damit es auch geschieht.«

Kate murmelte: »Irischer Sturschädel, da ist nichts reinzukriegen!«

Roseanna hob rasch eine warnende Hand, um Kate zum Schweigen zu bringen. Geschickt hakte sie sich mit dem anderen Arm bei

Mr. Burke unter. »Seid so lieb und kommt mit nach oben, Mr. Burke. Ihr müßt unbedingt die schönen Zimmer sehen, die ich mir ausgesucht habe. Eure Hausführung ist wirklich tadellos – die Knappen haben bereits Feuer für mich gemacht.« Sie betraten die Zimmer. »Also, ich dachte, ich nehme das rückwärtige Zimmer für mich, und meine zwei Dienerinnen könnten im Vorzimmer schlafen. Ich habe Bettwäsche, Teppiche und Kleiderkoffer mitgebracht und außerdem jede Menge wunderhübscher Wandteppiche. Ich fürchte jedoch, daß Kate Wochen brauchen würde, die Räume so auszustatten, wie ich sie brauche.«

»Heute abend, Madam.« Er nickte fest.

»Wie bitte, Mr. Burke?« Hilflos hing sie an seinen Lippen.

»Während Ihr beim Abendessen seid, werde ich dafür sorgen, daß diese Räume bis ins kleinste Detail fertiggemacht werden. Und wenn Ihr bereit seid, Euch für die Nacht zurückzuziehen, werdet Ihr glauben, schon immer dort geschlafen zu haben. Überlaßt nur alles mir, Mylady.«

»Oh, das werde ich, Mr. Burke, das werde ich. Ihr habt gar keine Ahnung, was es für mich bedeutet, Euch mein vollstes Vertrauen schenken zu können.«

Kate explodierte nur Augenblicke, nachdem er den Raum verlassen hatte. »Dieser hinterlistige Schakal! Ich war drauf und dran, ihn so in den Arsch zu treten, daß ihm die Eier bei der Nase herausgequollen wären!«

»Sehr hübsche Vorstellung«, meinte Roseanna lächelnd.

»Ach, Kindchen, tut mir leid, daß ich so vulgär war«, entschuldigte sie sich.

Roseanna lachte. »Gut zu wissen, daß ich nicht die einzige mit einem so saftigen Wortschatz bin, aber dem Himmel sei Dank, daß Mutter dich nicht gehört hat.«

»Lady Joanna war's doch, die mir das Fluchen erst beigebracht hat«, grinste Kate beschämt. »Und der König war's wiederum, der ihr's beigebracht hat!«

»Ach, da sind ja schon unsere Koffer«, sagte Roseanna und öffnete sofort einen davon, um ein paar Kleider herauszufischen. »Such mir bitte etwas ganz Besonderes zum Anziehen heraus, dann gehen wir zu Rebecca, um uns fürs Abendessen umzuziehen, während man hier die Zimmer für uns fertigmacht.«

Rebecca lag im Bett, als sie ihre Kammer betraten. Ihre Dienerinnen hatten bereits ihre Sachen und die von Tristan ausgepackt und in die Schränke gehängt.

»Eßt Ihr denn nicht im Speisesaal heute abend?« fragte Roseanna. Ihre Stimme verriet, wie überrascht sie war, ihre Schwägerin schon im Bett vorzufinden.

»Ich bin nicht hungrig«, sagte sie, »und außerdem viel zu erschöpft. Warum laßt Ihr Euch nicht ein Tablett kommen und leistet mir Gesellschaft?«

»Wie ich Ravenspur kenne, wird er mich an den Haaren herunterziehen, wenn ich nicht komme. Das ist mein erster Abend, und ich bin ohnehin bereits gewarnt worden, mich ja von meiner besten Seite zu zeigen«, sagte Roseanna und schnitt eine Grimasse.

Rebecca schauderte. »Sie werden Euch alle sehr genau begutachten, besonders die Frauen. Sie flirten ganz offen mit Tristan und Roger, wißt Ihr. Jede einzelne ist scharf darauf, das Bett mit einem von beiden zu teilen.«

Roseanna zog erstaunt die Brauen hoch. »Ihre Ehemänner werden ihnen doch so ein Verhalten sicher nicht erlauben!« protestierte sie.

Rebecca zuckte die Achseln. »Einige sind Witwen von Rittern oder noch unverheiratete Töchter. Viele der Männer halten sich in Ravenspurs anderen Festungen auf. Sie sind ein ordinärer Haufen, dem ich möglichst aus dem Weg gehe.«

Roseanna war entschlossen, heute abend alle anderen Frauen auszustechen. Sie wählte ein Kleid von zartestem Grün. Das Unterkleid war mit Hunderten kleinster Fältchen versehen; die Ärmel waren durchscheinend und mit silbernen Bändern eingefaßt, und die Samttunika ließ durch ihre hohen Schlitze an beiden Seiten, die mit Silberbändern zusammengefaßt waren, das hauchzarte Unterkleid besonders vorteilhaft erscheinen. Alice kämmte Roseannas langes, schwarzes Haar, und sie beschloß, es offen zu tragen und es nur durch einen silbernen Schmetterling, eine Spange, die ihr ihre Mutter angefertigt hatte, an einer ihrer Schläfen nach hinten zu stecken.

Plötzlich kam ihr ein Gedanke. Sie ergriff den Mantel, den sie getragen hatte, und löste die Diamantbrosche. Dann steckte sie das große R zwischen ihren Brüsten fest, denn das kleine Teufelchen saß ihr wieder einmal im Nacken, und sie wollte Ravenspurs Gesicht sehen, wenn er sie erblickte. Ein Lächeln spielte um ihre Mundwinkel. Die Brosche war durch ihr Funkeln so auffällig, daß er den Blick kaum von ihren Brüsten würde abwenden können.

Roseanna bestand darauf, daß Alice und Kate ihre besten Kleider anzogen. Sie hatte beschlossen, daß sie am Haupttisch einen Ehrenplatz erhalten sollten, denn sie waren ja immerhin ihre Hofdamen. Sie richtete es so ein, daß sie ein paar Minuten zu spät im Speisesaal eintraf, so daß aller Blicke auf sie gerichtet waren.

Der Haupttisch wurde von einem großen, reich mit Schnitzereien verzierten Stuhl beherrscht. Daneben stand Ravenspur und unterhielt sich mit Tristan und Captain Kelly. Sobald sie den Saal betrat, hob er den Kopf und lächelte ihr herzlich zu. Sie fragte sich, ob er das nur wegen der Leute machte. Bevor sie den thronartigen Stuhl erreicht hatte, schwankten zwei Dienstboten unter der Last eines zweiten, reich verzierten Stuhls an ihr vorbei, den sie neben den ersten stellten. Ravenspur stellte sich hinter die Lehne, um ihr den Stuhl zurechtzurücken. Jetzt, wo sie ihm so nahe war, sah sie, daß er in Dunkelgrün gekleidet war. Sie sahen aus wie Schauspieler auf der Bühne, die durch ihre Kleidung zeigten, daß sie ein Paar waren. Er hob ihre Hände an die Lippen, und die Anwesenden brachen in Hochrufe und Pfiffe aus und stampften begeistert mit den Füßen. Der Speisesaal war an diesem Abend ziemlich überfüllt; selbst die Fensterbretter waren mit jungen Knappen und Pagen besetzt. Roger grinste seine Leute an, und Roseanna warf ihnen ein strahlendes Lächeln zu. Nachdem er ein wenig gewartet hatte, die Leute sich jedoch nicht beruhigen wollten, hob er die Hand.

»Denjenigen, die sie noch nicht kennengelernt haben, möchte ich Lady Roseanna Montford, Baronin von Ravenspur, vorstellen.« Wieder brachen alle in Hochrufe aus, und Roseanna lächelte glücklich. Jeder streckte ihr die Hand mit erhobenem Glas entgegen. Wieder hielt Roger gebieterisch den Arm hoch. »Viele Jahre lang sind wir eine Junggesellenfestung gewesen. Ich habe einst geschworen, daß mich nichts mehr dazu bewegen könnte, mir wieder eine Frau zu nehmen, und ich bin acht lange Jahre unverheiratet geblieben. Und nun stehe ich hier. Als verheirateter Mann.« Gelächter erhob sich ringsum. »Wie soll ich's nur erklären?« fragte er. »Es war ein *coup de foudre* – ein Blitz, der mit einem Mal alles verändert hat. Ich sah sie, und ich war so perplex wie ein Vogel, der gegen eine Wand geflogen ist!«

Wieder jubelten sie und stampften mit den Füßen. Roseanna war entzückt und auf seltsame Weise bewegt. »Ich will, daß ihr sie ins Herz schließt – so wie ich.« Seine warmen Augen lagen zärtlich auf ihr; er erhob seinen Kelch auf ihr Wohl und leerte ihn mit einem Zug.

Sie hob die Hand, und die Menge verfiel in höfliches Schweigen. »Ich erhebe mein Glas auf euch, ihr Leute von Ravensworth und Ravenspur.« Ihre Worte gingen in dem donnernden Applaus der Anwesenden unter.

Sie setzten sich zu Tisch, und das Fleisch wurde serviert. Roger warf ihr einen warmen Blick zu, der seine Zustimmung bekundete. »Das habt Ihr gut gemacht. Ich bin sehr stolz auf Euch.« Sein Blick senkte sich auf seine Initialen und blieb an ihren Brüsten haften. Als er die Augen wieder hob, sah er, daß sie heftig errötet war und die seidigen Wimpern gesenkt hielt. Er lachte ein tiefes, kehliges Lachen. Als sie daraufhin rasch aufblickte, leckten seine Augen wie gierige Flammen über sie hinweg.

Tristan beugte sich vor und meinte lachend: »Du siehst aus, als würdest du sie aufessen wollen.«

»Das werde ich auch«, sagte Roger vieldeutig. Roseanna erschauderte.

Tristan grinste sie an; der Schalk glitzerte aus seinen Augen. »Warum stehe ich eigentlich nicht auf und schlage eine Bettung von Braut und Bräutigam vor?«

»Tristan, tut mir das bitte nicht an«, zischte sie.

»Es ist da etwas an Jungvermählten, das uns alle zu Voyeuren macht.« Er lachte. »Jeder hier im Saal würde für sein Leben gern Euch beide zusammen im Bett sehen.«

»Ich bringe Euch um, Tris!« drohte sie.

Seine gute Laune vertiefte sich noch. »In zwei oder drei Jahren werde ich anfangen, mir darüber Sorgen zu machen!«

Roger beugte sich vor und sagte: »Such dir deine eigene Frau. Die hier gehört mir.«

Tristan grinste verschlagen: »Ich war doch derjenige, der sie dir nackt vor die Füße gelegt hat, Bruder. Hast du das schon vergessen?«

Roseanna war einen Moment lang sprachlos. Sie sah von einem Gesicht zum anderen und erkundigte sich dann in täuschend ruhigem Ton: »Was meint Ihr damit?«

»Nichts. Das war nur ein Scherz«, sagte Tristan. Doch er sah schuldig aus wie die Sünde selbst, und Roger hatte die Lippen warnend zusammengepreßt. Roseanna durchforschte das Gesicht ihres Gatten. Sie würde schon rauskriegen, was sie ihr angetan hatten, aber nicht hier, nicht jetzt, nicht vor ihren Leuten.

Ohne noch einen einzigen Blick auf ihren Gatten zu werfen, beendete Roseanna schweigend ihr Mahl. Seine Nähe war ihr jedoch fast schmerzhaft bewußt. Die physische Stärke seines Körpers war nahezu greifbar, wenn er so dicht bei ihr saß; er überwältigte sie einfach. Als sein Schenkel unter dem Tisch wie zufällig an den ihren stieß, sog sie scharf den Atem ein, als ob sie sich verbrannt hätte.

Sie zwang sich, an etwas anderes zu denken, und ihre Aufmerksamkeit fiel auf die anderen Frauen im Saal. Sie betrachtete sie unauffällig und stellte erleichtert fest, daß keine sich mit ihr messen konnte, weder was Kleidung, noch was Schönheit betraf, aber viele der Frauen besaßen recht üppige Formen und warfen den Männern am Haupttisch einladende Blicke zu. Während das Mahl seinen Gang nahm und alle Krüge nach und nach geleert wurden, nahmen auch das Gelächter und die Ausgelassenheit der Anwesenden merklich zu. Sie warf Tristan einen Blick zu und meinte geziert: »Das sieht aus wie eine Nacht für zerrissene Mieder oder noch Schlimmeres!«

Er flüsterte: »Oder Besseres, je nachdem, wie man's betrachtet!«

Sie wandte ihm den Rücken zu und sagte zu Roger: »Ich habe genug, Mylord. Darf ich mich zurückziehen?«

Ein schwerer, süßer Schmerz durchflutete auf einmal seine Lenden. In seinen schwarzen Augen war seine Sehnsucht deutlich zu erkennen. »Wir werden uns zusammen zurückziehen«, murmelte er.

Mit herausforderndem Blick antwortete sie: »Das werden wir nicht.«

»Und wenn ich's befehle, Madam?«

»Ich bin Eure Frau, Mylord, nicht Eure Sklavin. Auf Befehle reagiere ich grundsätzlich nicht.« Sie sprachen zwar leise, doch Tristan konnte sie trotzdem hören und war entsetzt über die Art, wie sie mit ihrem Ehemann umsprang.

»Wie könnt Ihr es wagen, Madam?« fragte Roger barsch. Auf Tristans Gesicht stand deutlich dieselbe Frage geschrieben, fast so, als ob er sie selbst ausgesprochen hätte.

»Das muß ich wagen, oder ich werde in dieser Ehe untergehen.«

Ihre Brüste hoben und senkten sich heftig in ihrer Erregung, und Roger konnte leicht sehen, daß sie im nächsten Moment jede Zurückhaltung verlieren und auf ihn losgehen würde. Ihre Augen blitzten angriffslustig, und das Blut stand hoch in ihren Wangen. Plötzlich sprang er auf, wobei er den Stuhl zurückstieß, und riß sie schwungvoll in seine Arme. Der Saal tobte. Unter dem lauten Jubel, den sie ausgelöst hatten, murmelte Roger: »Wenn Ihr den Arm um meinen Hals legt, dann trage ich Euch zu Eurem Bett. Wenn Ihr Euch weigert, dann geht's zu meinem Bett, und ich werde Euch zeigen, was es heißt, eine gehorsame Ehefrau zu sein!«

Sie rang nach Luft, legte dann langsam den Arm um seinen Hals, und er trug sie aus dem Saal. Sie konnte seine Halsmuskeln fühlen und die eisenharten Arme, die sie so besitzergreifend umfaßten. Eine merkwürdige Schwäche überfiel sie, die sie kaum zu kontrollieren vermochte. Sie war erstaunt über sich selbst. *Du lieber Himmel, er ist so attraktiv, daß es mich fast umwirft,* dachte sie. Noch war ihr nicht klargeworden, daß eine willensstarke Frau einen Mann braucht, der ihrer Herr zu werden vermag. Diese köstliche Lektion lag noch vor ihr – konnte erträumt, zutiefst ersehnt und erwünscht werden.

Plötzlich versteifte sie sich in seinen Armen. »Sir, das ist nicht der Weg zu meiner Kammer.«

»Natürlich nicht. Es ist der Weg zu meiner«, sagte er leichthin und erklomm die Stufen, ohne auch nur im geringsten außer Atem zu geraten.

»Aber Ihr habt es versprochen! Ihr habt versprochen, wenn ich keine Szene mache, dann tragt Ihr mich zu *meinem* Bett.«

Er grinste sie an. »Versprechen sind dazu da, gebrochen zu werden. Das habt Ihr mir beigebracht«, fügte er genüßlich hinzu. Mit der Schulter stieß er die Tür zu seiner Schlafkammer auf und lehnte sich dann mit dem Rücken dagegen, bis sie hörbar ins Schloß fiel.

»Ich?« fragte Roseanna erschrocken und blickte auf das riesige Bett, das den Raum vollkommen auszufüllen schien.

»Roseanna, meine Liebe, Ihr brecht Versprechen und Schwüre, ohne auch nur mit der Wimper zu zucken.«

»Ich habe nichts versprochen, außer Euch das Leben zur Hölle zu machen!« sagte sie leidenschaftlich.

Er stellte sie auf die Füße und nahm ihr zartes Gesicht in beide Hände, so daß sie gezwungen war, hochzusehen und ihm in die Augen zu blicken. »Und was ist mit Eurem Eheversprechen, Roseanna? Habt Ihr nicht geschworen, mich zu lieben, zu ehren und mir zu gehorchen?« Er betonte langsam jedes Wort.

Sie errötete. »Ich kann Euch nicht lieben, Mylord. Liebe ist etwas, das sich nicht erzwingen läßt. Aber ich bin eine Frau mit Ehre, und ich werde Euch, Euren Namen und Eure Stellung hochhalten.« Sie verschleierte die Augen mit den langen Wimpern und flüsterte: »Ich werde mich Euren Befehlen fügen und versuchen, Euch eine gehorsame Ehefrau zu sein.«

Seine Mundwinkel zuckten amüsiert. »Fügsamkeit paßt nicht zu Euch, Roseanna. Ich glaube Euch kein einziges Wort dieser hübschen kleinen Rede.«

Sie riß unschuldig die Augen auf. »Mylord, Ihr irrt Euch! Stellt mich nur auf die Probe!«

»Küßt mich«, sagte er einfach.

Ihr Herz setzte einen Moment lang aus. Er hatte sie geküßt, doch sie hatte das noch nie getan und hatte auch nie die Absicht gehabt. Wie auch – sie mußte sich ja strecken, sich auf Zehenspitzen stellen und den Mund hochrecken, um seine Lippen zu erreichen. Sie wußte, daß er wartete. Aber sie hatte einen Beschluß gefaßt. Er sollte warten, bis er schwarz wurde. Schließlich sagte er: »Wie Ihr seht, kommt Ihr nicht einmal den kleinsten ehelichen Pflichten nach.«

Die Intimität zwischen ihnen war überwältigend; sie wußte, daß sie hier raus mußte, und zwar schnell. Verzweifelt verlegte sie sich aufs Feilschen. »Ich werde mich einer ehelichen Pflicht unterwerfen, wenn Ihr mir beweist, daß Ihr ein Mann von Ehre seid und mich in *mein* Bett gehen laßt, wie Ihr's versprochen habt.« Sie erwartete, daß er nochmals um einen Kuß bitten würde, und sagte sich, daß das ein geringer Preis im Tausch für den sicheren Hafen ihrer eigenen Kammer war.

»Entkleidet mich«, befahl er vielsagend, und sie saß in der Falle.

Sie mußte ihr Versprechen jetzt halten, damit er seins hielt. Beschämt hob sie die Augen und senkte dann scheu die Wimpern. Langsam streckte sie die Arme hoch und knöpfte sein Wams auf. Mehr denn je war sie sich seiner Gegenwart bewußt, und sie fühlte, daß er die Augen auf ihre Lippen geheftet hielt. Mit den Schultern schüttelte er das Kleidungsstück ab und warf es zur Seite. Dann nahm er sie bei der Hand und zog sie mit sich zu dem großen Bett. Sie folgte ihm zögernd, hatte jedoch keine andere Wahl.

Er saß auf dem Bett und wartete, was sie als nächstes tun würde. Sie streckte die Hände aus, um das Seidenhemd, das er unter dem Wams trug, aufzuknöpfen. Sie wußte, daß seine mächtige Brust vollkommen nackt sein würde, sobald sie ihm den dünnen Stoff abgestreift haben würde. Als sie seinen Hemdkragen ergriff und ihre Finger die weichen schwarzen Locken in seinem Nacken berührten, fingen sie an zu zittern, und sie hörte, wie er leise lachte.

Zur Hölle mit ihm, er genoß ihr Unbehagen in vollen Zügen! Als er die Arme hob, damit sie ihm das Hemd über den Kopf ziehen konnte, sah sie das dichte, schwarze Haar unter seinen Achseln und erschauderte angesichts des überwältigenden Anblicks seines so männlichen Körpers. Die Breite seiner Schultern war einfach unfaßbar, und sie traute ihren Augen kaum, als er halbnackt vor ihr saß. Die Vorstellung, wie ihre weichen, weißen Brüste gegen seine harte, dicht behaarte Brust gedrückt werden könnten, schoß ihr durch den Kopf. Verwirrt wandte sie sich ab, um zu fliehen.

Seine starke Hand schoß vor und fesselte sie an seiner Seite. Sie atmete tief ein und kniete nieder, um ihm die Stiefel auszuziehen. Ein tiefes, ja schmerzliches Gefühl von Zärtlichkeit breitete sich in ihm aus, als er sie dabei beobachtete. Er wußte ohne die Spur eines Zweifels, daß er sie liebte. Sie war seine Frau!

Nur ein Kleidungsstück war übriggeblieben. Ihre Lippen zitterten, doch sie streckte gehorsam die Hand nach seinen Hüften aus. Seine großen Hände umschlossen die ihren, als er zuerst die eine, dann die andere an seine Lippen hob. Sie schaute ihn fragend an und sah, daß seine Augen vor Sehnsucht brannten. Plötzlich hob er sie in seine Arme, und sie schrie erschreckt auf.

»Ich glaube, ich versprach, Euch zu Eurem Bett zu tragen, mein Liebling«, flüsterte er ihr ins Ohr. Sie verständigten sich wortlos. Er hob fragend die Augenbraue, und sie wies ihm mit einer Kopfbewegung den Weg zu ihrer Kammer, wo er, halbnackt wie er war, an den beiden Dienerinnen vorbeirauschte und mit Roseanna im Hinterzimmer verschwand.

Sie konnte ihren Augen kaum trauen. Die Räume waren vollkommen verwandelt. Alles stand für sie bereit. Mr. Burke hatte sogar die Bettlaken zurückgeschlagen, damit das Kaminfeuer sie ein wenig aufwärmen konnte.

»Hier also wollt Ihr Euch vor mir verstecken«, meinte Roger anzüglich.

»Setzt mich ab«, sagte Roseanna und fügte rasch ein »Bitte« hinzu.

Er setzte sie beim Erkerfenster ab und strich mit den Fingern über die Samtkissen, die dort verteilt worden waren. Dann erblickte er eine Überdecke aus Fell und bemerkte trocken: »Mr. Burke hat meine Kammer geplündert, um Euch mit jedem Komfort auszustatten.« Schließlich warf er einen Blick hinter einen Lederparavent, der in einer Ecke aufgestellt war, und sah eine mit handgemalten Rosen verzierte Badewanne.

»Ja. Alles wird perfekt sein, sobald Ihr Euch entfernt habt«, sagte sie zuckersüß.

Obwohl er nicht wußte, warum, hielt er an seiner Wut fest.

»Ihr wollt mich also wirklich verbannen, mich hinauswerfen und mir selbst überlassen?«

»Mir ist vollkommen egal, wie Ihr Euch amüsiert, Ravenspur, solange Ihr mich in Ruhe laßt.«

Sein Blick fiel auf die Diamanten, die zwischen ihren Brüsten glitzerten. »Könnt Ihr mich nicht einfach Roger nennen?« fragte er fast traurig.

»Nie!« schwor sie.

Er seufzte und schritt im Zimmer umher, da er es noch nicht über sich brachte, wieder zu gehen. »Spielt Ihr Schach oder Backgammon, Roseanna?«

»Ja«, erwiderte sie kurz angebunden.

»Spielt Ihr gut?« fragte er, die schwarzen Augen durchdringend auf sie gerichtet.

»Natürlich. Ich kann alles gut!« Sie warf den Kopf zurück, und ihr langes, schwarzes Haar schimmerte im Feuerschein.

»Ich wette, das könnt Ihr«, murmelte er, und ein heißer Blitz durchzuckte sie, denn seine Worte klangen verwirrend anzüglich. »Werdet Ihr mit mir spielen, Roseanna?«

Sie errötete und hätte am liebsten laut geschrien, weil er immer wieder schaffte, ihr das anzutun. »Nein! Ich komme nicht in Eure Kammer, um Spiele zu spielen!«

»Dann fordere ich Euch zu einem Spiel auf neutralem Boden heraus. Habt Ihr Angst davor?« meinte er grinsend.

»Angst?« schnaubte sie. »Ravenspur, ich habe keine Angst, beim Schach zu verlieren, und ich habe keine Angst vor Euch!«

Seine Zähne blitzten im Schein des Feuers, als sich sein Mund zu einem Wolfsgrinsen verzog. »Dann freue ich mich bereits auf ein Spiel mit hohem Einsatz«, sagte er, drehte sich um und ging.

Alice und Kate kamen hereingestürmt, sobald er das Zimmer verlassen hatte. »Alles in Ordnung?« fragte Kate und sah aus wie eine Gluckhenne, die sich um ihr Küken sorgt.

»Perfekt«, meinte Roseanna und reckte ihre Arme in einer geradezu katzenhaften Bewegung über den Kopf. Sie fühlte sich schwach vor Erleichterung, daß er ihr eine Nacht mehr gewährt hatte. Ihr war vollkommen klar, daß Ravenspur das Kommando besaß, wann immer sie allein waren, und daß er sie nehmen oder in Ruhe lassen konnte, wie es ihm beliebte.

Jetzt, hier vor ihren Dienerinnen, setzte sie jedoch ein tapferes Gesicht auf. »Mr. Burke hat wundervolle Arbeit geleistet. Ich kann kaum glauben, wie sehr sich alles verändert hat!«

Kate Kendall schnaubte: »Nicht besser, als ich es gemacht hätte, wenn Ihr's mir überlassen hättet.«

»Liebe Kate, du hattest einen viel zu anstrengenden Tag hinter dir, um auch noch Betten herumzuschieben. Oh, Alice, du brauchst diese Koffer heute wirklich nicht mehr auszupacken. Morgen ist es auch noch früh genug, all meine Kleider aufzuhängen. Eure Kammer ist ebenso gut ausgestattet wie die meine, hoffe ich?«

»Oh, ja«, sagte Alice. »Wir haben einen Berg Handtücher und Lavendelseife, und sogar die Kerzen sind mit Duftstoffen versetzt.«

»Das sollten sie auch, bei Ravenspurs ganzem Reichtum. Schließlich haben wir nicht in eine Blechtopffamilie geheiratet, wißt Ihr«, meinte Kate.

Roseanna wurde nachdenklich. Sie spürte einen Hauch von Stolz, wann immer Kate das Wort *Ravenspur* aussprach. Als sie sich fürs Bett fertigmachte, dachte sie über den Langmut ihres Mannes nach.

Die meisten ihrer Stacheln und Widerhaken ließ er einfach durchgehen, und wenn sie ihn zu sehr provozierte, küßte er sie einfach. Aber natürlich hatte er jede Menge Erfahrung mit Frauen – sowohl mit Ehefrauen als auch mit Mätressen.

Ihre Gedanken wanderten zu seiner zweiten Frau. Komisch, daß er nicht über sie sprechen wollte! Sie fragte sich, von wem sie wohl mehr über sie erfahren konnte. Sie hätte gewettet, daß Mr. Burke schon seit mehr als acht Jahren Ravenspurs Kammerherr war. Daher schlief sie mit dem festen Entschluß ein, am nächsten und den darauffolgenden Tagen möglichst viel in Erfahrung zu bringen.

Bekleidet mit einem hübschen, wollenen Reitkleid, sprang Roseanna leichtfüßig den Korridor entlang zu Rebeccas Kammer. »Es ist ein herrlicher Morgen, Rebecca. Ich werde ein wenig ausreiten, um mich mit der Gegend hier vertraut zu machen. Wollt Ihr mich nicht begleiten?«

Rebecca hatte noch geschlafen, richtete sich jetzt erschreckt auf und blinzelte. »Was tut Ihr hier mitten in der Nacht?«

Roseanna zog die schweren Vorhänge zurück, um die Herbstsonne hereinzulassen. »Es ist nicht mitten in der Nacht. Es ist nach acht Uhr morgens. Seht, Euer Gatte ist bereits auf und davon.«

Rebecca schnitt eine Grimasse. »Tris kommt meist sowieso nicht zum Schlafen her.«

»Oh, das tut mir leid, Rebecca«, sagte Roseanna zaghaft. »Ich dachte, Ihr liebt ihn.«

»Das tue ich auch – das ist ja das Problem. Aber er schert sich kein bißchen um mich.«

»Aber er muß Euch doch geliebt haben, oder warum hätte er Euch sonst zur Frau genommen?« bohrte Roseanna nach.

Rebecca sah traurig aus. Sie flüsterte: »Ich war dumm genug, mich von ihm verführen zu lassen. Er hat mich geschwängert. Ravenspur hat dann darauf bestanden, daß er mich heiratet.«

»Ihr habt ein Kind?« fragte Roseanna erstaunt.

»Ein kleines Mädchen. Sie lebt mit ihrem Kindermädchen auf Ravenspur.«

»Vermißt Ihr sie nicht?« fragte Roseanna und versuchte, zu verstehen, warum die junge Frau derart apathisch war.

Rebecca zuckte die Achseln. »Gewöhnlich fühle ich mich nicht wohl genug, um mich um das Kind zu kümmern. Ihr Kindermädchen macht das viel besser, als ich es je könnte.«

»Oh, Rebecca, Eure Ansichten sind das glatte Gegenteil von den meinen! Am liebsten würde ich Euch packen und schütteln! Ihr sagt, daß Ihr Tristan liebt, und trotzdem seid Ihr nicht willens, auch nur die kleinste Anstrengung zu machen, sein Interesse zurückzugewinnen. Ihr strengt Euch an, Euch zu übergeben, damit Ihr nicht dick werdet, aber Ihr merkt gar nicht, daß es Euch lustlos und apathisch macht – fast als wäret Ihr siech!«

»Ihr könnt leicht reden«, meinte Rebecca und ihre Stimme klang nun doch ein wenig empört. »Ihr seid wunderschön, schlank und voll Vitalität, und Euer Ehemann liegt Euch zu Füßen.«

Roseanna ignorierte die letzte Bemerkung: »Ihr sagt, ich sei schlank, und doch sind meine Brüste doppelt so üppig wie die Euren.«

Rebecca schüttelte den Kopf. »Ich bin dick und plump.«

»Mein Gott, Ihr raubt mir den letzten Nerv. Ich könnte Euch schütteln, daß Euch die Zähne klappern! Ihr habt ein vollkommen verzerrtes Bild von Euch selbst. Ihr seid total abgemagert, Rebecca! Was kann ich bloß tun, um Euch klarzumachen, daß Ihr Euch umbringt?« Plötzlich schoß ihr eine Idee durch den Kopf, und sie handelte ganz impulsiv. Rasch zog sie sich Kleid und Bluse aus und schälte sich auch aus den Strümpfen. Dann zerrte sie Rebecca aus dem Bett. Beide standen sie nun nackt vor dem Spiegel. Rebecca war so weiß und dünn, daß sie aussah wie ein zwölfjähriges Kind. Jede einzelne Rippe war zu sehen, ihr Magen ähnelte einer Höhlung, und ihre Brüste hingen an ihr wie kleine, leere Säcke. Im Gegensatz dazu glühte Roseannas Fleisch geradezu vor Gesundheit. Ihre Hüften waren sanft gerundet, und die Brüste sprangen prall hervor. Rebecca brach in Tränen aus.

Sofort von Mitleid übermannt, tröstete Roseanna sie: »Ach, meine Liebe, ich wollte Euch nicht zum Weinen bringen. Ich wollte Euch doch nur zeigen, wie sehr Ihr Euch selbst weh tut.«

»Wie kann ich nur so aussehen wie Ihr?« wisperte Rebecca.

Roseanna zog sich wieder an. »Ihr müßt essen – und Ihr braucht ein wenig Bewegung. Nicht gleich übertreiben, aber Ihr solltet mindestens drei kleine Mahlzeiten pro Tag zu Euch nehmen, und Ihr müßt Euch fest vornehmen, Euch nie wieder zu übergeben.«

»Ich versuch's«, versprach Rebecca unter Tränen.

»Gut! Ihr werdet im Speisesaal neben mir sitzen, und wir leisten uns gegenseitig Gesellschaft. Nach ein paar Tagen, wenn Ihr ein wenig kräftiger seid, werden wir mit Spaziergängen und Ausritten beginnen. Ihr werdet sehen – sobald Ihr einmal damit angefangen habt, wird sich Eure Energie kontinuierlich steigern! Sobald wir Eure Schönheit wiederhergestellt haben, werden wir anfangen, Tristan zu bearbeiten. Ihr habt ihn den anderen Frauen auf einem Silbertablett serviert. Das alles wird aufhören. Zur Abwechslung wird *sein* Herz mal gebrochen, nicht Eures.«

»Meint Ihr damit, ich soll mit anderen Männern flirten, um ihn eifersüchtig zu machen?« fragte Rebecca.

»Wenn Ihr mit jemandem flirten wollt, dann flirtet mit Tristan. Er wird sofort darauf reagieren. Ihr habt ihn viel zu lange vernachlässigt. Ich werde mich jetzt auf meinen Ausritt machen, aber heute abend sehe ich nach Euch, und wir gehen zusammen in den Speisesaal. Zieht Euch etwas möglichst Hübsches an.«

12. Kapitel

Der jüngste Bruder des Königs, Richard, Herzog von Gloucester, traf beim ersten Licht des Tages ein. Er war die ganze Nacht lang geritten, da er alles, was er tat, mit großer Entschlossenheit erledigte. Roger nahm ihn mit hinauf in den Wachtturm, wo sie die Landkarten zu Rate ziehen und außerdem feststellen konnten, ob Richard vielleicht verfolgt worden war, wie er befürchtete.

»Roger, tief in meinem Herzen weiß ich, daß unser Bruder George Verrat im Sinn hat, aber Ned will einfach nicht auf mich hören. Er weigert sich, den Tatsachen ins Auge zu sehen. Ich habe an den Grenzen zu Schottland patrouilliert. Warwick ist dabei, die Rebellen im Norden, die von Robin Mendell angeführt werden, aufzuwiegeln. Meine Spione haben mir davon berichtet, daß die beiden sich getroffen haben. Warwick würde nicht versuchen, den König zu stürzen, wenn er nicht jemanden hätte, der ihn ersetzt, jemanden, der bereitsteht und ganz wild darauf ist, das ihm seiner Ansicht nach von Gott zustehende Recht auf den Thron geltend zu machen. George hat heimlich Warwicks Tochter geheiratet! Man muß schon blind sein, um nicht zu sehen, daß sie eine unheilige Allianz gebildet haben – der Königsmacher und der Bruder des Königs. Warum sieht Ned das bloß nicht?«

Roger schüttelte den Kopf. »Tief im Herzen will er einfach nicht glauben, daß der Bruder, mit dem er aufwuchs, zu solch einem Schurkenstück fähig ist. Ich bezweifle, daß er Vorsichtsmaßnahmen ergreift, denn das würde ja verraten, daß er ihnen mißtraut.«

»Herr des Himmels! Müssen sie denn erst mit Waffengewalt gegen ihn vorgehen, bevor er etwas unternimmt?« wollte Richard wissen.

Roger nickte langsam: »Ich glaube, ja, Richard. Ich habe ihn gewarnt; wir alle haben das getan. Deshalb halte ich mich jetzt hier in meinen nördlichen Festungen auf. Ich weiß, daß sie was aushecken. Alles, was ich tun kann, ist, herauszufinden, wann und wo sie losschlagen wollen. Dann kann ich ihre Pläne vielleicht durchkreuzen.«

»Ich befürchte, Warwick hat sich mit den Schotten zusammengetan. Ich glaube, er ist mit ihnen ganz fest verbunden. Wenn er den Wink dazu gibt, dann müssen wir mit einer Invasion der Schotten rechnen. Und unter dem Vorwand, die Nation schützen zu müssen, kann er weiß Gott welche Maßnahmen treffen.«

»Na ja, wir haben beide unter Warwick gedient. Ich würde mir nie erlauben, ihn zu unterschätzen«, sagte Roger.

»Ich weiß auch, wozu Warwick fähig ist. Als ich sein Knappe war, hat er mir einmal einen Zahn ausgeschlagen, nur weil ich an seinem silbernen Kelch einen Tropfen Wein habe hinablaufen lassen! Das einzige, was ich nicht verstehe, ist, warum ein Mann mit derart festen, hochfliegenden Prinzipien sich mit einem Schwächling wie George zusammentun konnte.«

»Das ist genau der Punkt. Er benutzt ihn nicht, weil er ihn bewundert; er benutzt ihn, weil er so schwach und dumm und eitel ist, daß Warwick ihn manipulieren kann.«

Richards Augen blickten forschend über die violetten Berge am Horizont. »George war ein richtig gemeiner Junge. Er war eifersüchtig, weil Ned eine Schwäche für mich hatte. Ich war viel jünger und kleiner als die anderen. Nun, Ihr wißt ja, ich war das schwächste Glied der Truppe. Wann immer ich Gefallen an einem Spielzeug oder einem Tier fand, gab er so lange keine Ruhe, bis er's kaputtgemacht hatte«, murmelte Richard bitter.

»Er war ein unsympathischer junger Mann«, stimmte Roger zu.

»Vor Euch und Ned hat er seine Gemeinheit versteckt, denn ihr wart älter. Ich erinnere mich noch an die Zeit, nachdem unser Vater und unser Bruder Edmund getötet worden waren. Einmal hat er dauernd über diese Prophezeiung ›Die ersten werden die letzten sein, und die letzten werden die ersten sein‹ gefaselt. Ich war damals erst acht und habe ihn gefragt, ob er mir die Bedeutung dieses Satzes erklären könnte. Er sagte, es sei sein Schicksal, König zu werden, und sein Beweis war, daß einer der Brüder, die in der Thronfolge vor ihm kamen, bereits ausgefallen war. Wie ein Schuljunge wies ich ihn darauf hin, daß ich nach dieser Theorie eines Tages König von England werden würde, und da trat er mir ins Gesicht und brach mir die Nase. Obwohl ich erst acht war, habe ich meine Lektion, was George betrifft, schon damals gründlich gelernt.«

»Der letzte Tropfen, der das Faß zum Überlaufen brachte, war meiner Meinung nach die Tatsache, daß Ned einen der Brüder der Königin Warwick als Ehemann für seine Tochter angeboten hat«, meinte Roger.

»Das ist noch so eine Schwäche von Ned. Er will einfach nicht wahrhaben, wie verhaßt die Woodvilles überall sind. Westminster beherbergt einige der schlimmsten Huren, Zuhälter und Diebe in ganz London. An Neds Stelle hätte ich George und Warwick schon längst in den Tower werfen lassen!«

»Und die Hälfte der Woodvilles gleich noch dazu, wie's scheint?« schlug Roger vor.

Richard stimmte lachend zu. Plötzlich erstarrte er und spähte hinunter in den Burghof. »Herr des Himmels. Roger, Ihr habt einen Spion in Eurer Mitte! Dort – der junge Ritter da ist einer von Georges Männern.«

Roger blickte hinunter und sah Sir Bryan, wie er gerade einen Zettel an Roseanna weiterreichte und dann rasch verschwand. »Ich halte ihn unter ständiger Beobachtung, bis ich herausgefunden habe, was er hier vorhat.« Roger lächelte.

»Wer war denn dieses liebliche Wesen an seiner Seite?« fragte Richard mit heruntergeklappter Kinnlade.

»Das war meine Frau«, erklärte Roger kühl.

Roseannas Herz klopfte stürmisch, während sie den Zettel rasch und unauffällig in ihren Handschuh steckte und energisch zu den Ställen schritt. Der alte Dobbin sattelte Zeus für sie. »Lady Roseanna, ich sitz' irgendwie in der Klemme.« Er sah sie hilflos an, was sie sofort rührte. »Ich hab' Befehle, Euch nicht ohne einen guten Reitknecht fortzulassen. Das paßt Euch normalerweise natürlich überhaupt nicht, aber um die Wahrheit zu sagen, ich find', es klingt wie 'ne gute Idee. Besser das, als es hinterher zu bereuen, und so weit oben im Norden kann's leicht sein, daß Ihr auf irgendwelche unzivilisierten Barbaren trefft.«

Sie lächelte Dobbin fröhlich an. »Was würdest du sagen, wenn ich dir erzählen würde, daß die Tage, in denen ich ein Wildfang war, endgültig vorbei sind? Daß ich jetzt eine respektable verheiratete Frau bin, die immer und überall Diskretion walten läßt?«

»Ich würd' sagen: Pferdescheiße!« meinte er unverblümt.

»Und damit hast du absolut recht.« Sie lachte. »Komm schon, ich werde einen Knecht mitnehmen. Sicherlich hast du bereits einen ausgesucht.«

Er kicherte: »Bin gleich zurück«, und tauchte mit einem kräftig gebauten jungen Mann auf, der bereits Stiefel und Sporen trug. »Das ist Kenneth. Er ist 'n hübsches Muskelpaket und gut bewaffnet.«

»Guten Morgen, Kenneth.« Der junge Mann beäugte sie vorsichtig und antwortete: »Morgen, Madam.«

»Schau, ich fürchte, wir müssen miteinander auskommen, also wollen wir das Beste daraus machen. Hilf mir mal hoch.« Kenneth faltete die Hände zusammen, um ihr mit einem ordentlichen Schwung in den Sattel zu helfen. Sie legte die Hand auf seine Schulter, um sich hochzuziehen, und grinste. »Lieber Himmel, du bist so kantig und hart wie ein Steinblock!« Er grinste zu ihr hoch, und seine Unsicherheit war verschwunden.

Minuten später waren sie draußen auf den Feldern und Wiesen. Die grünen Farne verwelkten langsam, denn es war die Jahreszeit, in der sich saftiges Grün in Rotbraun verwandelte. Das Heidekraut blühte noch und überzog die fernen Hügel mit einem purpurnen Schimmer; bei näherem Hinsehen konnte man jedoch erkennen, daß sich auch die Stengel des Heidekrauts bereits braun verfärbten. Die Weiden waren gesprenkelt mit Schafen und durchzogen von niedrigen Steinmauern, und darüber trieben schwere graue Wolken dahin, in denen die Schreie vereinzelter Kiebitze zu hören waren.

Sie galoppierten so schnell dahin, daß sie den einen oder anderen Feldhasen und auch einzelne Moorhennen hochscheuchten. Weit im Westen erhob sich eine große Bergkette, die Moore und Täler miteinander verband wie das Rückgrat eines riesigen prähistorischen Monsters. Roseanna zog eine weite Kurve und ritt in die entgegengesetzte Richtung. Als sie Zeus schließlich in Schritt fallen ließ, so daß er am Moos knabbern konnte, sagte Kenneth: »Das ist ein wirklich prächtiges Pferd. In unseren Ställen kommt ihm nur Ravenspurs Tier gleich.«

»Ich habe ihn selbst gezüchtet«, verkündete sie stolz.

»Dann sind die Geschichten, die der alte Dobbin von Euch erzählt hat, also wahr, Mylady?«

Ihre Augen glitzerten vergnügt. »Nun, ich glaube, man kann guten Gewissens sagen, daß er nicht übertrieben hat. Ich habe vor, ein paar sehr gute Pferde zu züchten und Ravenspurs Bestand ein wenig aufzubauen.«

»Das ist ein herrliches weißes Pferd, das Ihr da mitgebracht habt«, sagte er.

»Es ist ein Araber. Ich werde ihn sofort zur Zucht verwenden, wenn es geht.«

»Wir haben leider keine Stuten, die gut genug für ihn wären, Madam. Ein oder zwei Ritter besitzen einige Vollblüter, aber sonst reitet fast jeder aus der Truppe einen großen Wallach. Wir haben nur ein oder zwei Stuten.«

»Ich werde sie mir mal ansehen, Kenneth. Wenn wir keine haben, dann müssen wir eben welche kaufen. Einen guten Zuchtbestand aufzubauen braucht seine Zeit. Eine Stute braucht ein Jahr, bis sie trächtig ist, und ich glaube, die meisten finden es einfacher, zu kaufen, was sie benötigen. Aber mein Vater hat mir beigebracht, wie man mit Hilfe sorgfältiger Kreuzungen, mit einem Minimum an Kosten, die herrlichsten Reittiere bekommt. Du wirst sehen – in ein paar Jahren werden Ravenspurs Ställe den Neid eines jeden Grundbesitzers im ganzen Land wecken.« Sie lauschte ihren eigenen Worten und dem Stolz, der in ihrer Stimme lag, wenn sie den Namen *Ravenspur* aussprach. Sie sprach von einer Zeit, die noch weit in der Zukunft lag, und war sich andererseits nicht einmal sicher, was der heutige Abend bringen würde. Ratlos schüttelte sie den Kopf.

Der Zettel in ihrem Handschuh brannte ihr auf der Haut und auch auf dem Gewissen. Allerdings wagte sie nicht, ihn zu öffnen, bevor sie nicht allein in ihrer Kammer war. Nachdem sie zur Burg zurückgekehrt war, schritt sie durch die Wohnräume im ersten Stock und sah, daß ihr Gatte und Tristan einen Gast hatten.

»Roseanna, kommt her und laßt mich Euch Richard, Herzog von Gloucester, vorstellen«, sagte Roger.

Gespannt trat sie näher. Aus lauter Neugier hätte sie fast vergessen, einen Hofknicks zu machen. Verspätet, aber doch, sank sie dann in die Knie und hauchte: »Sire.«

Der junge Mann vor ihr errötete. »Nein – keine Formalitäten, ich bitte Euch, Lady Roseanna. Es tut mir sehr leid, daß ich nicht auf Eurer Hochzeit sein konnte.«

Sie traute ihren Augen nicht. Er war erst ungefähr siebzehn Jahre alt, war von leichter Statur und besaß das rotbraune Haar der Plantagenets. Wenn er sprach, war er trotz seiner Jugend von einer Ernsthaftigkeit, wie sie sie nie zuvor an einem so jungen Mann gesehen hatte. »Willkommen auf unserer Burg, Prinz Richard. Ich bin sicher, Ravenspur wird Euch jede nur erdenkliche Gastlichkeit erweisen.«

»Ja, er ist mir und Ned immer ein treuer Freund gewesen. Loyalität ist mir von allen Dingen am wichtigsten.« Seine Augen bohrten sich in die ihren, so als ob er ihr damit etwas signalisieren wollte, und plötzlich schien ihr der Zettel in ihrem Handschuh ein Loch in die Handfläche zu brennen.

Der Gegensatz zwischen dem König und seinem jüngsten Bruder war erstaunlich. Da stand er ohne jegliche Zeichen seiner Amtswürde, in einer stark abgetragenen Lederjacke, und doch hielt er sich mit solcher Würde, daß jeder sehen konnte, daß mit diesem jungen Mann nicht gut Kirschen essen war. Sie sah seine Schönheit, als sie sein Gesicht studierte, und erkannte, daß sie ihm viel ähnlicher sah als dem blonden Giganten, der ihr Vater war. Dies also war ihr Onkel. Sie mochte ihn, stellte sie fest. Graue Augen lächelten in graue Augen. »Werdet Ihr heute abend beim Dinner neben mir sitzen?« fragte sie.

»Wenn Ravenspur mir keine tödlichen Blicke zuwirft.« Richard lächelte.

»Nein, nein, so sieht er immer aus«, neckte sie und warf ihrem Mann einen herausfordernden Blick zu.

Tristan folgte ihr nach oben. »Nicht gerade der eitle Pfau, den man erwarten könnte, nicht wahr?«

»Nein, aber bei Gott, er ist ein wirklicher Mann«, sagte sie gedankenvoll.

»Sagt bloß nicht, er hat bei Euch eine Eroberung gemacht. Was soll ich heute abend für mein Vergnügen tun, wenn Ihr Eure ganze Aufmerksamkeit Richard schenkt?« beschwerte er sich.

»Ach, wißt Ihr das nicht? Rebecca kommt mit mir zum Dinner.« Sie schlüpfte ins Vorzimmer ihrer Kammer, lehnte sich mit dem Rücken an die Tür und mußte laut lachen. Das würde ihn lehren, nicht so ein Quälgeist zu sein!

Als Kate ihr ins Hinterzimmer folgte, meinte sie: »Laß mich ein paar Minuten allein, Kate. Richard, der Bruder des Königs, wird heute abend mit uns speisen, und ich möchte, daß wir uns alle von unserer besten Seite zeigen.« Sie schloß die Tür, riß den Handschuh herunter und entfaltete das Stück Papier:

Ich werde genau aufpassen, und wenn es sicher ist, dann komme ich irgendwann zwischen Mitternacht und vier Uhr morgens zu Dir.

Scharf sog sie die Luft ein. Lieber Himmel, das durfte nicht geschehen! Zu ihr kommen? In ihr Bett vielleicht? Um mit ihr zu schlafen? Das wollte sie auf keinen Fall. Warum hatte er ihr nicht einfach ein Gedicht geschrieben, etwas, wovon sie träumen konnte? Sie erkannte, daß sie keinen Liebhaber aus Fleisch und Blut wollte. So einen mußte sie ja ohnehin jede Nacht abwehren. Sie wollte Sir Bryan als den sanften, perfekten Ritter, den man aus der Ferne anhimmeln konnte. Sie setzte sich an ihren Frisiertisch und dankte im stillen Mr. Burke, daß er Papier und Tinte bereitgestellt hatte.

Komm nicht zu mir. Ich kann Dich in meiner Kammer nicht empfangen. Wir dürfen uns nur an so öffentlichen Orten wie dem Speisesaal oder in den Ställen treffen.

Ein Klopfen ertönte an der Tür; rasch faltete sie die Botschaft zusammen und rief: »Herein.« Es war Alice mit ihrem Kleid. »Alice, ich möchte, daß du Sir Bryan aufsuchst und ihm diese Nachricht gibst. Laß Kate ja nichts davon wissen und auch sonst niemanden. Geh rasch – Kate wird mir schon beim Anziehen helfen.«

Nachdem Alice verschwunden war, nahm Roseanna das wunderschöne Samtkleid hoch und betrachtete es kritisch. Es war aus einem dunklen Burgunderrot und an Ausschnitt und Ärmeln reich mit cremefarbener Spitze besetzt. »Kate, komm doch einmal einen Moment herein, ich brauche deinen Rat.« Roseanna wußte, daß diese Einladung für Kate unwiderstehlich war. »Ich möchte all diese Spitzen loswerden und das Kleid einfach so belassen.«

Kate runzelte die Stirn. »Creme und Burgunder passen aber nun mal perfekt zusammen. Mit Eurem schwarzen Haar braucht Ihr die Farbe der Spitzen als Kontrast.«

»Stimmt, die Farbe ist notwendig, aber ich denke da eher an Perlen. Ich besitze eine Sechsfach-Kette mit einem Rubin, und ich habe jede

Menge langer Perlenketten, die wir in mein Haar flechten können. Ja, genau, das ist es. Hilf mir, diese Spitzen zu entfernen. Du machst den Ausschnitt, ich die Ärmel. Was erzählt man sich so über Ravenspur? Hast du irgend etwas gehört? Über seine letzte Frau vielleicht?«

Die Frage traf Kate unvorbereitet. »Nein, nichts über seine Frau. Ich habe aber gehört, daß er keine besondere Mätresse hat, die er irgendwo versteckt hält. Er hat sich Huren genommen, wenn er's brauchte – oh, mein Lämmchen, ich habe Euch doch nicht etwa geschockt?«

»Nicht im geringsten. Ich habe Cassandra gesehen, diese berüchtigte Kurtisane, auch wenn ich erst am nächsten Tag gemerkt habe, welcher Profession sie nachgeht. Mein Gott, war ich naiv!«

»Das war nicht Naivität, das war Unschuld, und Unschuld sollte eine Braut auch besitzen.«

Roseanna schnaubte verächtlich. »Ich möchte heute früher fertig sein, damit ich zu Rebecca gehen und sie dazu bringen kann, mich zum Dinner zu begleiten. Tristan, das ist noch so einer, der an Huren Geschmack findet – oder vielmehr an allem, was Röcke trägt –, und Rebecca und ich haben vor, ihn kleinzukriegen«, meinte Roseanna.

Kate Kendall schüttelte den Kopf und meinte, den Blick zur Decke gerichtet: »Ein Montford ist also nicht genug für Euch. O nein, Ihr müßt Euch gleich beide vornehmen. Roseanna, paßt bloß auf.«

Roseanna lachte, denn sie freute sich auf die Herausforderung. »Kate, heb dir dein Mitleid für die Montford-Brüder auf. Die werden's noch brauchen.«

Als auch die letzte der Perlenketten, die Roseanna besaß, kunstvoll in ihr Haar geflochten war, eilte die junge Frau den Korridor entlang zum Zimmer ihrer Schwägerin. Sie fand sie am Rand eines Tränenausbruchs inmitten eines Stapels Kleider vor.

»Ich kann nicht hinuntergehen. Ich habe nichts anzuziehen!« heulte Rebecca los.

Roseanna ging zum Schrank und begutachtete sorgfältig jedes Kleid. »Das hier ist pefekt!« Es war tiefrosa mit einem abgesteppten Mieder und Ärmeln aus Seide. »Schaut, die Absteppung wird Eure Figur köstlich ausfüllen, und denkt doch mal, wie gut diese Farben aussehen, wenn wir beide nebeneinander sitzen.«

»Ach, wenn ich doch nur auch ein paar Perlen hätte, die ich mir ins Haar flechten könnte wie Ihr«, jammerte Rebecca.

»Wir können dasselbe auch mit Bändern machen. Das ist sogar noch viel einfacher – Ihr werdet schon sehen.«

»Das Schwerste für mich ist, den Saal zu betreten. Ich wünschte, ich könnte irgendwie ungesehen hineinschlüpfen.« Rebecca seufzte.

»Ein Schicksal, schlimmer als der Tod! Ich dagegen liebe dramatische Auftritte. Wir kommen absichtlich zu spät, um sicher zu sein, daß auch jedes Auge auf uns gerichtet ist. Ich habe schon vor langer Zeit lernen müssen, daß sich nicht kontrollieren läßt, was die Leute über einen sagen. Sie können nette, bewundernswerte, schmeichelhafte Dinge sagen, aber auch grausame, neidische oder gehässige Bemerkungen machen. Mir ist egal, was von beidem, solange sie mich nicht bemitleiden!«

Diese Bemerkung traf ins Schwarze. Rebecca überlegte, daß sie sie, wenn sie Roseannas Rat befolgte, vielleicht nicht mehr bemitleiden würden.

Ravenspurs Antlitz glänzte vor Stolz, als Roseanna zu ihrem großen Stuhl schritt. Angesichts ihrer Schönheit saßen die Männer da, wie vom Donner gerührt. Auch Tristan blinzelte, als er sah, wie wundervoll auch seine Frau diesmal aussah, und es erinnerte ihn an das erste Mal, als er sie vor fünf Jahren gesehen hatte.

Richard hatte seine grobe Lederjacke gegen ein schwarzes Samtwams mit riesigen Schulterpolstern ausgetauscht und trug außerdem eine auffallende weiße Satinhose, die seine Männlichkeit geradezu schamlos betonte. Das Wappen des Herzogs von Gloucester, ein weißes Wildschwein, war auf seine Schulter gestickt. Er besaß eine Grazie, die die Montford-Männer nicht vorweisen konnten, und seine Manieren waren einfach tadellos. Zuerst küßte er Roseannas Hand, verbeugte sich dann leicht und machte ihr ein Kompliment über ihr Kleid. Dann wiederholte er dasselbe bei Rebecca, die scheu errötete.

Roseanna änderte rasch die Sitzordnung. Sie plazierte Richard als Ehrengast zwischen sich und Ravenspur, setzte Rebecca auf seine andere Seite und lud Tristan ein, neben seiner Frau Platz zu nehmen. Dann verwickelte Roseanna Richard in ein anregendes Gespräch, in das sie auch Rebecca geschickt miteinbezog, so daß die drei vom ersten bis zum letzten Gang nur noch plauderten und lachten. Sie behielt streng im Auge, was auf Rebeccas Teller kam, damit sie ja nicht zuviel aß, während sie gleichzeitig Richard mit Fragen über London, den Hof in Westminster und seine neuesten Modeerscheinungen bestürmte.

»Ich fürchte, ich habe heute abend einiges Stirnrunzeln ausgelöst mit dieser weißen Satinhose, aber ich schwöre, sie ist nach den Maßstäben des Hofes eher konservativ. Der letzte Schrei sind zweifarbige Hosen, und der Klerus beschimpft Modeerscheinungen wie ›der entgrätete Dorsch‹ als unzüchtig – was sie natürlich auch sind«, erzählte Richard lachend. »In jeder Saison werden die Jacken kürzer und die Hosen enger, was ganz in Ordnung ist für diejenigen von uns, die in der Blüte ihrer Jugend stehen. Aber einige der älteren Männer sehen aus wie lächerliche Karikaturen.«

»Wie zum Beispiel Ravenspur?« fragte Roseanna mit einem belustigten Zwinkern in den Augen.

Richard lächelte: »Wie kann man nur so boshaft sein.« Aber auch er mußte lachen.

Roger an der einen Seite und Tristan an der anderen wurden fast übersehen, doch ihre Blicke trafen sich, und sie verständigten sich wortlos.

»Könnt Ihr ein wenig bei uns bleiben, Hoheit?« fragte Roseanna.

»Bei Gott, das war eine geradezu köstliche Erholung hier für mich, aber ich muß schon bei Sonnenaufgang zurück zur Grenzpatrouille.«

»Dann brauchen wir ja unbedingt ein wenig Musik und Tanz, damit Ihr Eure schwere Verantwortung für eine Weile vergessen könnt.« Sie wandte sich an Rebecca und fragte sanft: »Seid Ihr in Ordnung?«

Rebecca lächelte und nickte. »Versprecht mir, lange genug zu bleiben, daß Ihr mit Richard tanzen könnt«, flüsterte Roseanna.

Rebecca raunte zurück: »Vielleicht tanze ich ja sogar mit Tris, wenn er mich schön bittet.« Sie kicherte. »Er mußte meine Hand unter dem Tisch ergreifen, um meine Aufmerksamkeit auf sich zu ziehen.«

Gut, dachte Roseanna. *Wenn ich jetzt bloß noch mein eigenes Leben so leicht meistern könnte wie das anderer, dann hätte ich eine Sorge weniger.* Sie warf Ravenspur einen raschen Blick zu und stellte fest, daß seine Augen auf ihr ruhten. Plötzlich blinzelte er ihr vielsagend zu. Errötend wandte sie sich an Richard und sagte: »Ich fordere den ersten Tanz, Hoheit.«

»Bitte nennt mich Richard. Ich möchte, daß wir Freunde werden.« Während sie tanzten, sagte er: »Wenn Ihr London besucht, müßt Ihr unbedingt eine nächtliche Ausfahrt auf der königlichen Barke einplanen. Es ist einfach herrlich. Die Strömung der Themse ist ziemlich stark, besonders unter der London Bridge, und bei Nacht erinnert der Funkenflug der Fackeln an brennende Kometenschweife. Vergeßt jedoch nicht, ein parfümiertes Tuch oder etwas Ähnliches mitzunehmen – die Themse stinkt nämlich, fürchte ich.«

Sie blickte zu ihm auf. »Nun, nicht nur die Themse. Wie ich gehört habe, stinken alle Flüsse!« Er bog sich vor Lachen, denn ihre Anspielung galt Lord Rivers, dem Vater der Königin, der mit seinen sechzig Jahren immer noch scharf war wie ein Bock.

»Auch wenn ich Edward gegenüber in allen Dingen loyal bin, muß ich zugeben, daß ich Elizabeth und ihre ganze Sippe ziemlich verabscheue«, vertraute er ihr an.

»Warum?« fragte Roseanna aus reiner Neugier.

Er dachte einen Moment lang nach und sagte dann: »Ich denke, es liegt vielleicht daran, daß sie darauf besteht, daß ich als der Bruder des Königs vor ihr niederknie und ihr die Hand küsse. Meine Lippen dürfen jedoch nie wirklich ihre Haut berühren. Sie ist absolut tabu!«

»Seltsam, aber ich habe noch niemanden getroffen, der sie mag.« Nun, da sie daran dachte, fiel ihr ein, daß selbst König Edward, ihr Vater, sie vor der Königin und ihrer Familie gewarnt hatte. Von allen gehaßt, gab sie eine formidable Feindin ab. Roseanna beschloß, Ravenspur zu fragen, was er von ihr hielt.

Die Musiker spielten ohne Unterlaß, und Roseanna freute sich, daß Rebecca zuerst mit Richard und dann mit Tristan den »Gay Galliard« tanzte, jenen köstlich dekadenten Tanz, in dem der Partner seine Partnerin so hoch in die Luft zu wirbeln hat, daß ihre Fesseln und die Unterröcke zu sehen sind.

Ravenspur ergriff Roseannas Hand und führte sie zum Tanz. »Ach, ich möchte lieber nicht«, protestierte sie.

»Ihr habt mich bewußt den ganzen Abend lang ignoriert, Roseanna. Ihr müßt lernen, daß dies nicht ungefährlich ist«, flüsterte er vergnügt. Der Druck seiner Hand auf ihrem kleinen, festen Hinterteil verlieh seinen Worten Nachdruck. Plötzlich und unerwartet schwenkte er sie dann höher, als jede andere Frau im Saal flog. Die Musiker beschleunigten das Tempo, und die Tänzer wurden noch ausgelassener. Bei der zweiten Hebung hielt er sie ganze dreißig Sekunden lang in der Luft. »Ravenspur, bitte!« rief sie. Alle Tänzerinnen warfen nun wild die Beine in die Höhe, und es entstand ein regelrechter Wettbewerb, wer seine Dame am längsten in der Luft halten konnte. Jeder lachte ausgelassen, und selbst Roseanna freute sich schließlich über die alberne Stimmung. Sie mußte einfach kichern, als ihr Mann sie in der Luft hielt und ihr die Finger in die Rippen bohrte, um sie gnadenlos zu kitzeln.

»Laßt mich runter!« schrie sie, fast hilflos vor lauter Lachen.

Rogers Augen bohrten sich ruchlos in die ihren. »Fleht um Gnade!« befahl er und ließ sie für eine kurze Sekunde lang auf den Boden herunter, bevor er sie schon wieder für die nächste Hebung in die Luft schleuderte.

»Ravenspur, bitte!« bettelte sie.

»Sagt Roger«, lachte er. Sie schüttelte den Kopf. Da hielt er sie so hoch in die Luft, daß ihr die Röcke bis zu den Schenkeln hochrutschten und ihre feinbestrumpften Beine sichtbar wurden.

»Roger, Roger!« schrie sie, und er ließ sie rasch wieder herunter und nahm sie in die Arme. Sie sah zu ihm auf, und plötzlich hörten beide auf zu lachen. Die Leidenschaft glühte in seinen Augen, und sein plötzlich hart gewordenes Geschlecht preßte sich an ihren weichen Körper. Unfähig, ihr noch länger widerstehen zu können, beugte er den Kopf, um von ihren sinnlichen Lippen zu kosten. Ihre Reaktion auf seinen wilden Kuß war so unmittelbar und heftig, daß sie vor Scham am liebsten im Boden versunken wäre. Entsetzt über die Leidenschaft, die sie für ihn empfand, riß sie sich los. Die Reaktion ihres Körpers verletzte ihren Stolz.

»Seid Ihr mein für immer, Roseanna?« murmelte er sanft.

»Nie!« fauchte sie und rannte aus dem Saal. Ihr Herz klopfte wie wild. Immer wieder löste er diese Gefühle bei ihr aus! Zuerst fühlte sie sich jedesmal kühl und überlegen und dachte, sie könnte ihn leicht manipulieren und mit ihm fertig werden; dann jedoch, und ohne Vorwarnung, wurde ihr Körper zum Verräter, und sie verlor die Kontrolle über sich selbst. Sie wußte, daß ihr die Zeit langsam davonlief. Lange ließ er sich nicht mehr hinhalten. Er war viel zu potent, um sich auf Dauer mit einem Arrangement wie diesem zufriedenzugeben.

Als sie Kates und Alices Kammer erreichte, fiel ihr plötzlich Bryan ein. Wenn Ravenspur ihn je bei ihr vorfand, würde er ihn ohne Zögern töten. Sie betete, daß Bryan nicht auftauchte. »Ach, Alice, hilf mir bitte, die Perlen aus meinem Haar zu lösen. Ich habe einfach zu viel getanzt, mir schwirrt der Kopf.« Alice verstaute die Perlen in einem Köfferchen, und Kate half ihr, das burgunderrote Kleid auszuziehen.

Sie wollte gerade in ihre Kammer verschwinden, als sie innehielt und Kate bei der Hand nahm. »Kate«, sagte sie ernst, »wenn ich je einen Besucher bekäme – einen, der sehr spät kommt –, du würdest ihn doch nicht in meine Kammer lassen, nicht wahr?« bat sie.

»Müßt Ihr so etwas überhaupt noch fragen? Ab ins Bett mit Euch, Kind!«

Roger lag schon im Bett, aber selten war ihm der Schlaf ferner gewesen als in dieser Nacht. Warum hatte er's nur zugelassen, daß sich die Dinge so entwickelten, fragte er sich wieder und wieder. Er hatte in der Hochzeitsnacht einen schweren Fehler begangen, als er das gemeinsame Bett verlassen und auf der Couch geschlafen hatte. Die Ehe hätte noch in jener Nacht vollzogen werden müssen, selbst mit Gewalt. Manch ein Bräutigam mußte auch sonst seine überlegene Körperkraft einsetzen, um die Scheu seiner Braut zu überwinden. Das Problem war nur, Roseanna war nunmal keine gewöhnliche Frau. Sie war nicht nur weit schöner als andere Frauen, sie war auch in jeder Hinsicht sensibel. Sie war hochintelligent und einfach vollendet, und er mußte sich nicht erst daran erinnern, daß königliches Blut durch ihre Adern floß. Ihre Herkunft war offensichtlich. Sie war alles, was er sich nur wünschen konnte, und er wollte sie als seine Seelenpartnerin. Er sehnte sich nach jener Entrücktheit, nach dem Gefühl, die Barrieren des anderen überwunden zu haben und mit ihm eins geworden zu sein.

Er schimpfte sich einen Trottel und war so frustriert, daß er sich sogar mit einer rein platonischen Beziehung zufriedengegeben hätte. Wenn sie ihn schon vor ihrer Hochzeit verfolgt hatte, so brannte sie jetzt wie ein Fieber in seinem Körper. Seine Sehnsucht nach ihr wuchs mit jedem Herzschlag. Er war besessen von ihrem Körper und von ihrem Wesen. Wenn er die Dinge weiterlaufen ließ wie bisher, würde es zu einem derart heftigen Zusammenstoß zwischen ihnen kommen, daß er leicht beide zerstören konnte.

Er warf die Decke zurück und schlüpfte in seinen Morgenmantel. Er wollte zu ihr gehen, sie aufs Bett werfen und sie so erregen, daß sie ihn schließlich anflehte, sie zu nehmen. Er kannte Tricks, die sie um den Verstand bringen würden. Sobald er sie einmal sein eigen nennen konnte, würde sie ihm ein Leben lang gehören. Immerhin war er fast zweiunddreißig und besaß die Erfahrung, die ein Mann brauchte. Sie dagegen war erst siebzehn und unberührt, wenn er richtig vermutete.

Er machte sich auf zur nordöstlichen Ecke der Burg. Auf dem Weg dorthin fiel ihm ein, daß er, um zu Roseanna zu gelangen, das Vorzimmer durchqueren mußte. Er murmelte einen saftigen Fluch, denn er haßte es, anklopfen und um Erlaubnis bitten zu müssen, wenn er seine eigene Frau sehen wollte. Aber er unterdrückte seinen Ärger und klopfte an die Kammertür. Kate Kendall öffnete und leuchtete ihm mit einer Kerze ins Gesicht. »Stimmt etwas nicht, Mylord?« fragte sie mit gedämpfter Stimme.

Er schluckte eine grobe Bemerkung hinunter und sagte ohne Umschweife: »Ich möchte Roseanna sehen.«

»Oh, Mylord, sie erwartet Euch gar nicht. Sie ging gleich zu Bett, weil sie sich unwohl fühlte. Der Kopf schwirrte ihr gar heftig.« Kate war entschlossen, nicht zu weichen. Hatte sie nicht gerade erst ihr Wort gegeben, ihn nicht hereinzulassen, wenn er sie besuchen wollte?

Roger blickte auf die Tür zum Hinterzimmer und sah Licht unter der Schwelle hervorschimmern. Seine Wut beherrschend, drängte er die Dienerin: »Wenn Sie sich nicht wohlfühlt, dann sollte ich unbedingt nach ihr sehen.«

Kate schüttelte unnachgiebig den Kopf, so als ob sie mit einem unvernünftigen Jungen sprach. »Es wäre rücksichtslos von Euch, sie jetzt zu stören, Mylord. Sie braucht nur ein wenig Ruhe, und die würde sie nicht kriegen, wenn Ihr sie jetzt besuchtet, nicht wahr?«

Die alte Empörung, daß man ihm den Zugang zu seiner eigenen Frau verwehrte, packte ihn erneut. Was, wenn sie einen Liebhaber bei sich hatte? Er hatte gesehen, wie der junge Ritter ihr am Morgen heimlich einen Zettel zugesteckt hatte. Nein, der Gedanke war zu abscheulich, als daß er länger darüber nachdenken mochte! Dennoch blieb er haften, so daß er zu bezweifeln begann, ob es wirklich vernünftig war, einen Besuch zu erzwingen. Als er sich zum Gehen wandte, grüßte ihn Kate: »Gute Nacht, Mylord.«

Eine gute Nacht? Wohl eher eine der schlimmsten, die er je erlebt hatte. Herr im Himmel, sie hatte geschworen, ihn unglücklich zu machen, und sie tat weiß Gott ihr Bestes. Er knallte seine Kammertür hinter sich zu und knirschte mit den Zähnen. Obwohl der Raum ziemlich groß war, fühlte er sich in diesem Moment wie eingesperrt. Gefangen war er, im wahrsten Sinne des Wortes, gefangen in seiner ganzen Kraft, seiner ganzen männlichen Verwegenheit, seinem tiefsten Wesen. Schließlich schleuderte er mit einem heftigen Fußtritt einen Stuhl quer durch den Raum und ließ ihm einen noch heftigeren Fluch folgen. Er kämpfte gegen den Impuls an, in die Quartiere der Männer zu stürzen, um zu sehen, ob Fitzhugh sich dort befand oder nicht. Nein, das wäre nun wirklich zu verrückt gewesen.

Der alte Schmerz durchflutete ihn. Oh, Gott, nicht schon wieder! Er atmete tief durch und beruhigte sich ein wenig. Nein, seine letzte Frau war eine Hure gewesen, aber Roseanna war so fern davon wie die Nacht dem Tag. Sie war seine Rose ohne Dornen, und er würde sie nicht mit abartigen Gedanken oder Zweifeln, die nur seiner unglücklichen Vergangenheit entsprangen, in den Schmutz ziehen. Er zügelte seine Gedanken und seine Nerven. Schließlich nippte er an einem Glas Wein und nahm sich fest vor: Morgen nacht!

13. Kapitel

Der Morgen war ausgefüllt mit Tristans Abreise nach Ravenscar, das zirka vierzig Meilen entfernt an der Ostküste lag. Die Reise hatte zum Ziel, das Land zu durchforschen und auf jede Bewegung von Männern oder Schiffen an der Küste zu achten. Es war eine Vorsichtsmaßnahme, die getroffen wurde, weil König Edward einfach zu vertrauensselig war. Wenn Tristan nichts Verdächtiges fand, dann sollte er gemäß Rogers Befehl noch in derselben Woche zurückkehren. Denn die wirkliche Gefahr eines Verrats erwarteten sie von Westen; Roger würde keine Ruhe finden, solange Tristan nicht zurückgekehrt war und sie beide nach Ravenglass und zurück gereist waren.

Rebecca sollte ihren Mann nicht begleiten, sondern zusammen mit ihren Hofdamen auf Ravensworth bleiben. Tristan war überrascht und erfreut, als ihm seine junge Frau ausgiebig Lebewohl sagte und ihm zuflüsterte, daß sie ihn vermissen werde. »Wenn Roseanna deine Frau wäre, würde sie mit dir reiten und sich nicht um die Gefahren kümmern.«

Tristan sah seine Frau forschend an und freute sich über den positiven Einfluß, den Roseanna auf sie ausübte. Er beugte sich hinunter und flüsterte ihr ins Ohr: »Wenn du kräftiger geworden bist, dann kannst du mit mir reiten. Ich freue mich schon darauf.«

Rebecca errötete, was ihr sehr gut stand. »Komm schnell zurück, Tris!«

Er grinste vieldeutig. »Das werde ich. Aber sei gewarnt, nach dieser Trennung werde ich meine Leidenschaft sicher nicht mehr zügeln können.«

Roseanna begleitete Rebecca zu den Ställen, um Tristan und seinen Männern eine gute Reise zu wünschen; dann ging Rebecca wieder in die Burg, und Roseanna inspizierte den vorhandenen Bestand an Pferden.

Der alte Dobbin, allzeit diensteifrig auf ihren Fersen, hielt jedes

Tier, damit sie es genau untersuchen konnte. »Ravenspur besitzt ein paar gute Hengste und natürlich Dutzende von Wallachen. Aber in seinen Ställen fehlt es einfach an guten Stuten für eine Zucht«, meinte sie abschließend.

»Das stimmt, Mylady. Die Stute, die Ihr von Zuhause mitgebracht habt, ist besser als alle, die sie hier haben.«

Roseanna nickte. »Ich bin so froh, daß ich eine mitgebracht habe, die trächtig ist. Soweit ich weiß, wurde sie von Zeus gedeckt. Ich denke, sie wird im Frühjahr ein hübsches, wertvolles Fohlen zur Welt bringen.«

»Ich glaube, diese Stute hier ist ebenfalls tragend. Der Stallmeister hat mir gesagt, daß sie von Ravenspurs Hengst gedeckt wurde, aber leider hat sie schon viele Abgänge gehabt.«

Roseanna runzelte die Stirn, während sie ihre Hand über den glatten Leib der einzigen Stute gleiten ließ, die Ravenspur neben der einen, die sie mitgebracht hatte, noch besaß. »Hol mir den Stallmeister her, Dobbin«, sagte sie entschlossen.

Dobbin ging und kam in Gesellschaft eines kräftigen jungen Mannes zurück, der aussah, als ob er, falls nötig, sogar ein Pferd heben könnte.

»Das ist Tom. Er leitet Ravenspurs Ställe.«

Roseanna schenkte ihm ein warmes Lächeln. »Du leistest gute Arbeit mit Ravenspurs Tieren, Tom. Ist ein ziemlich großer Stall.«

Er grinste. »Wir haben über hundert bewaffnete Männer, die alle beritten sein wollen. Natürlich haben die meisten ein persönliches Interesse an ihren Tieren. Sie passen auf, daß sie gut gefüttert, gepflegt und bewegt werden. Aber sie wissen nichts darüber, wie man kranke Tiere behandelt oder wie man ihre Wunden nach einem Kampf versorgt. Wie ich hörte, habt Ihr ein besonderes Interesse an Pferden, Mylady.«

»Ja, wir haben auf Castlemaine die besten Pferde Englands gezüchtet, und ich sehe keinen Grund, warum wir uns nicht auch hier ein wenig in der Zucht versuchen sollten, Tom. Dobbin hat mir gesagt, dieses Pferd hier hatte schon viele Abgänge?«

Er antwortete ihr so, als ob es die natürlichste Sache der Welt wäre, solche Dinge mit Ravenspurs neuer Gattin zu besprechen.

»Mit diesem Problem habe ich viel Erfahrung, Tom, und ich denke, wir können dieses Fohlen retten, wenn du meinen Rat befolgst. Es ist einen Versuch wert, wenn sie tatsächlich von Ravenspurs schwarzem Hengst gedeckt wurde; er ist bildschön.« Auf der Suche nach einer ruhigen Box etwas abseits von der Unruhe der übrigen Pferde, sah sie sich im Stall um. »Ich möchte, daß sie jede Woche genau untersucht wird. Haltet sie warm, ruhig und bequem. Sie muß alle paar Tage mit Seife und Wasser gewaschen werden. Haltet sie peinlich sauber, und mindestens eine ihrer Mahlzeiten sollte Haferbrei enthalten.«

»Verhindert das einen Abgang?« fragte Tom interessiert.

»Auf jeden Fall hilft es dabei. Wann immer bei uns eine Stute einen Abgang hatte, reinigten und desinfizierten wir den Stall sofort, gaben dem Tier einen Einlauf, um die Gedärme zu säubern und rieben sie dann noch mit Olivenöl ab. Und, was natürlich am wichtigsten ist: Immer den Fötus verbrennen.«

Tom nickte ernst angesichts all dieser neuen Vorschläge.

»Ich werde für Ravenspur ein paar neue Stuten kaufen, damit wir mit dem Araber eine Zucht beginnen können.«

»Es gibt Pferde wie dies drüben in der Gegend von Middleham. Ein paar Mönche züchten dort weiße Pferde«, sagte Tom.

»Tatsächlich?« fragte Roseanna interessiert. »Die würde ich wirklich gerne sehen.« Als sie den Kopf hob, sah sie, daß Sir Bryan gerade sein Pferd sattelte, also entschuldigte sie sich möglichst unauffällig und eilte rasch zu ihm. Sie konnte nicht anders, sie mußte es riskieren, auch auf die Gefahr, mit ihm zusammen gesehen zu werden. Schließlich mußte sie ihm unbedingt sagen, daß er unter gar keinen Umständen in ihre Kammer kommen durfte.

»Bryan, deine Nachricht hat mir Kummer bereitet«, warf sie ihm leise vor.

»Mein Liebling, ich vermisse dich schmerzlich. Wieso habe ich dir Kummer bereitet?«

»Du darfst nicht in meine Kammer kommen, besonders nicht nach Mitternacht. Es würde uns beide in Schande stürzen. Wenn dich irgend jemand sähe, dann würde man uns des Ehebruchs beschuldigen!« warnte sie ihn.

Er wurde stocksteif. »Was ich für Euch empfinde, Mylady, ist Liebe, nicht Lust. Es ist die reine Liebe, jenseits aller körperlicher Gelüste, es ist Sehnsucht auf einer höheren Ebene«, erklärte er nachdrücklich, so als ob sie ihn aufs schwerste beleidigt hätte.

Das besänftigte sie. »Ach, Bryan, ich weiß, und deshalb liebe ich dich ja auch. Aber es muß ein Geheimnis zwischen uns bleiben, oder ich habe keine Ruhe mehr. Wenn unsere Liebe bekannt würde, wärst du in tödlicher Gefahr.«

»Wenn Ravenspur zu seiner Burg Ravenglass reist, werde ich versuchen hierzubleiben. Dann können wir vielleicht ein wenig Zeit miteinander verbringen.« Als sie sahen, daß Captain Kelly auf sie zukam, gingen sie rasch auseinander.

Roseanna stellte fest, daß Mr. Burke sie bereits gesucht hatte.

»Mylord hat mich gebeten, ein Dinner für zwei vorzubereiten und in seinen Räumen zu servieren. Er meinte, Ihr würdet mir sagen, was ich servieren soll, und mir Eure Anweisungen geben, Lady Roseanna.«

»Wie rücksichtsvoll von ihm«, bemerkte Roseanna sarkastisch. »Mr. Burke, sagt mir, ist er sehr geschickt im Kartenspiel oder im Schach oder in irgendwelchen Glücksspielen?«

»Er hat Euch herausgefordert, nicht wahr?«

»Das hat er, Mr. Burke, und ich beabsichtige, ihn zu schlagen. Ich habe schon mit den Rittern von Castlemaine gewürfelt, da war ich erst fünf. Der König selbst hat mir das Schachspielen beigebracht und noch so einige andere Tricks. Wenn Ihr mir also sagen könntet, in welchem Spiel Ravenspur am schwächsten ist, so würde mir das einen Vorteil verschaffen.«

Burke kicherte und strich sich genüßlich übers Kinn. »Na ja, ich habe noch nie gesehen, daß ihn jemand im Schach geschlagen hätte, aber der junge Tristan gewinnt immer, wenn sie Backgammon spielen.«

Sie grinste ihm verschwörerisch zu und sagte dann: »Baut das Backgammon-Brett vor dem Kamin auf, und wir werden in der Nische unter dem hübschen Aureolfenster speisen.«

»Sehr gute Wahl, Mylady.« Er nickte zustimmend. »Was soll ich servieren?«

»Nun, wir wollen sehen. Beginnen wir doch mit geräuchertem Lachs oder geräucherter Forelle. Dann wäre ein Stück Wildbret oder ein Vogel nicht schlecht, denn es gibt zur Zeit sehr viel davon. Aber ich hasse Waldhuhn, und Fasanenfleisch hat manchmal einen recht starken Eigengeschmack.«

»Wie wäre es mit Rebhuhn, Mylady? Es gibt nichts Süßeres als ein fettes, kleines Rebhuhn.«

»Perfekt, Mr. Burke.« Sie nickte zustimmend. »Serviert Ravenspur, was immer er auch an Wein wünscht, ich persönlich bevorzuge Met.«

»Es freut mich, daß Ihr Met mögt, Mylady. Er wird aus Honig hergestellt und erhält seinen besonderen Geschmack von der nordenglischen Heide. Wenn wir wieder in den Süden reisen, nach Ravenspur, werde ich ein paar Fässer für Euch mitnehmen.«

»Vielen Dank, Mr. Burke. Sagt einmal, wie war denn Ravenspurs zweite Frau eigentlich?« fragte sie entwaffnend.

Die Frage traf ihn vollkommen unvorbereitet; trotzdem überlegte er sorgfältig, bevor er antwortete: »Also, ich würde sagen, sie war eine Frau, die die Männer liebte, wenn Ihr wißt, was ich meine.«

Roseanna war verärgert und sagte mit leicht erhobener Stimme: »Nein, das weiß ich nicht, Mr. Burke. Was ist das, eine Frau, die die Männer liebt?« Fast fühlte sie so etwas wie Eifersucht; was war mit ihr bloß los?

Ihm war offensichtlich sehr unbehaglich zumute. »Es ist nicht leicht für mich, das zu erklären, Mylady. Es ist fast neun Jahre her, seit sie starb. Was wünscht Ihr über sie zu wissen?«

»War sie schön?« fragte sie unverblümt.

»Sehr schön, auf üppige Weise schön.«

In Roseanna stieg Verärgerung hoch. »Wie lange waren sie verheiratet?«

»Ach, nicht lange, gar nicht lange. Sie starb als Braut, wenn man es so sieht. Innerhalb von zwei Jahren, meine ich.«

»Aha«, sagte sie. »Wie ich gehört habe, hat er mit fünfzehn Jahren zum ersten Mal geheiratet?«

»Ja, das stimmt. Eine Lady, die älter war als er selbst. Diese erste Ehe konnte man wirklich nicht als Liebesheirat bezeichnen, auch wenn sie über fünf Jahre gewährt hat.«

»Heißt das, seine zweite Ehe war eine Liebesheirat?« erkundigte sie sich.

Mr. Burke hustete, um seine Stimme zu klären, und wünschte sich weit weg. »Er war auf jeden Fall verliebt, als er die Lady zum ersten Mal traf. Er war mit zwanzig verwitwet und stürzte sich noch vor seinem einundzwanzigsten Geburtstag kopfüber in diese zweite Ehe. Nicht mal eine angemessene Trauerzeit hielt er ein.«

»Vielen Dank, Mr. Burke. Ich weiß, Ihr habt das Gefühl, sein Vertrauen zu verletzen, aber ich weiß nicht, bei wem ich mich sonst erkundigen könnte.« Ihr schwirrten noch Hunderte von Fragen über die »üppige« Braut, in die Ravenspur so wahnsinnig verliebt gewesen war, im Kopf herum, aber sie würde sie für ein anderes Mal aufheben, wenn sie und Mr. Burke sich besser kannten. »Mr. Burke, wärt Ihr so lieb, heißes Wasser auf mein Zimmer schicken zu lassen? Ich muß mich vom Stallgeruch reinigen, bevor ich mit Ravenspur diniere.«

Auf einmal war es ihr sehr wichtig, an diesem Abend besonders schön zu sein. Sie wünschte sich, die zweifellos attraktivste Frau zu sein, mit der er je im Leben gespeist hatte. Sie wollte sich dazu auch noch gewagte Kleidung aussuchen, etwas, auf das seine Männlichkeit reagieren mußte und das seine Gedanken vom Spiel ablenken konnte.

Sie stieg aus der Wanne und erlaubte Kate, sie in ein dickes Handtuch zu wickeln. Mit Alice an der Seite öffnete sie ihre Garderobe, und gemeinsam durchforschten sie ihre zahllosen Kleider. Sie hielt inne, als sie auf das rote Samtkleid stieß, das sie vor so langer Zeit aus Anlaß von König Edwards Besuch getragen hatte. Ihre Gedanken flogen zurück zu jener Nacht, die ihr Leben so sehr beeinflußt hatte.

»Oh, Ihr könnt doch nicht wieder dieses rote Samtkleid ohne das Untergewand tragen!« bat Alice mit erschreckter Stimme.

Roseanna warf ihr einen amüsierten Blick zu. »Als ob ich so etwas tun würde. Nein, heute abend mach ich's mal anders herum. Ich werde das hauchzarte Untergewand ohne die Tunika tragen.«

Alice schnappte nach Luft. »Aber Lady Roseanna, es ist so dünn, daß man durchsehen kann!«

»Ja«, überlegte Roseanna genüßlich. »Ich weiß.« Sie öffnete eine ihrer Truhen und nahm ein weißes, fein mit Silberfäden besticktes Unterhemd heraus, zog dann das Unterkleid darüber und stellte sich vor den Spiegel, um die Wirkung zu erproben. Sie hob die Arme hoch; die langen, weichfließenden Ärmel rutschten zurück, bis sie die zarten Falten des Rocks berührten. Wenn sie sich anstrengte, konnte sie sogar noch die kleinen, rosaroten Aureolen erkennen, die ihre Brustwarzen umgaben. Kate stand mit geschürzten Lippen hinter ihr. »Kate, hör auf zu brummeln und bring mir meinen Schmuckkoffer.«

Kate Kendall reichte ihrer Herrin den schweren Lederkoffer, der die herrlichen Schmuckstücke enthielt, die ihre Mutter für sie gefertigt hatte.

»Als Ravenspur letzte Nacht an Eure Kammertür klopfte, habe ich ihn mit der fadenscheinigen Ausrede weggeschickt, Ihr würdet Euch unwohl fühlen, denn Euch hätte der Kopf geschwirrt vom vielen Tanzen. Wenn Ihr in diesem Aufzug mit ihm speist, dann bezweifle ich, daß selbst ich ihn heute nacht noch mal abwimmeln kann.«

»Ist er letzte Nacht wirklich gekommen?« fragte Roseanna zutiefst befriedigt. »Vielen Dank, Kate. Du hast mich gerettet, und du wirst heute abend dasselbe tun, oder ich schicke dich für immer nach Castlemaine zurück!« meinte sie vergnügt. »Alice, ich möchte, daß du mein Haar ganz auf eine Seite kämmst – so ungefähr. Ein Teil soll mir den Rücken hinabfallen, der andere Teil nach vorne, so daß meine Wange fast, aber nicht ganz bedeckt ist und mein Auge überschattet. Die andere Hälfte steckst du hoch, so daß Hals und Ohr freiliegen, und dann befestigst du diese hübsche Mond-und-Sterne-Brosche genau über meiner Schläfe.«

Kate beobachtete Roseanna forschend, während Alice ihr Haar kämmte. »Ravenspur kann bis zu Euren Brüsten durchsehen!«

Die junge Frau errötete. »Das ist mir egal.«

Kate schüttelte den Kopf. »Ich werde Euch etwas Schierlingssaft mitgeben, den Ihr in seinen Wein schütten könnt.«

»Du lieber Himmel, ich will ihn doch nicht töten!« sagte Roseanna erschrocken.

Kate hatte genug. »Dummes Kind. Das ist gut gegen die Lüsternheit Eures Gatten – in kleinen Dosen natürlich.«

»Eine giftige Zunge ist eine weit bessere Waffe als vergifteter Wein«, meinte Roseanna entschlossen. »Ich muß runtergehen, denn ich will nicht zu spät kommen. Heute abend wird mein Benehmen absolut tadellos sein.«

Kate verdrehte die Augen. »Das dauert höchstens zehn Minuten, wenn's hochkommt. Roseanna und bestes Benehmen, das verträgt sich nicht!« spottete sie.

Hochmütig stolzierte Roseanna aus dem Zimmer und ging hinunter in die Privatquartiere der Burg. Mr. Burke hatte eine wunderbare Tafel für zwei in der Nische vorbereitet und stellte soeben die Weinkelche bereit. Roseanna nickte ihm höflich zu, blieb jedoch am anderen Ende des Zimmers stehen, denn sie wollte nicht riskieren, daß seine scharfen Augen womöglich ihr Kleid durchdrangen.

Eine Wand war mit einem riesigen Wandteppich bedeckt, bis zu dessen Fertigstellung sicherlich Jahre vergangen waren. Die Knüpfarbeit war derart fein, daß er fast wirklich aussah wie ein Gemälde. Er zeigte eine Art Bankett, auf dem ein Mann und eine Frau von zahlreichen Dienern und Dienerinnen hofiert und sogar von einer Musikkapelle unterhalten wurden. Ravenspurs Stimme, die dicht hinter ihr erklang, überraschte sie einen Augenblick, doch sie schreckte nicht zusammen.

»Es ist ein Bankett der Götter. Der Adler und der Pfau repräsentieren die Anwesenheit Zeus', des Götterkönigs, und seiner Gemahlin Hera. Der Gott Pan sorgt für die Musik ebenso wie Apollo mit seiner Lyra. Ganymed serviert ihnen den Nektar, und Pfeil, Bogen und Flügel zeigen die Gegenwart von Eros, dem Liebesgott, an.«

»Ich wußte gar nicht, daß Ihr ein Kenner der Klassik seid.« Als sie sich umwandte, um ihm ins Gesicht zu sehen, verweilten seine dunklen Augen einen Moment lang auf ihrem Mund, senkten sich dann zu ihren Brüsten, deren Ansatz sich frech in dem Auschnitt ihres hauchdünnen Gewandes erhob. »Ich studiere sie nicht ernstlich, aber ich bin ein Bewunderer der Schönheit«, sagte er und sah ihr direkt in die Augen. »Danke, daß Ihr gekommen seid, Roseanna«, murmelte er.

Sie hob spöttisch eine ihrer zarten Brauen. »Ich wußte gar nicht, daß ich eine Wahl hatte.«

Er runzelte die Stirn. »Ihr habt immer eine Wahl. Glaubt Ihr denn, ich sei ein Monster, dem man sich unterwerfen muß?«

»Ihr habt mich gezwungen, Euch gegen meinen Willen zu heiraten. Wo blieb da meine Wahlfreiheit, Mylord?« Ihre Augen blitzten herausfordernd. Ihr Vorsatz, sich gut zu benehmen, hatte nicht einmal annähernd zehn Minuten vorgehalten.

»Ein Schicksal schlimmer als der Tod, ich weiß«, murmelte er mit einem humorvollen Glitzern in den Augen. Er war entschlossen, an diesem Abend jeden Streit mit ihr zu vermeiden. Er war in ein schwarzes, gefüttertes Wams gekleidet, das seine breiten Schultern betonte. Der einzige Farbhauch an ihm war ein Rubin in seinem Ohrläppchen. Schwarz und Weiß, wie sie gekleidet waren, sahen sie aus wie Braut und Bräutigam. Er verbeugte sich vor ihr, nahm sie bei der Hand und führte sie zum Tisch. Er schob den Stuhl für sie zurecht. Seine Hände sehnten sich schmerzlich danach, über ihre zarten Schultern zu streichen, aber er beherrschte diesen Impuls und nahm auf dem zweiten Stuhl Platz. »Laßt uns Burkes Dinner genießen, ohne uns gegenseitig an die Kehle zu gehen, meine Liebe.«

»Ich mag Mr. Burke sehr. Er steht doch schon seit vielen Jahren in Euren Diensten und wird sicherlich über all Eure dunklen Geheimnisse Bescheid wissen.«

Er ignorierte diesen Stich. »Ja, er kam schon vor zwanzig Jahren von unserem Besitz in Irland hierher.«

Sie hob erstaunt die Brauen. »Ihr besitzt eine Burg in Irland?«

»Nicht direkt eine Burg. Es ist ein Herrensitz mit zirka 50 Acres Grund«, meinte er, während er ihr Met einschenkte.

»Man sagt, Irland wäre ideal für die Pferdezucht. Wo in Irland liegt denn Euer Besitz?« fragte sie mit wachsendem Interesse.

Seine Mundwinkel zuckten amüsiert, als er in ihren Augen las, welche neuen Überlegungen sie bereits wieder anstellte. »Es liegt nicht weit von Burg Ravenglass und meinen Ländereien an der Westküste. Nur eine kurze Fahrt über die Irische See zur Isle of Man und dann noch ein Stückchen bis Drogheda.«

»Besitzt Ihr Schiffe?« fragte sie.

»Natürlich«, antwortete er glatt. »Segelt Ihr gern?«

»Ich war noch nie an Bord eines Schiffes, aber der Gedanke, übers Meer zu segeln, ist höchst aufregend.«

Er lächelte, während er den Kelch erhob. »Es gibt eine Menge aufregender Dinge, die Ihr noch nicht ausprobiert habt.«

Sie sah ihm direkt in die Augen und antwortete kühn: »Vielleicht habe ich ja schon mehr ausprobiert, als Ihr mir zutraut, Ravenspur.«

Er lächelte sie an. »Ihr vermeidet meinen Vornamen wie die Pest, Roseanna. Habt Ihr Angst, mich Roger zu nennen?«

»Ich? Angst? Macht Euch nicht lächerlich«, sagte sie und warf den Kopf zurück. Ihr Haar flog nach hinten und floß dann wie ein seidener, welliger, dunkler Wasserfall wieder an ihr hinunter. Er schwor, daß er sich schon bald in diesem Haar vergraben würde. Es war die sinnlichste Haarpracht, die er je gesehen hatte, und er sehnte sich danach, mit ihr zu spielen.

Mr. Burke trug den ersten Gang ab und kehrte mit zwei schweren, silbernen Terrinen zurück. Als die Deckel entfernt worden waren, entströmte ihnen dampfend das köstliche Aroma von Rebhühnern. In dem einen Topf waren vier geröstete Vögel; in dem anderen befanden sich in Wein gedünstete Rebhühner mit Pilzen und Kastanien. Es gab des weiteren ein Panaché frischer Salate zum Wild, aber kein weiteres Gemüse. Das Mahl war einfach, aber elegant. Sie aßen langsam und genüßlich und waren dennoch voller Vorfreude auf das kommende Backgammon-Spiel. In der Luft lag eine feine Spannung, denn beide warteten sie darauf, den anderen herauszufordern und als Sieger hervorzugehen. Sie ähnelten sich im Charakter so sehr, daß keiner von beiden auch nur einen Moment ans Verlieren dachte.

Roger warf dem Schäferhund, der sich von seinem Platz vor dem Kaminfeuer erhoben hatte, da ihn die himmlischen Düfte lockten, ein paar Fleischbrocken zu. Roseanna streckte die Hand nach einer reifen Birne aus, und auch Roger kam im selben Moment auf diesen Gedanken, so daß sich ihre Hände für einen Augenblick berührten. Ihr war, als würde eine Flamme ihren Arm hinaufrasen, und sie konnte nicht verhindern, daß Röte in ihre Wangen schoß. Daher war sie erleichtert, daß Mr. Burke gerade hereinkam, um Rosenwasser und Handtücher zum Händewaschen zu bringen. Roger nickte Mr. Burke unübersehbar zu und signalisierte ihm damit, daß er keine weiteren Störungen wünschte; dann füllte er erneut ihre Kelche und nahm sie mit hinüber zum Spieltisch vor dem Kamin.

Roger hielt den Atem an, als Roseanna am Feuer vorbeischritt. Die Linien ihres Körpers zeichneten sich deutlich sichtbar unter dem hauchzarten Gewand ab. Wieder schob Roger ihr den Stuhl zurecht, doch als diesmal ihr Haar über seine Hand strich, streichelte er es. Es knisterte unter seinen Fingern.

»Vorsicht, ich sprühe Funken«, lachte sie spöttisch.

Die schwarzen Steine auf dem Backgammon-Brett waren aus Ebenholz geschnitzt, die weißen aus Elfenbein. Er machte eine Handbewegung, daß sie den ersten Wurf machen solle. Sie nahm die beiden Würfel und rollte sie übers Brett. Sie hatte zweimal die Vier gewürfelt, also bewegte sie vier Steine um vier Punkte vorwärts. Ihr Spiel war höchst konzentriert, denn sie war entschlossen, alle fünfzehn Steine noch vor Ravenspur in ihr inneres Brett zu bekommen. Er spielte nachlässig, die Aufmerksamkeit mehr auf sie gerichtet als auf das Spiel, so daß Roseanna keine Sorge hatte, daß sie verlieren könnte. »Ihr wart so erpicht darauf zu beginnen. Um welchen Einsatz spielen wir eigentlich?« fragte er gedehnt.

»Um Geld natürlich«, antwortete sie lachend.

Er lächelte. »Wofür benötigt Ihr Geld?«

»Für Pferde. Ich werde ein paar anständige Zuchtstuten kaufen.«

»Nun, dann also um Geld. Fünfhundert Pfund.« Er beobachtete sie aufmerksam und fragte dann beiläufig: »Besitzt Ihr fünfhundert Pfund?«

»Natürlich nicht«, sagte sie.

»Welchen Einsatz setzt Ihr denn dagegen?« fragte er gemütlich.

»Ich werde gewinnen, nicht verlieren!« betonte sie.

»Aha«, meinte er ruhig, konnte jedoch die Logik ihrer Argumentation beim besten Willen nicht erkennen.

Mit jedem Wurf machte sie Punkte. Sie kombinierte Angriff und Rückzug, und schon kurze Zeit später sonnte sie sich im Gefühl des Triumphs und der Erleichterung, gewonnen zu haben.

»Ich spiele hier im Nachteil, Roseanna.«

Sie hob fragend die Braue. »Wie das?«

»Eure Schönheit lenkt mich ab«, murmelte er.

»Was für eine armselige Entschuldigung. Ihr müßt Euch eben konzentrieren. Um welchen Einsatz spielen wir jetzt?«

Er dachte einen Moment lang nach und schlug dann vor: »Schmuck? Mein Rubinohrring gegen Eure Saphirbrosche.«

Mit seinen schlanken, gebräunten Fingern entfernte er den Ohrring und legte ihn vor sie aufs Spielbrett. Sie griff nach ihrer Mond-und-Sterne-Brosche, und als sie sie öffnete, fiel ihr Haar herunter, wo es zuvor aufgesteckt gewesen war. Er blickte lächelnd in ihre Augen. »Ich habe Eure Saphire nur deshalb vorgeschlagen, damit ich, wenn Ihr die Brosche entfernt, das Vergnügen haben würde, Euer Haar in seiner ganzen Glorie fallen zu sehen.«

»Ravenspur«, sagte sie und begann sich langsam ein wenig unbehaglich zu fühlen, »konzentriert Euch aufs Spiel.« Sie ergriff die beiden Würfel.

»Wie kann ich das?« flüsterte er. »Ihr habt absichtlich ein Parfüm benutzt, das mir die Sinne raubt.«

»Dummkopf!« Sie lachte nervös und forderte ihn zu einer Verdoppelung des Einsatzes heraus.

»Ihr habt Euch ganz bewußt auf eine Weise gekleidet, die mich erregen soll«, sagte er mit unterdrückter, heiserer Stimme.

»Lügner!« warf sie zurück.

»Und es ist Euch gelungen«, fügte er hinzu.

Gegen Ende des Spiels hatte Roger Roseanna nicht einen einzigen Stein abgenommen, und sie erzielte ein Gammon. Sie konnte den Triumph in ihren Augen nicht verbergen.

»Vielleicht spielt Ihr ja besser, wenn es um etwas geht, das Euch mehr am Herzen liegt«, schlug sie vor.

»Sagt es mir, mein Schatz.«

Sie ignorierte die Liebkosung. »Euer Hengst hat Eure einzige halbwegs brauchbare Stute gedeckt, und mein Zeus eine meiner Stuten. Ich setze mein Fohlen gegen Eures.«

Er betrachtete ihre wundervollen Lippen, während sie spielte, verdoppelte und Punkt über Punkt machte. Er wollte sie schmecken; er wollte ihren Körper unter dem seinen fühlen. Er nippte am Wein und wußte, daß das auch nicht half, seine Leidenschaft zu kühlen. Sie schwelgte in ihren Siegen und sah ihm direkt in die Augen. »Wollen wir diesmal um die Wahrheit spielen, Mylord?«

»Damit meint Ihr wohl, daß der Gewinner dem Verlierer eine Frage stellen darf und dieser die Wahrheit sagen muß?«

»Das ist genau, was ich meine, Mylord.« Sie leerte ihren Met und fragte unvorsichtigerweise nach einem Glas von seinem Wein. Roger erlaubte ihr nochmals, das Spiel zu gewinnen. Ihre Augen blitzten. »Nun werdet Ihr mir ganz genau erzählen, was passiert ist, als ich zu Eurem Jagdsitz kam«, sagte sie triumphierend.

Er liebte es, ihr Gesicht zu betrachten; es war so ausdrucksvoll. Sie hatte eine atemberaubende Art, die zarten Brauen zu heben. Das Feuer der Herausforderung in ihren klaren grauen Augen durchbohrte die seinen, und er sah, wie sich die Farbe ihrer Pupillen von Grau in Amethyst verwandelte. Der Feuerschein beschien ihre Wange und fing den samtigen Schimmer ihres herrlichen Haars ein. Die Krönung jedoch war ihr Mund. Wie in allem anderen paßte ihr Name auch hier zu ihr, denn er war tiefrosa und samtig. Die Lippen waren voll, als ob sie geschwollen wären von zu vielen leidenschaftlichen Küssen. Sie waren so geformt, daß sie einem Mann Vergnügen bereiteten, ob er sie nun ansah oder sie schmeckte.

»Ich habe Euch eine Frage gestellt«, sagte sie, und als er aus seinem Tagtraum hochschreckte, fiel ihm wieder ein, was sie wissen wollte.

Natürlich hatte er keineswegs die Absicht, ihr zu erzählen, daß sie vor aller Augen nackt aus dem Teppich gerollt worden war, also übersprang er diesen Teil der Ereignisse und erwiderte: »Nachdem Tristan Euch ein Schlafmittel gegeben hatte, legte er Euch, als köstliche Überraschung für mich, in mein Bett. Ihr wißt ja, was für ein Teufelsbraten er ist«, fügte Ravenspur hinzu.

»Als Ihr mich nackt in Eurem Bett vorfandet, was habt Ihr da getan? Und vergeßt nicht: die Wahrheit!«

Seine Augen funkelten, als er an die Ereignisse der damaligen Nacht dachte. »Nun denn, zuerst habe ich mir natürlich einen verdammt guten Überblick verschafft!«

Ihre Wangen glühten vor Scham, und sie sagte mit vor Wut erstickter Stimme: »Wie könnt Ihr nur so widerlich sein?«

»Roseanna, daran war überhaupt nichts Widerliches. Ihr wart die lieblichste Maid, die meinem Bett je die Ehre erwiesen hat. Ich hätte vollkommen abartig sein müssen, wenn ich Euch nicht ausführlichst betrachtet hätte.«

»Was habt Ihr dann getan?« fragte sie heftig.

»Ich legte mich ins Bett und nahm Euch in die Arme.«

Sie funkelte ihn an und wartete darauf, daß er fortfuhr.

»Ich fing an, Euch zu küssen und zu streicheln.«

»Wie konntet Ihr!« fauchte sie. »Sagt mir, habt Ihr meine Situation noch weiter ausgenutzt?«

»Nein, Roseanna, das tat ich nicht. Euren regungslosen Mund noch weiter zu küssen, das fand ich einfach zu unbefriedigend. Ich beschloß, bis zum Morgen zu warten, wenn Ihr erwachen würdet. Dann allerdings, das gebe ich zu, wollte ich Euch lieben. Dazu war ich fest entschlossen, bis ich feststellte, daß Ihr meine Verlobte und noch Jungfrau wart.«

»Ich bin keine Jungfrau! Ich hatte schon mindestens drei Liebhaber – ja, und ich wünschte, es wären hundertdrei!« schleuderte sie ihm ins Gesicht.

Er griff über das Spielbrett und legte ihr den Finger unters Kinn. »Roseanna, wenn man's mit einem starken Gegner zu tun hat, sollte man nie die Nerven verlieren, sonst ist man im Nachteil«, verwies er sie.

»Seid Ihr denn mein Gegner?« fauchte sie.

»Das bin ich nicht. Ihr besteht jedoch darauf, mich in diese Rolle zu zwingen.« Sein Blick leckte über sie hinweg wie eine Flammenzunge; sie senkte rasch die Augen, damit er nicht ihre unfreiwillige Reaktion darauf sah.

Lässig fragte er: »Warum nicht leichtsinnig sein und um etwas spielen, das wir wirklich wollen?«

»Was will ich wirklich?« fragte sie herausfordernd.

»Den Herrensitz und die Ländereien in Drogheda, um Eure verdammten Pferde zu züchten.«

Sie lachte, weil er sie so gut durchschaut hatte. Was für ein Glück – und der ersehnte Preis war nur ein paar Würfe entfernt. Ein leichtsinniger Mann war er, in der Tat, daß er um solch einen Einsatz spielen wollte.

»Wenn Ihr verliert«, sagte er, »dann möchte ich, daß Ihr eine Nacht mit mir verbringt.«

»Nur eine?« spottete sie. »Ich hoffe, Eure Fertigkeiten im Bett übersteigen Eure Fertigkeiten im Backgammon.« Er hob die Braue, und sie rief sorglos: »Abgemacht!«

Sie nahm die Würfel und schüttelte sie heftig, den Kopf voller Bilder von Irland. Zum ersten Mal würfelte er eine höhere Augenzahl und gewann somit den ersten Spielzug. Er würfelte viele Paschs, während ihre Ergebnisse geradezu unglaublich niedrig waren. Er machte seine Punkte und bewegte seine Steine derart schnell in sein inneres Brett, daß sie nur noch vor Erstaunen blinzeln konnte. Ravenspur war vollkommen gelassen und spielte so gut, daß sie langsam zu befürchten begann, er hätte sie möglicherweise bis zu diesem Zeitpunkt absichtlich gewinnen lassen. Er hatte sie offenbar hereingelegt, damit sie ihre Vorsicht außer acht lassen und in seine Falle tappen würde! Ihre Wangen glühten vor Wut. Sie war entschlossen, sich nicht schlagen zu lassen. Sie konzentrierte sich aufs äußerste, aber er hatte bereits zweiunddreißig Punkte Vorsprung, und ihr wurde schlagartig klar, daß sie das Spiel nicht mehr gewinnen konnte.

»Ach!« schrie sie plötzlich auf, sprang hoch und warf dabei das Brett um, wobei die Steine in den Kamin flogen. Einen Moment lang sah er sie fassungslos an. »Der Hund hat mich am Bein berührt und mich erschreckt!« stieß sie hervor. Der Hund hatte jedoch still zu Rogers Füßen gelegen, bis sie aufgesprungen war; und dann hatte er sich rasch aus der Kampflinie zurückgezogen. Atemlos sagte sie: »Ach du liebe Güte, jetzt werden wir nie wissen, wer das Spiel gewonnen hätte.«

Wütend baute er sich vor ihr auf, wütend auf sich selbst, daß er nicht erkannt hatte, daß sie auch vor Betrug nicht zurückschrecken würde, um ihren Willen zu bekommen. Er packte sie bei den Schultern und sagte: »Roseanna, wir wissen beide, wer das Spiel gewonnen hat.«

Sie blitzte ihn herausfordernd an. »Als Gentleman überlaßt Ihr mir sicher den Vorteil des Zweifels?«

»Ich bin kein Gentleman, nur ein Mann, mit den Bedürfnissen eines Mannes!« betonte er. Er sah die Furcht in ihren Augen flackern, war jedoch entschlossen, ihr diesmal nicht nachzugeben. Seine Finger gruben sich grausam in ihre samtigen Schultern, und seine Augen verengten sich. »Wißt Ihr, was ich denke? Ich denke, Ihr genießt die Verfolgung, das Werben und meine Avancen in der Gewißheit, Euch jedes Mals aufs neue zurückziehen zu können. Wir fechten. Ihr pariert jeden meiner Ausfälle.«

»Das Werben hat einen hinterhältigen Zweck – nämlich etwas zu bekommen!« warf sie ihm vor.

»Etwas zu geben und etwas zu nehmen – Befriedigung im Bett nämlich. Das würde ich gerne mit Euch genießen«, sagte er.

Sie versuchte, sich aus seinem Griff zu befreien. »Ihr tut mir weh!« schrie sie.

»Euch weh tun? Bei Gott, ich habe noch nicht einmal damit angefangen. Was Ihr braucht, ist eine saftige Tracht Prügel, gefolgt von einer Nacht der Leidenschaft, und ich werde Euch zu beidem verhelfen!«

Sie wand sich aus seinem Griff und floh schluchzend in ihr Zimmer, doch seine unnachgiebige Stimme verfolgte sie bis in den Gang: »Ich bin ein Mann, der Schulden noch immer eingetrieben hat.«

14. Kapitel

Als Roseanna ihr Zimmer erreichte, versuchte sie zu verbergen, daß sie geweint hatte, aber Kate war nur schwer zu täuschen. »Was ist los?«

»Nichts!« schniefte Roseanna. »Ich habe jedes Spiel gewonnen. Fünfhundert Pfund, seinen Rubinohrring und das ungeborene Fohlen seines Hengstes.«

»Hat er denn nicht mal ein einziges Spiel gewonnen?« fragte Kate skeptisch.

»Als ich sah, daß er drauf und dran war, das letzte Spiel zu gewinnen, habe ich das Brett umgeworfen. Gegen Ravenspur zu verlieren, das wäre einfach zu schrecklich gewesen!«

»Mit anderen Worten, Ihr hattet mal wieder Streit«, stellte Kate fest.

»Wie du schon wieder übertreibst! Wir sind im besten Einvernehmen auseinandergegangen«, sagte sie, warf den Kopf zurück und stolzierte in ihre Kammer. Bevor sie die Tür schloß, fügte sie hinzu: »Wenn er jedoch auftauchen sollte, dann will ich ihn unter keinen Umständen sehen!«

Alice war beunruhigt: »Kate, du bist ihn letzte Nacht losgeworden, aber was machst du, wenn er heute nacht wiederkommt?«

»Dann kannst du ihn loswerden – heute bist du dran«, sagte Kate lachend.

»Oh, mir ist ganz übel. Das meinst du doch nicht im Ernst, Kate«, flüsterte Alice.

»Nun geh schon. Ich spreche mit ihm, wenn er kommt. Aber denk dran, du mußt alles unterstützen, was ich sage. Zwei sind stärker als einer.«

»Aber Kate, es ist doch seine Burg. Ich weiß nicht, wie wir ihn daran hindern können, seine eigene Frau in seiner eigenen Burg aufzusuchen.«

»Hör zu, Mädchen. Unsere oberste Sorge gilt Roseanna. Wir sind ihre Dienerinnen und erhalten unsere Befehle von ihr. Hör auf, dir darüber Gedanken zu machen! Vielleicht hat er für diese Nacht ja auch genug von ihren Kapriolen.«

Alice drückte die Daumen und machte sich zum Schlafen fertig. Kate zog eine warme Nachthaube und ein Flanellnachthemd an und löschte die Lampen. Kaum waren sie im Bett, ertönte ein leises Klopfen an der Außentür.

Kate murmelte: »Hier findet man auch nie seine Ruhe.« Mürrisch zündete sie eine Kerze an, und Alice hielt den Atem an, da ihre schlimmsten Befürchtungen wahr geworden waren. Kate hielt die Kerze hoch und spähte aus der Tür, die sie nur einen Spaltbreit geöffnet hatte. Sie wußte ganz genau, daß es Ravenspur war, fragte jedoch: »Wer ist da?«

»Kate, um Himmels willen, öffne die Tür. Laß mich nicht die ganze Nacht auf diesem Gang stehen«, sagte er ärgerlich.

»Aber Mylord, Ihr könnt doch sehen, daß wir uns bereits alle für die Nacht umgekleidet haben.«

»Verdammt noch mal, laß mich herein!« forderte er mit unterdrückter Wut in der Stimme.

Sie trat zur Seite, und er kam herein. »Entzünde die Lampen«, sagte er.

Alice sprang aus dem Bett und fummelte endlos herum, bis sie es schließlich geschafft hatte, den Raum zu erleuchten.

Kate sagte so entschieden, wie sie nur konnte: »Meine Herrin ist schon vor geraumer Zeit zu Bett gegangen. Sie bat mich, sie nicht zu stören, und hat ihre Zimmertür verriegelt.«

Er sah sie streng an und meinte: »Roseanna wußte, daß ich kommen würde.«

Kate schüttelte den Kopf, verschränkte die Arme vor der Brust und baute sich breitbeinig auf. »Nein, Sir, das ist eine Lüge, oder warum sollte sie sonst ihre Zimmertür verschließen?«

Seine Augen verengten sich gefährlich, als er von einer der Frauen zur anderen blickte. »Zum Teufel, das ist eine Verschwörung!« Seine Worte waren eiskalt und von tödlicher Ruhe. Dieser weiche, vielsagende Tonfall war weit einschüchternder, als wenn er getobt hätte. »Morgen werdet ihr beide nach Castlemaine zurückkehren. Ich werde nicht zulassen, daß zwei verdammte Drachen mich vom Bett meiner eigenen Frau abhalten! Fangt an zu packen!« Mit einem heftigen Fußtritt öffnete er die Tür zur angrenzenden Kammer und sah, wie Roseanna gerade hastig ein scharlachrotes Samtnachthemd überwarf.

Er war so groß, daß er den Türrahmen ausfüllte. »Madame, dieses Spiel ist vorbei. Das ist das letzte Mal, daß ich zu dieser verdammten Kammer komme, denn Ihr werdet nicht länger darin wohnen! Ihr werdet von nun an zu mir kommen, und zwar noch heute nacht!«

Sie wußte, daß sie es nicht wagen konnte, ihn zurückzuweisen, aber trotzdem versuchte sie, Zeit zu gewinnen. »Mylord, ich brauche ein wenig Zeit, um meine Sachen zu packen.«

»Madame, ich gebe Euch fünf Minuten und keine Sekunde länger!« Damit schlug er die Tür mit solcher Gewalt hinter sich zu, daß Alice ohnmächtig vor Furcht auf den Teppich glitt.

»Du lieber Gott!« rief Kate. »Das Mädchen hat nicht mal die Courage einer Maus, obwohl ich zugeben muß, daß diese schwarzen Augen einem schon verdammte Angst einjagen können.« Sie hob Alice aufs Bett und rieb ihr heftig Hände und Arme. »Komm schon, Schäfchen, wach auf. Er ist ja schon weg.«

»Wie kann er es wagen!« fauchte Roseanna und machte nun, da er gewiß außer Hörweite war, ihrer eigenen Wut Luft. »Das ist doch wohl das Allerletzte! Zu denken, er könnte tatsächlich *meine* Dienerinnen entlassen! Bei Gott, ich sage euch eins – wenn ihr geht, dann gehen wir alle!« Sie ergriff eine silberne Bürste und lief unruhig im Zimmer hin und her.

Kate versuchte, sie zur Vernunft zu bringen: »Roseanna, er ist zu allem fähig. Er ist ganz Mann. Ich sagte Euch ja, daß Ihr mit Euren anmaßenden Befehlen nicht weit kommen würdet.« Roseanna bürstete wütend ihre Locken. »Ihr müßt zu ihm gehen, Liebes. Eure fünf Minuten sind schon lang vorbei«, fügte Kate hinzu.

»Ha!« fauchte Roseanna. »Ich muß vielleicht zu seiner Kammer gehen, das mag sein, aber ich nehme mir so viel Zeit dazu, wie ich brauche. Das wird ihm mit seinem mörderischen Temperament Zeit geben, sich ein wenig abzukühlen.« Es bereitete ihr eine Riesenfreude, sich vorzustellen, daß er ungeduldig auf sie wartete.

»Roseanna, wenn Ihr ein kluges Mädchen wärt, dann würde er Euch schon längst aus der Hand fressen« wandte Kate ein. »Zucker, nicht Essig, mein Mädchen. Das macht einen Mann weich.«

Roseanna erkannte, daß Kate recht hatte. Wenn sie ihr Temperament zügeln und etwas subtilere Mittel anwenden würde, um ihren Willen durchzusetzen, dann könnte ihr Leben sicher ein wenig leichter sein. Schließlich mußte sie dem Mann ja nur in die Nähe kommen, und er konnte kaum davon lassen, sie zu berühren. Sie lächelte in sich hinein – sie würde ihn schon noch unter Kontrolle bekommen, oh ja, und zwar über seine körperlichen Begierden.

Eine Stunde war längst vergangen, als Roseanna sich endlich bequemte, den Befehlen ihres Gatten nachzukommen. Sie nahm kein Licht mit, um sehen zu können. Sie brauchte keines, denn sie schritt geradewegs zu seiner Kammertür. Sie öffnete sie etwas aufgeregt und trat mutig ein.

Ravenspur stand nackt bis zur Taille mitten im Raum; sein Körper war glatt, die Muskeln gespannt. Er reichte gerade einer jungen Dienerin, die bei ihm war, einen Kelch mit Wein.

Die Frau schnappte nach Luft und preßte die Hand auf den Mund.

Roseanna war fassungslos. Der Feuerschein verwandelte ihre in Purpurrot gekleidete Gestalt in eine lodernde Flamme. Seine Treulosigkeit traf sie mit solcher Gewalt, daß sie wie festgefroren dastand. Nach einem unendlichen Augenblick bewegungslosen Erschreckens näherte sich Roseanna der jungen Frau, riß ihr den Kelch aus der Hand und warf ihn ins Feuer. »Hinaus!« Sie erteilte diesen Befehl wie eine Königin. Ein Teil ihres Gehirns sagte ihr, sie müsse sich daran erinnern, die Frau morgen früh sofort nach Castlemaine zu schicken. Ein Wort zu Joanna, und die Dienerin würde nie mehr vergessen, wo sie hingehörte. Die junge Frau floh und war erleichtert, der geladenen Atmosphäre des Raums entkommen zu sein. Als sie allein waren, fragte Roseanna herausfordernd: »Wie könnt Ihr es wagen, Eure Schwüre so schnell zu vergessen?«

»Eure fünf Minuten waren schon vor einer Stunde vorbei! Wie könnt Ihr es wagen, Euren Schwur zu vergessen?«

Sie ignorierte seine Worte. »Ihr treuloser Bastard! Laßt Euch eins gesagt sein, Ravenspur. Es wird nur eine Frau geben, die hier den Ehrenplatz einnimmt, und diese Frau bin ich. Ihr werdet mich nicht in eine Lage bringen, in der man mich auslacht oder bemitleidet.«

Seine Augen glitten forschend über sie hinweg. In ihrer überschäumenden Wut war sie herrlich und auf wilde Weise schön.

»Dann haltet auch Eure Schwüre und nehmt den Euch gebührenden Platz als meine Ehefrau ein. Ich schwöre, daß ich Euch nie untreu sein werde! Ansonsten schlafe ich mit jeder, die mir gefällt.«

»Ich liebe Euch nicht«, sagte sie mit königlicher Würde.

Er erwiderte: »Ich bitte Euch nicht um Eure Liebe. Ich fordere nur meine ehelichen Rechte.«

»Ihr meint, wenn ich gelegentlich das Bett mit Euch teile, dann schwört Ihr, nie Ehebruch zu begehen?« fragte sie gedehnt.

»Sehr viel hängt natürlich davon ab, wie Ihr Euch im Bett verhaltet«, meinte er langsam. Da er sie jedoch nicht zu weit drängen wollte, fügte er hinzu: »Ich glaube, damit könnte ich leben. Also abgemacht?«

Sie antwortete nicht. Sie ging im Geiste noch einmal die Alternativen durch, die ihr blieben, und fand sie unerträglich.

»Ja«, sagte sie sanft.

Einen Moment lang konnte er sich nicht mehr an seine Frage erinnern und starrte sie nur fassungslos an. Dann traf ihn die Erkenntnis dessen, was sie soeben versprochen hatte, wie ein Schlag. »Roseanna!« sagte er leidenschaftlich und schritt mit ausgebreiteten Armen auf sie zu.

»Mein Gott, doch nicht jetzt! Nicht, nachdem Ihr die da berührt habt!« schrie sie entrüstet. Sie hob die Hand, um ihn abzuwehren und berührte auf diese Weise die weiche Matte schwarzer Locken, die seine Brust bedeckten. Die Berührung ihrer Hand schien ihn zu versengen, als ob er mit einem heißen Eisen in Kontakt gekommen wäre. Er ballte die Fäuste an den Seiten, um sich davon abzuhalten, sie gleich jetzt in die Arme zu reißen und zum Bett zu tragen. »Morgen nacht!« forderte er.

Sie nickte.

»Schwört es!« verlangte er, da ihm ihr Betrug beim Backgammon-Spiel einfiel. »Wenn Ihr nicht freiwillig zu mir kommt, dann nehme ich Euch mit Gewalt, Roseanna. Zweifelt daran nicht den kleinsten Augenblick!«

»Morgen«, versprach sie und wandte sich zum Gehen. Daß er sie jetzt gehen ließ, war das Schwerste, was er je hatte tun müssen. Bevor sie verschwunden war, wandte sie sich noch einmal um. Die zarte Stirn gerunzelt, fauchte sie: »Und sie ist nicht einmal schön.«

Plötzlich brach er in ein tiefes, vibrierendes Gelächter aus. Bei Gott, sie war eifersüchtig! Er hatte schon halb gewonnen!

Kate und Alice platzten vor Neugier, als Roseanna zurückkehrte, aber sie war enttäuschend verschlossen. Kate hatte bereits eine große Truhe hervorgeholt, um mit dem Packen zu beginnen. Roseanna sagte ruhig: »Geht zu Bett; wir bleiben. Weckt mich früh auf. Ich habe jede Menge zu erledigen.«

Am nächsten Morgen ging Roseanna hinunter, um ihrem Gatten beim Frühstück Gesellschaft zu leisten. Seine Augen leuchteten auf, als er sie erblickte. Ohne Umschweife erklärte sie ihm, weshalb sie gekommen war. »Ich brauche einen Eurer Männer als Eskorte. Ich schicke eine der Dienerinnen zu meiner Mutter nach Castlemaine.«

Roger verzog keine Miene. Er hatte nicht die Absicht, ihr in der Sache mit dem Mädchen dazwischenzufunken. Gott mochte jeder Dienerin helfen, die Lady Ravenspur in die Quere kam! »Selbstverständlich, Roseanna. Ich werde Euch Dirk nach dem Frühstück schicken. Er kann warten und Briefe mitnehmen, falls Ihr noch welche schreiben wollt.«

»Danke, Mylord.« Sie holte tief Luft und meinte dann entschlossen: »Natürlich behalte ich Alice und Kate. Ich kann nicht ohne sie auskommen.«

»Natürlich«, erwiderte er glatt. Innerlich mußte er lächeln. Du lieber Himmel, heute konnte sie ihn um die ganze Welt bitten und würde sie bekommen.

Nachdem sie einen ausführlichen Brief an Joanna geschrieben hatte, weihte sie Kate in einiges von dem, was in der Nacht zuvor geschehen war, ein. »Ravenspur schickt einen seiner Männer als Eskorte, um die Schlange sicher nach Castlemaine zu bringen. Ich glaube, sein Name ist Dirk. Kümmere dich bitte darum, Kate. Paß auf, daß sie auch wirklich verschwindet, und sorge dafür, daß er meiner Mutter diesen Brief übergibt.«

Kate beobachtete sie und erkannte, daß sie nervös war.

Im selben Augenblick seufzte Roseanna: »Dieser Tag schmilzt dahin wie Schnee an der Sonne. Ich kann nicht glauben, daß es schon Mittagszeit ist! Alice, ich benötige mein Bad heute früher. Lieber noch vor dem Dinner als danach. Ich möchte außerdem, daß du meine Bürsten und Toilettensachen zusammensuchst.«

Zweimal ging Roseanna die Kleider in ihrer Garderobe durch. Noch nie war es ihr so schwergefallen, zu entscheiden, was sie anziehen sollte; was war nur los mit ihr? Sie wandte sich an ihre Frauen: »Du liebe Güte, hört auf, Euch zu benehmen, als ob ich auf eine Beerdigung ginge! Helft mir, ein Kleid zum Dinner zu finden und ein bescheidenes Nachthemd für später. Das scharlachrote ist nicht gut. Darin habe ich letzte Nacht schon genug Aufruhr verursacht.«

Alice brachte ein weißes, abgestepptes Nachthemd zum Vorschein. Es sah angemessen jungfräulich aus. »Alice, hast du Mut genug, mir heute abend in Ravenspurs Kammer behilflich zu sein?«

»Oh, das glaube ich nicht, Lady Roseanna«, hauchte das Mädchen atemlos.

»Bitte?« schmeichelte Roseanna. »Ich fürchte, er hält Kate für so etwas wie einen Drachen. Ich brauche dich ja nur für ein, zwei Minuten, damit du mein Gewand öffnest und mein Haar kämmst.«

Kate sagte forsch: »Denk doch nur daran, was sie vor sich hat. Sei nicht so ein Angsthase!«

Roseanna wurde weiß um den Mund, und ihre Knie begannen zu zittern: »Oh, Kate, ist es wirklich so schlimm?«

Kate schürzte die Lippen und schüttelte den Kopf. »Es ist für jede anders, aber soweit ich gehört habe, ist eine Frau mit einem Mann, der bereits Erfahrung hat, besser dran. Unerfahrene Jungen sind die schlechtesten Liebhaber der Welt. Das gibt nur Herumgefummel und Schmerzen und ist vorbei, noch bevor's richtig begonnen hat. Alice, wag ja nicht, wieder in Ohnmacht zu fallen!« mahnte Kate.

Ein Klopfen ertönte an der Kammertür. »Das muß Ravenspurs Mann sein, Kate. Gib ihm den Brief und geh mit ihm und sorge dafür, daß sie noch vor dem Mittagsmahl verschwunden sind.«

Für Ravenspur schien dieser Tag aus mehr als tausend Stunden zu bestehen. Jede einzelne verging wie im Schneckentempo. Er ließ den Himmel kein einziges Mal aus den Augen, während er sehnlichst die Dämmerung herbeiwünschte.

Für Roseanna dagegen ging der Nachmittag nur so im Flug dahin, wozu ein lebhafter Meinungswechsel zwischen Kate Kendall und Mr.

Burke nicht unerheblich beitrug. Es sah aus, als ob er in seiner effizienten und tüchtigen Art befohlen hatte, Lady Ravenspurs Habseligkeiten in die Schlafkammer seines Herrn zu bringen. Für seine Mühen erntete er eine herbe Strafpredigt von Kate.

»Mr. Burke«, betonte sie mit der Sturheit eines Terriers, »ich und nur ich kümmere mich um Lady Ravenspurs Angelegenheiten.«

»Mrs. Kendall«, antwortete er mit der Süße, derer nur ein Ire fähig ist, »ich bin schon seit zwanzig Jahren Kammerherr der Ravenspur-Burgen. Der Baron mag, wie ich die Dinge erledige. Wenn Ihr also gütigst beiseite treten wollt.«

»Setzt auch nur einen Fuß über diese Schwelle, und ich trete Euch in Euren irischen Hintern«, drohte sie.

»Es ist gar nicht so schwer zu erraten, warum der Herr Euch für einen Drachen hält«, gab er zurück.

»Mr. Burke, ich bin schon von ganz anderen Experten beleidigt worden. Bildet Euch also nicht ein, daß mich Eure elenden kleinen Sticheleien auch nur im geringsten treffen können.«

»Weil Ihr so ein dickes Fell habt wie ein Nilpferd und genauso dickschädelig seid.« Er lächelte.

Kate Kendall schnaubte wie ein wütender Bulle. »Was für Manieren. Na ja, Schweine haben eben keine!« Dann fügte sie noch einige allgemeine Schlußfolgerungen hinzu: »Jede Nation hat ihre Halunken, und ich nehme an, die Iren sind eben unsere! Nun, Mr. Burke, Ihr könnt ruhig lächeln, aber wer zuletzt lacht, das sind immer noch wir. Denn Ihr und Euer hochnäsiger Herr Baron scheinen sich der Illusion hinzugeben, daß Lady Ravenspur auf Dauer ins Schlafgemach des Lords zieht. Welch ein Irrtum«, sagte sie zuckersüß. »Nur eine Nacht, Mr. Burke, nicht mehr, und da Ihr darauf besteht, als Laufbursche zu fungieren, könnt Ihr ja gleich dieses Nachthemd und diese Toilettenartikel mitnehmen. Der Rest bleibt hier!«

Roseanna konnte nur mit Mühe das Lachen unterdrücken. Die beiden gingen aufeinander los wie sie und Ravenspur. Ihr schlechtes Gewissen meldete sich jedoch gleich wieder, als sie den Ausdruck der Verzweiflung auf Alices Gesicht sah. Das arme Mädchen haßte laute Szenen zwischen Leuten, die auf sture Weise arrogant waren und sich nicht an Konventionen hielten, doch es schien, als ob sie ausschließlich von solchen Menschen umgeben war. »Komm, Alice, laß uns Rebecca besuchen. Du brauchst ein wenig Ruhe und Frieden, und dort ist wahrscheinlich der einzige Ort, an dem man so etwas findet.«

Vor dem Abendessen badete Roseanna und zog das schlichteste Kleid an, das sie besaß. Dann hielt sie tapfer den Kopf hoch und ging, ihrem Gatten im Speisesaal Gesellschaft zu leisten. Seine Augen streichelten über sie hinweg, und ihr Herz begann wie rasend zu klopfen. Sie zwang sich, langsam zu atmen, damit sie kühl und gelassen wirkte. Sie trug ein seidenes Untergewand in Apricot mit einem hohen, gerüschten Kragen und langen, fließenden Ärmeln. Darüber trug sie eine bernsteingelbe Tunika mit einem massiven Goldgürtel um die Hüften. Ihr Haar wurde von einem Reifen aus gehämmertem Gold zurückgehalten.

Ravenspur sehnte sich schmerzlich danach, sie zu berühren; und diesmal gab er seinem Drängen nach. Seine Finger strichen über ihren Gürtel, und er bemerkte: »Ihr habt so viele hübsche Dinge, Roseanna. Ich weiß gar nicht, was ich Euch schenken könnte.«

»Meine Mutter entwirft Schmuck. Ich habe einen ganzen Koffer davon.« Sie warf ihm einen Seitenblick zu und sagte: »Ihr braucht mir daher keine Geschenke zu machen. Ich bin schon zufrieden, wenn Ihr mir zahlt, was Ihr mir schuldet.« Ihre Sticheleien hatten begonnen.

Seine Augen glitzerten vergnügt, und er meinte neckend: »Und ich bin schon zufrieden, wenn ich erhalte, was Ihr mir schuldig seid.«

Sie antwortete ihm jedoch nicht, sondern ließ den Blick über den Saal schweifen; das war sicherer, als ihren Gatten anzusehen. »Euer Captain – Kelly heißt er, nicht wahr? Ist er irgendwie mit Euch verwandt? Einen Augenblick lang dachte ich, es sei Tristan.«

Er grinste sie an. »Nicht, daß ich wüßte, außer er ist einer der Ableger meines Vaters, natürlich.«

Einen kurzen Augenblick lang dachte sie, er wolle sie absichtlich beleidigen, und erstarrte. Dann atmete sie jedoch erleichtert auf, als ihr klar wurde, daß er gar nicht wissen konnte, daß sie ein Ableger des Königs war. Er versuchte einfach nur, sie zu schockieren, also durfte sie solch eine Reaktion auf keinen Fall zeigen. Sie warf ihm einen stechenden Blick zu. »Geilheit scheint demnach in der Familie zu liegen?«

Seine Mundwinkel zuckten amüsiert. Was sollte er schon sagen, wo sie ihn doch beinahe auf frischer Tat ertappt hatte? »Tristan hat einen hübschen Ruf, was das betrifft«, gab er zu.

Angesichts dieser Frechheit schnappte sie nach Luft. »Ich habe seiner armen Frau schon ein paar Ratschläge gegeben. Vielleicht können Rebecca und ich ihm ja das Herumhuren austreiben.«

»Er müßte morgen aus Ravenscar zurückkommen«, sagte er.

»Gut«, erwiderte Roseanna.

Er hob fragend die Braue. »Ihr habt den jungen Teufelsbraten schon vermißt?«

Sie lächelte gelassen. »Nein. Aber es ist doch klar: Je früher er zurückkehrt, desto früher brecht Ihr nach Ravenglass auf.« Sie war zufrieden über diese Spitze und hoffte, ins Schwarze getroffen zu haben.

Seine Augen hafteten auf ihrem Mund. Er brauchte gar nicht zu sagen, daß er die Absicht hatte, ihr die Frechheiten wegzuküssen. In ihrer Nervosität ließ sie das Messer fallen. Mit einem lauten Klappern fiel es auf ihren Teller. »Noch ein wenig Kalbfleisch, meine Liebe?« fragte er prompt.

Sie blickte ihn verständnislos an, denn sie konnte sich an keinen einzigen Bissen erinnern, den sie bei dieser Mahlzeit zu sich genommen hatte. Ihr Herzschlag dröhnte so laut in ihren Ohren, daß sie zwar sah, daß sich seine Lippen bewegten und dann zu einem sinnlichen Lächeln verzogen, daß sie aber kein Wort wirklich wahrnahm. Sie wollte gerade nicken, überlegte es sich jedoch anders und schüttelte den Kopf. »Nein, Mylord«, antwortete sie, denn mit einem »Nein« fühlte sie sich bei ihm allemal sicherer. Sie wußte allerdings nicht mehr, was er gesagt hatte. »Wollt Ihr abtragen lassen?«

Daß sie für sich das Essen für beendet erklärt hatte, ließ seinen Puls wie rasend klopfen. Das Blut rauschte ihm auf einmal durch die Adern, und er fühlte das vertraute Wachsen seiner Männlichkeit. Er signalisierte einem Pagen, ihr Weinglas aufzufüllen.

Sie hob es an die Lippen und ließ eine weitere Spitze los. »Soll mir das etwa Mut machen?«

Er schüttelte den Kopf und murmelte: »Es soll Euch feurig machen!«

Ihre Wangen glühten. Er genoß dieses Geplänkel zwischen ihnen, doch er durfte nicht vergessen, langsam und vorsichtig zu sein, wenn er sie endlich im Schlafzimmer hatte; er durfte sich nicht von dem übermächtigen Drängen seines Körpers überwältigen lassen und so die Nacht verderben. Das war Roseannas Nacht, und er schwor sich, ihr alle Befriedigung der Welt zu schenken; er wollte das Vorspiel – und sollte es Stunden dauern – in vollen Zügen genießen.

Als die Reste des Mahls weggeräumt und auch die letzten Tropfen Wein aus den Kelchen geleert waren, spürte Roseanna immer stärker ein Kribbeln in ihrem Innern, als ob sie eine Million Schmetterlinge im Bauch hätte. Panisch durchforschte sie ihr Hirn nach einer Verzögerungstaktik, aber ihr fiel einfach nichts ein, was man als halbwegs plausibel hätte bezeichnen können.

Als sich der Speisesaal leerte, glaubte sie gerade noch Sir Bryan den Raum verlassen zu sehen, und das Herz setzte ihr einen Moment lang aus. Wenn man ihr doch nur erlaubt hätte, ihn zu heiraten! Den süßen Bryan, ihren perfekten Ritter. Wenn es sein Bett wäre, in das sie sich heute abend legen müßte, dann hätte sie sicher nicht diese krankhafte Angst im Bauch. Er war so sanft und gut, und sie vermutete, daß er ebenso unschuldig und rein war wie sie selbst. Warum, warum nur hatte man ihr nicht erlaubt, diesen Jungen zu heiraten, der doch in ihrem Alter war? Diesen goldenen, wunderhübschen Jungen, der schon fast schön zu nennen war? Ihre Augen flogen zu Ravenspurs dunklem Gesicht, als er murmelte: »Wann immer Ihr bereit seid, Roseanna.«

Sie warf ihm einen haßerfüllten Blick zu. »Ich werde nie bereit sein«, versicherte sie.

Er zog den reichverzierten Sessel zurück, um ihr zu helfen. Sein Gesicht ließ ihn fast wie einen Falken aussehen; und seinen scharfen Augen entging ja auch nichts. Sie fühlte seine Hand an ihrem kleinen, festen Hinterteil und ging rascher, um von ihm fortzukommen, doch mit seinen langen Beinen hielt er problemlos Schritt mit ihr, und die Hand blieb, wo sie war. Schließlich standen sie vor seiner Kammer, und sie schloß die Augen, als sie der dicken, schweren Tür ansichtig wurde. Und dann waren sie dort, eingeschlossen in diesem Raum, in dem sie ihre erste gemeinsame Nacht seit ihrer Heirat verbringen würden.

Sie seufzte tief auf, als er sich von ihr entfernte und durch das Zimmer schritt. Die Möbel bestanden aus schwerer schwarzer Kastanie, und sein riesiges Bett dominierte den Raum. Die Vorhänge waren aus dunkelrotem Samt gefertigt, und der dicke Teppich, der den Boden bedeckte, war rot-schwarz gemustert. Ihr gestepptes weißes Nachthemd hob sich gespenstisch von den kräftigen Farben des Bettes ab.

Ravenspur kehrte mit zwei Kelchen Wein zu ihr zurück. »Ich möchte, daß Ihr diesen Wein hier probiert. Er ist mit Myrrhe gewürzt. Ich denke, er wird Euch schmecken.«

Sie hatte sich noch keinen Zentimeter von der Tür fortbewegt. Jetzt fragte sie: »Ist da ein Betäubungsmittel drin?«

Er ließ sich nicht anmerken, wie sehr ihn ihre Bemerkung verletzte, und antwortete aufrichtig: »Nein, Roseanna. So etwas würde ich nie tun.«

Ein leises Klopfen ertönte hinter ihnen, und Ravenspur öffnete die Tür. Alice stand da, blaß, aber entschlossen. »Ich bin gekommen, um meiner Herrin beim Auskleiden zu helfen«, flüsterte sie.

Roger sagte lachend: »Nein, dieses Vergnügen lasse ich mir nicht von dir nehmen. Ich ziehe sie selbst aus.«

»Das werdet Ihr nicht!« protestierte Roseanna aufgebracht; auf einmal war sie aus ihrer Trance gerissen. »Du kannst zu Bett gehen, Alice. Ich kümmere mich selbst darum.«

Als die Tür geschlossen war, schlang er die Arme um sie und sagte: »Wieder muß ich Euch überstimmen. Ich bestehe darauf, Euch zu entkleiden, Roseanna. Ihr habt mich eine ganze Ewigkeit auf diese Nacht warten lassen, doch nun, da sie gekommen ist, beabsichtige ich, mir jeden Wunsch zu erfüllen. Heute abend laufen die Dinge so, wie ich es will, mein Liebling, selbst wenn du dir die Lunge aus dem Hals schreist«, setzte er spöttisch hinzu.

»Was für Dinge?« fragte sie und fühlte sich auf einmal sehr zerbrechlich und hilflos.

»Ah, du hättest mich eben nicht so viele Nächte allein lassen dürfen. Ich fühle mich wie ein Zuchthengst, der schon seit Monaten keine Stute mehr gehabt hat, falls du das verstehst«, spöttelte er und öffnete mit derbem Griff ihren goldenen Gürtel. Er zog die bernsteinfarbene Tunika von ihren Schultern, und schließlich war sie nur noch in ihr dünnes seidenes Untergewand gehüllt.

Mit der einen Hand umschlang er ihre Taille, während er mit der anderen ihre köstlich runden Brüste liebkoste, die sich sofort vorwitzig aufrichteten. »In all den vergangenen Nächten hatte ich nichts weiter zu tun, als im Bett zu liegen und zu überlegen, auf welche Art du mir Lust schenken könntest«, neckte er sie. »Du hast doch nicht etwa Angst, mein Liebling? Was hast du denn da für mich unter der aprikosenfarbenen Seide?« Als er anfing, ihr das zarte Kleid hochzuschieben, entwand sie sich ihm und floh in ihrem durchsichtigen Gewand. Er war wie der Blitz hinter ihr her und riß das kreischende Mädchen mit einem Schwung in seine Arme; ihre nackten Beine strampelten wild in der Luft herum.

»Glaubst du, daß du Frau genug bist, mich zu befriedigen, Roseanna?« Er rieb ihren Körper an seinem dicken, harten Schaft.

»Besitzt Ihr keine Scham? Ich bin diese unzüchtigen Reden nicht gewöhnt«, sagte sie stöhnend.

Er unterdrückte eine spöttische Bemerkung über *seine* angebliche Unflätigkeit. Das hätte ihr direkt in die Hände gespielt. Sie wollte eine harte Auseinandersetzung, einen langen, unbarmherzigen Streit, in dessen Verlauf sie sich beide an die Kehle gehen würden, aber er hatte ganz andere Vorstellungen davon, wie sie diese Nacht verbringen konnten.

Er hatte ihre Lüge, sie sei keine Jungfrau mehr, nie geglaubt, und er wollte keinesfalls zu grob zu ihr sein, sobald er einmal angefangen hatte, sie zu lieben. Aber er genoß es, sie jetzt zu necken, sie zu reizen, den Paarungstanz von Minute zu Minute länger hinauszuzögern. Er genoß jede einelne Sekunde.

Erst einmal riß er das hauchdünne Gewebe von ihrem wunderschönen Körper und warf sie aufs Bett. Ihr herrliches Haar umfloß sie wie samtenes Feuer, in allen Richtungen über das Laken gebreitet, und er nahm minutenlang das Bild ihrer Nacktheit in sich auf. Hoch aufgerichtet stand er vor ihr und begann sich langsam auszuziehen.

Sie würde sie nie an seine Nacktheit gewöhnen; seine Größe war es, die sie vor allem anderen entsetzte. Wieder meinte er spöttisch: »Du hast doch nicht etwa Angst vor mir?«

Sie lachte nervös. »Angst? Das ist etwas, was du mir nie wirst vorwerfen können!« Er beobachtete sie sinnend, während sie mit ausgestreckten Gliedern regungslos liegenblieb.

»Ich bin bereit!« sagte sie mit zitternder, aber dennoch entschlossener Stimme.

15. Kapitel

Roger zog die Bettvorhänge ganz zurück, um die Wärme und das Licht des Kaminfeuers hereinzulassen. Roseanna lag stocksteif da und hielt ihren Blick geflissentlich von der Nacktheit ihres Gemahls abgewendet. Sie lag da wie ein Opfer, wie eine vestalische Jungfrau. Ihr Anblick verzückte ihn.

Sie wiederholte: »Ich bin bereit. Nun beeil dich schon!«

Ihre Unschuld rührte ihn, und er schwor sich, ihr nie weh zu tun, so lange er lebte. Er schlüpfte in das große Bett und zog die Decke über sie beide. Der Feuerschein, der sich in den tiefroten Bettvorhängen spiegelte, tauchte sie in einen rosigen Schimmer; er sehnte sich danach, die Haut ihrer nackten Brüste und Schenkel in dem flackernden Licht glühen zu sehen.

»Können wir's nicht einfach hinter uns bringen?« fragte sie.

»Nein, Liebste«, sagte er sanft. »Du verstehst ja nicht, wie dein Körper funktioniert. Wenn ich jetzt in dich eindringen würde, dann wären da nur Schmerz und Blut und Tränen. Laß mich dich in die Mysterien der Liebe einweisen. Zuerst erregt man sich mit Küssen und Streicheln. Dann werden meine Finger und meine Lippen dich auf eine Weise verwöhnen, daß du dich mir öffnest und bereit bist, mich zu empfangen. Ich will nicht, daß du dich nur meinen Bedürfnissen unterwirfst. Ich will, daß du mir deine eigenen Bedürfnisse zeigst und zuläßt, daß ich sie dir erfülle. Meine Lust erhöht sich mit der deinen. Diese Intimität ist vollkommen normal zwischen Ehemann und Ehefrau«, versicherte er ihr.

Dann schlang er den Arm um ihre schmale Taille und zog sie fest an sich. Er küßte sie eine ganze Stunde lang – mit sanften Küssen, weichen Küssen, kurzen, flüchtigen Küssen und langen, langsamen und schmelzenden Küssen. Nicht ein einziges Mal machte er den Versuch, ihre Lippen mit seiner Zunge zu teilen und in ihren weichen, aufregenden Mund einzudringen. Sie erwiderte seine Küsse nicht, entzog sich ihm jedoch auch nicht oder versuchte, der warmen Überredungskunst seines Mundes zu widerstehen.

Allmählich wurde Roseanna eingelullt von seiner magnetischen Nähe und der köstlichen Wärme seines Körpers. Seine sanfte Art, sie zu lieben, empfand sie nicht mehr als bedrohlich. In der Wärme des Kaminfeuers und innerlich angewärmt durch den genossenen Wein, entspannte sie sich und gab sich willig seinen nicht enden wollenden Küssen hin. *Hunderte, Tausende,* dachte sie träumerisch, während sie am Rande des Einschlummerns dahintrieb.

Er zog seinen Arm langsam fort, und sie murmelte einen leisen Protest. Sanft, sehr sanft zog er die Decke von ihrem Körper, damit er sie betrachten konnte; dann nahm er sie erneut in die Arme und preßte sie in ihrer samtigen Weichheit an die Härte seines Körpers. Sie versteifte sich wieder und versuchte, sich ihm zu entziehen, aber er streichelte zärtlich ihren Rücken. Die Lippen an ihrer Schläfe, murmelte er: »Hab keine Angst, Roseanna.« Er fuhr mit seinen Liebkosungen fort, bis sie erneut in einem Gefühl der Sicherheit dahinschwamm. Wieder begann er, sie zu küssen. Als sie vor Lust aufseufzte, wagte er einen weiteren Schritt.

Mit der Zungenspitze berührte er ihre Lippen. Als sie sich leicht öffneten, drang er tiefer ein, um mit ihrer Zunge zu spielen und vom Honiggeschmack ihres Mundes zu kosten. Roseanna vermochte sich ihm nicht zu entziehen. Ihr Körper hatte sich an den seinen geschmiegt, so als ob er dorthin gehörte. Sie bot ihre ganze Willenskraft auf, um der Sehnsucht, einfach in seinen Armen zu liegen und sich von ihm bis in alle Ewigkeit küssen zu lassen, zu widerstehen. Sie hob die Arme, um ihn wegzustoßen, und dabei berührten ihre Hände die stahlharten Muskeln seines breiten Brustkorbs. Die Kraft, die sie dort fühlen konnte, raubte ihr jede Widerstandskraft. Als ihre Finger seine schwarzen Brusthaare berührten, regte sich in ihr ein Gefühl des Triumphs darüber, daß es ihr Mann war, der einen derart heldenhaften Körper besaß.

Mit unendlicher Zärtlichkeit umschlossen seine Hände ihre Brüste, streichelten und liebkosten sie. Mit seiner Berührung zeigte er ihr deutlich, daß auch ihr Körper für ihn etwas äußerst Kostbares war. Ihr Haar berührte seine Wange, und er begrub sein Gesicht darin, atmete tief dessen köstlichen Duft ein, bis seine Sinne sich verwirrten. Roseanna in den Armen zu halten, das bedeutete einen Sturmangriff auf alle seine Sinne; er stöhnte aus purer, tiefer, schier unglaublicher Lust, Lust, die sie ihm schenkte. Sein ganzes Leben lang hatte er auf diese Frau gewartet. Mit zweiunddreißig Jahren war er zynisch geworden, besonders wenn es um Frauen ging; dann plötzlich, völlig unerwartet, zwischen zwei Herzschlägen, hatte er sich unsterblich verliebt.

Ihr Haar wirkte derart sinnesbetörend auf ihn, daß er schwor, sich in nicht allzu ferner Zeit darin einzuhüllen, um so in gleichsam seidigen Banden mit ihr zu verschmelzen. Seine Hände auf ihrem Körper lösten bei Roseanna völlig unbekannte Gefühle aus – ganz neue und seltsame und dennoch zutiefst lustvolle Gefühle.

Sie sagte sich, daß das, was sie taten, schlecht, ja sündhaft war. Er hatte all diese Gefühle in ihr geweckt, und nun strömten und pulsten sie heiß durch ihren Körper, prickelnd und ihre Willenskraft schwächend, saugten sie auch das letzte bißchen Widerstand aus ihr heraus, so daß nichts weiter blieb als sehnsüchtige Kapitulation.

Seine Hände wanderten hinunter zu ihren Schenkeln und streichelten über die sanft gerundeten Kurven ihres Hinterteils. Dann fuhr er langsam, ganz langsam zu den seidigen Innenseiten ihrer Schenkel. Seine Berührung an so ungewohnter Stelle ließ so hochfahren.

»Nein, Ravenspur, das darfst du nicht!« rief sie mit heiserer Stimme.

Seine mächtigen Arme preßten sie aufs Bett zurück.

»Nenn mich Roger«, befahl er, die heißen Lippen an ihre Kehle gepreßt.

Ihr Mund wurde trocken. Sie konnte seinen harten Schaft an ihrem Schenkel pochen fühlen. Die schiere Größe seines Geschlechts überwältigte sie; pochend und suchend näherte es sich dem Zentrum ihrer Weiblichkeit. Sie erwartete, daß er sich auf sie werfen und in sie eindringen würde, aber als er statt dessen begann, sie erneut zu küssen, war sie überwältigt von heißer, alles überflutender Erleichterung. Sein Tun war von Muße durchdrungen, seine Küsse waren langsam, intensiv und schmelzend; es bestand keine Eile.

Sie zog den Atem scharf ein, als seine Finger zwischen ihre Schenkel vordrangen. Leicht spielte er mit den zarten Löckchen ihrer Scham, und ein tiefes, prickelndes Lustgefühl breitete sich zwischen ihren Beinen aus, ergoß sich in ihren Bauch und wanderte hinauf bis zu ihren

Brüsten. Sie berührte ihre Brustwarzen und stellte fest, daß sie hart und aufrecht standen wie zwei spitze, kleine Speere.

Sie war sicherlich irgendwie anders als andere Frauen, überlegte sie, denn sie genoß diese sündhaften, schamvollen Dinge, die er mit ihr machte! Sie wußte, daß sie sich eigentlich gegen ihn wehren sollte, aber dann hätte sie auch gegen sich selbst kämpfen müssen, und die Kraft, die das gekostet hätte, war einfach zu groß. Sie wollte keinen Gedanken mehr an Widerstand verschwenden, sondern einfach im magischen Zirkel seiner Umarmung liegen und die seltsamsten und lustvollsten Gefühle in sich erwecken lassen, bis jeder Millimeter ihrer Haut nach seiner Berührung schrie.

Nun massierte er mit der Handfläche den Hügel über ihrem Schambein, und sie konnte sich selbst lustvoll seufzen und stöhnen hören, während eine Woge lustvoller Gefühle sie zu verschlingen drohte. Roger ließ einen Finger in ihre warme Weiblichkeit gleiten. Sein Herz wollte zerspringen vor Freude über das, was er darin fühlte. Er war sicher gewesen, daß Roseanna vor ihm noch keinen Mann gehabt hatte, aber nun spürte er deutlich die kleine Barriere, die ihm recht gab. Er zog den Finger wieder heraus; sein Mund schloß sich über ihren schwellenden Brüsten, und er saugte besitzergreifend an einer Brustwarze.

Roseannas Herz klopfte wie wild; sie rang nach Atem und wollte zerspringen vor Erwartung, Sehnsucht und Lust auf etwas, von dem sie nicht wußte, was es war. Roger vermochte sich nicht länger zurückzuhalten, seine lang zurückgehaltene Lust brach sich ihre Bahn, und es gab keine Umkehr mehr.

Er brannte lichterloh und lechzte nach ihrem Saft, während er ihr die Schenkel öffnete und sich mit seinem Gewicht auf sie legte. Mit einem harten, ungeduldigen Stoß drang er tief in sie ein, und sie schrie auf vor Schmerz und Lust. Einen Augenblick lang fragte sie sich, ob sie es überhaupt ertragen könnte. Sein Mund nahm den ihren vollkommen in Besitz und forderte Einlaß für seine Zunge, so wie ihr Körper sich seiner harten, männlichen Kühnheit geöffnet hatte. Sie hörte auf zu denken. Sie wollte nur seine Fülle in sich spüren. Als er anfing, wieder und wieder in sie zu stoßen, begann etwas in ihr zu knospen und zu blühen, als ob eine seltene exotische Blume ihre Blüten geöffnet hätte, um ihm zu empfangen. Wild bockte und warf sie sich ihm entgegen, wand und krümmte sich, bis die Blüte in ihrem Innern auf einmal explodierte und in eine Million Teile zersprang. Langsam, allmählich gewannen ihre Sinne wieder die Oberhand, und sie erkannte, wo sie war.

Roger lag an sie gepreßt, als ob sie zusammengeschweißt wären, und hatte sein Gesicht in ihrem Haar vergraben. Etwas Umwälzendes, etwas Ungeheuerliches war geschehen. Waren sie tot, fragte sie sich für einen kurzen Moment. Nach einer kleinen Ewigkeit, wie ihr schien, hob Roger den Kopf und sah ihr tief in die Augen. »Mein Liebling«, flüsterte er erschöpft. Sie konnte das laute Pochen seines Herzens an ihren nackten Brüsten fühlen.

Als er zur Seite rollte, überfielen sie seltsame Gefühle. Einerseits war sie erleichtert, andererseits verspürte sie ein Gefühl der Leere und Einsamkeit, nicht länger mit ihm verbunden zu sein. Er betrachtete sie mit Wärme; ihr Duft erfüllte noch seine Nase, jener flüchtige Hauch, der ihn jede Nacht verfolgt hatte, seit er ihr begegnet war.

Sie hob die Augen schamerfüllt zu den seinen. »Du hast es geschafft, daß ich mich unzüchtig benommen habe, Ravenspur! Bist du nun zufrieden?«

Sein dunkles Gesicht ihr zugewandt, betrachtete er sie prüfend. »Ich werde nie zufrieden sein, Roseanna; ich werde nie genug haben von dir.«

Sie schämte sich auf einmal entsetzlich und hatte das Gefühl, die Schamröte würde nie wieder aus ihren Wangen weichen. Sie rückte von ihm ab, so als ob sie aus dem Bett flüchten wollte, aber sein Griff zwang sie zum Bleiben. Sie wußte, er würde sie die ganze Nacht nicht gehen lassen; die besitzergreifende Art, wie er sie festhielt, sagte ihr, daß er sie hierbehalten würde, ganz nah bei sich. Ravenspur war der Teufel, und der Teufel hieß Ravenspur! Ihre Gefühle ängstigten und quälten sie. Sie wußte, daß die Barriere, die sie zwischen ihnen errichtet hatte, seine Männlichkeit herausforderte, und sie wußte auch, daß er nicht eher ruhen würde, bis er diese Barriere niedergerissen hatte. Aber sie hatte es ihm auch leicht gemacht! Einmal umhüllt von der Wärme seines Bettes, hatte seine Nähe sie überwältigt. Ihre Sinne waren noch immer erfüllt von seinem Geruch, und sie konnte ihn auch noch auf der Zunge schmecken.

Sie drehte sich um und vergrub ihr heißes Gesicht in den Kissen. Einer seiner Arme umschlang besitzergreifend ihre schmale Taille, und er schmiegte sich eng an ihren Rücken. Sie versuchte ihren zarten Körper steif zu machen, doch er schien das nicht zu bemerken. Zu viele Nächte hatte er schon wachgelegen und Qualen durchlitten, weil er sie in der Nähe wußte und sie doch nicht berühren konnte. Jetzt konnte er es – und er ließ sich durch nichts davon abhalten!

Roseanna war von Schuldgefühlen zerfressen, weil sie von seiner dunklen, bedrohlichen Art so angezogen wurde und weil die Dinge, die er mit ihr gemacht hatte, geradezu sündhaft erregend waren. Sie schämte sich bis in die Tiefe ihrer Seele.

Roger sehnte sich bereits nach wenigen Minuten wieder danach, sie erneut zu besitzen, doch sein Verstand sagte ihm, daß ihr erstes Mal besser kurz und süß sein sollte. Ihr Körper würde das nächste Mal schnell auf ihn ansprechen, denn er war sanft gewesen bei dieser Einführung in die Liebe. Den Arm um ihre Taille geschlungen, begann er, sie so zu streicheln, daß es sie eher entspannen als erregen würde, und nach einer Weile schlief er so gelöst und zufrieden ein, wie er sich schon seit Monaten nicht mehr gefühlt hatte.

Roseanna lag lange Zeit wach, und die Gedanken wirbelten ihr wild durch den Kopf. Doch schließlich gab auch sie den unwiderstehlichen Lockungen des Schlafs nach.

Roger erwachte wie immer sehr früh und lag voller Zufriedenheit da, seine Liebste einfach nur betrachten zu können. Zuerst regte sie sich, dann drehte sie sich zu ihm herum und öffnete langsam die Augen. Einen Moment lang blickte sie verständnislos; dann, als die Erinnerungen zurückkamen, begann sie zu zittern. Ihre weichen Lippen zuckten, und Tränen strömten ihr aus den Augen.

»Mein Liebling«, sagte er besorgt und wollte sie in die Arme schließen.

»Faß mich nicht an!« fauchte sie in derart heftigem Ton, daß er einen Moment lang fassungslos war. Ihre Worte verletzten seinen Stolz. Er hatte sich Zeit genommen, ihre Lust zu wecken, und er wußte auch, daß ihre Begegnung zutiefst befriedigend für sie gewesen war. Und doch wollte sie genau das jetzt bestreiten. Die kleinen Händen zu Fäusten geballt, wischte sie sich stur die Tränen aus dem Gesicht.

»So«, sagte er mit zusammengekniffenen Augen, »mit dem Tageslicht sind also die Barrieren zwischen uns wieder aufgerichtet, und wir stehen uns erneut mit gezückten Dolchen gegenüber.«

»Nichts hat sich geändert.« Sie warf wutentbrannt den Kopf zurück.

»Roseanna, du betrügst dich selbst. Du hast mir größere Lust geschenkt als je eine Frau zuvor, und deine zutiefst frauliche Reaktion hat mir gezeigt, daß auch du Freude daran verspürt hast.«

»Nicht mehr, als mit jedem anderen Mann auch«, warf sie ihm grausam vor. Er riß die Bettdecke zur Seite und enthüllte die Blutspuren auf den schneeweißen Laken. »Du Ungeheuer! Du deflorierst mich, du schändest mich, und jetzt triumphierst du auch noch! Für dich geht es hier nur um Macht und Unterwerfung, weiter nichts, Ravenspur. Zieh doch deine blutigen Laken am Fahnenmast hoch, laß sie von der höchsten Burgzinne flattern, um deine Männlichkeit allen zu verkünden!« Einen Moment lang war sie fast überwältigt von Haßgefühlen für diesen Mann – oder war es vielleicht eher so, daß sie sich selbst verachtete?

Er ließ es jedoch nicht zu, daß sie ihn dazu brachte, die Fassung zu verlieren. Seine Augen glitzerten plötzlich vergnügt. »Die Liebe scheint dich hysterisch zu machen.«

»Oh«, schnaubte sie und suchte nach einer möglichst grausamen Erwiderung, um ihn doch noch aus der Ruhe zu bringen.

Er grinste tückisch. »Wollen hoffen, daß du dich bis zur Schlafenszeit wieder erholt hast.«

Sie hob würdevoll das Kinn. »Ravenspur, eins ist gewiß: Heute nacht schlafe ich allein!« Sie rauschte aus dem Zimmer und warf die Tür mit solcher Gewalt hinter sich zu, daß ihr weißes Nachthemd eingeklemmt wurde. Egal, wie sehr sie auch zog, sie konnte es nicht freibekommen. Sie war drauf und dran, herauszuschlüpfen und nackt zu ihrer Kammer zu laufen, aber der Gedanke, Mr. Burke von Angesicht zu Angesicht gegenüberzustehen, hielt sie im letzten Moment davon ab. Gereizt öffnete sie die Kammertür noch einmal, um sich zu befreien, und schäumte vor Wut, als sie sah, daß Ravenspur sich angesichts ihres Mißgeschicks vor Lachen auf dem Bett wälzte.

Er hatte eine Art, sie zu reizen, die sie völlig aus der Haut fahren ließ.

Er fühlte sich so frei und überschäumend wie ein Jugendlicher nach seiner ersten Eroberung. Er läutete nach Burke, damit man ihm heißes Wasser zum Waschen und Rasieren brachte, und pfiff dann eine fröhliche Melodie, während Burke seinen Schrank nach Kleidung für den heutigen Tag durchsuchte. Roger schüttelte den Kopf. »Nein, nicht schwarz. Nicht heute.« Er grinste wie ein Schwachsinniger: »Gib mir das Violette – ich fühle mich wie ein König!«

Mr. Burkes Gesichtsausdruck blieb vollkommen reglos, aber innerlich freute er sich für Roger. Der Junge hatte nichts als schlechte Weiber gekannt, an erster Stelle seine Mutter. Es war Zeit, daß ein wenig Glück in sein Leben Einzug hielt. Wie die Dinge standen, würde es wohl nicht lange dauern, daß er ein paar feine Söhne für das Haus Ravenspur produziert hatte.

Zuletzt, als Krönung seiner Erscheinung sozusagen, befestigte Roger noch einen Diamantknopf in seinem Ohrläppchen und warf einen bewundernden Blick in den Spiegel. Dann nahm er einen Schlüssel heraus und öffnete eine Geldschatulle. Er entnahm ihr einen Lederbeutel, zählte fünfhundert Pfund ab, die er in den Beutel und diesen dann in sein Wams steckte. Schließlich wandte er sich an seinen Diener: »Wenn Tristan heute zurückkehrt, brechen wir schon morgen nach Ravenglass auf. Pack meine Satteltaschen mit genügend sauberer Wäsche für zwei Wochen voll.«

Als er gegangen war, schüttelte Mr. Burke den Kopf. Ravenspur war nie ein Mann gewesen, der sich vor seinen Pflichten drückte, egal, welchen Versuchungen er auch ausgesetzt war, aber Mr. Burke hätte wetten können, daß dies die härteste Abreise seines Lebens war.

Roger eilte raschen Schrittes den Korridor entlang, der zu Roseannas Gemächern führte, und klopfte leicht an die Tür. Eine erstaunte Kate stand mit offenem Mund da, als er ihr den schweren Lederbeutel in die Hand drückte. Er blinzelte vieldeutig und sagte. »Für Roseanna. Sie ist jeden Penny davon wert!«

Kate schloß die Tür und wandte sich zu ihrer jungen Herrin um. »Es war Ravenspur. Er hat Euch Geld gebracht.« Kate errötete tatsächlich – was Roseanna nie für möglich gehalten hätte. Sie war so wütend, daß sie nur noch stammeln konnte: »Dieser verdammte Teufel, oh, dieser verdammte Teufel!« Sie konnte ihn immer noch lachen sehen, und plötzlich wußte sie nicht, ob sie weinen oder ihm das Gesicht zerkratzen sollte. »Dieser unmögliche Mann!« rief sie hilflos. »Jetzt fühle ich mich wirklich wie eine Kurtisane!«

Den Rest des Tages zog Roseanna es vor, für sich allein zu bleiben.

Sie unternahm einen langen Ritt nach Richmond, einer kleinen Stadt, deren Burg aus dem elften Jahrhundert stammte. Der Ort war einst Machtzentrum der Normannen gewesen, und die Burg war sein Wahrzeichen. Ihr Knecht, Kenneth, begleitete sie gerne und versorgte sie bereitwillig mit Informationen über die Geschichte des Ortes.

Bei ihrer Rückkehr stellte sie fest, daß Tristan und seine Männer inzwischen aus Ravenscar eingetroffen waren und bereits Vorbereitungen für die morgige Abreise an die entgegengesetzte Küste nach Ravenglass trafen. Roseanna sagte sich, daß Ravenspur im Speisesaal genug zu tun haben und sie nicht allzu sehr vermissen würde, wenn sie heute abend mit ihren Frauen auf ihrer Kammer speiste. Wenn sie es schaffte, ihm nur heute aus dem Weg zu gehen, dann hätte sie ihn sogar zwei Wochen lang vom Hals. Der Winter näherte sich mit raschen Schritten, und die frische, kalte Luft, die ihr während des Ausrittes um die Stirn geweht war, verlangte nun ihren Tribut und machte sie ungeheuer schläfrig. Sie zog sich früh zurück, erleichtert, Ravenspur den ganzen Tag lang nicht begegnet zu sein.

Die Burg war in völlige Stille getaucht, und die Uhr ging gegen vier, als Kate Kendall wie ein Blitz aus dem Bett hochfuhr. Ein leises Geräusch hatte sie geweckt, und sie hatte gerade noch Zeit zu sehen, wie Ravenspur sich in Roseannas Kammer schlich. Sie blinzelte ein paarmal, doch sie wußte, daß sie ihn nicht noch einmal von seiner Frau fernhalten konnte. Daher zuckte sie die Achseln und zog sich die Daunendecke über den Kopf.

Roseanna, die plötzlich aufgewacht war, hatte keine Ahnung, wie spät es war. Sie setzte an: »Wie kannst du –« Doch ihre Worte wurden grob abgewürgt, als Ravenspur mit einer Stimme, die keinen Widerspruch duldete, forderte: »Halt den Mund, Roseanna.« Er schüttelte den Morgenmantel ab und kam ins Bett. »Ich will dich nur in den Armen halten, weiter nichts. Ich hatte einen Alptraum, daß ich aus Ravenglass zurückgekehrt bin und du fort warst. Ich muß in zwei Stunden aufstehen und möchte diese kurze Zeit mit dir verbringen.« Als er die Arme nach ihr ausstreckte, versteifte sie sich und wendete sich von ihm ab. Er beachtete ihre Ablehnung jedoch nicht, zog sie an sich und bettete ihren Kopf unter sein Kinn. Ihre Körper verschmolzen wie zwei Löffel. Seinen Schatz in seinen besitzergreifenden Armen eingeschlossen, war Ravenspur schon bald eingeschlafen und atmete tief.

Da ihre steife Ablehnung ihn offensichtlich nicht gekümmert hatte, begann sie sich langsam in der Wärme seines Körpers zu entspannen. Aber dann fing irgend etwas an, sich in ihr zu regen, ein Gefühl, das sie sich einfach nicht eingestehen wollte. Tief in ihrem Körper regte sich ein Schmerz, ein Lustschmerz, der sich langsam ausbreitete. Mein Gott, das durfte nicht passieren, nicht ihr! Der Sehnsuchtsschmerz begann zwischen ihren Beinen und spreizte seine feurigen Finger bis hinauf in ihren Bauch, und langsam, Millimeter um Millimeter, stieg er wie flüssiges Feuer bis in ihre runden, vollen Brüste. Ihr Lustgefühl steigerte sich ins Unerträgliche, und sie mußte sich auf die Zunge beißen, um nicht aufzustöhnen. Er war ein Teufel, der Hölle entsprungen, hatte mit ihrem Körper gespielt und jede Pore mit sinnlichen Erinnerungen erfüllt. Und nun lag sie da, ihr schwaches Fleisch an die muskulöse Länge seines Körpers gepreßt, und hungerte nach seiner Liebe.

Ravenspur drehte sich im Schlaf um, und einen Moment lang war sie erleichtert, daß er ihr nun den Rücken zukehrte. Wütend sagte sie sich, daß sie ihre Gedanken von ihm ab und anderen Dingen zuwenden mußte, damit auch zu ihr der Schlaf käme. Das Kaminfeuer ließ den Raum erglühen. Als Roger so von ihr abgewandt lag, mußte sie plötzlich seine Formen, die breiten, starken Schultern bewundern. Er atmete gleichmäßig, langsam und rhythmisch, und allmählich, so als ob eine fremde Kraft sie trieb, rückte sie näher an ihn heran, bis sie erneut die Wärme spüren konnte, die von seinem Körper ausging.

Auf einmal mußte sie gegen das drängende Verlangen, ihn zu berühren, ankämpfen. Am liebsten hätte sie ihre Brüste an seinem Rücken gerieben und ihren Bauch an seinen Hinterbacken. Mit der Zunge wollte sie über seine Haut gleiten und seinen salzigen, männlichen Geschmack kosten. Sämtliche Nerven ihres Körpers schienen nun bloßgelegt, und ihre Haut kribbelte, und als die Sehnsucht, die ihren Körper quälte, unterträglich wurde, ließ sie ihren Phantasien freien Lauf. Sie stellte sich vor, wie er seinen Atem ausstieß, halb seufzend, halb stöhnend. Sie träumte, er würde sich zu ihr umdrehen und ihre Hüften an die Lippen ziehen; seine Zunge würde über die zarten Falten gleiten, sie zwischen den Beinen kitzeln und reizen, bis die Lustwellen zu ihrem Bauch hinaufschwappten. Sie stöhnte und streckte die Hand aus, um ihn zu streicheln. Roger wachte sofort auf. Wie in ihrer Traumwelt drehte er sich um und zog ihre Hüften an seine Lippen. »Ich habe geträumt, daß ich dich so lieben darf«, flüsterte er heiser.

Völlig verwirrt, fast in Panik, sagte sie sich, daß sie doch unmöglich denselben Traum gehabt haben konnten.

»Laß mich dich lieben, Roseanna!«

Sie war bis in ihre Grundfesten erschüttert, als seine Zunge ihren teuflischen Tanz begann, vor und zurück, hinein und heraus aus ihrer heißen, pochenden Weiblichkeit. Sie versuchte, ihn zu stoppen, doch ihr Inneres jubelte, daß dies das Sündhafteste, Verruchteste und Erregendste war, das sie je erlebt hatte, und sie ließ ihn lange Minuten gewähren. Schließlich flehte sie ihn doch noch an, damit aufzuhören, aber er war noch nicht bereit, ihre Süße schon aufzugeben. Dort, wo seine Zunge zustieß, wurde das Pulsen und Pochen stärker und stärker und drohte zu explodieren, doch er machte weiter und weiter, bis sie aufschrie und sich wand und krümmte. Als die Explosion schließlich kam, war sie so überwältigend, so unvergleichlich wie nichts, was sie je erlebt hatte. Alles war vollkommen neu und aufregend. Der Funke der Sinnlichkeit hatte einen Brand in ihr entfacht, und sie war nun da, wo er sie haben wollte, willig, weich und hingebungsvoll, und er war nicht bereit, sie wieder hinter ihrer kalten, starren Barriere verschwinden zu lassen.

Sein heißer Mund fuhr hinauf zu ihrer Kehle, und er murmelte ihr ins Ohr: »Verrat mir deine geheimsten Phantasien. Welch sündhafte Träume träumst du, Roseanna?« Sie konnte nicht antworten, denn sie war jenseits von Worten. Also flüsterte er ihr seine sündigen Wünsche zu und endete: »Das würde ich gerne mit dir tun! Laß mich dich noch einmal lieben, Roseanna, bevor der Tag anbricht und dich wieder ernüchtert!«

Sie streckte die Hand aus und umschloß seinen geschwollenen Schaft. Er stöhnte tief auf vor Lust, und jede Scham verlierend, fieberten beide einander entgegen. Ihr Atem kam abgerissen und stoßweise, und er wußte, daß ihre Lust jetzt so groß war wie die seine. Ihr Stöhnen und ihre Seufzer des Entzückens, die sein Stoßen begleiteten, sagten ihm, daß sie bald genausoviel Befriedigung empfinden mußte wie er. Sie nahm seinen Rhythmus auf und bewegte sich mit ihm, bis beide sich in den Fängen der Leidenschaft verloren. Sein Samen schoß in sie hinein, und ihre Lust war so überwältigend, daß sie fast ohnmächtig wurde. Ihr Körper erzitterte und wand sich vor Entzücken, als er sie mit seiner Liebe füllte.

Bei Tagesanbruch schlüpfte er vorsichtig aus dem Bett, um sie ja nicht zu stören. Ihm stockte der Atem angesichts ihrer Lieblichkeit. Ihr Haar war zerzaust, und ihre wilde Schönheit sah betörend aus. Er verfluchte im stillen, daß er sein erneutes Verlangen nicht mit ihr befriedigen konnte, und sehnte sich nach einer Zeit, in der sie zusammen erwachen würden. Dann würde er nach ihr greifen können, und sie würde sich öffnen und ihn willkommen heißen. Der Alptraum der vergangenen Nacht hatte ihn erschüttert, wenn er auch die unheimlichsten Einzelheiten für sich behalten hatte. Als er Roseanna in seinem Traum vermißte, hatte er nach ihr gesucht und sie tot aufgefunden, genauso wie damals Janet. Mit grimmigem Gesicht zog er den Morgenmantel über und verließ leise ihre Kammer.

16. Kapitel

Roseanna verbrachte den Morgen bei Rebecca. Sie war nicht überrascht, als sie hörte, daß Tristan die Nacht mit seiner Frau verbracht hatte. Ihr Verhältnis zueinander hatte sich sehr gebessert; Rebecca sehnte sich nach Tristans Rückkehr von Ravenglass, denn wenn die politische Situation ruhig zu bleiben versprach, würden sie alle nach Ravenspur zurückreisen.

»Hat Roger Euch gesagt, wie lange sie fortbleiben werden?« fragte Rebecca hoffnungsvoll.

Roseanna schüttelte den Kopf. »Wir haben nicht darüber gesprochen. Ich nehme an, sie werden etwa zwei Wochen wegbleiben, aber es kann auch viel weniger sein. Ravenglass ist ungefähr sechzig Meilen von hier entfernt. Wenn sie schnell reiten, dann können sie in einem Tag dort sein.«

Rebecca seufzte. »Der Gedanke, noch einmal mit dem gesamten Haushalt umzuziehen, stimmt mich trübsinnig, aber ich bin froh, nach Hause zu kommen. Ich habe genug vom eisigen Norden.«

»Ich freue mich auf Ravenspur Castle. Ich habe mein wirkliches Zuhause ja noch gar nicht gesehen«, sagte Roseanna.

»Oh, Ihr werdet es lieben. Es ist dort so viel hübscher als hier. Es wirkt gar nicht wie eine Burg. Im Frühling und im Sommer sind die Gärten einfach bildschön, und das Parkland zwischen Ravenspur und dem Haus, in dem Tristan und ich leben, ist ideal zum Reiten. Es ist so ganz anders als die wilden Moore hier.«

»Ich mag die Täler und Hügel hier eigentlich recht gern, auch wenn sie für mich aussehen wie Berge. Ich denke, ich sollte Kate Kendall lieber schon mal mit dem Packen anfangen lassen, wenn wir wirklich bald umziehen. Am besten bespreche ich mich mit Mr. Burke; der weiß über alles Bescheid, was vorgeht, und gewöhnlich hat er auch alles unter Kontrolle.«

Ihre Gedanken waren bereits mit den Pferden beschäftigt. Sie würden sie alle mit nach Ravenspur nehmen und dabei besonders auf die tragenden Stuten achten müssen. Sie wollte noch einmal mit Thomas über die weißen Pferde sprechen, die diese Mönche angeblich züchteten. Jetzt, da sie Geld besaß, wollte sie eine oder zwei Stuten kaufen, um mit dem Araberhengst eine Zucht aufzubauen.

Auch an diesem Abend speiste sie lieber auf ihrem Zimmer, als in den Speisesaal hinunterzugehen, der abgesehen von den Dienern und den Burgfräulein ohnehin leer sein würde. Danach hatte sie plötzlich Lust, Ravenspurs Gemächer zu durchforschen. Was für eine herrliche Gelegenheit, ihre Neugier über seine Räume zu befriedigen – ja, auch über den Mann selbst! Seine Habseligkeiten würden ihr Einblick in seine Persönlichkeit verschaffen und vielleicht auch in seine Schwächen.

In seinem Zimmer angekommen, errötete sie beim Anblick des Bettes, doch sie verbrachte eine vergnügliche Stunde damit, seine Sachen zu berühren, in seine Truhen und Schränke zu sehen und seine kostbaren Gewänder, die in zwei großen begehbaren Schränken hingen, zu bewundern. Einer von ihnen roch nach exotischem Sandelholz, während der andere nach frischem Waldmeister duftete.

Sie wußte bereits, daß Ravenspur ein sehr fleißiger Mann war, und nun erkannte sie, daß er obendrein auch noch sehr ordentlich und gut organisiert war. Der kostbar möblierte Raum ließ leicht erkennen, daß er den Luxus liebte; dennoch wußte sie, daß er gleichzeitig spartanisch genug war, jede erdenkliche Härte zu überleben. Sie erhaschte einen Blick auf sich selbst in einem Spiegel und warf verächtlich den Kopf zurück. Ein Spiegel, natürlich! Zweifellos, um sich selbst anzuhimmeln. Ein arroganter und hochmütiger Teufel war er, jawohl.

Sie war entsetzt, als sie wieder dieses Lustgefühl in sich aufsteigen fühlte. In einem Anfall von Panik rannte sie aus dem Zimmer, um der Wirkung, die seine Räume auf sie hatten, zu entfliehen. Mit einem leisen Klicken schloß sie die Tür hinter sich und ging zu ihrer eigenen Kammer. Als sie jedoch den Torbogen durchschritt, der zum Wachtturm führte, stand sie plötzlich Sir Bryan gegenüber. Er trug eine Signallaterne, die er rasch absetzte, um sie in die Arme zu schließen. »Oh, Roseanna, mein Herz blutet vor Sehnsucht nach dir.«

Sie hob die Hand und streichelte zart über sein Gesicht. »Mein süßer Bryan, um meinetwillen sollst du nicht leiden. Es bricht mir das Herz.«

Er zog sie in den Schatten des Torbogens, damit sie niemand sehen konnte. Irritiert blickte sie die Treppe zum Wachtturm hinauf. »Was hast du da oben gemacht?« flüsterte sie.

»Ich ging hinauf, um allein zu sein – um ein Gedicht für dich zu schreiben.« Sie fühlte seinen Atem auf ihrer Wange; er klang so jung und aufrichtig, daß sie fast dahinschmolz. »Es muß eiskalt sein da oben. Was ist das für eine Laterne?« fragte sie ihn.

»Die Klappen sind dazu da, zu verhindern, daß der Wind die Laterne löscht.«

Roseanna akzeptierte seine Erklärung, doch irgendwo im Hinterkopf wußte sie, daß diese Laternen einem doppelten Zweck dienten.

Plötzlich flüsterte er: »Darf ich dich küssen?« und ihr Herz zersprang fast vor Mitleid. Er wollte nichts als die Krümel, die von Ravenspurs Tisch übriggeblieben waren. Sie hob ihm den Mund entgegen und fand, daß seine Lippen kalt waren, und sie blieben verschmolzen, bis ihre Wärme in ihn überging. Am liebsten hätte sie ihn in ihre gemütliche Kammer mitgenommen, wo es warm war und sie allein sein konnten, um ihre kostbaren Gedanken auszutauschen, aber sie wußte, daß sie das nicht tun durfte. »Geh hinunter in die Küche und suche dir etwas Warmes zu essen und zu trinken. Ich treffe dich dann wie zufällig dort. Wir können uns vor den Kamin setzen und unterhalten. Niemand kann uns so ein kleines Vergnügen verwehren.«

Sie teilten sich eine hochlehnige Bank vor der riesigen Kochstelle, nippten langsam an warmem Ale und starrten in die Flammen.

»Tut Ravenspur dir weh?« fragte er.

Sie war erstaunt über seine Frage, antwortete jedoch aufrichtig: »Nein. Warum fragst du?«

»Er hat schließlich seine letzte Frau ermordet, und ich habe gehört, auf welch abscheuliche Weise er's getan hat. Sie ist mit seinem Dolch vergewaltigt worden!«

Roseanna zuckte vor Entsetzen über diese Anschuldigung zusammen: »Nein, Bryan, das glaube ich einfach nicht. Wo hast du solch üble Verleumdungen gehört?«

»Einer seiner eigenen Männer hat's mir gesagt. Ravenspur wurde wegen Mordes festgenommen, und nur die Tatsache, daß der König sich für ihn einsetzte, rettete ihm den Hals.«

»Wenn der König ihn für unschuldig hielt, dann tue ich es auch«, sagte sie fest, denn die Alternative war einfach undenkbar.

»Roseanna, der König hat sich nicht den Teufel darum geschert, ob sein bester Freund schuldig war oder nicht. Die Frau war untreu und bekam, was sie verdiente, so denken zumindest die meisten der Männer.«

Roseanna schauderte. Sie hatte sich Ravenspur in jenen zwei Nächten vollkommen hingegeben, sich seinem Willen völlig ausgeliefert! Sie verdrängte die schwarzen Gedanken und blickte um sich, ob sie vielleicht beobachtet wurden. Was sie beide gerade taten, konnte von übelwollenden Schwätzern als Untreue ausgelegt werden.

Bryan berührte zärtlich ihre Hand. »Du gehst jetzt lieber, Roseanna. Ohne Aufsicht werde ich mich dir nicht mehr nähern.«

Gott segne ihn, dachte sie. *Er weiß genau, in welche Gefahr er mich bringt, und würde mich schützen.*

In dieser Nacht fürchtete sie schon, daß sie wegen der düsteren Andeutungen von Sir Bryan von schrecklichen Alpträumen geplagt werden würde. Doch als sie schon am Einschlafen war, breitete sich statt dessen tiefe Sehnsucht in ihr aus, das Bedürfnis, von zwei unglaublich starken Armen gehalten zu werden. Als sie dann in den Schlaf hinüberglitt, meinte sie zu spüren, wie der große Körper ihres Mannes auf ihr lag. Ihr war, als füllte er sie mit seinem langen, dicken Schaft und bedeckte sie mit Küssen, bis sie fast ertrank in seiner überwältigenden Liebe.

Als Roseanna erwachte, lag sie in ihrem einsamen Bett, und Sir Bryans Anschuldigungen schwappten erneut über sie hinweg. Verdammt, sie wollte nicht dauernd darüber nachgrübeln und sich selbst verrückt machen!

Sie warf die Decke zurück, zog sich rasch an und suchte Mr. Burke auf. Obwohl es noch früh war, war er schon seit Tagesanbruch auf und widmete sich seinen täglichen Pflichten. Sie fand ihn in dem kleinen Raum, den er als das Büro des Kammerherrn bezeichnete. Sie schloß leise die Tür und setzte sich ihm gegenüber an den Schreibtisch.

»Mr. Burke, ich bitte Euch, meine Fragen zu beantworten. Kein anderer kann mir helfen.«

Er wußte instinktiv, was kommen würde, und er wußte ebenfalls, daß er ihrer Bitte nicht widerstehen konnte.

»Ravenspurs Frau Janet wurde ermordet. Stimmt es, daß sie mit einem Dolch vergewaltigt wurde?«

Er nickte langsam. »Sie wurde verstümmelt. Das Messer fand man neben ihrer Leiche.«

»Ravenspurs Messer?« drängte sie.

Wieder nickte er.

»Er wurde wegen Mordes festgenommen?« fragte sie.

Mr. Burke sagte rasch: »Das Urteil lautete ›Nicht schuldig‹!«

Sie sah ihm tief in die Augen und fragte sanft: »Mr. Burke, war er schuldig? Die Wahrheit, ich bitte Euch. Sagt mir, was Ihr wißt.«

Er holte tief Atem: »Ich habe das noch nie jemandem erzählt – Ihr seid die erste und auch die letzte. In jener Nacht habe ich einen Mann gesehen, der ihre Gemächer spät in der Nacht verlassen hat. Kurz darauf bin ich hineingegangen und habe sie tot aufgefunden. Ich weiß nicht, wer es war. Es hätte Roger sein können. Oder auch Tristan. Doch wenn es Tristan war, was wäre sein Motiv gewesen? Das habe ich mich schon hundertmal gefragt.« Er schüttelte den Kopf und meinte leise: »Und wenn es Roger war, dann ziehe ich es vor, anzunehmen, daß er sie so fand und ihr den Gnadenstoß gab.«

»Ihr seid wirklich nicht sicher, wer es war?«

Er schüttelte den Kopf. »Er war groß, hatte dunkles Haar und kam aus ihren Privatgemächern.«

Sie schauderte. »Vielen Dank, Mr. Burke. Ich bin Euch wirklich dankbar für Euer Vertrauen, besonders, da ich weiß, daß Eure Loyalität Ravenspur gegenüber vor allem anderen steht.«

Plötzlich mußte sie einfach hinaus in die frische Luft, oder sie würde ohnmächtig werden. Blindlings tappte sie die Haupttreppe hinunter, am Speisesaal vorbei und hinaus in den Hof. Tauben und Hunde aufscheuchend, suchte sie nach einem Ort, wo sie allein sein und ihre Gedanken ordnen konnte. Eine Stimme in ihrem Inneren schrie, daß der Mann, mit dem sie für ein Leben verbunden worden war, kein grausamer Mörder sein konnte. *Aber warum denn nicht? Warum nicht?* spottete eine andere Stimme. *Du weißt doch gar nichts über ihn!*

Sie hatte nicht gemerkt, daß es zu schneien begonnen hatte. Plötzlich sah sie auf ihre Hand und erblickte eine einzige Schneeflocke in ihrer Vollkommenheit. Da erkannte sie auf einmal so sicher und klar, wie sie die vollendete Schönheit des zarten Schneegebildes sah, daß sie alles wußte, was es über diesen Mann, Roger Montford, Baron von

Ravenspur, zu wissen gab. Seine Berührung hatte ihr deutlich gezeigt, daß ihr Körper wertvoll und kostbar für ihn war. Er hatte sie wahrhaft geehrt mit seinem Körper, so wie er es in seinem Eheversprechen geschworen hatte. Sein Körper war stark und mächtig, aber es war keine Grausamkeit, nichts Böses in ihm. Zum ersten Mal, jetzt am hellichten Tag, erlaubte sie sich, ihre Liebesnächte noch einmal zu durchleben, und wußte ohne den kleinsten Schatten eines Zweifels, daß man diesen liebenden Händen eine Frau ruhig anvertrauen konnte. Nicht nur ihren Körper, sondern den Körper jeder Frau; darauf hätte sie ihr Leben verwettet.

Eine Zentnerlast fiel plötzlich von ihr ab. Auf einmal hatte sie keine Angst mehr vor ihm, und das war ein wundervolles Gefühl. Sie konnten streiten und sich zanken, konnten vollkommen unterschiedliche Ansichten haben, sich mit ihrem sturen Stolz in den Wahnsinn treiben, aber sie wußte, sie hatte nichts von ihm zu befürchten – außer vielleicht, daß er sie dazu brachte, ihn zu lieben. Sie drängte diesen Gedanken rasch beiseite, gewann ihre Haltung wieder und ging zurück zur Burg.

Zwei Stunden später sah Roseanna zu ihrer Überraschung einen Trupp von einem halben Dutzend Männern in den Burghof reiten. Als sie jedoch erkannte, daß der Anführer ihr Bruder Jeffrey war, zersprang sie fast vor Freude. Seine Ankunft würde ihre trüben Gedanken verscheuchen. Als er sie mit einer Umarmung und einem Kuß begrüßte, rief sie freudig erstaunt: »Jeffrey, du mußt eine Kristallkugel oder so etwas haben. Ravenspur ist erst gestern zur Küste aufgebrochen, und heute tauchst du auf wie aus dem Nichts!«

»Wundervoll!« Er grinste. »Nun kannst du dich ganz offen mit Bryan zeigen, während ich die Anstandsdame spiele.«

Sie errötete und hatte ein schlechtes Gewissen. Es war fast so, als ob das Ganze geplant worden wäre. »Ich hoffe, man hat sich gut um Euch gekümmert.«

»Ihr habt hier einen äußerst tüchtigen Kammerherrn, der uns die berühmte Ravenspur-Gastfreundschaft entgegengebracht hat.«

»Komm, wir wollen eine gemütliche Kammer für dich suchen«, drängte sie.

»Das sollte nicht allzu schwierig sein. So, wie's hier aussieht, scheint Ravenspur auf recht großem Fuß zu leben, nicht wahr? Ich frage mich, ob seine anderen Burgen auch so prächtig ausgestattet sind wie diese hier.«

»Man hat mir versichert, daß dies ein nackter Haufen Steine ist, verglichen mit Ravenspur Castle.« Sie grinste, als sie die Tür zu einem sehr maskulinen Raum mit Eichenmöbeln und maulbeerfarbenen Samtvorhängen öffnete. Jeffrey konnte seinen Neid nicht verbergen; einen flüchtigen Moment lang fragte sie sich, ob es Ravenspur oder vielleicht sie selbst war, die er beneidete, denn all das gehörte nun ja auch ihr.

Er sagte bitter: »Manchen Leuten fällt einfach alles für nichts in den Schoß!«

»Für nichts?« echote sie. »Der Preis, den ich bezahlen mußte, war sehr hoch. Muß ich dich etwa daran erinnern, daß ich gegen meinen Willen in diese Ehe gezwungen wurde, statt meinem Herzen folgen zu dürfen?«

»Ach, Göre, nimm's mir nicht übel. Sobald ich mich von den Spuren der Reise gesäubert habe, kannst du mir deine Ställe zeigen.«

Sie hatte das Gefühl, daß er sie absichtlich besänftigen wollte, indem er das Thema wechselte und auf Pferde zu sprechen kam. Sie zuckte die Achseln. Was machte es schon? Sie drei würden ein paar glückliche Tage zusammen verleben.

Die Woche ging rasch vorbei. Jeffrey übernahm fast die Rolle des Barons. Er genoß es, im Speisesaal in Ravenspurs großem, reich mit Schnitzereien verzierten Sessel zu sitzen und die Dienerschaft herumzuscheuchen, auf daß ihm jeder Wunsch beim kleinsten Wink erfüllt werde. Kate Kendall umgab ihn die ganze Zeit mit ihrer Fürsorge und verwöhnte ihn, wie sie's zu Hause immer getan hatte, und er war der Grund für ein halbes Dutzend heftiger Meinungsverschiedenheiten zwischen ihr und Mr. Burke, der nicht gerade erfreut war über den unverschämten jungen Lümmel, der die Dienstboten wie Dreck behandelte – allerdings nicht, wie er zynisch feststellte, vor Roseanna.

Bryan und Jeffrey wurden derart unzertrennlich, daß Roseanna plötzliche Gesprächspausen aufzufallen begannen, die eintraten, wann immer sie auftauchte. Sie führte dies auf die Tatsache zurück, daß die beiden Freunde getrennt gewesen waren und das Beste aus ihrem Zusammensein machen wollten, solange es dauerte.

Roger mußte seine Augen auf dieser langen Reise zur Küste nur für eine Sekunde schließen, und Roseanna war bei ihm. Seine Stimmung war überschwenglich, denn er konnte sich nicht erinnern, daß er jemals zuvor so glücklich und zufrieden mit seinem Schicksal gewesen wäre. Immer noch konnte er sein Glück kaum fassen, Roseanna als seine Braut gewonnen zu haben, denn er wußte ohne den kleinsten Zweifel, daß sie die schönste Frau war, der er je begegnet war. Sie raubte den Männern buchstäblich den Atem. Er genoß nichts mehr, als Männer zu beobachten, die Roseanna zum ersten Mal sahen. Er sah, wie sich ihre Augen weiteten und die Kinnlade hinunterfiel. Er verbarg seine Erheiterung, wenn sie zu stottern und zu stammeln begannen und aus polierten Höflingen oder rauhen Soldaten tolpatschige Jungen wurden, die einer Frau noch nie zuvor den Hof gemacht zu haben schienen. Er genoß die neidischen Blicke der anderen Männer. Er wußte genau, wie sehr dieses bildschöne Wesen sie anzog, denn zahllose Male hatte er selbst sie angeblickt, und sein Herz hatte jedesmal einen Sprung gemacht!

Er schloß die Augen, und ihr wunderschönes Gesicht erschien wieder vor ihm. Ihr Haar fiel wie eine dunkle Wolke bis zu den Knien; ihre herrlichen veilchengrauen Augen besaßen jedesmal, wenn sie ihn anblickten, eine andere Färbung; ihr Mund war so weich und einladend wie eine rosa Samtrose, und allein der bloße Gedanke an sie erregte ihn schon. Er mußte seine Gefühle unterdrücken, denn er wußte, daß seine Bedürfnisse nicht gestillt werden konnten, bevor er nicht zu ihr zurückgekehrt war. Seine Männer und Tristan würden sich kräftig amüsieren, wenn sie Ravenglass erreichten, aber er nicht. Er begehrte keine andere Frau, und er hatte ihr sein Wort gegeben, nicht untreu zu sein, wenn sie sich ihm hingab. Und hingegeben hatte sie sich ihm, wahrhaftig! Ihr Körper war wie für die Liebe geschaffen, und er frohlockte bei der Vorstellung, daß sie eine äußerst sinnliche Frau zu werden versprach. Nur eines noch fehlte ihm zu seinem Glück: Er wollte, daß Roseanna ihn liebte, und war entschlossen, dies auch zu erreichen.

Erschöpft von der schnellen Gangart, in der ihr Herr sie vorangetrieben hatte, kamen seine Leute auf Ravenglass an. Er hatte keinerlei Truppenbewegungen bemerkt, noch irgend etwas anderes, das Verdacht hätte aufkommen lassen. Sobald er die Ladungen, die seine

Handelsschiffe mitgebracht hatten, inspiziert hatte, wollte er in vollem Tempo zu Roseanna zurückreiten und die Arrangements für eine Rückführung des Haushalts und all seiner Leute nach Ravenspur, seiner Hauptburg, treffen. Das war der Ort, den er als sein Zuhause betrachtete. Er konnte es kaum abwarten, Roseanna mit dorthin zu nehmen.

Ravenspur besaß insgesamt neun Handelsschiffe; je drei hatten ihren Heimathafen dort, wo in der Nähe seine Burgen standen. Alle drei Ravenglass-Schiffe waren erst kürzlich von langen Reisen zurückgekehrt, und ihre Kapitäne hielten sich zur Zeit auf dem Besitz auf. Roger erwachte bei Morgengrauen und hetzte seine Männer durch einen harten Arbeitstag. Es wurde ausgeladen und inspiziert, und die Ladungen wurden registriert und auf einer Warenliste verzeichnet. Unermüdlich trieb er sie an, übermächtig, nie ermüdend, vor Energie förmlich berstend. Irgendwann einmal versuchte Tristan ihm klarzumachen, daß es unvernünftig war, die Leute bis zum Umfallen anzutreiben. Sie fluchten und beschimpften sich mit den wüstesten Ausdrücken, jedoch ohne Ergebnis, denn Roger grinste am Ende nur und sagte: »Ich denke, wir verstehen uns. An die Arbeit!«

Eines der Schiffe hatte die Nordroute nach Norwegen eingeschlagen, hatte Weizen dorthin gebracht und eine Ladung mit Bernstein und herrlichen Pelzen, die ihr Gewicht in Gold wert waren, zurückgebracht. Da gab es dicken schwarzen Zobel, Nerz, exquisiten Hermelin und glänzenden, dichten Silber- und Rotfuchs. Am hübschesten war jedoch der schneeweiße Eisfuchs. Roger legte ein Bündel davon für einen Mantel für Roseanna beiseite.

Die anderen beiden Schiffe waren nach Süden gesegelt. Eines hatte Kisten mit englischem Oktoberale und rauchigem irischem Whiskey mitgeführt, und diese Ladung war in Frankreich, Spanien und Portugal für Weine eingetauscht worden. Das dritte Schiff, den Frachtraum voller Wolle, war bis nach Gibraltar und Tanger gesegelt und kam mit herrlichen weichen marokkanischen Lederhäuten und einer nahezu unbezahlbaren Ladung Elfenbein zurück. Roger stieß auf eine Sandelholzkiste voll von reinseidenen Kaftanen in himmlischen Farbtönen und einem kleinen Elfenbeinkästchen mit Parfumphiolen, jeder Duft noch exotischer als der andere. Er schnüffelte bewundernd daran. Auch diese legte er für Roseanna beiseite. Als alle drei Ladungen schließlich gelöscht waren, gab er seinen Männern Order, ein Schiff mit den kostbarsten Gütern für den Hof des Königs in Westminster zu beladen und in den Hafen von London zu segeln.

Tristan fiel zu Tode erschöpft ins Bett. Er war sprachlos, als Roger ihn weckte, damit er seinen Leuten Bescheid gab, daß sie beim ersten Licht des morgigen Tages nach Ravensworth zurückkehren würden.

Auf Ravensworth lümmelte Jeffrey derweilen, obwohl noch früh am Tage, mit einem vollen Weinglas in einem Sessel. »Ich hätte Lust, Middleham Castle zu besuchen. Wie wär's mit einem Ritt dorthin?« Er sprach wie beiläufig, so, als ob es keine Rolle spielte, ob sie mitkam oder nicht.

»Oh, Jeff, das Kloster Jervaulx liegt gleich in der Nähe von Middleham. Die Zisterziensermönche dort züchten weiße Pferde, und ich möchte schauen, ob ich nicht ein paar Stuten für uns kaufen kann. Ich bin sofort fertig.«

Jeffrey runzelte leicht die Stirn. Dann erhellte sich sein Gesicht jedoch wieder, und er nickte und sagte ihr, er werde sie in den Ställen treffen. Rasch leerte er sein Weinglas und suchte Sir Bryan auf. »Kleine Änderung der Pläne, aber ich glaube, das wird unseren Zwecken sogar noch dienlicher sein. Roseanna möchte zum Kloster Jervaulx reiten, um Stuten zu kaufen. Alles, was wir tun müssen, ist, sie über Nacht dortzubehalten, bis der Gefangene sich in sicherem Gewahrsam befindet. Das ist fast besser, als sie auf Middleham zu behalten. Auf diese Weise können wir sie, falls sie nicht gebraucht wird, wieder hierher zurückbringen, ohne ihren Verdacht zu erregen.«

Sir Bryan dachte einen Moment lang nach und stimmte dann uneingeschränkt zu.

Jeffrey sagte: »Damit wir von Ravenspurs Stallknechten nicht zusammen gesehen werden, reitest du am besten jetzt schon los und triffst uns dann im Süden, auf der Straße nach Richmond. Das wird sicherlich eine hübsche Überraschung für meine geliebte Schwester!«

»Wirst du's denn nie müde, den Amor zu spielen?« sagte Bryan mit einem höhnischen Grinsen.

Roseanna schlüpfte rasch in ein warmes Reitkostüm und zog eine warme, gefütterte Jacke über ihre Seidenbluse. Anschließend hüllte sie sich auch noch in ihren wärmsten Mantel. Sie ergriff den Lederbeutel mit den fünfhundert Pfund, die sie von Ravenspur gewonnen hatte, und machte sich auf die Suche nach ihren Frauen.

Sie traf Alice, als diese mit frisch gewaschener Bettwäsche die Treppe heraufkam. »Ich reite mit Jeffrey aus. Wir müßten bis zum Abendessen zurück sein, aber sorge dich nicht, falls ich mich verspäte. Und laß nicht zu, daß Kate noch mehr Wortgefechte mit Mr. Burke wegen des Umzugs nach Ravenspur anzettelt.«

»Wortgefechte? Das ist wohl reichlich untertrieben, wenn Ihr mich fragt. Und was bitte, kann ich tun? Die gehen sich doch an die Kehle, sobald Ihr ihnen den Rücken zugekehrt habt.«

»Ja. Nun, wenn ich's recht überlege, geh ihnen lieber aus dem Weg«, riet Roseanna und sprang lachend die Haupttreppe hinunter und eilte zu den Ställen.

Roseanna genoß den Ritt. Zeus erhielt schon bald seinen Willen, und mit gespitzten Ohren und fliegendem Schwanz, flogen Roß und Reiterin fast die Große Südstraße hinunter. Die Haube flog ihr vom Kopf, und der Wind peitschte ihr Haar, das wie ein Wasserfall an den Flanken des Pferdes hinabströmte. Ihr Herz hämmerte vor Freude. Sie würde Ravenspur die Stuten als Überraschungsgeschenk kaufen. Sie wußte nicht, warum sie plötzlich das Bedürfnis hatte, ihm eine Freude zu bereiten, aber der Gedanke versetzte sie in Hochstimmung.

Sie war unangenehm überrascht, als sie Sir Bryan erblickte, der sie an einer Weggabelung der Straße erwartete. Abrupt wandte sie sich an ihren Bruder und fragte scharf: »Hast du das arrangiert?«

»Natürlich, Göre. Ihr seid doch immer noch ein Pärchen, nicht wahr?«

Sie errötete und wünschte, Jeffrey würde aufhören, sie in Sir Bryans Arme zu treiben. Sie hatte ein schlechtes Gewissen, weil sie Bryan immer noch an sich gebunden hielt. Wie selbstsüchtig sie doch war! Er sollte sie lieber vergessen und sein Herz einer anderen schenken. Sie beschloß, einen Weg zu suchen, ihn auf sanfte Weise zu entmutigen.

Als sie die Ländereien erreicht hatten, die zum Kloster gehörten, schlug Jeffrey vor, er werde das Geschäft mit den Mönchen abwickeln, da sie möglicherweise nicht willens seien, mit einer Frau zu verhandeln.

Roseanna war erbost über seine Einmischung. »Ich werde mit jeder

Situation fertig, Jeffrey. Ich brauche weder dich noch irgendeinen anderen Mann als Vermittler«, versicherte sie ihm.

Sir Bryan warf aalglatt ein: »Middleham Castle ist nur drei Meilen entfernt. Warum reiten wir nicht einfach dorthin und holen Roseanna wieder ab, wenn sie ihre Geschäfte erledigt hat?«

Dankbar und erleichtert warf sie ihm ein strahlendes Lächeln zu. Nachdem sie sie bis zur Klosterpforte begleitet hatten, ritten ihr Bruder und seine Männer nach Middleham. Jervaulx hatte des öfteren Besucher, doch nur selten handelte es sich dabei um Frauen. Sie erklärte dem jungen Mönch, der die Pforte bewachte, den Grund für ihren Besuch, und er nahm sie mit zu seinem Abt. Nur der Leiter des Ordens war ermächtigt, jene seltsamen weißen Pferde zu verkaufen, deren Vorfahren vom Festland importiert worden waren und die ihre ersten Hufspuren in diesem Moor hinterlassen hatten. Doch bis er Zeit für sie hatte, wäre es Bruder Ben ein Vergnügen, sie im Kloster herumzuführen und ihr zu zeigen, wie sie aus Schafsmilch ihren berühmten flockigen Käse herstellten.

Die Schatten der Abenddämmerung zogen bereits herauf, als der Abt endlich Zeit fand, Roseanna zu empfangen. Sie wurde eilends in ein Turmzimmer des Klosters geführt, das, wenn auch spärlich möbliert, tadellos sauber war.

»Ich danke Euch für Eure Geduld, meine Liebe«, sagte der weißgekleidete Mann mit dem hageren Gesicht und den langen, wolfsähnlichen Zähnen.

»Ich bin Lady Ravenspur, und ich bin gekommen, um zu erfahren, ob ich Euch möglicherweise überreden kann, mir ein paar Eurer berühmten weißen Pferde zu verkaufen.« Sie lächelte ihm zu und sah deutlich, daß auch er ihre Schönheit bewunderte, obwohl er doch ein Mann der Kirche war.

»Warum ist Baron Ravenspur nicht selbst gekommen?« fragte er.

»Ich möchte ihn mit zwei Stuten überraschen. Wir besitzen einen weißen Araberhengst, mit dem wir eine Zucht beginnen möchten.«

Der hochgewachsene Mönch empfand es nicht als peinlich, solche Dinge mit einer Frau zu besprechen, denn er hatte Roseanna rasch eingeschätzt und festgestellt, daß sie eine außergewöhnliche Frau war. »Normalerweise verkaufen wir unsere Pferde nicht, doch in Eurem Fall will ich einmal eine Ausnahme machen.«

»Ich danke Euch. Ich bin bereit, einen guten Preis zu bezahlen«, versicherte sie ihm.

Er zwinkerte ihr zu. »Gut. Ich hätte sie Euch auch nicht billig überlassen.«

Sie lächelte über seine Schläue. »Darf ich einige von ihnen sehen?«

Er nickte. »Morgen könnt Ihr Euch zwei Tiere aussuchen.«

»Oh, ich hatte gehofft, noch heute nacht zurückkehren zu können«, rief sie enttäuscht aus.

Er hob in einer Geste des Bedauerns die Arme. »Die Pferde weiden überall auf dem Hochmoor von Middleham. Wir lassen sie frei herumwandern.«

»Aha, ich verstehe. Dann muß ich Euch leider bitten, mir für heute nacht Eure Gastfreundschaft zu schenken und mir ein Zimmer zu überlassen. Außerdem kommen mein Bruder und sein Freund, um mich abzuholen. Vielleicht sind sie jetzt schon hier.«

Er erhob sich und lächelte auf sie herab. »Wir können Euch mit Essen versorgen und Euch für die Nacht beherbergen, und am nächsten Morgen könnt Ihr Euch dann Eure Stuten aussuchen.« Wieder zwinkerte er ihr zu. »Wenn wir unser Geschäft heute noch erledigt hätten, dann wären dem Kloster immerhin drei zahlende Gäste entgangen, nicht wahr?« Er öffnete die Tür und entließ sie erneut in Bruder Bens Obhut.

Ravenspurs Trupp galoppierte klappernden Hufs in den Burghof. Die Pferde waren reichlich ermüdet von dem langen, harten Ritt, doch Roger konnte es kaum erwarten, bei Roseanna zu sein, und so übergab er sein Pferd entgegen sonstiger Gewohnheit dem Stallmeister, lud die Ledertruhe von einem Packpferd ab und hievte sie sich auf die Schulter. Drei Stufen auf einmal nehmend, rannte er die Treppe zu seiner Kammer hinauf, setzte die Truhe vor dem großen Bett ab und hob den Deckel. Vorsichtig legte er die Pelze in seine Garderobe und hob mit einem Finger einen türkisen Seidenkaftan heraus; er schloß die Augen, sog tief den exotischen Duft, der ihm entströmte, in die Nase und rief laut nach Mr. Burke. Sein Kammerherr hatte die Diener nach heißem Wasser für das Bad seines Herrn geschickt, kaum daß er das Gefolge hatte in den Hof galoppieren hören.

Als das Bad gefüllt war, zog Roger sich aus, stieg ins heiße Wasser und begann sich kräftig mit einer Seife abzureiben, die nach Nelken duftete. »Burke, ruf meine Frau zu mir.«

Mr. Burke zog leicht die Augenbrauen hoch, und Roger grinste. »Wenn ich's recht überlege, ruf sie nicht. Frag sie, ob sie mir das Vergnügen ihrer Gesellschaft schenken würde.« Er stieg rasch aus der Wanne und rieb sich bereits kräftig mit einem Handtuch trocken, bevor Mr. Burke die Tür erreicht hatte.

Roger griff nach der sauberen Kleidung, die man für ihn bereitgelegt hatte, und war angezogen, noch bevor Mr. Burke zurückkehrte.

»Offensichtlich, Mylord, ist Lady Roseanna nicht hier. Ihre dummen Frauen wissen nicht, wo sie hingegangen ist.«

Roger runzelte die Stirn. »Ich spreche mit ihnen.« Rasch schritt er den Korridor entlang, der zu Roseannas Gemächern führte. Kate und Alice knicksten, als er eintrat. »Wo ist sie?« verlangte er zu wissen.

Kate Kendall versuchte zu erklären: »Sie hat Alice gesagt, daß sie mit Jeffrey ausreitet und rechtzeitig zum Dinner wieder zurück sein würde.« Alice zitterte merklich, als Ravenspurs dunkle Augen über sie hinwegglitten.

»Ihr Bruder war hier?« fragte er.

»Ja, Mylord. Die ganze Woche schon.«

»Wollt ihr mir wirklich weismachen, daß ihr nicht wißt, wo sie hingegangen ist?« fragte er ärgerlich.

Alice zog schluchzend den Atem ein, aber Kate Kendall richtete sich gerade auf und trat Ravenspur gegenüber. »Mylord, Roseanna läßt sich nun mal nicht an der Leine halten. Sie ist eine eigenständige Frau, wie Ihr mehr als jeder andere wissen solltet.«

Er fluchte unterdrückt. Hatte er nicht geträumt, daß sie verschwunden sein würde, wenn er zurückkehrte? Er blickte Mr. Burke an. »Finde heraus, ob Sir Bryan bei ihr ist«, befahl er. Dann sah er die beiden Frauen kalt an. »Was ist vorgegangen, während ich fort war?« fragte er in trügerisch freundlichem Ton.

»Nichts, Mylord. Lady Roseanna hat sich ihrem Bruder gewidmet.«

»Und dem intimen Freund ihres Bruders, wette ich. Wie hübsch und gemütlich für die drei! Wie seltsam und passend, daß er genau dann aufgetaucht ist, als ich abgereist war!«

Kate preßte die Lippen zusammen. Sie würde den ungeheuerlichen Verdacht, den er hier andeutete, keinesfalls einer Antwort würdigen.

Tatsächlich war Roger mehr um Roseannas Sicherheit als um ihre Tugend besorgt. Wenn bekannt wurde, daß sie die Tochter des Königs war, dann konnte und würde sie in dem tödlichen Spiel um die Macht möglicherweise als Pfand mißbraucht werden. Er schritt aus der Kammer und zum Erdgeschoß hinunter, wo die Ritter der Burg untergebracht waren. Mr. Burke bestätigte, daß Sir Bryan ebenfalls vermißt wurde.

»Schickt Tristan zu mir«, sagte Roger kurz angebunden. Er begann die kleine Kammer zu durchsuchen. Er fand die Signallaterne und vermutete richtig, daß Sir Bryan Roseannas Bruder sofort, nachdem er zur Küste aufgebrochen war, seine Abreise signalisiert hatte. Sorgfältig durchsuchte er seine Habseligkeiten und auch die Taschen seiner Kleidung. Als Tristan mit müdem Gesicht hereinkam, überreichte Roger ihm einen Zettel, auf dem stand: »Der Gefangene soll nach Middleham gebracht werden.«

»Roseanna wird vermißt. Das ist alles, worauf ich mich stützen kann«, sagte er kurz.

Tristan las die Notiz. »Weder Name noch Datum.« Er wußte, daß Roger nicht bis zum Morgen warten würde, also verbarg er seine Müdigkeit und fragte einfach. »Wie viele Männer brauchst du?«

»Zwanzig, vorläufig. Sag ihnen, sie sollen frische Pferde nehmen.«

Ravenspur war etwas erstaunt, daß die Zugbrücke von Middleham Castle heruntergelassen wurde, sobald der kleine Trupp in Sichtweite der Burg kam. Erwartete man ihn etwa? War das eine Falle? Dann wurde ihm jedoch schnell bewußt, daß man sie in der Dunkelheit gar nicht erkennen konnte und sicherlich mit jemand anderem verwechselt hatte. Er gab Tristan und Kelly einen Wink, und sobald sie sich innerhalb der Burgmauern befanden, stiegen sie ab und setzten den Wachen die Messer an die Kehle.

»Wen habt ihr erwartet?« verlangte Ravenspur zu wissen und bohrte die Messerspitze ein wenig in den Hals des Mannes.

»Nur die Nachtpatrouille«, keuchte dieser erschrocken.

Ravenspur lockerte seinen Griff und fragte sich, warum zum Teufel Middleham eine Nachtpatrouille benötigte. Der Wachtposten freute sich zu früh, denn Roger bohrte ihm erneut das Messer in den Hals und herrschte ihn an: »Wurde heute eine Frau hergebracht?«

»Nein. Keine einzige Frau wurde hergebracht. Ich schwöre!«

Es war offensichtlich, daß die Wache nichts wußte; Roger beschloß, seine Taktik zu ändern. Er steckte den Dolch wieder ein und winkte Tristan, ihm zu folgen. »Tut mir leid wegen der rüden Begrüßung. Das war lediglich ein Test.«

»Zweifellos Warwicks Idee«, sagte der Wachtposten grimmig und wischte sich das Blut vom Hals.

»Genau das«, meinte Roger mit einem Wolfsgrinsen. »Wir werden heute nacht von der Gastfreundschaft Middlehams Gebrauch machen und morgen bei Sonnenaufgang wieder verschwunden sein«, verkündete er, als wäre dies von Anfang an sein Plan gewesen. Er würde dieses Gebäude vom Verließ bis zum Wachtturm durchsuchen und selbst herausfinden, ob man Roseanna als Gefangene hielt.

Als die Männer ihre Pferde in den Ställen unterbrachten, stellte Roger fest, daß diese erst kürzlich gesäubert worden waren. Aber der riesige Misthaufen vor dem Gebäude wies daraufhin, daß die Burg bis zum letzten Raum belegt gewesen sein mußte – und wie's aussah, erst vor ganz kurzer Zeit. Roger war hellwach und alarmiert. Er hatte das Land von Küste zu Küste durchforscht, während die Ränkeschmiede sich hier in Middleham verborgen gehalten hatten. Direkt unter seiner Nase.

Eine gründliche Inspektion der Burg ergab, daß sich nur so viele Soldaten dort aufhielten, wie man gewöhnlich brauchte, um eine derartige Festung zu bewachen, und die übliche Anzahl von Dienstboten, die notwendig war, um so einen Haushalt zu führen. Der Kastellan schüttelte den Kopf, als er ihnen Betten für die Nacht zuwies und bemerkte: »Hätte nie gedacht, daß Ihr Euch wieder mit Warwick zusammentun würdet, Mylord.«

Roger versuchte, ihm Informationen zu entlocken. Daher zuckte er nur mit den Schultern: »In der Masse liegt die Stärke. So viele Fürsten des Königreichs sind dabei – warum nicht auch ein kleiner Baron?«

Der Kastellan grinste, nannte jedoch keine Namen. Das brauchte er auch gar nicht; Roger konnte Verrat förmlich riechen, wenn er ihm so nahe war. Nachdem seine Männer sich für die Nacht niedergelegt hatten, schlüpfte er noch einmal hinaus, um die Burg erneut zu durchsuchen. Er war erleichtert, daß er keine Spur von Roseanna fand, dennoch grübelte er über ihr Verschwinden nach. Mit Gottes Hilfe war sie jetzt vielleicht schon zu Hause und in Sicherheit. Sie war eine willensstarke Frau, die kam und ging, wie es ihr beliebte. Er erkannte, daß er, wenn er sie wirklich liebte, besser lernte, sich mit ihren einsamen Entschlüssen abzufinden.

Morgen würde er jeden aus dem Weg schaffen, der ihre Sicherheit gefährdete, und das schloß auch ihren eigenen Bruder mit ein, ob es ihr gefiel oder nicht.

Bruder Ben brachte Roseanna in ein zellenähnliches Zimmer, das nur spärlich mit einem Bett und einer Waschgelegenheit, bestehend aus Krug und Schüssel, möbliert war. Der Raum war jedoch peinlich sauber, und die Bettlaken waren handgewebt. Die weißgekalkten Wände waren bis auf ein einzelnes Kruzifix völlig kahl. Durch ein Fenster, das für Roseanna zu hoch war, als das sie hätte hinausblicken können, schimmerte das letzte Licht des Tages herein.

Als die Glocke läutete, um die Mönche zur Vesper zu rufen, brachte ihr Bruder Ben ein Tablett mit frischgebackenem Brot, einer großzügigen Menge Faßbutter und dem flockigen Käse von Jervaulx. Dann führte er Sir Bryan an ihre kleine Kammer. Ein irdener Krug mit Oktoberale vervollständigte das Mahl. »Das Zimmer Eures Bruders ist nebenan«, sagte Bruder Ben ruhig, als er sich zurückzog.

Roseanna sagte. »Tut mir leid, daß wir über Nacht bleiben müssen, aber die Pferde grasen alle auf den Hochmooren von Middleham, und ich konnte nicht gut verlangen, daß man aufspringt, um sie sofort zusammenzutreiben. Ich hoffe, Jeffrey regt sich deswegen nicht auf.«

Sir Bryan kam zu ihr herüber und sagte leise: »Roseanna, Jeffrey ist nicht mit mir zurückgekommen.«

Sie blickte ihn verständnislos an. »Wo ist er denn?« wollte sie wissen.

»Er hat sich auf Middleham mit Northumberland getroffen, und ich glaube, sie sind zusammen nach Süden geritten«, sagte er ausweichend.

»Dieser unmögliche Junge! Er ist doch nur beleidigt, weil ich das Geschäft mit den Pferden selbst abwickeln wollte, statt es ihm zu überlassen!« sagte sie hitzig.

»Nein, Liebes. Ich glaube, er hat es eher für uns getan, damit wir allein sein können.« Bryan ergriff ihre Hand und hob sie an seine Lippen. Sehr sanft schlang er dann den Arm um ihre Taille und zog sie an sich; schließlich beugte er langsam den Kopf herab und küßte sie. Sie erwiderte seinen Kuß.

Als sie fertig waren und leicht voneinander abrückten, blickte sie ihn verwundert an. Wo waren nur ihre schamroten Wangen geblieben? Ihr Herzflattern? Sie fühlte nichts mehr für diesen goldenen Jungen, der sie einst so sehr betört hatte, daß sie ganze Tage seufzend und träumend über seinen Versen verbracht hatte. Dann erkannte sie, daß genau das der Grund für ihre veränderten Gefühle war. Er war ein Junge! Sie hatte seit dieser jugendlichen Schwärmerei einen Mann kennengelernt und war kein Mädchen mehr. Sie war nun eine vollblütige Frau, die sich nach einem richtigen Mann sehnte, nicht nach einem Jungen. Sie erkannte, daß Bryan sie, wenn er sie tief genug geliebt hätte, nie zu einem anderen Mann hätte gehen lassen dürfen. Alle Bemühungen, Ravenspur zu entkommen, waren von ihr ausgegangen, nicht von Sir Bryan.

Ein leises Lächeln spielte um ihren Mund, als sie an Ravenspur dachte. Bryan, der glaubte, die Liebe in ihren Augen gelte ihm, zog sie zum Bett. Sein heißer Mund preßte sich auf den V-Ausschnitt ihrer Bluse, in die Grube zwischen ihren Brüsten; auch seine Hände streichelten über die schweren, runden Wölbungen. Vor noch nicht allzu langer Zeit wäre sie in einer Situation wie dieser außer sich gewesen, aber nun stellte der Junge vor ihr kein großes Problem dar. Sie wollte sanft sein und ihn nicht verletzen, deshalb zog sie seine Hände von ihren Brüsten und stand auf. »Bryan, dies ist ein geweihter Ort.« Sie hob die Augen vielsagend zum Kruzifix an der Wand und sah, wie er verlegen und unbehaglich errötete. Sie drückte tröstend seine Hand und versprach mit leiser Stimme: »Wir sprechen morgen darüber. Gute Nacht, Bryan.« Er ging ohne Widerrede, auf geschickte Weise aus ihrer Kammer komplimentiert.

Beim ersten Licht des Tages galoppierte sie bereits zwischen zwei berittenen Mönchen und flog förmlich über die unendliche, grüne Hügellandschaft des Hochmoors von Middleham. Es hieß, daß der hiesige Torf der beste von ganz England sei. Das Moor war eine Welt für sich, voll von Lerchentrillern und Kiebitzschreien. Als sie die Augen hob, erblickte sie die hohen Türme von Middleham Castle und dahinter die prächtige Bergkette, das Rückgrat Englands, das alle Moore, Täler und Flüsse miteinander verband. Es war nicht schwer, sich vorzustellen, sie sei der erste Reiter, der seine Hufspuren in dieser wilden, verlassenen Landschaft hinterließ.

Sie sah entzückt aus, als die Mönche die weißen Stuten zusammentrieben und ungefähr ein halbes Dutzend mit Seilen einfingen. Dann kehrten sie zum Kloster zurück, und Roseanna stand vor der Qual der Wahl, sich die besten davon auszusuchen. Sie waren allesamt wunderschön, also untersuchte sie ihre Zähne, um ihr Alter festzustellen und wählte schließlich zwei aus, deren Alter für eine Zucht besonders geeignet schien.

Sie hatte erwartet, zweihundertfünfzig Pfund pro Stück bezahlen zu müssen, als man ihr jedoch einen Preis von einhundertfünfzig nannte, suchte sie blitzschnell eine weitere Stute aus und übergab den Mönchen vierhundertfünfzig Pfund aus ihrer Satteltasche. Zu ihrer Freude hatte sie jetzt sogar noch fünfzig Pfund übrig.

Sir Bryan war in den Ställen und sattelte soeben sein Pferd, als Roseanna ihn fand. Sie begrüßte ihn fröhlich: »Ich habe drei der schönsten Tiere erworben, die du je gesehen hast. Komm und schau!«

Roger und seine Männer hatten Middleham bei Tagesanbruch verlassen. Er und Tristan hatten sich innerhalb der Burgmauern nicht besprochen, aber als sie wieder draußen waren, sagte Roger: »Es hat hier ganz eindeutig erst vor kurzem eine Zusammenkunft stattgefunden. Das stinkt bis zum Himmel nach Verrat. Ich möchte, daß du zu Edward nach York reitest, um ihn zu warnen. Wenn er schon wieder zurück in Westminster ist, dann ist er ihren Ränken wohl entkommen und in Sicherheit. Aber falls er sich immer noch im Norden aufhält, muß du ihm sagen, daß er die Gegend sofort verlassen muß. Er hat einfach zu viele Feinde hier oben. Da sind Northumberland, Stanley und Percy – alle die engsten Freunde von Warwick –, und dann sind da die Neutralen wie Somerset und sogar unser eigener Oberherr, der Graf von Lincoln. Der Himmel weiß, auf welche Seite sie sich schlagen werden, wenn es zum Zusammenstoß kommt. Wir reiten nach Osten zur Großen Nördlichen Straße; dort kannst du dich dann nach Süden wenden. Nimm ein halbes Dutzend Männer mit, falls es dort einen Hinterhalt geben sollte.« Roger ritt nach Ravensworth zurück und betete zu Gott, daß Roseanna inzwischen sicher zu Hause war.

17. Kapitel

Zwei Stunden später ritt Roseanna in den Burghof von Ravensworth. Sie hatte mit Zeus die Spitze inne, die Stuten waren an Seilen hinter ihm festgebunden, und Sir Bryan bildete die Nachhut. Zu ihrer Überraschung wurde sie bereits von einem äußerst mißgelaunten Ravenspur erwartet.

»Wo zum Teufel warst du?« herrschte er sie an.

Daß sie auf diese Weise vor seinen Leuten von ihm angesprochen wurde, verletzte ihren Stolz so, daß sie sich sofort von ihm herausgefordert fühlte. »Es geht Euch gar nichts an, wo ich gewesen bin!«

»Das geht mich sehr wohl etwas an, Mylady, denn ich bin Euer Ehemann, was Ihr jedoch bereits vergessen zu haben scheint!« betonte er, während seine Augen wutentbrannt Sir Bryan musterten.

Sie erklärte rasch: »Mein Bruder Jeffrey hat mich mitgenommen, um im Kloster Jervaulx Stuten zu kaufen.«

»Euer Bruder, Madam, glänzt durch Abwesenheit – was auch das beste ist. Ich hätte ihm nämlich eine anständige Tracht Prügel verpaßt, wenn er hier gewesen wäre! Ich verbiete Euch hier und jetzt, noch einmal mit Eurem Bruder fortzureiten!«

»Verbieten?« fragte sie eisig. »Ich glaube kaum, Mylord.« Sie stieß Zeus die Fersen in die Flanken, und der sprang vorwärts, an Ravenspur vorbei und in die Ställe.

Roger funkelte Sir Bryan wütend an und stieß zwischen zusammengepreßten Zähnen hervor: »Ergreift ihn! Sperrt ihn ein!«

Die neuen Stuten verursachten ein gehöriges Aufsehen unter den Hengsten im Stall. Der alte Dobbin machte sie los und kicherte: »Der Araber wird glauben, es ist sein Geburtstag.« Tom und Kenneth strichen bewundernd über die Flanken der Stuten. »Ihr habt da ein paar richtige Schönheiten ausgesucht, Mylady.«

»Nun, es freut mich, daß zumindest einer die Geschenke zu schätzen weiß, die ich für meinen Mann gekauft habe.« Sie sattelte Zeus selbst ab und gab ihm eine kräftige Abreibung. Anschließend versorgte sie ihn noch mit einer großzügigen Ration Hafer.

Erst danach ging sie zur Burg, um sich der Auseinandersetzung mit Ravenspur zu stellen. Als sie die Treppe hinaufschritt, die zu ihren Gemächern führte, tauchte Rogers hochgewachsene Gestalt bedrohlich über ihr auf. »Ich wünsche dich sofort zu sprechen«, sagte er mit einer Stimme, die keinen Widerspruch duldete.

»Ich brauche ein Bad, Mylord«, erwiderte sie kühl.

»Verdammt, das Bad kann warten! Ich möchte dich hier haben, aber sofort, Roseanna.«

Er stieß sie in seine Kammer, aber sie wandte sich ihm unerschrocken zu, die Hände in ihre Hüften gestützt. Seine dunklen Augen glitten prüfend über sie hinweg. Sie war eine wilde Schönheit, windzerzaust, wie sie nun vor ihm stand. »Komm schon, spuck's aus – damit wir's hinter uns haben!« forderte sie.

Er lehnte sich mit dem Rücken an die Tür, die Arme über der Brust verschränkt. »Roseanna, ich will nie wieder nach Hause kommen und feststellen müssen, daß du vermißt wirst!«

»Woher sollte ich wissen, daß du so früh zurückkommen würdest?« fauchte sie.

Er blieb geduldig. »Ist es nicht sinnvoll, deine Frauen oder Burke wissen zu lassen, wo du hingehst?«

Sie ignorierte seine Frage. »Als wir heirateten, hast du mir versprochen, daß ich kommen und gehen könnte, wie ich wollte!«

»Das kannst du auch, aber ich frage dich noch einmal: Ist es nicht vernünftig, jemanden wissen zu lassen, wo du hingehst?«

»Ich denke schon«, gab sie zu, fügte jedoch rasch hinzu: »Aber es gefällt mir ganz und gar nicht, wenn du mich vor deinen Leuten anschreist. Schließlich sollten die Stuten ein Überraschungsgeschenk für dich sein. Du könntest zumindest ein wenig Dankbarkeit zeigen!«

Er grinste und überbrückte die Distanz zwischen ihnen mit zwei langen Schritten. Seine Finger vergruben sich in ihrem Haar, und er hob ihr Gesicht zu sich hoch, um sie zu küssen. »Ich will dir zeigen, wie dankbar ich bin«, murmelte er an ihrem Mund.

Sie fühlte seinen Kuß bis hinab in die Knie. Er hob eine ihrer Brüste aus ihrer Bluse, und sie schrie auf, als er den Kopf senkte und seinen heißen Mund über ihrer empfindlichen Brustwarze schloß. Sie versuchte sich zu befreien. »Mein Bad, Ravenspur.«

»Willst du mich etwa zurückweisen?« fragte er sanft.

»Ohne auch nur eine Sekunde zu zögern.« Ihre Worte wurden abgeschnitten, als er sie erneut mit seinen Lippen zum Schweigen brachte und sich die Küsse nahm, nach denen es ihn gelüstete. »Habe ich dir nicht beigebracht, daß ich mir von dir nehme, was ich will, wann immer ich will? Ich glaube, es ist eine weitere Lektion fällig.«

»Ravenspur, mein Bad!«

»Zur Hölle mit deinem Bad!« fluchte er. Er hatte das überwältigende Bedürfnis, ihr zu zeigen, wer der Herr war, und ihren Körper als sein Eigentum zu brandmarken. Er riß ihr die Seidenbluse herunter und stieß sie mit dem Rücken aufs Bett. Dann zog er ihr den Rock aus. Ihre weichen, ledernen Reitstiefel reichten ihr fast bis zu den Oberschenkeln, und sie bot ein derart erotisches Bild, als sie so nackt dalag, nur mit den Stiefeln bekleidet, daß er vor ihr in die Knie ging und den Kopf zwischen ihren Schenkeln vergrub. Seine Zunge tanzte in ihrer Liebesspalte, gierig saugte er ihren Honig ein und schickte Welle auf Welle pulsierender Hitze durch Roseannas Körper.

»Bitte ... nein!« schrie sie und fürchtete, das Feuer nicht eine Sekunde länger ertragen zu können. Aber seine Zunge war wie eine Schlange, drang in ihre geheimsten Orte vor und erweckte nie gekannte Gefühle. Am Ende schrie sie vor Lust; er zog seine Zunge jedoch erst dann zurück, als sie ruhig und schwer nach Atem ringend erschauerte. Er stand auf und grinste auf sie hinab. »Ich habe noch andere Geschenke dabei, die eines meiner Schiffe den ganzen Weg von Tanger bis hierher gebracht hat«, fügte er lockend hinzu. »Komm wieder her, wenn du dein Bad beendet hast, und sieh, ob dir die Sachen gefallen.«

»Wenn das deine Art ist, dich zu entschuldigen, dann werde ich darüber nachdenken«, erwiderte sie großzügig.

Seine Mundwinkel zuckten. Sogar nackt machte sich ihr königliches Blut so klar und deutlich geltend, als ob sie von der höchsten Burgzinne verkündet hätte, daß sie die Tochter des Königs sei.

Spät am Nachmittag, als sie dachte, daß er sich vielleicht nicht mehr in seiner Kammer aufhielt, schlüpfte sie herein, um ihre Neugier, was in der großen Truhe verborgen war, zu stillen. Vorsichtig öffnete sie die Tür, schnappte jedoch nach Luft, als er sie angrinste.

»Oh, ich dachte nicht, daß du hier sein würdest«, sagte sie unbeholfen.

Lachfältchen zeigten sich an seinen Augenwinkeln. »Roseanna, du bist eine verdammte kleine Schwindlerin!«

Sie lachte. »Ravenspur, ich muß schlau sein wie ein Fuchs, um mit dir fertig zu werden. Nun, Mylord, was habt Ihr mir mitgebracht?«

»Typisch Frau! Kann Geschenken nicht widerstehen.« Er deutete auf die Truhe. »Bitte bedient Euch.«

Sie kniete nieder und öffnete den Deckel. Entzückt schnappte sie nach Luft, als sie die wundervollen Seidenstoffe erblickte. Sie zog einen scharlachroten Kaftan heraus und einen weiteren aus kräftigem Türkis und noch einen anderen, in einer blassen Orchideenfarbe. Darunter befand sich ein reinweißer Umhang mit einem weißen Turban, der mit kleinen Topasen und Goldfäden bestickt war. Zum Schluß öffnete sie das Elfenbeinkästchen und schnüffelte entzückt an jedem Fläschchen. Dabei war sie so in ihr Tun vertieft, daß sie gar nicht bemerkte, wie Roger Wams und Hemd auszog.

»Probier sie an«, sagte er mit heiserer Stimme, und als sie sich umwandte und ihn anblickte, traf sie der Anblick seiner nackten, muskelbepackten, behaarten Brust wie ein Keulenschlag. Seine kräftigen Oberschenkel zeichneten sich klar unter der engen Hose ab; seine halbnackte Gestalt verstörte sie zutiefst. Seine Haltung verriet, welche Körperbeherrschung er besaß, und sie vermutete, daß er sie in jeder Situation besaß, in der er sich gerade befand. »Zieh einen an«, drängte er, »und ich gebe Burke Anweisung, unser Abendessen hier zu servieren.«

Sie konnte der strahlendweißen Robe mit dem passenden Turban nicht wiederstehen und hob ihn träumerisch aus der Truhe. Die Worte ihrer Mutter kamen ihr in den Sinn – »*Versklave ihn*« –, und sie fragte sich, ob es möglich war, diesen Mann zu versklaven.

Ein leises Klopfen ertönte an der Kammertür, und Roger fluchte wütend. Er öffnete die Tür und ließ Dirk ein. Der junge Mann reichte Ravenspur ein Schlüsselbund. »Der Gefangene ist sicher verwahrt, Mylord. Als zusätzliche Vorsichtsmaßnahme wurde sein Pferd weggesperrt.«

Roger nickte kurz und schloß die Tür hinter ihm.

»Was für ein Gefangener?« fragte Roseanna interessiert.

Rogers Gesicht war verschlossen und grimmig, und plötzlich stieg eine häßliche Ahnung in ihr auf.

»Wer ist Euer Gefangener, Mylord?« fragte sie erneut.

»Laß es gut sein, Roseanna«, sagt er warnend.

Ihr Mund wurde trocken. »Es ist Sir Bryan, nicht wahr?« verlangte sie zu wissen.

»Ich vermute, daß er einer Verschwörung angehört, Roseanna. Ich möchte ihn die nächsten Tage sicher unter Verwahrung haben.«

»Mitglied einer Verschwörung? Du mußt verrückt sein! Du tust das doch nur aus Eifersucht, gib's zu!« schrie sie.

Er packte sie bei den Schultern und sah ihr in die Augen. »Habe ich denn Grund, eifersüchtig zu sein?«

»Nein, verdammt noch mal! Nein, nein! Das ist einfach lächerlich. Laß ihn sofort frei!«

»Nein, Roseanna, ich werde ihn nicht freilassen. Laß es gut sein. Du weißt nichts über die Sache«, sagte er in bedrohlichem Ton.

»Ich weiß, daß er mich und meinen Bruder begleitet hat, um die Pferde zu kaufen. Da kannst du ihn ja auch gleich des Verrats bezichtigen?«

»Das tue ich auch«, sagte er ruhig.

Sie riß die Augen auf. »Entweder du lügst, oder du bist verrückt, oder beides!«

Er schritt zu seinem Wams, das er achtlos aufs Bett geworfen hatte, und nahm ein Stück Papier aus der Tasche. Er reichte ihr die Notiz: »Der Gefangene soll nach Middleham gebracht werden.« Sie las es und blickte ihn verständnislos an.

»Als ich feststellte, daß du vermißt wurdest, durchsuchte ich Sir Bryans Habseligkeiten und fand diese Nachricht und außerdem eine Signallaterne. Sobald ich aus dem Weg war, signalisierte Sir Bryan deinem Bruder, er sollte kommen; zusammen haben sie dich dann über Nacht festgehalten, falls sie dich hätten benutzen müssen.«

»Aber sie haben mich gar nicht nach Middleham gebracht«, protestierte sie.

»Ich weiß, denn ich bin dorthin geritten, um dich zu retten. Sie brauchten dich gar nicht nach Middleham zu bringen. Das Kloster war ebensogut, und vor allem erweckte es nicht dein Mißtrauen.«

»Ravenspur, ich habe keine Ahnung, wovon du sprichst. Warum

sollte ich ihnen bei dieser Verschwörung von irgendeinem Nutzen sein?«

»Weil du die Tochter des Königs bist«, sagte er ruhig.

Sie war sprachlos. »Du weißt es?« flüsterte sie. »Du weißt, daß Edward mein Vater ist?«

»Natürlich, Roseanna. Ned ist mein engster Freund.«

»Deshalb wolltest du mich also um jeden Preis heiraten! Es war purer Ehrgeiz, und die Liebe war das Deckmäntelchen!« Sie warf sich mit geballten Fäusten auf ihn und hämmerte wie wild auf seine nackte Brust ein. »Zur Hölle mit dir, zur Hölle, Ravenspur!«

»Hör auf damit, Roseanna. Du machst dich nur verrückt.« Er legte das Stück Papier auf sein Nachttischchen und das Schlüsselbund obendrauf. »Wenn Sir Bryan wirklich unschuldig ist, hat er nichts zu befürchten.«

»Laß ihn frei; ich bürge für ihn«, drängte sie.

»Nein, Roseanna, das werde ich nicht tun!«

Sie schnaubte vor Wut. »Ich werde nie wieder mit dir sprechen!« fauchte sie und warf mit einem lauten Knall die Tür hinter sich zu.

Sie war derart verbittert, daß sie darüber sprechen mußte, und so erzählte sie Kate, daß Ravenspur Sir Bryan eingesperrt hatte. Roseanna rang die Hände, als sie mit Kate in ihrem Vorzimmer saß. »Ich kann den Gedanken nicht ertragen, daß er dort unten im Verließ sitzt. Ravenspur ist einfach herzlos!«

Kate Kendall schüttelte den Kopf. »So ein netter Junge. Aber Ihr habt Euren Ehemann mit Eurer Halsstarrigkeit selbst so weit getrieben. Einfach davonrennen, ohne Bescheid zu sagen, wo Ihr seid. Er glaubt sicherlich, Sir Bryan sei Euer Geliebter, und das läßt er sich natürlich nicht bieten!«

Roseanna ballte die Fäuste. »In dieser Sache kriegt er mich ganz gewiß nicht klein, das versichere ich dir. Ich werde Sir Bryan befreien, und wenn es das letzte ist, was ich tue.«

»Mit dieser Laune werdet Ihr Ravenspur bestimmt nicht herumkriegen. Fliegen fängt man mit Zucker, nicht mit Essig.«

»Keine Sprüche, Kate – die machen mich wahnsinnig!« Sie ging in ihr Zimmer und knallte die Tür hinter sich zu. Und dann durchmaß sie den Raum wie eine Tigerin ihren Käfig; ihre Gedanken wirbelten um das, was soeben geschehen war und was sie erfahren hatte. Es stimmte, daß Sir Bryan mit einer Signallaterne im Wachtturm gewesen und daß Jeffrey am folgenden Morgen aufgetaucht war. Aber was immer sie vorgehabt hatten, war wahrscheinlich nichts weiter als ein kindischer Jungenstreich gewesen. Wie kam es, daß Tristan sich jeden Blödsinn erlauben konnte und Ravenspur es mit einem Schulterzucken und einem nachlässigen Grinsen abtat, ihrem Bruder jedoch sofort Hochverrat unterstellte? Hochverrat! So etwas Unglaubhaftes hatte sie ja noch nie gehört!

Aber Kate hatte recht, sie würde ihn nie dazu zwingen können, Bryan freizugeben. Sie mußte subtilere Mittel anwenden. Nachdenklich nahm sie ihre Bürste und fing an, ihr Haar heftig auszukämmen. Als es zu knistern begann, bürstete sie langsamer; die beruhigenden Bürstenstriche halfen ihr, gründlich zu überlegen.

Das war's; sie würde ihn verführen! Doch gleich darauf schüttelte sie mißmutig den Kopf. Ravenspur ließ sich nie hereinlegen; dazu war er viel zu erfahren, was Frauen und ihre Tricks betraf. Das kleine Teufelchen saß ihr wieder im Nacken, als sie ihr Problem unter allen nur denkbaren Gesichtspunkten erwog. Es gab etwas, was sie von ihm wollte, und um es zu bekommen, mußte sie etwas dafür eintauschen, was er sich von ihr wünschte. Er machte kein Geheimnis daraus, was er von ihr wollte, dachte sie, und ihr Puls beschleunigte sich. Wenn sie ihm einen Handel vorschlug – eine Nacht, in der sie alles tun würde, was er sich wünschte, im Austausch für Bryans Freiheit – würde er einwilligen?

Hier war ihre Chance, ihre weiblichen Waffen einzusetzen, um zu sehen, ob sie ihn nicht doch versklaven konnte. Mit hochroten Wangen und rasendem Puls tauchte sie aus ihrer Kammer auf und machte sich direkt auf den Weg zu ihm. Sie holte tief Atem und drehte den schweren Türknauf. Die Tür schwang geräuschlos auf und zeigte Ravenspur, der eine Hand bereits am Messergriff hatte, um sich gegen den Eindringling zu verteidigen, der ohne Klopfen Einlaß begehrte. Rasch steckte er das Messer wieder ein und sah sie mit hochgezogenen Brauen an.

»Ich möchte dir etwas vorschlagen, Ravenspur«, sagte sie atemlos.

Seine Mundwinkel zuckten amüsiert. »Seid Ihr nicht die Lady, die geschworen hat, kein Wort mehr mit mir zu sprechen?« spottete er.

Sie stampfte wütend mit dem Fuß auf. »Kannst du nicht eine Minute lang ernst sein?«

Er nahm sich sorgfältig zusammen und sagte feierlich: »Ich werd's versuchen.«

Nun, da seine dunklen Augen auf ihr ruhten, traute sie sich auf einmal nicht mehr so recht, ihm ihr Anliegen vorzubringen. Sie meinte seinen Blick fast körperlich spüren zu können, als er so über sie hinglitt. Er musterte sie, als ob er sich die Länge ihrer Wimpern, die genaue Färbung ihrer Augen, die Kontur ihrer Lippen und die Größe ihrer schwellenden Brüste für immer einprägen wollte. Als seine Augen tiefer wanderten und an den Kurven ihres Körpers haften blieben, wußte sie, daß er sie gerade mit den Augen auszog. Dann sah sie deutlich, wie stark er auf ihre Anwesenheit reagierte. Sein Geschlecht erhob sich hart und dick und dehnte den Stoff seiner Hose bis zum Bersten.

Instinktiv hatte sie den idealen Moment gewählt. »Ich bin gekommen, um dir einen Handel vorzuschlagen«, murmelte sie und ließ ihren Blick einen Augenblick auf der Ausbuchtung seiner Hose haften, bevor sie die Wimpern scheu senkte.

Er runzelte leicht die Stirn, als ihm klar wurde, was sie ihm vorschlagen wollte. »Sir Bryans Freiheit für was?« fragte er in leisem, bedrohlichem Ton.

»Alles, was du willst«, sagte sie mit einem verführerischen Seitenblick, der ihn unwiderstehlich zu ihr hinzog, bis er nahe genug war, sie berühren zu können.

Was er wollte, war, daß sie ihn liebte, doch er wußte, daß sie ihm das nicht geben würde. Also mußte er sich mit der zweitbesten Sache zufriedengeben. »Ein kleiner Vorgeschmack, Roseanna.«

Sie erhob sich auf die Zehenspitzen, schlang die Arme um seinen Nacken und küßte ihn sanft. Ihre Brüste preßte sie an seine männlich behaarte, entblößte Brust, und er konnte ihre Hitze durch den Stoff ihres Kleides fühlen. Seine Augen hafteten minutenlang auf ihren Lippen.

»Nun?« fragte sie schließlich.

»Du weißt, daß meine Antwort ›Ja‹ lautet. Ich lasse den jungen Teufelsbraten morgen früh frei.« Er schritt zu einem Beistelltischchen und goß sich ein Glas Wein ein; dann streckte er sich in voller Länge auf dem Bett aus.

Sie beobachtete ihn unsicher und fragte sich, was er wohl von ihr verlangen würde. Und dann räumte er mit einem breiten Grinsen im Gesicht jeglichen Zweifel aus: »Verführe mich, Roseanna.«

Einen Moment lang war sie erschrocken, doch dann stahl sich ein feines Lächeln auf ihre Lippen, als ihr klar wurde, daß sie ganz sicher Frau genug dafür war. Sie brach in Gelächter aus, und Roger lief ein angenehmer Schauer der Vorfreude über den Rücken.

Sie ergriff einen Stuhl und stellte ihn in einiger Entfernung vom Bett ab, so daß er völlig freie Sicht hatte. Graziös setzte sie sich nieder, und als sie sich nach vorne beugte, um sich die Schuhe auszuziehen, quollen ihre vollen Brüste verführerisch aus dem Ausschnitt ihres Kleides. Sie hörte, wie er scharf den Atem einzog, als sie die Röcke bis zu den Hüften hochschob und so ihre herrlichen schlanken Schenkel entblößte. Dann hob sie ein Bein und zog Strumpf und Strumpfhalter aus. Ihre Finger bewegten sich in solch aufreizender Langsamkeit, daß er fühlte, wie sein hungriger Körper immer ungeduldiger wurde. Sie bot ihm den verführerischsten Striptease, den man sich nur vorstellen konnte; er hatte Mühe sich zu beherrschen, doch er lehnte sich auf dem Bett zurück, um sich nichts von dem Genuß entgehen zu lassen. Sie zog ihr Kleid aus, faltete es zusammen und legte es über die Stuhllehne; dann schlüpfte sie aus ihren Höschen und stand nun vor ihm, nur noch in ihr kurzes Unterhemd gekleidet. Der Stoff war so dünn, daß er wie verzaubert war, als sie am Kaminfeuer vorbeischritt. Jede ihrer Bewegungen war die vollkommene Verführung, und als sie die Arme hochreckte, um sich das Unterhemd über den Kopf zu ziehen, bot sie ihren Körper Zentimeter um Zentimeter seinen Blicken dar. In stolzer Nacktheit stand sie endlich minutenlang vor ihm, dann hob sie ihr Haar mit beiden Händen hoch und ließ es wie einen seidigen Wasserfall über ihre herrliche Nacktheit fließen.

Seine Blicke hefteten sich hungrig auf ihre Brustwarzen, die sich vorwitzig hochreckten, und blieben dann an ihren cremigen Schenkeln hängen, die von einem herrlich schwellenden Venushügel gekrönt wurden. Er sehnte sich danach, von diesem magischen Dreieck zu kosten.

Roseanna warf ihrem Mann ein kühnes Lächeln zu und ging dann vor der Ledertruhe in die Knie. Langsam hob sie den Deckel und zog das elfenbeinerne Kästchen heraus. Sie wählte eines der Parfums aus und verwirrte seine Sinne noch mehr, als sie anfing, den Rosenduft vor seinen liebeshungrigen Augen auf die intimsten und geheimsten Stellen ihres Körpers zu tupfen. Dann wählte sie den flammend roten Seidenkaftan und reckte die Arme erneut hoch über den Kopf, bis er über ihr Haupt und den Körper hinabfloß. Die Vorstellung war vollkommen.

Roger konnte den Abstand zwischen ihnen nicht länger ertragen. Er erhob sich vom Bett, schritt zu ihr und hob sie mit seinen starken Armen hoch hinauf. Dann ließ er sie langsam an seinem muskulösen Körper hinabgleiten.

Sie fühlte seinen Schaft hart und pochend an den Schenkeln, dann an ihrem Bauch, und als ihre Zehenspitzen den Teppich wieder berührten, bog er den Kopf hinunter, ergriff Besitz von ihren Lippen und machte sie zur Gefangenen seines Mundes. Sein Kuß war heftig fordernd, und sie öffnete ihre Lippen, um seiner Zunge Einlaß zu gewähren, während eine heiße Flamme sich durch ihren Körper fraß und sie mit brennendem Verlangen nach seiner harten Männlichkeit erfüllte. Der Seidenkaftan zitterte über ihren Brüsten, als er ihn ihr langsam vom Leib zog; er machte einige Schritte zurück, ergriff ihre Hände und zog sie zum Bett. Dort lehnte er sich zurück und zog sie über sich; heiser flüsterte er: »Liebe mich, Roseanna«.

Sie lächelte ihr geheimnisvolles Lächeln und küßte seine Augenlider. Dann fuhr sie mit der Zungenspitze die Konturen seiner Lippen nach, bevor sie sich der starken, mit Muskelsträngen bepackten Säule seines Halses zuwandte. Sie knabberte an seiner Kehle, während ihre Finger aufreizend mit seinen kleinen männlichen Brustwarzen spielten. Als sie sich verhärteten, umschloß sie zuerst die eine, dann die andere mit ihrem heißen Mund und saugte daran, bis sich ein Pochen zwischen ihren Schenkeln auszubreiten begann, genau dort, wo sich der Kern ihrer feuchten Weiblichkeit befand.

Mit einem Aufschrei riß sie ihm die enganliegenden Beinkleider vom Leib und befreite so seinen langen, harten, hochaufgerichteten Schaft. Ihr stockte der Atem angesichts seiner enormen Größe. Mit einer raschen Bewegung warf er die Hose ab, ergriff ihre Hände und führte sie zu seiner voll erigierten Männlichkeit. Sie streichelte und erforschte ihn, bis er sich stöhnend vor Lust unter ihr wand. Dann, angefeuert von der köstlichen Berührung seiner Haut, ergriff sie seinen harten, pochenden Schaft und führte ihn zwischen ihre prallen Brüste;

rund herum und rund herum um ihre hochaufgerichteten Warzen fuhr sie mit der Spitze seines harten Rohrs. »Herr des Himmels, du machst mich verrückt!« keuchte er.

Roseanna war überwältigt von dem unerträglichen Lustgefühl, das sich Bahn brach, sobald sie angefangen hatte, sein stahlhartes Geschlecht zu liebkosen. Sie hatte vorgehabt, ihn zu versklaven, doch in diesem Moment war er ihr Herr und Meister, und sie wünschte nichts mehr, als von ihm ausgefüllt zu werden. Sie fiel fast in Ohnmacht vor Entzücken, als er schließlich wieder die Initiative übernahm, sie wild küßte, ihren Mund mit seiner tief zustoßenden Zunge ausfüllte, dann zu ihren Brüsten fuhr und an ihren Brustwarzen saugte, bis das Pochen zwischen ihren Schenkeln stärker und stärker wurde. Dann hob er ihre Hüften an seinen hungrigen Mund und fuhr mit seiner feurigen Zunge über ihre kleine, korallenfarbene Knospe.

Sie keuchte und rang nach Luft; er legte sich sanft auf den Rücken und hob sie dann auf seinen hochaufgerichteten, dicken Schaft. Mit einem lustvollen Stöhnen fuhr er so tief in sie hinein, wie er nur konnte, hielt dann inne und lag vollkommen still. Er wußte, daß sie viel zu erregt war, um noch passiv zu bleiben, und daß der Höhepunkt, den er beinahe schon mit seiner Zunge in ihr ausgelöst hätte, geradezu nach Erfüllung schrie. Und sie tat genau das, was er erhofft hatte. Sie begann, heftig zu stoßen, ihren kleinen Körper auf ihm hin und her zu winden. Sie entblößte sein hartes Rohr jedes Mal in voller Länge, um ihn dann wieder mit einer heftigen Bewegung ganz in sich aufzunehmen; hin und her, auf und nieder, bis sie seinen Namen schrie und Erlösung fand.

Roger war noch nicht fertig mit ihr, also drehte er sich rasch herum und erhob sich nun über der reglosen Gestalt, die erschöpft dalag und das Pulsieren ihres Höhepunkts genoß. Langsam kam sie wieder zu sich. »Du bist immer noch hart in mir!« rief sie zitternd. Roger hob eine ihrer Brüste an die Lippen, leckte über die Warze und saugte dann hart daran. Langsam, langsam fing es wieder an zu pulsieren in ihrem heißen, feuchten Kern, und als seine empfindliche Spitze die Kontraktionen ihrer Muskeln spürte, schwoll er an und erhärtete zu voller Länge. Er wartete, bis ihre enge Scheide ihn ganz aufnahm; dann begann er tiefer und tiefer in sie einzudringen, bis sie den Kopf wild auf dem Kissen hin und her warf. »Ich will dich für immer an mich binden, Roseanna«, rief er heiser. »Ich liebe dich.« Er hielt sie fest unter Kontrolle, bis es ihm gefiel, ihr die Erfüllung zu schenken; als er wollte, daß sie kam, fuhr er mit der Zunge in ihren köstlichen Mund und stieß in demselben Rhythmus zu, wie sich seine harte Männlichkeit zwischen ihren zitternden Schenkeln bewegte. Sie explodierten gemeinsam und lagen sich erschöpft in den Armen.

In den vergangenen Nächten hatte Roseanna sich nach leidenschaftlichen Begegnungen wie dieser immer hinter ihre Mauer zurückgezogen; doch heute nacht, das wußte sie, konnte sie das nicht tun. Sie hatte etwas versprochen, und sie war entschlossen, dies wie eine richtige Frau auch bis zum letzten zu erfüllen. Er lag auf der Seite und sah auf sie nieder; zärtlich hielt er sie in der Beugung seines starken Armes umfangen. Sie schlang die Arme um seine Hüften, und dann fuhren ihre Hände tiefer bis zu seinen Hinterbacken und spürten zwei harte, verhornte Stellen.

»Was ist das?« flüsterte sie neugierig.

Er kicherte leise. »Schwielen, mein Liebling. Vom Reiten im Sattel. Als ich noch bei Warwick im Training stand, mußte ich wochenlang im Sattel sitzen. Er ließ uns so lange reiten, bis mein Hintern vollkommen aufgerieben war. Jetzt ist natürlich alles voller Hornhaut und tut nicht mehr weh. Dein Vater hat meine mißliche Lage übrigens geteilt. Irgendwie machte es alles leichter, zu wissen, daß der König ebenfalls einen wunden Arsch hat.«

Sanft fragte sie: »Du wußtest, daß er der Geliebte meiner Mutter war?«

»Ja. Sie hätten heiraten sollen, Roseanna. Das hätte eine Spaltung des Königreichs wegen der verfluchten Woodvilles verhindert.«

»Du haßt die Königin also ebenfalls, so wie alle anderen? Sag mir, warum mein Vater sie liebt.«

»Ich bin nicht sicher, ob man das als Liebe bezeichnen kann, aber sie hat eine unglaubliche Macht über ihn.«

Roseanna sagte kühn: »Ich habe gehört, sie hat ihn am Schwanz. Sie muß im Bett sehr erfahren sein.«

»Nein, Roseanna. Meiner Meinung nach ist sie eine jener eiskalten Frauen, die Sex hassen, also ist sie eine Expertin darin, ihn zappeln zu lassen. Sie hält ihn an der Angel wie einen verdammten Lachs. Er ist wie ein dummer Junge mit heraushängender Zunge hinter ihr her, während sie ihn anlockt, dann abstößt und wieder und wieder abweist; sein Begehren wird also größer und größer. Sie verschließt die Augen, wenn er sich andere Frauen nimmt, um dann Geld und Gefälligkeiten für ihre ehrgeizige Familie von Edward herauszulocken, wenn er von Gewissensbissen geplagt wird. Sie ist Expertin darin, mit ihm nach Belieben umzuspringen. Ich danke Gott, daß du nicht so bist«, murmelte er an ihrer Schläfe.

Sie fühlte einen Stich, denn sie hatte ja auch vor, ihn zu manipulieren und zu versklaven, bis sie ihn so weit hatte, daß er ihr jeden Wunsch von den Augen ablas. »Was meinst du damit?« fragte sie und fühlte sich in die Enge getrieben.

»Ich danke Gott, daß du nicht kalt bist. Dein Körper erfährt fast ebensoviel Lust wie meiner.«

»Woher weißt du das?« fragte sie atemlos.

»Wenn ich deine Brüste anfangs umfasse, sind sie warm und sehr weich; aber wenn ich sie streichle und dich errege, dann werden sie sehr rund und fest. Dann richten sich deine Brustwarzen auf und bringen meine Zunge in Versuchung. Ich liebe es, zu fühlen, wie sich deine Brüste unter meiner Berührung verändern. Komm, ich werd's dir zeigen.«

Das Bett war himmlisch warm. Ihre Körper begannen zu singen, als das Herrliche wieder zwischen ihnen geschah. Heiß war's und erregend. Ihre Lust schwoll zu Wellenbergen, die in Tropfenkaskaden herniederfielen. Sie türmten sich auf, wieder und wieder, und fielen in sich zusammen. Ihre Lust war wie der Rhythmus einer herrlichen, erregenden Musik. Sie wollten ihre Leiber diesem Rhythmus unterwerfen, sich als Opfer auf seinem Altar darbringen. Jeder sehnte sich danach, ein Teil des anderen zu werden und mit ihm zu verschmelzen. Es war ein Wunder, es war herrlich und schrecklich zugleich, sich so lebendig, so unsterblich zu fühlen. Nach einer kleinen Ewigkeit, einem Moment, in dem die Zeit stillstand, verschmolzen ihre Leiber zitternd und bebend für Sekundenbruchteile zu einer untrennbaren Einheit; der Sternenstaub umtoste sie wie ein phantastisches Feuerwerk, das sie beide fast in die Schwärze der Bewußtlosigkeit hinabzog.

Roger war schon seit Jahren nicht mehr so entspannt und zufrieden gewesen. Er war schon fast in den köstlichen Schlummer der Erschöpfung geglitten, als er sie sagen hörte: »Du wirst Bryan morgen früh gehen lassen?«

Er murmelte: »Wenn diese ganze Nacht nur um seinetwillen geschehen ist, dann hast du gerade sein Todesurteil unterzeichnet, meine Liebe.«

Eisige Finger griffen nach ihrem Herzen. Meinte er das ernst? Sie wußte, daß es so war. Sie mußte Bryan befreien, oder Ravenspur würde ihn wegen Hochverrats oder aus Eifersucht hängen.

Sie lag eine Stunde lang wach und lauschte dem tiefen, gleichmäßigen Atem ihres Mannes. Dann streckte sie vorsichtig die Hand nach dem Nachttischchen aus und tastete langsam herum, bis ihre Finger die Schlüssel fühlten. Vorsichtig ergriff sie sie mitsamt dem Papier, auf dem sie lagen, und drückte sie fest an ihre Brust, um nur ja jedes Klappern von Metall zu ersticken. Mit wild klopfendem Herzen rückte sie langsam von dem schlafenden Mann ab, bis sie einen Fuß am Boden hatte. So verharrte sie minutenlang mit angehaltenem Atem, bis sie sicher war, ihn nicht geweckt zu haben; dann schlich sie sich langsam, nackt wie sie war, aus der Kammer.

Kate Kendall fuhr auf und schnappte nach Luft, als Roseanna völlig nackt ins Zimmer geschlichen kam. »Zieh dir die Decke über den Kopf, Kate. Du hast mich nicht gesehen heute nacht. Denn was ich nun tun muß, ist wahrscheinlich unverzeihlich.«

Roseanna holte ihre wärmste Reitkleidung hervor, wollene Socken und hohe Reitstiefel; dann zog sie noch einen warmen Mantel darüber. Was sie noch an Geld besaß, steckte sie in einen Lederbeutel, den sie an ihrem Gürtel festband. Sie ergriff Schlüssel und Papier und sagte Kate Lebewohl. Normalerweise wäre sie nervös gewesen, wenn sie mitten in der Nacht ins Verließ hätte hinabsteigen müssen, doch die Gefahr, in der sie möglicherweise schwebte, war nichts im Vergleich zu jener, in der sich Bryan befand.

Das Verließ roch nach Schimmel und Verfall; sie schauderte bei dem Gedanken daran, daß der blondgelockte Jüngling sich an solch einem abscheulichen Ort aufhalten mußte. Trübes Kerzenlicht schimmerte aus der einzigen Zelle, die belegt war. Als sie stetig darauf zu schlich, löste sich eine hohe, dunkle Gestalt aus dem Schatten. Sie wäre fast gestorben vor Schreck – nun hatte man sie doch erwischt. »Roger!« schrie sie entsetzt; doch dann sah sie, daß es nur Captain Kelly war. »Oh, ich dachte, Ihr wäret mein Ehemann – Ihr seht Euch so ähnlich.«

Seine Augen leuchteten auf angesichts des Hauptgewinns, den er hier bei etwas ertappt hatte, was sie nicht tun sollte. Plötzlich durchfuhr sie ein entsetzlicher Gedanke: Dies konnte der Mann sein, den Mr. Burke in der Nacht gesehen hatte, in der Janet ermordet worden war! Ihr Mund wurde so trocken, daß sie kaum schlucken konnte. Kelly streckte kühn die Hand aus und umfaßte eine ihrer Brüste; in ihrer Angst ließ sie ihn gewähren. Ermutigt durch den Mangel an Widerstand, flüsterte er: »Ich schaue weg, während du deinen Geliebten befreist, wenn du dafür die Beine für mich breitmachst.«

Taub vor Angst und Abscheu nickte sie bloß und steckte mit zitternden Fingern den Schlüssel ins Zellenschloß.

»Roseanna, dem Himmel sei Dank«, keuchte Bryan erleichtert und schlüpfte aus der Zelle.

Sie konnte gar nicht schnell genug nach draußen kommen. Wenn sie den Gestank dieses Ortes nicht sehr rasch aus der Nase bekam, dann würde sie ohnmächtig werden. Sie schlichen zu den Ställen, und im schwachen Licht einer Laterne reichte sie ihm den Zettel. »Ravenspur hat dich gefangengenommen, weil er dieses Stück Papier unter deinen Sachen fand. Sag mir die Wahrheit, Bryan. Wolltest du mich wirklich auf Middleham gefangensetzen?«

Er lachte unsicher. »Nein, Roseanna. Der Zettel bezieht sich auf den König.«

Sie war sprachlos. Ravenspur hatte recht! Bryan war ein Verräter – und ihr Bruder?

»Verdammt noch mal, er hat mein Pferd einsperren lassen«, fluchte Bryan.

»Nimm Zeus. Laß ihn auf Castlemaine zurück.« Sie wußte, daß es verrückt war, ihn gehen zu lassen, aber sie hatte ihn immerhin einmal geliebt und würde nie wieder ihren Frieden finden, wenn sein Blut an ihren Händen klebte. Er wollte sie in die Arme nehmen, doch sie wich entsetzt zurück: »Geh rasch, bevor noch jemand Alarm schlägt.«

Das ließ er sich nicht zweimal sagen, warf Zeus einen Sattel über und zog den Gurt fest. Nur Sekunden, nachdem er verschwunden war, kam der alte Dobbin mit einer Laterne herangeschnauft. »Was wünscht Ihr, Mylady?« krächzte er.

»Den Araberhengst. Was hast du mit Mekka gemacht?« fragte sie.

Er kicherte. »Sobald Ihr die Stuten hereingebracht habt, fing er zu schreien an und hat nicht eher Ruhe gegeben, bis ich sie ihm überlassen habe. Ich habe sie in den kleinen Stall dort hinten gesperrt. Kommt, ich zeig's Euch.«

»Geh wieder zu Bett, Dobbin. Ich sehe selbst nach«, sagte sie mit königlicher Autorität. Er kannte den Ton und zuckte mit den Schultern. Wenn Lady Roseanna etwas auskochte, dann sah man am besten in die andere Richtung. Er tippte sich mit dem Finger an die Stirn und schlenderte gemächlich davon.

Sie fand den Hengst zusammen mit den drei Stuten in einer geräumigen, offenen Box. Eine von ihnen hatte eine Bißwunde am Hals, als Zeichen dafür, daß er ihr seinen Willen aufgezwungen hatte. Roseanna wusch die Wunde aus und desinfizierte sie, während die Stute zitternd dastand. Sie murmelte einen unterdrückten Fluch, als sie den Hengst sattelte. »Bei Gott, wenn du soviel überschüssige Energie hast, dann werde ich sie dir schon austreiben.«

Das Tier schnaubte und warf den Kopf herum, doch sie schob ihm mit unnachgiebiger Hand das Halfter über. Sie hatte noch keinerlei Pläne, außer daß sie zu ihrem Vater mußte. Doch als sie auf Middleham zuritt, wußte sie, daß das Kloster von Jervaulx nahe genug lag, um ihr Unterschlupf zu bieten, bis sie einen Weg gefunden hatte, ihn zu sehen.

Roger öffnete die Augen; die Leere der Kammer war fast greifbar. Seine Augen flogen zu dem Tischchen, auf dem die Schlüssel gelegen hatten, und er wußte es. Er sprang aus dem Bett und streifte sich seine Sachen über. Dann rannte er die vier Treppen hinab, bis er sich unter der Burg befand und mit eigenen Augen sah, daß sie seinen Gefangenen befreit hatte. Furcht war Roger fremd, und dennoch stahl sie sich in seinen Magen, als er zu den Ställen rannte. Fitzhughs Pferd war immer noch in seiner Box eingesperrt, aber eine rasche Suche bestätigte seine Befürchtungen. Zeus und Mekka waren verschwunden; sie waren zusammen geflohen! Diesmal verlor er die Beherrschung und baute sich vor dem jungen Dirk auf. »Wer hat Fitzhugh bewacht?« verlangte er zu wissen.

»Die einzigen Schlüssel habe ich Euch gegeben, Mylord. Es war keine Wache postiert«, sagte der beschämt. Nur die Tatsache, daß genau in diesem Moment Tristan und seine Männer in vollem Galopp in den Burghof stürmten, ersparte ihm eine geharnischte Strafpredigt. Roger konnte sehen, wie besorgt Tristan war, und ihm sank das Herz, als sein Bruder schrie: »Sie haben den König!«

»Komm nach oben, wo wir ungestört sind«, bat Roger ihn. »Kelly! Mach hundert berittene Männer bereit.« Mit grimmigem Gesicht stürmte Roger voran und knallte die Tür zu seiner Kammer zu. Der Anblick des unordentlichen Bettes traf ihn, als hätte man ihm ein Messer im Magen umgedreht. Rasch schenkte er zwei Kelche Wein ein und reichte einen davon seinem Bruder.

»Vor zwei Wochen hat Ned York verlassen. Doch statt direkt nach London zu gehen, beschloß er, Nottingham Castle einen Besuch abzustatten, um zu sehen, wie die Renovierungsarbeiten an der Burg voranschreiten. Er erhielt die Nachricht, daß Warwick gegen ihn vorgehen will, und wurde prompt erwischt, als er gerade mit hochgelegten Füßen beim Frühstück saß. Nur seine Diener waren bei ihm. Dabei hatte er mehr als eine Woche damit verschwendet, in Nottingham eine Armee zusammenzustellen. Er hatte Pembroke und Devonshire mit ihrer Truppe walisischer Bogenschützen hinter sich, doch Warwicks Armee war einfach zu groß. Warwick hält Ned auf Warwick Castle gefangen und besitzt die Unverschämtheit, ein Parlament nach York einzuberufen. Er hat alle seine Gefolgsleute aufgerufen, ihm in seinem Kampf gegen den König beizustehen. Sein Kriegsruf lautet »Tod den Woodvilles«. Warwick sagt, wenn der König nicht selbst etwas gegen sie unternehmen wolle, müsse er eben dazu gezwungen werden!« erzählte Tristan.

»Bist du sicher, daß man Edward nach Warwick Castle gebracht hat?« fragte Roger.

»So sicher, wie man eben sein kann. Er ist mehr Gast als Gefangener, behauptet jedenfalls Warwick. Sie haben Warwick Castle zu ihrem Hauptquartier gemacht.«

Roger durchmaß den Raum wie ein gefangenes Tier. Er war hin- und hergerissen. Jenes Stück Papier besagte, daß der Gefangene auf Middleham gehalten werden sollte, doch Warwick Castle ergab mehr Sinn. Es lag in der Nähe von Coventry, wo der Vater der Königin, Lord Rivers, hofhielt. Edward hatte seinen Schwiegervater zu seinem obersten militärischen Befehlshaber gemacht und hatte ihm auch den hohen Posten des Obersten Feldherrn von England übertragen. Lord Rivers war es, den Warwick stürzen wollte.

Roger traf seine Entscheidung. Sie würden nach Coventry gehen und sich Edwards Armee anschließen. In der Masse lag die Stärke, und sie würden sich Hastings, Herbert, Stafford, Pembroke und Devonshire anschließen. Er mußte versuchen, auf dem Weg dorthin Norfolk und so viele andere wie nur möglich ebenfalls dafür zu gewinnen, daß sie sich ihnen anschlossen. Wenn das Krieg bedeutete, nun, so sollte es sein! Er knirschte mit den Zähnen wegen der jämmerlichen Laus, die aus seinem eigenen Verließ entkommen war; er hätte ihm den Garaus machen sollen, solange er das noch konnte.

18. Kapitel

Roseanna benutzte jeden nur möglichen Vorwand, um ihren Aufenthalt im Kloster noch weiter hinauszuschieben. Sie sagte, sie sei gekommen, um sich noch mehr Pferde anzusehen; sie wolle außerdem ein paar Schafe kaufen; und sie hatte beschlossen, daß Jervaulx Ravensworth das ganze Jahr über mit seinem berühmten Käse versorgen solle. Sie hoffte, Gott möge ihr verzeihen, daß sie die Männer der Kirche so belog, verlor jedoch keine weiteren Gedanken an dieses Problem.

Sie mußte sich überlegen, wie sie an Edward herankommen konnte, falls sie ihn in der Gegend von Middleham oder auf dem Hochmoor erblicken sollte. Sie kam zu dem Schluß, daß die weiße Robe eines Mönchs die beste Verkleidung war. Die Kirchenmänner kamen und gingen unbemerkt fast überall hin. Sie war noch keine zwei Stunden im Kloster, als sie auch schon eine Kutte von der Wäscheleine stahl, die vor dem Kloster aufgespannt war.

Dann ritt sie hinaus aufs Moor und zog, sobald sie außer Sichtweite war, die große weiße Robe über ihre übrigen Gewänder. Der Araberhengst fiel unter den anderen weißen Pferden, die auf dem Moor grasten, nicht weiter auf. Roseanna beschloß, so lange täglich in die Nähe der hohen Mauern von Middleham zu reiten, bis sie ihren Vater sah. Den ganzen Nachmittag trieb sie sich dort herum, und schließlich, als die Dämmerung bereits hereinbrach, konnte sie ihr Glück kaum fassen. Ein starker Trupp bewaffneter Männer kam über den Hügel, und König Edward ritt an ihrer Spitze. Sie trabte ihnen langsam entgegen und hoffte und betete, daß ihr Vater den Araberhengst erkannte.

Er tat's! Edward hob die Hand und brachte den Trupp zum Halten. Er suchte in seiner Börse nach Gold. Der König war bekannt für seine Großzügigkeit, daher erregte er kein Mißtrauen, als er fragte, ob er dem Mönch ein Almosen geben dürfe. Edward trieb sein Pferd die wenigen Meter bis zu Roseanna vor. Seine Gefolgsleute, denen man gestattet hatte, sich um ihn zu kümmern, während er »Gast« auf Middleham war, ritten dicht hinter ihm, um ihn so vor den Blicken seiner Wächter abzuschirmen.

Roseanna flüsterte heiser: »Wie kann ich Euch helfen?«

Er schüttelte rasch den Kopf. »Ich bin nicht in Gefahr. Aber, o meine Rosenknospe, ich bitte dich, rasch zu reiten und die Königin in Sicherheit zu bringen. Warwick will sie alle vernichten!«

Sie nickte rasch und nahm das Geld, das er ihr anbot. Dann glitt sie vom Pferd, sank mit gesenktem Kopf in die Knie und harrte so aus, bis sich die Kavalkade auf Middleham zu entfernt hatte. Als ihr die Größe ihrer Aufgabe dämmerte, verfiel sie fast in Panik. London lag Hunderte von Meilen entfernt im Süden. Sie wußte nicht genau, wie weit oder wo genau, und sie war eine Frau und ganz allein unterwegs. Sollte sie zu ihrem Mann reiten, ihn um Verzeihung bitten und die Sache in seine starken, fähigen Hände legen? Er würde Middleham dem Erdboden gleichmachen, um Edward zu befreien, aber was war mit Elizabeth Woodville? Sie wußte, er würde ihr niemals erlauben, nach London zu reiten, und ihr Vater zählte nun mal auf sie. Der Araber war ganz sicher stark genug für so eine Strecke; die Frage war jedoch, war sie's auch? Sollte sie die Nacht erst noch im Kloster verbringen und im Morgengrauen aufbrechen? Nein, sie wollte sofort losreiten; selbst wenn sie nur etwa zwanzig Meilen weit käme, wäre sie doch um diese Strecke näher an London, und das Leben der Königin hing immerhin von ihr ab.

Sie behielt die Mönchskutte zur Sicherheit an und war froh um die zusätzliche Wärme, die sie ihr schenkte. Obwohl sie fror und hungrig war, ritt sie weiter, bis sie in der Entfernung die Lichter einer Stadt erspähte. Als sie näher kam, erkannte sie zu ihrer Freude, daß es York war. Sie war erleichtert, so gut vorangekommen zu sein, und aus einem Impuls heraus lenkte sie ihr Pferd zur Herberge »Zum kämpfenden Hahn«, wo Ravenspur sie damals aufgestöbert hatte.

Kein Gejammer diesmal! Im Hof der Gastwirtschaft zog sie die weiße Kutte aus und schüttelte den Staub aus ihrem Mantel. Mit einer arroganten Warnung übergab sie Mekka einem Stallburschen: »Das ist ein unbezahlbarer Araberhengst. Sieh zu, daß er gut gefüttert und getränkt wird. Ich will außerdem, daß er einen warmen Stall und eine Decke erhält.« Sie fischte eine Münze aus ihrem Gürtel und schritt in königlicher Haltung auf die Wirtschaft zu. Dort war es so heiß und verraucht wie damals, und außerdem war es voll von Betrunkenen, die ihr noch lauter vorkamen als letztes Mal.

»Ich bin Lady Roseanna Montford, Baronin von Ravenspur. Ich benötige Euer bestes Zimmer und ein gutes, heißes Essen.« Sie blickte dem Wirt direkt in die Augen, damit er es ja nicht wagte, sie zu beleidigen oder Ausflüchte zu gebrauchen, weil sie eine alleinreisende Frau war. Doch glücklicherweise erinnerte er sich an das letzte Mal, als sie mit Ravenspur hier übernachtet hatte, keine andere Frau in England besaß Haare wie sie!

Kaum befand sie sich sicher auf ihrem Zimmer, brach ein lauter Kampf im Schankraum unter ihr aus. Als ihr ein Zimmermädchen einen halben Kapaun und ein Stück warmen Apfelkuchen brachte, erkundigte sie sich: »Was ist denn heute abend los?«

»Ach, Lady, die Gemüter kochen mal wieder. An einem Freitagabend wie diesem schwirren hier mehr Gerüchte herum als Huren in ganz York! Man sagt, Warwick hat den König gefangengenommen und will jetzt George an seine Stelle setzen, aber England will von Typen wie ihm nichts wissen. Ich sag' Euch, die werden auf die Straßen gehen und ordentlich Krach schlagen, wenn an diesen Gerüchten irgendwas Wahres ist.«

»Ich muß beim ersten Licht des Tages aufbrechen. Klopft bitte so lange, bis ich antworte; und nicht später als fünf Uhr, bitte«, wies Roseanna das Mädchen noch an.

Der lange, kalte Tag und das heiße Essen machten sie bald entsetzlich schläfrig. Sie war erfreut und ermutigt, als sie hörte, wie die Bürger Partei ergriffen, doch je eher sie nach London kam, desto besser. Nur mit ihrem Unterhemd bekleidet, kroch sie ins Bett und war Sekunden später bereits eingeschlafen.

Am nächsten Tag erreichte sie Doncaster und Newark, und auch dort waren die Straßen voll von lärmenden Menschen, die ungeheuer aufgebracht aussahen und klangen. Sie befand sich jetzt in der Nähe von Castlemaine, beschloß jedoch, daß sie einfach nicht die Zeit hatte, zu Hause einen Besuch abzustatten. Joanna würde höchst besorgt sein, wenn sie von der Gefangennahme Edwards erfuhr, und würde wahrscheinlich nicht gerade begrüßen, daß ihre Tochter Hals über Kopf nach London ritt, um ihre verhaßte Rivalin, das Woodville-Weib, zu retten.

Am nächsten Tag hoffte sie, am Abend noch Cambridge zu erreichen, denn das Wetter war gut und Mekka war ein wirklich starkes Tier. Doch am späten Nachmittag bemerkte sie, daß der Hengst ein loses Hufeisen hatte. Als sie sich niederbeugte, um besser sehen zu können, kam es ihr so vor, als ob die Eisen bereits abgetragen wären. Sie hob einen Huf, um ihn zu untersuchen, und blinzelte ungläubig. Die Hufeisen waren aus purem Silber! Wie extravagant vom König, sie mit einem Pferd mit silbernen Hufeisen zu beschenken!

Bald darauf legte sie bei einem Schmied eine Pause ein und ließ ihn sämtliche silberne Hufeisen entfernen und durch eiserne ersetzen. Es war schon so viel Silber abgetragen worden, daß diese Reise nach London bereits ein Vermögen gekostet haben mußte. Sorgfältig verstaute sie die silbernen Hufeisen in ihren Satteltaschen. Es konnte gut sein, daß sie das Silber in London noch brauchte, bevor ihre Aufgabe beendet war. Die Dunkelheit der Winternacht brach bereits herein, als der Schmied endlich fertig war, und Roseanna beschloß, in einer Herberge in Buckden zu übernachten.

Als sie dort am nächsten Morgen den Kopf vom Kissen hob, überfiel sie eine solch starke Welle der Übelkeit, daß sie rasch nach dem Nachttopf unter dem Bett griff. Sie übergab sich zweimal, innerlich ihr Schicksal verfluchend, das ihr möglicherweise etwas beschert hatte, was sie am Weiterreisen hinderte. Doch wunderbarerweise war ihre Übelkeit nach dem zweiten Erbrechen ebenso schnell verschwunden, wie sie gekommen war. Sie knabberte an ein paar trockene Bisquits und nippte ein wenig an einem Glas Wein, denn sie wußte, daß sie ihre ganze Kraft brauchte, um London noch am selben Tag zu erreichen.

Sie war dann auch schon in Sichtweite der großen Stadt, als sie das Glück in bezug auf das Wetter doch noch verließ. Der Himmel öffnete seine Schleusen und ergoß sich in Strömen eisigen Regens. Um vier Uhr nachmittags war es fast stockdunkel. Sie ritt in die Ställe, die dem Palast von Westminster angegliedert waren, und bezahlte einem königlichen Stallknecht ein großzügiges Trinkgeld, damit er ihr Pferd trockenrieb und fütterte; dann rannte sie in den Palast und bat einen Soldaten der Palastwache, sie auf direktem Weg zur Königin zu bringen.

Roseanna sah aus wie die einzige Überlebende eines Schiffsunglücks, so als ob die See sie aus ihren Tiefen heraufgespült hätte. Sie stand da, und das Wasser tropfte in breiten Bächen auf den herrlichen roten Teppich. Die Palastwache war schon bei ihrem bloßen Anblick konsterniert: »Hinaus, bevor ich Euch verhaften lasse.«

»Ihr versteht mich nicht. Ich habe eine Nachricht für Ihre Majestät, die Königin. Der König schickt mich!« Sie sagte dies mit aller Würde, die sie besaß, aber der Wachtposten richtete die Spitze seiner Hellebarde auf sie, so daß sie gezwungen war, einige Schritte rückwärts zu machen. In ihrer Verzweiflung sank sie zu Boden und weigerte sich, auch nur einen Zentimeter zu weichen; dann begann sie zu schreien. Ein kleiner Trupp Wachsoldaten erschien in Begleitung des Kanzlers.

»Diese Bettlerin hier möchte die Königin sprechen«, sagte der Posten ungehalten.

»Die Königin ist in Greenwich. Werft sie hinaus«, befahl der Kanzler.

»Arroganter Schnösel! Warum habt Ihr nicht gleich gesagt, daß die Königin nicht hier ist?« rief Roseanna empört. Todmüde wankte sie zurück zu den Ställen. Niemand achtete auf sie. Sie fand Mekka schließlich in einer Box, kroch zu ihm hinein und kuschelte sich ins Stroh. So nah und doch so fern! Sie mußte einfach zur Königin gelangen! Das war ihr letzter Gedanke, bevor sie in den traumlosen Schlaf der Erschöpfung sank.

Sie erwachte mit einem Ruck und sprang auf, als sie feststellte, daß Mekka an ihrem Fuß herumknabberte. Sie wünschte, sie hätte sich nicht so schnell bewegt, denn kaum war sie hochgekommen, sank sie auch schon wieder in die Knie und erbrach sich ins Stroh. Schon wieder diese Morgenübelkeit. »Morgenübelkeit!« stöhnte sie erschrocken auf. »Oh, Ravenspur, was hast du mir angetan?« Doch dann drängte sie den Gedanken entschlossen beiseite, denn sie hatte keine Zeit, darüber zu spekulieren, ob sie nun schwanger war oder nicht. Sie mußte zur Königin gelangen, bevor es deren Feinden gelang, denn sonst würde Elisabeth Woodville sterben, und nach allem, was sie gehört hatte, waren Feinde alles, was die Königin derzeit besaß.

Sie wischte sich den Mund ab und kam schwankend auf die Beine. Vereinzelte Strohhalme hingen noch an ihrem Kleid, als sie auf eine der Straßen Londons hinausstolperte. Es war dort gedrängt voll mit

Bürgern und Händlern, die alles verkauften, was nur irgendwie zu verkaufen war. Milchmädchen mit Kannen und Schöpfkellen riefen: »Milch, süße Milch!« Fischweiber versuchten sich gegenseitig mit Rufen wie »Austern, Muscheln, Meeresschnecken und Heringe!« zu übertrumpfen. Alte, mit Lavendelbüschen beladene Kräuterweiblein versuchten ihre Waren an den Mann, beziehungsweise an die Frau, zu bringen, und alte Männer boten »Schuhe von Toten« feil. Karren und Wägelchen waren mit Früchten, Kohlen aus Newcastle, Hennen und Hasen beladen. Roseanna kaufte etwas Würzpudding und fragte sich, ob sie ihn überhaupt hinunterkriegen würde. Dann ging sie in den Laden eines Silberschmieds und tauschte die Hufeisen gegen Münzen des Königreichs.

In der nächsten Straße fand sie ein Damenbekleidungsgeschäft. Dort wurden gebrauchte Kleider an- und verkauft. Roseanna schluckte ihren Stolz hinunter und erwarb ein vorzeigbares, kirschrotes Samtkleid. Sie würde nie Zutritt zur Königin erhalten, wenn sie nicht nach einem gerüttelt Maß an Wohlhabenheit aussah. Die Geschäftsinhaberin versicherte ihr, daß die Kleider alle von den Hofdamen der Königin stammten; als Roseanna ging, ließ sie ihre eigenen Kleider und eine recht wertvolle Münze im Austausch für einen reichlich pompösen Mantel zurück, denn man nur als blauen Stoff mit Silber auf Satin bezeichnen konnte. Was jedoch noch wichtiger war, sie verließ den Laden mit einer Beschreibung des Wegs nach Greenwich.

Die schnellste Route führte per Boot über die Themse. Die Ruderer riefen während des Weges die einzelnen Haltepunkte aus. Der Fluß war zwar breit und tief und wies eine beträchtliche Strömung auf, aber er stank abscheulich. Er roch nach dem Billingsgater Fischmarkt und nach öffentlichen Latrinen. Roseanna schauderte und fragte sich, wie es erst in den heißen Sommermonaten sein mußte.

Auf der Barke befand sich auch eine Gruppe fröhlicher junger Männer, die offensichtlich von einer durchzechten Nacht zum Hof zurückkehrten. Sie versuchten mit ihr anzubändeln, mit breitem Grinsen zunächst, dann mit vielsagenden Bemerkungen in ihre Richtung. Schließlich kam einer von ihnen herangeschlendert, zog die juwelenbesetzte Kappe und meinte zweideutig: »Kann ich Euch irgendwie dienen, Mistreß?« Sie waren lächerlich jung für derlei Ausschweifungen, und sie vermutete, daß ihnen die Trinkkuren der vergangenen Nacht noch gehörig im Blut lagen. Obwohl sie etwa gleichaltrig waren, kam sie sich vor wie eine erwachsene Frau unter Schuljungen. Sie lächelte nachsichtig und meinte schnippisch: »Ich glaube kaum, daß Ihr dem gewachsen seid!«

Seine Kumpane kugelten sich vor Lachen und dem jungen Mann schoß die Röte in die Wangen. Die Barke hielt am Pier; Roseanna ließ die jungen Männer vorgehen und folgte ihnen dann den Hügel zum Greenwich Palace hinauf.

Lord Hastings war der Kammerherr des königlichen Haushalts, aber er befand sich zur Zeit im Norden, angeblich beim König. Derweil hatte sein Stellvertreter, Montague, Hastings' Posten übernommen. Roseanna brauchte den Rest des Tages, nur um bei ihm eine Audienz zu bekommen, ganz zu schweigen von der Königin. Er war ein kleiner, geschäftiger Mann und setzte sie auf arrogante Art und Weise davon in Kenntnis, daß sie gerne zusehen dürfe, wenn die Königin heute abend diniere. Anscheinend hielten Elizabeth Woodville und ihr Gefolge jeden Abend ein »öffentliches Dinner« ab. Ausländer und andere Besucher durften dabei zusehen, so als ob es ein Theaterstück wäre – und tatsächlich ähnelte das Dinner einem solchen beträchtlich.

Die Königin wurde langsam, aber sicher zu einer der Attraktionen der europäischen Königshäuser, fast wie ein Heiligtum. Sie ließ sich von Fremden angaffen, schenkte ihnen aber weder Wort noch Blick.

Roseanna war ehrfürchtig erstaunt, als sie die Königin zum ersten Mal erblickte. Elizabeth war schlank und wunderschön und leuchtete wie die Perle in einer kostbaren Muschel. Ihr Haar besaß einen silbrigen Glanz, und sie trug einen schimmernden Silberstoff, der mit Kristalltropfen bestickt war. Sie sah hart aus wie ein Diamant, Roseanna war überrascht, als sie sah, daß die Königin hochschwanger war, obwohl der Schnitt ihres Kleides dies zu verbergen trachtete. Gegen Ende des Mahls näherte sich Roseanna Lady Margery, einer der Hofdamen der Königin, und bat darum, die Königin sprechen zu dürfen. Lady Margery war wie die anderen Hofdamen auch eine eher schlichte Frau. Es war offensichtlich, daß Elizabeth Woodville keine Konkurrenz neben sich duldete.

Lady Margery betrachtete Roseanna mit zweifelndem Blick, so daß diese drängte: »Es handelt sich um Leben oder Tod! Ich habe eine geheime Botschaft vom König!«

Angesichts solcher Dringlichkeit zog Lady Margery Roseanna rasch an die Tafel der Königin und gab ihre Worte an Elizabeth weiter.

Der Blick der Königin fiel auf Roseanna, und ihre Augen verengten sich. Wer war diese Frau, die der König mit einer Botschaft zu ihr gesandt hatte? Sie war viel zu schön, als daß es ihr guttat, sagte sich Elizabeth. Sie war außerdem recht jung, und das war ungewöhnlich, denn Ned bevorzugte normalerweise ältere und erfahrenere Frauen. Auch wenn er der Ansicht war, es sei sein natürliches Vorrecht, viele Bettgenossinnen zu haben, war er dennoch keiner, der unschuldige Jungfrauen heimsuchte. Dennoch, als sie nun vor ihr stand, erkannte man sie trotz ihrer jungen Jahre als Frau unter Mädchen. Ja, sie war eine voll erblühte Frau, erkannte Elizabeth mit scharfsichtigem Adlerblick.

Roseanna kam es vor, als ob die Königin gar nicht mit ihr sprechen wolle, deshalb tat sie etwas unglaublich Unerhörtes und sprach als erste. Sie beugte ein Knie und bat: »Eure Hoheit, bitte erlaubt mir zu sprechen.«

Elisabeth schnappte schockiert nach Luft. »Wer seid Ihr?« fragte sie kalt.

»Ich bin Lady Roseanna Montford, Baron Ravenspurs Ehefrau.«

Die Königin zog überrascht die Brauen hoch und war sichtbar erleichtert. Dann war das also doch nicht eine der Huren des Königs. Ravenspurs neue Braut war für den König tabu. Immerhin, hatte Ravenspur nicht seine letzte Frau wegen Untreue verstümmelt? »Folgt mir«, befahl Elisabeth. Roseanna schritt mit den Hofdamen hinter ihr her, und die Prozession bewegte sich graziös vom öffentlichen Speisesaal in einen der Salons der Königin. »Sprecht!« befahl Elizabeth und nahm auf einem thronähnlichen, gepolsterten Sessel mit einem Fußschemel Platz.

»Hoheit, ich bringe schlimme Nachrichten, und ich hasse es, Euch zu beunruhigen. Aber der König ist gefangengenommen worden und wird auf Middleham Castle festgehalten. Ich sage die Wahrheit, Eure Majestät – ich sah ihn mit eigenen Augen.«

»Warwick! Dieser Hurensohn Warwick ist mein Todfeind!«

»Hoheit, ich bin ohne Pause von Middleham bis hierher geritten, um Euch die dringende Warnung des Königs zu überbringen. Er sagte, er selbst sei nicht in unmittelbarer Gefahr, aber daß ich Euch in Sicherheit bringen solle, da man vorhat, Euch zu töten.«

»Der Herr möge Warwicks Hand vertrocknen lassen, wenn er es wagt, sie gegen mich zu erheben, dieser unerträgliche Bastard!«

»Madame, nach allem, was ich von meinem Gatten über ihn erfahren habe, wagt er es bestimmt!« antwortete Roseanna.

Als ihre Damen ängstlich zu tuscheln begannen, hob die Königin gebieterisch die Hand. »Wir werden vorsichtshalber den gesamten Haushalt zur Abreise vorbereiten und morgen vorübergehend in Westminster Asyl suchen.«

Die Türe flog auf, und der stellvertretende Kammerherr kam hereingestürmt. Er verbeugte sich tief. »Eure Hoheit, es gibt einen Aufruhr in den Straßen von London, denn man munkelt, der König sei gefangengenommen worden.«

Furcht verbreitete sich auf Elizabeths Antlitz. »Was sagt man in den Straßen?«

»Man sagt, Warwick habe vor, George als König einzusetzen. Aber die Leute wollen nichts davon wissen!«

»Ich habe Edward schon immer gesagt, er soll seine verdammten Brüder in den Tower werfen lassen! Sie sind derart eifersüchtig auf meine Familie, daß sie vor nichts zurückschrecken, um uns zu vernichten.«

Roseanna drängte: »Eure Hoheit, Ihr müßt noch heute abend Euer Asyl aufsuchen. Morgen könnte es schon zu spät sein!«

Das Gesicht der Königin, das bereits blaß war wie eine kostbare Perle, wurde nun kalkweiß. »Meine kleinen Mädchen«, flüsterte sie und sagte dann zu Roseanna: »Ich habe drei kleine Mädchen von Edward, drei Prinzessinnen, die ich in Sicherheit bringen muß.«

Meine Halbschwestern, durchfuhr es Roseanna plötzlich.

»Meine Söhne, Montague! Heilige Mutter Gottes, Ihr müßt meinen Söhnen Thomas und Richard Nachricht senden.« Dann fiel ihr noch jemand ein: »Meine Mutter. Schickt nach meiner Mutter. Ich will sie mitnehmen in mein Asyl. Schnell, schnell! Kehrt noch in dieser Stunde mit ihr zurück«, instruierte Elizabeth ihren Gefolgsmann.

Ihre Damen flatterten in alle Richtungen davon, einige in die Gemächer der Kinder, um diese bereitzumachen, andere ins Schlafgemach der Königin, um die für einen Aufenthalt ungewisser Länge notwendige Kleidung und Bettwäsche zu packen. Hätte sie schon gewußt, daß es länger dauern würde, hätte sie ihren Haushalt gleich ganz verlegt, doch das hätte auch bedeutet, daß von Greenwich eine Riesenmenge an Gepäck hätte fortgeschafft werden müssen.

»Jemand soll bei mir bleiben«, jammerte Elizabeth, und Roseanna erklärte ruhig: »Ich werde bleiben, Hoheit.«

Roseanna war bereit gewesen, Elizabeth Woodville zu verabscheuen, und die ersten paar Augenblicke mit der spröden Frau hatten ihr vorgefaßtes Urteil über sie in allem bestätigt. Dennoch war da etwas an ihr, was Roseanna bewundern mußte. Ihr alles überschattender Ehrgeiz galt nicht nur ihr selbst, sondern vor allem ihrer Familie. Sie mußte etwa Mitte Dreißig sein, doch sie bewahrte sich ein tadelloses jugendliches Äußeres, das Männer jeden Alters anzog. Trotz ihres Alters war sie bereit gewesen, dem König drei Töchter zu schenken, und offensichtlich würde sie ihm so lange Kinder schenken, bis der erhoffte Thronerbe das Licht der Welt erblickte.

Roseannas Gedanken wanderten zu dem Kind, das mit großer Wahrscheinlichkeit bereits in ihr heranwuchs. Würde sie ebenso tapfer um die Stellung ihres Kindes im Leben kämpfen, wie Elizabeth dies für ihre eigenen Kinder tat? Ihre Antwort war jedoch eindeutig: Ja, das wollte auch sie.

Die drei kleinen Prinzessinnen wurden von ihren Kindermädchen heruntergebracht und das Gepäck an der Tür aufgestapelt. Die Hofdamen fügten ihr eigenes Gepäck hinzu, und bald schon reichte der Gepäckstapel bis zur Decke. Der Königliche Barkenmeister in Lambeth Sheds erhielt den Befehl, die königliche Barke bereitzuhalten und in Greenwich beim Palast zu vertäuen.

Als das Schiff eintraf, drängte man die Königin, an Bord zu gehen, aber sie bestand darauf, auf ihre Mutter zu warten. Myriaden von Dienern transportierten das Gepäck der Königin auf die Barke, und auch die kleinen Mädchen wurden an Bord gebracht. Lady Margery brachte die weißen Pelze der Königin und wickelte sie in ihrer ganzen Herrlichkeit zusammen. Gerade als Roseanna in ihren Anblick versunken war und dachte, sie habe im Leben noch nichts Schöneres gesehen, stürmte Montague erneut herein und verkündete lauthals, ohne zu überlegen: »Hoheit, man hat Eure Mutter wegen Hexerei verhaftet!«

Elizabeth umklammerte ihren Leib mit beiden Händen, als ob sie das ungeborene Kind schützen wolle. Dabei schrie sie: »*Mon Dieu, mon dieu!* Wenn ihr etwas zustößt, dann werde ich Warwick eigenhändig in Stücke reißen.«

Roseanna, die verärgert war, daß Montague diese Nachrichten einer Frau in Elizabeths Zustand einfach ins Gesicht geschrien hatte, sagte zu Lady Margery: »Ich finde, man sollte nach dem Arzt senden lassen. Wir können nicht länger warten. Schickt ihm eine Nachricht, daß die Königin sich ins Asyl nach Westminster begibt und daß seine Dienste schon sehr bald benötigt werden.«

Roseanna auf der einen, Lady Margery auf der anderen Seite, schritt Elizabeth Woodville, die Hilfe der beiden Frauen stolz ausschlagend, in königlicher Haltung aus dem Palast. Die Diener wurden mit Fackeln versammelt, um den Quai, an dem die königliche Barke wartete, ausreichend zu erhellen. Das Schiff war mit den leuchtenden Farben Yorks bemalt, rostbraun und blau, und mit dicken Goldverzierungen geschmückt. Auf beiden Seiten war die weiße Rose über der aufgehenden Sonne zu sehen. Roseanna schauderte, als von den Fackeln funkensprühende Schweife in die Dunkelheit züngelten und die Ruder der zehn Männer auf der Barke ins abgestandene Wasser klatschten. Als sie Dowgate Hill passierten, wo Warwicks Stadthaus, The Erba, stand, spuckte Elizabeth Woodville ins Wasser und verfluchte den Königsmacher. Sie glitten unter der London Bridge und den anderen Brücken hindurch, bis die Barke schließlich langsam auf die Palaststufen von Westminster zusteuerte.

Es war ein Wunder, daß die Königin und ihre kleinen Mädchen ihren Zufluchtsort noch erreichten, denn noch vor Mitternacht wimmelte es im Palast von Westminster nur so von Soldaten in scharlachroten Uniformen mit Warwicks goldenen Bären darauf. Wachen wurden an jedem Ein- und Ausgang zu den Gemächern der Königin postiert; niemandem wurde der Zutritt erlaubt, und keiner durfte hinaus.

Roseanna stellte fest, daß den Wachen an der Tür dennoch Informationen zu entlocken waren; sie konnten der Chance, das üble Woodville-Weib und deren Hofstaat zu ärgern, einfach nicht widerstehen. Sie erfuhr, daß sich Elizabeths Mutter, Jaquette, im Tower befand, daß aber Elizabeths Söhne aus erster Ehe, Thomas und Richard Grey, sich versteckt hielten und nirgends aufzufinden waren.

Eine Woche löste die andere ab. Die Königin verbrachte die Zeit damit, zu baden, sich anzukleiden und zu frisieren, sich mit Schmuck zu behängen, mit ihren Kindern zu spielen und dem endlosen Getratsche ihrer Hofdamen zu lauschen. Roseanna hatte noch nie im Leben so herrliche Gewänder gesehen. Die Mode am Hof der Königin unterschied sich gewaltig von allem, was sie im Norden gesehen hatte. Die Ärmel der Kleider waren hier sehr betont; sie waren geschlitzt, um die leuchtende Farbe des darunterliegenden Stoffes sichtbar zu machen. Die Mieder waren so tief ausgeschnitten, daß es außerhalb des Hofs als unschicklich galt, denn die Brüste wurden bis fast zu den Brustwarzen enthüllt.

Eine andere Mode, von der Roseanna aber nicht viel hielt, war, daß das Schamhaar der Damen entfernt wurde. Als die Königin und ihre Damen badeten, sah sie, daß das Haar zwischen ihren Schenkeln entfernt worden war. Wenn es nachzuwachsen begann, verbrachte man Stunden damit, die Härchen wieder auszuzupfen. Sie lachten Roseanna wegen ihrer altmodischen Einstellung aus, denn dunkelhaarig, wie sie war, besaß sie zwischen den Beinen ein Dreieck schimmernder dunkler Locken.

Die Wochen im Asyl verstrichen für Roseanna auf seltsame Weise. Die Tage flogen nur so vorbei, bis zum Überfluß angefüllt mit den Dingen, die ein solch großer Haushalt erforderte, ein Haushalt voller Frauen, mit ihren Bedürfnissen, ihrem Geplapper, ihrem Tratsch. Doch die Nächte kamen ihr geradezu endlos vor. Es waren lange, einsame Nächte, in denen sie sich an die Erinnerungen an ihren Mann klammerte. Wie sehr sie ihn vermißte! Nicht nur die Art, wie er sie geliebt hatte, obwohl ihr Körper sich schmerzvoll nach der Erfüllung sehnte, die nur er ihm schenken konnte. Sie vermißte auch seine Stärke, sie vermißte seine Gesellschaft, sie vermißte ihre Kämpfe, und, ja, am meisten vermißte sie seine Liebe. Sie wußte nun, daß sie ihn ebenfalls liebte. Wie dumm von ihr, daß sie das Herrliche, das sie mit ihm teilte, für Abschaum wie Sir Bryan hatte wegwerfen wollen! Ob Roger ihr je vergab? Sie war sich nicht sicher und zitterte, wenn sie an seinen schrecklichen Zorn dachte.

Fast ein voller Monat war verstrichen, bevor irgend jemandem erlaubt wurde, ihren Zufluchtsort zu betreten, und dann war es der Priester der Königin. Elizabeth blickte ihn kalt an und sagte ohne Hemmungen: »Ein Arzt wäre mir lieber gewesen anstelle eines verdammten Priesters!«

Roseanna schlug vor, daß der Priester bei seinem nächsten Besuch eine Nonne mitbringen solle, die in der Geburtshilfe bewandert war. Er ging mit der Versicherung, er werde alles Erdenkliche versuchen, ihren Wunsch zu erfüllen.

Die Ereignisse der nächsten Tage würden Roseanna unvergeßlich bleiben. Die Wachen an den Türen erzählten mit hämischer Schadenfreude, daß Warwick den Vater der Königin und ihren Bruder John in Coventry gefangengenommen und enthauptet habe. Er begründete dies damit, daß Rivers der höchste militärische Befehlshaber des Königs war und den Titel eines Obersten Feldherrn von England innehatte.

Elizabeth schrie, bis es sie schüttelte, und plötzlich umkrallte sie schmerzgequält ihren dicken Leib. Sie verspürte plötzlich frühzeitige Wehen und blutete. Ihre Damen brachten die immer noch schreiende und Warwick wüst verfluchende Frau zu Bett. Je mehr sie schrie, desto mehr blutete sie.

Roseanna war äußerst besorgt. Sie hatte noch nie im Leben einer menschlichen Geburt beigewohnt, obwohl sie schon vielen Stuten beim Fohlen behilflich gewesen war. Sie nahm die Hände der Königin energisch in die ihren und befahl: »Sprecht zu mir! Elizabeth, hört auf mit dem Geschrei, und sprecht zu mir!«

Elizabeths Atem stockte, als sie versuchte, ihre Schreie zu unterdrücken; dann begann sie zu sprechen: »Wir waren zwölf. Meine Mutter ist eine dumme Französin, die sich von ihrem Herzen hat leiten lassen. Zum Entsetzen aller heiratete sie einen einfachen Knappen. Wir verarmten. Ich hatte sechs Schwestern und fünf Brüder. Als ich noch ein Kind war, verheiratete man mich mit Sir John Grey von Lancaster. Bevor ich wußte, wie mir geschah, hatte ich bereits zwei kleine Söhne. Als mein Gatte starb, raffte seine Familie alles an sich und ließ mich als arme Witwe mit zwei Kindern und ohne jede Zukunftsperspektive zurück. Das einzige, was die Woodvilles stets besaßen, war gutes Aussehen und Ehrgeiz.

Oh, ich weiß, daß ich den Ruf besitze, ein gerissenes Luder zu sein, die Hure von Babylon, aber in jenen Jahren habe ich meine Lektion gelernt. Ich wurde hart wie Stein. Ich war schön, also kratzten meine Mutter und meine Schwestern genügend Geld zusammen, um mir ein schönes Kleid zu nähen, und ich warf mich dem König an den Hals. Man sagt, ich hätte ihn verhext und daß ich anders gewesen sei als seine anderen Mätressen. Nun, damit hatten sie allerdings recht. Ich besaß genug Verstand, um zu wissen, daß er mich als seine Mätresse nie heiraten würde. Ich war entschlossen, ihn bezahlen zu lassen, wenn er wirklich das Privileg genießen wollte, zwischen meine Beine zu kommen.

Warwick verbot die Heirat, und obwohl Edward der König von England war, fürchtete er Warwick in jenen Tagen. Er fürchtete ihn so sehr, daß er mich wegen dieses Bastards, dieser jämmerlichen Laus, dieses Teufels in Menschengestalt heimlich heiratete!« Sie schwankte vor und zurück, vor und zurück. »Mein armer, kleiner Bruder John. Erst zwanzig Jahre alt! So voller Ehrgeiz, daß er freiwillig diese achtzig Jahre alte Hexe, die Herzogin von Norfolk geheiratet hat. Mein Gott, mein Gott, daß er noch vor ihr starb, ist einfach unerträglich!«

Roseanna benetzte Elizabeths angespanntes Gesicht mit Wasser und fühlte die Krämpfe mit ihr. Sie hätte nie gedacht, daß es so schrecklich war, ein Kind auf die Welt zu bringen. Ein Angstknoten wuchs in ihr, denn sie wußte, daß ihr in wenigen Monaten dasselbe bevorstand. Elizabeth war Mitte Dreißig, und ohne Make-up und den üblichen Zierat, gleichzeitig von den schrecklichen Wehen gezeichnet, sah sie auch genauso aus. Roseanna wußte, daß Elizabeth den Ruf einer Hure von Babylon hatte, doch hier, in diesem Moment, an diesem Ort, war sie lediglich eine Frau, die eine schwere Geburt durchstehen mußte. Ihr Herz blutete vor Mitleid. Die Wehen zogen sich hinüber in einen zweiten Tag, dann in einen dritten, und dann verwandelte sich das leise Bluten in einen wahren Blutsturz, und dann fing Elizabeth an, sich in ihr wunderschönes, silberglänzendes Haar zu erbrechen.

Ob das Erbrechen das Kind nun heraustrieb oder ob die Ankunft der Hebamme den Thronerben das Licht der Welt erblicken ließ, wurde nie ganz klar. Aber Roseannas Erleichterung war so groß, daß sie fast das Bewußtsein verlor, als die Nonne Elizabeths Betreuung übernahm und die Blutung stoppte. Elizabeth Woodville mochte zierlich aussehen, doch sie war stark wie ein Ochse. Roseanna erschauderte, wenn sie an ihre Feinde dachte, denn die Königin würde sich nie im Leben unterkriegen lassen. Wenn König Edward seinen Thron wiedergewann, würde Elizabeth jene, die ihr und den Ihren Schaden zugefügt hatten, ohne Wimpernzucken vernichten.

Es war ein Wunder, wie schnell Elizabeth sich wieder erholte. In kaum zwei Wochen hatte sie das Bett verlassen und ließ ihre gesamte Garderobe umnähen, um ihre wiedergewonnene Schlankheit gebührend zur Schau zu stellen. Die Hebamme hatte die langersehnte Nachricht gebracht, daß Warwicks Pläne ein wenig zu hochfliegend gewesen waren und daß er Edward nun seinen Thron wiedergeben mußte. Er hatte in York ein Parlament einberufen, um den Bruder des Königs, George, auf den Thron setzen zu lassen, doch die Leute wollten nichts von ihm wissen. Es kam im ganzen Land und auf den Straßen Londons zu Aufständen, die zeigten, daß die Bevölkerung die Gefangennahme des Königs nicht hinnehmen wollte.

Warwick war weise genug, zu erkennen, daß es zu einem blutigen Krieg kommen würde, wenn er Edward nicht wieder in Amt und Würden setzte. Er verschob zunächst die Einberufung des Parlaments und sagte sie dann ganz ab. Er begründete dies mit der Behauptung, England werde durch eine Invasion französischer und schottischer Truppen bedroht.

Der Bruder des Königs, Richard, hatte Edward zusammen mit Hastings und Ravenspur aus Middleham befreit und im Triumphmarsch nach York gebracht. Edward enthob Warwick umgehend aller Ämter und übergab diese dann seinem treuen Bruder Richard; er machte ihn darüber hinaus zum obersten Feldherrn Englands – eine schwere Verantwortung für einen erst achtzehnjährigen Jungen.

19. Kapitel

Der König und sein Gefolge von Adligen kamen nach Westminster, um die Königin aus ihrem Asyl zu befreien und den neuen Thronerben zu besichtigen.

Elizabeth war in Panik. Ihr Haar hatte ohne die spezielle Creme auskommen müssen, die seine Farbe von Grau in Silberblond verwandelte. Roseanna wußte, wie wichtig es für Elizabeth war, für die Augen des Königs ihr jugendliches Äußeres zu bewahren. Sie hatte so viel durchmachen müssen, und obwohl die kleinen Fältchen im Gesicht – Spuren der durchlittenen Härten – nicht mehr zu glätten waren, so war es doch immerhin möglich, etwas gegen das graue Haar zu unternehmen.

Roseanna überredete die Nonne, ihr ihren Habit zu leihen und schlüpfte heimlich aus den bewachten Räumen des Asyls hinaus in die geschäftigen Straßen Londons, wo sich bereits Menschentrauben gebildet hatten, um den König willkommen zu heißen. Sie fand eine Apotheke, kaufte die für eine Tönung notwendigen Zutaten und eilte nach Westminster zurück.

Als sie zurückkehrte, stellte sie fest, daß die Wachen an den Türen durch königstreue Männer ersetzt worden waren, was ihre Verkleidung überflüssig machte. Sie übergab ihre Einkäufe rasch den fähigen Händen Lady Margerys, die das Haar der Königin bereits gewaschen hatte, um es so für die Tönungscreme vorzubereiten. Bevor Roseanna Zeit fand, die Kleidung zu wechseln, kam der König auch schon in die Gemächer der Königin geschritten und verkündete mit lauter und froher Stimme, man möge ihm seinen Sohn bringen. Seine kleinen Töchter erkannten ihn sofort und quietschten vor Entzücken darüber, ihren Vater wiederzusehen, der so liebevoll mit ihnen umging. Edward zog erstaunt die Brauen hoch, als er Roseanna in ihrer Verkleidung entdeckte, aber er enthielt sich jeden Kommentars. Statt dessen ergriff er sie bei den Händen. »Was für eine Freude, alle meine Kinder zusammen zu sehen! Meine Rosenknospe, wie kann ich es dir je vergelten, daß du Elizabeth gerettet hast?«

»Das habe ich getan, weil es meine Pflicht war, aber dabei habe ich auch die Frau sehen können, die hinter der Fassade steckt. Alle meine vorgefaßten Ansichten sind daraufhin zum Fenster hinausgeflogen, und ich weiß nun, warum Ihr sie zur Frau genommen habt.«

Sein Gelächter erfüllte den Raum. »Gott im Himmel, dann bist du die einzige Frau, die das tut!«

Roseannas Mundwinkel zuckten. »Sie läßt sich gerade das Haar waschen. Sie wird Euch nicht eher sehen wollen, als bis alles an ihr perfekt ist.«

Der König wandte sich um und bellte: »Ravenspur! Wo zum Teufel ist dieser lästige Kerl? Komm und hol dir deine Frau!«

Roseanna verfiel in Panik. Ihr Gatte war hier! Als seine große, dunkle Gestalt in Sicht kam, stand ihr das Herz einen Moment lang still, und ihr stockte der Atem. Das letzte, was sie getan hatte, war, ihn zu betrügen und seine Wünsche absichtlich zu mißachten. Der Schatten des jungen Ritters, für dessen Befreiung sie alles riskiert hatte, stand wie eine unüberwindliche Barriere zwischen ihnen.

Roger kam näher, und sein Gesichtsausdruck blieb undurchdringlich. »Erklärt Euch«, forderte er.

Sie hob die Augen zu den seinen, und ihre Lippen zitterten fast unmerklich. Dann erinnerte sie sich an jenen intimen Moment, in dem sie die Schwielen auf seinem Hinterteil gefühlt hatte, und lächelte ihm spitzbübisch zu. »Die Erklärung hängt davon ab, ob Ihr beabsichtigt, mich zu bestrafen oder zu küssen!«

In der nächsten Sekunde hatte er sie schon in die Arme gerissen, und sein Mund verschlang besitzergreifend den ihren. Es war wie eine glühend heiße Brandmarkung, die ihr und der ganzen Welt zeigen sollte, daß sie ihm gehörte, jetzt und für immer. Roseanna konnte nicht anders, als sich ihm hinzugeben. Sie spürte seinen Kuß bis hinunter in die nun schwachen Kniekehlen. Dann wurde das Gefühl schmelzender Hingabe von wilder Lust auf diesen Mann abgelöst, und sie erwiderte seinen Kuß leidenschaftlich, den zierlichen Körper auf geradezu köstliche Weise an ihm reibend. Er hielt sie auf Armeslänge von sich ab, um sie mit den Augen verschlingen zu können, und grinste: »Eine Nonne habe ich bisher noch nie geliebt.«

Der König, der seine Bemerkung gehört hatte, fügte unverfroren hinzu: »Ach? Und ich dachte, das wäre eine Spezialität von Cassandra.«

Roseannas Augen blitzten. »Zufällig weiß ich, wer Cassandra ist! Ihr seid ein paar verdammte Lustmolche, eure Huren zu teilen wie einen Krug Wein.«

Der König sagte: »Für eine wohlerzogene junge Frau hast du ein recht gesalzenes Vokabular.«

Roseanna hatte jedoch auch darauf eine Erwiderung: »Das ist schließlich mein Erbe; diese Ausdrücke habe ich von meiner Mutter und von meinem Vater gelernt!«

Der König lächelte. »Los, ab mit Euch, und sucht Euch im oberen Stock von Westminster ein bequemes Zimmer mit einem großen Bett.«

Roseanna warf stolz den Kopf zurück. »Das erste, was Ravenspur tun kann, ist, mich zum teuersten Schneider Londons zu bringen. Wenn ich schon am Hofe bin, dann möchte ich auch die bestgekleidete Frau dort sein!« Sie warf Roger einen Seitenblick zu. »Du kannst ein wenig von dem Reichtum ausgeben, dessentwegen ich dich geheiratet habe.«

Roger sah Edward an. »Sie ist einfach unverbesserlich.«

Und der König nickte. »Das mußt du ihr schon ausprügeln.«

Roger grinste. »Ich weiß nicht, ob mein Werkzeug dafür groß genug ist.«

Roseanna lehnte sich an seine breite Brust und sah strahlend zu ihm empor. »Das ist es, Mylord, denn ich habe es bereits zu spüren bekommen.«

An diesem Abend erstrahlten die Lichter beim Dinner im mittelalterlichen Palast von Westminster, und man speiste von goldenen Tellern. Die Königin hielt auf einem kleinen Thron am Kopf der Tafel hof. Sie trug ein herrliches Diadem und ein Gewand von jungfräulichem Weiß, das mit kostbaren Juwelen bestickt war. Die erst kürzlich durchlittene schwere Geburt sowie die Tatsache, daß sie sich in Trauer befand, merkte man ihr keine Sekunde lang an. Während sie sich mit ihren Brüdern, Schwestern und Söhnen umgab, mischte sich der König unter seine Noblen und schritt entspannt und selbstbewußt von Grüppchen zu Grüppchen. Weniger wegen der Herrlichkeit seines Gewands als wegen seiner ungewöhnlichen Körpergröße ragte er aus der Menge heraus.

Ravenspur war in schwarzen Samt gekleidet und fiel auf wie ein Rabe unter Pfauen. Die höfische Mode für Männer war fast geschmacklos pompös, mit zweifarbigen, engen Beinkleidern und übertrieben ausgepolsterten Schultern.

Roseanna wußte, daß sie wunderschön aussah. Ihr Kleid hatte ein kleines Vermögen gekostet, und es verlieh ihr gewaltiges Selbstbewußtsein. Es war aus der blassesten muschelrosa Seide, die man sich nur vorstellen konnte, mit Puffärmeln, die geschlitzt waren und darunter tiefrosa Seide enthüllten. Rock und Mieder waren mit winzigen Glasperlen in Form von zierlichen, mauvefarbenen Schmetterlingen auf rosaroten Blüten bestickt. Ihre wunderschönen, runden Brüste wurden fast vollkommen enthüllt. Ihr herrliches schwarzes Haar wurde an jeder Schläfe von einer juwelenbesetzten Schmetterlingsspange zurückgehalten und fiel ihr dann weit den Rücken hinab.

Kleider und Schmuck der Hofdamen hatten ein Riesenvermögen gekostet, und als Roseanna sich einen Kelch Wein mit Ravenspur teilte, erklärte sie: »Wenn wir lange bei Hof bleiben sollten, dann brauche ich eine völlig neue Garderobe.«

In seinen dunklen Augen stand deutlich geschrieben, wie wunderschön er sie fand und wie begehrenswert. »Du kannst alles haben, was immer du willst, aber wir werden nicht lange bei Hofe bleiben. Wir bleiben lediglich bis zur Taufe des Thronerben. Dann möchte ich eine Woche oder so zu Hause auf Ravenspur verbringen, bevor ...« Er zögerte.

»Bevor was?« fragte sie.

»Die Zustände im Königreich sind alles andere als stabil. Richard geht hinauf in den Norden, um ihn gegen Schottland zu verteidigen; Hastings sichert die Midlands; und ich bin noch einmal nach Wales abkommandiert worden. Es geht sehr wild dort zu, aber Edward hat großes Vertrauen in mich. Er denkt, ich kann den Landstrich unter Kontrolle halten.«

Die Angst krallte sich mit eiskalten Fingern um ihr Herz, wenn sie an das Baby dachte, das sie ihm in etwa sieben Monaten schenken würde. Er lächelte sie an und ergriff ihre Hand. »Deshalb möchte ich, daß du auf Ravenspur bleibst, wo es sicher ist. Wenn's dir dort zu einsam wird, dann bist du nahe genug an Castlemaine, um einige Zeit bei deiner Mutter verbringen zu können.«

Sie warf ihm einen verführerischen Seitenblick zu. »Du willst nur nicht, daß ich bei Hofe bleibe, weil dort die Verführungskünste zur Perfektion entwickelt wurden.«

»Heute abend haben die Augen sämtlicher Männer abschätzend auf dir geruht. Wenn ich nicht hier wäre, würden sie sich wie hungrige Wölfe auf eine Taube stürzen.«

»Du übertreibst«, sagte sie leichthin.

»Nein, du bist schön genug, um einen Heiligen in Versuchung zu führen, geschweige denn einen Sünder – und auf Westminster sind, fürchte ich, alle Sünder. Sei vorsichtig, mit wem du tanzt, sonst findest du dich, ehe du weißt, wie dir geschieht, mit entblößten Brüsten in einer Nische wieder. Das ist hier gar nicht so schwierig. Soll ich's dir zeigen?« neckte er. Sie fühlte, wie ihr die Röte in die Wangen schoß, und er lachte.

»Gott sei Dank, du kannst immer noch rot werden; ein Monat bei Hofe, und du errötest nie wieder.« Er sah gelassen zu, als sie nacheinander von Hastings, Herbert und Stafford und dann noch zweimal vom jüngsten Bruder des Königs, Richard, der nun das höchste Amt des Landes innehatte, zum Tanz geholt wurde. Doch als Thomas Grey, der älteste Sohn der Königin, den Arm besitzergreifend um Roseanna schlang und sie im Tanz schwenkte, runzelte Roger mißgelaunt die Stirn. Noch bevor der Tanz zu Ende war, stand er auf und ging auf seine Frau zu. Der Ruf der jungen Söhne der Königin war ausgesprochen schlecht. Sie waren Lüstlinge ohne jede Hemmung, und keine attraktive Frau war auch nur im entferntesten sicher vor ihnen. Roger nahm Roseanna aus Thomas Greys Armen, noch bevor der letzte Ton verklungen war. »Madame, Ihr seid mir lange genug ferngeblieben.«

Thomas Grey spottete: »Immer schön das Messer gewetzt halten.« Das war ein recht geläufiger Spruch zwischen den Männern von Adel, aber Grey wollte damit auf die Gerüchte anspielen, die Ravenspur im Zusammenhang mit dem Mord an seiner Frau nachgesagt wurden.

Roseanna schnappte nach Luft: »Das war gemein. Läßt du das durchgehen?«

»Die Söhne der Königin tun nun einmal nichts Schlechtes. Außerdem ist es mir egal, was der junge Widerling zu mir sagt, solange er die Finger von dir läßt.« Die Musik begann wieder zu spielen, und sie tanzten ein paar Takte. Er blickte auf sie hinab und ließ die dunklen Augen über sie hinwegstreichen. Herr des Himmels, war sie schön!

Ihre Brüste schwollen sehnsuchtsvoll, als er so über ihr aufragte und sie sich sehr klein und zerbrechlich vorkam.

»Ich will dich lieben«, flüsterte er mit heiserer Stimme.

»Ich weiß«, antwortete sie atemlos und wünschte es sich genauso wie er.

Der Gedanke, sie im Bett in seinen Armen zu halten, ließ ihn lustvoll erschauern. Er erspähte einen Balkon und führte sie hinaus. Seine großen Hände umfaßten ihr Gesicht, und er küßte sie fast brutal, nahm sich ihre seidige Zunge und spielte zärtlich mit ihr. Ihre Reaktion kam unmittelbar – heiß und leidenschaftlich, voll von lustvollem, unverhülltem Begehren. Sie verriet es dadurch, wie sie sich seinen Küssen hingab. Jetzt wußte er es! Es bedurfte keiner Worte. Er nahm ihre Hand und führte sie zurück zum Ballsaal, und von dort schlüpften sie die Treppe hinauf, obwohl das Protokoll es eigentlich erforderte, daß sie blieben, bis der König und die Königin sich zurückgezogen hatten.

In ihren Gemächern zog sie rasch ihr teures Kleid aus, bevor seine ungeduldigen Finger den zarten Stoff noch beschädigten. Roger entkleidete sich so hektisch, daß er noch vor ihr nackt war; er zog sie ganz aus, indem er sie aufs Bett stieß und ihr die Strümpfe herunterzog. Seine heißen Lippen brannten einen Pfad von ihren Fesseln bis hinauf zu ihren weichen Schenkeln; sie stöhnte, als sich sein Mund ihrer pochenden Weiblichkeit näherte. Seine Lust war so groß, daß er sich mit aller Gewalt davon abhalten mußte, sie sofort zu nehmen; das wäre Verschwendung gewesen. Sie durfte nicht rasch benutzt, sondern mußte genossen und sanft gehegt werden. Außerdem wollte er mehr von ihr als eine sexuelle Reaktion. Diesmal wollte er das Eingeständnis ihrer Liebe zu ihm – und er würde es auch bekommen, entschied er, ohne jede Einschränkung.

Sie fuhr mit den Fingern in sein dichtes, schwarzes Haar und versuchte, seinen Mund zu dem ihren zu ziehen, aber er war nicht gewillt, die Blume zwischen ihren Beinen aufzugeben, bevor sie nicht in voller Blüte stand. Seine Zunge fand ihre Knospe, und er folterte sie so lange damit, bis sie kam.

»Bitte, Ravenspur«, bettelte sie, nicht annähernd befriedigt durch das, was er mit ihr tat. Sie schloß die Augen und warf den Kopf wild auf dem Kissen hin und her und schrie: »Bitte, bitte.«

»Sieh mich an, Roseanna«, befahl er, »ich weiß, was du willst, aber ich werde dich nicht nehmen wie eine Hure. Gib zu, daß du dich in mich verliebt hast!«

»Nein!« schrie sie.

Er rieb seinen starken Schaft zwischen ihren Beinen. »Das ist es doch, was du willst, nicht wahr?«

Die Leidenschaft verschlang sie. Sein harter, geschwollener Speer pochte an ihren Schenkeln, und schluchzend offenbarte sie ihm ihre Lust.

»Nein«, wies er sie ab, als sie ihn mit lockenden Fingern umschließen wollte. »Wenn du mich nicht liebst, mir aber trotzdem deinen Körper gibst, dann bist du nicht besser als eine ganz gewöhnliche Hure. Du verschließt dein Herz vor mir, während du gleichzeitig gierig die Bedürfnisse deines Körpers befriedigst! Willst du, daß ich dich wie eine Hure nehme?« Er ergriff brutal ihre Brust und stieß ihr das Knie zwischen die Schenkel.

»Nein, nein, Ravenspur«, schluchzte sie.

»Mein Name ist Roger«, sagte er sanft.

»Ravenspur!« wiederholte sie stur.

»Verdammt nochmal, du herzloses Biest! Ich will doch nur, daß du mich ein wenig liebhast.« Seine Stimme zitterte, und plötzlich brach sie zusammen. Tränen strömten ihr aus den Augen und die Wangen hinab. »Oh, Roger, ich liebe dich! Ich hätte nie geglaubt, daß man einen Mann so lieben könnte. Ich liebe dich viel mehr. Ich liebe dich mehr, als ich mir je erträumt hätte!«

Eine Freudenwelle, wie er sie nie zuvor gefühlt hatte, ließ sein Herz anschwellen. Er spreizte ihre Beine und drang heftig in ihre süße, heiße Scheide ein, die ihn mit jedem Stoß tiefer und tiefer zog. In einer Zeit, die für Liebende nie, niemals lange genug ist, erreichten sie ihren Höhepunkt, und sie fühlte die Kontraktionen eines Orgasmus, der so herrlich war, daß sie fürchtete, in Ohnmacht zu fallen. Wieder und wieder erschauderte ihr Körper in den Fängen ihrer Ekstase; sie wurde noch intensiviert und verlängert durch Rogers Orgasmus, der in diesem Moment mit dem ihren verschmolz.

Er preßte sie zärtlich an sein Herz. »Ach, meine süße, süße Roseanna, wie sehr ich dich liebe.« Als sie so an ihn geschmiegt dalag, vollkommen sicher, vollkommen geborgen, war mit ihrer Welt alles in Ordnung. In diesem Augenblick fühlte sich das alles so richtig und gut an, daß sie glaubte, allein dies sei es, wofür sie geboren worden war: um diesen Mann zu lieben und seine Kinder zu gebären. Er drückte sie fest an sich und flüsterte: »Ich bin fast verrückt geworden, als ich herausfand, daß du Fitzhugh befreit hast und daß eure Pferde verschwunden waren. Ich dachte, ihr wärt zusammen auf und davon.«

»Vergib mir, Roger. Ich hätte ihn nie freilassen dürfen, denn dein Verdacht war gerechtfertigt. Er war auf irgendeine Weise in die Gefangennahme des Königs verwickelt. Aber ich habe wirklich angenommen, du wolltest ihn nicht wegen irgendwelcher Verschwörungen töten, sondern weil du dachtest, ich würde ihn lieben.«

Er knabberte an der weichen Stelle hinter ihrem Ohr. »Ich war eifersüchtig auf den jungen Rüpel, das stimmt, aber ich war auch überzeugt davón, daß du lediglich in seinen ritterlichen Idealismus verliebt warst. Der wagemutige junge Ritter, fehlerlos und rein, romantisch und treu.«

»Ich muß dir wohl sehr jung und dumm vorgekommen sein.«

Er gluckste. »Ich war zum ersten Mal im Leben bis über beide Ohren verliebt und muß dir wohl ganz schön alt und dumm vorgekommen sein.«

»Laß uns bald nach Hause gehen«, hauchte sie.

»Morgen, wenn ich's schaffe, uns hier loszueisen. Versuch zu schlafen, meine Süße.«

»Ich kann nicht schlafen, wenn das Zimmer so hell erleuchtet ist.« Als sie aus dem Bett schlüpfte, um alle Kerzen auszublasen, starrte er sie bewundernd an. Keine Frau der Welt konnte ein solch wunderschönes Bild abgeben wie Roseanna in ihrer Nacktheit, eingehüllt in den samtschwarzen Umhang ihres Haars, der fast bis zum Teppich reichte.

Das Vergnügen, in den Armen des anderen zu erwachen, war nur kurz.

»Soll ich dich wachküssen?« fragte Roger und lächelte ihr tief in die Augen.

Sie gestand: »Als du mich bei der Königin fandest, dachte ich erst, du würdest mich schlagen.«

Er neckte sie: »Würde ich denn ein Nonne schlagen?«

»Eine ziemlich schwangere Nonne«, fügte sie hinzu.

Sein Gesichtsausdruck veränderte sich schlagartig: »Nein! Sag, daß das ein Scherz ist, Roseanna.«

Sie konnte die Veränderung, die in ihm vorgegangen war, einfach nicht glauben. Es war offensichtlich, daß ihm diese Mitteilung gar nicht gefiel; Roseanna war zutiefst verletzt. Tränen traten ihr in die Augen, und sie sprang aus dem Bett und hüllte ihren nackten Körper in eine Felldecke.

»Zum Teufel mit dir, Ravenspur! Ich lass' all meine Mauern fallen, und wenn ich vollkommen schutzlos bin, dann mußt du mich absichtlich verletzen.«

»Roseanna –«, begann er.

»Sprich nicht mit mir! Wag es ja nicht, noch einmal mit mir zu sprechen!« schluchzte sie mit erstickter Stimme.

Er wußte, daß er einen schweren Fehler begangen hatte, und fragte sich, was er wohl sagen könnte, um sie wieder zu versöhnen. Obwohl er voller Panik nach Worten suchte, fiel ihm nichts ein, was den Eindruck verwischt hätte, daß er das Kind gar nicht wollte.

Ihre Gedanken rasten, und sie suchte nach einem Grund, der ihr seine Reaktion erklärt hätte. Dann dämmerte es ihr. Herr des Himmels, er glaubte doch nicht etwa, daß es Sir Bryans Kind war, das sie trug! »Wie kannst du nur glauben, ich sei dir untreu gewesen?« verlangte sie zu wissen.

Er verstellte sich. »Das habe ich gar nicht, bis Ihr diese Andeutung machtet, Madame!«

Mit wutblitzenden Augen schritt er hinaus in das kleine Ankleidezimmer.

Jede Menge Festlichkeiten waren für die folgende Woche in Westminster geplant, aber Roger schloß sich mit Edward zusammen und flehte ihn an, ihn von den Tauffeierlichkeiten zu entbinden. Der König winkte ab. »Mir ist das nicht so wichtig; es ist ja nur eine Formalität. Aber Elizabeth wird's nicht verzeihen.«

»Ich halte es für das beste, mit Roseanna zu verschwinden, solange sie noch in der Gunst der Königin steht. Wenn Elizabeth je herausfindet, daß sie ein Kind deiner Liebe ist, dann ist hier die Hölle los.«

Ned seufzte. »Im Moment ist sie ohnehin mit anderen Dingen beschäftigt. Sie ist auf Rache versessen und liegt mir Tag und Nacht damit in den Ohren. Ich brauche deinen Rat, Roger. Northumberland, Warwicks Bruder, hat während der ganzen Sache loyal an meiner Seite gestanden. Ich denke, ich sollte diese Loyalität honorieren. ›Teile und herrsche‹ ist meiner Ansicht nach sehr sinnvoll, obwohl Elizabeth mir an die Kehle gehen wird, sollte ich Warwicks Bruder auszeichnen.«

»Honoriere statt dessen doch seinen Sohn. Gib ihm ein Herzogtum. Das wird Northumberland und seinen Sohn an dich binden und Elizabeth nicht so sehr verärgern.«

Der König nickte: »Ich werde Elizabeths Bruder Anthony den Titel ihres Vaters, eines Lord Rivers, geben.«

Schließlich fragte Roger offen: »Wirst du George verhaften lassen?«

Edward schüttelte bedauernd den Kopf. »Hinter Gittern würde sicher jemand einen Weg finden, ihn zu beseitigen. Damit will ich nichts zu tun haben. Auch wenn ich die Loyalität meines Bruders mir gegenüber anzweifle, so werde ich dennoch ihm gegenüber loyal bleiben.«

Baron Ravenspur und seine Frau ritten an der Spitze der Kavalkade ihrer Ritter und Soldaten. Sie waren von Westminster nach Ravenspur unterwegs, das an der Küste von Lincolnshire in einer wunderschönen, geschützten Bucht, genannt »The Wash«, lag. Die Männer wußten, daß sie nur ein paar Wochen zu Hause sein würden und sich dann wieder auf den Weg zur anderen Seite der Insel, ins wilde Wales, machen mußten. Obwohl ihr Lord und ihre Lady nebeneinander ritten, verhielt Roseanna sich äußerst distanziert und sprach mit Ravenspur nur, wenn es unbedingt nötig war. Sie unterbrachen ihre Reise in Cambridge, wo Ravenspur die Nacht mit seinen Männern verbrachte.

Am nächsten Tag deuteten alle Anzeichen darauf hin, daß der Frühling in diesem Jahr früh kommen würde. Die kahlen Zweige der Bäume wurden durch neue, frische Knospen verschönt, und Vögel bauten allenthalben ihre Nester.

Als sie das Ravenspur-Land erreichten, war Roseanna angenehm überrascht. Es war wunderschön, und sie war besonders erstaunt, als sie Ravenspur Castle erblickte. Für einen Moment schob sie ihre

Feindseligkeit beiseite und wandte sich an ihren Mann. »Das ist ja gar keine Burg – das ist ja viel eher ein Palast!«

Ravenspur Castle war in Form eines H gebaut worden und besaß herrliche Terrassen, die sicherlich von atemberaubenden Gärten umgeben waren, sobald einmal alles zu blühen begann. Das Schloß war ein wunderhübsches, mattrosa Ziegelgebäude, das halb von Efeu überwuchert war. Es lag inmitten eigener Parkanlagen, zwischen deren Bäumen Wild umherstreifte.

Tristan ritt ihnen entgegen, seine kleine Tochter vor sich im Sattel. Roseannas Gesicht verklärte sich, als sie das drei Jahre alte Kind erblickte. »Oh, Tris, das muß Becky sein«, sagte sie glücklich.

Tristan zuckte die Schultern. »Ihre Mutter hat's wieder mal erwischt. Ich bin froh, daß du hier bist, Roseanna. Du bist genau das, was Rebecca jetzt braucht.«

»Ich werde morgen mal vorbeikommen und sie besuchen. Aber könnte ich nicht Becky mitnehmen? Nur für heute nacht?«

Tristan sah fragend zu Roger, der leicht mit dem Kopf nickte.

»Du kannst sie gerne haben, falls sie dir nicht zuviel Schwierigkeiten macht.« Tristan grinste.

»Ich danke dir«, sagte sie und streckte die Arme nach dem Kind aus. »Ich bringe sie sicher nach Hause.« Ungewohnt langsam lenkte sie ihr Pferd in die Ställe, während sie das Kind vorsichtig festhielt. Der erste, der auftauchte, um ihr zu helfen, war der alte Dobbin, und Roseanna lachte entzückt auf, denn das war ein Zeichen dafür, daß alle ihre Leute sich auf Ravenspur aufhielten. »Kümmere dich bitte um Mekka, Dobbin. Er ist wahrlich sein Gewicht in Gold wert.«

Grinsend zwinkerte der alte Mann ihr zu. »Da ist was in der Box dort drüben, das Euch sicher gefallen wird.«

Sie nahm Becky bei der Hand, um sich die Sache näher anzusehen. Eine samtäugige Cockerspanielhündin lag da mit einem Wurf ungefähr sechs Wochen alter Welpen. Das Kind war entzückt über die süßen, kuscheligen Hündchen. »Kann ich eins haben?« fragte es flehend.

»Ich glaube, sie sind alt genug, um von der Mutter entwöhnt zu werden. Such dir eins aus, und wir nehmen es mit zu uns ins Haus.«

An der Vordertür wurde sie bereits von Alice und Kate Kendall erwartet. Beim Anblick der lieben, vertrauten Gesichter wurde Roseanna erst klar, wie sehr sie sie vermißt hatte. Kates Gesicht zu sehen, nahm ihr außerdem ein wenig von ihrer Angst vor der bevorstehenden Geburt. Sie würde dem allen nicht allein gegenübertreten müssen; Kate würde für sie dasein. Roseanna lächelte: »Ich habe euch so viel zu erzählen, ich weiß gar nicht, wo ich anfangen soll. Ihr könnt mir zuerst mal Ravenspur zeigen. Ich wußte gar nicht, daß es so hübsch ist.«

Kate sah zweifelnd auf Becky und das Hündchen. »Dieser kleine Satansbraten kommt mir nicht ins Haus – der pinkelt doch in jedes Zimmer!«

»Ich mach' mir nicht mehr in die Hose!« sagte Becky empört.

»Aber nein, Schätzchen, Kate meinte doch das Hündchen. Alice, nimm Becky und das Hündchen und gib ihnen was Gutes zu essen. Kate, da sind vier wunderschöne Stockwerke, die es abzuwandern gilt. Komm schon.«

»Wenn Ihr in meinem Alter seid, dann sind vier Stockwerke mehr ein Fluch als ein Segen«, brummelte Kate.

Im ersten Stock des Ostflügels befanden sich die Küchen- und Waschräume, im Westflügel die Unterkünfte der Männer. Dazwischen erstreckte sich ein riesiger Komplex mit Waffen- und Landkartenräumen. Der zweite Stock im Ostflügel war den Unterkünften der verheirateten Ritter und ihrer Frauen vorbehalten, während im Westflügel die gesamte Dienerschaft von Ravenspur untergebracht war. Im dritten Stock gab es einen Ballsaal, große und kleine Eßzimmer, luxuriös ausgestattete Empfangszimmer und ein Dutzend Gäste- und Kinderzimmer. Lord Ravenspur bewohnte im Westflügel den obersten Stock. Er besaß ein bequemes Wohnzimmer, eine Bücherei, Badezimmer, Ankleidezimmer und ein großes Schlafzimmer. Das riesige, vierpfostige Bett war so hoch, daß auf der rechten Seite drei kleine Stufen angebracht worden waren, um jedem das Hinaufklettern zu erleichtern, der nicht gerade eins neunzig groß war.

Am Fußende des Bettes war in die Wand ein prunkvoller Marmorkamin eingelassen; ein schwarzes Bärenfell lag lässig davor. Das Schwarz, Rot und Weiß wiederholte sich in den gelackten Kommoden und Schränken, die an der gegenüberliegenden Wand standen. Die Kammer war voller Meisterwerke ausländischer Handwerkskunst und einzelner Kunstwerke, die seine Schiffe aus exotischen Landen mitgebracht hatten. Ein herrlicher, mit Perlmutt und Lapislazuli eingefaßter Paravent stand in einer Ecke, und dahinter gab es eine hellrote Sitzwanne. Ein diskretes Husten hinter ihr verriet ihr, daß Mr. Burke ebenfalls anwesend war.

»Willkommen im neuen Heim, Lady Roseanna. Möge Euch an diesem Ort viel Glück beschieden sein.«

»Vielen Dank, Mr. Burke.«

»Nur um sicherzugehen, habe ich ein Zimmer im Ostflügel für Euch ausgewählt« – wieder hustete er diskret – »falls Ihr mal allein zu sein wünscht.«

Kate Kendall schnaubte hörbar, doch Roseanna ignorierte ihre Mißfallensäußerung und zwinkerte Mr. Burke fröhlich zu. »Becky und ich werden heute nacht dort schlafen. Ihr könnt mir das Zimmer gleich zeigen, Mr. Burke.«

Es war wirklich wunderhübsch, ganz in Weiß, Rosa und Burgunderrot gehalten; sie mußte Ravenspurs Geschmack insgeheim bewundern. Nahmen die Überraschungen, die er ihr immer wieder zu bereiten verstand, denn gar kein Ende?

Sie sandte die kühle Nachricht an ihren Mann, sie sehe ein, daß er an seinem ersten Abend zu Hause wohl sehr beschäftigt sein werde, und daß sie auf ihrem Zimmer speisen und früh zu Bett gehen würde.

Roger war verärgert, als er das las. Er haßte es, wenn sie Barrieren zwischen ihnen errichtete. Da war ihm ein heftiger, langer Kampf, in dem sie sich die Beschimpfungen nur so an die Köpfe warfen, immer noch lieber, da konnten sie sich zumindest alles von der Seele reden, und die Luft war hinterher wieder rein. Hin- und hergerissen von widerstreitenden Gedanken, zögerte er. Er wußte, daß er einen taktischen Fehler begangen hatte, als er ihr, nachdem sie kurz verheiratet waren, erlaubt hatte, allein zu schlafen, und das wollte er nicht noch mal erleben. Und dennoch – sie hatte eine harte zweitägige Reise im Sattel hinter sich, und das in ihrem Zustand, und er wollte auch, daß sie sich gut erholte.

Sein weiches Herz behielt wie immer die Oberhand, wenn es um Roseanna ging. Heute nacht würde er sie in Ruhe lassen, doch morgen würde er ihr zeigen, wo's langging, und sie in sein Bett holen, wo sie hingehörte. Verdammt, immer wenn er über sie nachgrübelte, reagierte sein Körper sofort auf den bloßen Gedanken an sie, und obwohl er sie bis zu einem gewissen Grad unter Kontrolle hatte, saß ihm dennoch stundenlang ein Gefühl der Enge und Anspannung in den Lenden.

Wenn er das wilde Herumgetobe gesehen hätte, das Roseanna und Becky veranstalteten, statt sich die nötige Erholung zu gönnen, dann wäre er mehr als nur verärgert gewesen. Sie spielten Fangen, und das Hündchen schoß umher wie ein wildgewordenes Fellknäuel. Als sie erschöpft waren, badete Roseanna Becky unter großem Gelächter und verfrachtete sie anschließend in ihr Bett. Kate brachte ihnen ein Tablett, das sich unter der Vielzahl von Gerichten förmlich bog. Roseanna teilte ihr Mahl mit dem Kind, und beide stopften sich kichernd mit bloßen Händen die Münder voll. Dann war Roseanna endlich bereit, ins Bett zu gehen, also bürstete Alice ihr Haar aus und half ihr beim Auskleiden. Schließlich saßen sie jedoch noch stundenlang auf dem Bett und unterhielten sich über die Königin und den Hof und all die aufregenden Dinge, die Roseanna in London gesehen hatte.

Als der Morgen anbrach, hatte Roger noch immer kein Auge zugetan. Er hatte eine der schlimmsten Nächte seines Lebens verbracht. Zwei Tage im Sattel waren gewöhnlich der Garant für einen guten Nachtschlaf, aber von Roseanna getrennt, war ihm, als hätte er einen entsetzlichen Verlust erlitten. Die ganze Nacht lang war er von seinen Lustgefühlen geplagt worden, und er war jetzt mehr als bereit für eine Konfrontation.

Er zog eine schwarze Hose, Stiefel und ein weißes Leinenhemd an und ging stracks zu Roseannas Gemächern. Der Anblick dessen, was dort geschah, nahm ihn sofort gefangen. Seine Frau, in ein seidenes Nachthemd gehüllt, hüpfte zusammen mit Becky und dem Hündchen wie wild auf dem Bett herum.

Sein Gesichtsausdruck wurde ganz sanft, als er seine wunderschöne Frau dabei beobachtete, wie sie mit dem Kind spielte. Er meinte, nie zuvor ein schöneres Bild gesehen zu haben. Roseanna lag auf dem Rücken und hielt Becky auf Armeslänge über sich. Sie sagte gerade lachend: »Ich möchte ein kleines Mädchen, so eines wie dich.«

»Ich möchte einen Sohn«, warf Roger ein. Beide wurden sich nun erst der dunklen, hochgewachsenen Gestalt bewußt, die dort im Türrahmen lehnte.

»Komm und spiel mit uns, Onkel Roger«, bettelte Becky. Roseanna war vor Verblüffung sprachlos, als er daraufhin kopfüber ins Bett sprang: »Wie geht's meiner Miß Kitzelig denn heute morgen?«

Das Kind quietschte vergnügt, und der kleine Hund bellte aufgeregt. Becky war fast hilflos vor Lachen und kicherte: »Nicht den Hund kitzeln, er pinkelt sonst aufs Bett!«

»Was?« rief Roger in gespielter Wut. »Hast du das kleine Biest denn noch nicht Gassi geführt?« Er hob Becky vom Bett und setzte sie auf die Füße. »Na, los, nimm ihn schon mit hinaus«, drängte er.

»Sag Alice, sie soll dich begleiten«, rief Roseanna hinter dem Kind her. Sie kniete mit hochroten Wangen und ziemlich zerzaust auf dem Bett, und Roger legte sich zurück und sah zu ihr hoch.

»Ich dachte, du magst Kinder nicht – oder sind es nur meine Kinder, gegen die du eine Abneigung hegst?« fragte sie mit zusammengepreßten Lippen, die verrieten, wie verletzt sie war.

Rogers Blut begann zu pochen und zu singen. Seine Sinne waren erfüllt von ihr. Der Duft ihres warmen, fraulichen Körpers folterte seine Nase, und mit den Augen verschlang er ihre Brüste, die verführerisch aus dem Seidennachthemd quollen. Ihr Mund erfüllte seinen Kopf mit wilden erotischen Bildern, was er mit ihm tun könnte.

Er packte sie bei den Schultern und zog sie auf sich. »Jedes, aber auch jedes Mal, wenn wir uns geliebt haben, mußte ich dich zuerst verführen. Wird das immer so bleiben?« forderte er rauh. Sein Begehren war jetzt so heiß, daß es alle anderen Gedanken auslöschte. Mit einer raschen, geschmeidigen Bewegung brachte er sie unter sich und hielt sie fest. Ihre weichen Brüste preßten sich an seinen harten Brustkorb, und das Nachthemd war ihr bis zu den Hüften hinaufgerutscht und enthüllte so ihre langen, schlanken Beine.

Sie kämpfte wie wild, um sich zu befreien, doch er lockerte seinen Griff keinen Millimeter, und seine Augen glitzerten triumphierend. Und dann verschlang er ihre Lippen. Seine Sinne wirbelten durcheinander, als er ihren weichen, aufregenden, provozierenden Mund fühlte, und er erforschte ihn gründlich.

Roseannas Gegenwehr verstärkte sich, aber ihr Körper wollte sich an ihn pressen und ihm seinen Willen lassen. Verdammt, nicht genug, daß sie sich gegen ihn wehren mußte, nun hatte sie auch noch gegen sich selbst anzukämpfen.

Plötzlich war Becky wieder da. Sie wollte mitspielen und kroch auf Rogers Rücken. Alice stand da, wie vom Donner gerührt. Langsam kam er zu sich und lockerte den eisernen Griff, mit dem er Roseanna festgenagelt hatte. Schweratmend von dem engen Kontakt mit ihr, lehnte er sich zurück. Roseanna stand leicht schwankend auf und sagte: »Entschuldigt mich, Mylord, ich werde jetzt mein Bad nehmen.« So schnell sie konnte, zog sie sich in das angrenzende Badezimmer zurück, und Alice hastete hinterher.

Das Kind sah Roger mit großen Augen an: »Warum bist du so zornig, Onkel Roger?«

»Ich bin nicht zornig, meine Süße. Das ist nur ein Spiel, das wir spielen. Roseanna rennt weg, damit ich sie wieder einfange.«

Im Badezimmer reichte Roseanna Alice gerade ihr Nachthemd. Sie wollte in die Wanne steigen, als Beckys Stimme aufgeregt ertönte: »Lauf schnell, Roseanna! Onkel Roger kommt, um dich zu fangen! Lauf, lauf!«

Roseanna hörte und gehorchte. Sie floh aus dem Zimmer und rannte nackt den Gang entlang. Roger schoß in voller Fahrt hinter ihr her. Sie erreichte die Treppe und eilte hinunter, denn sie wußte, daß das ihr einziger Ausweg war. Er erwischte sie erst, als sie den zweiten Stock bereits erreicht hatte; mit einem Schwung hob er sie in seine Arme. Mehrere Diener gafften sie mit offenen Mündern an.

Sie strampelte und trat um sich wie eine Wildkatze. Ihr weicher Leib rieb sich an dem seinen, als sie sich wand und krümmte. Wie ein Besessener nahm er ihren Mund in Besitz und verschlang ihn. Langsam stieg er die Treppen wieder empor, seinen Mund mit dem ihren verschmolzen, und genoß dabei das Gefühl, wie ihre weichen Brüste sich warm an seiner nackten, behaarten Brust rieben, wo sein Hemd offenstand. Vom zweiten, in den dritten und bis hinauf in den vierten Stock hielt er ihre wild um sich schlagenden Beine mit einem einzigen starken Arm umklammert. Ihre Hinterbacken, die sich an seinem harten Geschlecht rieben, machten ihn schwindlig.

Obwohl sie es eigentlich nicht wollte, fand Roseanna es aufregend, von seinen starken Armen getragen, von seinem harten Körper gefangengehalten zu werden. Seine Küsse hatten zunächst eine betäubende Wirkung auf sie; dann, als er fortfuhr, sie mit seinen hungrigen Küssen zu verschlingen, dem Bett unweigerlich näher kommend, die Lippen unablässig auf ihren Mund gepreßt, schmolz ihre Kälte für immer dahin. Ihre Finger krallten sich besitzergreifend in sein dunkles Haar, und sie preßte seinen Kopf noch enger an den ihren, während ihr Mund den seinen mit leisem Stöhnen willkommen hieß. Und dann hob er sie auf das hohe Bett.

Sein Blut frohlockte, als er sah, wie sie auf ihn reagierte. Beide gaben sich der dunklen, magischen Welt hin, die erstand, wann immer sie zusammenkamen. Er drängte seinen großen Körper zwischen ihre Schenkel und schob die Hände unter ihre Hüften, um sie zu sich hochzuheben; dann, plötzlich, öffnete und streckte sich ihr Körper seinem großen, harten Schaft entgegen und nahm ihn in voller Länge in sich auf. Seine Hände hielten sie gefangen, während er tief in ihre seidige Weichheit hineinstieß; sein Mund erfüllte sie in demselben unnachgiebigen Rhythmus, in dem sein Leib sie erfüllte. Sie gab sich ihm wild, alles vergessend, hin, streckte ihm die Hüften entgegen, um jeden seiner heftigen Stöße voll in sich aufzunehmen, und schließlich erreichte sie schluchzend vor Lust ihren Höhepunkt. Roger verstärkte seinen Griff, und seine Bewegungen wurden fast brutal, als auch er zitternd den Gipfel der Lust erreichte.

Die Zeit stand still. Sie wußte ohne den leisesten Zweifel, daß sie ihren Mann liebte und daß es die größte Liebe war, die sie je erfahren würde.

Er flüsterte: »Roseanna, ich liebe dich mehr als mein Leben. Ich muß dir meine Reaktion auf das Baby erklären. Mein geliebter Schatz, Geburten jagen mir eine Heidenangst ein.«

Mit plötzlicher Klarheit erkannte sie, daß er seine erste Frau im Kindbett verloren hatte und nun befürchtete, dasselbe wieder erleben zu müssen.

Leise fuhr er fort: »Ich wünsche mir sehnlichst einen Sohn, aber lieber gebe ich die Hoffnung darauf für immer auf, als dein Leben zu riskieren.«

»Roger, Frauen bekommen jeden Tag Kinder. Da ist doch nichts dabei.« Sie lachte zitternd. Mein Gott, war wirklich sie es, die diese bequemen Lügen plapperte? Hatte sie nicht erst kürzlich gesehen, daß die Königin durch die Hölle gegangen war, um einen Sohn zu gebären? All das Blut, das aus ihr herausgeschossen war! Handtücher waren zwischen ihre Beine gepreßt worden, und sie hatte sich in ihr Haar erbrochen. Die Geburt hatte die hübsche, peinlich saubere Frau in eine abstoßende Kreatur verwandelt.

Sie zog seinen Kopf an ihre Brust und sagte ruhig: »Ich bin ganz sicher Frau genug, dir einen Sohn zu gebären.«

Die folgenden zwei Wochen waren die glücklichsten, die Roger je erlebt hatte. Roseanna hatte sich sowohl in das Haus wie in seinen Besitzer verliebt. Roger empfand tiefe Zufriedenheit, als seine Frau Ravenspur mit all der Liebe, die in ihr war, in ein Schmuckstück verwandelte. Für Roseanna war dies ebenfalls eine herrliche Zeit, obwohl sie sich vor dem Augenblick fürchtete, in dem Roger nach Wales gehen mußte. Sie würde sich gut beschäftigen müssen, während er weg war, damit die Zeit schneller verging. Sie würde wieder Zeit für die Pferde haben, und sie konnte das Kinderzimmer ausstatten, und falls sie sich zu einsam fühlte, würde sie Castlemaine einen Besuch abstatten.

»Ich lasse dir ein halbes Dutzend bewaffneter Männer hier. Ich wünschte, du würdest mir versprechen, ohne sie nirgends hinzureisen, Roseanna.«

Sie schenkte ihm ihr geheimnisvolles Lächeln. »Keine Befehle, Mylord?«

Er grinste. »Nun, ich habe gelernt, daß es besser ist, dir keine Befehle zu erteilen, meine Schöne. Soll ich dir Kelly dalassen?«

Roseanna schrak entsetzt zurück: »Nein, nein! Ich verabscheue den Mann!«

Roger war besorgt. »Warum denn, mein Schatz?«

Sie erzählte ihm nichts von den Avancen des Captains, sondern sagte nur ehrlich: »Liebling, ich fürchte, daß er in den Mord an deiner Frau verwickelt gewesen sein könnte. Er hat doch große Ähnlichkeit mit dir.«

Roger runzelte die Stirn. »Ich bin sicher, du täuschst dich, Roseanna.«

Sie stellte sich auf die Zehenspitzen und küßte ihn rasch. »Versprich mir nur, daß du aufpaßt. Dreh ihm nie den Rücken zu, vertraue ihm nie.«

Roger hatte die herrlichen Felle des Eisfuchses zu einem Mantel für Roseanna umarbeiten lassen. Er gab ihn ihr an jenem frühen Morgen, an dem sie gemeinsam ausreiten wollten, damit sie mit der Umgebung vertraut wurde. Er hüllte sie in den Pelz, zog ihr die weiche Kapuze über den Kopf und küßte sie langsam und innig.

»Oh, Roger, er ist wundervoll!« rief sie und rannte zum Spiegel, um sich mit der größten Begeisterung zu bewundern. Sie war entzückt über das Geschenk und vergrub, ganz Frau, das Gesicht in der luxuriösen Weichheit der Felle. Dann blies sie leicht darauf und bewunderte ihre Tiefe und Dicke. »Dieser Mantel ist sogar noch schöner als der der Königin! Der weiße Pelz schmeichelt mir über alle Maßen – ich kann gar nicht aufhören, mich darin zu bewundern.«

»Der soll dich warmhalten, wenn du wieder im schlimmsten Wetter wie eine Wilde herumgaloppierst.« Er schlang die Arme von hinten um sie, und seine neugierigen Finger glitten unter den Pelz. Wenn er sie so hielt, war ihr ganzer Körper seinen Händen preisgegeben, und sie spürte, wie sich seine drängende Härte an ihr Hinterteil preßte.

Provozierend blickte sie zu ihm auf. »Wenn du nicht sofort aufhörst, dann sind wir im nächsten Moment wieder im Bett und können unseren Ritt vergessen.«

»Wir hätten eine andere Art von Ritt«, sagte er lüstern.

»Heute abend«, versprach sie, während sie seine Hände von ihren Brüsten nahm.

Sie waren schon früher durch den Park und über die Ländereien von Ravenspur geritten, doch heute führte ihr Weg in die weitere Umgebung. Sie ritten bis zur See, und er zeigte ihr den Teil seiner Flotte, der an der Ostküste vor Anker lag. Sie war tief gerührt, als sie sah, daß eines der Schiffe den Namen *Roseanna* trug. Dann ritten sie die Küste entlang auf »The Wash« zu und durchquerten dabei die Fenne.

»Reite nie in die Fenne. Das mag hier heute ganz harmlos aussehen, aber es ist extrem tückisch. Jeder, der sich dort tiefer hineinwagt, braucht einen erfahrenen Fenman zum Führer, einer, der in diesen Sümpfen und Marschen geboren und aufgewachsen ist.«

Roseanna schauderte wie unter einer bösen Vorahnung. Sie war froh, als sie wieder nach Ravenspur zurückritten und die unheimlichen, feuchtschweren Salzwassersümpfe hinter sich ließen.

Bevor Roger mit seinen Männern nach Wales aufbrach, organisierte er eine große Jagd. Sie diente einem zweifachen Zweck: Roger gewann dadurch genügend Wild für die nächsten paar Monate, und es reichte auch noch für eine große Feier, so daß ihre Abreise nicht gar so traurig war. Vor dem Fest kam es zu einem neuerlichen Zusammenstoß zwischen Mr. Burke und Kate Kendall, in dessen Verlauf sich Kate grummelnd an Roseanna wandte und Mr. Burke Roger mit seinen Beschwerden unablässig in den Ohren lag.

Ravenspur grinste seinen treuen Diener vergnügt an: »Mein Gott, so wie du klingst, hast du einen Narren an der Frau gefressen.«

Mr. Burke fluchte: »Die würde ich nicht mal mit der Kneifzange anfassen! Ich möchte nur klarstellen, daß mein Wort hier auf Ravenspur den Ausschlag gibt, sobald Ihr einmal weg seid, Mylord.«

»Um Himmels willen, das ist doch wohl selbstverständlich. Frauen und Pferde sind gleich. Man muß sie mit sanfter, aber fester Hand zähmen.«

Roseanna sah schöner aus denn je. Sie trug ein scharlachrotes Kleid, das an den Ärmeln geschlitzt war und einen glitzernden Silberstoff enthüllte. Es war im Nacken mit Silberbändern befestigt, und ihr Haar war mit einem silbernen Mond und Sternen geschmückt. Außerdem trug sie Lippenstift und Lidschatten, so wie bei Hofe. Sie hatte Rebecca überredet, das Bett zu verlassen, und sah nun zufrieden zu, wie Tristan häufig mit seiner hübschen jungen Frau tanzte. Sie war entschlossen, den Abend so fröhlich wie möglich zu gestalten, damit die Männer mit glücklichen Gedanken fortritten. Sie hatte ein üppiges Mahl bereiten lassen, und Roger achtete darauf, daß Wein und Ale nie knapp wurden.

Das Fest endete um Mitternacht, denn die Männer mußten bei Tagesanbruch aufbrechen. Als Roger und Roseanna ihr Schlafzimmer aufsuchten, wußten sie, daß ihre erste Feier auf Ravenspur ein voller Erfolg gewesen war. Als sie sich auszog, sah er sie an, als wolle er sie verschlingen: ein Wolf, der eine Taube reißt. Er hatte eine Macht über sie, die sie erschaudern ließ. Heute nacht würde sie den Teufel in ihm entfesseln! Erwartungsvoll leckte sie sich die Lippen. Ihr Appetit war geweckt.

Roseanna folgte Rogers Vorspiel, bis er sie heftig nahm. Als er in ihr war, suchten beide schmerzlich, das unvermeidliche Ende hinauszuzögern. Sie stöhnte und biß ihn und zog ihn tiefer und tiefer in sich hinein. Er führte sie von einem Höhepunkt zum nächsten, und dazwischen lag er vollkommen still, um ihr Pulsen bis ins Innerste zu fühlen. Er küßte ihre weichen Brüste und liebkoste die samtene Schwellung ihres Leibes. »Paß auf unser Kind auf. Ich verspreche, wieder da zu sein, bevor es kommt.«

»Oh, Liebling, es ist nicht vor Juli fällig. Du wirst doch sicher nicht volle sechs Monate fortbleiben, oder?«

»Psst, sei jetzt still. Habe ich nicht versprochen, hier zu sein?« Er umarmte sie wild, um seine Ängste zu beruhigen und drückte ihren Kopf an seine Brust. Fest umschlungen verschmolzen drei Herztöne miteinander.

20. Kapitel

Roger war seit einem Monat weg, als Roseanna eine dringende Botschaft von ihrer Mutter erhielt:

> Roseanna, ich habe gewartet, so lange ich konnte, doch nun läßt sich nicht länger hinausschieben, was ich Dir mitteilen muß. Neville ist erkrankt, und sein Zustand verschlechtert sich mit jedem Tag. Er fragt nach Dir, und ich glaube, ein Besuch von Dir würde ihm ein wenig helfen.
>
> In Liebe, Joanna.

Roseanna reichte Kate und Alice den Brief und befahl ihnen, sofort für einen längeren Besuch auf Castlemaine zu packen. Sie wählte zwei bewaffnete Männer als Eskorte und sagte ihnen, sie sollten danach umgehend nach Ravenspur zurückkehren.

Roseanna machte die Zwanzig-Meilen-Reise noch am selben Tag. Als Joanna sie dann gleich in das Schlafgemach ihres Vaters hinaufbrachte, war sie entsetzt über seinen schlimmen Zustand.

Kate übernahm seine Pflege, und Joanna ging mit ihrer Tochter in ihre Werkstatt, wo sie ungestört miteinander sprechen konnten. »Mein Gott, Mutter, wie lange geht das schon so?«

»Schon seit einiger Zeit. Ich habe wie verrückt herauszufinden versucht, was ihm fehlt. Ich hatte einen schrecklichen Streit mit seinem Arzt, denn alles, was der Trottel tat, war, ihn zur Ader zu lassen, und er ist schon schwach genug.«

»Seine Gesichtsfarbe ist alarmierend und auch das Schwitzen und der Schüttelfrost«, sagte Roseanna, und ihre Stimme verriet ihr Erschrecken.

»Ich habe alles versucht. Er kann nichts im Magen behalten. Wir pflegen ihn Tag und Nacht – er wird nie allein gelassen. Ich bleibe den ganzen Tag bei ihm und Jeffrey die ganze Nacht.«

Roseanna war überrascht. »Ist Jeffrey denn hier?«

Joanna nickte. »Er hat sein Erbe eigentlich schon angetreten. Er hat die volle Verantwortung für die Männer deines Vaters übernommen und wacht die halbe Nacht an seinem Bett. Ich wüßte nicht, wie ich ohne ihn zurechtkommen sollte.«

Roseanna war beunruhigt. Sie vermutete, daß Jeffrey an der Verschwörung gegen den König beteiligt gewesen war. Er stand in den Diensten von George und war daher ein Warwick-Mann; aber Neville und seine Männer hatten immer in den Diensten des Königs gekämpft. Sie verriet Joanna jedoch nichts von ihren Befürchtungen, denn ihre Mutter hatte wahrlich genug Sorgen. »Ich werde heute nacht bei Vater wachen. Dann kann Jeffrey sich ein wenig erholen.«

Als ihr Bruder nach dem Abendessen in das Krankenzimmer seines Vaters kam, begrüßte er Roseanna zuckersüß. Aber als sie sich von ihrem Stuhl neben dem Bett erhob und ihren Zustand enthüllte, sagte er mit vorwurfsvoller Stimme: »Du bist ja schwanger!«

Sie betrachtete sorgfältig sein Gesicht und erwiderte ruhig: »Ja, Jeffrey. Du wirst schon bald Onkel.«

Er biß sich auf die Lippen und sagte: »In deinem Zustand kannst du doch nicht die ganze Nacht bei ihm sitzen. Ich werde bei Vater bleiben.«

»Nein«, sagte sie ruhig. »Ich bleibe heute nacht bei ihm.«

»Wir sind bisher auch ohne dich zurechtgekommen«, betonte er.

Als sie ihn jetzt forschend betrachtete, erkannte sie auf einmal, daß er sie haßte. Sie versuchte sich an einen Punkt in der Vergangenheit zu erinnern, der erklärte, warum dies so war; seine Ablehnung ging eindeutig tiefer als bloße geschwisterliche Rivalität. »Vater hat nach mir gefragt, also bleibe ich heute nacht bei ihm«, wiederholte sie unnachgiebig.

»Wie du willst, Prinzessin«, sagte er wütend und verließ rasch das Zimmer, als könne er ihren Anblick nicht länger ertragen.

Das ist es also! Er weiß, daß ich die Tochter des Königs bin und haßt mich dafür, dachte sie traurig.

Mitten in der Nacht erwachte Neville und flüsterte: »Roseanna, süße Roseanna«, und am anderen Morgen ging es ihm zwar nicht besser, aber immerhin auch nicht schlechter. Joanna löste sie ab, und Roseanna ging zu den Ställen, um sich die Füße zu vertreten.

Beim Eintreten begrüßte sie Zeus' vertrautes Wiehern. »Ach, mein Schöner, wie sehr habe ich dich vermißt!« zwitscherte Roseanna, und der schwarze Hengst tänzelte in freudiger Erregung. *Nun,* dachte sie, *dann hat Sir Bryan also Wort gehalten und ihn nach Castlemaine gebracht. Ich frage mich, ob er immer noch hier ist.* Der Gedanke beunruhigte sie.

Sir Bryan befand sich tatsächlich auf Castlemaine. Er beobachtete sie von einem Versteck aus, vermied jedoch die Begegnung mit ihr. Am Nachmittag übernahm Kate wieder die Wache im Krankenzimmer, und Joanna und ihre Tochter gingen spazieren, um ein wenig frische Luft zu schnappen. Roseanna zögerte und fragte dann ohne Umschweife: »Mutter, ist Bryan hier?«

Joanna sah schuldbewußt aus. »Roseanna, er war mir ein großer Trost, seit dein Vater krank ist. Ich verstehe nun, was an ihm dich so angezogen hat.«

Roseanna war alarmiert. »Mutter! Er ist doch nicht etwa dein Liebhaber?«

»Nein, nein – das heißt, zumindest noch nicht. Oh, Roseanna, ich hatte doch niemanden, an den ich mich wenden konnte.«

Roseanna ergriff die Hand ihrer Mutter. »Du kannst ihm nicht vertrauen. Ravenspur ist überzeugt davon, daß er an der Verschwörung zur Gefangennahme des Königs beteiligt war. Mein Mann hatte ihn in eine Zelle gesperrt, und ich habe ihn befreit, weil ich fürchtete, Ravenspur sei lediglich eifersüchtig auf ihn. Ich fürchtete um sein Leben. Doch inzwischen bin auch ich davon überzeugt, daß er des Verrats schuldig ist.«

»Wenn ich annehmen müßte, daß er geplant hat, Ned zu schaden, dann würde ich ihn hier keine Sekunde länger dulden! Roseanna, er ist der beste Freund deines Bruders!«

»Ich weiß, Mutter. Ich fürchte nur, Jeffrey ist auch in die Sache verwickelt.«

»Wie kannst du es wagen, meinen Sohn derart zu beschuldigen!« rief sie zornig.

»Mutter, bitte überleg doch mal. Sie stehen in den Diensten von George.«

Joanna blieb hart. »George ist Edwards Bruder. Ich kann nicht glauben, daß er dem König gegenüber illoyal ist. Es ist dieser Teufel Warwick! Es gibt keinen Anlaß, den armen George zu verdächtigen. Mein eigener Sohn könnte dem König gegenüber doch nicht illoyal sein. Ned ist und bleibt der Mann meines Herzens!«

Während der folgenden zwei Wochen ergab sich ein bestimmtes Muster. In den Nächten, in denen Roseanna bei Neville Wache hielt, blieb sein Zustand stabil; aber in den Nächten, in denen Jeffrey bei ihm war, verschlimmerten sich seine Brechanfälle, und er stand am Rande des Komas.

Kate Kendall bat um ein Gespräch mit Joanna und Roseanna und erklärte in ihrer energischen Art: »Lord Castlemaine wird meiner Ansicht nach vergiftet.«

»Das ist unmöglich, Kate. Nur du und ich und seine Kinder pflegen ihn.«

Roseanna sagte ruhig: »Ich muß Kate zustimmen, Mutter. Der Geruch nach Mandeln ist beileibe keine Einbildung.«

»Du lieber Gott, was willst du damit sagen?« rief Joanna.

»Ist dir je der Gedanke an Gift in den Kopf gekommen, Mutter?«

»Der Herr vergebe mir, ja! Es ist das einzige, was einen Sinn ergibt.« Joanna straffte die Schultern und richtete sich auf. Es gab etwas zu tun. »Kate, geh und paß auf ihn auf. Roseanna, komm. Wir gehen in den Westflügel und durchsuchen die Gemächer deines Bruders.«

Die zwei Frauen begannen Jeffreys Zimmer methodisch zu durchsuchen. Er bewohnte zwei große Räume, die durch einen Torbogen miteinander verbunden waren. Der eine Teil der Wohnung beherbergte sein Schlafzimmer, der andere seinen privaten Wohn- und Ankleideraum, wo er auch seine Rüstung und seine Waffen aufbewahrte. Die Wände waren mit ausgestopften Tierköpfen geschmückt, die er bei der Jagd erbeutet hatte, ein stolzer Beweis seiner Geschicklichkeit mit Pfeil und Bogen.

In der Nachttischschublade fand Roseanna ein Bündel Liebesbriefe und Gedichte von Sir Bryan. Sie errötete, als sie sie las und fragte sich, warum ihr Bruder sie ihr nicht gegeben hatte, wo sie doch im letzten Sommer fast nichts anderes als den jungen Ritter im Kopf gehabt hatte. Wie gemein von Jeffrey, sie ihr vorzuenthalten! Als sie eines der Gedichte las, erkannte sie, daß sie gar nicht für sie bestimmt waren. Sie waren von Bryan an Jeffrey!

Ein leiser Aufschrei von Joanna riß sie aus ihren Gedanken: »Nein!« Der Laut kam aus dem Ankleidezimmer. Die Briefe fest in der Hand, eilte Roseanna durch den Torbogen. Ihre Mutter starrte ungläubig auf das kleine Kästchen, das sie soeben geöffnet hatte. Das weiße Pulver darin sah genauso aus wie das Gift, das der Stallmeister benutzte, um Ratten und andere Nager zu vergiften.

»Es muß eine vernünftige Erklärung dafür geben, warum Jeffrey dieses Gift besitzt«, flüsterte Joanna und richtete die Augen flehentlich auf Roseanna. Doch ihr Blick war bereits von Hoffnungslosigkeit erfüllt.

Roseanna war noch geschockt von ihrer eigenen Entdeckung. »Mutter, Jeffrey und Bryan sind ein Liebespaar«, flüsterte sie und hielt ihr die Briefe entgegen.

Joanna entsetzte allein die Vorstellung. Wie war das möglich, wo der junge Ritter bei verschiedenen Gelegenheiten doch beinahe mit ihr geschlafen hätte? Die Frauen blickten sich wortlos in die Augen, als ihnen die Tragweite ihrer Erkenntnisse langsam dämmerte.

Plötzlich hörten sie Stimmen und waren entsetzt, als sie merkten, daß Jeffrey und Bryan soeben das andere Zimmer betreten hatten. Sie hielten den Atem an und verharrten reglos hinter dem mit einem Vorhang verhängten Torbogen.

»Wenn diese naseweise kleine Hure nur zu Hause geblieben wäre, dann wäre er jetzt schon tot!« fluchte Jeffrey lautstark vor sich hin.

»Du bist zu ungeduldig, Liebster. Je länger er durchhält, desto weniger Verdacht wird man schöpfen. Du wirst sehen, schon bald hast du die Männer unter deinem Kommando.«

»Dieser königliche Bastard hat mir von klein auf nichts als Unglück gebracht!« stieß Jeffrey verächtlich hervor.

»Komm ins Bett, Liebster; ich will dich ein wenig trösten. Manchmal habe ich fast den Eindruck, du bist verliebt in deinen Haß auf deine Familie. Du liebst deinen Haß mehr als mich«, sagte Bryan verdrießlich.

»Aber nein. Komm her zu mir. Ich werde dich ausziehen. Das Mädchen bedeutet mir gar nichts.« Er entkleidete sich und ihn und zog Bryan dann aufs Bett und begann ihn zu liebkosen. »Die einzige, die ich wirklich hasse, ist meine Mutter, die Hure des Königs! Hast du sie schon ins Bett gekriegt?«

»Geduld. Du bist wie ein angriffslustiger Stier«, sagte Bryan lachend.

»Du magst es doch, wenn ich wie ein Stier bin, nicht wahr?« fragte Jeffrey in seidigem Ton, während er sein hartes Geschlecht in Bryans Körper rammte.

Bryan rang nach Luft und stöhnte lustvoll. »Ich liebe es! Das weißt du genau.«

Jeffrey begann so brutal zu stoßen, daß Bryan keuchte und das Betttuch mit den Fäusten umkrallte, um seine Lust nicht laut herauszuschreien.

»Wenn sie dem König schon unbedingt ein Balg schenken mußte, warum dann nicht mich? Warum ist dieser Niemand, Castlemaine, mein Vater? Genau deshalb muß die Nutte so sterben, wie ich's mir ausgedacht habe. Du wirst's für mich tun, nicht wahr, mein Geliebter?«

»Ja, ja!« keuchte Bryan, dem fast die Sinne schwanden vor Leidenschaft. »Jetzt, jetzt!« flehte er.

»Wiederhole zuerst, was du mit ihr tun sollst«, befahl Jeffrey.

Bryan konnte nur noch mühsam sprechen, aber er wußte, daß sein Geliebter ihm die Erfüllung so lange vorenthalten würde, bis er ihm gehorchte. »Es muß im Bett geschehen ... Sie muß sterben – wenn sie ihren Orgasmus erreicht.«

»Ja, ja, du mußt ihr das Messer genau dann hineinstoßen, wenn sie kommt!« keuchte Jeffrey, erregt von seinen eigenen Worten und dem Bild, das ihm dabei vor Augen stand. Sie schrien auf, als sie gemeinsam die Ekstase erreichten.

Rasch und geschmeidig ergriff Joanna den Bogen ihres Sohnes und schoß einen Pfeil auf die beiden im Bett liegenden Körper ab, der sie für immer miteinander verband. Der Pfeil durchstieß beide Körper, durchdrang Bryans Herz und tötete ihn sofort. Nicht jedoch Jeffrey; er lag schreiend und sich windend auf dem Bett, an den Körper seines toten Geliebten gefesselt.

Roseanna stand wie angewurzelt auf der Stelle, während sich die alptraumhafte Szene vor ihren Augen abspielte. Das Böse im Raum mußte zerstört werden, und sie wußte, wenn ihre Mutter nicht gehandelt hätte, dann hätte sie's getan.

Die zwei Frauen schritten ohne Zögern, vereint durch ein gemeinsames Ziel, auf das Bett zu. Roseanna zog ein kleines Messer aus dem Gürtel an ihrer Hüfte, doch Joanna streckte die Hand aus und hielt sie ruhig zurück. Roseanna reichte ihrer Mutter das Messer und beobachtete mit entsetzter Faszination, wie sie ihrem Sohn den Gnadenstoß schenkte.

»Alles könnte ich ihm vergeben, nur nicht die langsame Vergiftung. Gift ist die Waffe eines Feiglings.«

Roseanna schloß ihre Mutter in die Arme und wiegte sie, bis ihr Körper schlaff wurde. Dann drängte sie sie aus dem Zimmer. Sie nahm das Schlüsselbund, das Joanna als Schloßherrin Zugang zu sämtlichen Räumen verschaffte, und verschloß die Kammertüren.

In Joannas Werkstatt unterhielten sich Kate Kendall, Roseanna und Joanna mit hektischen Stimmen. »Ich muß ihn wieder gesundpflegen. Ich könnte mir nie vergeben, wenn er stirbt«, schluchzte Joanna.

Roseanna sagte fest: »Geh jetzt zu meinem Vater. Behalte Alice bei dir, aber erzähl ihr bloß nichts. Das muß unter uns dreien bleiben. Kate und ich werden tun, was notwendig ist. Wir werden sagen, daß sie bei einem Jagdunfall starben.«

»Ich werde Neville nie erzählen, daß sein Sohn versucht hat, ihn zu vergiften«, sagte Joanna entschieden. »Das würde ihn schrecklich verletzen.«

»Natürlich nicht«, stimmte Roseanna ihr zu. »Auch ihm muß man sagen, daß es ein tragischer Jagdunfall war. Aber halte die Nachricht vom Tod seines Sohnes so lange zurück, bis er sich kräftiger fühlt. Sobald wir sicher sind, daß er über den Berg ist, können wir's ihm erzählen. Ich werde so lange auf Castlemaine bleiben, bis er stark genug ist, seine Männer wieder zu kommandieren.«

Alle stimmten dem Plan zu, und Kate und Roseanna machten sich an die unangenehme Aufgabe, die nackten Körper voneinander zu trennen und für das Begräbnis vorzubereiten. Sie verbrannten die blutigen Laken und kleideten die jungen Männer in ihre besten Sachen. Als die Nachricht von dem Jagdunfall die Soldaten von Castlemaine erreichte, stellte niemand Fragen, denn kaum einer hatte Zuneigung für den arroganten Sohn ihres Lords empfunden, denn er hatte sie herumgescheucht wie Hunde.

Der folgende Tag brachte Neuigkeiten von einer schrecklichen Fehde, die zwischen den Welleses und den Dymokes, zwei prominenten Familien in Lincolnshire ausgebrochen war. Während der nächsten Wochen breitete sich die Fehde rasch in eine erneute Rebellion gegen den König aus. Da sich sowohl Castlemaine als auch Ravenspur in Lincolnshire befanden, wurde ihrer aller Leben davon tief berührt. Am siebzehnten März – dem St. Patrick's Day – beschloß Roseanna, lieber nach Ravenspur zurückzukehren, denn sie wußte, daß ihr Ehemann sofort zurückkommen würde, wenn er von den Unruhen erfuhr.

Joanna sagte ihrer Tochter Lebewohl. »Dein Vater ist immer noch zu schwach, um seine Männer in den Kampf zu führen, auch wenn er das Gegenteil behauptet. Sag Ravenspur, wenn er die Soldaten von Castlemaine seinen eigenen hinzufügen möchte, so ist er willkommen.«

Roseanna machte sich fürs Bett fertig. Sie war froh, wieder zu Hause in Ravenspur zu sein, wärmte die Hände am Feuer und preßte sie dann auf ihren Leib, in dem das Kind schlummerte. Sie hoffte, daß die häßliche Szene, die sie erlebt hatte, dem Ungeborenen keinen Schaden zugefügt hatte. Sie zog die Vorhänge des großen Bettes zurück, um die Wärme des Feuers hereinzulassen und lächelte Kate zu, als sie die drei Stufen zum Bett hinaufkletterte. »Ich habe ein schlechtes Gewissen, weil ich dich meiner Mutter wegnehme, Kate. Sie braucht deine starken Schultern vielleicht mehr als ich.«

Kate schüttelte den Kopf. »Joanna ist sehr stark, und das seid Ihr auch, was das betrifft. Aber so lange Ihr ein Kind unter Eurem Herzen tragt, ist mein Platz bei Euch.«

Irgendwann, weit nach Mitternacht, in den langen Stunden vor Sonnenaufgang, erwachte Roseanna langsam aus tiefem Schlummer. Als Ravenspur die dringenden Nachrichten vom König erhielt, befand er sich gerade über hundert Meilen entfernt, in den unpassierbaren Bergen von Wales. Er und seine Männer waren ohne Unterbrechung durch Schnee und Eis geritten, Tag und Nacht, bis sie Lincolnshire wieder erreicht hatten – im Winter gar keine so leichte Aufgabe. Sobald sie einmal die walisische Grenze passiert hatten, ritten sie nach Norden über die flachen Ebenen von Cheshire; anschließend waren sie über die Penine Hills geklettert, wo sie der kalte Regen bis auf die Haut durchweichte. Dort trafen sie dann auf Lord Stanley, den größten Lord in Lancashire und Cheshire; Stanley besaß zehnmal so viele Männer wie Ravenspur. Er war Warwicks Schwager, daher war Roger sich sicher, daß er auf dem Weg war, Warwick zu Hilfe zu eilen, nicht dem König. Roger erkannte die blau-weißen Banner mit dem goldenen Adlerfuß und den drei Hirschköpfen sofort.

Ravenspur wies den Gesandten des Lords mit folgenden Worten ab: »Reite zurück und sage Lord Stanley, daß ich mit ihm sprechen muß. Sag ihm, ich handle im Auftrag des Königs.«

Schon bald darauf kam Stanley in Begleitung zweier bewaffneter Männer herangeritten; Ravenspur zögerte nicht. »Ich wünsche diese Straße ohne Störungen zu bereisen. Wenn Ihr Eure Armee nicht binnen zehn Sekunden zurückgezogen habt, stürme ich direkt durch sie hindurch.« Er hielt beide Hände hoch und zählte nacheinander die Finger ab. Lord Stanley starrte ihn entsetzt an. Ravenspur besaß die Kühnheit des Teufels; er hatte sich nicht einmal um die korrekte Anrede bemüht, die einem Grafen des Königsreichs gebührte. Als Stanley Ravenspurs Entschlossenheit sah, wußte er, daß es besser war, zu Hause zu bleiben und Warwick nicht zu Hilfe zu eilen.

Als Roger in dieser Nacht zu Hause erschöpft ins Bett fiel, murmelte er: »Ich wollte dich nicht aufwecken, Liebste.«

Sie zog seine rauhe Hand an den Bauch, in dem das Kind wild um sich trat. »Mir macht das nichts aus, aber ihm.«

Im nächsten Moment schon war er eingeschlafen. Roseanna blickte forschend auf die vom Feuerschein erhellten Gesichtszüge. Im Schlaf sah er viel jünger aus und außerdem auf beunruhigende Weise verletzlich, dachte sie. Sie hatte sich nach seiner Rückkehr gesehnt, damit sie den Horror, den sie und ihre Mutter durchleben mußten, loswerden konnte. Außerdem wollte sie von ihm erfahren, daß sie richtig gehandelt hatte. Doch als sie ihn nun beobachtete, während er schlief, wußte sie, daß sie ihn nicht auch noch mit ihrem Gewissen belasten durfte. Es war schwer genug für ihn, seine Männer zum Schutz von König und Vaterland in den Kampf führen zu müssen.

Als Roger erwachte, fühlte er ihre warme Brust an seiner Wange. Er spielte sanft mit ihrer Brustwarze, um sie zu erregen, damit sie sich noch einmal lieben konnten, bevor er wieder fort mußte. Die kostbare Zeit zu Hause war Zeit, die er dem König stahl.

Jede Nacht, in der er fort gewesen war, hatte sein Körper danach geschrien, sich in dem ihren vergraben zu dürfen. Langsam zog er die Decke zurück und kickte sie hinunter zum Fußende des Bettes, damit er sie in ihrer ganzen herrlichen Nacktheit und später ihre zwei in der Paarung verschmolzenen Leiber bewundern konnte. Das Bedrohliche, Drängende, das in der Luft lag, sagte ihnen, daß sie bald wieder voneinander scheiden mußten; ihr Liebesspiel war rauh und hektisch in seiner Intensität.

Er küßte, saugte und leckte über ihren ganzen Körper; ihr Haar umhüllte ihn, und er schwamm in der Herrlichkeit ihres Duftes, all seine Sinne erfüllt vom Geschmack und Gefühl ihrer Samthaut.

Roseanna war so erregt, daß ihre Küsse zu Bissen wurden. Ihr heißer Mund brannte einen Pfad von seiner Kehle über seine breite, muskulöse Brust. Sie liebkoste seine Männlichkeit mit glühenden Fingern, strich zärtlich über sein Dreieck glänzender schwarzer Locken. Plötzlich empfand sie das Bedürfnis, ihn dort zu küssen und fuhr mit ihrem heißen Mund seinen Körper hinab. Keine Erfahrung hätte für beide je herrlicher sein können. Roger war so wild nach ihr, daß er sie mit einer raschen, geschmeidigen Bewegung unter sich brachte und in sie eindrang. Er lehnte sich auf die Fersen zurück, um nach Atem zu schöpfen, und seine riesige Lanze stand hochaufgerichtet zwischen ihnen.

Plötzlich hob er sie hoch, sie dabei mit seinen starken Armen schützend umfangend, und ließ sie auf seine harte Waffe hinunter. Sie schwankten vor und zurück, bis Roseanna in ihrer Ekstase erschauerte. Dann preßte er sie wieder in die Kissen zurück und hoch über ihr aufragend, drang er mit heftigem Stoß in die zitternde Weichheit ihres Leibes. Brutal stieß er zu, bis auch er explodierte.

Als ihrer beider Atem sich wieder beruhigt hatte, sah er mit Augen, die voller Zärtlichkeit waren, auf sie hinab.

»Oh, Roger, du bist der stärkste Mann, den ich je gesehen habe. Ich fühle mich so sicher bei dir. Was soll ich bloß tun, wenn du fort bist?« flüsterte sie schluchzend.

Nachdem er wieder von ihrem Reichtum gekostet hatte, fühlte er sich jetzt wie ein Gott – unbesiegbar. Er versuchte ihre Ängste zu zerstreuen.

»Roseanna, mein Liebling, ich habe so lange gebraucht, dich zu finden, ich werde dich nie wieder loslassen. Unsere Seelen sind untrennbar miteinander verbunden; durch dich fühle ich mich ganz, vollständig. Glaubst du wirklich, ich würde zulassen, daß das alles zerstört wird?«

»Ach, mein Geliebter, ich liebe dich so sehr. Ich kann nicht anders, als mich um dich zu ängstigen«, flüsterte sie.

Er wollte sie zum Lachen bringen. »Es gibt nur zwei Arten, wie ich sterben könnte, beim Anstoß oder beim Rückstoß!«

»Liebling, bleib ernst.« Sie klammerte sich an ihn. »Es besteht doch nicht die Gefahr, daß der König vielleicht verlieren könnte?«

»Es hängt alles davon ab, wer Warwick gegen den König beisteht«, antwortete er wahrheitsgemäß. »Mein eigener Oberherr zum Beispiel, der Graf von Lincoln, ist bisher neutral geblieben. Sein Vater war ein treuer Lancasterianer, hat also gegen den König Partei ergriffen, aber er ist letztes Jahr gestorben. Sein Sohn, der neue Graf, hat bisher noch keine Hand gegen den König erhoben. Edward sagt immer: ›Wer nicht gegen mich ist, ist für mich.‹«

»Ich habe Zeus wieder. Du wirst im Kampf mehr als ein Pferd brauchen. Nimm Zeus oder Mekka.«

»Ich danke dir, mein Liebling. Ich werde Mekka nehmen, denn ich weiß, wie sehr du an Zeus hängst.« Er küßte sie rauh und leidenschaftlich und schwang dann die langen Beine aus dem Bett. »Ich muß gehen, Liebes.«

Sie fühlte sich hilflos und verlassen, doch sie liebte ihn viel zu sehr, um ihn mit Tränen zu belasten. »Ich weiß«, flüsterte sie. »Geh mit Gott!«

21. Kapitel

König Edward und sein Bruder Richard, der Oberste Feldherr von England, verließen York mit ihrer Armee. Der erste Zusammenstoß ereignete sich in Stamford. Warwicks Bruder John, der Graf von Northumberland, kam, entgegen allen Erwartungen, Warwick nicht zu Hilfe, und seine übrigen Anhänger in Lincolnshire desertierten. Als die Rebellen sich aus dem Staub machten, warfen sie ihre Uniformen ab, die zeigten, daß sie in Diensten Georges, des Herzogs von Clarence und Bruders des Königs, standen. Man fand die Leiche von Georges Diener, der schriftliche Beweise bei sich trug, daß der Herzog von Clarence vorhatte, den Thron mit Hilfe von Warwick an sich zu reißen.

Warwick und seine Anhänger flohen in den Süden Englands, nach Dartmouth, zu seiner Flotte von Kriegsschiffen, denn Warwick war immer noch Befehlshaber von Calais und *Master of the Channel*. Edward, Richard und Ravenspur waren ungefähr vier Tage hinter ihnen.

Als Warwick die Küste erreichte, erwartete ihn eine böse Überraschung. Anthony Woodville, der neuernannte Lord Rivers, hatte die Hälfte seiner Schiffe konfisziert. Die Proklamation des Königs, Warwick in keiner Weise zu unterstützen, hatte Calais bereits erreicht, und der französische Hafen war voll von Edwards Männern. Warwick und George blieb nichts anderes übrig, als nach Honfleur in Frankreich zu segeln, bevor sie einen Fuß an Land setzen konnten.

Roger kehrte im Mai nach Ravenspur zurück. Er verbrachte die folgenden zwei Monate hauptsächlich damit, Roseanna auf geradezu unverschämte Weise zu verwöhnen. Ende Juli begannen, ganz pünktlich, ihre Wehen. Roger blieb pflichtbewußt an ihrer Seite, rieb ihr den Rücken, versuchte sie aufzuheitern und half ihr, die endlosen Stunden voll heftiger Wehenkrämpfe zu ertragen. Schließlich sagte sie völlig verzweifelt: »Um Himmels willen, Roger, bitte geh! Steig auf den fernsten Turm von Ravenspur, wo du meine Schreie nicht hören kannst, denn schreien muß ich. Da ich's nicht ertragen kann, dir Kummer zu bereiten, habe ich mir die Lippen schon blutig gebissen, um meine Schreie zu unterdrücken, aber ich kann's nicht mehr länger aushalten. Geh!«

Er zog sich mit einer Flasche Wein zurück, um seine nagenden Ängste hinunterzuspülen. Nach zwei Stunden kam auch Tristan, um ihm Gesellschaft zu leisten; dann, nach zwei weiteren Stunden, traf auch der gute Mr. Burke noch ein und war vernünftig genug gewesen, eine neue Flasche mitzubringen.

Roseannas Wehen waren für eine Erstgeburt normal. Vierzehn Stunden nach dem ersten Zwicken gebar sie einen Sohn und Erben für Ravenspur. Als die Nachricht von der problemlosen Geburt die drei Männer endlich erreichte, waren sie nervöse Wracks. Auf wackeligen Beinen kamen sie den hohen Turm herunter und schworen, so etwas nie wieder mitzumachen.

»Vergiß Roseannas Geschenk nicht«, erinnerte Tristan seinen Bruder, »nicht nach all der Zeit und Mühe, die du investiert hast, um es machen zu lassen.«

Roger öffnete eine Truhe und nahm ein mit Samt verkleidetes Kästchen heraus. Dann betraten sie zu dritt das Zimmer, in dem Roseanna lag. Sie grinsten alle drei wie schwachsinnig, als sie ihren wunderhübschen Sohn zur Begutachtung hochhielt; dann, bevor irgendeiner auch nur die Chance hatte, ihn zu berühren, verstaute sie ihn wieder sicher an ihrer Seite.

Kate Kendall komplimentierte Tristan und Mr. Burke rasch aus dem Zimmer. »Lassen wir sie doch für einen Augenblick allein, nicht wahr?«

Mr. Burke wandte sich ihr zu und sagte: »Das hast du richtig schön gemacht, Katie«, und Kate strahlte tatsächlich aus sämtlichen Knopflöchern.

Roger blickte, blaß, aber triumphierend, seine Frau an und sagte: »Roseanna, mein Herz fließt über vor Liebe zu dir.« Er liebkoste sie sanft und hielt sie fest an seine Brust gedrückt. Dann zog er die Decke zurück, um einen gründlichen Blick auf seinen wunderschönen Sohn werfen zu können.

»Ich würde ihn gerne nach meinen beiden Vätern nennen – Edward Neville«, sagte sie.

Er nickte. »Wir werden ihn Ned nennen.«

Sie hob ihm das Gesicht zum Kuß entgegen; dann, als sein Mund tiefer wanderte, warf sie den Kopf zurück, und er verschlang ihren zarten Hals. Ihre Hände schlüpften in sein Hemd, und ihre Finger berührten das samtene Kästchen. »Was ist denn das?«

Sie schnappte nach Luft, als sie es öffnete. Es war eine herrliche Kette aus Diamanten und Rubinen mit einer großen, tropfenförmigen Perle, die in der Grube zwischen ihren Brüsten ruhen sollte. Dazu gab es passende tropfenförmige Perlen für ihre Ohren. »Solch kostbarer Schmuck!« rief sie.

»Roseanna, du bist mein kostbarstes Juwel«, flüsterte er.

»Reich mir den Spiegel«, drängte sie, nachdem er ihr die Kette umgelegt hatte. Als sie auf das Bild ihrer cremigen Haut mit dem nachtschwarzen Haar und dem zarten, mit glitzernden Diamanten und Rubinen geschmückten Hals blickte, dachte sie atemlos: *Ich bin wunderschön.*

Die Taufe fand im August statt, und es wurde in der Tat eine recht verschwenderische Angelegenheit daraus. Der König und sein Hof trafen ein, außerdem auch sein Bruder Richard, der Herzog von Gloucester.

Tatsächlich befand sich inzwischen der ganze Norden in Aufruhr, bereit, beim kleinsten Funken zu explodieren. Yorkshire bis zur nördlichsten Grenze Englands war immer schon Warwick-Land gewesen, und Edward und Richard befanden sich jetzt auf dem Weg nach Norden, um Warwicks Anhängern die Fäuste zu zeigen.

Auf dem Bankett, das der Taufe folgte, übergab der König Roseanna das Geschenk der Königin. Elizabeth war in London geblieben, aber sie hatte ein äußerst großzügiges Geschenk geschickt: einen Teller aus purem Gold für Roseannas kleinen Sohn.

»Sie ist zu großzügig, Euer Hoheit«, sagte Roseanna mit dem größten Entzücken.

Der König grinste. »Es ist mein Geld, mit dem sie so großzügig ist, meine Rosenknospe. Ravenspur, nun da du angefangen hast, deine eigene Dynastie zu gründen, warum läßt du mich dich nicht in den Adelsstand erheben?«

Roger schüttelte den Kopf. »Nein, Baron ist hoch genug für mich, wie ich dir schon oft genug gesagt habe.«

»Roger!« sagte Roseanna vorwurfsvoll. Und zum König meinte sie: »Wenn Ihr schon in so großzügiger Stimmung seid, Euer Hoheit, dann könnt Ihr meinem Sohn ja einen eigenen Titel verleihen.«

Roger sah verlegen aus. »Mein Gott, die Frau ist einfach unersättlich, wenn es um ihren kleinen Sohn geht. Sind mein Reichtum und meine Titel etwa nicht genug für ihn, Madame?«

Edward beugte sich zu seinem Freund Roger hinüber und flüsterte: »Sie kann nichts für ihren Ehrgeiz; das ist ihr Plantagenet-Blut.« Er dachte kurz nach und sagte dann: »Von heute an trägt er den Titel eines Viscounts von Gainsborough. Zu dem Titel gehört eine kleine Stadt. Sie liegt am Trent, gleich nördlich von Lincoln.«

Roseanna sank in einen tiefen Hofknicks. »Ich danke Euch aus tiefstem Herzen, Hoheit.«

Der König erhob die Stimme. »Richard, ich ernenne dich hiermit zum Gouverneur der Westmarschen gegen Schottland.« Schweigen senkte sich über den Raum, denn dieser Titel gehörte Warwick seit seinem siebzehnten Lebensjahr. Richard wußte, daß ihn die Leute aus dem Norden bitter verabscheuen würden und daß der König ihm da eine sehr schwere Aufgabe aufgebürdet hatte.

»Henry, Percy«, rief der König mit seiner tiefen, sonoren Stimme, »Euch verleihe ich die Titel, die Warwicks Bruder John vordem innehatte. Das Gouvernement der Ostmarschen und die Grafschaft von Northumberland sind Euer.«

Jeder im Saal schnappte nach Luft. Endlich enthob Edward Warwick und seine Familie jeglicher Ländereien und Titel. Das war der Preis für Hochverrat; dennoch: Keiner im Saal fühlte Genugtuung, am wenigsten Ravenspur. Er war froh, den Titel, den Ned ihm angeboten hatte, ausgeschlagen zu haben. Er wollte keinen Titel, der Warwick aberkannt worden war, denn er wußte, was es bedeutete, solch einen Feind zu haben.

In Frankreich verschwendete Warwick keine Zeit. Seit Generationen leisteten die Adeligen Schottlands dem König von Frankreich ihre Dienste. Zur Zeit besaß König Louis XI. sogar einhundert Bogenschützen, genannt die Schottische Garde. Warwick fiel es nicht schwer, König Louis zu überreden, ihm Schiffe und Truppen für die Rückkehr nach England sowie die Ergreifung des Throns zu leihen.

Im September segelte er dann mit einer Eskorte französischer Schiffe nach England ab. Zwei große Landeigner, die auf Besuch in Frankreich waren, Jasper Tudor und der Graf von Oxford, schlossen sich Warwick mit ihren bewaffneten Männern an und segelten mit ihm. George, Herzog von Clarence und Bruder des Königs, war natürlich ebenfalls dabei.

König Edwards Spione berichteten, daß Warwick am neunten September Segel gesetzt hatte. Sobald er die Nachricht erhalten hatte, schickte er nach Percy und Ravenspur, damit sie in York zu ihm stießen. Sie erwarteten, daß Warwick in Yorkshire landen würde, wo seine Anhänger am zahlreichsten waren, aber schon bald darauf erreichte sie die Nachricht, daß Warwick in Devon gelandet und in Exeter wie ein heimkehrender Held empfangen worden war.

König Edward sandte eine Nachricht an Warwicks Bruder John, seine Soldaten von Pontefract herzuschicken, doch John war seiner Titel enthoben worden und hatte beschlossen, sich Warwick anzuschließen, der mit einer riesigen Armee auf Warwickshire und Coventry zumarschierte. Ein paar Männer desertierten in der Stille der Nacht und schlossen sich dem König an.

Edward erhielt nur noch schlimme Nachrichten. Wo immer Warwick auch hinkam, sammelte er rasch und leicht Truppen um sich; keine wie auch immer geartete Opposition stellte sich ihm entgegen. Edward, Richard, Percy, Ravenspur und die anderen yorkistischen Adeligen ritten von York nach Nottingham, um Soldaten zu sammeln.

Roseanna wurde in totale Verwirrung gestürzt, als der König und der größte Teil seiner Armee ohne Vorankündigung auf Ravenspur eintrafen. Jeder Raum war bis zum letzten Winkel mit seinen Rittern und Leutnants belegt, und der Park stellte ein wahres Meer von Zelten dar. Obwohl der Oktober kaum begonnen hatte, war der Winter bereits mit eiskalten Schauern hereingebrochen und tobte mit Hagelstürmen übers Land. Sie sah sehr wenig von Roger, der Stunden mit dem König und seinen Adeligen verbrachte, um Pläne zu schmieden, zu diskutieren und zuzuhören, während jeder seine Meinung kundtat.

Die Stimme hatte Roger vom lauten Schreien und Argumentieren fast verloren. Er wollte, daß der König hart blieb und kämpfte, und setzte sich Tag und Nacht dafür ein, die Offensive zu ergreifen, hinauszumarschieren und sich Warwick zu stellen. Aber der König war von den unterschiedlichsten Beratern umgeben. Was er um jeden Preis vermeiden wollte, war, erneut Warwicks Gefangener zu werden. Edward war klar, wenn das wieder passierte, würde er nicht mehr mit dem Leben davonkommen. Der Kampf, den er und Warwick nun ausfochten, war ein Kampf auf Leben und Tod; jeder, der in die Hände des anderen fiel, würde sterben.

Der Herzog von Burgund war Edwards Schwager.

Er beschloß, aus England zu fliehen und eine Armee von Streitkräften zu sammeln, die Warwicks Truppen zahlenmäßig überlegen war.

Roger wurde ebenfalls in Atem gehalten, denn es galt, viele hungrige Mäuler zu stopfen, was sorgfältiger Planung bedurfte. Nachts fiel er zu Tode erschöpft ins Bett und hatte kaum noch genug Kraft, Roseanna an sich zu ziehen, um in ihren Armen ein wenig Ruhe und Trost zu finden. In der Intimität des großen, hohen Bettes hielt er sie verzweifelt umklammert.

»Zur Hölle, es liegt mir nicht, einem Kampf auszuweichen!«

Roseanna war erfüllt von namenloser Angst. Von einem Moment zum anderen wurde ihr glühend heiß und dann wieder eiskalt. Sie biß sich auf die Zunge, um sich davon abzuhalten, ihn zum Bleiben zu überreden; dann, einen Augenblick später, preßte sie sich die Faust auf den Mund, um ihn nicht anzubetteln, doch zu fliehen. Mit so ruhiger Stimme, daß sie selbst überrascht war, fragte sie: »Was wirst du tun?«

Die Frage erstaunte ihn. »Meine Pflicht natürlich. Meine Loyalität gilt Edward. Er hat sich für Burgund entschieden, und da werden wir auch hingehen.« Seine Umarmung wurde heftiger. »Warwick ist uns dicht auf den Fersen. Wir brechen bei Morgengrauen auf. Ich muß den König und seine Männer durch die Fenne zur Küste führen.«

»Nein!« schrie sie, denn auf einmal konnte sie ihre Angst nicht länger verbergen.

Ihre Stimmen weckten das Kind auf, und es schrie laut seinen Protest heraus. In der nächsten Sekunde war Roseanna auch schon aus dem Bett und suchte es mit Worten zu beruhigen, während sie seine Wiege schaukelte. Roger konnte die Leere neben sich nicht ertragen.

»Bring ihn zu uns ins Bett. Wir werden wahrscheinlich lange Zeit nicht mehr zusammen sein. Ich wünschte bei Gott, du wärst wieder in sicherem Asyl bei der Königin.«

Das Baby betastete suchend ihre Brust, also öffnete sie die Bänder und zog ihr Nachthemd herunter. Das Bild ihrer herrlich schwellenden Brüste war so wunderschön, daß Roger sie wie verzückt anstarrte. »Ich werde ihn mit meinem Leben schützen«, versprach sie sanft.

Er dachte bei sich: *Genau das ist es, was ich befürchte.* Laut sagte er: »Ich habe nur drei meiner Schiffe in diesem Hafen vor Anker; die übrigen sechs verlassen in den nächsten Tagen den Liverpooler Hafen an der Westküste. Aber sie werden großen Reichtum zurückbringen, Roseanna. Ich habe alle notwendigen Papiere unterzeichnet, damit du sämtliche Angelegenheiten im Namen unseres Sohnes erledigen kannst. Sollte mir irgend etwas zustoßen, erhält er umgehend alle meine Titel und Güter.«

Sie legte die Finger auf seine Lippen, um ihn zum Schweigen zu bringen, und er verschleierte seinen Blick, da er nicht wollte, daß sie merkte, daß ihre ganz zufällige Berührung ein wahres Feuerwerk an Lust in ihm entfacht hatte. Ihr Hals war eng und schmerzte von unvergossenen Tränen, als sie sich in diesen letzten, kostbaren Stunden an ihn preßte. Als das Kind schließlich eingeschlafen war, legte sie es in seine Wiege zurück und stand lange Zeit mit tränennassen Wangen davor.

Roger kannte nur einen Weg, ihr ihre Ängste zu nehmen, zumindest für eine kleine Weile. Er schlüpfte aus dem Bett und umschloß sie mit seinen starken Armen. Als ihre Körper sich berührten, explodierte die Lust zwischen ihnen wie ein elektrischer Schlag und machte sie unfähig zu denken, nur noch zu fühlen. Er hob sie hoch über seinen Kopf und ließ sie dann langsam an seinem Körper hinabgleiten, bis sie bis zum Ansatz auf seiner Lanze aufgespießt war. Sie schrie auf vor Schmerz und Lust und schlang die Beine fest um seine Hüften. Dann trug er sie langsam zurück zum Bett, seine Härte tief in ihr begraben. Er begann, sie rhythmisch zu stoßen, zog dabei seinen Schaft in ganzer Länge aus ihr heraus, nur um ihn wieder bis zum Ansatz in sie hineinzustoßen, bis sie beide aufschrien und von der Intensität ihrer Ekstase fortgeschwemmt wurden.

Er wußte, daß sie nun tief schlafen würde. Als ihr entspannter Körper in Schlummer verfiel, erhob er sich und ging hinunter, um das Zeltlager abzubrechen und die Männer durch die Fenne zu führen.

Während der nächsten Tage versuchte Roseanna verzweifelt, ihre heftige Rastlosigkeit zu unterdrücken. Sie hatte das Gefühl, von den

Mauern der Burg immer enger umschlossen zu werden und konnte sich des Gefühls einer nahenden Katastrophe einfach nicht erwehren. Am dritten Tag hielt sie das Eingesperrtsein nicht mehr länger aus und sattelte Zeus, obwohl ein heftiger Eissturm tobte. Wie von Teufeln gehetzt, galoppierte sie durch den Park, der immer noch Spuren der Verwüstung durch die riesige Armee zeigte, die noch vor kurzem hier gelagert hatte.

Nach zwei Stunden heißen Ritts hatte sie endlich das Gefühl, daß es ihr langsam besserging. Doch als sie hufeklappernd in den Burghof von Ravenspur zurückkehrte, blieb ihr das Herz einen Moment lang stehen, als sie den Trupp berittener Männer erblickte, der sie dort bereits erwartete.

George, Herzog von Clarence, beobachtete mit wachsamen Augen, wie die hinreißende Frau auf dem wilden schwarzen Hengst herangaloppierte. Sie war in einen weißen Pelz gehüllt, und ihr windzerzaustes schwarzes Haar umhüllte sie wie ein zweiter, samtener Umhang. Er fühlte, wie ihm die Kinnlade herunterklappte, als er ihrer unglaublichen Schönheit ansichtig wurde. Das war also eine der Frauen seines Bruders! Kein Wunder, daß er sie mit Geschenken überhäufte. Nun, schon bald würde sie ihm gehören, genauso wie die Krone!

Roseanna erkannte ihn sofort, obwohl sie ihn noch nie gesehen hatte. Seine außergewöhnliche Körpergröße und Ähnlichkeit mit dem König waren unübersehbar. Er schritt auf sie zu und ergriff die Zügel ihres Pferdes, während sie abstieg. Sie machte keinen Hofknicks, sprach ihn jedoch mit seinem korrekten Titel an: »Euer Hoheit, was wünscht Ihr hier?«

Spöttisch grinsend blickte er auf sie herab. »Dich, nun da ich dich gesehen habe!«

Ihre Augen verengten sich zu Schlitzen, und sie hob stolz das Kinn, hielt jedoch ihre Zunge im Zaum. »Erlaubt mir, Euch bei Eurer Durchreise ein paar Erfrischungen anzubieten.«

Sein Lächeln verschwand. »Du weißt genau, warum ich hier bin, arrogante kleine Hure! Mein Bruder, der wie immer die Hosen voll hatte, ist geflohen – welch ein Feigling ist er doch! Versuche nicht, es abzustreiten – die Spuren seiner Armee sind unübersehbar. Wann ist er gegangen?« fragte er.

»Vor einer Woche«, log sie.

Insgeheim war er erleichtert, daß sie schon zu lange fort waren, als daß er die Sache hätte weiter verfolgen können. Wenn er wieder zu Warwick stieß, würde er schön den Mund darüber halten, daß er ihre Spuren gefunden hatte. Die Schätze von Ravenspur würde er für sich selbst behalten! Voller Vorfreude leckte er sich die Lippen, während er Roseanna ausgiebig musterte. Sein Bruder würde sich keine Hure halten, die in der Kunst des Fleisches nicht versiert war. Ihr sinnlicher Mund und ihre schwellenden Brüste sprachen Bände.

Roseannas Wangen waren hochrot, als sie so von gaffenden Männern auf ihren Pferden umringt war. Der Herzog von Clarence schwang sich wieder auf sein Tier und blickte spöttisch auf sie nieder. »Der Tag ist nicht fern, an dem ich zurückkehren werde, Madame.« Seine Augen verengten sich, als er hinzufügte: »Und ich will und werde Euch haben.«

Roseanna war tief erzürnt. Der Mann war ekelhaft! Wie konnten zwei Brüder nur derart unterschiedlich sein? Nun wußte sie, warum Roger den König gedrängt hatte, seinen Bruder in den Tower zu werfen, und sie konnte Elizabeth Woodvilles überschäumenden Haß auf den Mann voll verstehen. *Na, warte, bis Roger wieder da ist,* dachte sie hitzig. Dann erkannte sie jedoch in dumpfer Verzweiflung, was sein Exil für sie bedeutete.

22. Kapitel

Am nächsten Morgen tauchten zwei völlig durchnäßte Männer aus den Fennen auf; der eine zog den anderen auf den Schultern mit sich, denn er hatte zwei gebrochene Beine. Sie bestanden darauf, zuerst mit Lady Roseanna zu sprechen, bevor man sich um ihre Verletzungen kümmerte. Ihre Kehle war wie zugeschnürt, als sie flüsterte: »Ihr habt Neuigkeiten?«

»Mylady, die Nachrichten sind leider sehr schlimm! Die Armee nahm die Fen Road, die an der Küste von »The Wash« zum Hafen von Lynn führt. Der Wind war stark genug, um einem die Kleider vom Leib zu blasen und kalt genug, um die Knochen der Toten in den Gräbern gefrieren zu lassen. Am schlimmsten wurde es, als wir den Nene überquerten. Es war ein Alptraum. Die kleinen Boote kenterten, Männer und Pferde ertranken. Der König und der junge Tristan waren sicher auf dem ersten Schiff und Richard, der Bruder des Königs, und Henry Percy auf dem zweiten; aber das schwerste war, die Pferde an Bord zu bringen. Lord Ravenspur hat bis zum letzten ausgeharrt und das Unmögliche versucht, wie immer. Aber Mylady, er ist unter den großen weißen Hengst geraten. Er hatte keine Chance. Beide sind ertrunken, Mylady. Hab's mit eigenen Augen gesehen und er auch.«

»Nein!« Ihr Schrei war bis in den fernsten Winkel von Ravenspur zu hören; die Diener kamen gerade rechtzeitig, um sie zu Boden sinken zu sehen. Kate Kendall nahm die Sache sofort in die Hände und steckte sie ins Bett. Als die Schwärze um sie herum sich langsam auflöste, kämpfte sie dagegen an, denn sie wußte, daß sie die Wirklichkeit nicht ertragen konnte. Sie weinte drei Tage lang ununterbrochen, bis ihr kleiner Sohn ihre Milch nicht mehr vertrug. Dann nahm sie sich um seinetwillen energisch zusammen.

Rebecca blieb bei ihr und stellte auf einmal fest, daß sie ihre Rollen nun getauscht hatten. Roseanna lief herum wie in Trance. Sie redete kaum, nur einmal suchte sie Mr. Burke auf. »Es gibt niemanden, den ich darum bitten könnte, Mr. Burke. Würdet Ihr in die Fenne gehen und versuchen, ihn zu finden?«

James Burke rief zwei kräftige Stallburschen zu sich und brach sofort auf. Sie brauchten zwei Tage, um den Unglücksort zu finden. Am Ende waren es der Gestank und die Schreie der aasfressenden Seevögel, die sie zu den Toten führten. Es war nicht schwer, den Kadaver des weißen Hengstes zu identifizieren, aber die aufgedunsenen Leiber der Ertrunkenen waren schon so sehr in Fäulnis übergegangen, daß sie kaum voneinander zu unterscheiden waren. Mit übermenschlicher Anstrengung gelang es ihnen, den Körper des Pferdes anzuheben. Darunter fanden sie das, was noch von Ravenspurs schwarzem Kopf übrig war.

James Burke traf eine Entscheidung. Sie würden die Überreste nicht mitnehmen. Er wollte sie nicht sehen lassen, was von ihrem über alles geliebten Ehemann geblieben war. Als er zurückkehrte, führte er sie in Rogers Bibliothek, wo sie ungestört miteinander sprechen konnten. Seine ernste Miene schien ihre schlimmsten Befürchtungen zu bestätigen.

»Ich habe ihn gefunden«, sagte er ruhig. »Wir haben ihn dort begraben, wo er lag. Es war unmöglich, ihn durch die matschigen Sümpfe und endlosen Salzlande hierher zurückzubringen.«

Eine einzige Träne rollte Roseannas bleiche Wange hinab. »Wie habt Ihr ihn vorgefunden?« fragte sie mit erstickter Stimme.

»Er lag unter Mekka.«

Ihre Augen wurden glasig, und er konnte sehen, daß sie mit den Gedanken in der Vergangenheit war, wo sie nun den größten Teil ihrer wachen Stunden verbrachte. Er verließ still den Raum, um sie ihren Geistern zu überlassen.

Schließlich hatte Kate Kendall die Nase voll. Sie nahm Papier und Feder zur Hand und schrieb eine Nachricht an Joanna, Lady von Castlemaine:

> Ihr werdet erleichtert sein, zu hören, daß der König mit dem größten Teil seiner Adeligen und seiner Armee sicher unterwegs nach Burgund ist, aber Ihr werdet inzwischen vielleicht auch schon gehört haben, daß Baron Ravenspur dabei sein Leben verloren hat.

Ich bitte Euch, zu Roseanna zu kommen. Sie läuft herum wie eine lebende Tote, und ich fürchte um ihren Verstand. Ich hoffe und bete, daß Eure Ankunft sie ins Leben zurückholt, denn sie ist wie betäubt vor Kummer.

Eure gehorsame Dienerin
Kate Kendall.

Roseanna stand regungslos in ihrer Kammer, während Kate ihr ein schwarzes Trauerkleid überzog. Alice nahm die Bürste, um das Haar ihrer Lady zu frisieren. Roseanna blickte auf ihren Sohn in seiner Wiege und fragte abwesend: »Warum schreit das Baby nur so oft in letzter Zeit?«

Kate preßte die Lippen ärgerlich zusammen und meinte dann in ätzendem Tonn: »Er schreit, weil Ihr ihn vernachlässigt! Ihr seid nicht die erste Frau, die ihren Mann verloren hat, und werdet auch nicht die letzte sein. All das gehört nun dem Kind, und er braucht eine starke Mutter, die sich um ihn kümmert, nicht so einen jämmerlichen Schatten, der sich selbst leid tut!«

Die Worte stachen ihr wie Dolche ins Herz. »Kate, wie kannst du nur?« flüsterte sie.

Kate schnaubte wütend und gab Alice einen Wink, ihr aus dem Zimmer zu folgen. Sie wollten sie allein lassen, damit sie über die Anschuldigungen, die Kate ihr soeben an den Kopf geworfen hatte, ein wenig nachdenken konnte.

Roseanna ging zur Wiege und nahm das Kind heraus. Sanft drückte sie es an ihr Herz und sang ihm ein beruhigendes Schlaflied. Sie hatte ihn zuvor schon gestillt, doch in den letzten paar Tagen weder hochgenommen noch liebkost. Sie lächelte durch Tränen auf ihn herab – er war ein kleines Ebenbild seines Vaters – und flüsterte ihm zu, was ihr am Herzen lag: »Es tut mir leid, mein kleiner Schatz. Ich liebe dich mehr als mein Leben. Ich verspreche dir, die beste Mutter zu sein, die die Welt je gesehen hat.«

Sie sprach mit ihm, summte ihm etwas vor und war derart vertieft, daß die Welt um sie herum versank. Das Baby schlief zufrieden. Als sie ihn wieder in seine Wiege legte, drang allmählich ein Weinen oder Schreien an ihr Ohr, das von weit unten zu kommen schien. Der Lärm war unterdrückt, verärgerte Roseanna jedoch. Wie konnten sie es wagen, sie zu stören? Wußten sie denn nicht, daß das Haus in Trauer war? Sie eilte die zwei Treppen zur Eingangshalle hinunter, und das Herz setzte ihr aus, als sie George, den Herzog von Clarence erkannte. Er war in einen heftigen Disput mit Mr. Burke verwickelt, dessen Wange zu Roseannas Entsetzen einen tiefen, blutigen Riß von der Reitpeitsche des Bruders des Königs aufwies. Sie konnte Alice' flehentliche Stimme aus dem Nebenzimmer hören und auch Kate Kendall, die laute Verwünschungen ausstieß.

Roseanna marschierte am Herzog vorbei und riß die Tür auf. Zwei von Georges Gentlemen hatten Alice die Kleider vom Leib gerissen, und ein dritter hielt Kate Kendall von hinten fest.

Roseanna wirbelte wutentbrannt zu George herum und schrie ihm ins Gesicht: »Sie sollen sofort aufhören! Das Mädchen ist eine Jungfrau!«

George sagte in gedehntem Ton: »Wär' doch nur der halbe Spaß, wenn sie keine wäre, nicht wahr?« Aber er hob dennoch die Hand, um seine Männer zurückzurufen. Kate führte die schluchzende Alice aus dem Zimmer.

Zornig befahl Roseanna. »Verlaßt mein Haus, aber sofort! Wir befinden uns in Trauer.«

»Und Ihr habt keinen Mann, um Euch zu beschützen«, machte George ihr spöttisch klar. »Deshalb nehme ich Euch unter meine königlichen Fittiche.«

»Ihr seid noch nicht König«, sagte sie furchtlos.

»Dem Rang nach bin ich bereits König; nur die Krönung fehlt noch. Deshalb, holde Maid, wäre es in Eurem besten Interesse, mir dienlich zu sein, denn ich bekomme alles, was ich will, mit nur einem Wink meiner Hand.«

»Blödsinn!« sagte sie verächtlich, denn ihr eigenes königliches Blut war nun am Überkochen.

Seine Augen verengten sich. »Sämtliche von Edward verliehenen Titel sind null und nichtig. Deshalb ist Euer kleiner Viscount von Gainsborough auch kein Viscount mehr.«

Sie rang nach Luft. »Das könnt Ihr nicht tun!«

Er lächelte und sagte sanft: »Ist schon geschehen.« An ihrer Reaktion konnte er erkennen, daß er genau den Punkt getroffen hatte, der sie gefügig machen würde, nämlich ihren Sohn.

»Was wollt Ihr hier?« rief sie.

Er breitete die Hände aus. »Wir bitten nur um ein wenig Gastfreundschaft – Zimmer für die Nacht, ein Mahl, ein wenig Wein, einen Ort, an dem wir beide uns ungestört unterhalten können.«

Ruhig erteilte sie den Dienern Befehl, Zimmer und ein besonderes Abendessen vorzubereiten. Inzwischen sollten sie alles erhalten, was Ravenspurs Weinkeller nur zu bieten hatte. »Wenn Ihr mir folgen würdet, Hoheit«, sagte sie kühl und führte ihn zu Ravenspurs Bibliothek.

Langsam betrachtete er den Raum, ergriff hie und dort ein Kunstobjekt und stellte es wieder hin. »Langsam wird mir klar, wie reich Ravenspur wirklich ist. Ich selbst mußte mich über die Jahre verschulden, um meine Bedürfnisse befriedigen zu können.«

Sie sagte nichts dazu. Er war in weißen Samt gekleidet und mit Diamanten geschmückt, und im selben Moment wußte sie, daß er es gewohnt war, sich seine Wünsche ohne Rücksicht auf andere zu erfüllen.

»Euer Sohn ist der neue Baron von Ravenspur. Ich überlege, ob ich ihn nicht zum Mündel der Krone machen sollte, damit ich die Führung seiner Güter selbst in die Hand nehmen kann.«

»Nein!« schrie sie, die Hand an die Kehle gepreßt.

»Alles liegt in Eurer Hand, meine süße Roseanna. Beglückt mich, und ich werde die Ländereien und Titel Eures Sohnes verzehnfachen. Weist mich zurück, und ich werde ihn aus diesem Haus werfen!«

Seine Drohung überwältigte sie; egal, wie sehr sie ihr Hirn auch zermarterte, sie war unentrinnbar in seinem Netz gefangen; es gab keinen Ausweg. Plötzlich hörte sie Rebecca laut schreien.

»Laßt nicht zu, daß sie meiner Schwägerin etwas antun«, flehte sie.

»Sie ist doch wohl keine Jungfrau mehr, nehme ich an?« fragte er gedehnt.

»Stoppt sie!« bat sie flehentlich.

»Wie ich bereits gesagt habe, alles liegt in Eurer Hand, kleines Mädchen. Ihr braucht nur zu sagen, daß Ihr heute nacht zu mir kommt, und jeder hier in diesem Haus, einschließlich Eures Sohnes, ist sicher.«

»Ich werde zu Euch kommen«, versprach sie leise.

Roseanna bat Kate, Rebecca ein Schlafmittel zu mischen und zur Sicherheit auch ein Abortiv hinzuzufügen; Rebecca war völlig hysterisch und weigerte sich, zu erzählen, was die Männer mit ihr gemacht hatten. Dann suchte Roseanna Mr. Burke auf und untersuchte seine Gesichtswunde. »Provoziert sie nicht, Mr. Burke. Ich werde mich selbst um den Herzog kümmern. Betet zu Gott, daß sie morgen wieder verschwunden sind.«

Er betrachtete sie mit gequältem Blick: »Wenn ich doch nur etwas für Euch tun könnte, Mylady!«

»Das könnt Ihr. Ich möchte, daß Ihr den Goldteller, den die Königin zur Taufe meines Sohnes geschickt hat, vergrabt. Dann bringt Rogers Truhen an einen sicheren Ort, wo man sie nicht finden kann. Ich muß den besten Teil meines Schmucks verstecken, denn – merkt Euch meine Worte – er wird sich alles von mir nehmen, bevor er zufrieden ist.«

Sie dinierte nicht mit den Männern, sondern badete in der Abgeschiedenheit ihres Zimmers. Dann zog sie ein einfaches weißes Samtkleid mit weiten Ärmeln an, goß sich einen Kelch blaßgoldenen Chablis ein und nippte langsam daran, um ihre Nerven zu beruhigen. Mutig sagte sie sich: *Ich bin mehr Frau, als er je Mann sein kann! Ich werde siegreich aus diesem Kampf hervorgehen!*

Als sie den Kelch geleert hatte, holte sie tief Atem und ging zu Georges Schlafzimmer. Er hatte den Großteil des Nachmittags mit Trinken verbracht, und sein Gesicht war vom Wein gerötet. Das Trinken hatte auch seine Zunge gelöst. Mit Abscheu stellte sie fest, wie vulgär seine Sprache jetzt war.

»Willkommen, kleines Mädchen. Du wirst es nicht bedauern, denn ich habe den größten Schwanz von ganz England.«

Sie senkte die Wimpern, damit er die Furcht in ihren Augen nicht sah. Plötzlich streckte er seine langen Finger aus, um mit ihren Brustwarzen zu spielen, die sich unter ihrem Kleid abzeichneten. »Deine Brüste sind herrlich«, sagte er mit schwerer Zunge. Dort, wo er ihre Brustwarzen gerieben hatte, wurden zwei kleine nasse Flecken auf dem Mieder ihres Samtkleides sichtbar. Er betrachtete sie mit großen Augen, und sein Geschlecht schwoll an und wurde hart.

Er ergriff ihre Hand und führte sie an sein Geschlecht, um ihr eine Vorstellung von dessen außergewöhnlichen Größe zu bieten. Er flüsterte: »Ich werde erst zufrieden sein, wenn ich ihn dir in voller Länge hineingerammt habe, und zwar öfter als mein Bruder.«

Sie wußte, daß er von seinem Bruder, dem König, besessen war. Sie wollte am liebsten herausschreien, daß Edward ihr Vater war und nicht ihr Liebhaber, doch sie wagte es nicht. Wenn er erfuhr, daß ihr Kind Edwards Enkel war, dann würde er ihn nicht nur seiner Güter, sondern auch seines Lebens berauben.

George zog sie zum Bett. Rasch entledigte er sich seiner Kleider und lehnte sich wartend zurück. Sie hatte gedacht, daß er über sie herfallen und sie vergewaltigen würde; sein Verhalten überraschte sie jedoch und entsetzte sie. Es würde noch schlimmer werden, als sie befürchtet hatte, wenn er erwartete, daß sie ihm zu Diensten war. Still stand sie am Bett und versuchte, all ihren Mut zusammenzunehmen für das, was nun folgen würde.

»Ich warte, kleines Mädchen«, sagte er in bedrohlichem Ton, die Augen verengt.

Langsam zog sie das Kleid aus und kniete sich aufs Bett. Alarmiert betrachtete sie sein Geschlecht. Es war riesig. In den vulgärsten Ausdrücken beschrieb er ihr detailliert, was er wünschte.

Als sie sich zu ihm hinabbeugte, ließ sie ihr Haar wie einen seidenen Vorhang nach vorn fallen und verbarg so das tiefe Gefühl der Scham, das sie empfand. Plötzlich schoß seine Hand vor, und er packte ihr Haar mit grausamem Griff. »Du wolltest mich beißen, nicht wahr?«

Sie widersprach nicht, verbarg jedoch rasch das triumphierende Glitzern in ihren Augen, um ihn nicht noch mehr zu erzürnen. Er schwang sich aus dem Bett und befahl ihr, sich an dessen Rand zu knien. Er packte sie von hinten und versuchte, in sie einzudringen. Roseanna hatte keinerlei Erfahrung damit, was er zu tun versuchte.

»Allmächtiger, du bist nie initiiert worden, man hat dich nie eingeführt – du bist viel zu eng!« stieß er mit zusammengebissenen Zähnen hervor. Frustriert, da ihm seine Wünsche versagt blieben, warf er sie flach auf den Rücken und befahl mit rauher Stimme: »Los, spreiz die Beine!« Grausam rammte er sein riesiges Geschlecht in sie hinein, bis sie dachte, sie würde platzen. »Nun reagiere schon!« befahl er. Dann umschloß sein gieriger Mund eine ihrer Brüste, und er saugte ihr die Milch aus. Sobald er seine grausamen Lüste befriedigt hatte, fiel er um wie ein Sack.

Spät in dieser Nacht saß Roseanna auf dem Sims des großen Fensters. Sie war zu betäubt, um irgend etwas fühlen oder denken zu können. George regte sich in dem großen Bett.

»Was tust du dort drüben?« wollte er wissen.

»Ich konnte nicht schlafen«, murmelte sie.

»Wenn du nicht schlafen kannst, dann habe ich dich noch nicht gründlich genug hergenommen. Komm zurück ins Bett.«

Am Morgen begleitete sie den Herzog und seine Gentlemen zu den Ställen. Sie wollte mit eigenen Augen sehen, wie er den Ort verließ. Seine gierigen Blicke fielen auf die weißen Stuten. »Sind das Araber?« fragte er.

»Nein, Sire. Sie wurden von den Mönchen des Klosters von Jervaulx gezüchtet.«

»Sie gefallen mir«, sagte er glatt.

»Das sind doch nur Stuten. Ich bin sicher, wenn Ihr dem Kloster einen Besuch abstattet, werden Euch die Hengste weit mehr zusagen.«

»Vielleicht«, meinte er zögernd. »Nächstes Mal, wenn ich Euch besuche, kleines Mädchen, werdet Ihr vielleicht so großzügig sein, mir die Stuten zum Geschenk zu machen.«

Die Stuten bedeuteten ihr viel, noch dazu, da sie alle von Mekka gedeckt worden waren, aber sie hörte nur die Worte: *Nächstes Mal, wenn ich Euch besuche.*

Auf zitternden Beinen erreichte sie ihr Schlafzimmer. Als Kate mit dem Baby auf sie zukam, schrie sie: »Weg mit dem Kind, so lange ich noch den Gestank dieses Schweins auf mir habe. Ich brauche ein Bad, Kate, rasch!« Sie schrubbte sich so lange, bis ihre Haut wund war, und kam erst aus dem Wasser als Kate sagte: »Er muß sich schämen, nicht Ihr, Roseanna.«

»Du hast natürlich recht, Kate. Ich darf keine Zeit mehr verlieren. Ich muß mir sofort überlegen, wie ich meinen Sohn beschützen kann. Ich werde ihn abstillen müssen, Kate. Ich muß ihn an einen Ort schicken, an dem er sicher ist, und das bedeutet, daß er möglicherweise nicht bei mir bleiben kann.« Sie zog ein schwarzes Trauerkleid an, schritt energisch durchs Haus und erteilte den Bediensteten ihre Befehle. Inmitten all des Aufruhrs tauchte plötzlich ihre Mutter auf.

»Kate, was hast du mir da für Lügengeschichten aufgetischt – Roseanna, die wie in Trance herumläuft?« fragte Joanna.

»Ich hatte ein böses Erwachen«, sagte Roseanna zynisch. Sie brachte ihre Mutter in einem Schlafzimmer in der Nähe unter und erzählte ihr alles, was passiert war; sie ließ keine Einzelheit aus. »Ich möchte, daß du meinen Sohn mit nach Castlemaine nimmt. Das ist zwar nicht außerhalb von Georges Reichweite, aber dort ist Ned zumindest nicht ganz so wehrlos. Nimm Alice mit, und ich wäre dir dankbar, wenn du auch Rebecca und ihr kleines Mädchen zu dir nehmen könntest. Tristan würde mir nie verzeihen, wenn ich sie nicht in Sicherheit brächte.«

»Und was ist mit Kate?« fragte Joanna.

»Kate ist meine Stütze. Ohne sie würde ich verrückt werden«, sagte Roseanna schlicht. »Ich werde dem alten Dobbin Bescheid geben, daß er die besten Pferde zu meinem Vater bringen soll.«

»Geht das nicht ein bißchen zu weit?« fragte Joanna.

»Dieser verfluchte Hurensohn soll nicht mal den Dampf ihrer Pferdeäpfel in die Hände bekommen! Alles gehört meinem Sohn, und ich sterbe lieber, als es in fremde Hände fallenzulassen!« schwor sie.

»Das ist eine Männerwelt, Roseanna. Ist dir diese Lektion nicht gerade erst eingebleut worden?«

»Dann werde ich mir eben einen stärkeren Mann suchen! Wenn's sein muß, gehe ich sogar zu Warwick«, drohte sie.

»Der läßt sich nicht verführen – das habe ich schon vor Jahren versucht. Sein Gott ist der Ehrgeiz, und dem opfert er alles. Frauen bedeuten ihm nichts.«

»Dann werde ich mich eben an Ravenspurs Oberherrn wenden. Der Graf von Lincoln wird mir zumindest zuhören, wenn ich ihm im Namen meines Sohnes und dessen Ländereien und Titeln die Treue schwöre.«

Joanna blickte ihre Tochter bewundernd an. »Man sagt, er sei ein junger Mann. Wenn er auch den Appetit eines jungen Mannes hat, dann ist er sicher nicht immun gegen deine Schönheit.«

Kate brachte ein brechend volles Tablett für Joanna, denn sie wußte, was für eine gute Esserin sie war. Roseanna wies sie an: »Kate, suche Mr. Burke und bringe ihn hierher. Ich möchte mit euch beiden sprechen.« Als sie zurückkehrten und ihrer Befehle harrten, empfand sie große Dankbarkeit dafür, sich auf solch loyale Menschen stützen zu können, die sich wirklich um ihr Wohlergehen sorgten. »Meine Mutter nimmt meinen Sohn zu sich nach Castlemaine. Alice und Rebecca begleiten sie. Ich breche morgen zu einer wichtigen Mission auf, und ich will, daß ihr beide mich begleitet. Ravenspurs Flotte liegt in Liverpool vor Anker. Ich muß mit den Kapitänen der Handelsschiffe sprechen und die Schiffe sicher außer Landes schaffen lassen. Sie sind an erster Stelle für Ravenspurs Reichtum verantwortlich, und ich kann nicht zulassen, daß sie in die Hände des Herzogs von Clarence fallen. Mr. Burke, ist es möglich, daß sie nach Drogheda segeln?«

Er nickte. »Ja. Der Boyne mündet dicht bei Drogheda ins Meer.«

»Gut. Ihr kommt doch beide mit mir nach Liverpool? Und erzählt niemandem etwas davon«, meinte sie vorsichtig. »Unsere Reise muß geheim bleiben.«

James Burke meldete sich zu Wort. »Der kürzeste Weg führt über Derby. Von dort geht eine Römerstraße direkt bis zur Küste.«

Roseanna verbrachte die nächsten vierundzwanzig Stunden damit, ihren Sohn geduldig mit Brot und Milch zu füttern. Er verschlang es hungrig, schrie jedoch immer wieder nach der Brust seiner Mutter, als ob dies das einzige wäre, was ihn zufriedenstellen konnte. Kate bastelte ihm einen Schnuller, aber obwohl er eifrig nuckelte, schrie er wütend, als keine Milch hervorkam. Schließlich traf Roseanna eine schwere Entscheidung. »Mutter, die Zeit wird mir zu knapp. Ich möchte, daß du noch heute nach Castlemaine aufbrichst. Der kleine Ned wird schon nicht verhungern, dafür ist sein Appetit viel zu groß. Er wird sich schneller mit allem abfinden, wenn ich nicht verfügbar bin.«

Nun, da das Kind nicht mehr da war und jeden ihrer Gedanken in Beschlag nahm, merkte sie erst, wie sehr sie sich nach Roger sehnte. Tagsüber hielt sie sich mit den Vorbereitungen für die Reise nach Liverpool auf Trab, aber in der Nacht konnte sie nicht einschlafen, weil ihr Körper sich schmerzlich nach ihm sehnte. Rückblickend fand sie es unglaublich, wie sie ihn je hatte zurückweisen können, und bedauerte all die Stunden, die sie dadurch verschwendet hatte. Dennoch war dies eine Art Paarungstanz gewesen, den sie beide einander vorgeführt hatten; Mann und Frau, auf unwiderstehliche Weise zueinander gezogen, waren zu einer Einheit verschmolzen. Wie grausam, so auseinandergerissen zu werden! Sie kam sich vor wie verstümmelt.

Es war bereits spät, als ihre geschlossene Kutsche in der Herberge in Derby vorfuhr. James Burke ging hinein, während die Frauen in der

Kutsche warteten. Er ließ sich zwei Schlafzimmer und ein privates Eßzimmer geben und bat um extra Holz für das Feuer.

Roseanna zog die Kapuze tief übers Gesicht, als sie die Kutsche verließ und das Wirtshaus betrat. Sie nahm sie nicht eher ab, bevor sie nicht sicher in ihren Räumen angekommen waren. Die Tür zu einem angrenzenden Raum öffnete sich, und ein Diener brachte Holz herein. Einen kurzen Moment lang sah Roseanna einen Mann, der sie mit unverhüllter Bewunderung ansah. Sie war es gewohnt, daß Männer sie offen anstarrten, und dachte sich nichts weiter dabei.

Der junge Mann im Nebenzimmer erkundigte sich umgehend nach der Identität der Lady, doch der Wirt konnte ihm keine Auskunft geben. Er sandte ihr etwas Wein, der höflich zurückgewiesen wurde, was ihn gründlich frustrierte.

Er war ein junger Adeliger, der soeben aus Coventry zurückkehrte, wo er und die anderen Grafen des Königreichs sich mit Warwick getroffen hatten, um in aller Stille über die Zukunft Englands zu entscheiden – vorausgesetzt, daß sie sich je einigten. Er wußte nicht, was ihn mehr betörte, ihre geradezu sensationelle Schönheit, oder das Geheimnis, das sie umgab, doch dieser eine kurze Blick hatte genügt, daß er ihr hoffnungslos verfiel.

Roseanna wäre sicher nicht so gleichmütig gewesen, hätte sie gewußt, daß der Mann im Nebenzimmer der Graf von Lincoln war.

Sie traf sich mit den Kapitänen von Ravenspurs Handelsflotte. Mindestens zwei von ihnen kannten den irischen Besitz auf Drogheda. Sie ernannte einen von ihnen zum Flottenkommandeur und übertrug ihm die Leitung des Seehandels ihres Sohnes. Sie wies sie an, englische Häfen so lange zu meiden, bis Edward wieder auf dem Thron saß. Schließlich vereinbarte sie mit ihnen, daß sie im nächsten Sommer nach Irland reisen würde, wenn die meisten von ihnen von ihren Handelsreisen in ferne Länder zurückkehrten.

Es würde nicht schwer sein, mit ihnen nach Irland zu segeln und so den Fängen des Herzogs von Clarence zu entkommen. Der Besitz in Drogheda gehörte ihr. Er war ihr von Ravenspur selbst übertragen worden und konnte ihr nicht genommen werden. Doch wenn sie Ravenspur und die anderen Burgen jetzt schon verließ, würde ihr Sohn diese für immer verlieren. Entschlossen bereitete sie sich auf die Heimreise vor.

Je näher sie Ravenspur kam, desto mehr fürchtete sie sich vor einer erneuten Begegnung mit dem Herzog von Clarence. Sie schauderte. Die Erinnerung an ihn klebte an ihr wie zäher Teichschlamm! Sie versuchte sich zu beruhigen, indem sie Pläne für einen Besuch beim Grafen von Lincoln schmiedete, um seinen Beistand zu erbitten. Nach ihrer Rückkehr nahm sie sich daher auch nur einen einzigen Tag Zeit, um zu rasten, denn sie ertappte sich dabei, wie sie vom Fenstersims aus dauernd ängstlich die Umgebung ausforschte. Sie wußte, daß sie keinen weiteren Tag verstreichen lassen konnte, ohne etwas zu unternehmen.

Die historische Stadt Lincoln stammte noch aus prärömischer Zeit; ihr Wahrzeichen war eine Kathedrale, die vor Jahrhunderten von Wilhelm dem Eroberer erbaut worden war. Die Burg erschien Roseanna im Vergleich mit der Eleganz von Ravenspur fast häßlich, aber sie war eine massive Festung. Roseanna nahm Kate mit, damit sie ihr bei ihrer Toilette half, denn sie war eine Frau, die den wahren Wert der äußeren Erscheinung zu schätzen wußte. Sie hatte vor, an einen Mann zu appellieren, und sie beabsichtigte, jeden weiblichen Trick einzusetzen, den sie kannte.

An der Farbe ihres Kleides konnte sie nichts ändern; sie befand sich in Trauer, und es mußte daher schwarz sein. Aber sie wählte eines mit der feinsten schwarzen Seide aus; es raschelte provozierend bei jeder Bewegung; der Ausschnitt, der auf den ersten Blick gesittet aussah, trog, denn er formte ihre Brüste auf perfekte Weise, und wenn sie einen tiefen Hofknicks machte, wurde der köstliche Ansatz ihres Busens sichtbar. Sie hatte das Haar zurückgekämmt, damit ihr herzförmiges Gesicht betont wurde. Es wurde von einer filigranen Goldklammer zusammengehalten und fiel dann gerade wie ein Wasserfall ihren Rücken hinab. Mit zurückgebundenem Haar wurden ihre leicht hervortretenden Wangenknochen sowie die leicht schräg stehenden Augen besonders hervorgehoben. Ihr Mund war in dem satten Rotton der Rubine ihrer Diamantkette bemalt. Sie trug das Geschenk Rogers und die riesige Perle lag verführerisch in der Grube zwischen ihren Brüsten.

Der Kammerherr führte sie in den Raum, in dem der Graf die Bürger von Lincolnshire empfing, wenn sie um eine Audienz bei ihm ersuchten. Ruhige Entschlossenheit erfüllte sie. Der Graf von Lincoln saß an einem reichverzierten Schreibtisch und erledigte Papierkram.

Als er aufblickte und sie herankommen sah, weiteten sich seine Augen, und er sprang sofort auf, um ihr entgegenzueilen.

Sie war überrascht, als sie erkannte, wie jung er noch war. Er konnte nicht älter als fünfundzwanzig sein, war von mittlerer Größe, aber so gutaussehend, daß sie nicht umhin konnte, ihn zu betrachten. Er hatte silbrig glänzendes Haar und silberne Augen.

»Wer seid Ihr?« fragte er direkt, ohne sich noch um die Etikette zu scheren. Seine Stimme war tief und volltönend wie die eines viel älteren Mannes.

Sie sank in eine graziöse Verbeugung, die ihre herrlichen Brüste entblößte. »Ich bin Lady Roseanna, Baronin von Ravenspur.«

»Ich habe Euch schon einmal gesehen«, sagte er.

Sie zog fragend die Brauen hoch, und er erklärte: »In der Herberge in Derby vor vierzehn Tagen.«

Ihre Mundwinkel kräuselten sich verführerisch. »Dann wart also Ihr der Gentleman, der mich so unverhüllt betrachtete?«

»Ich gebe es zu, Madame. Ihr hattet recht, mich mit Verachtung zu behandeln.«

Sie senkte die seidigen Wimpern. »Ich – ich bin erst kürzlich verwitwet und ohne Schutz. Ich bin leichte Beute, Mylord.«

Er verstand sie sofort. »Ein Mann zwingt Euch seine Aufmerksamkeit auf«, sagte er scharfsinnig.

Sie seufzte tief und traurig auf und nickte. »Ich kam her, um Euch um Euren Rat zu bitten, Mylord. Obwohl mein Gatte und Ihr auf verschiedenen Seiten standet, so seid Ihr doch eigentlich mein Oberherr.«

»Wer ist dieser Mann, der es wagt, Euch zu beleidigen?« fragte er.

Unvergossene Tränen glänzten in ihren seidigen, langen Wimpern. »Ich habe Angst, Euch seinen Namen zu nennen«, murmelte sie.

Er ergriff ihre Hand und drückte sie tröstend. »Kommt in die hinteren Räume, wo wir weniger formell sein können, Lady Roseanna. Es bekümmert mich, Euch so offensichtlich Qualen leiden zu sehen.«

Gehorsam erlaubte sie ihm, sie in einen kleinen Salon mit komfortablen Sofas und einem gemütlichen Kaminfeuer zu führen. Er goß Wein in zwei kleine Kristallgläser und reichte ihr eines davon. Als seine Finger die ihren berührten, hörte sie, wie er scharf die Luft einsog. Schweigend nippte sie an ihrem Wein; die sexuelle Spannung zwischen ihnen knisterte spürbar.

Leise sagte er: »Bitte vertraut mir. Was immer Ihr mir sagt, werde ich absolut vertraulich behandeln, und ich verspreche, alles zu tun, was in meiner Macht steht.«

Sie lächelte zitternd, und sein Herz quoll über.

»Mylord –«

»Meine Freunde nennen mich Linc«, drängte er.

»Ich werde erpreßt.«

Seine Augen weiteten sich, aber er schwieg, damit sie fortfuhr.

»Von einem Mann hohen Ranges«, beendete sie.

»So hoch, daß Ihr fürchtet, mir seinen Namen zu nennen?« fragte Linc ungläubig.

Roseanna nickte. »Zwei Monate bevor mein Gatte getötet wurde, gebar ich einen Sohn. Er ist nun Baron von Ravenspur – nur ... nur, daß der Herzog von Clarence droht, sich zu seinem Vormund zu machen und ihn seiner Ländereien zu berauben – wenn ich ihm nicht Zugang zu meinem Bett gewähre.« Sie sah ihm direkt ins Gesicht; und der Widerschein des Feuers züngelte auf ihren Juwelen wie Flammen.

Er pfiff erstaunt, als er den königlichen Namen hörte. »Er ist mit Warwicks Tochter verheiratet! Dem Königsmacher wird das gar nicht gefallen, wenn es ihm zu Ohren kommt.«

»Mylord –«

»Linc«, verbesserte er sie.

»Steht es in seiner Macht, meinem Sohn das anzutun, Linc?«

Linc nickte langsam. »Er könnte entweder die Reichtümer Eures Sohnes in Vormundschaft nehmen, bis dieser volljährig ist, oder er könnte alles beschlagnahmen und der Krone überstellen lassen – aber nur, wenn er König wird, Lady Roseanna.«

Bei dieser Auskunft sank sie sichtbar in sich zusammen, so daß er sich beeilte hinzuzufügen: »Es ist keineswegs sicher, daß George gekrönt wird. Ich sage das jetzt nur im strengsten Vertrauen zu Euch. Die Adeligen wollen ihn nicht. Die meisten unserer Lords möchten den alten Henry wieder auf dem Thron sehen.«

»Aber der ist doch verrückt! Er sitzt im Tower von London.«

»Verrückt, ja. Und dennoch ziehen sie ihn dem Herzog von Clarence vor.«

»Ihr habt mir zumindest ein wenig Hoffnung gemacht. Wann wird darüber entschieden?«

»Schon bald. Wir alle wollen, daß die Angelegenheit rasch entschieden wird. Andauernder Krieg läßt ein Königreich ausbluten.«

»Werdet Ihr den Gegnern des Herzogs von Clarence Eure Stimme geben?« bat sie.

»Meine wird die lauteste sein«, versicherte er ihr.

Sie erhob sich, um ihm Lebewohl zu sagen, und plötzlich wollte er nicht, daß sie ging. »Ihr könnt nicht gehen, ohne mit mir zu Abend gespeist zu haben, Lady Roseanna.«

Sie zögerte. Sie wußte, daß es klug war, einen Mann dann zu verlassen, wenn er sich wünschte, daß man noch blieb. »Es tut mir leid, aber ich muß gehen. Es fängt an zu schneien, und ich möchte nicht in einen Sturm geraten.«

Er hätte sie am liebsten gebeten, die Nacht bei ihm zu verbringen, doch das hätte ihn in demselben Licht erscheinen lassen wie den Wüstling, vor dem sie floh. »Darf ich Euch einen Besuch abstatten?« fragte er eifrig.

»Ich bitte darum. Es ist sehr freundlich von Euch, sich um mein Wohlergehen zu sorgen, Mylord.«

»Linc«, bat er.

23. Kapitel

Eine ganze Woche verging, eine Woche, in der Roseanna ständig den Horizont absuchte und zu Gott betete, daß der Herzog von Clarence genug Schwierigkeiten am Hals und keine Zeit haben möge, auch nur einen Gedanken an sie zu verschwenden. Es war schlimm für sie, ohne Roger auskommen zu müssen, noch dazu vermißte sie ihr Baby so sehr, daß sie am liebsten geschrien hätte.

Sie blickte aus ihrem Schlafzimmerfenster, und das Herz blieb ihr stehen, als sie Reiter herankommen sah. Als sie das silbrige Haar des Grafen von Lincoln erkannte, bekam sie ganz weiche Knie vor Erleichterung. Mit zitternden Händen kämmte sie ihr Haar und ging hinunter, um ihn zu begrüßen. »Linc!« rief sie überglücklich; sein Herz klopfte heftig angesichts dieser stürmischen Begrüßung. Sie trug ein einfaches weißes Leinenkleid, und mit ihrem offenen Haar sah sie herzerweichend jung aus. Sie war das lieblichste, begehrenswerteste Wesen, dem er je begegnet war, und er wollte sie haben.

»Roseanna«, sagte er atemlos. »Mein Gott, die Tage sind dahingekrochen, seit ich Euch das letzte Mal gesehen habe.« Er nahm ihre Hände in die seinen und zog sie an die Lippen.

»Die Tage schleppten sich auch für mich dahin. Ich vermisse meinen Sohn so sehr.«

»Wo ist er?« fragte er.

Sie zögerte.

»Vertraut mir!« bat er.

»Er ist bei meiner Mutter auf Castlemaine.«

»Ich werde Euch auf einen Besuch dorthin bringen«, erklärte er.

»Oh, nein! Wirklich?« fragte sie atemlos.

»Was sollte uns aufhalten?« fragte er.

»Nichts!« rief sie überglücklich. »Oh, Linc, danke, daß Ihr gekommen seid.«

»Sagt ihnen, sie sollen Eure Kutsche bereitmachen.« Er grinste.

»Ich möchte lieber reiten!« meinte sie und zersprang auf einmal förmlich vor Energie.

Kate servierte ihnen einen kleinen Imbiß, half dann Roseanna in ein attraktives schwarzes Reitkostüm aus Samt mit einem gerüschten weißen Seidenrock. Linc war besorgt, als er Zeus erblickte, doch seine Befürchtungen schwanden sofort, als er sah, wie sie sich in den Sattel schwang und davonritt. »Wartet nur, bis Ihr die Pferde auf Castlemaine seht! Mein Vater züchtet die besten Pferde in ganz England.«

Wenn Joanna Gäste hatte, zeigte sie sich von ihrer besten Seite. Sie verstand es glänzend, Intimität zu schaffen, ohne formelle Traditionen dabei zu opfern. Linc war begeistert von Nevilles Ställen und hörte aufmerksam zu, als der Ältere ihm ausführlich von Roseannas angeborenem Talent für die Pferdezucht erzählte. Er beobachtete Roseanna mit ihrem Kind und wußte, daß die beiden nicht getrennt werden durften.

Sie beschlossen, über Nacht zu bleiben. Als es Zeit war, sich zurückzuziehen, brachte ihn Roseanna in eines der Gästezimmer. Er zog sie hinein und nahm sie in die Arme. Seine Lippen senkten sich auf die ihren und ließen keinen Zweifel daran, daß er sie heiß begehrte.

»Roseanna, ich liebe dich«, murmelte er an ihrem Haar.

Sie legte die Finger auf seinen Mund, um ihn zum Schweigen zu bringen, und schlüpfte dann ruhig aus dem Raum.

Joanna war noch vor Roseanna in deren Schlafzimmer. In ihren Augen war deutlich Bewunderung zu erkennen. »Bei Gott, du hast keine Zeit verschwendet! Bist du bereit, ihm zu geben, worauf er aus ist?«

»Ja! Ich werde seine Mätresse, wenn es sein muß, um meinen Sohn vor diesem Schwein Clarence zu schützen.«

»Ich gehe lieber, bevor er deine Kammer aufsucht«, neckte Joanna. »Schlaf gut, mein Liebling.«

Linc kam nicht, obwohl Roseanna das halb erwartet hatte. Am nächsten Morgen sagte sie nur zögernd Lebewohl und gab ihren Sohn erst im allerletzten Moment frei.

Linc war auf der Heimreise nach Ravenspur ungewöhnlich still. Roseanna wußte, daß er, sobald sie zurück und allein sein würden, sicherlich handeln würde. Als sie sich der Burg näherten, wurden die Schneeflocken zu Regen; und dann zwang sie ein plötzlicher, heftiger Guß von den Ställen ins Haus zu rennen, damit sie nicht vollkommen durchweicht wurden. Sie liefen lachend hinein; dann, als sie die Regentropfen aus ihrem Pelzmantel schüttelte, nahm er sie in die Arme und sagte: »Heirate mich, Roseanna.«

Sie war sprachlos. Alles hatte sie erwartet, nur das nicht! »Oh, Linc, was habe ich bloß getan?« flüsterte sie.

»Was meinst du damit?«

»Ich kann dich nicht heiraten; ich kann niemanden heiraten. Ich habe doch gerade erst meinen Mann verloren. Ich habe ihn so sehr geliebt, ich glaube nicht, daß ich je wieder irgend jemanden lieben kann.« Sie wußte mit Sicherheit, daß Roger ihre große Liebe gewesen war und daß nie irgend jemand seinen Platz würde einnehmen können. Sie war durchaus bereit, Lincs Mätresse zu werden, aber ihn zu heiraten, das kam gar nicht in Frage.

Seine Augen funkelten wie silbernes Eis. »Dann sag mir, warum du überhaupt zu mir gekommen bist? Was sollte das alles?« forderte er ruhig.

»Ich brauchte deine Hilfe, deinen Schutz, und im Austausch dafür dachte ich, ich würde –« sie hielt verlegen inne.

»Mir deinen Körper schenken?« schrie er. »Roseanna, ich will nicht nur deinen Körper, ich will dich. Herr des Himmels, seit ich Graf von Lincoln geworden bin, liegen mir die Frauen scharenweise zu Füßen. Ich will dich nicht nur für so eine Bettgeschichte! Ich will dich zur Frau haben.«

»Warum?« fragte sie und versuchte, dahinterzukommen, was in ihm vorging.

»Aus hunderterlei Gründen. Du hast etwas an dir, das von vorzüglicher Erziehung spricht und mir sagt, daß du eine hervorragende Gräfin abgeben würdest. Ich schätze deine Gesellschaft; ich schätze deine Vitalität, deine Intelligenz. Ich möchte, daß du mir auch so einen Sohn schenkst, wie du ihn Ravenspur geschenkt hast. Und ja, ich will, daß alle Männer grün vor Neid werden, weil du mir gehörst! Roseanna, Heirat ist die einzig anständige Lösung.«

Er ist so jung und voller Ideale, dachte sie traurig. »Vergib mir, Linc. Ich wollte dich nicht verletzen«, sagte sie sanft. »Ich mache mir sehr viel aus dir, aber mein Herz ist zur Zeit in Eis gegossen.«

Er lächelte sie an und hauchte einen Kuß auf ihre zarten Brauen. »Vielleicht schmilzt es ein wenig, wenn ich dir Zeit gebe.«

Sie sah zu, wie er ging, und rief ihn nicht zurück.

Weihnachten war fast da. Um sich ein wenig aufzuheitern, kam ihr eines Dezembernachmittags der Gedanke, ein wenig hinauszureiten, um Stechpalmen zu sammeln, damit Ravenspur festlich geschmückt wurde, doch eine Art Lethargie war über sie gekommen. Sie hatte begonnen, in der Vergangenheit zu leben. Wenn sie doch bloß die Uhr zurückdrehen könnte! Wenn ihre kleine Familie doch bloß das Weihnachtsfest wieder zusammen feiern könnte! Wenn bloß Roger ...

Linc hatte sie schon lange nicht mehr besucht. Obwohl Kate ihr keine Vorwürfe machte, daß sie ihn weggeschickt hatte, wußte Roseanna doch, daß die praktisch denkende Frau sie für das größte Rindvieh auf Gottes Erden hielt.

Sie fürchtete sich fast davor, was ihre Mutter wohl darauf sagen würde, daß ihre Tochter einen Heiratsantrag des Grafen von Lincoln ausgeschlagen hatte.

An diesem Tag wurde es, obwohl erst früh am Nachmittag, bereits dunkel. Als Roseanna die Kerzen anzündete, stach ihr der Geruch des heißen Wachses in die Nase, so daß sie sie angeekelt rümpfte. Sie würde früh zu Bett gehen. Sie wußte nicht, was sie sonst noch tun konnte, und stieg lustlos mit langsamen Schritten die Treppe hinauf. Plötzlich flog die Tür unten auf, und der Herzog von Clarence und seine Begleiter schwärmten in die Eingangshalle. Ihre Lethargie war wie weggeblasen. Statt dessen wurde sie fuchsteufelswild.

»Du lieber Himmel, kleines Mädchen, es ist ja wie im Grab hier! Öffne die Weinkeller. Henry, hol ein paar junge Mädchen aus dem Dorf, und wir feiern eine Party.« Alle waren betrunken und brachen bei jedem der Worte in hilfloses Gelächter aus.

»Hinaus!« schrie sie.

»Was? Ist das etwa eine Begrüßung für deinen Geliebten?« fragte er spöttisch. »Ich bin gekommen, um dir ein kleines Weihnachtsgeschenk zu machen.«

»Abartiges Schwein!«

»Hure!« fauchte er und kam, zwei Stufen auf einmal nehmend, heraufgestürmt.

Sie warf ihm einen schweren silbernen Kerzenhalter an den Kopf und rannte die Galerie entlang. Dann stürzte sie in ein Schlafzimmer und schloß die Tür fest hinter sich ab. Er trat wütend dagegen, bis der Rahmen splitterte und nachgab.

Sie wich zurück. »Wenn Ihr mich noch einmal berührt, dann sorge ich dafür, daß Warwick es erfährt. Wenn Ihr unbedingt einen Skandal wollt, dann könnt Ihr ihn haben!«

»Es ist kein Skandal, wenn man eine Hure ist«, meinte er verächtlich.

»Ich bin die Tochter des Königs. Ihr seid mein Onkel. Was Ihr da tut, ist Inzest!«

»Verdammte Lügnerin!« Er holte aus und schleuderte sie mit einem Schlag quer durchs Zimmer. »Wo ist dein Sohn?«

»Bei meiner Schwägerin«, erklärte sie wahrheitsgemäß.

Seine Hände krallten sich in ihren Ausschnitt, und er riß ihr das Kleid vom Leib. Sie kauerte sich wie ein gefangenes Tierchen zusammen, und er wurde erregt. »Du bist deinem Bruder sehr ähnlich. Er war einer meiner besonderen Favoriten.«

»Er ist tot, dem Himmel sei Dank«, spuckte sie ihm entgegen.

Seine Augen verengten sich zu grausamen Schlitzen. »Dein Bruder tot – dein Ehemann tot. Ist es nicht seltsam, daß aller guten Dinge immer drei sind? Wo, sagtest du, ist dein Kind? Bei deiner Mutter auf Castlemaine?«

»Nein, nein!« schrie Roseanna, wie gelähmt vor Angst.

Er lächelte langsam, während er sich seiner Gewänder entledigte. »Wenn es stimmt, daß du Edwards Bastard bist, dann werde ich mich an deiner totalen Unterwerfung erfreuen.«

Was ich dann auch tat – ohne Einschränkung, dachte sie später gebrochen, als ihre Schluchzer sich in heftigen Schluckauf verwandelten. Clarence war schon lange verschwunden, und das Haus war so still, daß man die Geister hätte hören können. Als Kate ihr beim Baden half, sah sie einen großen blauen Fleck auf einer ihrer Brüste und sagte: »Seid vernünftig, Mädchen, geht zu Lincoln.«

Roseanna nickte, doch sie war unfähig zu sprechen.

Sie legte das Trauergewand zur Seite und zog anläßlich der festlichen Zeit ihr mit Silber unterlegtes, purpurrotes Kleid an. Als sie, Kate und Mr. Burke im Schlepptau, eintraf, fand sie Lincoln Castle erfüllt von weihnachtlichen Festlichkeiten. Der Burghof war voll von Dorfbewohnern, und in den Ställen standen dicht an dicht die Pferde der Gäste des Grafen. Lincoln hatte seine ganze Familie bei sich, einschließlich seiner Mutter, seiner drei Schwestern, deren Ehemännern und seiner zwei jüngeren Brüder. Als er sie sah, leuchtete sein Gesicht auf. Er kam auf sie zu und nahm ihre Hände in die seinen. »Roseanna!« rief er aus.

»Können wir uns irgendwo ungestört unterhalten, Linc?« fragte sie.

Er brachte sie in einen kleinen Raum, gleich neben dem Ballsaal. Kate Kendall und James Burke standen draußen vor der Tür und versuchten, die neugierigen Blicke zu ignorieren, die man ihnen zuwarf.

Roseanna war auf einmal verlegen und wußte nicht recht, was sie sagen sollte. Sie stammelte: »Ich – habe dich vermißt«.

»Ach, Liebling, wenn du mich doch nur heiraten würdest, dann wären alle deine Ängste vorbei. Ich werde Vormund deines Sohnes und dein dir ergebener Beschützer.«

»Deine Familie – werden sie nichts dagegen haben?«

»Roseanna, ich bin derjenige, der hier zahlt. Sie alle leben auf meine Kosten – und verdammt gut sogar, was das betrifft. Sie haben überhaupt nichts zu sagen.«

»Laß einen Priester kommen«, flüsterte sie.

»Jetzt gleich?« fragte er fassungslos.

Sie nickte. Der Priester wurde geholt, und Kate und Mr. Burke wurden hereingeführt, um als Trauzeugen zu fungieren. Als Linc und Roseanna aus dem Nebenzimmer heraustraten, führte er sie an die Front des Ballsaales und hielt die Hand hoch, damit alle ihm zuhörten. Grinsend wie ein Schwachsinniger erklärte er mit seiner tiefen, melodiösen Stimme: »Ladies und Gentlemen, ich möchte Ihnen hiermit die neue Gräfin von Lincoln vorstellen.«

Es folgte verblüffte Stille, die wohl minutenlang anhielt, dann ein Wispern, das langsam zu einem Gemurmel anschwoll, und schließlich ein wahrer Sturm von Begeisterung, als die Menge erkannte, daß der junge Graf sich soeben eine Braut genommen hatte. Er drückte sie an sich; sie spürte den braunen Samt seines Wamses an ihrer Wange und sah deutlich den kostbaren Schimmer seines samtenen Kragens; sie war außer sich vor Erleichterung.

»Was wünschst du dir als Hochzeitsgeschenk, mein Schatz? Du bekommst alles, was du willst.«

»Ich möchte, daß du mich zu meinem Sohn bringst«, sagte sie einfach.

»Jetzt gleich?« fragte er erstaunt.

Sie nickte. Da warf er den Kopf zurück und lachte schallend. »Nun, auf dann also! Wir werden sofort gehen – und fünfzig Männer als Eskorte mitnehmen.«

Es war bereits nach Mitternacht, als der Trupp in den Burghof von Castlemaine ritt, aber wegen der Weihnachtsfeierlichkeiten war man noch nicht zu Bett gegangen. Als Joanna und Neville die Neuigkeiten hörten, waren sie außer sich vor Freude über das große Glück ihrer Tochter. Die Feierlichkeiten wurden mit neuem Schwung fortgesetzt und dauerten bis in die Morgenstunden.

Roseanna wartete kaum den Toast ab, der auf ihre Gesundheit ausgebracht wurde, und eilte dann sofort in die oberen Stockwerke, um ihren Sohn zu sehen. Als sie ihn sicher und friedlich schlafend in seiner Wiege liegen sah, begann sie vor Erleichterung zu weinen. Linc tauchte hinter ihr auf. Sie wandte sich zu ihm um und vergrub ihr Gesicht in seiner Brust. Plötzlich öffneten sich die Schleusen, und sie schluchzte bitterlich.

»Alles in Ordnung, mein Liebling, alles ist in Ordnung«, beruhigte er sie. Aber sie konnte einfach nicht aufhören. Mit einem entschuldigenden Blick auf Joanna hob er Roseanna in die Arme und trug sie zu dem Schlafzimmer, das Joanna ihm zeigte.

Roseanna weinte sich in eine Art Erschöpfungszustand. Sehr sanft zog er sie aus und brachte sie zu Bett; dabei sah er den blauen Fleck und begann zu verstehen, was sie durchgemacht haben mußte. Rasch entkleidete er sich auch selbst, schlüpfte zu ihr ins Bett und zog sie sanft an sich. Er strich ihr langes Haar zurück und drückte ihr die Lippen an die Schläfen.

»Es tut mir leid, Linc«, flüsterte sie.

»Das Weinen wird dir guttun; laß nur alles heraus. Wenn's da drin steckt, muß es auch heraus.« Insgeheim dachte er: *Ich werde dafür sorgen, daß der Bastard nie im Leben König wird!*

Als sie in seinen Armen lag, verschwanden ihre Ängste langsam eine nach der anderen, bis sie schließlich einschlief. Nach etwa zwei Stunden wachte sie plötzlich auf und wußte einen Moment lang nicht, wo sie sich befand. Dann jedoch erinnerte sie sich an ihren neuen Ehemann und stützte sich auf den Ellbogen, um ihn zu betrachten. Wieviel Glück hatte sie doch, daß er so lieb und verständnisvoll war! Der arme Linc – seine Hochzeitsnacht mit einer hysterischen Braut verbringen zu müssen! Das Herz floß ihr über vor Dankbarkeit; sie beugte sich über ihn und küßte ihn sanft. Er erwachte sofort. »Roseanna!« flüsterte er heiser.

Er war jung und äußerst potent. Er war rasch entflammt und ebenso rasch befriedigt, und er war wahnsinnig verliebt in sie und konnte sich vor Freude über ihre großzügige Reaktion gar nicht beruhigen. Sie erkannte, daß sie ihn vollkommen in der Hand hatte; jetzt mußte sie sehr vorsichtig sein, ihn ja nie zu verletzen.

Roseannas Heirat mit dem Grafen von Lincoln bot ihr und ihrem Sohn vollständigen Schutz vor jeglichem Kontakt oder gar Drohungen von Seiten des Herzogs von Clarence. Obwohl unter den Adeligen große Meinungsverschiedenheiten herrschten, beschloß Warwick am Ende doch, den verrückten König Henry wieder auf den Thron zu setzen. George, der Herzog von Clarence war tief verbittert darüber, daß die Krone, mit der er schon so lange geliebäugelt hatte, auf einmal an einen anderen gegeben wurde. Er haßte jetzt Warwicks Autorität und überhäufte Elizabeth Woodville mit Flüchen, da er sie für all sein Unglück verantwortlich machte. Langsam dämmerte ihm jedoch, daß er unter Edwards Herrschaft besser dran gewesen war als jetzt unter Warwicks. Er war bereit, ohne Zögern zu Edward überzulaufen, wenn sein Bruder den Thron zurückgewinnen sollte.

Der Graf von Lincoln wußte, daß er zur Krönung von König Henry nach London reisen mußte. Die Adeligen schwärmten scharenweise in die große Stadt, wo ein riesiger Umzug durch die Straßen geplant war. Warwicks Bruder, der Erzbischof von York, war der erste, der in der Hauptstadt eintraf und dem künftigen König Tribut zollte. Bald darauf wimmelte London von Warwicks Leuten in ihren feschen roten Uniformen; allenthalben war die barbarische Mundart des nördlichen Englands zu hören.

Roseanna bat Linc, sie zu Hause zu lassen. Er akzeptierte ihre Entschuldigung, daß sie noch nicht an ihre jetzige Stellung als Gräfin von Lincoln gewöhnt war; er wußte jedoch auch, daß sie außerdem ein paar ruhige Stunden mit ihrem Sohn verbringen wollte. Sie einigten sich darauf, daß sie während Lincs Abwesenheit auf Ravenspur bleiben sollte. Der alte Dobbin brachte Roseanna wieder einmal alle Stuten von Castlemaine herauf. Sie war dann fast die ganze Zeit bei ihnen, da sie alle zu fohlen begannen.

In dem Monat, in dem Linc fort war, gebar die Stute, die von Zeus gedeckt worden war, ein feines schwarzes Füllen, und Rogers Hengst hatte der einen Stute Zwillinge beschert und der anderen einen kräftigen, samtschwarzen kleinen Hengst. Sie konnte es kaum erwarten, zu sehen, was die drei weißen Stuten, die von Mekka gedeckt worden waren, hervorbringen würden. Der Araberhengst war tot, doch sie setzte große Hoffnungen in seinen Nachwuchs.

Die erste Stute hatte eine schwere Zeit; Roseanna verbrachte zwei Tage im Stall, beruhigte das rastlose Tier und half ihm bei der Geburt. Sie fütterte ihm warmen Haferbrei, dann warmes Ale und schließlich schwarzen Zuckerrübensirup, bevor sie es von der Nachgeburt befreien konnte. Die Ergebnisse der Zucht waren das Geld und die Mühe mehr als wert. In ein paar Jahren würden Ravenspurs Ställe denen von Castlemaine durchaus das Wasser reichen können.

Als Linc zurückkehrte, zögerte er zunächst, ihr die neuesten Gerüchte, die in ganz London herumschwirrten, zu berichten. Man erzählte sich, daß Edward die Monate im Exil keineswegs müßig verbracht habe. Er hatte bei möglichen Verbündeten nach Schiffen, Geldspenden und Kämpfern für eine Rückeroberung Englands nachgefragt. Er bat um Waffen und Pferde, nicht jedoch um Versorgungsgüter, die nur wertvollen Platz auf den Schiffen wegnehmen würden. Die Hansekaufleute, so wurde gemunkelt, hätten ihm eine Flotte von Schiffen und fünfzehnhundert Soldaten zur Verfügung gestellt. Anscheinend hatte er darüber hinaus Anleihen bei den Franzosen, den Deutschen und den Holländern getätigt. Warwick war höchst alarmiert. Falls Edward in Norfolk landete, was am wahrscheinlichsten war, dann würde ihm der Herzog von Norfolk, ein reicher Grundbesitzer und einer seiner treuesten Anhänger, zweifellos seine Unterstützung gewähren.

Warwick nahm den Herzog von Norfolk in Gewahrsam und wollte gerade Lord Howard, einen weiteren Anhänger der Yorkisten, gefangennehmen, als dieser ihm in letzter Sekunde entschlüpfte, indem er sich ins Asyl in Colchester begab. Warwick befahl all seinen Adeligen, ihre Besitztümer und Ländereien fest in den Griff zu nehmen und sie gegen eine mögliche Landung oder Invasion zu verteidigen.

Der Graf von Oxford kontrollierte den Osten Englands, so daß Warwick ziemlich sicher sein konnte, daß Edward bei einer möglichen Landung an dieser Stelle rasch besiegt werden würde. Er befahl George, nach Somerset zu ziehen und eine Armee zusammenzustellen und gleichzeitig den Bristolkanal zu bewachen, um auch dort eine Landung zu verhindern.

Roseanna hörte schweigend zu, als Linc ihr die Neuigkeiten erzählte. Sie war innerlich zerrissen, denn wenn die Nachrichten stimmten, dann bedeutete das einen Krieg, in den Linc verwickelt sein würde. Tief im Herzen wünschte sie sich, daß König Edward die Krone zurückgewann, aber ihr Ehemann würde auf der Gegenseite kämpfen; er hatte Warwick unter der Bedingung die Treue geschworen, daß George, der Herzog von Clarence, nicht auf den Thron kam. Obwohl ihr Sohn seine Burgen, Ländereien und Titel durch Edward erhalten hatte, war es doch Linc gewesen, der sie für ihn gesichert hatte.

Sie versuchte, alle Gedanken an Krieg beiseite zu schieben. Sie wollte neutral bleiben – das war die einzige Möglichkeit, nicht den Verstand zu verlieren. Sie hätte gern Kate bei sich gehabt, um mit ihr sprechen zu können, aber Kate und James Burke kümmerten sich um Ravenspur, während sie sich auf Lincoln befand.

In dem verzweifelten Versuch, einfach zu ignorieren, daß sich Lincs Soldaten und Bogenschützen auf einen Kampf vorbereiteten, beschäftigte sie sich mit ihrem Kind und verbrachte jede Menge Zeit in den Ställen von Lincoln Castle.

24. Kapitel

Roseanna erwachte mit starken Kopfschmerzen. Sie stöhnte und legte sich die Hand auf die Stirn. Linc lachte. »Geschieht dir recht. Warum mußtest du letzte Nacht auch so viel Wein trinken?« Dann wurde sein Gesicht wieder ernst, und er fragte besorgt: »Roseanna, brauchst du Wein, um dich mir hingeben zu können?«

Sie starrte ihn entsetzt an. Ihre intime Beziehung hatte, soweit es sie betraf, bisher immer etwas zu wünschen übriggelassen, aber ihr war nie in den Sinn gekommen, daß er das gemerkt haben könnte. Bei ihm ging alles so schnell, daß sie sich hinterher immer irgendwie leer und unbefriedigt fühlte. Sie hatte ein schlechtes Gewissen, denn sie wußte, wenn sie sich die Zeit dafür genommen hätte, hätte sie seine Leidenschaft zügeln und mehr Muße in ihr Liebesspiel bringen können. Dann würde er die Gelegenheit haben, seine Sinnlichkeit bis an ihre Grenzen zu erforschen. Sie war weit erfahrener als er, was die Künste der Liebe betraf, und wußte, was zu tun war, damit ein Mann zu seiner vollen sexuellen Leistungsfähigkeit gelangte. Sie erkannte, daß sie ihm gegenüber fair sein und mithelfen mußte, etwas mehr Qualität in ihre Schlafzimmerspiele zu bringen. Zärtlich berührte sie sein Gesicht. »Linc, wie würde es dir gefallen, wenn ich heute nacht zur Abwechslung mal die Führung übernähme?«

Er grinste entzückt. »Das würde mir mehr als alles andere gefallen!«

Sie lachte still, als sie ihn im Ankleidezimmer singen hörte. Sie erkannte, daß sie sich ihm nie richtig hingegeben hatte. Sie hatte ihm ihre Dankbarkeit geschenkt, nicht jedoch ihre Liebe.

Ein Teil von Edwards Flotte lag unter dem Kommando von Richard tagelang vor der Küste von Norfolk vor Anker, bevor man entdeckte, daß sich der Herzog von Norfolk in Gewahrsam befand. Sie erfuhren auch von Oxfords Patrouillen an der südöstlichen Küste Englands und beschlossen schließlich, an Yorkshire vorbei bis hinauf nach Northumberland zu segeln, wo ihnen die starken Percys zu Hilfe eilen würden.

Drei der Schiffe liefen in einem heftigen Sturm vor Lincolnshire auf Grund. Eins davon schlug Leck und versank, und man brauchte die ganze Nacht, um alle an Land zu bringen. Sie waren naß und zitterten in der eiskalten Märznacht, aber Richard führte seine Männer südwärts zu einen Platz nahe den Fennen, wo sie an einem vorher vereinbarten Treffpunkt mit Edward und dem Rest der Hanseflotte zusammenstoßen sollten.

James Burke wollte seinen Augen kaum trauen, als Roger Montford die Empfangshalle von Ravenspur betrat. Den Finger verschwörerisch an die Lippen legend, sagte er: »Psst, Mann. Ich will Roseanna überraschen.«

Mr. Burke bekreuzigte sich und murmelte: »Heilige Maria und Josef, Ihr werdet sie mehr als nur überraschen!«

»Wir sind zurück! Hast du denn je daran gezweifelt? Du siehst aus, als hättest du einen Geist gesehen, James.«

»Mylord, wir hielten Euch für tot! Lady Roseanna ist fast verrückt geworden vor Kummer, als zwei halbertrunkene Männer sich hier hereinschleppten und uns von Eurem Ende berichteten. Sie schickte mich in die Fenne, um nach Eurer Leiche zu suchen, und ich war überzeugt, daß ich sie gefunden hätte – unter dem Kadaver des weißen Araberhengstes. Ich habe die Überreste selbst begraben«, erklärte Mr. Burke.

»Das war Kelly«, sagte Roger grimmig. »Der Sturm hatte uns aggressiv gemacht, und ich beschuldigte ihn des Mordes an Janet. Er stach mich nieder und versuchte, auf Mekka zu fliehen, aber sie sind beide gestürzt und ertrunken.«

»Herr des Himmels!« stöhnte Mr. Burke wieder und wieder, weil er keinen Ausweg aus der Situation sah, in der sie sich nun alle befanden.

»Wo ist Roseanna? Hol sie, Mann, damit sie mit eigenen Augen sieht, daß ich noch am Leben bin!«

»Sie ist nicht hier, Mylord«, erklärte Mr. Burke vorsichtig.

»Verdammt, sag nicht, daß sie schon wieder auf Castlemaine ist! Ich habe nicht viel Zeit. Edward ist mit einer Armee gelandet, um England zurückzuerobern. Wir sind unterwegs nach Nottingham, um noch mehr Männer zusammenzuziehen.«

Kate Kendall hörte Ravenspurs unverwechselbare Stimme und kam mit zitternden Knien in die Halle.

»Kate, ich bin von den Toten auferstanden!« Er lachte. »Wann wird Roseanna denn aus Castlemaine zurückerwartet?«

Kate Kendall und James Burke tauschten einen vielsagenden Blick aus, und beide schauderten vor dem zurück, was sie ihrem Herrn zu berichten hatten.

»Was ist los?« verlangte er zu wissen. »Mein Gott, sie ist doch nicht krank, oder? Ist mein Sohn in Ordnung?«

Kate holte tief Luft. »Ihr setzt Euch besser erst einmal, Mylord. James, hol ihm etwas zu trinken – irgendwas Stärkeres als Wein.«

Mit blutleeren Lippen nahm Roger am warmen Kaminfeuer Platz. James Burke reichte ihm einen Becher mit Branntwein und entfernte sich, damit Kate und Roger sich in Ruhe unterhalten konnten.

»Versucht, geduldig zu bleiben, wenn ich Euch jetzt eine unglaubliche Geschichte erzähle, Mylord. George, der Herzog von Clarence ist hier vorgeritten, kurz nachdem Edwards flüchtende Armee Ravenspur verlassen hat. Es wäre unsinnig gewesen, wenn wir abgestritten hätten, daß die Truppe hier gelagert hat, denn das war offensichtlich. Als dieses Schwein Clarence Roseanna erblickte, vergaß er den König und dessen Verfolgung vollkommen. Von dem Moment, an dem er sie zum ersten Mal sah, hatte er nur noch eins im Sinn. Er redete gar nicht viel drumherum, sondern machte ihr ganz offen klar, daß er sie haben wollte.«

Roger leerte den Becher und schüttelte sich leicht.

»Nun, Ihr kennt ja Roseanna, Sir. Sie forderte ihn nicht gerade höflich auf, er solle gehen. Am Tag darauf erhielten wir die Nachricht von Eurem Tod, und Roseanna war's auf einmal egal, ob sie lebte oder starb. Sie verfiel in eine tranceartige Starre. Sogar das Baby merkte, daß mit seiner Mutter etwas nicht stimmte, und schrie den ganzen Tag lang. Doch dann, der Herr möge ihr gnädig sein, geschah etwas, das sie ziemlich schnell aus ihrer Starre riß.«

»Gott sei Dank«, flüsterte Roger.

»Nein, Mylord. Das war nicht Gottes Werk, sondern das des Teufels. Der Herzog von Clarence kehrte zurück. Seine Männer waren betrunken. Sie rissen Alice die Kleider vom Leib und vergewaltigten Rebecca. Er bedrohte Roseanna mit der einzigen Waffe, die sie gefügig machen konnte. Er drohte, ihren Sohn seines Reichtums und seiner Titel zu berauben. Ja, er drohte sogar, ihr das Kind ganz wegzunehmen.«

Ravenspur sprang auf und verwünschte den Mann, der seine Frau mißbraucht hatte, aus tiefster Seele: »Er ist tot! Ich knöpfe ihn mir auf dem Schlachtfeld vor und schlitze das Schwein auf!«

»Mylord, das ist noch nicht alles«, sagte Kate ruhig.

»Nicht alles?« brüllte er. »Ich habe genug gehört, Weib! Wieviel mehr kann es denn wohl sonst noch geben?«

»Lord Ravenspur, ich habe Euch ermahnt, Euer Temperament zu beherrschen, ja, und auch Euren Verstand, denn was ich noch zu sagen habe, ist in der Tat schlimm.«

Eisenfinger umklammerten sein Herz. Er fürchtete, seine Liebste könne tot sein.

Kates Stimme zitterte, als sie fortfuhr. »Sie war verwundbar und ohne den Schutz eines starken Mannes eine leichte Beute. Deshalb suchte sie den Grafen von Lincoln auf, den Oberherrn Eures Sohnes.«

»Hat er ihr geholfen?« wollte Roger wissen.

»Mehr als das. Er hat sich in sie verliebt und sie geheiratet.«

»Was?« Das Wort explodierte förmlich, als hätte er Feuer gespuckt. »Dieses treulose Biest! Ich werde sie umbringen!«

»Sie weigerte sich, ihn zu heiraten, aber dieses widerliche Schwein Clarence ist wieder aufgetaucht und hat ihr seine abartigen Gelüste aufgezwungen. Ihre Mutter und ich drängten sie, den Grafen von Lincoln zu nehmen. Mylord, sie hatte keine Wahl!«

Roger sank auf den Stuhl und vergrub den Kopf in den Händen. Seine kostbare, über alles geliebte Roseanna! Er hatte das Gefühl, sein Herz müßte brechen. Kate ließ ihn allein.

Nach einer Weile faßte James Burke genug Mut, um zu ihm zu gehen und ihm noch etwas zu trinken anzubieten. Roger schüttelte die Starre ab, in die er versunken war, und schritt aus der Halle. Edwards Kämpfe mußten warten. Zuerst mußte er seinen eigenen ausfechten!

Lincoln erhielt die Nachricht von Warwick, daß Edward gelandet und auf dem Weg nach Nottingham sei. Warwick forderte Lincoln auf, in Coventry zu ihm zu stoßen. Er hatte außerdem dringend an George, den Herzog von Clarence gesandt, mit den viertausend Mann, die er rekrutiert hatte, zu ihm zu kommen.

Als Ravenspur in die Eingangshalle von Lincoln Castle marschierte, dachte der Graf zunächst, er sei ein weiterer Bote. Roseanna wandte ihre Aufmerksamkeit von ihrem Mann auf den Boten und stieß einen einzigen Schrei aus: »Roger!« Dabei suchte sie einen Halt, um sich zu stützen, doch schon knickten die Beine unter ihr weg, und alles verschwamm vor ihren Augen. Ohnmächtig sank sie zu Boden.

Ravenspur schritt auf Lincoln zu und funkelte ihn drohend an, damit er Roseanna nicht zu Hilfe eilte. Er beugte sich hinunter und hob sie mit einer geschmeidigen Bewegung hoch. »Diese Lady ist meine Frau«, sagte er unmißverständlich. »Führt mich zu einer Couch, auf der sie sich ein wenig erholen kann.«

»Ihr seid nicht tot?« fragte Linc in tiefer Verzweiflung.

»Noch nicht!« erwiderte Roger kurz angebunden.

Obwohl Linc durch Ravenspurs Ankunft wie am Boden zerstört war, führte er Roger mit großer Überwindung zu Roseannas Kammer und ließ die beiden allein.

Roger legte sie dort aufs Bett und schüttelte sie sanft. »Roseanna! Mach die Augen auf und sieh mich an!« Als sich ihre Augen flatternd öffneten, sah er darin klar und deutlich, was er wissen mußte. Da war weder Furcht noch Verzweiflung, nur Liebe. Ihr Mund war wie eine rosarote Samtrose, und er starb fast vor Sehnsucht nach ihr. Ihre Lippen berührten sich sanft und preßten sich dann wie wild aufeinander, dann streichelte er sie zärtlich und hielt sie an sein Herz gedrückt. Er liebte diese Frau mehr als sein Leben und würde es beweisen, indem er ihr von nun an eine sichere Zukunft bot. »Ruhe dich ein paar Minuten lang aus. Ich muß mit Lincoln sprechen.«

»Roger!« schrie sie ängstlich und befürchtete das Schlimmste.

Beruhigend lächelte er ihr zu. »Ich bin in ein paar Minuten zurück. Vertrau mir.«

Ravenspur schritt ruhig auf den Grafen von Lincoln zu. »Es gibt einiges zu klären zwischen uns.«

»Das stimmt.« Linc nickte steif. Die beiden Männer boten einen auffälligen Kontrast. Lincolns silbriges Haar ließ ihn jünger aussehen, während Ravenspurs dunkle Erscheinung ihn um Jahre älter machte.

»Das Gesetz ist auf Eurer Seite, Ravenspur. Danach ist Roseanna immer noch Eure Frau«, gab Linc zu. »Aber ich denke, sie sollte zwischen uns wählen dürfen.«

Roger sagte: »Wir wollen die Sache doch lieber vom Verstand und nicht vom Herzen aus betrachten. Wir befinden uns im Krieg. Wir haben einen Kampf auszutragen, viele Kämpfe vielleicht, bevor alles vorüber ist. Falls ich sterbe, möchte ich Euer Wort, daß Ihr Roseanna ein guter Ehemann sein und im besten Interesse meines Sohnes handeln werdet.«

Lincoln riß die Augen auf. »Ihr habt mein Wort.«

Roger fuhr fort: »Falls Ihr sterbt, habt Ihr ebenfalls mein Wort. Wenn ich überlebe, bleibt Roseanna meine Frau, außer sie will es anders. Einverstanden?«

»Einverstanden«, nickte Lincoln, der sich eines Gefühls der Bewunderung nicht ganz erwehren konnte.

Roger zögerte. »Roseanna ist viel zu sehr Frau, um längere Zeit ohne Mann auskommen zu können. Ich bin nicht undankbar für die Dienste und den Schutz, den Ihr meiner Familie habt angedeihen lassen. Ich sage Roseanna nur noch Lebewohl.«

Er ging zurück zu ihrer Kammer und fand sie mit seinem Sohn vor. »Schau, er kann schon ein paar Schritte gehen und auch ein paar Wörter sagen«, meinte sie stolz. Sie deutete auf Roger und sagte: »Papa.«

»Mama«, antwortete das Baby. Der kleine Ned hatte die schwärzesten Augen und Locken, die Roger je gesehen hatte, und sie erweckten die seltsamsten Gefühle in ihm. Plötzlich hätte er am liebsten geweint.

»Ich werde sofort packen und nach Hause gehen«, sagte Roseanna und sah wegen all der Schwierigkeiten, die sie verursacht hatte, zerknirscht vor sich hin.

»Roseanna, tu nichts Übereiltes«, hielt er sie zurück. »Es wird zu heftigen Kämpfen kommen, wenn Edward und Warwick aufeinandertreffen. Deine Ehemänner stehen in diesem Konflikt auf unterschiedlichen Seiten. Wenn einer von uns stirbt, hast du immer noch den anderen.«

»Du wirst nicht sterben!« schrie sie.

»Nein, ich werde nicht sterben«, versprach er. »Tut mir leid, mein Kleiner, aber du wirst wohl noch eine Zeitlang warten müssen, bis du Baron von Ravenspur wirst.«

Er küßte das Kind zum Abschied, wagte es jedoch nicht, Roseanna zu berühren, weil er fürchtete, sonst nicht gehen zu können. Er wandte sich so schnell um, daß er mit dem Mantel eine Vase früher

Schneeglöckchen vom Tisch fegte. Als Roseanna sich niederkniete, um die zarten weißen Blumen aufzusammeln, stahlen sich ein paar Tränen ihre Wangen hinab. Sie weinte vor Freude, daß Roger am Leben war, sie weinte aus Traurigkeit, weil sie Linc weh getan hatte; sie schluchzte aus Angst um die Sicherheit beider in den blutigen Kämpfen, die ihnen bevorstanden.

Als Roger in Nottingham zu Edward und Richard stieß, war er erleichtert, als er sah, daß Percys Männer aus Northumberland eingetroffen waren. Ihnen allen war klar, daß die Tatsache, daß sie Nottingham unbelästigt erreicht hatten, bewies, daß sowohl Lord Stanley als auch der Graf von Shrewsbury neutral geblieben waren und nichts unternommen hatten, um sie aufzuhalten. Edward war bester Stimmung. Er grinste und wiederholte einen seiner Lieblingssprüche: »Wer nicht gegen mich ist, ist für mich!«

Warwicks Bruder John hatte eine Armee in Pontefract stationiert, fünfzig Meilen nördlich von hier, doch bisher hatte er Edward noch nicht zum Kampf herausgefordert. Also führte Edward seine Armee vorsichtig von Nottingham nach Süden in Richtung Leicester, das sich lediglich zwanzig Meilen von Warwicks Armee entfernt befand. Edwards Spione berichteten, daß Warwicks Bruder nicht bei Pontefract lag, sondern in Coventry zu Warwick gestoßen war. Exeter und Oxford befanden sich ebenfalls bei Warwick.

Dann geschah etwas Erstaunliches. Edward erhielt eine Nachricht von seinem Bruder George, dem Herzog von Clarence. Er erbot sich, Edward zu helfen, statt seine viertausend Mann Warwick zur Verfügung zu stellen. Richard mißtraute seinem Bruder und erinnerte Edward an seinen jüngsten Verrat. Ravenspur war ebenfalls dagegen. Er wünschte Clarence verzweifelt auf die gegnerische Seite, damit er ihn ohne viel Federlesens töten konnte. Edward erkannte jedoch den Vorteil, der in Georges Angebot lag; es verdoppelte die Größe seiner Armee mit einem Schlag.

Nachdem Edward also Georges Angebot angenommen hatte, führte er seine neue Armee von achttausend Mann auf Coventry zu und bereitete sich auf den Kampf vor. Plötzlich schlug George vor, daß Edward eine versöhnliche Botschaft an Warwick schicken sollte, um alldem ein friedliches Ende zu bereiten. Ravenspur hätte ihm am liebsten das

Schwert zwischen die Rippen gerammt, aber er konnte es nicht, denn Edward brauchte ihn. Roger war zutiefst erleichtert, als Edward Verhandlungen kategorisch ablehnte. »Wenn Warwick aus Coventry herauskommt und sich ergibt, schenke ich ihm das Leben.«

Als klar wurde, daß Warwick sich nicht ergeben und Coventry auch nicht verlassen würde, um sich zum Kampf zu stellen, eilte Edward nach London, um den verrückten König Henry zu ergreifen. Der Bürgermeister stieß die Stadttore auf, und auf einmal war jeder Edwards Freund. Er marschierte stracks zum Bischofssitz und ließ Warwicks Bruder, den Erzbischof von York, in den Tower werfen. Der verrückte König Henry folgte auf dem Fuße. Edwards nächste Station war das Asyl Westminster, wo er seine Königin, die Prinzessinnen und den Prinzen, den sie ihm geboren hatte, befreite. Nun, da ihm London sicher war, war er mehr als bereit, gegen Warwick zu marschieren und die Dinge endgültig zu klären. Warwick hatte seine Armee nun nach St. Albans verlegt, nur zwanzig Meilen von seinem ursprünglichen Standort entfernt. Diesmal würde einer von ihnen für immer ausgelöscht werden!

Edward wählte dreitausend Mann als Vorhut für eine Attacke. Richard erhielt das Kommando über sie, und Ravenspur war sein Stellvertreter. Es war eine kolossale Verantwortung, aber auch eine der höchsten Ehren, die einem Gefolgsmann zuteil werden konnte. Selbstverständlich ritt Edward selbst an der Spitze der Vorhut.

Roger ließ seine Männer ein Lager aufschlagen; in der Dunkelheit konnten sie die Geräusche des nahen Feindes hören, und seine Stimmung schwankte zwischen Niedergeschlagenheit und Erleichterung, als er an seinem Lagerfeuer saß. Er erkannte die Ironie der Situation: Edward, Richard und er selbst waren alle von Warwick ausgebildet worden, und er kannte seine Lektionen bis aufs i-Tüpfelchen.

Er erhob sich, schritt zwischen seinen Männern umher und ermahnte sie, sich in der Nacht vor der Schlacht nicht zu betrinken. Er verfluchte die lauten, rastlosen Hengste und dachte: *Bei Gott, Roseanna hat recht. Wallache wären für den Kampfeinsatz besser geeignet.* Plötzlich waren seine Sinne ganz von Roseanna erfüllt. Er sehnte sich so sehr nach ihr, daß er schwor, keine Macht der Welt werde ihn je wieder von ihr trennen können.

Die Nacht wurde kalt und feucht, und obwohl er fror, schwitzte er gleichzeitig unter seiner Rüstung. Er schritt immer noch zwischen seinen Männern umher und warnte sie jetzt davor, Zweifel aufkommen zu lassen. Sie mußten davon überzeugt sein, den Sieg davontragen zu können; anders zu denken, würde heißen, dem Tod eine Einladung zu schicken. Er riet ihnen, sich ihre Kräfte während der Schlacht gut einzuteilen. Es würde ein langer Tag werden, in dem Ausdauer und Durchhaltevermögen mehr zählten als wilde Mutproben und kopflose Attacken. »Ihr müßt fest mit beiden Beinen auf der Erde stehen und jeden Schlag parieren, der auf euch zukommt«, wiederholte er wieder und wieder. Er dankte Gott für die erfahrenen Gesichter, die er in der Menge ausmachte, denn ein Großteil dieser jungen Männer würde zum ersten Mal in eine Schlacht ziehen. Der Horror, der ihnen bevorstand, lag jenseits ihres Vorstellungsvermögens.

Er vermied es, ihnen vom roten Schlamm der Schlachtfelder zu berichten – Schlamm aus dem Blut der Gefallenen und Zertrampelten. Er sagte nichts über die betäubende Erschöpfung, die einen danach überfiel und trotzdem tagelang nicht schlafen ließ, da einem das erlebte Grauen nicht aus dem Kopf ging.

Als der Morgen heraufdämmerte, lag dichter Nebel über der ganzen Gegend, so daß er die Hand kaum vor Augen sehen konnte. Das änderte jedoch nichts! Sie würden trotzdem angreifen und sich eben mehr nach dem Gehör- und Tastsinn richten als nach den Augen.

Roger stieß mit solcher Gewalt auf seinen ersten Feind, daß ihre Brustschilde aufeinanderkrachten und ihm für einen Moment die Luft wegblieb. Von seinem Schwert tropfte Blut; er hielt es in Armeshöhe, und schon bald waren seine Lederhandschuhe von Blut und Schweiß durchtränkt. Seine Arme schmerzten, seine Lungen schmerzten, und die Augen brannten von seinem eigenen salzigen Schweiß. Dunkel nahm er wahr, daß wenn seine Füße etwas Hartes berührten, dies eine Rüstung sein mußte, und wenn es etwas Weiches war, dann war es ein menschlicher Körper.

Seine Kräfte schwanden. Dann erklang wie ein Wunder eine Trompete, die ihm verkündete, daß die feindlichen Linien sich auflösten. Plötzlich war er von neuer Energie und Kraft erfüllt. Langsam, Zentimeter um Zentimeter, gewann er an Boden, bis der Feind sich zur Flucht wandte. Und dann sah er den überhasteten Rückzug mit eigenen Augen, als der Nebel sich allmählich hob. Er sah Edwards gelbes Haar, als der seinen Helm abnahm und rannte zu ihm. Edward stand über Warwicks Leiche gebeugt und weinte. Roger riß ebenfalls seinen Helm herunter. Sein Gesicht war naß von Blut, Schweiß und Tränen. Es war vorbei! Dem Herrgott sei Dank, es war endgültig vorbei!

Der König blickte ihn an und sagte: »Du bist verwundet, Roger. Los, such dir einen Arzt.« Bis zu diesem Moment hatte er nicht bemerkt, daß sein linker Arm leblos und blutig an ihm herunterhing, aber nun fühlte er auf einmal den brennenden Schmerz des Schwerthiebes, der durch seine Schulter gegangen war. Die Vernunft sagte ihm, daß es besser war, wenn er Edward folgte, denn er wußte aus eigener Erfahrung, daß eine Wunde schneller heilte, wenn sie umgehend versorgt wurde; doch eine übermächtige Kraft zog ihn unwiderstehlich zu Roseanna.

Er bestieg sein Pferd und ritt vom Schlachtfeld. Ein Wahnsinn trieb ihn nach Hause, denn Ravenspur lag achzig Meilen entfernt im Norden. Der Schmerz kam und ging in großen Wellen, und manchmal war er kaum bei Bewußtsein. Aber trotzdem trieb er sich unbarmherzig an. Erst als er in Sichtweite der Burg war, erlaubte er sich, bewußtlos vom Pferd zu sinken.

Roseanna befand sich auf Ravenspur. Seit Stunden schon suchte sie besorgt den Horizont nach Anzeichen von ihrem Mann ab. Sie sah den schwarzen Hengst, und sie sah Roger, wie er vom Pferd fiel, und schon war sie aus der Halle und rannte zu den Ställen und schrie dabei den Stallburschen zu, daß sie ihre Hilfe brauche.

Roger war total verdreckt und stank zum Himmel. Sein Körper war mit getrocknetem Schweiß und Blut verkrustet. Sein schwarzes Haar war filzig und klebte ihm am Kopf. Sie trugen den Bewußtlosen ins Haus. Mit der Hilfe von Kate Kendall und James Burke zog sie ihm die Kleider vom Leib und badete ihn. Sein Bewußtsein kehrte rasch wieder, als sie begann, seine verwundete Schulter zu versorgen, aber er lag reglos in der Wanne, als sie die von Wundbrand befallenen Teile mit ihrem scharfen Messer entfernte. Sie gab Kate einen Wink, ihr einen Becher mit Wein zu reichen; den hielt sie ihm an die Lippen und zwang ihn, das mit einem Schlafmittel versetzte Gebräu zu trinken.

Er nahm nur einen einzigen Schluck, bevor er die Hand hob und den

Becher wegstieß. Seine Finger strichen über ihre Hand, und plötzlich konnte sie es nicht mehr ertragen, ihn mit jemand anderem zu teilen. Sie blickte die Anwesenden an und sagte. »Vielen Dank für eure Hilfe; ich würde jetzt gerne mit meinem Ehemann allein sein.«

Zögernd verließen sie ihren soeben heimgekehrten Herrn, und Roseanna begann, seine gesunde Schulter und die breite Brust vorsichtig mit einem Schwamm abzutupfen.

»Du hast mich deinen Ehemann genannt.«

»Ja, natürlich, das bist du doch auch«, sagte sie, als ob sie einem Einfaltspinsel die offensichtlichste Tatsache der Welt klarmachen müsse.

»Aber was ist mit Lincoln?« fragte er, wobei er die Worte zwischen zusammengebissenen Zähnen hervorstieß.

»Oh, mein Gott!« Sie hörte auf, ihn abzureiben. »An ihn habe ich überhaupt nicht mehr gedacht! Ist er in Ordnung?«

»Ich bin nicht sicher, aber ich glaube, ich habe ihn gesehen, wie er sich mit Warwicks Männern zurückzog.« Er betrachtete forschend ihr Gesicht. Als er Erleichterung darin las und nichts weiter, wurde ihm warm ums Herz.

»Ich hoffe wirklich, daß ihm nichts passiert ist. Er ist so ein liebenswerter Mann, Roger«, sagte sie langsam, während sie seinem Blick begegnete, »du mußt verstehen, daß ich verzweifelt Schutz gesucht habe. Nur deshalb habe ich ihn geheiratet. Ich möchte ihm nicht weh tun, denn er hat mir nichts als Verständnis und Liebe entgegengebracht. Aber ich bin nicht seine Frau, ich bin *deine*. Du bist die Liebe meines Lebens.« Sie beugte sich zu ihm und küßte ihn mit all der Leidenschaft, die sie für ihn empfand.

Roger stöhnte vor Glück und schlang den gesunden Arm um Roseannas Taille. *Roseanna liebte ihn. Sie hatte ihn gewählt.*

Ravenspurs schwarze Augen bohrten sich in die ihren.

»Bei Gott, Weib, wenn du nicht sofort aufhörst, mich so zu küssen, dann springe ich aus der Wanne und falle über dich her«, sagte Roger.

Sie lachte sanft. »Eins steht fest, mein lieber Mann, in dieser Nacht bin ich sicher vor dir.«

»Sicher vor mir?« fragte er fordernd. »Bei Gott, du wirst nie vor mir sicher sein. Hilf mir aus dem verdammten Wasser und verbinde die Wunde, damit ich dich zum Bett bringen und Lincoln aus dir heraustreiben kann!«

»Roger!« rief sie vorwurfsvoll und errötete. Sie glaubte nicht einen Moment daran, daß er seine Drohung ausführen würde, aber sie war plötzlich wieder so scheu wie eine junge Braut. Dennoch half sie ihm aus der Wanne und trocknete ihn gründlich ab. Als sie sich seinen Lenden näherte, erhob sich sein Schaft hart und prall und zeigte ihr, daß er tatsächlich in der Lage war. Mit zarten Händen tupfte sie die Wunde ab und verband sie, wobei sie seinen Arm über der Brust fest verschnürte, um ihn ruhigzustellen, bis die Schulter geheilt war.

Ihr war leichter ums Herz als seit fast einem Jahr. Der Frühling war da, und der Sommer würde folgen, ein Sommer, in dem jeder Garten und jede Steinmauer in England von Rosen überwuchert war. Es versprach, der schönste Sommer zu werden, den sie je erlebt hatte. Oh, dieser Mann bedeutete ihr so viel! Die Liebe zu ihm überwältigte sie förmlich. Er war der einzige Mann, der ihre Sinnlichkeit geweckt und ihr beigebracht hatte, wie man liebte. Nie würde sie einen anderen Mann so lieben können wie ihn; alle anderen, selbst Linc, ein Graf des Königreichs, der so gut zu ihr gewesen war, verblaßten gegen Roger. Ihr Herz jubilierte vor Dankbarkeit und Freude über die glückliche Rückkehr Ravenspurs. Lieber Gott, nimm ihn mir nie wieder weg, betete sie.

Plötzlich merkte sie, daß seine dunklen Augen auf ihr ruhten. »Wie fühlst du dich?«

Er betrachtete sie spöttisch. »Ich zeig's dir, wenn du mich ins Bett gebracht hast.«

»Du bist einfach unverbesserlich«, lachte sie vorwurfsvoll, zog sich jedoch aus und schlüpfte zu ihm in das riesige Bett. Er war so stur, so herausfordernd und so verdammt nervtötend, doch sie wollte ihn kein bißchen anders.

Er packte sie mit seinem gesunden Arm. Seine Hand umschloß besitzergreifend eine ihrer Brüste, und sie fühlte ihn hart und prall an ihrem Oberschenkel. Plötzlich erkannte sie klar, daß er dabei war, sie erneut in Besitz zu nehmen und sie als seine Frau zu brandmarken. Sie war alarmiert über seine Rauheit, nicht um ihretwillen, sondern weil sie fürchtete, seine Wunde könnte wieder aufbrechen.

»Mein Liebster«, flüsterte sie, »weiß du noch, wie du mich das erste Mal geliebt hast? Wie du mich mit Küssen erobert hast, bis ich hilflos vor Liebe war?«

Er lächelte in der Dunkelheit. Roseanna brauchte ein wenig Zeit, um sich im Bett wieder an ihn zu gewöhnen. Er küßte sie langsam, sanft und weich; kurze, rasche Küsse und lange, langsame, schmelzende Küsse, die ihr bewiesen, daß er sich an jede Einzelheit ihrer ersten köstlichen Begegnung erinnerte. Zuerst stöhnte sie vor Lust, doch schon bald seufzte sie aus lauter Frustration. Sie wollte ihn mehr als alles andere auf der Welt, wollte ihn endlich wieder in ganzer Fülle in sich spüren, aber sie wußte, daß das mit seiner Wunde nicht geschehen durfte. Sein Mund brannte über ihre Schläfen, ihre Augenlider und über die zitternden Mundwinkel. Dann stieß er auf einmal die Zunge in sie hinein, um ihren Geschmack voll auszukosten.

»Roger, es ist gemein von dir, mich so zu erregen; du weißt, daß wir das nicht tun dürfen.«

Die Lippen an ihrer Kehle hauchte er: »Meine Wunde ist nicht tödlich, weißt du, also mach dich bereit zur Verteidigung!«

»Bei Gott, ich mußte mich gegen deine Lüsternheit verteidigen seit dem Tag, an dem ich in deinem Bett erwacht bin und du versucht hast, mich zu schänden!«

Sein heißer Mund fand ihre Brust, er leckte hungrig darüber hinweg und saugte an ihrer rosa Warze. Seine Hand glitt zwischen ihre Schenkel, und sie stöhnte und wand sich vor Lust.

»*Meine* Lüsternheit?« flüsterte er und verschlang ihren Mund, damit sie seine Anschuldigungen nicht erst abstreiten konnte. »Und was ist mit der deinen?«

»Mmm«, konnte sie gerade noch antworten, während sie sich seiner Hand entgegenkrümmte.

»Gib's zu, Roseanna. Gib's zu, und zum Teufel damit!«

Sie stöhnte. Sie wußte, daß er sich nicht abweisen ließ und dankte Gott dafür. Mit der Zungenspitze an seinem Ohr flüsterte sie ganz, ganz leise: »Ich bin ebenso heiß wie du, mein geliebter Ravenspur.«

Ihre Worte entfesselten seine Leidenschaft. Er begrub sie mit solch überwältigender Stärke unter sich, daß ihr der Atem wegblieb und sie kein bißchen Angst hatte. Er bestieg sie und rammte sein Geschlecht tief in sie hinein. Einen kleinen Moment lang tat er ihr weh, und sie schrie auf vor Schmerzen. Dann öffnete sie sich ihm jedoch vollkommen und empfand tiefe Freude und Lust darüber, so von ihm ausgefüllt zu sein.

Ekstase durchpulste die eng ineinander verschlungenen Körper, vereinigt in einer Umarmung, die für sie endlos hätte dauern können. Jede Berührung war wie loderndes Feuer, jedes Wort der Himmel; mit jeder Bewegung steuerte sie auf den alles verzehrenden Höhepunkt zu, der sie schließlich schwach und kraftlos in seinen Armen liegen ließ. Er vergrub das Gesicht in ihrem süß duftenden Haar, und dann versank die Welt um sie herum, ihre Seelen, ihre Herzen und ihre Leiber in immerwährender Liebe miteinander verschmelzend.